鄞州地方文献丛书

四明清诗略【下】

宁波市鄞州区政协文史资料委员会 整理

宁波出版社

本册目录

卷二十六 ················· 1557

徐时栋	徐时樑	江镜清	王锡衮	裘溥宗	袁世恒
胡孝棠	吴善述	谢骥德	李厚建	卢掌纶	陈政钥
吴有容	周绍旦	马嗣澄	钱学焕	孙学骊	王世镇
朱懋治	朱文杏	忻涵清	林钟岳	李维骆	邱大霖
钱 滨	冯汝霆	陈承祖	陈继祖	冯全均	杨春晖
王士鳌	谢周训	胡 枚	宋声霢	竺善兰	郭敬业
叶 炯	朱际清	周 铉	俞 纮	万后丞	何 洽
范 钱	屠 衡	应梦仙	费江城	董 英	严 恒
郑养元	郑元祁	许承基	张祖铭	王振纲	应庆龄
郑传铦	庄引淦	张 垲	董 涛	邬锄经	应会淦
史慕义	吴浚理	周 堂	郑兆梅	应 陶	徐兆蓉
许式鲁	陈开震	王 甸	王忠晟	郑 璐	葛廷瑞
宓丁荣	杨元鼎	徐建奎	缪 麟	周郁文	虞瑞龙
戴 鋆

卷二十七 ················· 1616

江学海	楼世沄	冯可镛	裘崧乔	郑德容	沈炳如
陈子章	袁行泰	章 鋆	张鼎辅	张庭学	武 淘
谢辅缨	郑望蓝	乔 虞	峻	俞彰信	蒋子礼
李润德	何 琳	李世濂	裘性宗	邵允昌	邵炯德

3

黄叔元	王世浚	袁眉寿	钱汝梅	钱承昭	卢以瑛
叶元壁	叶元垚	张淇	王萗	洪庆瑞	魏钟
袁堃	宓于辰	胡㮆	王其朋	夏启芬	胡宋衡
胡有隅	傅光福	张霖	张锡庚	张锡钜	孙鸣珂
莫矜	沈有澜	沙鸣吉	周杭	潘成勋	童开
徐梦飞	忻锡龄	忻肇寅	陈愈涌	徐棠	杨际春
林兆丰	王振绅	张翊仍	柳世纲	洪星楂	刘芬
沃为贤	林玉	张锡伟	张锡华	陈国琛	沈㯃
蒋绍灿	张可珍	邬孝政	吕顺律	厉学时	叶培元

卷二十八 ························· 1678

赵佑宸	宓晒㯃	盛植型	王植三	周萗	胡启槐
刘大镐	乌世耀	陈绚	谢辅枨	凌行均	谢辅㘭
励有霖	陈懋量	胡梁	胡楠	王赓华	江仁葆
周序伦	范邦干	叶之蕃	张翊儁	邬生孝	董庆酉
范显藻	陈文桢	王孝穆	卢友燡	陈清寿	忻起林
王景曾	魏凤林	王庸敬	童谦孟	童师曾	郑德峻
张汝芬	张汝荀	戴夒	虞丙鉴	虞鋆	张汉鹏
董定邦	江回澜	谢铨	王蒔兰	周汝翊	王荣滋
忻宇春	张儒绩	张大间	陈愈晙	陈愈镐	朱立济
朱立淇	钱廷纶	费邦翰	杨咏春	郑敏熙	费霖
裘雅恂	裘鹏飞	沈开祥	张汝藻	张汝范	白榆
曹素	方绍辰	王于谟	王思仲	谢纯熙	楼振乾
陈秉元	沈观光	任遐程	林润初	邵寅直	李锡庆
石天绯	唐肇初	金斑藩			

卷二十九 ························· 1733

| 张家骧 | 马恩黼 | 毛琅 | 陈政钟 | 李厚延 | 赵家薰 |
| 尹金荌 | 胡体坤 | 方鹍 | 张寿松 | 郑贤坊 | 陈继聪 |

陈继揆	张寿荣	胡祖芳	陈康祺	陈清瑞	陈聿昌
吴炽昌	卢友炬	林钟峤	黄维煊	洪炳灿	徐时榕
蔡鸿鉴	董 濂	董缙恒	戎金铭	钱澍孙	董葆琛
冯子昌	叶元坊	孙康友	童振德	张斯安	袁 谟
沃昆山	胡念衮	郑儒珍	张锡采	戴尧天	孙 培
吴兆樑	陈汝谐	陈致新	姜鸿滩	陈维垣	史锦标
孔广森	欧景岱	佘燮宜			

卷三十 ····· 1787

曹昌燮	黄以恭	杨鸿元	徐甲荣	钱凤翰	洪家滋
刘凤章	袁信芳	王定祥	李植纪	张炳璋	董 沅
钱世榜	胡显文	蔡和霁	陈兆鉴	黄家鼐	柳瀛选
郑福森	周茂榕	范邦铨	蒋德秀	江庆源	唐 熙
邓克旬	吴皞如	陈得先	郑镜堂		

卷三十一 闺媛 ····· 1817

钱云绣	金 述	刘 氏	叶安庆	高 氏	董应烈
庄 氏	张鸿述	李美仪	华明慈	姚碧琴	洪元志
胡 氏	陈蕙芳	丁性觉	张全德	万 藻	谢绪芝
管 惺	费 氏	陈 德	钱大姑	周 氏	岑龙珠
范 泗	王 辫	乐 氏	洪晖堂	郑蕴贞	竺英梅
竺 愚	叶兰贞	虞 氏	余云贞	张雪岩	秦 氏
周奴妹	汪 素	唐 氏	刘 韵		

卷三十二 补遗 ····· 1847

王 雅	徐嵩高	郑中节	邵 洪	周 鲸	倪辅清
任绍曾	李昌黎	周 召	李圣就	李黄琮	胡 琅
秦 僎	董学履				

续稿卷一 ·········· 1859
董沛

续稿卷二 ·········· 1880
袁杰	杨泰亨	谢骏德	张智钊	毛彦	陈儒荣
张瑞梁	张继照	俞斯瑂	董乔年	郑权	陈之翰
屠继美	张岱年	陈达熊	刘鹍	钱润猷	俞镛
张世安	陈允升	杨为焕	童章	王信德	应诗洽
吕熊飞	屠正规	王景星	董镐	邵卿	戴声望
戴声诰	郑传箴	郑焌照	汪赞述	徐亨	孙忠第
欧景辰	谢之枢	樊跻澄	陈昌垂	王元恒	王贻佩
杨子和	厉卞元	厉姓涛			

续稿卷三 ·········· 1921
郭传璞	陆廷黻	林嵩尧	王莳蕙	谢辅濂	李濂
乐人炳	童德厚	何松	王启渠	汪受礽	张瑞清
黄以周	陈烈镛	卢友焜	邬兰翘	洪应祥	施念祖
郭庆恒	叶庆增	王迪中	陈德坊	黄家来	郑崇敬
杨家	董丕丰	周锡龄	屠仿规	郑德璜	冯厚墉
邬锦泉	李植纲	沙孝贲	周振玉	毛廷珍	马海曙
陈纶	袁士杰	董炬	张汝槐	曹名树	周善长
王恩智	何源	颜驷午	武书田	袁之京	

续稿卷四 ·········· 1979
张儒珍	陈熙绩	童揆尊	陈邦瑞	郑贵涵	张宏训
张鸿远	孙贻谋	张嘉禄	蔡崇善	朱炳蕃	凌昌声
俞斯琮	张斯缙	冯一梅	胡启煮	洪维修	陈受颐
包履吉	叶同春	洪维岳	叶鸿基	胡昌年	陈章
沈熙廷	魏启万	唐国桢	胡宋骏	李毅樊	江仁征

胡善曾	冯保清	葛祥熊	袁　训	苏丙森	王荣商
虞景璜	童祥熊	励振骧	赖维翰	陈家玕	夏庆增
徐士琛	朱瑞清	李云衔	徐隆寿	徐稷臣	洪维熊
张斯桂	盛在渌	魏锡蕃	钟祥熙	袁　诰	张显昌
姚景皋	姚景夔	董名撰	史锡祺	吕起桂	胡飞鹏
包用康	张雅诗	忻祖彝	叶清年	梅调鼎	严信厚
王治本	胡龙寿	陈脩椿	虞清华	刘慈孚	李　嘉
竺挺生	赵霈涛	萧　湘	竺士彦	王宪章	王予卢
孙玉瑞	韩之虎	傅　岩	徐翰鸿	陈仁荫	谢桢德
葛鸿飞					

续稿卷五 …… 2050

陈康瑞	王修植	史悠诚	郑福椿	方崇年	王予衮
费德宗	林炳蔚	李肃铭	虞　煊	郑佐霖	刘佐宸
胡以铭	蓝开勋	袁尧年	陆智衍	张汝莱	欧仁衡
水渠成	邹宸笙	汤嗣衔	应朝光	叶意深	林淮安
杨家骥	林颐山	裘鸿勋	姚丙荣	林景绶	梁秉年
李汉章	裘绍夏	杨曦光	包科骏	陈宜坊	陈　衍
王审度	董缙颢	管年祥	徐鸿安	毛廷振	张寅飞
钱燮清	黄家鼎	董　治	朱协范	王祖赓	舒高荣
童逊组	冯鸿薰	张鸿模	苏兆霖	戴鸿麻	梅鼎和
邬孔翔	陈育姜	盛可均	王运瑞	史济灏	王予龄
周锡璜	王亨兆	俞思芳			

续稿卷六 …… 2107

李景祥	李翙勋	童重佑	袁本乔	胡振涛	张美翊
胡同钧	忻继述	王家振	陈圣培	陈康黼	陈仲祜
柴正衡	厉玉夔	张　轼	李廷翰	朱增春	王谋道
潘在梁	梅鼎恩	竺麐祥	陈得善	蒋耀琮	汤铭策

董　渊　　董缙祺　　洪家沕　　李翼鲲　　章本澂　　王世钊
陈以康　　阮丙炎　　王仁廉　　叶廷枚　　张敬效　　沈思钦
严廷桢　　戴西庚　　谢辅煇　　徐祖望　　胡振濂　　张汝蘅
张寅辉　　吴文江　　周启仕　　周憩南　　宋国钧　　黄翊圣
励志诗　　汪绸述　　毛宗藩　　董曾祥　　张世荣　　童士奇
冯哲仁　　黄次会　　陈寿鼎　　沙孝能　　卢翔凤　　李季高
王荣第　　吕祥驷　　卢思赞　　韩景祺　　董锡畴　　苏秉彝
郑光祖　　应启墀　　刘同书　　郑廷鉴　　郑鸿元　　张星耀
陈锡哉　　王继曾　　戴恒贞　　戴恒械　　钟观诰　　蒋翼清
杨益生　　孙　镠　　舒　畅　　方曾宸　　柯凤锵　　费紫章
厉支石　　汤铭篆

续稿卷七………………………………………………2185
王　慈　　沈　廉　　胡宋谱　　陈　濂　　谢文运　　王仁元
郑廷琛　　於尹诰　　范　麟　　陈廷扬　　周秉乾　　苏象贤
王清源　　何其枚

续稿卷八　闺媛………………………………………………2201
王筠仙　　方　云　　王慕兰　　俞　因　　王安安　　周宝钗
周　琳

四明清诗略姓氏韵编………………………………………2211
附录：鄞董孟如忻绍如年谱合辑……………………………2244
点校附言……………………………………………………2360
后记…………………………………………………………2362

四明清诗略卷二十六

鄞　董沛　孟如辑

徐时栋

字定宇，号柳泉，又号同叔，鄞人。时楷弟。道光丙午举人。官内阁中书。著有《烟屿楼诗文集》。

《鄞县志》：时栋故居曰烟屿楼，藏书六万卷，尽发而读之，自夜彻晓，丹黄不去手。其论经取先秦之说，以经解经，旁及诸子，引为疏证，无汉宋门户之习；其论史独推史迁，班范以下则条举而纠之。留心文献，刻《四明宋元六志》，补阙订讹，允称善本。他所撰著凡三十余种，两遭兵火，散佚殆尽。构新宅城西，摒挡之暇时复忆录，然不能什四五矣。文章宏深博伟，入韩柳之室，诗亦浩落自喜，后进高材生咸出其门，主四明坛坫三十余年。

董沛曰：舍人诗以乐府、七古为最，浑灏流转中仍复段落分明，不失古法。次则五律，次则五古，并称传作，余体亦清劲，在吾郡诸名家中洵足自树一帜。

飞云

飞云过岭，快马难追。自言迅速，渊水笑之。　一解
茹芝饵黄，长生坚固。敲钩作针，不能缝布。　二解
山鸡窈窕，爱其羽毛。华衣鲜食，难为钱刀。　三解
上有青天，下有海门。游鱼戏水，不知报恩。　四解

反将进酒

酌酒上堂，寿我千觞。无多酌我，我乃酒狂。　一解
天寒衣单，手交其肩。纳手肩冻，掩肩手寒。　二解
跪进千金，不我肯受。穷交厌人，索我升斗。　三解
兄弟白发，两不知心。握手片语，乃称知音。　四解
有酒不醉，如痴人何。有酒欲醉，将奈君何。　五解

门有车马客

野花满谷，顾盼自奇。芳兰当门，锄而去之。　一解
昨日见我，箕踞在堂。今时相见，再拜奉觞。　二解
生不自强，坎坷苦辛。出门气短，何为贱贫。　三解
衡门之子，生不知忧。乐哉逍遥，我无所求。　四解

临高台　有序

守署大门外，左右各有高台，所以悬法者也。西夷既入郡城，其酋据署居之，有所谓郭爷者，日高坐左台上理词讼，而竟有纷纷诉冤抑者，或曰："郭本华种，广东人与夷妇苟合而生者也。"

临高台，郭爷来，尔有事，觑缕开。枉事为尔超白，难事为尔安排。口通华语，眼识华字，郭爷真奇才。　一解
大事一牛，小事一鸡。为尔判断笔如飞，南山可动，此案不可移。　二解
台上肃肃，台下簇簇。衙无胥，案无牍，自来官府断事，不如郭爷速。　三解
台下边，呼奇冤：不知何来男子到家横索钱。郭爷闻之更不言，携杖下台走翩跹。俄顷牵来缚台前，袒其背，五十鞭。呼冤人，心喜欢，归家缚得双鸡献青天。　解四
有时郭爷独自坐，台边看者繁且夥。忽见郭爷取纸亲

擘扯,磨墨舐笔乱涂写,中言大官太欺我,烧我奇货千百舸,许我白银不肯偿,但乞一半终不可,使我今日至此谁贾祸?将纸挂台下,须至告白者。有人在旁诵读之,更借纸笔抄其词。郭爷见此笑嘻嘻,怀中出麦饼,劝尔试尝之。　解五

郭爷来,临高台,有事无事日日人挤挨。昨日野老一过衙前街,归家叹息心悲哀:我有长官安在哉?　解六

广东客

昔有广东客,流落甬江滨。遭遇同乡子,提掇为贾人。长袖善舞,多财善贾,曾几何时,乃有金钱百万,不知数。一解

力田不如逢年刺,绣文不如倚市门。送人作郡年复年,不如自我为好官。　二解

甬江东接大海头,出关咫尺昌国州。即今定海厅也。高者山,下者谷,黄者金,白者玉。奉觞上寿再拜抚君前,但愿一任昌国州官,死亦足。　三解

州人得闻之,蹙额相告语。新官来奈何,许入郡中谒。大府不愿得,杜母召父愿。得借寇一年,依旧作民主。大府闻之赫然怒,噫吁呼,官去留,乃由汝。　四解

江边厦屋千万间,昔时作贾今作官。今作官,钲喤喤,旗飘扬。东拜福建子,西拜洋商,与君作别神飞扬。此何异,衣锦还故乡,相逢故人满路旁,贫贱之交不可忘。君戴笠,马前揖,我骑马,不能下。马前簇簇官威仪,故人悦君君不知。　五解

铜钲鸣,彩旗舞,坐大舶,出关去。马如风,仆如雨,今为官,昔为贾。马如龙,仆如虎,新官来,奈何许。解六

西洋鬼子州中居,大开筵宴戒庖厨。鬼子作主人,新官来作宾。今日良宴会,欢乐难具陈。鼓一击,酒三巡,

徐时栋

一言告君君弗嗔：衣不如新，人不如故。本有旧官君可去，新官闻之色如土。噫吁呼！官去留，可由汝？　七解

新官怒，鬼子笑，一言重向新官告：君不见蚱蜢艇中人新来，扰乱郡中无朝昏，若曹与君皆乡亲。水有源，木有根，君不官此土，若曹来无因。便唤鬼奴走入厅衙中，索取官印来匆匆。鬼奴捧印当筵立，额手致敬而以手相接。州官之印颁自大皇帝，虽我外臣敢儿戏。两手送狱司，请君留几时，旧官到来，然后还付之。　八解

远哉遥遥，我马骄骄，人言一何哓哓。人言犹可，鬼揶揄我。狐欲渡水无奈尾何，我欲作吏无奈鬼何。　九解

速速去去，速速去去。旧官来，奈何许，来如虎，去如鼠。早知作官如此，不如仍作贾。噫吁呼！官去留，竟由汝。　十解

美女妖且闲 有序

贼目黄呈忠据宁波，聘袁氏养女为妻，及门，而轿不能入，毁垣入，又不能升其堂，仓卒纳女堂阶下，复自穴隙出。袁氏门故高大容轩马，是日，贼党迎女者几千人，皆瞠目流汗，咄嗟有骇色。其夜火起，屋为灰烬。佥曰："太常父子之灵也。"余谓此实宋季殉节进士天与先生讳镛义愤之气积六百年无改其英爽，以有此灵异，太常父子盖受命而与其间耳。揖盗为婿事，不足以污吾笔，而其先人之赫声濯灵，不可诬也。即事歌咏之，备始末。焉得十解百韵，取子建诗为首语，遂以名篇。

美女妖且闲，生长城中央。父死母更嫁，嫁在城西厢。赫赫忠臣裔，先生死无谥，金称忠臣公，明季林氏谓谥"忠定"，不足据也。峨峨柳庄坊。太常名珙，柳庄其自号，坊在所居之前。阿女随阿母，来依袁家郎。女谓他人父，母作新嫁娘。　一解

阿女好颜色，鬓发黝且长。明眸善巧笑，睒睐流辉光。

朝朝涂膏泽，夜夜红粉妆。盈盈下阶除，步步生芬芳。但得见此女，心醉神颠狂。饥者忘餐饭，渴者忘酒浆。艳声播闾里，妙年无姑嫜。　二解

可怜岁在酉，大盗乱海疆。兜鍪与貂蝉，弃城而逃亡。妇女为俘虏，男儿撄锋芒。渠魁入官府，群丑据民房。驰报金陵贼，封之为戴王。开筵陈百戏，群丑来遑遑。前贺抱腰膝，_{贼见其头目，礼如此。}齐进千岁觞。_{呈忠伪封戴王纯千岁。}千岁志骄纵，乃觉心徬徨。顾谓群丑言，知否我中藏。夜来意不乐，后宫无嫔嫱。军帅前陈词，城西有姬姜。娇好无伦比，流丽亦端庄。且是大家女，卑职知其详。_{贼所伪授军帅、师帅、旅帅等，无不自称卑职者。}但恐千岁尊，门户不相当。渠魁得闻之，喜笑心阳阳。顾谓军帅言，为我往商量。今我非诸弟，_{贼呼其下无卑尊，皆曰弟。}安用复搂攘。言词倘有缘，好为我聘将。　三解

时日大吉利，纳币何辉煌。军帅裹红巾，健儿扛朱箱。箱上何所有，历历皆铺张。黄金间白玉，锦段杂明珰。笼中盛鹅鸭，案上列猪羊。彩旗泥金字，字字吉与昌。大儿负筐筐，小儿荷橐囊。既入袁家门，道路还相望。阿母大欢喜，阿父乐徜徉。回头语军帅，物物非寻常。军帅谓阿父，富贵无相忘。　四解

忠臣得闻之，赫怒召孙行。太常及尚宝，祠中纷趋跄。_{尚宝名忠彻，太常子也，父子皆以善相名永乐间。}畴昔十七人，同时为国殇。自公有召命，颠倒其衣裳。_{忠臣殉国难时，其家人方上墓，归舟闻变，妻妾、子妇同赴水，死者十七人，其仆抱幼子匿墓间以免。}忠臣太息言，劫运在梓桑。畏逼幸苟免，孙枝胡荒唐。彼女非族类，听之归虎狼。奈何瞰我室，恣意为翱翔。聊用示惩戒，使彼心惊惶。　五解

于是娶女吉，盈门声洋洋。沸腾撼山谷，人语杂笙簧。轩车将入门，役夫忽踣僵。百计不得入，但见门将将。迟

徐时栋

1561

久更无奈，停车毁垣墙。以车钻穴隙，役夫亦踉跄。齐声复狂叫，倒行足劻勷。各各不自由，焉能升其堂。此时逆女者，千夫气轩昂。杀人如刈草，治鬼无奇方。仓卒取女去，流汗行伥伥。　六解

忠臣怒不已，骑箕排天阊。稽首瑶墀前，抗疏奏天皇。寇盗为婚媾，臣孙信不良。污秽臣家室，种种都不祥。焉用此门户，而贻孙子殃。天皇诏祝融，随之下帝乡。是日始昏暮，天风狂扇扬。忽见一星火，飞上袁家梁。俄顷烈具举，邃室延修廊。群丑图扑灭，折足空奔忙。贼之据守西门外者，以袁氏火竭力相救，或折其足。朝见巨第宅，暮见瓦砾场。东家与西邻，连甍接榱桷。明明分界画，毫发无焦伤。有马锵鸣者，与袁氏比屋而居。为余言，是夜之火神异如此。　七解

美女入军中，谁云气不扬。低眉学菩萨，怒目成金刚。朝朝饮人血，夜夜食心肠。持刀能自舞，骑马那用缰。纤手弄双弹，转丸如蜣蜋。昔时何柔媚，今时何崛强。昔时何窈窕，今时何披猖。昔为寇与雠，今为鸳与鸯。　解八

鸳鸯能几时，日出销冰霜。西人助王师，大江排艅艎。巨炮隔城入，闪闪飞帆樯。渠魁无人色，弃城走仓黄。此女亦马上，随奔城南塘。有人见此女，短衣青裲裆。不知更何往，流泪盈两眶。　解九

阿父与阿母，相对两茫茫。岂料霎时梦，曾未熟黄粱。此耻何时雪，此恨何人偿。俄闻前长官，还来守城隍。募勇为防戍，无以裹糇粮。下令治党与，倒彼橐中装。健役捕三帅，罚锾紧银铛。闻之大毂觫，局促如蚕蠰。阿母匿复壁，阿父窜遐荒。死难见宗祖，生难逃王章。嫁女得此祸，不如弃路旁。　解十

寄四弟子舟京都 录一

客从都中来，寄我都中书。书言加餐饭，堂上大欢娱。

客言弟安乐，无异家中居。听客述弟事，意气犹未除。科头懒见客，处世无乃疏。容悦固足鄙，傲岸亦可虞。吾言倘不信，同好多在都。试复问同好，处世当何如。

武康道中

桑林渺无际，黄叶西风飘。其下皆菜畦，带露新可挑。少女携轻筐，不畏秋阳骄。自我过大邑，尘俗纷且嚣。念此信足乐，顿觉烦襟消。

董母邱夫人执绋词

姒氏古圣女，后世美难媲。诗人托歌咏，乃以不妒忌。是知恒性然，惠下几人逮。何况亲启之，而与肩相比。猗嗟邱夫人，高唐董公配 名峆，字绥之，高唐其所居，鄞东里名也 。孝敬亦慈祥，妇德佥云备。从容问夫子，闻君有伉俪。既笄得奇疾，来请罢前议。绝昏符礼文，矧非君所弃。独怜向隅者，老死更无地。昔我受聘时，岂以此为利。念我不归君，此女终废置。今我既来嫔，为君成此义。转侧闻需人，我不辞劳勤。病女入门来，相见都下泪。困苦十年中，和爱如姊妹。猗磋邱夫人，往古亦无对。所由生异材，艳博吾亦畏。我少识董公，并几就县试。道光戊子，余年十五，始应县试，程朗岑师于二千人中，独召二人试于其室。迩复交文郎，挈古得同志。昔岁延校书，觉轩尝来草堂，为余校新刻《宋元四明六志》。童孙今问字，省亲既安乐。欢笑草堂至，八月旁死魄。闻疾归省视，岂知一月余。隔江来信使，书言重九前。阿母忽长逝，泣血方号咷。又堕悼亡涕，吁嗟大木拔。旁植与颠毙，始知婆福中。小大叨荫庇，我答文郎言。节哀姑视事，母仪绝世无。卓行宜叙次，古有先行之。欧表柳衬志，曾属不佞文。迁延未遑记，盖棺论则定。让德非容易，不腆飢骸词。将传圣善意，一束投生刍。先以挽歌寄，素车白马人，远来有徐稚。

画马行 有序

全太史作其《先侍御画马记》，其略曰：侍御讳美闲，小字驹郎，非堂先生之子，陆大行文虎之婿，画马入神品，始实蓝本松雪。国难后讳之，或不知而及之，则叱曰："尔恶知吾马？吾所师者，宋遗民龚圣予父之马也。"其实圣予之马，世无传者，侍御特重其人而已。嗣是遂秘不示人，或盛称圣予为人以及其画，辄欣然出得意之笔以赠，而箱箧所贮有出松雪者，悉焚之。以从戎江上，累授侍御、监军，其后奔走山海，思与诸遗民起事。康熙壬寅被逮，明年，死省狱中。所著《百尺西楼集》无存者，而所画亦希矣。

夫人陆氏最孝，亦工绘事。每侍御画马，夫人从旁为布景，太史之记如此。道光丙申，余至张氏，忽于壁头见侍御画马，为之惊叹。马凡五匹，或立或卧，或奔或逐，皆雄俊有奇气。而丹枫数树，特姿媚娟秀，盖其夫人笔也。于是距侍御之卒一百七十有余年矣，纸本完好，光彩如新，忠臣义士之遗迹，殆有物焉呵护之者。顾主人不甚爱惜，余欲以所藏松雪马易之，而又不可为，作《画马行》题其端，使知宝贵焉。

驹郎画马推专门，能以慧心师古人。晋唐神品不易得，渊源唯有赵王孙。王孙晚节何靡靡，而其画马良足喜。岂知遭际忽相同，于是其马深可鄙。崎岖山海亦劳瘅，聊将画马抒坎轲。何人尚称松雪翁，乃以故吾例今我。谓我此画堪乱真，旁观啧啧驹郎嗔。曰尔恶知吾画马，我所师者龚遗民。遗民不肯画驽骀，天曹下取天马来。人间尘浊那得有，先生之言欺人哉。顾其画马虽不传，其画马法吾能言。驹郎隔世称私淑，想其画法当复然。酒酣耳热呼儿急，命儿扑地如马立。铺纸欲作唐马图，泼墨淋漓儿背湿。狂风骤雨笔不已，摆脱一切空摹拟。须臾写出雄俊姿，掷笔大笑儿亦起。驹郎有儿非凡数，先生子名宗然，亦有高节，尝搜刻其外祖《环堵集》，亦见太史记中。闺中况有同心助。吮笔看郎画马成，胭脂来画马边树。青枝红叶娟不俗，此树何如管姬竹。树边一马独嘶风，两马寝立两奔逐。吁嗟乎！铜马不出泥马徂，老骥伏枥哀龙驹。彼恋栈豆甘局促，尚图神骏胡为乎。遗民画马既绝尘，驹郎画亦希世珍。劝君慎秘此画勿为六丁取，王孙画马笔下空有神。

舟发扬子江

鸡公三唱天欲明，铜钲鞿䩞催船行。红灯高揭光莹莹，扬子江头风暗生。楼台丹碧纷纵横，金山拳石移人情。明朝踏月闻箫声，片帆会泊扬州城。

舟泊维扬，大风雨怀赵粹甫大令 佑宸 却寄

大船簸浪车扬尘，四千里路来见君。长衫短揖相尔汝，三年不见容颜新。鸡缸倾倒渴不止，一腔热血尚如此。别久对酒难为欢，闻君声华满燕市。明驼健仆门前绕，致君不得心烦恼。搓髯手整朝天衣，无人能作承恩表。去年决战秋风急，千夫辟易阵头立。青衫落魄长安门，侍郎叱咤尚书泣。谓罗萝村师及许滇生先生。下马再拜逢生客，黄金来买刘蕡策。何人交臂失王孙，还家坐叹无颜色。双佩斋头东风哀，一声羯鼓红筵开。千花带笑向君舞，君曰不乐吾归来。马啼乱踏春明路，我不得意先归去。君立街头我登车，毵毵杨柳销魂树。扁舟慷慨新诗声，周郎顾误无闲情。谓廉泉同年。狂歌击节潜鱼出，此时那忆人间名。诗囊笑向湖楼掷，我归自号风流伯。弦诗中酒花满天，盍归乎来潞河客。

题徐将军庆超**春波涤砚图**

海岛苍苍海风黑,将军入海手擒贼。磨崖笑勒燕然铭,江山坐镇风流伯。幕府昼静如萧斋,墨花点滴沁官阶。健儿抱纸帐前立,将军脱帽方神来。蛛丝马迹徒区区,将军能作一丈书。却召画师写真意,写作春波涤砚图。自归道山十五年,传家季子能象贤。浙东将军旧镇地,薄宦来此搜新篇。带刀杀贼名将功,泼墨挥毫儒将风。即今海外风波恶,披图尚思将军忠。

孤儿行

孤儿生命一何苦,什伯成群作囚虏。孤儿命苦儿不孤,孤儿各有母与父。父母看儿如掌珠,饥食肉糜寒衣襦。忽遭丧乱抱儿走,相逢狭巷被牵驱。男为役夫女为妻,夺儿怀中儿哀啼。大儿十岁小六七,队队抱上城楼栖。城西酒佣旧相识,昨来山中面黧黑。为言身经十日俘,絷在城楼饷儿食。群儿哀啼声声续,哀极声低音亦促。每当啼急不忍听,一呼贼来无敢哭。此时景状尤惨然,不知贼复何心肝。西城去此七十里,啼声尚犹吾耳边。吁嗟乎!严陵昔岁贼麕至,十岁小儿都弃置。当时收刺懵懂军,其最少年十一二。贼犯严衢,收十一岁以上小儿教之杀人,谓之懵懂兵。是时,吾友宋仲穆殉节寿昌,第六子宗槩十三岁被掠,第七子宗臬年十一,诡云九岁,得免。而今网罗及幺麽,破巢下更无完卵。乳臭小儿何罪辜,一朝羁绁撄天祸。城楼百尺高入云,黑云低厌城楼昏。上有青天下黄口,哭声如雷天不闻。

送傅啸生归临海

乱后重相见,褰衣入酒垆。忽成三载别,新长数茎须。谈笑无余子,干戈只故吾。醉中君莫问,旧事总模糊。

决计诸生老,看山两脚忙。何人还褴褛,谓尔太荒唐。绿酒游仙梦,青年结客场。眼中浮世事,慎弗悔疏狂。

未了名场债,来年尚一行。君当知此意,我岂爱微名。自有传人业,非关问世情。马鞭长揖缓,且复说生平。

此去中秋后,木犀花正开。满山香不已,送客到天台。无计堪留别,相看更爱才。何时商旧学,迟尔四明来。

赠汤丈耕吾

谓我逢君久,曾无一字贻。半关生性懒,又恐大巫嗤。此夜忽相忆,有情从可知。来朝闻剥啄,敢说报章迟。

是月多风雨,寻常未出庐。天寒频中酒,客去且看书。生计今安若,新诗问起居。梅花定开足,香冷复何如。

诸将

受命戎行已丧师,罪臣殉节此其时。绝悬何处曾逢使,薄酖无人更货医。天意不教全一死,国恩犹得免三危。空留遗爱句东道,寂寞千秋事可悲。

云台老将本英雄,名在凌烟画象中。李广数奇逢劲敌,哥舒师败弃前功。嘉门匹马西风紧,鄞水扁舟落日红。长乐钟声太凄惨,江边叹息有村翁。夷人方在镇海,而郡东浮桥已有劫夺行货者。会余军门自镇海来,见之,立斩无赖一二人,郡民始安。

彩仗威仪壮矣哉,邓通千古号多财。只知海国尊官守,岂料蛮琛酿祸胎。肆市不闻秦谍戮,犒牛还遣郑商来。尚临广坐谈忠义,莒子西门已洞开。

勋名无复望前途,高节依稀在月湖。岂有从亡供股肉,但闻守藏尽头须。老犹远戍投边徼,恩许生还见旧都。廉吏口碑真不愧,始终相见只迂夫。

徐时栋

步月山行投宿宝岩寺

云山叠叠气萧萧,薄醉扶人过石桥。万壑秋声风似雨,一天夜色月如潮。到门院寂僧初定,下榻房空鼠亦骄。明日芒鞋穿岭去,墓庐前更有禅寮。由宝岩而入,逾戴公岭为黄隩,先义行墓在焉。墓东南为旌义山庄,山庄之前有金岩寺,甚小。

表忠观

千古功名运会中,纷纷刘董太凡庸。艰难时世民思霸,锦绣山河帝表忠。五代兴朝流水尽,一王遗庙大江东。穹碑林立新磨刻,勋业文章各自雄。

拜岳鄂王墓 录一

湖上骑驴亦偶然,古来大将几归田。丈夫死国寻常事,可惜英雄正壮年。

飞沙

飞沙扑面冻人行,路似乡愁总不平。驱马度河天欲雪,仆夫遥指古邳城。

徐时梁

字子舟,鄞人。时栋弟。道光乙巳进士。官刑部主事。著有《憧桥诗稿》。

《鄞县志》:时梁与兄时栋齐名,强毅有守。通籍后,授刑部主事。吏以案呈署,钤其首而以尾进,时梁欲观之,吏曰:"向例需次,官不阅卷也。"时梁叹曰:"刑部为出入生死之门,吾不知事之本末而妄画,诺可乎?"遂乞养归家。居负清望,持论侃侃,闻者皆服其明决。

牛君直歌

君直名牢,为光武布衣交。光武即位,召之,牢称疾不至。下诏州郡,就家存问,不答。论者谓其品当不在子陵下。

君不见,富春山下严子陵,卓卓荦荦在人为隐士,在天为客星。吁嗟乎!君直胡为至今长冥冥。君直繄何人?光武布衣交。既而诏书下,乃甘作许巢。子陵有钓台,君直何所指。若论风节高,两人正相似,一何若彼一若此。吁嗟乎!君直斯人足千载。区区身后名,知非意所在。至今怀古发幽情,想见众人所趋,先生去之若将浼。

游佛迹寺

流落寰间迹,于今几百年。人来山顶小,松印佛头圆。碑字新盘藓,溪痕旧滴泉。暂时游此地,使我意陶然。

过无津关

停舟忽不发,登岸欲之何。村店一杯酒,家山千里思。迢遥不可即,谈笑且随时。薄醉出门去,暮蝉犹在枝。

何处觅炊烟,郊原尽麦田。长河奔大地,独树接遥天。客子思无际,良朋会有缘。渐知归路近,倚枕且安眠。

渡泺河

我欲渡河去,临流迟野航。浪头风起白,山背日衔黄。世路半幽险,客怀增激昂。惊魂犹未定,驱马上高冈。

新春旅感

忆从避寇入山初,历历亲朋信息疏。溪上已更新岁月,城南犹有旧田庐。愁多作客无村酒,性渐宜僧惯笋蔬。惆怅少时游钓地，不堪异种扰猿狙。

强将笑语侍慈闱，坐困愁城莫解围。爪印雪泥聊寄迹，眼穿乡树久思归。云山有恨鸣流水，天地无情惨落晖。闻道王师逾十万，将军静镇仗神威。

赠许黼庭同年 汝璜 录一

闭门对酒撚吟髭，走访亲朋力不支。懒守庚申常苦病，早知丁卯最工诗。唱酬拟欲无虚日，朴直终嫌不入时。愿乞阳春歌一曲，情来先为献巴词。

过扬关二首 录一

一色长天万里青，泊舟遥夜近荒亭。无端斜倚篷窗立，闲数溪流点点星。

小山子道上

大地荒荒入望平，前村投宿滞行程。马头明月马蹄雪，宵渡冰河寒有声。

江镜清

原名於道，字志甫，鄞人。道光丙午举人。贵州候补知府。

题南汇张节母盟心古井图

孝友家风自昔传，坚贞又赋柏舟篇。誓心冰檗清操著，奋迹诗书继起贤。惨淡孤檠秋雨夜，萧条古井晚霜天。披图顿触寒泉感，喜惧交增益惘然。余生九月而孤，家慈今年七十六矣。

王锡衮

字小莲,鄞人。道光丙午举人。

赋呈陈咏桥师

经师令范本人师,授受渊源溯讲帷。万里归来亲逮养,九重征辟诏频辞。科名妙选传家业,忧乐关怀赠友诗。师《赠徐舍人》诗有"忧乐天下共"之句。最羡四余图画好,读书娱老尚嫌迟。师尝作《四余读书图》,题诗其上。

少时负笈景依然,屈指于今五十年。西郭横经曾口授,张敏斋明经,近得目疾。南滇被泽亦心传,谓令弟巨卿刺史。桑榆景晚留朋辈,杖履春和满座前。不厌种桃兼接李,近来余荫更绵绵。焘儿近又受业门下。

裘溥宗

字淇水,号荠生,慈溪人。道光丙午举人。官钱唐教谕。著有《慎余堂诗文集》。

题慈湖图

天然留得此林泉,近水遥山一色妍。师古亭前风景好,公余临眺忆前贤。乾隆间,邑侯胡公观澜重浚是湖,巩亭其上,颜曰"师古"。

点青挹秀擅风流,蜡屐无心只卧游。赢得胜人真乐处,半生踪迹寄湖头。

袁世恒

字镇北,号月楼,鄞人。道光丙午举人。

同舍弟赴杭应试，董丈半琴叠韵见赠，赋此奉酬

底事飘飘意欲仙，叠将玉律耀金鞭。曲成白雪谁能和，诗遇青莲也有缘。云路高寒迟雁序，风华绮丽许蝉联。尔时得句频酬唱，胜记旗亭画壁年。

生本无才愧谪仙，省门五度枉摇鞭。为期后效偿前失，却向新诗证旧缘。失水鱼同悲辙涸，鸣冈凤合许辉联。知公四十年前事，历尽甘辛亦卅年。

胡孝棠

字憩伯，镇海人。道光丙午优贡。官武义教谕。

《镇海县志》：孝棠辑有《珠光剑气集》四十卷，皆明季忠义之士所著诗文，经三十年之久，始克成编。

戊午贼犯武义汤生雨亭殉难

龙战元黄厄阳九，赤眉青犊纵横走。郡邑摧残同拉朽，文恬武嬉尽木偶。或潜身遁或束手，仓皇走若丧家狗。剩有危城大如斗，风声鹤唳无人守。生也闻之气怒吼，拔剑斫地呼负负。国恩养士深且厚，一朝委弃等敝帚。草间求活殊可丑，若辈任为我则否。呼弟涕泣奉父母，出门慷慨别亲友。大骂蚁贼不绝口，刀锯在前鼎镬后。死何足惧引颈受，常山之舌文山首。身即可杀名自寿，彼何人斯印在肘。扪心奚以对我后，吁嗟噫嘻，奚以对我后！

秋郊晚眺

秋意已如许，深居尚未知。今来城外路，添得画中诗。水木清华气，烟岚淡荡姿。知予游兴惬，落日故迟迟。

富春道中

山色四时变,野花随意开。水涵斜照尽,风约远香来。古树藏僧寺,前溪耸钓台。怪他沙渐浅,过此即严□。

奉酬王剑秋明府见赠原韵 录二

莽莽黄沙襆被行,旧游回首忆神京。宦途已负终童志,客路谁知范叔情。燕去雁来怜远别,蝇钻蚁逐笑浮生。不堪风雪穷愁夜,又见荒凉月满城。

焰逼欃枪掩日明,忍闻乡国寇纵横。处堂雀共枯鱼泣,凭社狐将饿虎迎。万里关山肠几断,五更风雨梦频惊。枌榆君亦关心切,一例愁来涕泗零。

吴善述

字缵三,号澥城,镇海人。道光己酉举人。官西安教谕。

赠金驭仙

小隐湖山近卅年,远辞城市绝尘缘。四围绿野心同旷,一卷黄庭手不捐。忆昔旅居邻柳巷,羡今颐养得芝田。授经日课佳儿读,头角崭然已象贤。

谢骥德

字志千,号子称,镇海人。麓贤孙。道光己酉举人。
《家传略》:先生能诗工画,作折枝小品,得南田妍秀之致。性好游,赴省试,结伴往西湖,吟啸自得,归则纪一日之游为《日录》。又好客,裙屐高会一座,推为祭酒。

病中口占

一夜不成寐，薄寒初逼衾。病从愁里得，诗向枕边寻。窗隙风鸣纸，墙头月堕林。挑灯时起坐，易动故园心。

寄卢稚仙同年^{掌纶}时归自武林 录一

裘马翩翩结客场，尊前鬟影杂衣香。黄金已尽留豪气，白水为盟洗俗肠。放眼湖山忙蜡屐，随身风月压诗囊。六桥杨柳低头惯，又送行人渡夕阳。

李厚建

字勤甫，鄞人。维镛子。道光己酉举人。安徽候补布库大使。

《鄞县志》：咸丰三年，广盗刘丽川陷上海，宁波戒严，厚建率乡人举办团练，侦知贼结土匪密期举事，以计缚其首献于官。八年，粤寇犯三衢，警报叠至，县东乡逃军史致芬乘机纠众窥郡城，厚建率团勇出战，杀数十人，贼乃退。逾月，进剿至觉济寺，贼众四集，力战，死之。事闻，予云骑尉世职。

晚眺

日夕万机息，旷观心倍闲。断霞低衬树，暮气远连山。鸟背村烟去，人携市酒还。幽情渺无际，独自倚松关。

遣怀

凉风飒飒雨霏霏，时见阶前落叶飞。孤雁一声秋意远，寒花几点故人稀。身无健翮恒防缴，家有遗书任掩扉。喜我夜来常自问，频年踪迹未全非。

吮墨含毫意若何，小园风景惬吟哦。感时泪逐铜壶滴，励志功随铁砚磨。千载云山吾辈在,一腔心事晚来多。班生自有封侯相,肯效齐臣扣角歌。

卢掌纶

字世美,号稚仙,鄞人。以珢子。道光己酉举人。官余杭教谕。著有《寄云草堂诗抄》。

游报国寺

扁舟一棹白云乡,邃宇新开选佛场。松盖参天山鹘健,莲台拔地野狐藏。颓垣铃语抛春雨,残灶茶烟袅夕阳。孤寂不嫌游兴尽,归来初月正昏黄。

送友归杜湖

昨宵杯酒话归期,烛剪西窗系我思。未别先教留后约,从今莫复感羁离。帆如有意随波转,春亦多情借暖知。何似杜湖风景好,江村小住漫淹迟。

绮怀十五首 录二

曾记春风买画桡,绿波棹入小红桥。蝶魂姑许亲香案,鸾影犹虚接紫箫。妾意愿为连理树,郎情休效往来潮。旧游如梦重增感,襟上留痕泪未消。

酒家旗映柳新黄,换尽金龟典鹔鹴。薄醉偶临颠草帖,清吟合署浣花堂。半窗月影分灯影,一室茶香间药香。独有痴情人未解,羡他双燕语雕梁。

京口阻风

两岸炊烟集客帆,推篷微雨湿征衫。石尤风恶行程滞,珍重家书子细缄。

陈政钥

字鱼门,号小楼,鄞人。道光己酉拔贡。江苏候补知府。

董沛曰:鱼门太守有经世才,当流离转徙之际,倡义集中外军,恢复宁绍、两浙。既定省中,修贡院,筑捍海塘,创鄞县试馆,郡中建孝廉堂,浚河道,设感存、敦安两公所,缮衙署、学宫、校士馆暨镇海威远城炮台以及关陇滇黔诸协饷,畿辅闽晋诸赈捐,靡役不与。自文武将吏、荐绅耆旧、姻戚宾从、四方游士,洎豪商大贾、外国酋长、方外杂流日至其门,延纳无暇晷。判决公私,裁答签记,咸中事理。身负东南重望,出则承迎恐后,入则车马填咽。虽抱疾养疴,而以事诣榻前者,犹相错也。

生平笃内行,待兄弟子侄有恩纪,而赴义若渴。寒畯负才者尤加礼待,奖借汲引如恐不及云。

钱唐怀古 有序

吴越钱氏保境息民,绵历五王,终于纳土,有功两浙甚大。据群书所载各系一诗,所以志不忘云。

安国天钟命世才,黄龙夹骑渡江来。直教董薛雄心阻,未使淮扬间道开。上辅天星资倚枕,锦城父老看行杯。铁幢余愤犹如见,东府高云莽荡回。

东南盟主奉群侯,虐政能惩见密谋。飞火飘鱼怜贼尽,铦刀戮鼠动军愁。天教小丑亡卢李,帝仗雄军镇括瓯。一自玉羊龙阜去,至今人忆彩云楼。

妙年缵嗣霸图成,拓土开疆著大声。例革铁钱纾国富,诏宣金钺惬舆情。祥开雉雏词应赋,采博枭卢气未平。救难不从诸将议,春秋唇齿有初盟。

日轮遗梦费筹量,世子垂旒天册堂。未许憸人参上柄,特申严令饬官常。福州远使谁屏翰,稽岭深居谢斧斨。奉玺已传南邸拜，金镮空复铸文昌。

一鉴秋湖试战航，漫愁虹影入天长。千秋盛典逢开国，五代余灰烬僭皇。诗集早惊陶学士，相谋独识赵平章。如何佞佛求元渺，三百浮图抵建康。

吴有容

字曙楼，镇海人。翰子。道光己酉拔贡。官桐庐教谕。著有《半读轩诗稿》。

自万松岭下泛舟至钱唐门

伏案羁吟魂，出郭旷游目。风吹松竹阴，娟娟媚春服。时闻春鸟鸣，似诉出幽谷。沿流寻芳芷，行吟路未熟。舟子颇解人，荡破湖水绿。监水豁尘襟，仰山企高躅。归来更卧游，风雨无剥啄。

舟中遣兴 录一

离绪搅纷纷，乡音尚可闻。灯明篷背雨，山暗树头云。诗酒长途殢，阴晴万态分。明朝虞仲里，应把茝兰焚。

桐庐

捧檄桐江去，离筵酒尚温。山川愁客路，衣钵愧师门。<small>前任教谕为业师王小竹先生。</small>俸薄俭常足，官卑道自尊。板舆何日到，寸念恋晨昏。

宿胡槐舫<small>存桀</small>紫藤花馆

虚堂小集细论文，一榻茶烟静夜分。入室每来依好友，趋庭更喜侍严君。<small>时家君馆胡氏。</small>德星聚处同明月，亲舍开时望白云。高馆过从才咫尺，秋深歌啸互相闻。

和郭丰亭登招宝山原韵

劫余犹剩旧亭台,此日登临擅赋才。拔地峰峦鳌柱立,满江风雨鲎帆来。海门浪静知龙蛰,云路天空让雁开。万里烽烟终扫荡,不须多听角声哀。

春郊晚步

茅庐几日蛰忘机,散步郊原春欲归。未便诗心沉夜雨,不妨余事弄斜晖。艾溪水浅白犹皎,菜陇花稀绿渐肥。知道先生常闭户,随行瘦蝶上人衣。

自彰义至翎冈

老树微烘嫩日鲜,薄晴犹是密云天。小溪水急沙淘净,大麓风多木受偏。同谷放歌狂士达,元亭载酒主人贤。此行饱看青山色,况有泉声到耳边。

过莳浦桥望桐洲 四面皆江,富桐交界

安吉亭前小立时,过江微雨送丝丝。青鞋布袜何年换,日暮潇湘动远思。

周绍旦

字樾坪,奉化人。道光己酉拔贡。官松阳训导。

《奉化县志》:绍旦幼聪颖,励志读书。同治元年粤匪扰境,集乡民御之,事平,加内阁中书衔。生平厚重简默,不苟言笑。尝协修邑志,多所折衷。主讲锦溪书院,启迪后进,尤亹亹不倦云。

和陈巡检兆赓菊花吟 录二

乐天无处不柴桑,吏隐何妨老此乡。俸薄才营新筑稳,

官闲翻为种花忙。相逢座上头俱白,有约篱边菊已黄。昨夜西风聒窗纸,且教傲骨避严霜。

雅羡从容仕宦场,宦囊不富富诗囊。山城讵恋膏腴美,仙尉常留翰墨香。五斗米难赊酒债,一丛花是馈贫粮。庭前更有关怀处,手植芝兰贡玉堂。

雪窦山怀古

锦镜池边落翠微,含珠林外散烟霏。入山老衲传飞锡,避地高人赋采薇。匹练横拖澄夜月,孤亭少住送斜晖。宋仙丹灶今何在,剩有禅房静掩扉。

马嗣澄

字静初,象山人。道光己酉拔贡。

雨中游蓬莱山用壁间韵

愧不胸中具壑丘,挈樽连袂作清游。云攒竹坞难寻鹤,风揭松关欲舞虬。远海过帆多似叶,孤城贴壁小于瓯。烹茶坐憩僧寮静,未共参禅且听秋。

钱学焕

字炳雯,定海人。道光己酉拔贡。著有《待月楼诗稿》。

郊行

出门无几里,便过数重山。平野绿如绘,间花红不删。雨多苗俯首,石触水成环。拄杖徘徊久,白云随我还。

东郊早春

岩阴海气接苍茫,露麦烟莎遍水乡。一树颠风搜败叶,万山积雪媚残阳。当门竹有迎春意,远道梅参太古香。独向伴云庵,吾乡庵名。下立,怪他鸦雀为谁忙。

谒表忠观

保障东南十四州,武林王气至今留。六街花影银灯艳,八月江声铁弩秋。正朔何堪存魏晋,霸才从此小曹刘。表忠祠宇巍然在,尚有英风动冕旒。

吊邑尊姚履堂殉难 录一

孤城累卵势终穷,空望援兵百万雄。蹈海身名悲逝水,满天鼙鼓动酸风。难将赤手歼群丑,敢捧丹心效独忠。衰草斜阳增惆怅,汨罗心事古今同。

孙学驷

字怡庄,鄞人。家谷子。道光庚戌进士。官翰林院编修。

题秦眉仙坐花醉月图

满园桃李艳阳天,坐月吟花趁少年。此夜春风一杯酒,豪情不减李青莲。

王世镇

字东泽,鄞人。宗耀子。道光庚戌岁贡。官西安训导。

赠陈咏桥八十

薄宦别故乡,倏忽三十载。往岁决归计,握手良可喜。君昔官西粤,期为贤明宰。望云动遐思,家有双亲在。色养胜禄养,幡然离宦海。奄忽椿荫凋,含敛幸亲视。廿载侍慈闱,脩脯供甘旨。春晖一朝失,孺慕情靡已。征书急旁求,栖迟守桑梓。君自假归终养,后复被征,力辞不赴。愧余作儒官，烽烟遍地起。身践戎马场，每羡君不仕。君才与君望，月旦重乡里。四余惜晷刻，垂老无荒怠。明发怀先人，舅风甥酷似。小子昔趋庭，遗训闻诗礼。析薪惭负荷，追念徒自悔。所幸眠食安，差可与君拟。聚首悦情话，良言悟今是。君赠余《七十寿言》，有劝归意。阿兄年相若，亦复间杖履。从兄稽云长余一岁，年七十七。此外访亲朋，存者都老矣。行绘香山图，少长序以齿。图成重赋诗，我诗无溢美。

朱懋治

字观辰，号琴意，定海人。道光庚戌岁贡。

送龚总戎归松江

师干谁克总，元老壮其猷。虎旅楼船肃，鲸波泽国收。俸钱空宦橐，舆颂遍山陬。渤海称循吏，将军德政侔。

儒将由来重，能令士气新。树非期百获，惠不靳千缗。户祝难酬德，时平可乞身。公归优诏许，借寇怅无因。

朱文杏

字午桥，号青石，鄞人。诸生。

《鄞县志》：文杏少孤贫，为慈溪巨家抄书，辄点窜其错误，主人惊而礼之，使之读书。既为诸生，以古学名一时。貌奇古，嗜酒，醉辄骂座。著述多不传，传者唯《菊影赋》而已。

题信母胡孺人万里归榇图

粤江水漓漓，浙江水渐渐。八千里外百年人，奇节照耀传闾阎。信母家世本胡氏，住近黄山三十六。繄父教授寄浙宁，广文先生长苜蓿。缔交联姻信陵君，甲第豪华炙手熏。丝丝宝绿丁香结，隐隐沉檀甲煎焚。番舶万里驾波来，水精璃瑁罽翠纷。一朝门楣换户牖，布裙荆钗寒素手。举案下帷勤佐学，高堂薪水助承母。学成从兄远挟策，莲花幕府青云客。长使粤水粤山清，难换片片望夫石。挈提儿辈赴江岑，蛮花犵鸟烟雾深。雁唳鸡唱猿哀音，未解孤忱一片心。征帆卸却新宁州，夫妇父子尽遨游。自谓异乡忘作客，年年岁岁过春秋。岂知雨骤更风驰，芙蓉花落粤江悲。月圆又缺合复离，天上人间那有斯。可怜滴尽血斑斑，谁扶孤櫬万里还。幸是宁明阮州牧，赠赙生死唱刀环。荔枝红熟龙眼圆，孺人就此载风烟。朝朝暮暮长江月，黯黯冥冥远水天。问天何日能无恨，问月何心不解怜。十折五折千万折，折得行程肠缕绝。始自湘漓发洞庭，大江罗刹从头说。瘴雾烟雨风霜雪，点滴孤心百千结。直待归时始敢言，生则异室死同穴。是时孺人万里来，那知幼子更成灾。十年婚嫁匆匆毕，至竟儿孙各抱才。吁嗟乎！男尽忠，女尽节，人生能此始为烈。似此苦节犹孤忠，百炼钢与千尺铁。

忻涵清

字书常，号镜湖，鄞人。

《鄞县志》：涵清著有《镜亭书屋述遗》，辑其先世诗，凡二十六人，总六十六首。

二灵山

湖东山作卧龙形，看到山灵水亦灵。浪里孤鸥惊塔影，林间二虎侍禅扃。一抔土葬忠臣骨，四面峰围云母屏。竟日此中寻古迹，芒鞋踏处草青青。

重经金塘感作

峰峦层叠万家烟，碧海青山旧有缘。春雨迎潮曾放棹，熏风拂渚又停船。年深难复寻堂构,地古何从展墓田。_{远祖旧住金塘,明中叶始迁县东陶公山。}我欲穷源问村叟,片帆挂处月孤悬。

林钟岳

字崧生,鄞人。贡生。官临安训导。

董沛曰:君祖廷鳌,尝以千金修校士馆,试桌厚木坚石,岁久不移。两遭兵燹,圮毁殆尽,君承先志,出巨资复之,人称其义。

阿育王塔

释迦有真身,蕴而为舍利。光气难秘藏,涌现倏兹地。兹地名三佛,鄞山尤隐秘。位置烦经营,瞻礼多法嗣。相传阿育王,建塔表灵慧。尖顶高插云,俯瞰天童寺。八万四千中,一夕竟完备。阅世几春秋,废兴可无议。唯有晋代松,放光尚称异。直上许攀跻,愿续苏楼记。

咏渔父

频年踪迹侣鱼虾,云水苍茫便是家。红蓼丹枫新画本,绿蓑青箬旧生涯。暗催短鬓秋风早,暖入酡颜夕阳斜。莫笑孤灯潭影落,桃源应许到仙槎。

李维骆

字季度,号梅卿,鄞人。诸生,官直隶定州吏目。著有《小碧梧栖诗稿》《吴江客棹吟》。

日暮过余邑城下

隐隐人家远,城高入望先。江声回雉堞,山色秀龙泉。

城内有龙泉山，高出城外。落日收残雨，归云湿暮烟。柁楼回首处，游子最相怜。

途经寒山

绝顶有危寺，人声天外闻。山容俨独立，江势却平分。古塔依青嶂，疏钟扣白云。峰高先得日，树色上朝曛。

晓入太湖 录一

极目如无际，此身寄一鸥。帆从云外落，波向日边流。行到水穷处，惊疑天尽头。隔湖孤塔影，遥指是苏州。

山居

凌虚七十二芙蓉，赢得栖身第一重。犬吠落花红雨暗，鸡声流水白云封。长歌笛倚千峰月，短榻琴鸣万壑松。欲寄此心何处是，最高深里托遗踪。

村居

此身事业即桑麻，乐地由来静处赊。牧子喜搓红稻草，女儿初纺白棉花。闲田数亩真仙境，破板双扉是酒家。物外不知何所有，秋菘春韭足生涯。

九月二日晓发往芝山祭先伯父墓，至暮而还，舟中赋此

一江秋水落疏星，枫树飘残玉露零。回首片云天际没，鸡声啼出万峰青。

记得清明扫墓时，萋萋芳草雨丝丝。断肠偏是秋将老，松柏参差夕照移。

轻移归棹欲黄昏，几缕炊烟上竹村。野寺钟声流水外，老僧挂杖立山门。

邱大霖

号小屿，鄞人。

书怀

偶把菱花照，衰颜欲自惊。顿伤春色暮，空恋夕阳明。苦里多寻乐，忙中暂息营。去多来日少，诗酒娱残生。

钱滨

字香陬，慈溪人。监生。著有《六筹馆诗抄》。

双将军铁镫歌 名德，字润斋，旗人

昔闻将军军威振，不识将军有铁镫。将军宝镫胜宝刀，一朝遇合来神骏。压上雕鞍稳似山，五花耀目云霞衬。有时捧檄远巡边，百里奔驰不逾瞬。四蹄风入马如飞，革靴不碍柔而韧。此镫相传宋代遗，盘螭衔出珠圆润。古色斓斑质尚坚，风霜饱历寒生晕。费尽千金不易求，相携相伴东南镇。世间金勒富豪装，文饰驽骀徒好胜。马腹敲残人力疲，何如此物追风迅。我爱将军骑射精，一鞭三箭犹余刃。功成马上镫何知，士卒观瞻心更奋。数百年来白铁顽，珍同干莫名相称。博取殊勋会有时，看悬斗大黄金印。

闻范梅人至诗以志喜

瞬息扬帆至，重逢倍觉亲。三年吴地梦，两月海陵人。投分长开社，拈诗共挽春。渴情何以慰，杯酒洗征尘。

南康

十里南康路，寒江一棹轻。帆低疑雨重，舵转觉山生。沽酒临流兴，看云自在情。顿忘归路远，夜夜月同行。

宋宫人墓次汪品莲韵 墓在泰兴城延祐观东

荒冢如墩水满塘,年年枉断路人肠。秋风鸦噪三株树,夜月莲开半面妆。艳魄有灵空怅望,墓门无路总凄凉。莫嗟此地埋香骨,宫树西泠亦渺茫。

夜集赵晓泉少府署赏菊

秋色灯屏烂若霞,未拚豪饮鼓三挝。骚人快听伊凉曲,官阁争看隐逸花。谁道王孙偏好客,几疑陶令又移家。明朝倘许重游赏,樽酒频倾到日斜。

广陵中秋夜口占

秋光万里月如盘,桂影婆娑露未干。独有扬州人不觉,十分还作二分看。

山塘即景

七里灯船迤逦开,阿谁遥指火龙来。临波照彻云鬟影,天付群芳作境台。

冯汝霆

字廷雨,号耳堂,慈溪人。由贡生授同知。著有《循陔书屋吟稿》。

谢鞠堂先生《序略》:先生家初富盛,寄月楼藏书数万轴,寝馈其中。所交游皆四方知名士,以是文誉日起。屡试不得志,绝意进取,益肆力于诗古文词,而诗尤酷嗜。所作清微淡远,不假雕饰,与《长庆集》为近。

乌岩庙 祀张睢阳

杀贼能为厉,千秋毅魄强。城空无鼠雀,乡僻有烝尝。

短笛起荒垄,灵旗卷夕阳。里儒谈故事,泪下欲沾裳。

过师桥沈忠节公墓

阳侯涛怒坏云愁,铁索千寻夜覆舟。只道蛟宫沉毅魄,谁知马鬣剩荒丘。杜鹃有恨啼山雨,精卫何能竭海流。想是招魂南日返,风清月黑鬼啾啾。

观海卫城

万里鲸波簇战桅,一城控制亦雄哉。曾闻充国移屯至,终见卢循跋浪来。镞锈全埋荒垒恨,角声犹带暮潮哀。清时浪港山前路,落日荒烟剩戍台。

陈承祖

字锦辉,号可亭,慈溪人。著有《蕉雨轩吟草》。

云湖看梅

为有寻梅兴,东风送我行。岭云间出岫,山鸟自呼名。寺古僧机静,沙明湖水清。癯仙应有意,缟袂欲相迎。

和二弟小槎幽远经堂有感原韵

翠竹黄花一草堂,梵音自古此中藏。荒蹊苔长残碑没,曲槛风清老树苍。迟我尘襟亲佛地,有人书馆假僧房。望烟楼迥云深护,遗泽于今未渺茫。

宫词

宝髻玲珑翠袖偏,梨花庭院看秋千。夜深独抱寒衾睡,不见羊车已十年。

当时误入浣纱溪,道是侬家也姓西。寂寞深宫春睡足,晓莺何事竟长啼。

陈继祖

字小槎,慈溪人。承祖弟。著有《秋声馆诗抄》。

游晓月庵

欲览湖山景,行行绕北城。院深留客静,禅老悟机明。天地容窥鉴,芝兰见性情。他时重约伴,更可结诗盟。

巫峡

昔闻巫峡胜,今喜泛槎来。翠逼千山暮,湍奔万壑雷。危崖猿啸冷,绝壁鸟飞回。故老谈先泽,临风几溯洄。从祖宰巫山,多政绩,入名宦祠。

宿幽远经堂

探幽经故宅,假榻对青螺。僧懒眠云早,林疏漏雨多。柝声乱野犬,灯影闪烟萝。敧枕不成寐,愁来一浩歌。

冯全均

字筠竹,号少莲,慈溪人。本怀从子。诸生。

《溪上诗辑》:筠竹自少醇谨勤学,工书法,为学使罗萝村先生所赏。惜不永年,卒仅二十有八岁。

奉赠王近溪先生并酬前见寄之作 录一

不求富贵不逃禅,老去生涯守砚田。总为文章开后辈,肯将筋力惜残年。门墙旧雨繁桃李,帘幕春风听管弦。漫道儒生无长物,乌衣家世本青毡。

登吴山

涛声飞过大观台,一片归帆逐浪开。日暮西风秋色里,半江芦荻雁初来。

杨春晖

字南塘,号亥谷,慈溪人。贡生。

紫蟾山房听雨

风雨楼头客梦惊,深山无漏不知更。明朝松竹门前径,未到溪桥水有声。

王士鳌

字静涛,号冠山,镇海人。诸生。著有《西郊草堂存稿》。

感怀四章 录二

经秋蒲柳已先枯,对镜苍茫感故吾。利债纷纷丝缚茧,世情泛泛水浮凫。同时征逐谁青眼,半世经营已白颅。一自季鹰归棹后,故乡风味恋莼鲈。

孟郊放逐常安命,翁子功名好待时。立脚几年随世俗,问心何日展须眉。印留鸿爪惭为客,草起蝇头学咏诗。射虎斩蛟期晚节,始知周处是奇儿。

谒王荆公庙

三年考绩著贤声,庙食千秋重四明。小试尽堪邀俎豆,大材反误任钧衡。文章一代眉山抗,经术三朝洛水争。若果实心行实事,青苗未必病苍生。

题鲁元年地契 并序

鲁元年地契,予中表董氏物也。其时神京失守,思宗宾天,海内茫茫,未奉正朔。福藩白下,桂藩滇南,唐藩闽广,而鲁藩则来我郡。是契也,地仅数分,价值数贯。而纪年编月犹得春秋之旨,以见我邑人好义之众。而有明三百年恩泽之深,即于片纸只字中见之矣。翁洲陈中翰有"夜夜无声哭鲁王"之句,予阅斯契,不胜沧桑之感云。

寰区鼎沸痛櫬枪,胜国遗支寄远方。海外不知新历数,民间犹奉旧藩王。红蟫白蠹珍残墨,石马铜驼卧夕阳。版入皇图归一统,尚留只字见纲常。

谢周训

字鲁封,号櫓峰,镇海人。贡生。

和王冠山感怀

知己凋零笔研枯,文坛独霸仗夷吾。闭门愧煞辽东豕,飞舄欣归叶县凫。旧雨倍教增气谊,新霜幸未满头颅。前程已促鸡声唱,肯老江南恋脍鲈。

君实藏莺聊适意,微之栖凤亦随时。爱花未必非明性,折柳何妨甚画眉。使尔多财为尔宰,先吾寡过即吾师。西堂竟日无佳句,好梦何当续客儿。

胡枚

字小文,号静园,镇海人。于鉉孙。由监生议叙光禄寺署正。

董沛曰:君兄弟皆与余交,而君尤善。世居月湖,为其祖绮茗总戎故宅,门阀华整,鞍服轻丽,好结纳,广交游，四方之士以事至四明者，无不与君接也。慷慨喜任事，当道倚之。

咸丰甲寅，刘丽川踞上海，大府檄君襄理军务，购买粮药，军赖以济。明年，吉勇烈公命君率五百人夺北城，副将某继之，君已破关，刃数贼，而后军畏葸不敢进，贼以火器掷，君焦发焚衣，力竭仆，犹骂贼不置。仆陈启仁夺君尸，殓于一粟庵，年仅三十有六，人皆惜君之未竟其用焉。事闻，赠员外郎，世袭云骑尉。

郊行

空气回暄淑，天高众鸟翔。澹黄横落日，新绿布初秧。旧侣书都断，前途事莫量。郊原一怅望，烽火正仓皇。

宋声霡

字韵士，奉化人。诸生。著有《玲岩轩诗草》。

周丹洲先生《序略》：韵士本世家子，居剡源第二曲山水最胜处，擅园林之胜。玲岩轩名甲郡南，庋书万卷，山光水声中日与古人晤对，兴到，亦喜为诗，故其诗饶有清华之致。

送别

对酒忽不乐，此意当告谁。前年折杨柳，相送河之湄。河水方弥弥，帆席犹迟迟。饮君别时酒，读君去后诗。偶然挥涕泪，未足言相思。去年君送我，缱绻不自知。一年一会见，又是君行时。亦知会合易，何如无别离。

大风竟日

天风吹浩浩，昏旦不少息。起看万缕云，迸作一丝直。当其盘旋时，空处不得力。一着高树巅，远送凌霄翼。飞鸿自冥冥，栖鸟犹唧唧。悲哉此何声，往矣空相忆。

灯市

丁女上天云气痴，烛龙十丈红玻璃。银花挂树不肯落，风力摇折珊瑚枝。弹丸脱手神珠撒，丹灶炉开融绛雪。量来萤火作星飞，一线金蛇向空掣。天帝大笑雷公惊，晴虹阑月月倒行。千影万影不可辨，但闻到处笙歌声。铜虬沉沉夜传盏，光压广场醉迷眼。争看小市百枝灯，何止中人十家产。

天台山行遇雨

晨兴驼岭摇鞭丝，太白睒睒鸡鸣迟。神斤鬼斧运不到，熊蹲狮伏争矜奇。一峰忽向眼前堕，低处似有龙胡垂。俄看赤练闪空际，散作无数天花枝。是何凭依露光怪，五色照耀云中旗。将毋海水立平地，坐令天门成漏卮。仓皇出险复入险，怒马蹄蹶饥不嘶。魂惊九折胆欲落，路经百转雨亦随。对兹讵有景可玩，但觉往事劳相思。桃花浪涨泛孤艇，潇潇曾听湘江湄。士人夜歌助凄咽，何异痛读离骚词。又曾从僧过石梁，连日苦雨步艰移。老年意气俱委谢，奈何阻我还山期。前行累累见荒冢，悠悠古人吾语谁。

雨后，自居敬桥放舟归，和友人作

客久君犹共，诗迟雨忽催。水声双闸远，秋色一帆开。农有丰年望，人今破浪回。清流满前路，谁为濯缨来。

梦花轩偕宁海邬君蕉园夜话 录一

小筑园亭处士家，寻常景物转相夸。绝无依傍当门树，略补荒寒绕砌花。人坐一灯青隔幔，诗题满壁碧笼纱。山林面目风尘客，怊怅春来揽物华。

秋分日遣兴

风光流转向谁边,万树寒声咽暮蝉。仆本恨人无快语,秋如过客又中年。平分愁思千家月,误尽浮生二顷田。想得柴门流水外,儿童闲刺钓鱼船。

湖西尚书桥晚归

向晚疏烟寂寂青,湖桥流水带愁听。忽看夹道乘轩过,补注他时相鹤经。

断岸深藏柳树中,瓜皮小艇荡轻风。湖光绿到无情处,却让斜阳水面红。

竺善兰

字种香,号秋畹,奉化人。诸生。有集。

潺湲洞

一洞潺湲水,常留太古音。穿松惊鹤梦,绕竹作龙吟。有沫恒飞瀑,无弦自奏琴。更闻环佩响,时有降仙临。

雪窦寺

偶然蹑足妙高台,云外群僧讲梵来。天气晴明窗见海,泉声砰磕地生雷。篆题脱落摩难读,石壁嶙峋劫不灰。一笑俯临三瀑布,此身始信出尘埃。

郭敬业

字聚斋,定海人。

送龚总戎归松江

舟山在浙东,屹然为重镇。我公来建牙,层波戢蛟蜃。

弈弈将星明，八年等转瞬。奈何矍铄翁，遽以疾引。仰维栽植恩，感荷遍寒畯。恺泽所旁流，兵民胥浸润。帡幪愿久邀，谓公不吾吝。公今解组归，辞劳毋乃迅。阶前玉树枝，宦途初发轫。试效公所行，牛刀有余刃。琴堂虽始基，崇阶应渐进。责报岂公情，于理宜可信。

叶炯

原名炜，字荫庭，号香谷，定海人。官四川崇庆州知州。著有《惜阴草堂诗文稿》。

《定海厅志》：炯读书不屑为章句学，以经济自负。岛夷陷舟山，民转徙郡中，无所得食，有司出帑属赈于炯，乃清查户口，择勤敏者分司散放，事竣，无浮冒之弊。复筹善后，集资至三十万，增炮台、修城、浚濠，皆任其劳。以功叙知州，谒选得云南宁州，大吏才之，令兼权寻甸州事，苗乱以平。丁外艰归，服阕，调四川，补崇庆州知州，署资阳，所至以干练著。

赠慈溪令王兰圃明府

好雨物皆滋，高云自不知。措施征蕴蓄，抚字起疮痍。化媲中牟雉，歌传远道骊。攀辕情恋恋，莫遣泪如縻。

数月慈湖治，甘棠惠爱遗。鉴空随物照，守洁畏人知。袴正歌来暮，碑偏系去思。巴吟怀德政，敢说渭城诗。

朱际清

字小云，号瑞图，鄞人。监生。

淮阴钓台歌

海内逐鹿纷干戈，钓徒飘泊犹烟波。想见淮阴未虎啸，江皋冷落感慨多。一旦芒砀真龙起，投竿请展谈兵技。登坛决策一军惊，哙等何人敢伦比。壁间金印大如斗，天下群雄非吾偶。灭项兴刘事事终，冤哉汉宫烹走狗。附耳陈豨谁见来，伤心蒯彻不胜哀。英雄韬略长已矣，惨澹城壕尚有台。台下水空流，台上人已休。功臣俎醢如鲵鳅，饮恨千秋与万秋。吁嗟乎！当年乞食犹堪记，千金曾报相怜意。早知漂母有情过亭长，不如垂纶终老淮阴地。

周鉉

字逸香，鄞人。诸生。

游茅山寺

夹路幽篁水一隈，寺门古塔掩苍苔。山僧伫立看云去，林鸟惊飞报客来。悟石小轩<small>寺中轩名</small>。真佛界，拈花高阁<small>寺中阁名</small>。俨蓬莱。摩挲最爱双株杏，料是前朝老衲栽。

俞纮

字磬西，号补卿，鄞人。诸生。

旅馆对月

谁解离情苦，黄昏独倚阑。强将孤馆月，当作故乡看。秋入长江迥，人怜此夜寒。遥知闺阁里，惆怅望团圞。

坐雨

轻阴淡漠雨霏微，镇日秋斋静掩扉。路滑慵携高下屐，涨平定没浅深矶。海棠秋老阑干泪，石藓痕添翡翠衣。伴我一灯寥寂甚，蛩吟幽砌故依依。

万后丞

字乃邻,号个亭,鄞人。

《鄞县志》:后丞能诗,善画竹,兼工翎毛。

题二石生十洲春语

春风满地茁情芽,淡似轻烟绚似霞。愿乞东皇长庇护,由来美眷本如花。品艳

胎息离骚体国风,散花妙手极灵空。翻憎韩偓香奁集,曳雪牵云语未工。 选韵

随意青黄溷碧朱,乍成悲涕乍欢娱。夜凉团坐瓜棚底,拉杂援来当说觚。捃余

何洽

字鉴塘,鄞人。

题姚梅伯先生探梅图

闻说前山见一枝,扶筇探看慰相思。几村竹影松声里,隔岸风凄月冷时。香艳试评何地胜,襟怀未许俗人知。披图欲问真消息,谁续吾家水部诗?

范篯

字小舟,鄞人。

自适斋诗抄题辞

大著勤披读,心香一瓣虔。风尘惭寄迹,中表喜随肩。冀北论文地,江南话雨天。卅年情脉脉,千卷腹便便。邑布文翁化,官推白傅贤。吟成新事绩,梦到旧山川。检点

奚囊句，搜寻宝剑篇。词津容我问，珍重付雕镌。

屠衡

字佩六，鄞人。

壬寅十二月廿一日大梅山馆消寒雅集咏雪四律 录二

撒盐堆面并拘形，妙悟天然自径庭。试起开门迷远岸，乍看入研逗虚棂。云中岭矗真披絮，池上风吹似约萍。沾到乌衣诸子弟，他时载酒话旗亭。谢庭。

琵琶一曲唱凉州，风劲天冥杀气遒。寒照铁衣银作铠，冷凝霜刃玉为矛。衔枚口噤军逾静，挟纩心齐志易酬。白战酣时传解甲，黄门应赐紫貂裘。蔡州。

应梦仙

号醉石，慈溪人。监生。著有《百一庐诗草》。

登虎阜

一片笙歌石，三吴锦绣场。剑光沉水白，虎迹认山苍。塔鸟偕铃语，梯花接道香。阖闾坟上树，终古只斜阳。

瓜州夜泊

暮抵瓜州岸，停船动越吟。山钟敲月响，江树拥云深。书剑骄行色，关河壮客心。南归无别意，尘海孰知音。

净慈寺访松光上人不遇

曲折走湖堤，南屏望欲迷。钟声传远近，殿势叠高低。锡卓沉龙影，蒲团落燕泥。禅堂空问讯，归怅夕阳西。

毗陵道上

一半江流一半湖,毗陵道上水平铺。沿河潮落桥痕浅,绕郭云飞塔影孤。山惜迢遥离百里,风兼文质胜全吴。明朝舟抵奔牛镇,试把贤人酒一沽。

维扬

春风送我到雷塘,三月烟花水一方。何处箫声人不见,玉钩斜上有垂杨。

柳堤曲

残鸦犹记汉宫飞,汁染袍新未忍归。底事灵和殿上客,春风吹梦觉前非。

春愁莫度玉门关,马饮黄河水自还。杯酒故人今万里,一声羌笛下龙山。

费江城

字汉川,慈溪人。志云子。著有《苏溪诗草》。

过北溪

猎猎西风万木枯,青林红树付樵苏。霜华一夜白如雪,老尽溪头两岸芦。

苏湖晚渡

空山落日子规啼,苏草青青白鹭飞。涵碧楼前人影散,渔榔声里片帆归。

董英

字志三,号芸阁,慈溪人。诸生。

同袁次云蕙芳、宓垣史藩、泛舟江上,有怀王伴石景曾次次云韵

长风送舟楫,飘然落天外。乱山入中流,轻帆挂高霭。两岸如奔涛,一泻下湍濑。俯仰烟波宽,荡摩胸臆大。忘情狎鸥鹭,长歌采萧艾。白云何依依,青阳何蔼蔼。美人在潇湘,日夕动秋籁。江水到门去,临流赋高会。

赠周小园 录一

频年书剑寄风尘,憔悴谁怜客子身。岂为功名聊徇俗,却因贫贱惯骄人。穷途肝胆尊中酒,故国莺花梦里春。落魄江湖成底事,高堂白发有慈亲。

题蓉山白云精舍

蓉山高复高,上有栖隐处。古径无人行,白云自来去。

严恒

字立方,号笠舫,慈溪人。

董沛曰:笠舫少学贾,耽吟咏,与钟学士骏声辈相唱和,学士采其佳句入诗话中。又工绘事,芦雁尤生动,得边寿民遗法。与弟益同处终身,和蔼无间,宗党称之。

登仙岩洞

策杖仙岩路欲穷,白云深锁翠微中。老僧遥指丛林处,转过山坡有路通。

题画芦雁

浓点平沙淡点芜,芦花深处雁相呼。南康纵有浮湖石,谁仿潇湘秋气图。

郑荟元

字一巢,号古山,慈溪人。贡生。著有《观稼图诗稿》。《家传略》:公善事父母,能得欢心。有兄森儒好学早世,公每念及,辄鸣咽流涕。尝为孙侍郎葆元及姊婿朱久香阁部襄校试卷于赣鄂,所识拔多知名士。善吟咏,惜稿皆散佚。

避难甬北赋此志感

连番劫火感沧桑,八月粤匪复陷慈城。村落人稀剩白杨。警到津门悲姊死,久香阁部挈眷在津,风闻逆氛北犯,吾姊以忧死。心惊歧路泣儿亡。长儿康被掳,骂贼,不屈,被虐死。思亲泪洒秋风冷,葺屋愁添夜雨凉。回鹘有师谁乞得,苾刍全仗郭汾阳。

送蓉舟侄北上

春尽芙江水漾波,正逢游子唱骊歌。云霄志远归期杳,风雨情深别恨多。作客有人萦梦久,谓屺瞻子封二侄及田孙再侄。起衰无术奈时何,时有英夷之变。看花夙负长安约,愧把青衫对绿簑。

郑元祁

字绍京,号杏卿,慈溪人。贡生。著有《有怀轩诗文集》《咏史诗汇编》。

送邑侯王兰圃明府调任武源

借寇曾无半载经,送刘忽又赋长亭。良金写状诚何补,片石留题自足型。此日扬帆慈水白,他年拥节越山青。邻封处处兴遥慕,一路清歌倚棹听。

二老阁

百年高阁擅清华，遗泽于今尚有家。插架书多防蠹蚀，缘墙藤古爱龙拏。寰中省识乡名旧，江上追寻隐迹遐。一瓣心香谁是继，自嗤私愿抱无涯。

许承基

字虚谷，慈溪人。

暮冬之吴留别王西屿先生

衔杯何日酒重倾，不尽离愁黯黯生。风雨惯妨游客棹，_{届期以风雨阻行。}关山岂阻故人情。香围雪海春非浅，梦绕吴江境自清。惆怅频年浑市列，_{基本不善会计，而重承先业，困于市井，知之者唯先生一人耳。}壮怀无那啸长更。

张祖铭

字右箴，慈溪人，广埏子。诸生。

喜俊儿自燕归，将赴官楚省，即用其午日归里原韵

何人剥啄叩柴关，报道长安客已还。佳节忽惊逢午日，旧游重与话西山。毛生捧檄增欣喜，莱子承欢有笑颜。原尔汉南舆颂洽，政成及早赋归闲。

王振纲

号荻墅，慈溪人。诸生。著有《留香馆诗文稿》。

慈湖饯别邑侯太原王兰圃明府

留公不住送公行，此去绵绵无限情。但看绕舟山色好，

满江秋水一帆轻。

吾宗槐荫本长留,况复清名动海陬。从此苍生遍霖雨,岂容私与一方求。

应庆龄

慈溪人。

归棹泊丈亭

湖山看饱返行旌,看到家山眼便明。数日征帆应小住,一江秋水恰初平。荧荧枫叶添晴色,瑟瑟芦花动晚声。最喜舟人刚饭罢,船头又听夜潮生。

郑传钴

字砺堂,镇海人。诸生。著有《寄梦庐诗草》二卷。

忆刘大荪伯

悠然念之子,落日到柴关。交我形骸外,其人夷惠间。有心盟白水,无力买青山。十亩何时得,同为桑者闲。

春日即景

层崖结屋两三家,不道春来艳物华。一夜东风几点雨,满山红遍杜鹃花。

庄引淦

字汲书,镇海人。贡生。

大风泊石首县

怒激波涛作势狂,孤舟飘泊水云乡。痴心犹望风相助,道是前山即马当。

过万流驿

扁舟港口夕阳留,古驿苍茫指万流。六十三朝才到此,犹然楚尾蜀山头。

张垲

字更爽,号耕桑,镇海人。监生。著有《蔼园诗草》。

旅思

旅馆挑灯坐,萧条百感生。病多思学道,亲老愿归耕。明月乡关梦,闲云客路情。无端窗外雁,警夜一声鸣。

董涛

字曲江,奉化人。有集。

纪梦

春梦入山家,弯环涧水斜。篱围千个竹,门映几枝花。黄发欢迎客,青童笑捧茶。晚来相送别,回首是烟霞。

秋蝉

鸣蝉依绿树,知不为悲秋。身与朱门远,吟风得自由。

邬锄经

字亦农,奉化人。贡生。

千佛山 在济南府南门外

山列城南一带斜,高楼杰阁是僧家。何当直上千盘级,小坐禅林看散花。

应会淦

字昆南,号韭山,鄞人。著有《游幕途次杂咏》。

旅夜

风雨潇潇夜,更残玉漏沉。路遥归梦切,酒满客愁深。人影烧红蜡,梅花落素琴。高吟何所事,一片故乡心。

史慕义

字耕山,鄞人。诸生。

秋兴

啸傲西楼上,晨光到处宜。天凉新雨后,秋好晚晴时。远雁明双翅,残荷殿一枝。清砧何日拭,为诵少陵诗。

吴浚珵

字介石,鄞人。

春宫怨

无宠因无妒,君恩薄是深。只怜花满树,空伴夜沉沉。

周堂

字小罂,鄞人。诸生。

快雪

同云漠漠拨难开,盼到时晴亦快哉。举目浑疑银世界,置身恍在玉楼台。书成飞白笼鹅去,梅乍浮香引鹤回。珍重山阴真草帖，临摩莫共乱编堆。

郑兆梅

鄞人。诸生。

伶俐岩霁雪

西山一夜白成堆，岩岫森寒冻不开。插汉玉峰云漠漠，擎天冰柱色皑皑。玲珑石罅微阳射，高下琼楼澹月猜。趁好携筇闲索句，骑驴何必灞桥来。

应陶

字协唐，号少庵，鄞人。诸生。

东钱湖晚眺

东湖名胜几经游，镜面新开九月秋。霞岫石因云树隐，月波寺共水天浮。木兰舟荡闲鸥逐，芦荻花深客雁留。薄暮千家烟霭合，渔灯明灭乱中流。

徐兆蓉

字朗湖，鄞人。诸生。

云石洞

灵厂何须鬼斧镌，洞门轩爽净云烟。狮峰斜对隔人境，鹫岭遥分敞洞天。岂是五丁开蜀道，不同二酉贮陈编。青霞绕户尘踪少，疑隐高人葛稚川。

许式鲁

鄞人。

游铜坑怀冯公京第

一木焉支大厦倾,怜君慷慨矢忠贞。水流到此犹呜咽,似恨名山尚未旌。

泛海归来一命轻,犹然穷谷聚残兵。表忠赖有鲒埼集,山鸟何须鸣不平。

陈开震

字梦霖,号雨堂,鄞人。

对菊口占

亭亭傲骨自矜持,生性凌寒肯受欺。总为东风吹不到,秋来依旧寄人篱。

王旬

号雨耕,慈溪人。诸生。著有《雨耕诗草》。

舟行

一路望迢迢,归程转觉遥。日斜帆影弹,夜静橹声骄。近市先沽酒,无风且候潮。榜人间共语,前路问明朝。

王忠晟

字荩臣,号苇村,慈溪人。诸生。著有《瓮余偶存》一卷。

饭佛禅院秋夜

禅房夜久人寂寂,青灯一点寒无色。箧剑不鸣琴自眠,但听虫声生四壁。虫声啾唧吟不断,因风入耳何凄惋。愁来举杯试倚歌,歌不成声唯长叹。梵钟初动五更天,东廊老衲来佛前。老衲解愁无他术,指与蒲团共坐禅。

惊秋

怕接凄凉景,偏惊此夜秋。雨声千树乱,蛩语一灯幽。鼓枕不成寐,抚弦翻搅愁。何当涤尘虑,散发掉扁舟。

蓉江泛舟

夹岸芙蓉映晚霞,秋江乘兴泛轻槎。笑他水鸟多闲逸,飞上高枝宿好花。

郑璐

字望彦,号拙斋,慈溪人。

《家传略》:先生性至孝,事亲能得欢心。刻励于学,善属文,授徒三十余年,于后进多所造就。

竹江十咏和袁君梦湖作 录四

江水碧于螺,江风几阵过。猗猗江上竹,浑欲拂轻波。
渡口风篁

一湾垂柳密,漠漠似烟横。黄鸟啼何处,风前四五声。
潭头烟柳

隔岸梵王宫,钟声残夜送。扁舟估客过,惊破乡关梦。
石寺梵钟

买舟泛淑春,东浦复西浦。眠柳绿垂篷,落花红点橹。
须浦泛春

葛廷瑞

字渭占,号小亭,慈溪人。贡生。

题卢哲卿梧桐秋月图

羡君洒落出风尘,纨扇罗衣最可人。一片冰壶涵朗影,早知明月是前身。

宓丁荣

慈溪人。

御井 在县西北五十里,泉水甘洌,相传宋高宗南渡时汲水于此,故名。

当年曾否驻行旌,石井于今以御名。水面沤翻珠错落,砌边泉激玉琮琤。白云不散疑龙卧,红雨齐飞少马鸣。何日好将双耳洗,闲听此地静中声。

杨元鼎

字玉璇,慈溪人。

题水云禅院

散步芳塘趁夕晖,芦花深处蓼花围。前湾鸥鹭惊飞去,知有渔人打网归。

秋老寒蛩寂不鸣,鸡窗滴漏已三更。沉沉钟鼓蒙蒙月,卧听江湾转舵声。

徐建奎

字晓山,又字梦樵,慈溪人。贡生。

题袁九山桃源图

深山日色冷苍苔,洞口桃花几度开。相见不须相问讯,此行不为避秦来。

缪麟

字德彰,号浦芗,慈溪人。监生。著有《行余吟》。

秋日江北岸晚归

秋色连天碧,斜阳半树红。声喧争渡客,影疾下飞鸿。收网归渔父,吹箫返牧童。不知何处寺,钟度隔江风。

酒后书怀

魂垒浇胸恨却多,醉余拍手起狂歌。沧桑自古犹如此,冰炭而今奈若何。霄汉长悬唯日月,春秋无改只山河。人情恍似江中水,竟日滔滔看逝波。

周宿渡

枫叶飘丹草色黄,西风旅雁下寒塘。一江流水孤村外,渔父垂竿钓夕阳。

周郁文

号耐人,奉化人,步瀛子。诸生。

坠楼词

君为妾遭掊,妾为君碎首。俯视峨峨百尺楼,欲坠未坠心怀忧。忆昔楼头草玄子,缓跳轻掷不能死。却教人呼莽大夫,千古此心愧知己。

孙忠烈墓

屡报宸濠反,中枢处置非。紫泥欺虎士,碧血溅龙衣。

胆已强藩落，功从新建归。郁然松柏茂，本性望依依。

于忠肃墓

纵然仇武叔，何必杀元咺。私愤臣求泄，宏勋帝忍谖。一抔怜实录，三字配奇冤。转是旌忠额，旋加首恶墦。

虞瑞龙

字友云，一字澜谷，镇海人。监生。著有《闻妙香室诗抄》。

姚复庄先生撰《哀诔略》：君治家有法，遇人以和。生平无他嗜，嗜诗与酒。岁辛丑，海夷寇县，君纠率乡兵安守危御。其尤榜众口者，为淳安水灾葬杨姓一家五棺，事闻大府，以义行旌其间。卒年四十三。

冷落 "屋北鹿独宿，溪西鸡齐啼"。杭州人每以此二句为韵，今亦用之。

冷落几间屋，窗开南与北。风过楊生凉，人静伴麋鹿。迢迢山色青，寂寂我吟独。烟雨晚来秋，渔舟傍岩宿。游到武陵溪，风凉日渐西。江渚升微月，茅店闻鸣鸡。启牖恣遥眺，两峰白云齐。晨钟隔林响，花落山鸟啼。

秋日骤冷有感

一夜朔风寒，萧萧梦不安。在家随意乐，为客觉情酸。人影花前瘦，灯光月下残。暮砧敲急急，天冷怯衣单。

同沃小袁买棹游湖心亭 录一

款款微风皱碧泉，横阑小舸互钩连。无人夜看三潭月，让与轻鸥自在眠。

题苏小小墓 录一

蔓草枯杨掩墓门，一泓秋水照芳魂。香车宝马成千古，剩有荷花褪粉痕。

戴鋆

字瘦竹，镇海人。诸生。著有《听鹂山房诗草》。

曹珊泉编修《序略》：外舅瘦竹先生溺苦于学，应省试七荐不售，癸卯科房考，谭公以元荐，主司稍抑其名，谭争之力，竟不见录。家居授徒，暇辄苦吟以写其胸臆。沉思独往，语多奇险。性孤介，僻处海隅，无知之者，先生亦不求人知。

年四十九卒。卒后，姚复庄先生见其诗，叹曰："此另是一家笔墨也。"为厘定其稿，为三卷，拟采入《蛟川诗系》，而姚即逝世。余惧其散佚，因取原稿归，为序而存之。

古谣

天柱摇摇，蜗撼不周，愚公老矣，石人独忧。竖指挂天，一发维舟。巨海欲枯，补以泪流。腐鼠吓鹓，彼鸱何求。天公夜泣，泪浸洪州。虮臣上诉，愿皇千秋。乞民福地，宅以糟丘。

短歌行 录二

道置希世珍，盲人能得之。相遇虽不恩，胜为明者嗤。持心无人赠，一掷与市儿。死欺千金骨，生宁屠沽骑。

鹏志小天下，不能容其翅。微虱安于命，处裈有余地。睡我昆仑巅，梦餐无情饵。醒持仙人帚，一扫人间泪。

秋胡行

青青陌上桑，纤纤采桑女。郎今自何来，一见辄相与。黄金君所贵，白璧妾自许。不如毋丧宝，韫椟各善处。君看双飞燕，雌雄各有侣。辛苦哺乳鸟，老大待谁茹。瓜田亮可畏，桑中难久伫。妾家有老母，待妾谋甘旨。

寄萼史山人 录一

文章寒于士，天地唯梦知。寥寥海外人，舍子又谁期。每怀虫鸟意，自抒哀乐词。佳句亦有数，鬼神若厄之。昨见山月白，知君怀我时。饫古同荼荠，宁嫌味差池。幸寄寸心来，共质千秋疑。

怀旧吟

北风起天末，哀雁已来翔。昨夜梦故人，淹滞在他乡。憔悴无悦容，尘色满襟裳。为言涉世难，郁郁安所长。三年不得归，千里提空囊。台省多亲故，陌路复何望。踌躇立歧途，落日自旁皇。怆焉魂重惊，枕上有余伤。萧萧庭树动，寒鸦啼晓霜。

闲坐

闲坐得情适，几案有余心。偶然顾我衣，山翠忽在襟。似觉心有花，飞蝶入来寻。窗鸟坐窥蝶，观春忘其音。风柳曳鸟神，其致与诗深。揽句句忽无，景自与神吟。

屋苔

山楼三日雨，满屋苔痕滋。其檐生石色，颇似阴崖攲。人在苔下居，古芬结须眉。兀然终日坐，绿影交静思。鸟疑屋是山，又疑我枯枝。飞来立于几，安天忘外疑。似饵苔边气，与吾乐其饥。惜身不可巢，负尔雄与雌。

烈妇行 并序

烈妇，象山李氏女、慈溪金氏妇也。夫出佣人渔，久无音耗，姑有外遇，欲污妇，屡强不可，榜掠酷甚，行将投沸汤而杀之，谋已成，适有风雷之变，惧而止。邻人不平，舁妇诉于县，至公庭，已不能言，逾时而绝，年十九。后以烈旌。

下有黄泉深，上有白日烈。在天照风雷，在人照霜雪。妾心如石身非铁，铁可锻之，石无烂时。以铁之身事姑，以石之心事夫，妾不负夫。妾之事姑，事姑有罪。妾受以肤，水之火之，身可为炉。

鸳兮鸯兮，上有慈乌。慈乌谁哺，子规呜呜。子规呜呜不闻声，鸳鸯分飞海不枯。海不枯兮不见夫，海之深兮不可涉。山之高兮不可攀，马不能角夫不还。纵夫之还，妾不能事姑见君无颜。姑闻雷而止，妾闻雷而喜。非喜姑之止而无死，妾终不可以生，曷不死于天之刑，而全姑之名。妾之生也不孝，妾之死也不孝。死伤姑心，生违姑教。寸肤死铁，寸心埋草。峨峨官府，阿姑已老。妾不忍死于姑，妾不得不死于夫。妾无可以告夫，愿夫早归善事姑。白日照妾，夫见妾之心。黄泉埋妾，夫难见妾心之深。

悲歌

太行高高，黄浊东滔。匣中有剑吾其韬，枥马壮心动哀号。出门无聊，四顾萧萧。西风飘影吹白日，昨夜美人颜色凋。蓬蒿在穷途，蹲者猛虎，跳者雄狐。壮士有气不敢粗，身无寸铁奈何吾。手持一杯坐空山，黄金不来，青鬓已枯。荜门如窦，低头媚屠沽。久不击筑手法疏，眼看悠悠老头颅。

戴鋈

吴文学小芬拟偕买山种树作此豫贺

丈夫具此好须眉,安能龌龊与时随。回头名海拔身早,速营菟裘吾将老。君持一杯春常寿,君煮酒数千石,尝自颜其庐曰寿春。惜无名山可佐酒。山有好树诗之灵,树有好鸟诗之声。君能买山学种树,我亦荷锄偕君住。黄柑绿酒年复年,君拟先种黄柑。此山有屋可神仙。速办支遁买山钱,我来共抱白云眠。

秋楼夜坐有感

灯气入残秋,孤心夜倚楼。朔风一雁醒,寰海几人愁。黑发怀兵愤,青山梦剑游。班生羁笔研,谁许觅封侯。

伫立

一鹭过微白,淡云静海横。山皱雕日色,天阔荡鹰情。人语遥沉野,鳀风近入城。徘徊无与共,伫立候潮声。

自小庵至甘露庵小憩

一寺黏山臂,松门入路深。古林荒塔屋,败草冷庵阴。径曲藏僧趣,云疏漏水音。读书当日地,幽境梦尝寻。

归雁

匆匆今日去,毕竟尔何归。塞北难为乐,江南不可飞。百年犹世路,万里总兵机。尚道胡沙好,还思故土依。

夜起

大象沉沉息万劳,空山夜气入洪陶。月依霜瓦无声冷,星拨风枝不动高。穷后文章双鬓老,愁边天地一鸿号。寒宵独立炼秋思,瘦骨支人到缊袍。

自甬上归,晓度阿育王岭

半亭人语带云轻,晓气笼衣接岭平。过鸟弄烟糊日色,来僧拨雾放钟声。航船客到欢迎路,旅店商归说避兵。闻道江淮烽火急,还山谁复请长缨。

酒后梦游西湖颇畅

佳境如人常念旧,一杯似海渡钱唐。凉风吹梦听松径,明月照诗下藕乡。僧外山无肉食气,鸥边水带酒心香。西湖风味吾难餍,昨遣游情醉枕偿。

中秋后一日

玉堂高会宴群仙,史相归来醉绮筵。南渡关山今夜月,可怜犹是十分圆。

《四明清诗略》卷二十六终

戴鋆

四明清诗略卷二十七

鄞 董沛孟如辑

江学海

原名文柱,字慎夫,一字仲慎,鄞人。咸丰辛亥举人。官四川试用知县。著有《濒湖草堂诗稿》。

《家传略》:先生由觉罗官学教习授四川知县,襄事谳局,每捧檄覆案,多所平反。大府某家人方用事,或讽以贿,进辄峻拒。学使者陈公延入幕,将荐诸大吏,而先生遽乞假归。

生平笃孝友,尝让宅诸弟,而已赁屋以居。耽玩书史,有所得,辄手自抄录,为文不加点窜。所著有《历代干支通表》二卷、《江氏征信录》四卷、《见闻随笔》若干卷。

潞河杂咏四首 时道经直隶通州 录二

筑城

儿皇昔割十六州,坤维坼裂陷并幽。陆沉鱼烂富媪愁,坐使冠佩易膻裘。真人江左垂冕旒,中山开平犹骅骝。潞城屹立楼橹修,令人却忆忠敏侯。_{通州城孙兴祖所筑。}龙飞凤舞移八驺,此城奠啻襟与喉。周围九里十三步,雉堞巍峨蠹烟雾。西翼神京东走海,扼此通衢资巩固。渔阳自是称雄镇,舳舻况复相奔赴。香秔粒粒东南来,神仓御廪纷崔巍。建言护之策良是,鼖鼓登登新城开。_{新城近附旧城隈。}如鼎有耳基址恢。历年已久半倾圮,埤堄剥落砖石颓。吁嗟！良牧不复得谁欤，低者增之薄者培。我来三日忽不乐，思欲登览豁尘埃。周环而视莽土堆，腰脚已倦神为摧。君不见，津门骇浪如奔雷，黑风几欲折樯桅。长鲸肆虐动成灾，回看晒米场上尚余空心台。明季范文忠所筑炮台在晒米场，今俗呼空心炮台。

牧马

通州之地高且寒，甘泉丰草天宇宽。文皇昔日战于此，神旗飒爽来云端。诏谓克敌马有神，高墙大屋祠宇新。天闲十二盛生息，恍如非子开嬴秦。良种远征大小宛，潞河遍处置行苑。圉人太仆杂沓来，原隰鳞鳞随地圈。北马房，东马房，花园崇教皆草场，至今犹留鸣玉坊。昨宵有旨下重闱，千乘万骑幸郑村。骐驹骊骆悉亲阅，地僻亦得邀至尊。高原倏已成沮洳，臣礼臣琮曾拜疏。散云骈雨勒碑文，姓名犹自臣鳌署。世事蓬莱几清浅，昔日新模今旧典。四郊原隰尚依然，但余嫩绿盈苔藓。我闻代郡自古生良马，有骊有黄白兼赭。龙驹昂首天际来，不知伯乐九方谁是者。

酉阳道中

历尽崎岖境，吁嗟到酉阳。天缘阴雨短，人为束装忙。怪石蹲魑魅，连山走虎狼。我愁资斧罄，羞涩问行囊。

云阳河中

万家门巷带朝阳，城郭分明列女墙。屋角高低疑罨画，山容枯寂俭梳妆。溪边一片砧声急，岸外千樯客意忙。闻说桓侯犹有庙，藻苹我愿荐馨香。

资阳旅店作

千里修途作意行，肩舆冒雨出山城。时逢夏令冈峦润，梦醒春婆出处轻。偏有蚊蝱争坐卧，笑看蛮触竞输赢。旅

江学海

中岑寂唯裁句，搔首狂吟意未平。

宜昌道中 录三

汉阳矶外上麻阳，本湖南县名，因弄船者多，遂以名船。风雪连天匝月将。一夜岸边灯火乱，榜人共说到宜昌。时适元夕，居人有龙灯之戏。

布帆最喜遇东风，我怪篙师号太公。记得长年三老句，赋诗早有浣花翁。

船行半日几湾环，两岸嵯岈尽大山。屹立水滨遮远目，我来终怪石头顽。

楼世沄

号稽山，鄞人。咸丰辛亥举人。

哭张丈芑桥

霜风猎猎秋夜鸣，鹤书吹出芙蓉城。蒿歌一曲动邻里，枌社惊失乡先生。先生系出横渠后，东铭西铭为世守。儒门所重在伦常，善气一庭蒸孝友。昔与大父结比邻，晨夕过从亲复亲。牵衣迭谒迎春里，举手摩顶语谆谆。膝下孙儿凤池客，青钱万选文章伯。研席相亲三两年，课暇常闻述祖德。鉴湖一泓秘监祠，风雨摇落焉能支。重新庙貌极巍焕，经之营之力不辞。派分荻埭称巨族，宗祏靡依心蹙蹙。彩戏桥南堂构新，量鼓亲操勤卜筑。尊贤亲亲礼典昭，世人视之若弁髦。先生独有拳拳意，美意延年年弥高。去岁开筵祝眉寿，苍颜白发香山叟。百忍堂中春风多，司马青衫任消受。讵料岁运厄黄杨，门前倏见丹旐扬。鹤驾去兮不复返，孙曾望断白云乡。我闻哀讣泪扑簌，回首祖庭感风木。湖光黯澹扬灵旗，空把寒泉荐秋菊。

冯可镛

原名可钺,字佐君,号舸月,慈溪人。汝霆子。咸丰辛亥举人。截取知县。著有《匏系斋诗抄》。

《慈溪县志》:可镛以能文名,主讲德润书院,修讲堂,增学舍。先后成《句章征文录》四卷、校刻《慈湖遗书》兼辑《补编》一卷、《慈湖先生年谱》二卷。尤工骈体。著有《浮碧山房骈文》若干卷、《笺注国朝骈体正宗》十二卷。

和周芝田明经锡年哭举主张文贞公诗

我读平陵曲,怒焉心烦忧。我读西台记,潜焉涕横流。黄犊不可赎,朱鸟徒悲讴。旷代犹相感,矧在同心俦。周君吾执友,经明而行修。唾地文如李,谭天辩若邹。相逢乱离后,握手成绸缪。示我哭师诗,情深语自遒。激烈碎竹石,哀怨入箜篌。京江老司寇,家邻北固楼。世系出宰相,门第数公侯。不独家学远,更兼德行优。英辞霏琼玉,令闻重琳球。金殿初传胪,五色祥云浮。清切东观地,秘笈尝校雠。执法继桓鲍,霜肃中丞骝。采风遍秦鲁,星驰使者辀。东南故材薮,金箴何人搜。公承天子命,持节来杭州。湖山助浩气,云水洗灵眸。孙阳善相马,一顾空骅骝。吴公荐贾谊,士林咸举头。此信冰鉴朗,彼幸珊网收。救时策再上,隐然针芥投。咄咄黄巾寇,百万驱貔貅。婺睦两州地,毒雾喷蚩尤。妖氛浙东逼,罗平鸟啾啾。嘉禾及吴兴,戎马更蹒跼。武林成孤注,渐水若浅沟。跳梁遍四面,纷如蚁猬稠。长围七十日,倾城绝粮糇。釜空但煮铠,鼓破徒援枹。罗掘尽鼠雀,道殣没车钩。已濒睢阳困,尚运子房筹。谁钦骠军志,甘为肉袒羞。开门揖盗入,笑语脱兜鍪。公怒拍案起,民社一旦休。毕命朱丝绳,不用靴刀抽。贼见梁间尸,去冠褫衣裘。提挈纳诸椟,送上申浦舟。申浦聚众官,莫决是也不。启椟识杲卿,依旧容颜留。眦裂睛炯炯,头蓬发髟髟。短衫不掩骱,何有衾与裯。改殓重薰沐,礼制详而周。容甀陈朱器,袭襚结黄绸。盖棺定论出,万口驰驿邮。周君时避兵,皂帽沪上游。闻之匍匐往,竟难一面谋。作夜梦颜色,今已隔明幽。长歌聊当哭,悲风起飕飗。心丧应三载,哀辞足千秋。读君五字诗,引我万斛愁。缅怀吕文节,镛辛亥座主,吕先生贤基殉难安徽。誓志赋同仇。后先骑箕去,大节相等侔。行拟徒步往,絮酒拜松楸。哀怆如有作,我唱君应酬。

过李司训遹观墓 遹观金华人。崇祯末慈溪训导。墓在邑东巽尖峰下,相传死无所归,因葬此。

司训事无可考,见冢碣《书李遹观先生墓》,右结款书四年同人谨题,无纪号题款姓氏。想其时东南未平,义旅云集,故为此阙如。故老相传谓是殷顽云。

青毡效死亦堪嗟,落拓卑官天一涯。三绝风流愁欲老,只身俯仰泣无家。可能完发归黄壤,宁只传经坐绛纱。今日空山剩抔土,白杨风急暮啼鸦。

裘崧乔

原名升权,字心泉,慈溪人。溥宗子。咸丰辛亥举人。著有《锄经书屋诗文集》。

旅中秋日

枫落江干客意阑,秋光又是一年看。传来玉札征鸿便,盼到银河渡鹊难。月下琴樽怀故国,灯前儿女忆长安。笛声吹出归兮曲,几度青衫泪暗弹。

郑德容

字小谷,镇海人。咸丰辛亥岁贡。

《家传略》:先生性刚直,遇事敢为而笃于孝友,有古王烈、薛包风。

和余瘦梅咏梅四章 录二

几番消息动南枝,递引东风惹我思。心事一般何处问,月临窗北倚阑时。忆梅

一觉春风纸帐温,罗浮何处暗招魂。疏帘悄悄三更月,恍过前山雪里村。梦梅

沈炳如

字豹章,一字亦仙,象山人。咸丰辛亥举人。

竹炬

颇较燃薪便,何须秉烛行。干霄增气焰,涤垢倍光明。月可良宵代,风怀旧日清。倘从除夜制,还作爆花声。

米饧

仅读毛诗注,长卿学太荒。烂形同麹蘖,炼味出餦餭。许杂甘醴献,谁搀冷粥尝。洋洋真悦口,"饧言乎,洋洋然"。见《释名》。不羡蔗根霜。

正月九日灵霄宫圣寿代群仙早朝应制

无上元穹冠九阊,诸天袍笏晓趋跄。共参辅弼三台位,来进昆仑万岁觞。转历一元开泰运,乘时六御总乾纲。回风隐隐闻鸾鹤,又报清微赐玉章。

陈子章

字雪斋,定海人。咸丰辛亥恩贡。

送龚秋舫总戎归松江

八年海甸树丰功,夜望欃枪一扫空。孺子犹知讴郭令,书生不减说文翁。新池涌出波痕碧,残骨埋余夕照红。试把德碑熏手诵,岘山风景古今同。

袁行泰

字少枚,号伯鸿,定海人。咸丰辛亥举人。

《定海厅志》:行泰自幼力学,习《春秋左氏传》,至老犹能默诵。工诗古文词,授徒数十年,最后主讲景行书院,出其门者多知名士。性纯孝,在京闻母讣,星夜驰归,哭声动闾巷。以父衰迈,遂不复进取。同治壬戌,粤匪寇定,偕邑人举办民团,事平,叙功以知县用,一出谒选,即归。尝协修厅志,志中军政、物产、营造,皆出其手云。

题葛豫斋_{祥熊}新著节慈遗范

结褵八载余,忽焉遭艰厄。黄鹄一朝飞,岂不怆胸膈。菀枯天为之,矫激亦何益。生长诗礼门,秉心贞且白。闺范守之坚,外内严寸尺。奉祀亲筥筐,律身等球璧。寻常一家言,充之义无斁。我从课读余,三载住高宅。饫闻节母贤,征信良不易。谁作女诫篇,会当勤采摭。_{律身。}

有子讵不贵,所贵在令子。爱之能勿劳,母道固如此。成立未为难,幼孩重其始。涵养勿任情,镇静由知止。斯语岂偶然,咀嚼皆名理。义方教勿违,终身堪践履。岂徒画荻功,沾沾习书史。我年已衰残,蹉跎叹逝水。凡有闻见时,动辄内省己。三复知耻言,掩卷蹙然起。_{教子。}

赠杨简侯

先生当代推巨手,欧海搜采竭材薮。文德更膺旬宣来,海内望之若山斗。比闻陕右转刍粟,车箱飞挽纷杂蹂。仓皇偶出夜量沙,枯瘠那经旁掣肘。此心清白见天日,纵遭谣诼亦无咎。佩印累累用为仪,读书醰醰荣于绶。唯公行藏两自如,出山在山更何有。况复承明旧直庐,炉烟惯赋禁中柳。天云纠缦阊阖开,恩命特加会登受。平生所好良不阿,北望金台独翘首。话旧恍如风引烟,怀远无奈月在天。人生踪迹多错迕,私衷况复钦高贤。吴阊昔日一舟舣,曾谒戟门五云里。承颜拟接古欧苏,问年窃惭小戊子。自后轮蹄苦奔走,县布怯登呼负负。迩来弹铗向茸城,帷车闭置同新妇。穹窿拟访雪中树,漆沮不识天涯路。元方剧谈剪灯寒,旅窗空作停云赋。回忆当年分宦囊,润我长安征车光。此心惓惓愧投报,道远难贻越酒香。

赠桃花山胡勺香孝廉_{祖芳}

我闻安期来仙山,泼墨作花石斑斓。花耶墨耶长如此,孕育灵秀从此始。花光四照仙之家,墨花濡染灿笔花。才人手握青镂管,金支翠蕤杂组纂。太白楼高云与齐,豪气直上争阶梯。朅来示我两三纸,淋漓喷薄倾如水。我生蚓鸣已自鄙,敢与黄钟角宫徵。何当醉乞古隃糜,挥洒桃花千万枝。海上移情寻我师。

宿万峰庵

新月挂林梢,山光云影交。老僧归竹径,野鹤宿松巢。酒醒溪边坐,诗成叶上抄。晚来寻鸟道,清磬隔烟敲。

陈子章　袁行泰

蓝筱农丈自沪迁归赋呈二律 丈，名海，曾任两淮伍佑场大使

移家重复话榆枌，一幅蒲帆向夕曛。洗甲难倾天上水，度人但乞海南云。阶兰春好吟坛暖，池草诗成别绪纷。令兄子青年伯名蔚雯，时奉使天津。闻说浣花行卷富，古香入手快浓熏。

苦海茫茫未有涯，避危去险屡移家。楚氛烟焰霾天日，诗卷雷霆压浪花。二月春风亲几杖，二月间曾在沪城得接声謦欬。一方秋水赋蒹葭。只因北雁书难达，惆怅庭前望眼赊。

柬奉蓝午溪丙照叠前韵 时咸丰十年庚申

过江江树指桑枌，丙辰四月由京旋过江，舟次握晤，自此阔别五载于兹。未罄深谈日已曛。每溯萍踪怀旧雨，欲看棣靴托青云。时令弟梦题同年在淮盐道任。乡心已逐行轺返，客绪偏随落叶纷。应向竹林承美荫，谓筱农丈。清芬合与好风熏。

白云凝望在天涯，坐次谈及尊翁奉使津口。明月寒营照汉家。未必檖枪连蓟树，拌将醱酊付黄花。高谈咳唾生珠玉，秋色回环绚荻葭。归去一灯山馆里，浩歌今夕兴犹赊。

送厉骇谷回里

沿堤杨柳系人愁，风送归云逐客舟。一带苍烟迷远望，鹭鹚伫立暮江头。

章鋆

字酡芝，号采南，鄞人。咸丰壬子一甲一名进士。官至国子监祭酒。著有《望云馆诗文稿》。

《鄞县志》：鋆幼颖异，九岁能诗，长益刻苦力学，以第一人成进士，屡掌文衡。相国朱文端以品学兼优荐，遂直上斋，旋长成均。居官清慎，尤究心理学，躬行实践。

视学福建，辑闽中儒先事迹，为闽儒学则以给士子。视学广东，严禁闱姓，粤人每届试期，射入选之姓，以角胜负。聚钱巨万，历政多受其私馈，鋆严绝之。又劝建义学十余所，以广教化。

性孝友，再奉讳以服官，违养不及视，含殓毁至骨立，既葬庐墓，晨夕展礼如事生。在广州闻仲弟之丧，恸几不任，试未周，以勤劳卒。参《行状》。

沉碑潭

晋武平孙吴，骄侈萌奏凯。前后若两人，相隔几何载。宫中乘羊车，昏迷本志改。诒谋南风吹，星光闇少海。再传遂大乱，九原得毋悔。嗟君蛊惑牵，臣复名心浼。左癖舍道腴，贪名胜脯醢。澄潭数尺深，遗碑今何在？

题冯小亭光禄画梅卷

作字如其人，画理亦有然。嗟哉冯光禄，高义凌云天。临危志不屈，完节名斯全。兹画即写照，神从阿堵传。冰心冷自洁，铁骨瘦更坚。古淡出尘表，不竞凡卉妍。展卷三叹息，怀旧涕泗涟。墨花万千点，化作碧血蔫。霜威逼庭隅，林月明娟娟。清风渺何许，复绝孤山巅。

题方月樵观察同年阳朔看山图

桂林山水天下奇，夙昔梦想今见之。我行才渡漓江湄，千峰突起森参差。玉笋瑶簪当空支，不图灵境乃有斯。邮程饱看浑忘疲，想是造化有意穷殊姿。镌刻万状神工施不然，胡为卓列无际合复离。怪石乱叠争累累，览君此图弥崟崎。扁舟一叶凉风吹，岚翠乱扑篷窗敧。蜀剑阁楚九疑秦，仙掌越武彝神秀。包孕靡或遗尽日，凭眺支吟颐纸尾。自写看山诗奇观，无数一一工摹追。吁嗟乎！岭外疆域当边陲,名山名藉名贤垂。柳州文教传今兹,伏波勋业人犹思。唯君清节琴鹤随,山水窟宅供遨嬉。仁风广被安且熙,瘴雾扫尽融春曦。宦迹所经声远驰,我当为君大书摩崖碑。高名与山共崔嵬,何止尺幅丹青烟霞披。

贞女行 有序

杨理庵太史以《女弟行略》见示,且为余言金烈妇事,其至行并足以感动天地,中怀触发难已于言,挑灯录之,不觉英光浩气侧出行间矣。

象山之峰高插天,慈溪之水清且涟。吾郡山水号清淑,钟毓乃在双婵娟。金烈妇,感悦遭狂猱,鼎镬汤沸死靡他,白日隆隆怒雷吼;杨贞女,系缨不再许,女贞两纪经霜凋,金橘偕萎仆庭序。是何巾帼姿树立,乃尔奇格天,震地信有之。吁嗟乎,烈妇烈,满腔血,彼以激昂全其节。贞女贞,片念诚,此以坚忍成其名。我愿告彤史,合传扬其美。愧煞古今依阿泄沓夫,枉称七尺须眉伟男子。

衡山舟次

归棹过衡州,风吹水逆流。年光催短景,雪意冷征裘。独坐书盈箧,清谈酒一瓯。怀人望天末,尺素寄来不。

凤岭 岭高峻似凤形,有额曰"去天尺五"

千盘危磴接天梯,绝顶浑疑碧落齐。风定时闻众流响,云开平视万山低。层峦合沓迎人面,乱石巉岩触马蹄。到此真超尘世外,问天奇句许谁题。

风陵渡入潼关

波光荡日耀旌旄,稳泛中流息怒涛。百二关临秦地险,五千仞峙华峰高。画疆势并丸泥固,共济人思击楫劳。南国烽烟犹未靖，临风眺望首频搔。

邺中怀古

亡汉天心莫可回，权奸乱世显雄才。周家服事名徒托，晋室清谈习已开。柳谷有图呈宝石，漳河无地巩高台。归程赤壁扁舟泛，纵火还思大将材。

杨太真墓

霓裳空复说繁华，飒飒寒林夕照斜。游女不知天宝事，醵容争取冢前沙。

惠陵

白帝城边锦水澄，当年先主此龙兴。三分不是偏安业，千载人呼汉帝陵。

闻宋仲穆学博殉难寿昌感赋 录二

自誓城亡必与亡，特留正气植纲常。昔时曾读梅花赋，今日方知铁石肠。

粤西江右逆氛张，就义从容有二王。后死如公死更烈，天教奇节壮吾乡。王琴仙太守本梧、王秋楂司马淑元，先殉粤贼之难。

张鼎辅

字楚佩，号小峰，鄞人。恕子。咸丰壬子进士。改庶吉士，官山东曹州知府。

《鄞县志》：鼎辅由庶常散馆改户部主事，遵例捐知府，分发山东，审问积案能得其情。两署武定府，亲莅书院与诸生讲论经史，士皆悦服。练总王九乘粤寇之逼，图谋不轨，鼎辅密与游击绪承练兵为备，俟其发，诱至，立诛之，余置不问，地方以安。捻匪张总愚率贼十余万连陷各州县，进逼郡城，鼎辅令军民同守，镇以安静，匪知备严，分路窜去。武定地冲要，贼蹂躏不一次，防堵至百余日，昼夜巡视，风雨无间。

同治六年补曹州府，未赴，逾年，奉旨以道员用，并加盐运使衔，旋以亲老告养归。

武定纪事四首

南海扬氛北海愁，干霄蔽日莽云浮。谁教猛虎偏生翼，欲击长蛇自有头。<small>惠民逆首王某勾枭入团，谋为不轨，先事擒诛。</small>酣睡宁防天霹雳，危巢岂待雨绸缪。<small>知逆党必图报复，预行戒备。</small>书生向未谙戎马，领略韬钤到棣州。

萧墙未靖寇戎生，毒雾漫天举国惊。一带长河天设险，万家坚垒众成城。<small>南捻窜扰东境，逼近大清河南岸，武郡、惠民等八州县皆隶河北，绵亘三百余里，民团数十万防守河干，得以无事。</small>已消境外狼烽焰，犹听风前鹤唳声。<small>南捻退后，逆党煽惑民团勾结枭匪，围攻郡城报复，同城文武率领绅民登陴固守，历十二昼夜。</small>北顾圻疆伊密迩，此间保障任非轻。

一波方息一波起，竟岁干戈扰未休。恰好借才来异地，<small>平乐陵东团得张绪初明府之力居多。</small>要知济事赖同舟。<small>朱陶庵明府移帑济军食，事赖以济。</small>衅成难免因循误，战决殊非草率谋。治郡终惭龚渤海，卖将刀剑买耕牛。

铁门关外海绵延，群道鱼盐利自然。滚滚千花翻白雪，霏霏万灶扬春烟。生成忍负君恩重，挽运应知国课先。莫谓人心终不古，黄河故道复年年。

张庭学

字仲圭，号诗农，鄞人。恕子。咸丰壬子进士。官翰林院编修。

《鄞县志》：庭学以庶常假归，会粤贼刘丽川据上海，同知吴煦知其才，邀入戎幕，苏抚吉尔杭阿倚重之。时官兵屡攻上海不下，庭学议筑甬道断其接济，并筑墙进逼，贼始困，遂克之。苏抚上其功，诏授编修，旋遵例捐道员。广督黄宗汉奏令赴粤协理军务，逾年归，未几，卒于家。

游三桥埠即之武康

十室自成村，肫然古俗敦。城延三里小，人畏一官尊。杞稗黄连亩，桑麻绿到门。桃源欣可托，谁与共晨昏。

西湖谒明权兵部尚书苍水张公墓

收拾残灰劫火余，茫茫天运竟何如。山头羊肉烹难食，树上猿声惨不舒。墓地兀参双少保，海天遥寄一尚书。我来敬谒乡前辈，正是西风落木初。

落日南屏暮色阑，群峰不改旧时观。西湖碑碣诸忠聚，东浙河山一局残。遁迹耻为遗老便，殉身兼及仆夫难。累累高冢传千古，松柏萧森风雨寒。

夜渡钱江听潮

潮头腾击海门东，万顷长江片刻通。暮色不分天地水，大声疑挟雨雷风。征鼙振动军威壮，强弩销沉霸气雄。舟子喧呼人梦醒，隔船微闪一灯红。

武淘

字亦山，定海人。咸丰壬子恩贡。著有《寄吾吟草》。

落叶

秋声入庭宇，落叶风中飞。干人亦何事，对之增歔欷。

张鼎辅　张庭学　武淘

弱质不自持，委弃随流澌。回首媚芳春，相隔几何时。后凋有松柏，苍苍横翠微。

过晓峰岭怀古

清风吹过晓峰巅，禾黍高低一片连。为问盐场何处是，新词谁唱柳屯田。

谢辅缨

字簪三，号尺瑚，镇海人。咸丰壬子举人，官陕西淳化知县。著有《关中宦游草》。

《家传略》：先生为文根柢经史。摄淳化县，以逆回窜扰事歧报镌级，旋以解饷甘肃五次，复原官。一夕宿白水江，忽风雨大作，江水暴涨，逆旅主人请暂避，先生守饷不去，卒无恙。南归后与都人士续纂县志，甫成书而卒。

畅月望日运饷扶风，偕况明府瀚联骑出东门登来凤山远爱亭谒班马祠，怀古四十韵

策马出郭门，朔风冷于铁。揽辔一以眺，肌肤皴欲裂。屈盘拾级升，冻绿压残雪。翼然远爱亭，坡老留故辙。忆昔判凤翔，俗美政罔缺。迄今千余年，四野多草窃。黎民叹孑遗，川原流碧血。仅存斗大地，井汲寒泉冽。出亭入古祠，抗怀缅先哲。班家贤桥梓，史才相颉颃。飞而食肉者，燕颔扬英烈。萧萧竹数竿，荒庭卧碑碣。窘步荆棘丛，颓垣支梁棁。庙门题字存，三马邦之杰。伟哉新息侯，铜柱华夷揭。薏苡变明珠，谣诼起长舌。可怜血战功，君王竟赐玦。今读诫子篇，词严义甚切。白眉称最良，五常辉阀阅。视彼辕下驹，局促笑跛鳖。抖擞马孟起，军令如电掣。誓不共戴天，戎衣画墨絰。奸雄如魏武，失魄心兀臲。墓近诸葛祠，<small>在沔县武侯庙侧</small>。名将五虎垺。如何马绛帐，祀

典不同列。钟毓河岳灵，文武植大节。明禋肃春秋，苹蘩荐芳洁。我来谒遗祠，景仰倍心折。自愧百不如，鞅掌守吾拙。幸逢况三水，循良继伯律。讨古恣雄谈，清言霏玉屑。精悍逼我眉，奥旨勤剔抉。夕阳下山坡，滩泉鸣呜咽。连骑纵所之，山川何寥泬。归语方扶风，为我杯盘设。呼妻烹鲤鱼，大嚼饫饕餮。土锉榾柮红，开瓮快流歠。居今而稽古，尚论判优劣。羽书任纷飞，唱和且更迭。梅影绮窗前，啾啾鸣鶗鴂。

和杨舍人雪沧韵

踏破南山路，遥遥不计程。江山惊旅梦，诗酒度残生。旧雨十年阔，清风一骑轻。若逢檀道济，重与话升平。

山灵应笑我，如此鬓皤皤。陇右亲朋少，关中感慨多。青衫游子泪，赤脚道人歌。丁卯九月，差旋至咸阳，城外楚军争渡，马不能前,仆从皆后。余先济步行泥淖中，靴底脱，跣足入城。风雨孤灯夜，吟肩耸若驼。

壬戌春避地横河和乩仙韵八章 录二

给谏门墙据贼营，眉梢日锁坐愁城。红巾到处无安土，黑发添来有饿氓。旅梦已随流水逝，泪痕犹带月光明。一杯浊酒浇魂磊，漏鼓冬冬又五更。

鹧鸪心事故乡天，乱耗纷纷道路传。辜负看花抛白纻，好偕采药侣黄冠。书藏蠹简千编失，笥置鹑衣百结悬。独立空庭惆怅甚，一肩道力肯磨坚。

郑望

字秉元，号卧梅，镇海人。咸丰壬子举人。著有《卧梅诗草》二卷。

丹徒道中有感

古木瘁无枝，斜日寒欲堕。藉藉道旁言，贼已窥江左。舆情尽风鹤，迁徙纷辕舵。縶我尚远游，进退靡一可。寄语爪牙材，慎守长江锁。时九江已失守。

夜步

地白鸦初静，人空影与俱。偶寻花外句，懒读树根书。明月随身有，凉萤落地无。伊人隔河汉，望望渺愁予。

由昆亭至慈岙

十里横塘路，肩舆缓缓行。帆稀添海量，地僻隐山名。日暖蛏苗长，人来松鼠惊。有时临绝顶，指点午潮生。

归舟

试刮尘沙眼，来看江岸春。柳腰初学舞，菜甲亦怀新。霁日喧啼鸟，澄渊纵跃鳞。寄声垂钓者，示我武陵津。

渡江 录一

挥手长亭客思遥，春寒未放绿杨条。贴天帆影齐飞鹜，卷地风声挟怒潮。一炬何人开铁锁，两山终古峙金焦。劳劳南北踪无定，莫向东流问六朝。

毗陵驿

吴侬歌罢倚孤篷，景物萧然入画工。水驿晴开双桨月，野亭寒亚一帘风。名心逐雁飞燕北，乡梦随云过浙东。最忆当年吴季子，翩翩风度与谁同。

蓝乔

定海人。咸丰壬子举人。

吊邑侯姚履堂殉难

变起崇朝叹力穷,我来濒海哭英雄。苍生一月逢甘雨,赤胆千秋著烈风。贻训只教身许国,读书移得孝为忠。成仁不乏知心侣,大节光增日月同。

虞峻

字竹亭,象山人。咸丰甲寅恩贡。著有《枕石山房稿》。陈得心撰《墓志略》:先生少读书,好治经,壮以经济自负。粤匪窜浙,率乡人练团防御,地方赖以保全。主讲罂溪书院,教人治经必折衷于宋儒。家虽贫乏,性好推解,乡人皆称虞先生而不名。所著有《见心录》七卷、《望海居笔记》若干卷。

过毓兰轩赠陈南屏先生

小筑城南僻,陂塘五亩宽。怡神拥图史,佳气苗芝兰。俯仰多陈迹,春秋足古欢。前修真自愧,翻说力行难。

约园十景 录二

门设常关为避哗,田歌四面任交加。忽闻几阵香风度,竞说坡前稻已花。稻香门

涌碧池头景色新,小桥横处浅通津。吹箫倘有凌波客,罗袜应知不染尘。涵虚桥

俞彰信

字成甫，一字水徵，号韵梅，慈溪人。庸礼弟。咸丰甲寅岁贡。著有《花萼楼诗稿》。

《慈溪县志》：彰信能医治瘟疫、暑湿，疟痢尤精，或用成法，或出新意，无不奏效。

题女婿冯生允骎携琴访友图

写照传神妙莫名，居然下笔面开生。置身不使红尘染，惬意唯教绿绮横。奚必擅才同叔夜，止须识趣类渊明。个中乐处何人会，会得无声胜有声。

蒋子礼

字以耕，号履堂，奉化人。咸丰甲寅岁贡。著有《蠹花吟草》。

问花

山林亭馆种应同，冷暖谁分俗眼中。岂以艳情招夜月，可因开晚怨东风。梅非好洁何缘白，杏亦离尘底事红。几度问花花不语，曲阑倚遍暗香融。

寻花

柴门一夜梦魂劳，不计春风策蹇遥。自我别来应寂寞，知君老去亦妖娆。短篱修竹几家屋，流水空山何处桥。曲径苔荒行欲尽，清香脉脉远相招。

李润德

字慎庵，鄞人。咸丰乙卯岁贡。

题岭梅七度图为马铭轩刺史作

月地云阶访旧游，四明耆社盛赓酬。我来东阁添吟兴，香雪丛中大白浮。

廿载炎荒旧政声，犹闻铜鼓耳边鸣。自锄明月修清福，官味而今似太羹。

何琳

字友珉，号韵仙，鄞人。岱从子。咸丰乙卯举人。著有《云石居诗稿》。

登吴山

到此发奇想，登临豁眼界。西湖涵明镜，长江束锦带。松风谡谡寒，落日寺门挂。俯视碧瓦烟，历历形如绘。层云荡我胸，顿觉尘凡隘。古石何嵚岩，欲下米颠拜。天划与神剜，一峰更奇怪。吾乡四明山，仙踪高百代。造物凿奇境，况复登华岱。对此不忍别，名山积诗债。吾欲攀绝顶，举头望天外。

将出都门有怀徐舍人 时栋

飞风卷尘沙，吹我游子衣。天涯望明月，故人感别离。别离分两地，竟日起相思。相思不能寐，容颜入梦时。昔君北游日，送君河之湄。恨不偕君往，着鞭同笑嬉。迨我束装去，幽燕新驱驰。因君来送我，我问君行期。君言春正月，出门定不疑。屈指二月尽，见我于京畿。我舟江与淮，我车邹与齐。望见春明门，我马初脱羁。念我索居日，长安多故知。谓宋莲叔观察、令弟子舟比部、童薇研太史。今我来不易，举目知音稀。时诸君皆归里中。日日望君至，有酒斟酌之。轮蹄驻门外，谓是而竟非。忽见红杏开，春色盈凤池。羡彼年少郎,翩翩新折枝。谓赵粹甫、盛蓉舟。天香闻隔树,顾影殊自悲。睽君四千里,山巅复水涯。残灯明旅馆,苦吟而歔欷。平安寄君信,近状吾无欺。天街车仆仆,官桥柳依依。相见已不远,快睹君丰姿。话旧出西郭,时君新居城西。示君都中诗。会当寻旧梦,行色春风催。木天与薇省,位置君并宜。知君不我弃,一鞭长追随。

烈妇吟 妇氏方吾友张梦生妻也。梦生病革,愿以身代,先一夕而亡。梦生名庆松,补诸生,卒年三十。

吾闻望夫身化石,未闻代夫先命绝。又闻杞妇哭崩城,未闻夫病妇捐生。代夫捐生世罕有,得诸吾友张子妇。妇年二十归于张,画眉京兆本才郎。一旦夫病忽告急,镜黯菱花空掩泣。轻身一死赴黄泉,欲挽造化夫命延。吁嗟乎!妇岂不知有二子,一念坚贞乌能已。又岂不知有迈姑,此念转移胡为乎。人谓烈妇死无益,我谓烈归不易得。妇今与夫如昔时,鸳鸯冢上碧草滋。百年同归分久暂,吁嗟张子可无憾。

净慈寺

宝刹千年迹,禅堂八月风。云归罗汉袖,山捧梵王宫。汲井明秋水,寺中有圆木井。凭阑望远空。钟声何处动,落日寺门红。

西郊暮望

出郊抄得路弯环,信步寻芳意自闲。秋水诗情流一叶,夕阳画意绚千山。云沉远浦渔歌起,烟散疏林鸟倦还。独立苍茫不归去,为邀明月出松关。

李世濂

字莲史，鄞人。咸丰乙卯举人。

赠朴上人和卢明府原韵

道是尘缘总孽缘，消除魔障性灵天。即心即佛从今悟，试借蒲团学坐禅。

斩断情根慧剑磨，喃喃说法向檀那。大师欲把前身证，不是维摩即达摩。

裘性宗

字禾村，慈溪人。咸丰乙卯举人。著有《寸草堂诗文集》。《慈溪县志》：性宗性坦易，取与不苟，湛深经义。同治四年会试，挑取誊录，比选授仁和教谕，已前卒。

太息

太息狂澜倒，中流孰主持。俗情殽乱见，交态别离知。开落花无语，妍媸镜不欺。阿侬唯用拙，桀犬吠何疑。

渡甬江

滚滚长江日夜流，万方多难几时休。干戈满野风云惨，烽火连天草木愁。回首故乡成落寞，伤心异地且句留。此生飘泊浑无定，身世何如水上鸥。

酒家

山村水郭画桥东，沽酒何人问牧童。深巷屐声疏雨里，小楼旗影夕阳中。垂杨低锁三椽绿，残杏深藏半壁红。羡煞谪仙真落拓，长安高卧醉春风。

邵允昌

字谷辰,号谷人,镇海人。树棻弟。咸丰戊午举人。官萧山教谕。著有《闲吟草》《北游吟》《越游吟》。

《行述略》:公由觉罗官学教习授知县,改萧山教谕。少时尝刲股疗母疾,事兄如父,族党咸称之。生平言行不苟,所编《庸训录》《嘉言懿行录》《格言句证》等书,皆有关于世道人心。

绍郡正月雪夜即事

雪后连逢雪,春来不见春。青灯孤馆夜,白首异乡人。小饮醅嫌厚,沉吟句苦陈。试探梅柳意,芳信滞江滨。

春仲自清江归,闻浙江有变

韶华转瞬值春残,愁绪茫茫感百端。对镜剧怜风格瘦,凭阑怕听雨声酸。关河举目烽烟近,乡里栖身寄托难。盼望王师天上降,凯歌指日报平安。

春季忆家 录一

航海来观上国光,长安漂泊历星霜。栖身北地悲孤客,极目南云望故乡。人世惯伤驹过隙,家居犹喜雁成行。二兄、五兄、八弟尚在。而今休把浮名恋,课读还存旧草堂。

游湘湖

寺临浅水掩松关,一棹扁舟去复还。惆怅越王台已圮,秋风落叶满空山。

邵炯德

字琅轩,镇海人。树棻子。咸丰乙卯举人。

《家传略》：君负文誉，乡里后进多从之游。事母孝，在家授徒，或由外归省，每食必侍母共食，无少离云。

赠林锡九

海录山经手一编，琳琅邺架费钻研。截蒲字注虫鱼后，汗竹文搜蝌蚪年。训授城南储伟器，庆重堂北列华筵。伯阳柱史无他好，风雨青灯伴蠹眠。

黄叔元

字幼山，鄞人。桐孙子。由监生授中书科中书。著有《补梅花庐诗集》。

重度玉山

林乌叫落月，枥马嘶寒风。披衣出门视，天色青蒙蒙。呼童整襆被，言趋要路冲。旭日悬树杪，闪闪钲磨铜。秋山不一色，迷离眩双瞳。行程八十里，曩景非复同。茶亭移涧西，酒舍添溪东。人生各安业，独我仍飘蓬。踪迹渺无定，爪印如飞鸿。道路日以远，忧思日以重。回首望故山，白云千里封。

登翠光台

高台耸千尺，巉崚磨碧雯。俯临东汉水，仰抉南山云。振衣一登眺，吟目洗垢氛。仙人去不返，丹灶余迹存。当时羽流集，旨酒饮熏熏。笑视人间世，蝼蚁徒纷纭。往还不知疲，扰扰趋膻荤。一朝忽变灭，万类空悲辛。我来发浩唱，唤醒尘梦昏。羽翼凌长风，上追鸾鹤群。

雪

群鸦冻不语，低飞绕檐匝。风雪连三朝，天地皓一色。

避患罟湖湄，失计困穷乏。郡郭鼙鼓喧，夜卧梦成魇。悯彼失所人，饥寒逼残腊。所期阳和回，天心转呼吸。仰首重阴开，万里洗兵甲。

山阴杜贞女诗

　　茑萝力弱冰霜天，松柏已枯还缠绵。荷花单枝香不吐，一寸苦心入泉土。人生至性天所授，山阴杜女实罕觏。杜氏女，幼字张，发未覆肩夫云亡，闻之血泪沾衣裳。贞心默誓人不识，髧彼两髦唯我特。夫魂游碧落，朝朝望颜色。夫身葬黄泉，暮暮闻叹息。朝朝暮暮逾八载，女年及笄心不改。鸩媒入门陈俪皮，父母不敢告女知。女知笑言故自若，引刀断指血淋漓。生为杜氏女，死为张氏妇。女身虽生心已死，皎日当空莫女负。毁残肢体辞双亲，身披雪衣归婿门。邻里戚族泣相送，嗟彼为义非为恩。卒成厥志吁足重，绰楔干云舞丹凤。不随草木委泥沙，赫赫贞名日月共。

题王总戎雪猎图

　　平原猎猎风怒吼，一夜雪积三尺厚。鹰犬飞腾狐兔走，将军射猎意气雄。身披貂裘骑花骢，两臂力劲挳雕弓。雨血风毛半空舞，饿鸱入云作人语。马足回旋郁余怒，归来大笑开画堂。梅花满树霏清香，烹鲜邀客倾春觞。醉后高歌对明月，壁上新图墨花溢。寒芒万丈生虚室。

渡钱江

　　但觉风帆顺，都忘水驿长。潮平龙稳卧，天阔鸟回翔。霸业余秋草，江流送夕阳。灵胥何事怒，吴越旧分疆。

伯牙台

　　知音不可遇，落日见荒台。流水仍今古，闲云自去来。

鱼龙秋意寂,猿鹤暮啼哀。海上成连在,移情有几回。

泽国

泽国狼烽扰,星邮羽檄飞。时调陕安兵赴浙。雄心驰大海,噩梦绕慈闱。遭乱身逾幻,依人计本非。何时返亲舍,别泪拂莱衣。

雨后晚眺

清景江城满,幽吟对夕霏。水声风助健,山色雨添肥。邻树寒犹勒,檐花湿不飞。空阶凉月上,好听素琴挥。

仲宣楼

登临谁与忆名流,词赋长传百尺楼。一代才华怜入邺,十年踪迹怅依刘。高衢可骋心犹壮,故国难归泪不收。岘首尚余遗井在,杜陵野老亦牵愁。

雨后登威远城

雄城鳌顶踞崔巍,纵目沧溟势壮哉。万古蛟鼍环堞伏,百蛮犀象叩关来。雨余极浦潮声健,云散长天霁色开。靖海谁能筹上策,南塘独抱不凡才。

王世浚

字稽云,鄞人。贡生。

赠陈咏桥征君 劢

我家君外家,相见各丱角。忽忽数十年,耄矣不自觉。追维少壮时,文坛相追逐。同撷泮水芹,同食上庠粟。倏然君高举,拔萃科名擢。廷试既获隽,粤西为民牧。需次一载余,心为啮指触。陈情乞终养,但望归鞭速。归来父曰嗟，余命幸再续。自咎一官误，不能侍床蓐。依依孺慕忱，侍奉孝弥笃。灵椿忽摧残，晨昏依萱幄。极意承色笑，养志让君独。纪元逢壬戌，征书星火速。载拜稽首言，臣非敢辞禄。吏治非所长，心窃忧覆餗。有司达其情，翛然脱尘俗。行谊既过人，才艺更超卓。文体澹而雅，书法圆而熟。余事复为诗，字字湛珠玉。著述日益富，而犹不废读。诗书有传人，粲粲莱子服。盛会续香山，醴酒斟芬郁。我虽病颓唐，敬致宾筵祝。为君进一言，万事如转轴。记否闰重三，联句图一幅。图中有六人，存者君与仆。或为天所厚，籍注长生箓。努力各加餐，消受清闲福。

读杨氏忠节录题后

乔木承先泽，诸杨重四明。丈夫期报国，女子亦捐生。一代兴亡感，千秋节义名。遗编试披读，不觉涕纵横。

袁眉寿

字介春，号癯仙，鄞人。贡生。官遂安训导。

题梁观察琴苑图

硕德颂愔愔，薪传绪可寻。斫桐留古意，咬菜识深心。玉柱声难閟，冰壶味共斟。图成彝鼎重，千载播徽音。
屺岵挥双泪，情怀古与同。丝桐参治谱，饘粥溯家风。自协宫商韵，能明淡泊衷。慈云垂覆处，泽被浙西东。

钱汝梅

字睡醖，鄞人。监生。著有《青雷山人诗草》。
钱凤翰《序略》：先大父幼明敏，通经史。稍长弃举子业，顾性喜吟咏，与同里董雪晴先生相倡和，每探奇选胜有所得,皆托之于诗。生平不立崖岸,胸次旷然。所作诗随手散佚,裒辑之,得古近体五十七首。

过新岭

欲上不上溪边云,欲来不来山头雨。云收雨散又蒙蒙,湿翠如烟润衣缕。我来新岭坐菁茅,出手扪天天尺五。上岭还知下岭难,谢公之屐敝谁补。一林老树蟠苍虬,十里长风啸乳虎。山高斜日早昏沉,隔水樵歌起深坞。声声禽鸟自呼名,寂寂山花不知数。盘桓松下竟忘归,黄昏恐掩酒家户。村醪淡泊亦生香,夜宿池边月当午。

游南山院

曲径入林泉,南山地独偏。竹深能爱客,僧朴不谈禅。留杖知仙迹,闻钟证夙缘。扶筇询故道,落日满溪前。

过小隐园访金君槐庭不遇

梅湖清浅浪微翻,栗木塘前小隐园。路曲客从松底至,林高鸟自竹边喧。柴扉深锁樱桃树,竹榻空悬芍药轩。野鹤闲云何处去,满溪落日水潺湲。

天童寺

山回溪转路重重,小白峰前太白峰。两岸松风吹不断,隔林穿出一声钟。

钱承烙

字显明,鄞人。监生。著有《双桂老人漫就诗文草》。

咏雪

酿出玻璃界,涵虚失旧容。山连幽涧沍,树挟冻云封。

着地眩银海，漫天走玉龙。立春犹未到，降瑞慰三农。

天童道中

太白峰前雨乍晴，孤云高卧最关情。山深林密无寻处，一道松风送我行。

卢以瑛

字梅岑，号英甫，鄞人。诸生，议叙补用知府。著有《访梅吟舍诗抄》。

《行述略》：公潜心经济之学。咸丰初，南洋海盗蜂起，商船承运漕粮，往来海上，时苦被劫，公创议购宝顺轮船出洋，梭巡以护粮艘，运事得以无误，以功由训导晋授同知。

十一年冬，粤寇陷郡，势张甚，公与陈君鱼门练勇防守江北，并遣人说驻郡英国领事，晓以大义，定计调集义兵，克期攻剿，次年四月克服郡城，属邑以次收复，公之力为多云。

题费竹君表弟伏虎图

一声远吼风云驰，山走魑魅泽走麋。万夫辟易天地惨，谭笑麾之何太奇。拔山扛鼎不足恃，托钵持咒亦幻尔。天生猛兽逼向人，非大神力谁伏此。骠骑山高溪水碧，中有奇人此焉宅。年少任侠颇自豪，意气常轻五陵客。在天不羡云中鹤，在地不局辕下驹。翛然古装摹古趣，示我金仙伏虎图。我与君交知最真，放怀常欲空斯人。誓将愿力搏狮象，眼前于菟安足论。君不见，人生举念皆险途，纷然吞噬无时无。睡蛇扰扰摩登女，意马逐逐诊痴符。狂夫徇欲士徇名，悍如负嵎势莫撄。系铃不知铃自解，朝朝白额随我行。羡君慧剑尽驱除，指挥六凿皆帖如。山空云净不知处，独立苍茫还我初。

登候涛山作

乙卯余偕费桐君、竹君催运粮艘至镇,登此山望远,时海氛未靖,大吏方委派各商捐购轮船为弭盗计,故结语及之。

揽尽明州势,东来望海门。涛从天外泻,山向水中蹲。极浦云俱合,遥林雨欲昏。星槎如可借,壮志许重论。

新夏

南风麦陇正吹香,水涨溶溶数亩塘。笋箨惊雷才解紫,菜花洗雨半销黄。近山鸟语当箴友,隔舍鸡啼破睡乡。无事独吟还独笑,又看屋角挂斜阳。

游普陀山夜宿佛顶山寺

为寻绝顶入云深,苦向尘寰证佛心。家国艰难余涕泪,乾坤俯仰此登临。上方钟磬圆僧梦,天际波涛送梵音。瀛海扁舟蔬饭客,不须风雨助愁吟。

潮音洞前望海

化工出奇想,造此幽旷境。四山风雨来,禅心自寂静。

闻西匪窜弋阳感赋

羽书驰报贼西回,海外征输遍地催。此日只身江上望,怒涛还作万军来。

严子陵钓台

客星终古耀晴皋,一领羊裘傲锦袍。天子冈前山万叠,大江风雪钓台高。

钱承焜　卢以瑛

叶元壁

字联辉,号小谱,慈溪人。监生。著有《喻指轩文酌》二卷、《诗酌》十一卷。

过塔岭

入夏阳光骄,炎威众山逼。四月非三伏,触手已可炙。琤琮流壑深,蒙密蔽径窄。盘盘登浮图,一转一旷辟。兹岭处邃奥,往来鲜行客。磴道无峻险,优游展良觌。明翠接天高,气润烟欲滴。杉桧榆柽风,回旋竹枝隙。禽喧落林果,蝶舞辉草色。微云留茅亭,细泉泻崖壁。久憩清阴间,烦襟尽洗涤。意得岂关远,心赏不在迹。恋物情与幽,下山景将昃。桔槔野岸翻,畚挶泥垢积。日居夏屋中,焉知三农力。委顿劳征途,观彼有余逸。

薄暮登望湖楼

涉世抱湮郁,触绪寡欢惊。偶见清净景,如与佳侣逢。湖楼敞疏棂,苍翠涵澄空。暝色入静穆,群象归陶镕。汀芦延州树,倒影交蒨葱。游鳞忽四散,高鸟度其中。尘机方偃息,一动还忡忡。日翻原上麦,云移山顶松。光景忽变迁,节序惊遽匆。堤草已新碧,野花非故红。众植具生理,首夏纷蒙茸。我心结寒气,华春犹凛冬。象外意闲适,藐焉愧兹躬。宇宙本高旷,吾生自卑庸。此地有山水,亦为灵秀钟。林木足蔚润,须识栽培功。得暇堪寻趣,当境即可通。真源苟悟彻,妙蕴宣无穷。归路映余绚,残霞升前峰。

重过定水寺

旧梦寻苔石,幽亭长薜莎。法华常自转,溪水不生波。属涉静中趣,因知劳者歌。林栖信娱悦,心赏在岩阿。

夜雨宿定水寺

绕砌繁虫激响哀，感时容易鬓毛摧。当关古木秋风肃，照雨深灯佛阁开。独客长途犹泛梗，空山片石已生苔。澄怀止水心无着，静听钟声落酒杯。

叶元尧

字叔兰，号云亭，慈溪人。诸生。著有《听秋吟馆诗集》四卷。

寒食经长溪岭

陟险气预阻，远势极峥嵘。夙念积磊砢，至此弥不平。乱石错盾戟，杂树扬旆旌。磴道忽中断，盘旋心怦怦。寸趾轻转侧，俄顷安危并。自昔畏风鹤，矧乃经甲兵。空山十日雨，草甲应已萌。一经余烧痕，东风吹不青。是时值寒食，何处棠梨馨。墓祭杂新鬼，野哭无人听。狂飙撼地轴，苍莽移东溟。崇冈一以振，众峰欲无凭。其巅毁危构，独拄犹力撑。峭壁有时裂，隐隐藏震霆。触热不可逼，石气变为赪。劫火所历处，惨淡愁山灵。即此耳目间，往迹几变更。乌乎闾阎端，虎豹严重扃。天心有由感，民困仍未醒。原借河汉水，一洗东南清。

自挂雾峰至瀑水源暮归

来径坠叶多，去路行云速。寒流卧檐影，返照移颓屋。际晚岚彩重，苍翠自深蓄。入耳答鸣琴，泠泠溅珠玉。十日四山雨，众溜归一渎。绕潭杂茸草，分润及秋绿。湖光互回荡，孤鹭间飞沐。清气此焉聚，肠腑幸湔濯。凌寒意俱敛，恋胜感亦触。目与高鸟争，神共回峰属。欢言携吟朋，余晖且遟瞩。

相逢行

浮萍逐流水，飘飘东复西。萍开水漾见江影，两岸文禽声自啼。短辕辚辚大道侧，十载华年怨锦瑟。千门万户春风多，洒作深红与酣碧。湘筠润珠露，玉立何亭亭。沉思独往幽且贞，远山敛黛烟痕青。秋来蛩语江沙畔，繁星在天月华乱。愁丝百结不可缲，转为深恩作凄怨。相逢踪迹等浮沤，亦有悲吟世未投。一掬青衫知己泪，荻花萧飒满江头。

西坝晚渡

斜日荒荒下野津，平沙风卷极萧森。山头云构余空翠，水外烟村半积阴。倦鸟投林安宿梦，寒蛩啼岸入秋心。欲穷芳杜思千里，归棹苍茫芦荻深。

登隐山望海

凌飙直上蹑嵯峨，湖海苍茫试放歌。孤屿浮沉残照半，乱山向背断虹多。惊传岛上遗犀咒，遥盼云端下鹳鹅。乡国干戈殊未已，江淮民力近如何。

寓鹳浦

人事流离岁月残，闲身偶寄一枝安。地偏莫问黄尘远，日暮还怜翠袖寒。山馆松篁犹偃蹇，江城冰雪正阑珊。伤鸿警鹊知多少，烟景萧条未忍看。

张淇

字双桥，慈溪人。贡生。

朱将军庙落成歌以吊之

海山苍然多乔木,中有荩臣出望族。将军朱子之裔孙,其生其死重华岳。乃祖乃父昔死绥,将军奋起嗣前徽。将军能将十万兵,屡平剧贼子从征。狡焉红夷忽构乱,突入蛟门海道断。承平日久武备弛,浙东郡邑势披靡。孤军誓死相角掎,临阵义声动天地。原为厉鬼杀贼人,收复海疆志乃遂。父子同日为国殇,朝家恤典何煌煌。豹山卜吉建饗堂,父老奔走奉烝尝。公魂所恋唯东浙,御灾捍患著功烈。生而为英死为灵,呜呼,将军真人杰!

王棻

字建堂,号小舟,又号同生,慈溪人。监生。以军功叙知府。著有《晚晴楼诗稿》。

苦战行 吊定海镇葛云飞、寿春镇王锡朋、处州镇郑国鸿。

刁斗声死海气恶,烽火矗天霹雳作。丸泥无计试东封,邓守所筑土城,时已圮。天上将星一时落。四日四夜兵不休,飞矢冒石城上头。孤军海外苦无援,胡笳吹断蛟门秋。共道此战势莫敌,愁云压地天无日。血忱牢结郑与王,歃血誓师共杀贼。岂知天不谅忠精,连宵淫雨飞孤城。黑狐跳梁白狐啸,班马萧萧惨不鸣。西鄙之兵连北鄙,两地相依若唇齿。贼兵间道走阴平,将军力尽后先死。咽喉要害古舟山,峻岭巍峨未可攀。何事坐失晓峰守,无人为斩楼兰还。生者三寸舌,死者一腔血。是谁惜死乘夜归,大错竟铸六州铁。闻葛公请兵守晓峰,督师不许,卒以此失守。

催租吏

前年岛夷肆跋扈,奔走流离剧困苦。幸得稻粱大有年,家家犹得称安堵。今年七月起飓风，田禾历乱如转蓬。八月狂风又大雨，平畴漂没无西东。大风拔木屋宇倒，大水浸禾同腐草。人民之苦莫过此，居无室家食无稻。君不闻，去年离乱犹未荒，九重有诏免官粮。今年田禾遭恶岁，酷吏索租如虎狼。老妇典衣沽酒浆，小姑杀鸡作羹汤。殷勤待吏吏不喜，田家待吏何儿戏。

赠徐古春别驾

饮酒不限三百杯，但愿一扫愁肠开。题诗何必惊人句，但愿自适闲中趣。男儿识字便非福，万卷安用闭门读。纵得便便富五车，千金谁买孝先腹。我本四明一狂客，偏向红尘时插脚。今年复向沪渎游，知己天涯谁作达。群言城北有徐公，少年落拓走西东。倦游学得医人术，针茅砭刺称奇功。邂逅相逢笑握手，襟期朗豁眼界空。赠人诗句满四壁，宴客杯盘长狼籍。下榻更有旧家风，异地同乡情颇适。只今薄海苦烽烟，客路苍凉亦可怜。我已蹉跎成白首，君胡不乐栖林泉。愿君饮我酒，请君为我歌。有酒且斟酌，有诗且吟哦。诗天酒国有乐境，世途触处皆风波。故乡无恙高堂健，此情此景休轻过。举杯浩歌仰天笑，有酒不饮将如何。

舟泊北渡

雨过江声急，云归日影斜。扁舟依古渡，浅水带晴沙。月上闻渔唱，灯悬识酒家。鱼山在何处，清梦绕烟霞。

观戴军门遣兵戍台湾

将军振威武，风劲马萧萧。灯火连营迥，旌旗列阵遥。弓弦鸣紫塞，雕影落青霄。回首句江月，沉沉破寂寥。

江楼晚眺 录一

碧水涵窗傍晚开,兴来纵目尽徘徊。隔江帆影排云出,入夜潮声带雨来。剩有鱼龙嘘海气,更无皮陆见诗才。闲中我独凭阑望,洗得尘心日几回。

秋感

黄叶萧疏万树秋,侧身天地迥添愁。雍门散后无朱履,季子归来剩黑裘。故国莼鲈思远道,旧时松菊入荒丘。大江流水青天月,谁问当年庾亮楼。

黄花影里鬓如丝,更倩何人说项斯。薄宦未容充狗监,劳生何必讳牛医。千金意气魏无忌,四海声名隽不疑。今古风流都有分,几时重觅岘山碑。

六言

一卷灵均楚语,三尺伯牙素琴。香草美人遗恨,高山流水知音。

诸葛纶巾羽扇,羊公缓带轻裘。管乐平生小可,江山终古风流。

大江水流东去,西山爽气朝来。麈尾隐囊旧物,清风明月高台。

送董雨村之乍浦

春水桥头涨绿波,九峰兵后近如何。异乡客送同乡客,一样青袍涕泪多。

洪庆瑞

字独香,慈溪人。观弟。贡生。著有《春农诗文草》二卷。

横山

距县八里程,有山妥而平。高不满十丈,双径跨脊行。乡中好事者,鲤鱼状其形。藐兹土壤耳,岂能齐□英。我友号轶客,为我闲论评。其祖昔居此,渤海延家声。蔗村好手笔,著作光承明。归卧溯游钓,梓集仍其名。_{蔗村先生有《横山集》。}一丘遂增重,何必昆与瀛。北山别无胜,谛视脉颇清。河水漩曲折,起伏亦有情。吁嗟太史祖,唯见横山横。

夜泛管山河

芦港弯环刺小船,短篙惊起白鸥眠。鸣榔渔艇才分火,卖酒人家尚数钱。风冷吹波河未冻,月明照岸树无烟。中流欲觅新诗句,应耸东坡寒夜肩。

魏钟

慈溪人。著有《宜雨斋诗草》一卷。

谒长白山人魏耕墓

公于因国为诸生,甲申以后变姓名。_{公初名璧。}朱家灰死尚吹火,火爇苔上还弄兵。兵摧复向江湖走,其时闽海犹屯守。间关引得南军来,乘风三日抵京口。延平尔亦称奇计,鼓行航海窥腹地。长江天险为羹沸,骄帅一蹶出天意。苦留遮道屯焦湖,大厦不支难再图。蜡丸书落小校手,逻者得之公就拘。武林市上刀如雪,雒邑殷遗心似铁。成仁就义慨以慷,千人万人争雨泣。可怜白骨谁能收,浙东义士吾同俦。李达杨迁坐遣戍,钱唐孙治来购求。初葬南屏后灵隐,忠骸要与岳于近。春来春去湖水流,犹似搥胸诉孤愤。君不见,行朝兵部张侍郎,南屏山下抔土黄。又不见，孤山之麓有蓬颗，知是同时杨职方。石人峰下改葬公，口碑啧啧称三忠。二百年来怀古士，斗酒时酹斜阳红。我昔西泠五泛桡，苏堤白堤风萧萧。古墓荒凉寻不得，叹息忠魂何处招。今兹又作临安客，细剔山中碑三尺。苔花绣绿土花斑，模胡犹辨字长白。长白墓上草萋萋，空山无人闻鸟啼。我来再拜独呜咽，两行热泪沾春衣。

过觉林寺

老衲殷勤自煮茶，偷闲半日在僧家。夕阳归去频回首，门外一池红藕花。

袁堃

字小湖，慈溪人。著有《羁愁草》。

晓起

竟夕劳乡梦，朝来欲起慵。枕余中夜泪，镜失旧时容。风挟寒冰壮，霜蒸旭日浓。晨光喧鸟语，借此豁幽衷。

幽居

乱世功名淡，幽居岁月更。风霜余别恨，诗酒寄浮生。不作处堂燕，聊为出谷莺。故乡回首望，千里暮云横。

宓于辰

字次星，号晓渔，慈溪人。璟子。贡生。著有《拜石山房诗稿》。

《慈溪县志》：于辰性笃挚，父璟尝病羸，刲股疗之；父殁，事大母姜及母方，并以孝闻。凤精医，好周戚族，期功及外家，无后者为立嗣，营丧葬。尝捐千金建义塾，学使祁世长以孝义可风旌其门。

菊花

秋老先生径,黄花吐艳姿。众芳须此殿,高格少人知。夕照添幽趣,西风动远思。霜螯频料理,相赏酒盈卮。

蜡梅

漫说生涯嚼蜡如,暗香阵阵送幽居。蜜成留得蜂房在,书远常嫌驿使疏。晓雾着花还点染,春风何地不吹嘘。爱他寂寞空王宅,一样清宵带月锄。

胡概

字秉和,号鸥盘,镇海人。沅子。诸生。
《蛟川诗系》:鸥盘抱朴宅真,不失读书人本色。诗非其所长,然偶一拈毫,其吐属要不俗也。

城北池同梅伯观荷

天光云影静依回,半欲凋残半未开。疑到西方清净界,一花一叶一如来。

不多疏树绕方塘,煮茗凭阑得静香。移上城西斜日影,竟将素面换红妆。

王其朋

镇海人。著有《瓶壶山房虫吟草》《盘谷山房记事草》。

登招宝山放歌

招宝山名本候涛,擎天柱石有灵鳌。却是古来征战地,山前山后建旌旄。城东石刻潮音洞,全浙关津第一重。湖汐海门朝夕送，相传时有鲸鲵纵。爰稽越公张世杰，水师统制称英烈。卞彪说降心如铁，巾子山头断其舌，招宝山旁有巾子山。后继元戎俞大猷，临山姑渡破群酋。英风气作山河壮，时雨师行草木稠。从此倭氛不息兵，海隅时听鼓鼙声。卢公谭使费经营，卢镗、谭纶。始筑山巅威远城。威远城头雉堞高，普陀山寺吼蒲牢。山顶建普陀寺，筑威远城。戚家军士尽英豪，阵列鸳鸯贼见逃。戚继光。海不扬波二百载，诸公崇祀精灵在。寺内奉祀张、俞、卢、谭诸公栗主。碑列圣谟恩似海，偃武时长军政怠。曾记上章困敦年，道光二十年庚子。宝山东望起狼烟。翁洲海外昔孤悬，突窜英夷卅一船。六月七日遭封豕，孤城援绝县官死。定海令姚履堂，名怀祥，闽人。张氏总戎伤炮矢，定海总戎张朝发伤于炮火，回郡越日死。尽节并传全典史，全畴五，名福，甘肃人。中丞驰驿抵蛟门，水陆军营已列屯。浙抚乌尔恭额，字敬斋，带兵防堵。星使遥临节帅尊，虎旗鼍鼓镇江村。江督伊里布，字莘农，以钦差大臣来浙。诏书特起四将军，寿春镇王锡朋、处州镇郑国鸿、定海镇葛云飞、狼山镇谢朝恩。羽檄飞驰到处闻。海水滔滔列阵云，相期指日扫烟氛。难得姚江汪令尹，献俘获丑称精敏。一鼓成擒十五名，宴士打喇打里等。余姚令汪少海，名仲洋，生擒夷匪宴士等十五名。拥节江城秋复冬，军门时见象胥通。哀求释俘归王土，边海而今可息烽。当时伊相存仁恕，还俘还城尚犹豫。遽闻裕帅浙东来，为恤黎民厪远虑。因知裕帅心多忍，杀戮专恣逞威猛。大德不嫌遭一眚，释囚计决在俄顷。江南抚军裕谦，字鲁珊，奉命来浙接伊相，任性刚狠，专恣杀戮，伊相恐激变，即送俘至定。唯二月朔定机谋，三镇蛟川不久留。整齐兵甲砺戈矛，扬帆星夜赴翁洲。寿春、处州、定海三镇领兵由岑港路攻击，一面派员送俘十五名还夷。招抚四夷示以信，网开三面威名震。克城不待王师进，退城胞祖来归顺。夷目胞祖闻伊相送俘来定，在南门设行馆恭迎委员，一面令夷兵下船，即时还城于我而去。裕帅监军伊相旋，逞雄矜愎

宓于辰 胡概 王其朋

握兵权。极刑喑哔地里是，筋作马缰皮作鞯。镇海南乡郭巨地方，民获夷喑哔地里是一名送大营，裕帅将夷剥皮抽筋，奏疏有"生抽其筋以作马缰，活剥其皮以作马鞯"等语。未到之先闻风遁，城乡晓谕滋舆论。不患其来患不来，粤东败盟重遭困。裕帅到镇海，晓谕云："本大臣未到之，先闻风速遁，本大臣不能食其肉而寝其皮，愤恨之余，不禁为我民痛哭。"又出示云"此次防堵，不患其来，特患其不来"云云，郡邑百姓录示谕，刊成一大本，呼为《裕大话》。在粤东，夷人本有和意，因裕帅惨毒，即背盟分窜闽浙。八月十二日，夷船攻定海；十七日，三镇同时殉难。将军有勇无三箭，刑戮一夷徒激变。善后功成甫十旬，海滨依旧开征战。土城新筑横江岸，震远晓峰连不断。旗鼓延袤声达旦，元戎海国严防捍。定海办理善后，东山头筑震远城，仿招宝山之威远城，自东山头起沿江一带至晓峰岭，筑康泥城，中有久安、长治二城门。成仁取义将军志，何用锦囊传十字。风雨六朝战不休，骂贼捐躯频洒泪。攻战六昼夜，裕帅密递锦囊付三镇，及危急开视，仅书"临阵退后者，按军法立斩"十字。葛郑遗骸入镇关，寿春镇未见生还。死作波臣重泰山，英灵唯愿制夷蛮。八月十七日午刻，夷由晓峰岭下窜入，三镇同时尽节。王总戎投水不得尸，葛、郑二公被炮轰落泥城下，十九日有义勇寻得尸，盛小棺送至大营。我到江心寺送敛，帑银恤赏邀天眷。恤赏敛费银五百两，葬费三千两，二十日派员送二公枢至宁郡江心寺大敛。腰穿头碎面如生，一寸丹心如铁炼。奉谕认验尸身，见葛公头额仅留半面，郑公腰穿炮子，腿中火枪，二公淹城濠两昼夜，盖棺四日，形容英爽异常。衣冠重整见精灵，只少文山带上铭。两目炯然炳日星，相逢疑在梦初醒。余于八月十三日赍檄，由岑港赴郡请兵，道阻不及过海，十七夜三更梦见二公面目凛然，其形状与敛时同。晓峰剑气冲牛斗，长治久安仍失守。旬日夷艘窜浃江，督臣弃甲提臣走。八月二十六日，夷艘由定海至镇海，攻小浃江，提督余步云驻营招宝山，即撤兵回郡，裕帅知事不可为，潜至绍郡，仰药死。金鸡山上狼山镇，海中孤立堂堂阵。身亡波激浪滔滔，躯骸未获无封晋。狼山镇谢公守金鸡山，血战捐躯，尸身落海。后经刘玉坡中丞着其子廷荣寻觅，骸骨无着，遂未邀恤典。小浃江口钩金塘，两处疏虞不预防。幸有李丞知大义，能全大节与城亡。林少穆尚书抵镇海，谓小浃江、钩金塘两处必须重兵堵御，及是果验。镇海县丞李丹崖于庚子七月服阕，到省即奉檄回原任。辛丑八月，招宝山师溃，知城不可守，具衣冠自缢于堂。更伤城北长溪岭，界域句东相接境。大宝山头候传警，参军蹩蹩靡所骋。左参赞屯长溪岭，离大宝山十里，不发援兵，即退守余姚。节制虎头兵不少，师期漏泄失冲要。攻剿日期定壬寅正月晦日，先期漏泄，以致丧师。部兵四百倾沙炮，惟有朱家父子好。父能死忠子死孝，一门忠孝承丹诏。金华协镇朱贵督兵长溪岭，其子昭南同父殉难，伟南亦受伤。孝子之师颜明府，职司运饷非守土。父子师生同致身，精忠一样昭千古。昭南之师颜心斋以即用知县解饷来浙，被害。裕帅知夷犯八忌，抚军八弊论和议。裕鲁珊轻视夷人，谓兵犯八忌，即可歼灭。抚军刘玉坡深虑和议，谓中其八弊，均有奏疏。**海疆多少生灵寄，剿抚权终归大吏。**耆英、伊里布、牛鉴在粤东主和议。诞敷文教格三苗，欢服将军称度辽。后汉李膺为度辽将军，羌人欢服。使马如羊金似粟，威行六国许来朝。伊星使抵镇海，凡夷人馈献诸物，一一封贮，交裕帅烧毁。于今海晏黄河清，兵甲销磨日月明。安抚闾阎买犊耕，吉光裘献颂升平。此日登山莫叹吁，当时我亦滥吹竽。君不见册封颉利宾服单于，盛朝恩德颂遐敷，请读贞观王会图。

偕冯心臣明府奉檄寻托都督、洪李两千戎骸骨，出蛟门由螺头上晓峰岭口，占七律三首，录呈宋观察 录一

王其朋

晓峰今日复登临，悔纵鲸鲵不复擒。天赐黄金埋白骨，地涵碧血洗丹心。恤赏帑银着家属领葬。精忠名并山河久，浩荡恩如江海深。岭上何堪回首望，大江风送鼓笳音。粤东和议甫成，夷船停泊海口者时作鼓吹。

盘溪书怀寄张观察

数声嘹亮雁行单,欲写离愁下笔难。得句自知诗力浅,举杯未觉酒肠宽。眼看世态都贪热,心有牢骚总带寒。唯愿尘氛无路入,盘溪西面绕层峦。

夏启芬

字佩香,号湘卿,镇海人。贡生。著有《梦墨轩残稿》。

饯春

省识东君返斾期,登山临水意何之。鼠姑花外三巡酒,燕子楼头一阕词。懊恨无情村树碧,句留片晌夕阳迟。沉沉且任侬先醉,图得不知春去时。

留别张酉宿四首 录一

岁事将终撤绛帷,情深无奈此瓜期。料应别后频相忆,多在挑灯独坐时。

胡宋衡

字梅生,号鉴友,镇海人。诸生。

重登望海楼有感

鳌柱高撑半壁天,巍峨宫殿接飞仙。金鸡唱月如危立,石虎吞潮似侧眠。细草乱萦千岁骨,孤城深锁万家烟。旧游曾忆频酬唱,弹指光阴已卅年。

读亡友陆藕庄菊花诗有感

秋来风景最关情,偶阅残笺泪欲倾。莫道东篱少知己,故人先我订诗盟。

兀坐青灯惜影单,满城风雨剧心酸。壁间犹剩吟香句,蟋蟀声中不忍看。

胡有隅

字砺汝,号祝三,镇海人。

赏菊

潇洒宜居郭外村,此花原不惯朱门。樊川逸品谁真赏,陶令新诗可并论。秋雨秋风清到骨,半山半水淡无痕。直须供养如仙佛,未许尘心搅酒樽。

傅光福

字增五,号鹤亭,镇海人。诸生。

九日

才觉违家刚数月,旋悲作客又新秋。自惭德薄虚蕃榻,敢谓才高忆粲楼。听雁依稀来远思,望云缥缈倍离愁。茰觞未惯催飞羽,勉为良朋进碧瓯。

旅人漫说为欢少,不是高轩亦可依。阮籍但教无失路,乐羊宁复再思归。篱边一任花开落,窗外安知月是非。只有孤怀消不去,梦魂缭绕在庭闱。

张霖

字芝艇,镇海人。诸生。

旋网山祭墓

高山试仰止,松柏郁森森。体魄安于此,声灵直到今。

涧毛春韭荐,樵路暮云侵。突兀丰碑峙,应思祖德深。

张锡庚

字雪耕,号醉白,镇海人。本均从子。诸生。

过孔墅岭

冈势蜿蜒伏,崇岩一岭分。东峰高四顾,西阵布千军。_{岭之东有四顾峰,极高;西有布阵岭。}海国新名镇,山乡旧隶鄞。_{康熙二十六年,始改定海为镇海,岩泰海三乡宋时尚隶鄞邑。}登临怀古意,踯躅对斜曛。

由孔墅岭至西山下书斋

度岭下山阿,冈峦拱抱多。岩腰明虎迹,峰顶露鹰窠。烟径云窥幌,松扉月映萝。萧斋无个事,童冠自吟哦。

张锡钜

字丽正,号铁仙,镇海人。贡生。

乱后重游西湖

多少楼台付劫灰,钱唐门外满蒿莱。西湖山色依然好,迎面青青特地来。

行尽苏堤不见人,数株残柳尚含颦。西泠桥畔香车杳,苏小坟前草色新。

六百年来姓氏符,好将典史继林逋。忠臣义士都生色,从此孤山信不孤。

秋波潋滟擢芙蕖,池馆苍凉夕照余。佳茗佳人两何有,劝君莫问藕香居。_{藕香居茶馆有联语云:"欲把西湖比西子,从来佳茗似佳人。"今鞠为茂草矣。}

孙鸣珂

字醉余,奉化人。诸生。

送王个山之任四川

前程万里早安排,风物山川是处佳。雪拥马啼行蜀道,云开雁路接天街。峨冠不改书生面,仗策能舒壮士怀。临别拟将纨扇赠,仁风长愿播无涯。

莫矜

字梨舫,一字瀛止,奉化人。诸生。著有《诗文稿》二卷。

观海歌呈迂叟

乡老迂叟先生约予游蛟门观海,予以夷氛不靖、海道难行作《观海歌》进之,以缓其行。

白发朝游东海湾,扁舟遥指蛟门关。关津浩渺何险艰,转恐望洋促我还。飓风吹浪高漫漫,欲济无梁身老孱。蜗角力大防触蛮,白傅东游诗宜删。忆昔孔子遍辙环,慨想欲到吴越间。浮桴抱道出尘寰,从者不诏闵与颜。滔滔天下急恫瘝,中流砥柱谁不瘝。海角钟声古寺悁,寺楼孤耸凌层峦。君眼茫茫吾鬓盘,联步梯霞幸有闲。扶桑日出云㛿斓,岛洲历历拥髻鬟。金鸡虎蹲高莫攀,俯瞰城郭绕指环。帆樯影落潮潺潺,鲛人估客通市阓。蒙蒙尘雾昼亦黰,云是蜃气吐奇顽。旗兵弓马妖且娴,腾空楼阁结烟澴。鱼眼射波波红殷,须臾照见三神山。虚无缥缈远莫殚,奇观信美行路难。除是列岛群仙班,往来倏忽无忧患,不然吾辈兴未阑。正欲乘风跃浪,纵观碧城瑶池蓝桥琼阙弱水湾,破我井蛙坐语之偏悭。

六十自述 录一

六十年来发半疏,茫茫身世正愁余。无聊著述徒辛苦,有限光阴付子虚。原愧空群非善马,不图涸辙似枯鱼。追思积善传家久,应有儿孙喜读书。

游天童灵峰诸寺 录二

古庙笙歌会赛神,檀炉茶灶杂香尘。便从太白山村过,购得龙团几两银。

一路追思十载间,天昏地黑惨尘寰。到今犹觉人如梦,策杖来看海上山。

沈有澜

字庆安,别字梓堂,定海人。贡生。官嘉兴训导。

《定海厅志》:有澜性孝友,司训嘉兴,以母老乞归。咸丰辛酉,粤匪扰郡,值地方荐饥,劝募饷糈、设团练、筹赈济,有澜之力为多。

生平介而和,尤留心掌故。著有《成仁祠汇考》。兵燹后文献散失,修志者每就采问,以证遗闻云。

四老咏 录二

一窟尘砚自菑畬,童冠偕来入座隅。无味语言陈粟菽,有程文字画葫芦。传家卷帙多抄本,设帐居停半旧徒。狼藉案头朱墨笔,可能免得素餐无。老学究

抗颜讵好作人师,废弃投闲分所宜。裋褐常遭豪仆慢,疏慵端赖长官慈。唯应老鹤同耽冷,那有羔羊来问奇。莫笑衰颓恋升斗,传经尚待十年迟。老校官

沙鸣吉

字凤来，定海人。

送龚总戎归松江

三神山色海东开，将军裘带翩翩来。五花八阵指挥决，名将如公应叹绝。销氛熄燧悬弓刀，蛟门浪靖天风高。功与韩范相后先，坐令禹甸无狼烟。戍楼静对鳌峰碧，多少苍黎登衽席。寒窗夜读灯火悬，宛转频为解俸钱。但愁云路力不努，戒行何虑无资斧。稚弱不闻啼呱呱，荒郊夜看青磷无。须知积厚流必光，令子小试先耒阳。将军恬淡征素守，肯为名缰羁绊久。封还将印大如斗，自今岁月始我有。三泖水清产莼鲈，一尊笑对烟霞徒。谢章韩钺何足数，似此芳声播千古。

周杭

字左洲，定海人。

送龚总戎归松江

莼鲈味美赋还乡，四照花开昼锦堂。此去高怀甘豹隐，旧时丰绩著龙骧。驰驱报国威名重，忠厚传家德泽长。祖饯祝公跻上寿，离筵为进紫霞觞。

潘成勋

字纪常，鄞人。贡生。

咏桥夫子以答谢重游泮宫诗见示，敬次原韵奉和 录一

年来杖履日逍遥，门外争停问字桡。五叶书香绵世泽，

八旬人瑞庆熙朝。笑谈客散唯开卷,风咏游归每度桥。门前咏归桥以地有坛壝树木,故名。颐养天和留硕果,阐扬未易罄歌谣。

童开

字隽廷,鄞人。槐子。贡生。候选员外郎。

山家小憩

山静松自吼,涧澄泉自飞。览兹得妙悟,路转见柴扉。庭花随意放,浅草相芬菲。檐鸟不避人,窥帘常依依。杯茗消清话,两心皆忘机。澄潭三尺水,对影鉴入微。萦濑阻我舄,回风牵我衣。何时息尘缚,归途嗟夕晖。

病中示诸友

惯作枯僧状,无须慰索居。病深翻却药,睡少且看书。课子藉为伴,养家粗有储。连宵清梦稳,抵得入华胥。

题烟屿楼诗集

聊将余技抒清词,座拥群书剪烛时。纸上砰訇翻峡水,毫端变幻出烟姿。有情陶写中年感,极意描摹世态奇。具各体裁空倚傍,专门应号舍人诗。

涉笔争言杜与苏,效颦西子竟何殊。独将腕下生花管,自写城西老柳图。世上几堪称识者,诗中原贵有真吾。海山环作书窗画,移得吟坛到此无。近余方主球山书院讲席。

赠欧阳鉴非军门利见

横海鲸鲵扫荡空,森严壁垒峙瀛东。万家已享安全福,一秩难酬保障功。论功赏头品顶戴。纵未析圭封李广,端应立石颂裴公。长江待作长城寄,逊让还觇抑抑风。宫保彭公拟奏请代任长江水师总统，力辞之。

云路难容病翻升，一湖波影澹书灯。襜帷已许参王勃，车马还劳驻杜陵。自笑疏顽成故态，要凭真率会良朋。草堂风物承题品，庭院余花色亦增。

秋夜偶成

幽室少人至，空庭有月悬。似嫌灯影淡，移照到窗前。

徐梦飞

字守一，号秋帆，又号淡亭，鄞人。著有《荫叶学吟》二卷。

宿杖锡寺

鸟道纡回断复连，行行直拟上青天。登山始觉身犹健，宿寺何妨榻半穿。溪水渡难缘势急，岩花开遍识春妍。过云廿里无人到，蹑屩归来我亦仙。

忻锡龄

字泗水，号小塘，鄞人。诸生。

杂咏句东形胜 录四

人爱江乡月，天开郭里湖。四时佳景在，一曲古亭俱。岛屿凭歌啸，烟花入画图。提壶何处唤，春酒好频沽。
月湖十洲

太白遥分派，禅宗又结庐。灯明双塔外，松翠六朝余。玉几晴云拂，金沙旧井储。来参清净地，我亦契真如。
阿育王山

小屿一卷浮,晴霞向晚收。鹜飞秋水碧,花散洞天幽。带日烘前渡,和烟锁夕流。登临须放棹,相望思悠悠。

霞屿山

屈曲复回环,湖东卧一山。屏峰遥接翠,镜水别成湾。塔影迷烟处,钟声觉梦间。陈公高冢在,终古白云间。

二灵山

忻肇寅

字列阶,鄞人。恕子。监生。

咏童夹岙八景 录二

盈盈一水浪翻银,两岸逢春各自春。左右寻芳迟过客,东西拾翠倦游人。平分草色谁为主,静对花容俨若邻。大造无私同献媚,流莺语燕亦相亲。两岸分春

古刹年深屡品题,空蒙胜境岭云西。闲僧持守三衣法,宝塔盘旋百尺梯。朝挹疏棂余爽气,暮归精舍绕清溪。依然佛地嚣尘绝,松竹周遭路欲迷。西来古刹

题画

一幅春波一卷书,幽人相对立庭除。蕉声寂静风停后,苔色迷离雨过初。

陈愈涌

字深源,号小亭,鄞人。侯选同知。

洪筱乡先生撰《传略》:君貌魁梧,善谈论,长于治生,而性好读书,课诸子皆成名,居恒手不释卷,所为诗亦朴质可诵。

自慰

此身老去惜蹉跎，离乱光阴似掷梭。小劫兵戈全性命，一生幽怨寄吟哦。播迁甫定偏闻警，忠信由来可涉波。且学涂鸦消永日，敢夸闭户著书多。

徐棠

字伯憩，号南乔，慈溪人。诸生。著有《寒碧斋诗草》一卷。

偶感

历尽冰霜劫，萧寒苦自禁。凉风催落木，白日澹遥岑。诗岂江山助，愁缘骨肉深。武林双雁影，迢递怅分襟。

过城山

一带青山绕，句章旧迹存。禽鸣喧竹坞，人语出烟村。野阔风声壮，江遥水气昏。当空丽朝日，顿觉敞裘温。

江干晚眺

沧浪信可濯尘缨，一啸襟怀特地清。远树溟蒙新雨足，空江辽阔暮潮平。雁随云影冲霄去，帆趁风威破浪行。我欲乘槎访牛女，茫茫烟水极天横。

中秋见月

静掩重门只自怜，沉沉月色夜窗前。团圆依旧家何在，忍对清光忆去年。

杨际春

字学伊,号雪门,慈溪人。守正子。官山东阳信知县。

张小峰太守撰《传略》:君工诗善画,与同郡马荪伯、屠同生、姚梅伯相友善。客京师,以供事议叙府经历发山东,权曹县尉。粤匪寇曹,率民团禽渠叙功,擢知阳信县,能决疑狱,民咸颂之。喜葺名胜台榭,有欧苏治郡之概。

甲寅秋仲留别曹南诸友

此地有花皆富贵,曹南盛产牡丹。使君无日不神仙。何堪把酒论文日,偏值传烽告警年。患难交情留去思,殷勤慰语续来缘。最难抛得鹓鸾客,半属新知半旧贤。

何期匪岁典曹河,癸丑夏,奉母就养。弟咏春曹县尉署,会弟以军功调营留权尉篆。轼辙同官奈俗何。余与弟同任曹南,同荐县令。棣萼诗成惭质陋,芝兰气洽感情多。姚志梁、童际庭两司马皆旧识,先后共事一方。霍侯擒馘成鸿烈,获逆多名,因蒙保荐。檀子量沙费雀罗。四十承恩应不晚,报君壮志未消磨。

撩乱纷飞二月蓬,粤逆于二月初由丰工偷渡,扰及邻封单县。干城御侮拜雄风。萧曹决策同甘苦,鲁卫援兵见大公。单城告急,际庭司马调勇三百名助剿。百里鼓声春树远,万家旌影夕阳中。知方有待三年化,勉济时艰答圣衷。

军门三度沐恩晖,始承李吉人、张石卿两中丞檄委,又承崇雨舲中丞保奏,兄弟同受知遇。小草逢阳色转肥。黄水河腾龙甲展,白沙堤静雁行飞。愧无蚁德酬青睐,幸列鸾章入紫微。此去骧云征马捷,私衷未别已依依。

林兆丰

字玉如,慈溪人。贡生。

《慈溪县志》:兆丰少好学,屡试不售,遂弃制举业。

肆力治经，旁及诸子百家。通晓历算，尤邃医学，晚岁益覃精撰述。著有《古今音韵述》四卷、《隶经剩义》四卷、《周易笺疏》十八卷、《医经通考》一百卷。

孙君寄龛以志事联榻慈湖见投二律，赋此为酬

仙乐奏璇琅，诵之真口香。菁英包六籍，文字溯三苍。漫以词章重，应推学识长。此才吾不信，犹自善刀藏。

王振绅

字书诚，号半庄，慈溪人。谔言从子。著有《半庄老人稿》。

游宝峰同荪水、馥堂、荪墅却寄松云上人

林壑参差拥夕岚，溪山深处有茅庵。宝峰寺俗称茅庵。我来却遇杨梅熟，树树朱丸映碧潭。

山中老衲貌清臞，种竹疏池此卜居。古刹别开新面目，添将画意入庭除。

张翊仍

号薇仙，慈溪人。诸生。广埏孙。著有《茗香馆诗稿》一卷。

暮发鹏山浦

身世江湖里，茫茫一钓船。野心原不系，山色自苍然。孤塔撑残照，寒钟逼暮天。何当携绿绮，海上访成连。

江楼

感别忽秋色，登楼还夕阳。一江流水好，夜夜到家乡。

征妇词

夫婿年年戍白狼,杳无音信寄衡阳。妾心不怨无情雁,恐见君书更断肠。

柳世纲

字振三,号拂珊,慈溪人。著有《排闷草》。

塘栖舟中口号

夹岸人家一望齐,淡云斜日过塘栖。子规不是无情物,偏向客舟行处啼。

洪星楂

字汉升,号节孙,慈溪人。诸生。

夜泊候涛山下

落日住孤舟,偏宜豁远眸。海天星照夜,山寺浪淘秋。灯影静中闪,钟声空际流。潮来千里外,有客挂帆不。

雪晓

侵晓倚阑看,茫茫宇宙宽。山埋荒径没,寺报曙钟残。莫辨梅花瘦,谁怜鹤影单。且欣年大有,忘却一身寒。

刘芬

字芷人,号曼甫,镇海人。贡生。著有《大蓬山馆诗稿》。

陈骏孙孝廉《序略》:芷人貌朴而行笃,恂恂然为乡里善人。尝从黄薇香师游,精小学。刘艺兰孝廉爱其诗,著录《四明艺文志》。著有《课余札记》《月令七十二候考》。

古意

明月入高楼,照我床中绮。白露凉虚窗,泠泠湿芳芷。西北有佳人,渺渺隔秋水。思之泪徬徨,中宵揽衣起。

山斋

豁我春无际,舒怀足荡骀。檐穿悬瀑激,窗纳乱峰回。松翠黏书幌,兰熏沁酒杯。鸟声喧入耳,催梦故频来。

送春 录一

底事飞花又满城,阑珊春景最关情。唤醒蝶梦刚三月,唱到骊歌第几声。红雨楼头人怅触,绿波渡口路纵横。不堪亭院空无主,预约归期柳上迎。

沃为贤

字翰香,镇海人。著有《素轩集》。

杨白花歌

杨白花,宛转东风里。飞入宫墙自见人,胡为飘荡隔江水。江水渺空晖,杨花归不归。一夜春愁千里月,清光犹复照罗帏。

林玉

字肖湖,镇海人。监生。官江苏候补县丞,署兴化知县。《家传略》:君游宦十六载,囊橐萧然,归田后键户不出,课子为乐。著有《摅情草诗》二卷、《友梅仙馆词》一卷。

游保国寺

陡觉尘寰隔,纷纭俗虑删。夕晖挂殿角,花气溢禅关。塔影静沉水,钟声圆到山。超然生妙悟,心与佛幡间。

旅夜

旅夜不成寐,萧然独苦思。入官如出世,终岁是闲时。客久稀归梦,途穷剩有诗。江湖多寂寞,恋恋欲何为。

荒江夜泊

水天万里净无尘,芦荻丛中系小舲。如此荒江如此夜,一轮明月一诗人。

舟次句容

云山寂静水迢迢,绿酒红灯忆昨宵。千古繁华原转眼,一江流恨到今朝。

张锡伟

字岁昭,号梅仙,镇海人。由贡生授中书科中书。

董沛撰《墓碣略》:君少读书不屑屑章句,博览经史,蕲为有用之学。既成诸生,会天下多故,郁郁无所遇,乃本许鲁斋之说,小试于治生,屡获奇赢,遂称巨室。

生平负干材。咸丰中,江浙告警,海隅群不逞之徒乘间剽夺。君倡义集资,行团练,以兵法部勒子弟,乡里安堵。甲寅邑大饥,发藏粟以振,力不足,告籴以继之,全活无算。光绪乙酉,法兰西窥镇海,君与诸绅士助饷,急公士宿饱能却敌,浙东遂无事。

晚年以所学教其家子若孙,先后取科第,称极盛云。

书怀

少年悲失怙，教养母兼师。业绍千钧重，宗延一脉支。孔怀棠棣什，抱痛蓼莪诗。风木增余憾，难言永孝思。

启后承先志，茫茫集蘉躬。诗书传旧德，科第振家风。人事精勤到，天心汋穆通。无忘慈母训，家道俭能丰。

张锡华

字实甫，号小峰，镇海人。贡生。

与诸子登百丈岩

村居镇日溷尘凡，约伴同登百丈岩。天迥自窥人影小，风腥常带海潮咸。燕云北望沉飞鸟，番舶东来集远帆。鳌柱当关撑半壁，若夸形势胜崤函。

陈国琛

字仁玉，号蕉孙，镇海人。贡生。著有《行余轩诗剩》。

马太守_{昂霄}殉节诗

麾盖难忘圣主恩，临危吒驭学王尊。可怜五日为京兆，从此千秋祀毅魂。止水名亭心久誓，常山骂贼血还喷。泉途八口团圞聚，留与人间正气存。_{太守阖署殉节。}

江上闻笛

苍茫天外独昂头，长倚西风急管流。万里鹤归蓬岛月，一声龙啸海门秋。昆溪旧谱寒生竹，洞府诸仙夜泛舟。铁板铜琶谁作和，高歌东去水云浮。

沈烺

字稼生，号耕莘，镇海人。诸生。

五月六日重游天童寺

再访名山眼界开，果然风景抵蓬莱。松还倾盖迎人立，竹惯留诗向客催。乱石喧吞千嶂瀑，淡烟横扫一溪苔。拨云正觅前番路，忽有钟声隔树来。

随着钟声一径通，禅堂始识卧云中。千山捧出莲花界，万壑围成贝叶宫。塔影倒悬池水碧，烛光遥透树梢红。回身笑入维摩室，梵呗音清世虑空。

蒋绍灿

字先梅，奉化人。子礼子。监生。
《家传略》：公幼失恃，事后母极孝。读书舅氏家，好谈韬略，架上罗列皆孙吴等书，而所遭不偶。咸丰辛酉，粤匪犯境，督乡团保卫桑梓，为贼所逼，投江殉，比殓已七日，颜色如生。事平，奏奉旌恤，予世职，入祀忠义祠。

秋思

秋月明如镜，秋云薄如罗。秋风吹木叶，渺渺生微波。如何隐君子，寂守在山阿。岩下结茅屋，松桧交枝柯。林深罕人迹，伏处有蛟鼍。在山岂不贵，出世泽民多。胡不为霖雨，四野慰滂沱。斯人苟不来，其奈苍生何。徒尔长相忆，听此采薇歌。

见雁有感

风急天高木叶稀，双双新雁向南飞。如何江外音书断，已是三年不寄归。胞弟栽棠时任洛阳县丞。

张可珍

号昆玉,奉化人。诸生。殉粤匪之难,恤赠盐知事衔,祀忠义祠。

饯春二首

冉冉韶光共逝川,惜春又及饯春天。六朝人去情千古,九陌尘香马一鞭。燕语莺啼留不得,山痕水色望无边。绿樽开处应谁共,愁向花前听杜鹃。

江云如幂雨如烟,杨柳依依古渡前。为念王孙深缱绻,暂如主客共留连。落花径里铺诗席,飞絮桥边载酒船。多少亭台人倚槛,东风归去自年年。

邬孝政

字栗庵,奉化人。贡生。

秋夜不寐

夜色凉于水,秋寒胜似冬。窗虚怜月皎,衾薄觉霜浓。残梦惊村犬,离愁搅壁蛩。通宵不成寐,晓起倍疏慵。

游法海寺

秋山余翠霭,古道入云烟。涧响千岩答,松阴一路延。寺幽常少客,僧老不知年。归路斜阳外,声声噪暮蝉。

清莲庵偶占

发兴期将俗虑删,为携胜侣叩松关。老僧礼佛心应远,清景迎人意顿闲。曲径有阴多护竹,小楼无槛不当山。画眉占得春光早,啼向溪花野树间。

吕顺律

字小棠，定海人。

吊同归域

白杨夜战西风急，鬼伯啾啾声欲泣。遗域同埋土一抔，森森铁骨英灵集。诸公俱是人中豪，奋臂一呼天为高。抗命穷洋违正朔，阖城忠义励同袍。当年监国弃城走，残壁难为睢阳守。致身无分卑与尊，一时就义争先后。僵尸枕藉委深沟，收骨何人瘗一丘。此日蒿莱长坟土，当时须发竖戈矛。吁嗟乎！田横死后义士少，诸公卓立人伦表。千忠万节喜同归，碧血长随江月皎。鸥鸟悲啼落日黄，墓门瞻拜意摧伤。忠魂夜半归华表，尚听同声哭鲁王。

厉学时

字说堂，号小谷，定海人。志子。

太原王兰圃明府摄慈溪五月，士民颂德。会他调，作此以赠其行

吁嗟乎！时闻国有贤相运斯昌，邑有贤宰民斯康。地方百里虽小试，庙社异日之栋梁。凤楼仙人龙山秀，一朝何幸来句章。初任他邦誉已满，历试玉岘才逾长。或者风尘百炼天，有意不尔胡为劳劳万里逾太行。句章地美本易治，频年谷贵蚕无桑。公来抚恤意倍至，生机微复民洋洋。苦井出泉变甘味，明镜去埃灿宝光。校士更敞慈湖席，独无器识振颓唐。入城尽是种花处，出野无闻射鸭堂。公来时甚暂，但见春棉乍熟秋禾黄。歉岁忽有获，四境无飞蝗。诵公之德公不任，毋乃善政格天天降祥。呜呼！公之善政民不忘，公去畴弗歌甘棠。

叶培元

字守初,定海人。炯从子。贡生,官淳安教谕。

《定海厅志》:培元为熊长子,喜谈经济,有父风。由诸生援例授训导。咸丰二年,司谕淳安,士林有构讼者,一讯即释,有廉明称。乡民聚众抗粮,势汹涌,令以培元素得民心,强其出谕,遂周历村镇,谕以祸福,平胥役之苛索,民大悦,愿遵约束,输粮如额。

赠慈溪令太原王兰圃明府

飞来凫舃自神京,旋听新歌变旧声。杜母羊公稽茂绩,葵倾芹献证同情。一年那得寇君借,三月才闻鲁治行。我愿邻封同被泽,冰心交映玉壶清。

《四明清诗略》卷二十七终

四明清诗略卷二十八

鄞　董沛　孟如辑

赵佑宸

字粹甫,号蕊史,鄞人。咸丰丙辰进士。官至大理寺卿。著有《平安如意室诗文抄》。

董沛曰:廷尉生日与全谢山先生同,举京兆成进士、入词林岁之干支亦同,人以为异。院中撰文屡称文宗意,呼为才子。直上书房,诸王交相器重。以赞善出守镇江外吏十余年,洊陟大顺广道,特旨内召,复直上斋,洵异数也。

宋儒袁正献公从祀颂

于穆文庙,俎豆莘莘。谁其配之,克祀克禋。圣有明训,式昭慎重。阐我圣学,传我道统。皇帝嗣位,明诏重宣。钦哉毋滥,宠贲儒先。赫赫袁公,生于浙东。宗朱宗陆,学无异同。用之则行,舍之则藏。道不终晦,久而弥光。谁谓宋远,以迄于今。遗编载辑,实简帝心。煌煌宸藻,宠冠简端。天语论定,千秋不刊。维桑与梓,高山仰止。光光祀典,请于天子。天子曰咨,礼重且严。乃命廷臣,询谋以佥。佥谋既同,帝曰俞哉。升于西庑,次于东莱。维皇崇儒,耀兹潜德。唯公大儒,迓兹圣泽。乃几乃筵,乃樽乃俎。肇禋有成,邦人忭舞。高高明山,深深鄞江,我公从祀,以光我乡邦。明山匪高,鄞江匪深,我皇崇祀,敷天其同钦。

奉题醇邸高峰留春亭图

西山妙高峰，峰峰笋张箨。平生屐未经，徒观景物略。我王神理超，幽栖于兹讬。海棠数十本，云霞何照灼。结屋因岩阿，面艺巧相度。邈哉神皋奥，居然灵境拓。公暇时一游，缓辔出西郭。到此惬赏怀，忘情珪与爵。壶峤在人间，奚必缑山鹤。维王总神机，勋名迈褒鄂。胸中有甲兵，岂但具丘壑。身虽借岩栖，心实求民瘼。山农皥皥如，相与安耕凿。爰知稼穑艰，兼得林泉乐。竟陵四时序，山居有所作。泉石卉木奇，方兹恐未若。我闻偃盖松，数亩阴成幕。又闻银杏树，十围根盘错。双泉左右鸣，珠玑相喷薄。金源香火院，旧迹应如昨。披图一流览，游兴时跃跃。何日得追陪，遂我游山约。历险乘篮舆，寻幽蹑芒屩。再赋纪游篇，用以资大嚼。

题丹阳魏氏父子殉难事略

父为忠臣子孝子，但知忠孝不知死，卓哉魏家桥与梓。一解

丹阳斗大城，苏常相唇齿。保障及东南，岂惟守乡里。卓哉魏家桥与梓，八年屹若长城峙。二解

庚申闰三月，狂飚突地起。将星忽陨城倾矣，大家世族纷迁徙。苟免偷生实所耻，誓不与贼生，曰有死而已。三解

忠贞萃一门，四烈鬺不滓。练湖水，清且泚，清白之身有如此。四解

天语煌煌隆祠祀，况有文孙能济美。阐扬世德征铭诔，大名曰魏必复始。卓哉魏家桥与梓，秉笔书之旧史氏。五解

赵佑宸

题画兰册应孚邸教

王者之香瑶华枝,不与凡卉斗芳姿。蕊珠宫里宅根固,清馨常沐春风吹。东平为善有真乐,久而与化香不衰。旁及绘事亦奇绝,喜气拂拂挥毫时。搜罗画册足观玩,兼收并蓄洵无遗。一干一花具生意,此册云是涪翁贻。_{谓恕皆前辈}画者为谁实楚产,沅湘澧浦有所思。芳菲菲兮如欲袭,生绡写出灵均辞。装成巨帙自珍重,遍征同好题新诗。贱子幸侍经帷侧,同心臭味无差池。援琴愧乏幽兰曲,下里巴人空自嗤。青莲旧句窃有取,临风可佩长相随。

焦山古鼎歌

昔我视学圣人邦,获观礼器心则降。丁卣己爵灿成列,奇文斑驳声琤瑽。_{衍圣公府藏商周彝器十事,高庙御赐物也。按:试曲阜时获敬观焉。}今我出守来京口,又见周鼎神为悚。形奇制古非近玩,云雷周帀光黯黕。史游皇象不复作,后儒窥测皆莛撞。世惠无专文互异,辨论啧啧徒纷哤。抉剔根本赖博雅,新城诗笔健能扛。惟王召史册南仲,颇侧弗作为骏尨。用锡彤矢雕戈戟,銮旂鉴勒干矛𨨏。篆铭在腹永宝用,想见人厚工亦庞。有明青词恣饕餮,负之而去西渡江。云烟过眼覆公𩛌,巧取豪夺何愚惷。神物岂为权贵用,言归净土伴经幢。钤山已同冰山倒,焦山终古长崆峒。我来管领行自愧,会当与汝居空谾。摩挲吾亦爱吾鼎,赖汝永永镇惊泷。

壬戌四月避寇挈眷赴沪,留别侨寓江北诸子 _{录一}

人生悲远别,况乃乱离中。到处惊风鹤,何时集泽鸿。情怀千里月,踪迹九秋蓬。等是无家恨,乡心两处同。

题史忠正公祠墓图

闻道梅花岭，衣冠墓尚存。烽烟经小劫，堂构赖贤孙。今我披图拜，知公恋阙魂。会当谒祠下，荐菊酹芳尊。

瑞邸乐循理斋遗稿题词

一卷西园集，千秋北海名。浑忘圭组贵，不辍诵弦声。循理真能乐，论诗亦有情。即今窥大著，犹若晤宗英。

醇邸西园落成，设宴为桐轩相国师寿_{佑宸}，与孙燮臣学士_{家鼐}、林锡三编修_{天龄}暨孚邸陪宴王，即席赋诗，谨用元韵奉和呈教

朱邸筵开祝大年，蓬莱高会附群仙。不拘礼数真忘分，得与追陪信有缘。雅奏八琡谐凤律，宝光三尺耀龙渊。_{酒半，出所藏杨忠武剑见示。}叩盘更听儿童乐，也学珠喉一串圆。_{墙外儿童有敲铜盘效歌声者。}

云间留别 录二

不作寻常赋别篇，临行但觉意缠绵。家风琴鹤期无忝，乡味莼鲈幸有缘。泖镜峰屏终古好，诗窠棋囿至今传。未能抛得松江去，窃比杭州白乐天。

民困何曾解倒悬，素餐空自取困廛。不谙巧宦唯存拙，难竟全功但补偏。挹露藉资桃李润，_{请拨漕羡增益书院经费蒙准，未及施行。}采风待付枣梨镌。_{选刻课士杂文诗赋，尚未竣工。}事多未了心弥歉，梦绕昆山谷水边。

吴门舟中即景

一篙撑出阊庐城，赤脚吴娘傍水行。两岸绿阴遮不住，遮鸪声里过清明。

赵佑宸

宓晒烺

字耀生,号韵石,慈溪人。咸丰丙辰进士。官户部主事。
《慈溪县志》：晒烺幼从同里陈同文学,居父丧,哀毁尽礼。粤匪陷郡,方官京师,以母冯在籍请急归,中途闻讣,仓皇奔丧,毁几灭性。在部奉职不辞劳瘁,上官皆倚重之。

题秦眉仙坐花醉月图

桃李花开月正圆,芳园夜宴兴悠然。捧壶添个人如玉,风趣还应胜谪仙。

盛植型

字钧士,号蓉洲,镇海人。咸丰丙辰进士。官湖北安襄郧荆道。
《行述略》：公自幼溺苦于学,通籍后以主事分吏部,擢员外郎。居官以清慎勤自励,布衣疏食,刻苦如儒生,而取与之际一介不苟。于议叙议处各案,考核功罪用法必平,上官皆倚重之。尝预修《吏部则例》,分校穆宗《实录》。叙功得外,简任安襄郧荆道四年,兴利除弊,士民爱戴,其最有益地方者,则详请在樊城镇船厘项下,拨留四成为老龙堤工岁修专款,余以充属郡兴办善政之费。殁后,民立碑纪绩,且祠祀焉。

病疟口占

谁遣秋来疟鬼骄,搅人不寐竟终宵。寒深雪讶蓝关拥,热逼兵同赤壁烧。屈指日时如有约,乞灵方药可能调。会须霹雳惊人手,歼尔么么虐焰销。

与友人分咏得谢庭咏雪

江左风流谢傅家,乌衣子弟众争夸。不图咳唾成珠玉,诸女皆生梦笔花。

六出飞时先集霰,拟盐若絮各天成。如何物论分轩轾,道韫才高独有名。

王植三

象山人。咸丰丙辰恩贡。著有《吟翠山房诗文稿》《彭姥村农歌》一卷、《彭姥村农吟稿》二卷。

听琴楼 有序

余家楼西有清溪,旧名凤跃溪,又名琴溪。余疑之而未究其命名也。一夕,使童子携酒觳邀友朋登楼吟咏,忽有声自空中来,铮铮然、琮琮然,心异之,使童子下听,答曰:"天空人静,声在水中。"于是与友悄步至溪边,水正浅,中卧古石一条如玉軫,水至相应作琴声,予顾谓友曰:"昔人之以琴名溪者,殆以此欤?"时余造楼甫成,因颜曰听琴,且系以诗。

高楼百尺缭以堵,势接丹山互吞吐。旁有清溪一带环,石琴横塞亘终古。今宵携酒楼上头,忽听泠泠入声谱。松风几阵遥度窗,桂月一轮恰当户。起寻元籁缘溪行,激起春波似弦抚。韵清侧听非宫商,乡急还应殊徵羽。其中别具松石情,恍如身入广寒府。何必五弦更七弦,始称一弹与再鼓。即此石上流泉声,幽怀不禁欲飞舞。更深还坐酒已阑,犹似湘灵拊弦柱。鼓台舞榭日纷纷,对此繁华奚足数。

东门竹枝词 录六

逶迤山势自西来,谁把天门訣荡开。浪起中流横石阃,天教雄险镇明台。

将军遗像坐巍然,掷珓扶乩卜有年。郎不耕田侬罢织,一年生计在渔船。

渔户家家有网场,楼船旌旆共飞扬。染来洋栲红如血,屋角高悬到夕阳。

木椿打处水旋涡,小网船来似织梭。捕得梅童更梅子,加恩簿外子孙多。

槎头缩项如枫叶,船尾铺银有带丝。美味更夸秋八月,千条虾鯔网来时。

一带泥涂场圃筑,大家唤晒蟗头忙。鱼虾还许儿童乞,抵得田间拾稻粱。

周棻

字楚堂,号茹香,鄞人。咸丰丙辰岁贡。

题烟屿楼诗集

四明灵淑气,荟萃在君身。慧眼惊流俗,高怀契古人。书归烟屿富,诗倡月湖新。吟咏原余事,英华发越真。

十载城西住,巍然一草堂。年华消著作,器识老文章。经训宗周汉,歌声续晋唐。彻宵常不寐,两鬓已如霜。

忽觏流离苦,岩栖我与同。孤忠怀海上,新记出山中。君避乱建隩,先成《苏子卿诗解》,极论李之不如苏,后又成《山中学诗记》。世乱人翻暇,愁多句益工。篇成先睹快,集中如《老妇》《孤儿》等篇,皆成于此时。我亦学雕虫。

香山僧寺稿,无故忽成灰。劫又遭嘻出,编重付祝回。君诗先焚于金岩,后焚于草堂。传抄询旧友,强识叹奇才。君自谓不能强记,然如《前后蚱蜢篇》,几三千言而亦皆追忆出之。生计姑抛却,搜罗自别裁。

什不存三四,知君力亦殚。天心增煅炼,物理宝丛残。乍自囊中出,都从壁上看。老来诗兴健,谁道等身难。

自笑迂疏质,蒙君眼独青。一生常俯首,卅载已忘形。仙骨空邀誉,金丹原乞灵。学诗今未晚,来向子云亭。

胡启槐

字晋三,镇海人。咸丰丙辰岁贡。

里隘十景 录二

水声何处泻淙淙,两岸芦花隐小艭。盼到渔灯明灭里,晓风着意入篷窗。芦水晓风

踏遍芝岩路几程,翛然心地觉双清。白云深处僧归寺,忽送鲸钟四五声。瑞岩梵响

刘大镐

字瘦香,定海人。咸丰丙辰岁贡。著有《桐华馆诗稿》。

吴山谣

吴山高欲凌重霄,凤皇迤逦支派遥。诸山曼衍拱岩峣,天文分野限斗杓。左瞰钱唐八月潮,右望湖堤浮六桥。阛阓街衢横山椒,晨钟暮鼓彻云寮。下方弦管沸通宵,十万人家烟尘嚣。危峰俯海欲动摇,倒映宫树碧玉条。吴越两界望迢迢,江上风雨来潇潇。鹧鸪高台草色饶,麋鹿故苑春雪消。锦衣行乐名姓标,乞食听吹市上箫。石崖字泐笔力超,峰头立马气更骄。古人已往不可招,临风凭吊思无聊。犹幸遗迹尘未销,登眺两腋生凉飚。山灵呵护雨露调,作歌谱入吴山谣。

野寺

野寺何年建,萧条叹仅存。斜阳穿破壁,荒草没颓坦。院冷僧常出,堂空佛不尊。无人踪迹至,唯有暮禽喧。

仇村道中遇雪

雪意寒天酿,凝阴遍四村。风驱沙岸走,云攫暮山奔。野旷鸦声噤,烟低树色昏。喜看三白瑞,须买酒盈尊。

自遣

暑气旋消午日过,凉风声细拂庭柯。蚁拖花瓣忙寻穴,鸟得鱼儿骤掠波。倚槛静观聊自适,抚怀俗虑觉无多。暮云一片横空净,才到新秋便似罗。

北郊晚步

西风萧瑟感秋华,草际犹余细碎花。荒冢堆如棋满局,暮禽忙似客归家。竹藏古寺千重密,山入孤城一角遮。我是独行无伴侣,愁看云外雁行斜。

乌世耀

字酿仙,鄞人。咸丰戊午岁贡。

阿育王塔歌

我闻释迦文佛涅槃后,真身舍利八斛有四斗。育王为造八万四千塔,诸国宝之少许各赏受。自此流布吉祥殊胜地,丹阳齐洛累朝著灵异。鄮峰一颗尤盛传,二千余年闻见难殚记。或云刘萨诃,地下闻钟声,掘地塔涌出,腾跃放光明。或云晋王导,渡江遇真人,捧塔飞虚空,堕地化为乌石珍。至今塔屿存遗迹,犹能话居民。此物非金亦非石，广七寸兮高逾尺。宝磬悬中四面虚，只许远视不可迫。吁嗟哉，塔乎历年既已久，传说人人殊。南雷谢山精考证，乃指其伪辩其诬。我谓彼教非吾儒，何用哓哓判有无。况彼自云空色相，壮严奚必崇浮图。我作舍利歌，一洗前人讹。灵珠自在我，不畏佛也呵。

用东坡聚星堂诗韵赠徐柳泉舍人

闭门静扫书中叶，腕底如风胸如雪。百余年来坛坫虚，谢山之后君继绝。三豕字辩传写讹，五鹿角为谈经折。案罗饮器宵常温，帷映灯光晓不灭。旧侣形忘懒送迎，新题兴到随抽掣。一声霹雳箭离弦，五色文章花弦缬。争求杰作奉金科，更爱清言霏玉屑。要期事业垂千秋，肯任光阴过一瞥。贱子窍同秋蚓吟，不妨冰向夏虫说。龙门许登高恐颠，扶我赖君拄杖铁。

寓斋感怀

细雨冥蒙寒逼人，忽胜酒气室生春。少年入队兴犹旺。老辈论交情倍亲。小试手谈争有劫，大轰拇战乱无巡。一生良会遭逢几，后约能寻不厌频。

头脑冬烘感式微，盛年气概已全非。文章甘让春华艳，敩学空收夏楚威。问字无奇谁送酒，读书未了且垂帷。凭君莫笑颓唐甚，寿补蹉跎原岂违。

陈绚

号魏堂，定海人。炳子。咸丰戊午岁贡。著有《鄂华吟馆诗抄》。

漫成

片片愁云郁未开，梅銷城外乱山堆。人如社燕年年别，愁似江潮日日来。蜀郡至今夸轼辙,梁园从古聚邹枚。丈人不识龙威字,付与昆明劫后灰。

谢辅栻

字观扬,号云孙,镇海人。瀛贤从子。咸丰戊午举人。

送邑令郭朴斋先生淳章擢任横州刺史

昔年捧檄下蛟城,海国鲸流一镜清。满院春花衙午散,东风吹暖管弦声。

片帆细雨忽南行,祖帐离筵动别情。留得海峰鳌柱在,一拳苍秀镇孤城。

凌行均

字听五,号韵士,鄞人。咸丰己未进士。官户部郎中仓场坐粮厅。

灯花

肯教风雨误繁华,静夜光阴画阁赊。起草怜伊春有色,观书输我眼无花。似因梦笔情先艳,可惜敲棋约已差。分付蛾儿莫轻扑,一枝留映碧窗纱。

谢辅坫

字恺宾,号鞠堂,镇海人。咸丰己未进士。官工部营缮司主事。

《镇海县志》:辅坫工制举文。官京师,文誉噪甚,达官子弟争执贽为弟子。时邑之孝廉计偕入都者,因府馆人满,咸僦旅邸以居,辅坫乃与邑人吏部主事盛植型、盐提举余鸿潮等募赀建镇海试馆于东华门外,士皆便之。

董沛撰《墓碣略》：先生性坦易，与人交无贵贱少长，胥接以和处，骨肉间恩意周笃，两弟所取求不计多寡，故屡致千金而家无一陇之植。京曹多暇，唯耽习故业以启来学，著录门下者凡数百辈。同治戊辰殁于官，年六十一。

销夏八咏 录二

客来茅屋酒初醒，咋可微凉入簟清。响石梧桐皆玉片，戛烟菡萏有珠声。帘阴古藓含初潦，木末残红媚远晴。傥为催诗云又黑，相将湖潋放船行。咏赏雨

绮窗八扇换玻璃，能隔红尘是翠漪。冰裂斜纹画梅瓣，露黏方空补蛛丝。残阳自落苔阴外，薄暑能收梦醒时。底羡宣华公主宅，茜纱屏角引荷飔。咏冷布

励有霖

字仙雨，鄞人。咸丰己未岁贡。

怀俞芷水

兵火连年避寇忙，相逢追忆几星霜。遗书满架贫无碍，有子传家泽正长。功到细吟情转逸，闲来缓酌兴能狂。何时挈伴过茅舍，乐数晨昏一举觞。

陈懋量

字概之，号小轩，镇海人。元械孙。咸丰己未举人。

登望海楼作

骇浪连天涌，轻舟一叶浮。此身何所寄，独自倚危楼。

正笔山

正笔山高出四陲，五峰齐耸笔锋危。碧天如纸堪挥洒，直欲长河作砚池。

胡梁

字次梅，号半舟，镇海人。湜子。咸丰己未举人。官太平教谕。

寄和张酉宿 录二

浦口霞光十里横，稻花香淡逐风轻。得君便有登临兴，五两芒鞋一阮生。

岩空秀削水长流，茅草三湾淡荡秋。难得高斋清逸甚，含杯净扫半生愁。

胡桷

字松友，镇海人。咸丰己未举人。

题秦眉仙坐花醉月图

襟期潇洒美丰姿，一幅生绡写照宜。座有琴书摩诘画，园开桃李谪仙诗。银灯四照歌三阕，玉镜孤悬酒一卮。清福人间谁占得，输君消受少年时。

王赓华

原名其纶，字星联，号蕤乡，又号琴轩，镇海人。咸丰己未举人。官开化训导。

追和从兄士艿先生赠别四章原韵 录一

亲朋次第酒同斟,情比桃花潭水深。今夜笙歌暂聚首,明朝风月少知心。自将旧本传家塾,妒煞新花发上林。吾郡周子青、杨理庵闻已南宫报捷矣。苜蓿盘中滋味薄,敢因冷淡玷官箴。

留别友人 录一

半年共事忽分离,欲别难忘初见期。腊腊朔风君到候,霏霏雨雪我来时。峥嵘气象停车识,磊落胸怀接席知。只道潘江长聚首,如何遽唱鹧鸪词。

江仁葆

字秀荪,镇海人。咸丰己未举人。官福建诏安知县。

奉和王补帆中丞秋闱监临即事原韵四首 录二

溯公通籍正华年,公望公才重木天。簪笔世传周太史,说经今见汉儒先。种梅岭峤留佳话,补竹瀛洲记旧缘。勋业前身韩魏国,五云征瑞榜花边。

蚌珠岩干苦搜求,揽尽英才海外洲。规约鹅湖崇正学,渊源鹿洞绍风流。东南桃李新阴满,文武门墙教泽留。夹袋自来多俊杰,主司珍重及时收。

周序伦

字五亭,奉化人。咸丰己未举人。

苦雨吟

云暂披而复合兮,雨乍辍而时行。旦漎漎以达暮兮,夜淋淋以极明。何下注而不息兮，竟沟浍之皆盈。漂庐舍其将没兮，戕嘉谷之已成。居者忧瘁于穷巷兮，旅者悲叹于行程。前何逢戊而不雨兮，今何逢庚而不晴。嗟天道犹若是兮，况人事之不平。

范邦榦

字佐廷，号蔗亭，鄞人。邦桢弟。咸丰庚申恩贡。

《鄞县志》：邦榦精八法，学使何凌汉见其卷，嗟赏久之，问："临摹谁氏？"曰："文待诏也。"后复取法二王，而参以赵孟頫笔意。兄弟相师友，俱为里中大师。

题江梅壮先生西湖行乐图

结庐近云水，芰荷香且幽。清歌起何处，呖呖啭莺喉。采莲复采莲，有女荡轻舟。红衣映靓妆，伫立数闲鸥。此境谁最胜，湖光一览收。先生年少日，曾记客杭州。槐黄忙未了，酒痕襟上留。至今年古稀，健步谢扶鸠。山水兴不浅，披图拟卧游。人生行乐耳，佳境尽风流。

叶之蕃

字菹田，慈溪人。咸丰庚申恩贡。官云和教谕。著有《菹田诗文稿》。

题烟屿楼诗集

韩潮苏海大文章，此日谁登著作堂。吟咏君方嗤末技，研摩我欲乞余芳。不名一体诸家备，直以三长作史当。骇谷清超梅伯富，区区未许论低昂。

铜琶凄恻拨哀弦，老妇孤儿美女篇。皆集中感事诗篇名。山鬼有灵骚欲泣，水仙无操曲难传。劫灰消荡谁千古，诗史留贻此一编。曾记围炉谈旧事，快心重戴是尧天。

草堂新辟种花多,东望频思载酒过。古艳相期搜屈宋,清思岂屑问阴何。天教煅炼原非妒。君诗两毁于火。劫尽流传总不磨。试问五陵裘马客,岁人清福在槃阿。

语水羁栖转括苍,宦途初历巳茫茫。官间欲著消闲草,身老难寻却老方。敢道豹窥神采现,幸叨骥附姓名彰。琳琅大集刊今始,惠我新编跂远将。

张翊俊

字闳卿,号麟洲,慈溪人。祖铭子。咸丰辛酉拔贡,官湖北试用知县。著有《见山楼诗草》八卷。

九日偕秦莲史濂书、向逸村宝瑃、钱西箴铭书三茂才、朱芷湄家兄云卿登龙山分韵得秋字

九日犹晴和,庭暖寒云收。故人步屦至,约我龙山游。出郭绕涧行,瑟瑟菰蒲秋。蹞足危岭巅,屈曲攀龙虬。天高雁南飞,滔滔江水流。去岁佳节至,滞迹江东楼。故园望不见,浊酒岂解愁。兹游不易得,宁可无唱酬。岁月忽如驶,人生若云浮。先我登临人,寂寂归山丘。后来继武者,声名谁久留。倚树一长啸,落叶声飕飕。挥手各言还,日落前山头。

八仙岩

峭壁立天半,参差花倒出。岩泉飞白龙,惊雷奋灵窟。缘磴愁苔衣,攀柯穿石骨。括苍横翠微,沧溟浴白日。绝顶凌层峦,嵌空悬古刹。老僧陪客游,殷勤为陈说。云有仙人台,鸾龙此休歇。作赋素壁间,龙蛇认绝笔。至今云气深,时时覆石室。我来悔已迟,仙踪渺琳阙。黄粱虽幻情,无缘望徒切。不见邯郸生,梦醒转萧瑟。

林义士辞 并序

十月二十六日,贼陷慈溪,邑人相率走。义士挈妻子趋城北鄞岙,贼猝至,乃短衣持梃,呼乡人共毙贼十余。贼遁,越日又大至,复与斗,转战数里,贼愈集,焚鄞岙民居几尽,乡人溃,义士受创死。贼退,始收骸骨殓焉。义士者,余长姑夫林氏,世荣其名。

黑云莽莽低压城,城头乌鹊噤不鸣。黄狐跳梁,白狐人立。萧萧野骨,悲风四塞。一解

守城者谁,仓皇一去不复回。居城者谁,东西南北家无归。二解

朝出暮入,焚掠四野。草木不青,丘陵为赭。三解

公何人斯,不受国士知。奋梃大呼,乡人多从之。杀贼漉漉血染髭,虎负嵎,豕纷驰,山头蔓草凝膏脂。四解

明日贼又来,村居烁烁飞红埃,裹疮复战,鼓绝力衰,僵卧沙碛血渍苔。左手握刀刀锋摧,紫棱闪闪双眸开。五解

风凄日惨天无光,妻子恸哭村路旁。桐棺藁葬荒山荒。六解

生为人杰死鬼雄,草莽之臣君恩同。愤不顾身成孤忠,千秋万祀垂无穷。七解

送远曲

谐谈未已骊歌起,送君一别几千里。主人把酒客不辞,云在船头月在尾。舟子无情促就路,孤帆一片渺何处。杨柳依依唤不回,落花冉冉人归去。

秋夜江楼

遥天一片月,流影落高楼。海近星河润,江深枕簟秋。笛音惊宿雁,乡思托牵牛。明日买舟去,故山丛桂留。

新桥

四山一溪水，十里万梅花。雪霁烟笼舍，风回路涨沙。劳人惊物候，佳日怨天涯。林木故园好，春深不到家。

寒食

兵火酬佳节，风花入苦吟。亲朋千里道，丘陇百年心。金尽人先拙，魂劳病易深。明知归不得，乡路梦中寻。

饶阳道上

明发饶阳道，轻寒袭敝裘。辙含新雨润，铃语晓风柔。野屋铺茅苇，春耕杂马牛。故园禾黍尽，为尔动乡愁。

钓台怀古

万古清流此滩水，先生祠宇尚江村。飘零眷属神仙贵，终始交情帝子尊。山水有心成独往，江湖无梦到重阍。钓台自是刘家土，大泽披裘亦主恩。

赠赤城金听秋浚即送归天台 录一

风尘难得九方皋，寒色苍茫上佩刀。半世穷途遭白眼，廿年为客老青袍。登楼王粲身犹寄，投辖陈遵气尚豪。酒罢瑶琴诉清怨，海门风紧月轮高。

自杭归里

朔风搅树泣鸱鹗，日夕孤城转寂寥。晴雪树头长作雨，野塘冰底暗通潮。闺中灯火留情话，客路星霜意昨宵。独有闲情媚丘壑，故应无分向云霄。

张翊俊

伍员庙

胥山落木晚萧萧，相国祠堂久寂寥。画壁龙蛇森佩剑，沿门儿女学吹箫。蛾眉谣诼生前恨，白马英灵死后潮。一卷离骚低首诵，忠魂先为楚臣招。

送袁小湖<small>堃</small>之海门

春归君去两匆匆，海岛微茫一发通。沙岸大鱼吹浪白，舵楼落日射潮红。村多花木宜诗客，俗尚桑麻有古风。我独江南望江北，岁华销尽别愁中。

赠海上李小瀛太守<small>曾裕</small>即题舒啸楼集

风雅於今得主持，逸情高致是吾师。季鹰早已思菰菜，白傅翻成吊柳枝。<small>先生辞职已近十年，其集中《悼钱姬》诗凄惋动人。</small>花月九衢天醉夜，棋枰一局劫阑时。都将家国无穷恨，百感苍茫尽入诗。

竹樵都转之任山左邀余同行，留别都中诸友 <small>录二</small>

五千里作一年游，东国轮蹄北澥舟。饱看名山来泰岱，曾经沧海悟浮沤。男儿志气酬弧矢，太史文章笑马牛。飘泊不禁行子感，重闱已是雪盈头。

白马河梁新落照，辎衣京国旧啼痕。本来作客重为客，无计酬恩怕受恩。半世浮萍悲荡子，一尊春酒饯王孙。故人情重行期迫，未听骊歌已断魂。

抵兖州营 <small>时竹樵都转督兖州军务</small>

落日芳堤骤玉骢，入门长揖见元戎。霜围锦帐刀光白，云压重城纛影红。笔底淋漓挥露布，酒边呜咽唱扶风。旧时书剑从军愿，岂为封侯始立功。

泰安道中

领头岚气征鞍湿，天半罡风独客寒。轮铁易销愁未减，家山太远梦都难。大河浊浪空中落，日观春云马上看。多少乡情抛不得，翻劳童仆劝加餐。

三十感怀 录一

荒郊狐兔走盲风，多难乾坤感慨中。十里池隍新战血，四山魂魄旧沙虫。饱看尘劫身犹赘，满贮牢愁句未工。独有如云豪气在，不随南阮哭途穷。

天津

津南杨柳乱飞鸦，河北冰霜未发花。村落万家消劫火，孤城三月隐悲笳。正供犹滞天庚粟，殊锡新分海客楂。捻匪扑天津，江浙海运商船助战，得赐匾额。戍卒暮同行旅宿，条侯军令本无哗。

登黄鹤楼

江天寥阔暮云长，鹤去楼空事渺茫。百尺亭台新土木，一城瓦砾旧沧桑。峨峨雪浪推巫峡，叶叶风帆乱汉阳。我亦鄂州羁薄宦，梅花玉笛助思乡。

山塘即目

半塘桥外碧波平，一派笙歌断续声。日暮游船衔尾进，鬓花香满阊闾城。

邬生孝

原名性之，字芸卿，奉化人。咸丰辛酉拔贡。

张翊俊

邬生孝

1697

西山古松

本来此境隔尘寰,更喜开门即见山。树色润余朝气爽,岚光逗入夕阳殷。一林如画龙皱老,万籁无声鹤梦间。采药不知何处往,牧童遥指在松关。

董庆酉

字可南,号竹史,鄞人。诸生。著有《板桥诗抄》一卷。
董沛曰:竹史族叔从先赠公读书,与余最契。成诸生,未四十遽卒。生平好为诗而不自爱惜,《遗集》一卷藏余家,仅百余篇。其所辑《四明诗干》,于吾郡唐以前之篇什,搜采略具,身后为债家所携去久之,其门下士蔡宸卿忽购得稿本,稍次之为三卷以归余,余为刊而行之。

偕友人游云在庵

不嫌行远不嫌深,古寺同寻到白云。绕涧水清鱼可数,隔篱人过犬偏闻。遥凭石壁观飞瀑,闲倚庭松对夕曛。堪笑山僧不相识,却将姓氏问殷勤。

窄径崎岖举步难,上方宫殿踞层峦。人登危壁乾坤大,楼瞰全湖世界宽。古佛尘龛供茗饮,老僧寒衲坐蒲团。笑侬不解拈花意,却把花枝子细看。

平峨寺

峰外钟声寂,林间翠霭凝。深山人不到,独坐看云僧。

苏小墓

玉树长埋兰蕙枯,西陵桥畔认模胡。绿杨依旧藏春色,何处红楼尚姓苏。

范显藻

字涂芗，鄞人。源澄子。

首夏新晴喜作

昨雨今晴景色新，时当首夏胜于春。园花争媚初阳丽，庭竹平添晚霭匀。槐茂清阴行处遍，麦肥爽气挹来频。轻寒轻暖风光好，犹觉书窗日可亲。

己卯闰三月庭中金银花盛开，诗以记之

绿叶藤青独忍冬，岁寒好共后凋松。笑他桃李争春放，只向东风着色浓。

风和花发满春庭，撷取炉烘气更馨。最喜煎茶香色好，药笼中物胜参苓。

陈文桢

字翼士，鄞人。景崧弟。贡生。官富阳训导。著有《一览楼诗稿》。

《家传略》：先生笃于至性，亲殁，兄弟同爨二十余年，事仲兄揆卿孝廉尤挚，终身奉若严师。尝与镇海吴瀚城广文同研韵学，作《二十三母土音表》，准音切字，学者宗之。富阳瘠苦，学署久圮，僦居败屋，终任不携眷。性峻整，屏绝私馈，朴啬自安。在任九年卒。

旅夜书怀

风雨逼深宵，孤灯人寂寥。几回敲败叶，余响到林梢。倚枕潮声急，当窗烛影摇。繁音听不尽，漏尽又明朝。

登鹳山春江第一楼

绝巘危楼天半开,凭阑下瞰气雄哉。徽衢水涨当前落,凫赭潮来到此回。钱氏江山空旧迹,孙家兄弟想英才。严滩西望无多路,欲棹扁舟访钓台。

赤亭山上赤松停,羽客曾传此地经。万古烟霞供晨夕,四围山色接青冥。每逢佳序恣吟饮,狂欲江波变醱醹。醉拍危阑呼月出,惊飞鸥鸟满前汀。

王孝穆

字次陵,鄞人。著有《半农诗稿》。

萤

惯逐迎凉客,流光辄满庭。渡波星共白,经雨火犹青。腐亦能成物,明难自鉴形。隋皇恩不薄,故苑惜凋零。

涵河秋望

桥畔孤亭偶俯临,缘河清景供幽吟。眠沙鹭聚汀边雪,戏藻鳞翻水底金。僧寺风寒秋气老,渔舟烟冷夕阳沉。不知征士庐何在,欲与樵夫拭一寻。

喜文玉至

红愁绿惨不须论,好景常归桃李门。六代文章成独步,三春花月待平分。斜阳草色休凭吊,细雨莺声怕暂闻。料得者番风信到,隔邻蜂蝶又纷纷。

卢友燡

号菽园,鄞人,字明辉。椿子。诸生。著有《天贶生诗稿》。

题人画梅

为爱梅花试写真,浓香触手自生春。知君别有神仙致,画出罗浮月下人。

陈清寿

字念慈,号屺云,鄞人。诸生。著有《知止轩诗稿》。

春游

桃花开遍小桥东,雨入春江水半红。行到人踪寥寂处,莺声飞出柳丝风。

忻起林

字时乘,号曙楼,鄞人。监生。

九日

令节愁无酒,风流雅爱陶。白衣欢共饮,黄菊淡相遭。醉去神明逸,歌成格调高。明年应有会,恃健兴仍豪。

和赵松雪游普陀山原韵

指点千寻海外山,白云深处水潺湲。钟声嘹亮传三岛,殿宇巍峨镇百蛮,佛地峰峦超世界,僧房花竹出人寰。古来多少名碑在,为爱摩挲滞此间。

王景曾

字景沂,号伴石,慈溪人。贡生。候选训导。著有《鉼室诗卷》。

王学洙广文《序略》:伴石赋性聪明,才情跌宕。受诗法于鄞王梨门先生，蛟川姚梅伯孝廉亦深器之。中年以疾卒。所作诗不自收拾，存者仅百首耳。

喜海盐黄韵珊先生<small>燮清</small>、钱塘蒋蔼卿<small>坦</small>过访，下榻草堂，明日同游慈湖，饭普济禅院

微阳霁朝旭，鸟雀喧庭柯。穷巷积雨雪，朔风厉关河。胡期长者辙，联翩远相过。欢言伸契阔，存我情苦多。勿辞村醪浊，园蔬杂以罗。庭前有梅树，笑索朱颜酡。命酒坐花下，一酌散百疴。伊余昔种树，生意将婆娑。谁能信孤洁，安辞老岩阿。以兹感吾子，幽赏其如何。
红炉沃雪水，手索苦茗煎。霏霏饫玉屑，如聆清话言。清言坐忘夕，月色凝霜天。当窗拂尘榻，窗纸冰花圆。晨起好风日，且放慈湖船。湖山睡新足，明镜开屏颜。临流溯禅闼，梵宇波心悬，山僧颇好客，饭我伊蒲筵。松风醒尘梦，景往情亦迁。归来更取醉，同卧梅花前。

同陈晋笙访戎古慎留饮琴石山房即席酬赠

戎生才偶傥，声价双南金。著作汲古绠，谈笑倾朋簪。时宜颇不合，濩落卧故林。伊予倦游客，闻风坐相钦。同怀有二仲，三径爱招寻。藤萝幂衡宇，日夕啼青禽。面山展瑶席，拂座来秋阴。清风动杯酌，洒然开虚襟。胜情感在昔，良觌欢自今。持谢琴石子，用答瑶华音。

湖上遇雨过昭庆寺

半路起秋暝，扁舟催客还。雨声先到树，湖气忽沉山。一笠鸥波阔，疏钟僧寺间。更携余兴往，载酒叩禅关。

晚渡姚江

烟树晚蒙蒙，沧江月在空。乱流争野渡，孤棹倚秋风。

渔火浮深碧，汀花堕浅红。扁舟何处宿，乡梦起征鸿。

九日登高

绝顶一登临，遥空俯碧岑。风高人影健，木落暮阴深。天地重阳节，云泥万里心。振衣发长啸，寒色鬓毛侵。

舟次丈亭

风急万山暝，孤帆下丈亭。潮声两岸月，渔火半江星。乡树笼愁住，沧江浴梦醒。荒村寒夜柝，倦客不堪听。

客中秋思

破帽残衫作壮游，海天凝望独登楼。孤灯夜听千山雨，双鬓朝辞一叶秋。未卧沧江惊岁晚，欲回鸿雁乱乡愁。遥知松菊都无恙，棹得觚船可自由。

秋日感怀 录四

西风木叶晚萧萧，独上高楼感寂寥。滚滚江河成日下，冥冥氛祲极天遥。关门月黑黄狐立，城阙秋深白马骄。回首瓜期征戍远，封侯曾说老班超。

孙恩草窃更卢循，扰扰黄巾起棘津。鹿死中原还走险，鲸翻东海又扬尘。请缨无路通南越，卧辙何年借寇恂。诸道纷纶驰羽檄，登坛都是受恩身。

括地金珠夜市开，纷纷尽道乐输来。徒闻上将纡筹策，不见流民弃草莱。果腹仅资河鼠饮，孤鸣应断泽鸿哀。可怜时难年荒后，悉索军需亦费才。

运海筹边创制新，安危谁复策时屯。浪夸盐铁高经济，滥厕舆台上缙绅。北固风烟关塞黑，东山丝竹帐庭春。诸公衮衮成何事，不见宵衣廑念辰。

王景曾

魏凤林

字云浦,慈溪人。诸生。著有《饭余诗文抄》二卷。

董沛曰:云浦性刚介,笃嗜程朱之学,课生徒一遵白鹿洞教条。家贫,刻苦自励,取与不苟,当道欲以孝廉方正荐,力辞之。粤匪之难,募资集乡团御贼,贼陷城,勒令人民蓄发,按户敛钱,云浦剃发如故,丝毫不输,曰:"死生有命,彼何能为。"贼知其贤,亦不之罪也。卒之日,香溢室中,咸以为异。

王鱼山坦园落成

别有仙心杂古心,悲欢离合个中寻。境缘颠倒方成坦,情到痴憨更见真。鸟语花香参色相,青山碧水快登临。垂簾欲学王摩诘,客抵轩窗酒便斟。

王庸敬

字圣传,号简侯,慈溪人。诸生。

钱太守众乐亭

双桥跨岸水潺潺,亭在南湖杳霭间。行乐不将民事废,题诗亲写宦情闲。碑文剥蚀怜安简,遗址恢宏籍谢山。刺史风流今已渺,隔阑忍听橹声还。

钱江遇潮口占一绝

极目之江日影低,奔腾水立岸全迷。痴心拟借钱王弩,射退潮头过浙西。

童谦孟

字鼎桥,慈溪人。诸生。著有《亦耕轩遗稿》二卷《龙江竹枝词》一卷。

拟木兰辞

怪底木兰泪如雨,呜咽不能出言语。我有所思人莫知,将身万里事旗鼓。旗鼓何尝征女人,可堪军书有爷名。阿爷年老无大儿,龙钟潦倒胡可征。天生女儿岂无用,原替阿爷成边城。晓起出兰房,对镜洗红妆。绣裙换铁甲,宝剑生光芒。才上骢马又回顾,深深几拜辞爷娘。一去过一都,风来宛似爷娘呼。一去越一国,雁唳宛似爷娘哭。呼儿哭儿那可闻,朝朝眼穿南浦云。北出雁门关,风寒日色殷。柝声搀夜雨,兵气肃秋山。将军百战有完身,士卒纷纷半死生。罢战归来见天子,天子出郭远相迎。开宴论战功,众口成雷同。金帛万千赐,公侯次第封。木兰不愿佩金印,但言马首已欲东。天子苦留留不得,归心似箭趁长风。昔我从征日,叶落秋山空。今我归来日,花开满树红。入门见爷娘,爷娘方啮指。一见女儿来,转愁以为喜。忽闻笑语声,姊出香闺里。姊问未及答,小弟梦中惊坐起。解下弓箭卸下袍,云鬟更向窗前理。一别故乡十二年,容颜不改仍如此。寄语同行诸伙伴,木兰是女非男子。

新晴 录一

渐觉寒轻暖又轻,时光最喜雨初晴。溪边流水三分涨,花外斜阳一角明。景入红楼迷客梦,烟开绿野看人耕。枝头听得争春闹,无限莺莺燕燕声。

月湖十洲 录二

池塘芳草动微风,淡淡浓浓罨画中。烟雨曾迷金粉地,踏青还过小桥东。芳草洲

偶然结客少年场,薄命芙蓉半面妆。新浴刚逢秋雨后,

西风袅袅送寒香。芙蓉洲

童师曾

字瞻菉，号笠村，慈溪人。贡生。著有《龙江诗抄》。

村居

草长平畴水长溪，几家村落小桥西。一犁新雨田驱犊，三径斜阳栅放鸡。墙角烟笼桑荫密，陌头风扬稻花齐。宵来灯火机声起，时和篱边络纬啼。

山居

翠屏百仞俯清溪，别有人家在涧西。松岭衔芝晴过鹿，柴门晒药昼鸣鸡。白云封径呼童扫，红树环村与屋齐。路转峰回斜照里，炊烟起处暮禽啼。

郑德峻

号蓉卿，镇海人。德容弟。诸生。著有《镜蓉馆诗抄》。《家传略》：君精楷法，工诗赋，与兄小谷齐名，当时有大小宋之目。

和余瘦梅咏梅四首 录二

我别湖山几许时，天涯消息故迟迟。数声吹断江城笛，何处逢人赠一枝。忆梅

灯残雪夜酒停卮，香国依稀一梦痴。长使吟魂牵竹榻，天涯枉费美人思。梦梅

哭余瘦梅文学 录二

十年风雨友兼师，此后垂青更属谁。我欲有言言不尽，

泪珠如雨落毫时。

疏林指点白湖滨,烟锁斜阳淡不匀。却忆赠言肠欲断,剩余诗草寄何人。

张汝芬

字馨山,号午书,镇海人。锡路子。诸生。

仲春即景

清明连日雨,客路几番风。草色无情绿,桃花有晕红。烟尘随逝水,日月转洪蒙。大地销兵气,闲吟学放翁。

自遣

底事红尘里,冥蒙不见天。有才真富贵,无病即神仙。世界浮朝露,生涯散夕烟。盈虚消息理,沧海又成田。

张汝苟

字龙八,一字也香,号午馥,又号小泉,镇海人。锡路子。诸生。

《家传略》:先生才思敏捷,善书法,性豪爽能排解,舌锋辟易千人。卒年四十一。

甲寅腊月别郑二泉缨

相聚三五年,挥手忽言别。中怀无数语,欲言心菀结。严风萧复瑟,寒泉凄以咽。对此伤我怀,肝肠几断绝。桃李春开日,梧桐夜凉时。青灯饶绮语,香奁斗艳词。为乐方未已,岁月倏已驰。良时不可复,欢尽继以悲。日暮河梁上,默默愁相对。临行何所赠,赠子以自爱。庶几各努力,修身植梗概。勉旃复勉旃,遵行无不逮。

秋夜不寐

半窗残月淡流黄,枕簟惊人剌剌凉。无那夜深眠不得,蛩声琐碎动愁肠。

吾家二首

吾家姊妹爱论文,班马浓香细细薰。欲把楚辞追正则,瓣香遥续屈灵均。

吾家姊妹爱哦诗,韵斗尖叉费巧思。苦忆春花秋月夜,长歌短调不胜悲。

戴夒

字谐八,一字夒石,号箭史,镇海人。诸生。著有《闲闲集诗草》。

山家

野老生平习种畦,携家卜筑在山西。黄棉冬日檐前暖,絮帽春云脚下齐。一带溪岩沿路曲,千家烟火隔城低。幽斋相近时相忆,卧听声声报午鸡。

种菊

天气阴晴种菊时,东邻乞得两三枝。养成待到秋深后,始见金精骨相奇。

虞丙鉴

字松泉,镇海人。瑞龙从子。由贡生授国子监典籍。

春草

东风料峭长平芜,万里春光入画图。水郭山程青未了,西塘南浦绿齐苏。香侵古道飞蝴蝶,烟锁荒村听鹧鸪。却忆王孙归去后,苏台旧梦总模糊。

秋声

一夜严霜逼太清,萧条旅客动离情。松吟幽谷疑涛响,叶落空山作雨声。古渡砧催凉月堕,大江风逐暮潮平。更阑炮难成寐,愁听寒虫唧唧鸣。

虞鋆

字揆百,一字子珍,号葵伯,镇海人。瑞龙子。著有《醉古楼诗草》。

宿山庄

晓日漏帘栊,寒风拂幼绿。睡起开窗视,过墙无数竹。南望一抹烟,隐隐露林木。境寂尘自空,心澹趣愈足。独坐欲忘言,鸟啼声断续。

游瑞岩

近寺钟声远,当门树色笼。湿云疑欲雨,多竹便生风。林尽层峦出,溪盘曲水通。夕阳斜照处,人影渐过东。

白菊

烟披雨沐两三枝,花似银钗瓣似丝。淡处非关霜借色,瘦来微觉露添姿。窗前月黑仍留影,篱下泥红不染肌。曾记柴桑人送酒,白衣风趣最相宜。

张汉鹏

字菊舲,奉化人。诸生。著有《秋隐斋诗稿》。

睡起

午睡人初起,书窗坐寂寥。湿烟迷远树,暮雨送秋潮。诗入新凉瘦,心随断梦遥。放怀吟楚些,块垒未全消。

仲夏读放翁沈氏小园感旧诗,因次原韵

落尽梅花梅又黄,催人两鬓渐成霜。闲居遇事偏多感,远望无愁亦断肠。金谷酒痕流水杳,蓬山树色断云茫。客思恐被风吹去,帘幕深深静炷香。

山行过头陀庵

一径阴阴紫翠攒,入门渐觉袷衣单。楼高犹带归云湿,木脱能留落月残。乳窦泉甘疑石髓,松梢风细亦涛澜。海棠阶下开犹滞,花萼也知山意寒。

驿亭江中作

云脚低垂江面平,波光倒影夕阳明。高吟秋水长天句,风送归舟一叶轻。

越女吟

新歌一曲锦缠头,卖笑樽前夜正遒。君自赏音妾自怨,琵琶多尔解绸缪。

董定邦

字耐翁,奉化人。诸生。

屏山书院晚眺

极目沧溟一览空,天涯帆影有无中。潮回水国沙堤白,日射关门海岛红。孤塔高撑云外笔,双峰横卧雨前虹。由来胜迹供凭眺,独倚屏山溯晚风。

江回澜

字梅村,一字叶亭,奉化人。诸生。

野行口号

暖云如絮草如茵,不到东原已浃旬。好是熏风微雨过,良苗翼翼正怀新。

自题小影

二十年前绘此图,寻梅清兴爱骑驴。垂垂老大难回首,谁信今吾即故吾。

谢铨

字芝生,号醖香,奉化人。诸生。

莼湖市

翠岚万叠锁晴空,市集山厓海澨中。一哄嚣声挥汗雨,三竿霁色散腥风。烟笼酒帜浮虚白,人趁饧箫逐软红。却喜太平真有象,熙熙半是醉游翁。

王苕兰

初名尚忠,字纫香,号渚山,象山人。立诚子。贡生。著有《渚山诗文草》。

王砚农舍人《序略》：先兄渚山先生髫年即沉静好学，性至孝，先君以侍祖母疾得病惫甚，先生屏绝他事，事之甚虔，又善事母，乡里至今称之。

既不得志于有司，遂专意诗古文辞。粤匪之难，集民团保乡里，有所感，辄托之于诗。其诗从建安入手，继浸淫于鲍谢，故擅长在五七古，偶为近体，亦苍劲无媚态。

镇海姚复庄师倦游家居，先生延之家塾课子弟，并创红犀馆诗社，广征同志，月举一课，以姚师为祭酒第甲乙，邑中学古之风为之一振。师临别握先生手，托其幼子曰："吾交游遍天下，可以信之于身后者，唯吾子一人。"是可以觇先生之人品矣。

古文师姚惜抱，亦雅有根柢，惜所存不多。

杂感 录四

天地本寥廓，积忧苦自盈。赪鲂无逸尾，惊鸿有悲声。凄凄霜露繁，百卉同凋零。恝然命我驾，薄言归柴荆。息踪绝念虑，闭户废将迎。如何一室间，孕此无穷情。江海本无波，挠之万变呈。吾心本无物，触之群感生。

微风何蔼蔼，届兹阳春时。草木兢萌甲，生意咸在斯。岂知西晷逝，肃杀成寒飔。原野黯无色，万汇增酸凄。昨犹气葱倩，极望嗟枯萎。剥复有恒理，大块岂异施。小人逐华靡，君子重操持。愿同松柏老，勿为桃李菲。

子陵弃光武，垂钓滩之派。岂为傲王侯，心与江湖亲。本无西子质，奈何效其颦。山林成捷径，高尚非性真。愿持北山文，移示此中人。

种瓜欲滋蔓，蔓枯瓜不荣。畜鸡慎伏卵，卵鷇鸡不成。丈夫悬弧始，所期完此生。奈何中流荡，垂老无盛名。荆山毓良璞，弃同瓦砾轻。乃悟昔贤达，孜孜勤致精。

题澄养轩

余生逐尘鞅，动止淆其天。积虑颇思涤，外物旋相牵。卓哉太邱翁，抱璞辞磨镌。开轩面岩薄，缘以花木鲜。篁云散秋绮，涧水调晨弦。一室钦孤赏，尺地罗众妍。新悦迭相媵，古欢日与延。天弢发灵采，元象罗上筌。自抱木鸡守，不逐野马骞。神清体斯固，用兹臻大年。佳境昔耳熟，寓目今信然。原结比邻住，与君偕流连。人生于天地，逝若滔滔川。始知空山中，乃有乔与佺。

相逢行

驱车遵前路，路狭难疾驱。有客乘华轩，相逢问我居。我居何难言，巷陋室无储。冷风嘘圭窦，荒鲜缘绳枢。应门止五尺，庋阁唯素书。客顾笑谓我，未睹京洛区。朱门临大道，列戟森通衢。结构难曲状，但见辉金朱。男儿尽贵显，妇女尽名姝。蓄宝尽无价，何论玉与珠。室有歌舞娱，门有冠盖趋。食客有千百，仆亦厕滥竽。物满岂不扑，闻言汗沾濡。新冢高路旁，下为陈人躯。陈人虽已陈，昔年亦丈夫。荣名可终保，谁复凛桑榆。青云自华屋，明月自吾庐。

庚申仲冬游西泸，海山以摩诘诗"高情浪海岳，浮生寄天地"分韵得岳字

仲冬严气凝，百卉就砦斫。登览关夙心，嘉会岂嫌数。既追丹丘踪，又聚海壖躅。前涂孤岛撑，一卷缩蓬岳。银涛环四壐，骊龙戏珠浴。线径如蜕蛇，沙行戒濡足。既涉芙蓉颠，新悦贡遥目。拓岫岚霏霏，过帆风眊眊。群鸦背烟起，孤鸥面波扑。振襟既爽迎，掉头更奇攫。左眄天堑巍，右盼海门卓。六合皆掌收，万象似薪束。良朋惬素欢，

绝境饫停瞩。谁携成连琴，抽弦鼓仙曲。

红木犀辞 有引

木犀有红、白、黄三种，红者产象山，按：《宝庆志》：宋高宗时，邑士史本初以接本献上爱之，尝画扇头并题诗赐从臣，由是四方知名。

临安风物丛禁省，异卉遐方奉朝请。谁分佳种到蓬莱，一帚灵蕤制霞影。仙根蟠结千年苔，九光照耀金银台。史氏庭中独启秀，他家那得同栽培。是时四道将开辟，特抱丹心献宸极。迎眸翕艳当圣心，北苑黄榴愧专席。每逢烂漫辉禁中，拈诗赐篚娱臣工。亦思五国边城草，血洒寒芜色更红。

咏绿云菜 吾邑濒海，有苔茸生滩上，葱翠可爱，暴干中食，味殊鲜美，俗呼苔皮，志称绿云菜。

我乡卑潟居西沪，海错繁生集商贾。寻常蜃蛤匪所奇，水菜如云压畦圃。律回黍谷阳和生，薑苗菘甲咸句萌。沿途纷郁亦蒸起，纤朵簇若松篁青。挈伴潮回傍滩去，不用锄镰等搴絮。村烟一色低相交，欲采转疑觅无处。神龙灵气工吸嘘，堕涎腻入春筵菹。不然天孙弃残锦，翡翎剪碎芙蓉襦。撷来拓晒红阳干，摺叠成幅揉成团。南涧苹蘩讵堪拟，红鲻白蛤同堆盘。冰铫鸣笙雪汤沸，唾花软扬澄无翳。清淡宜入高人餐，细咀东溟祥霭气。

秋意

秋意忽如此，人情定若何。天方私雨露，世未息干戈。去雁随云远，群鸦向夕多。杜陵无野客，被褐孰悲歌。

雨中游蓬莱山用壁间韵 录一

蓬莱西迤入丹丘,贞白先生旧此游。风雨今朝犹命屐,林泉昔日有潜虬。鹑天拱极通黄纬,蠡海回澜注碧瓯。劫里沧桑空魏晋,山中猿鸟自春秋。

周汝翊

字仲香,定海人。诸生。著有《余香草》。

旅中作

不堪萧瑟景,又是暮秋时。城圮鸦空噪,沙奔岸就欹。孤帆投远浦,落日黯荒祠。四顾无人问,行行恐路歧。

塞下曲

大旗日落汉家营,绝塞雄屯百万兵。风卷黄沙腾杀气,涛翻瀚海作军声。健儿宠沐金钱赐,边师功高铁券盟。笑我毛锥无用处,底须缚袴学长征。

王荣滋

字子陔,号余兰,定海人。贡生。著有《告蒙集》。

和江左钟静庵灿文避地舟山,寇退旋里,留别原韵

风雨流离已十年,河派几见葛绵绵。虚怀似竹来空谷,好语联珠看媚川。迅发石头舒远志,迟行京口结良缘。去秋聚晤情犹昨,追忆黄花晚节天。

踊跃从军奉简书,澄清有待敢长歔。苍生几处遭荼毒,名将何人吮病疽。帝泽东渐恩渥若,王师南下雨膏如。江陵旧族思归复,盼望安澜定不虚。

名士风流本率真,韬光遁世不求伸。红尘旅况非无感,白水交情信有因。暂聚萍踪常谷我,微言兰味屡薰人。行旌在望攀辕驻,好听骊歌续句新。

羁栖十载尚迟留,底事征人半白头。驹隙不须悲老大,象贤唯是慕箕裘。停云落月思君别,破浪乘风记客游。薄物维何聊饯赠,恁将心送到南洲。

忻宇春

字介眉,号小槎,又号跻堂,鄞人。诸生。

洪筱乡先生撰《传略》:君少失怙,事母以孝闻,善属文而性质直好义。海氛之变,尝出粟活族人。其后,史致芬煽乱,挺身责之,几不测。同治壬戌粤匪之难,以骂贼不屈遇害,事闻,恤赠云骑尉世职。

东湖十景

平吴霸越谢成功,小隐湖滨作钓翁。自有石矶留胜迹,此山依旧属陶公。　陶公钓矶

五柳庄开景物幽,高低亭榭接书楼。而今零落埋荒草,剩有波声带月流。　余相书楼

尖尖百步绝跻攀,屹立湖南第一山。何日登峰能造极,芒鞋踏破翠云鬟。　百步耸翠

霞光倒映水光灵,装点孤山入画屏。一自洞天新琢就,晴岚锁住佛头青。　霞屿锁岚

走马梅塘五里通,洞桥高架各西东。不嫌明镜从今破,道是双虹落半空。　双虹落彩

兢说山灵与水灵,连环看似卧龙形。独留孤冢埋忠骨,终古残阳照石屏。　二灵夕照

山回水曲路纵横,中有丛林拓宇宏。湖上月沉天欲晓,敲残云里几钟声。　上林晓钟

秋水苍茫夜色微，芦中栖雁浑忘机。风来瑟瑟忽惊起，明月满湖花乱飞。　芦汀宿雁

水阔烟深望渺然，霎时渔火满前川。客舟相对添愁思，疑在寒山寺外眠。　殷湾渔火

仙人偶下洞云深，对局弹棋坐碧岑。惆怅烂柯山寂寂，曾留片石到于今。　白石仙枰

张儒绩

字纪常，一字宝墨，号意兰，鄞人。诸生。官台湾彰化南投县丞。著有《意兰诗稿》。

《行述略》：公少攻举业，屡困省试，以才谞游幕江浙间。浙抚马公深器之，援例授福建县丞，肃清全闽案，内保升知县，补彰化南投县丞。

时台北盗贼蜂起，捐俸设防，严为约束，并建蓝田书院以课士，舆颂翕然。旋署噶玛兰头围分县，其地番界也，民习械斗，公至，反覆开导，赏罚严明，俗以渐化。复设仰山书院，手订章程，一如蓝田。

居官以清勤自矢，卒之日，宦橐萧然，同官敛金以赙，始得归葬。

中秋前一夕次渔梁

征雁一声惊，清光万里程。可怜今夜月，偏向客中明。刀尺谁家感，亲朋此夕情。团圞原有日，底事不常盈。

过仙阳

一路西风里，橙黄橘绿天。人喧村口市，犬吠渡头烟。流水仍今日，青山有夙缘。丹丘何处是，无事即神仙。

送胡康斋恩诰营中旋省席上口占

年来戎马困风尘,秋月春风过眼频。梦醒乡关千里远,交论患难几人真。青衫此日怜君贵,白发天涯笑我贫。听罢骊歌莫惆怅,升沉聚散岂无因。

差旋小清湖见菊呈朱云卿

为耐清秋故故迟,百花开后见奇姿。孤高自问难谐俗,冷落何妨且寄篱。历尽风霜标晚节,甘居山野谢新知。笑他桃李群芳艳,争媚春光有几时。

五显岭

山回路曲势盘空,绿竹重重古庙红。何处鸡声刚报昼,一声声在碧云中。

张大间

字容驷,号醇庵,鄞人。监生。

《家传略》:先生资禀颖悟,从韩朗山、俞西岚、黄细湖诸先生游,益励于学。屡试不售,不以介意。笃于孝友,尝续葺家乘以竟先绪。喜奖掖后进,讲论文史娓娓不倦。

哭虞雪香

洪水祸江南,流离数百户。待哺听嗷嗷,遴才有明府。委君筹赈恤,不足君自补。人饥犹己饥,此风今已古。

君年五十四,我年亦届此。所居又连村,仅隔一带水。少时每过从,谈笑两心喜。衰病忽睽违,君归何所止。

陈愈畯

字五精,号簧山,鄞人。祖确孙。诸生。

陈一楼孝廉撰《传略》：五精笃志好学，从董虚竹先生游，朝夕刻苦至忘寝食。咸丰癸丑，万藕舲宗伯视学吾郡，亟赏之。顾省试，迄不得志，年四十余始食饩。晚好治经，于名物、典章罔不详考。未五十，遽卒。

夏日自遣

欲奏熏风未解弦，日长无计步花砖。客来强饮三杯酒，人静常参一味禅。性懒无嫌家事累，心闲怕被俗情牵。不衫不履吾行素，也算蓬莱岛上仙。

壬戌九月九日四弟挈眷避申，余独家居，感而有作

年年团聚话重阳，一别相思道阻长。入室有谁斟菊酒，登高莫与佩萸囊。惊听风雨愁难遣，极望波涛意自伤。但得羁楼歌乐土，他乡聊复作家乡。

陈愈镐

字绮峰，鄞人。

《家传略》：府君精明强干，喜为人排难解纷，隐身市廛，所交皆搢绅之士。尝修葺谱牒，治族祖恭洁公墓道。性耽吟咏，所著有《碧云诗草》。

感怀

年华叹过隙，素志几能酬。世俗谁青眼，风尘易白头。耐尝艰苦味，差识稻粱谋。莫谓人情薄，吾生已感秋。

旧宅

旧宅南湖胜景中，居邻仙佛梦常通。烟云缥缈诸天近，水月清幽万虑空。数点莲心秋夜曲，一湾藕尾故家风。亲朋枉顾无劳问，门对清流却向东。

莲心岛 南湖十洲之一,有日湖、水月二桥,余所居也

旧是莲心岛,蓬门面水开。偶闻渔唱晚,犹道采莲回。湖水平如镜,双桥日月明。天开仙佛界,福地旧称名。

感作

独倚栏干夜色阑,春风两度看花残。消魂最是昏黄月,偏向愁人照影寒。

朱立济

字沈东,号兰洲,鄞人。诸生。

游响岩

清光满翠微,幽籁松间落。登舟一回眺,孤云淡如鹤。举座发清歌,歌清山为诺。谁问夜浅深,它泉共斟酌。

朱立淇

字竹泉,号绛山,鄞人。监生。

盘盉

村西村北晓烟迷,盘盉幽深认旧蹊。残月落时霜气劲,瀑泉泻处石痕齐。遥看一幅维摩画,欲拟三杯草圣题。忽听空中鸡犬响,仙源不亚武陵溪。

钱廷纶

字掌史,号卢叔,慈溪人。诸生。著有《玉丁东馆诗集》一卷。

董沛曰:掌史家素丰,遭乱中落,处之晏如。兄弟皆

早世，抚视孤侄恩意周笃，士林称之。

古意

乱莺不住啼，杨花不住飞。杨花与乱莺，相送春光归。春归会又来，郎去何时回。愿言春少待，为我通微词。词中无别语，但道长相思。春风会我意，习习吹裳衣。我衣虽已敝，昔日郎所遗。

春夜苦雨

江上长为客，春来惯忆家。遥知今夜雨，又落故园花。倦枕劳乡梦，孤灯感鬓华。披衣不成寐，曙色上窗纱。

慈湖晚步

夕阳全在水，人影不离湖。秋色一天净，凉风四面俱。泉清鱼可数，山暝鸟相呼。不觉留连久，归来日已晡。

秋感二首

十年萍梗遍天涯，剩有闲愁付酒家。顾市即今无伯乐，怜才自古少张华。渭城旧曲歌杨柳，浔浦青衫感琵琶。世事升沉君莫问，门前听卖故侯瓜。

匝地秋阴枫叶下，一天微雨菊花开。惊看时节催人老，渐觉霜华上鬓来。妆阁夜寒刀尺紧，山楼风峭角声哀。年荒况复逢时难，潦倒何心数举杯。

春暮郊行

春鸟向人语，春风吹我衣。不知春已暮，但见落花飞。

春闺

拈将红豆自徘徊，睡起无心对镜台。正是春愁难解处，

陈愈镐　朱立济　朱立淇　钱廷纶

一双蝴蝶入帘来。

费邦翰

字屏周,号曼书,又号莲溪,慈溪人。候选主事。

董沛曰:曼书家小康,有廛肆在甬东,让于诸昆季而弃之。循例得官,谒选有期,而亦弃之。兵燹后故居遭毁,经营缔造,旁筑园圃,杂莳花木,觞咏其中,盖一高尚士也。

自题半圃

灵阳故居叹一炬,吾爱吾庐聊葺补。蔽遮风雨亦苟完,奚必杜陵歌广宇。开轩隙地无三弓,舍南一畦畚锸聚。波棱火热能充饥,呼童拾枣更作脯。客来有酒亦有肴,园蔬自比珍羞愈。其间荷锄多暇日,癖古间搜书画谱。颐性老人留墨妙 隶书"半圃"二字,我乃取之榜蓬户。潜居得遂耕读情,犹是先民风太古。时艰莫作分外想,且咬菜根耐清苦。

杨咏春

字雩芗,慈溪人。守正子。官直隶候补道。著有《壶青阁诗稿》。

《慈溪县志》:咏春少孤,赖母孙教养成立,援例授山东曹县典史,率真民团捕土匪,扼粤逆,李恭毅器之,檄赴营,先后克临清、高唐。奖知县,任直隶新城,力除河患,旋知开州,设炮艇,严河防,平股捻。洊升知府,以会剿宋憬诗及俘朱登峰等功,擢道员,论防河功,以道员留直,充古北口练军翼长,摄总统事。捻逆张总愚窜近畿,集团扼守。振饥民多所全活。及卒,身后萧然,开民感遗德为赙助行,盖其治开也,百废具举,推沿河州县第一,不独军功,河工有益地方也。

军次距鹿吊卢忠肃公

劲敌如风雨,偏师不可留。军容骄有使,台辅愎无谋。一战长城陨,终为庙社忧。上方三赐剑,盍斩佞臣头。

之官直隶新城,留别山左诸友

风前小草赖吹嘘,弱质欣叨广厦居。入幕频闻严武略_{张石卿、崇雨舲两中丞调置戎幕},临池勉学右军书_{崇中丞书宗右军}。剡章幸许随鹓鹭,问字兼资辨虎鱼。知遇深恩犹未报,濒行惆怅更何如。

冒镝冲锋两度秋,自惭踪迹等依刘。请缨幸遂终军志,负米难忘季路谋。民社忝膺深惕励,湖山欲别尚句留。新昌此去亲朋隔,匹马风霜渡白沟_{白沟属新城}。

偶来渤海续鸥盟,泥爪痕留感慨生。祖帐难为千里别,开尊重诉十年情_{乙巳需次武郡,迄逾十载}。听莺携酒怀陈迹,秣马膏车赋远征。旧雨相逢刚匝月,那堪离笛又飞声。

长亭日暮冷烟霏,恼煞西风上客衣。前路敢云知己少,他邦争奈故人稀。南愁乡井烽烟逼_{江南残逆未平,浙省戒严,归期难卜},北畏征途雨雪飞。回望倪城行渐远,寸心犹自恋春晖。

河防闻寇警示吏民

为障狂澜集万夫,从教编伍御姎徒。控喉遍树分防帜,琐尾姑乘禁渡桴_{贼扑开州南岸,难民坌集乞渡,为放拘岸之舟济之,并分棚散赈}。敌忾不妨偕雁户_{河套猎水鸟者曰雁户。外寇曾勾结为患,时大水,集工代赈,编壮者三百以辅兵力},鬼雄犹胜化猪都。官民一体原同命,退欲何之计已无。

郑敏熙

字敬伯,慈溪人。诸生。著有《听秋山馆学吟草》。

题张菱舟翊俊见山楼诗稿

廿年不读见山集,开卷顿教倦眼惊。湖海写怀悲浪迹,燕齐橐笔事长征。马迁文得江山助,杜老诗多丧乱声。仰首高歌低首诵,壮心为尔一时倾。

费霖

字云门,慈溪人。诸生。

人日立春遇雪

寒送残冬雪已多,新春积霰复如何。琼花巧斗寒梅样,玉水澄添翠荇波。为望太平先粉饰,欣占大有且讴歌。今朝尤喜逢人日,预卜同人访戴过。

裘雅恂

字小坪,慈溪人。

春游

踏遍溪西又涧东,春光无处不清空。屐黏芳草三分绿,鞭指斜阳一抹红。沽酒旗迷笼树雾,卖饧声送剪花风。辋川粉本如堪绘,都在山村水郭中。

裘鹏飞

字超然,慈溪人。

山家

厌看世事谢尘缘,聊向名山借一椽。花落琴床红战雨,竹侵茶灶绿迷烟。间关鸟语春风里,宛转啼猿夜月前。领得个中真乐趣，枕流漱石不知年。

沈开祥

字履斋，镇海人。贡生。

题仁和吴元镜笛倚楼诗稿

大声疑似夜潮奔，豪纵文章有鹿门。佛以檀林藏秘笈，天将薇露灌灵根。风怀爱听东山乐，雅量常倾北海樽。一语品评君亦受，高秋独鹤下昆仑。

论心原不计流传，抱得骊珠字字圆。前代诗人唯北地，当今才子是东川。漫天草绿春携屐，孤月光寒夜耸肩。相对不禁惭弩末，故人初稿已雕镌。

张汝藻

字芝仙，一字小逸，号绣生，镇海人。锡冕子。诸生。

宝镜庵与陈君汝能夜话

此间谁与语，落落涸风尘。宇内称知己，情深独有君。钩诗帘卷月，煮茗室生春。不觉东方白，钟声动比邻。

张汝范

字野莲，号也廉，镇海人。锡冕子。贡生。

《家传略》：先生外和而内严，与人交不见忿戾之色，为人排难解纷谈言微中。善书法，有父风。

岱山杂咏十首 录四

鸟船队队出蛟关，东北烟云接岱山。郎去捉鲜侬远望，愿郎早晚逐潮还。

下水才过上水来，鱼声海面响如雷。潮回饱趁黄昏后，灯火辉煌夜市开。

岱兰文物重高亭，汉宋专家判径庭。我识柳塘高博士，得交梅谷赵明经。

蒙斋科第旧传家，学派分流定不差。六百年来谁继武，好将秋实易春华。

白榆

字浦秋，镇海人。贡生。著有《来青轩诗草》。

冬夜望月

月光如昼夜无眠，静对菱花一镜圆。雁齿斜倚桥独木，鸡声寒彻屋三椽。空明色相冰壶里，缱绻情怀纸帐前。坐到夜深人悄悄，瓶梅疏影界茶烟。

武林书感

生灵百万困孤城，半苦无粮半苦兵。多少冤魂归未得，钱江并作怒潮鸣。

三峰鼎峙瞰西湖，墓草青青唱鹧鸪。巨寇也知忠义事，鄂王坟下禁樵苏。

曹素

字子先，镇海人。

如园初成

山园依麓筑，一径抱溪斜。屋露宜栽竹，庭空待种花。生涯余桔柚，农事问桑麻。何处桃源里，秦人去避家。

方绍辰

字炳章,号枫人,镇海人。监生。候选知府。

《家传略》:君年二十始攻举业,试于省不售,遂弃去。性真挚,笃友爱,临事伉直尚气节。三邮有急,倾囊不吝。平居喜览载籍,见忠臣义士事迹,辄发为诗歌。著有《叩寂居诗稿》二卷。

客中秋兴

一雨又新晴,苍苍暝色横。风惊迎面肃,衣觉附身轻。露冷虫吟急,秋高雁唳清。关山摇落意,游子不胜情。

读岳鄂王传作

无奈偏安局已成,可怜甘自坏长城。书生叩马徒多事,奸相驰书早献诚。万古伤心收道济,千秋遗恨吊苌宏。从教湖上骑驴客,长对青山写不平。

翠山寺见谢三宾塑像

当年心事不堪论,汉室衣冠竟尚存。枉惹乡评留不得,空山绝壑老奸魂。

王于谟

字笏书,号芝岑,镇海人。在田子。贡生。署孝丰教谕。著有《芝峰未是草》。

理安寺

北岭登天竺,南游入理安。溪声随曲折,山势此纡盘。竹柏层峰翠,烟霞古洞寒。忽闻潮欲至,风雨奔毫端。

王思仲

字曙岑,奉化人。诸生。

《奉化县志》:思仲为恩贡正纶子。正纶饶于赀,尝设文社课乡子弟,又割腴田十余亩,以岁入给族之应试者。思仲承家学,为名诸生,工诗赋。著有《乐潜庐诗集》。

星屿形胜诗 录二

何年嘘气幻楼台,屹屹高门亘古开。鲛客夜严鱼钥掌,蜑人晓拥鲎帆来。怪他雉化长临水,助我龙登或待雷。海上神山津可问,好风谁引到蓬莱。　厦门

飞龙出峡到深渊,故址犹留大洞圆。隙引岩阿含宿雨,气通石窦簇寒烟。玲珑穿透三弓地,隐约窥来一线天。沾溉但教资下土,耕农鼓腹颂年年。　龙洞

次邬 孝政 清莲庵偶占韵

尘俗纷纷概就删,蓬莱访胜叩仙关。参禅鱼化申池寂,解赋鹦歌午院闲。蹊接慈云茅辟径,坛霏化雨杏馨山。壶中莫说地天窄,提笔神来四顾间。

辛壬纪事 录一

岭放寒梅正小春　辛酉十月廿四贼陷邑城　,倏惊狶突起边尘。贪天未雨绸缪拙,履地初霜患难新。累雉重闉成贼薮,哀鸿中泽困迷津。神号鬼哭真堪悯,何处桃源可避秦。

谢纯熙

字介卿,号竹轩,奉化人。诸生。著有《友竹轩诗草》。

董沛曰:咸丰中,粤贼洪诗延窜迹奉化莼湖村,改名

世贤，私刊伪檄，纠合千余人将作乱，介卿侦知之，募义勇擒世贤并其党数人，余悉解散。奉化令丁君昌谷立杀世贤，而送余党于郡，郡守段公光清悉戮之，详请奏奖。阅数年，浙抚某入告冒功者多，而倡义百余人仅赏介卿六品衔，介卿以同事无预赏者，力辞不受。

二蛇叹 余家一日间有二蛇先后见于室，家人毙之，蛇阴类不宜见，被害宜哉，因感而赋此

生世失其所，出游违故常。人恐受尔累，尔竟为人伤。二虫又何知，吾心独悚惶。人勿使人畏，人畏宜自防。

楼振乾

字市庵，奉化人。监生。

莼湖

一角名湖辟海东，波光浪影拍晴空。西南流合双明镜，长短桥分五彩虹。夹水几家成聚落，前朝遗址半蒿蓬。客来拟撷秋莼荐，异味何须饭二红。

陈秉元

象山人。

石浦竹枝词

蜑雨腥风骇浪前，高低曲折一城圆。人家住在蓬瀛里，万里涛声到枕边。

金山瓯瓦两相招，海唱渔歌山唱樵。一路听来行缓缓，夕阳影里过仓桥。

北城流水碧潺潺，文阁岧峣傍两山。步到岭头才一憩，

斜阳已落女溪湾。

金峰突兀路盘旋,约伴来寻漏锡泉。健步直穷高顶望,茂林一簇是南田。

沈观光

字润山,象山人。诸生。

红木犀辞

可是嵊山雪化埃,西风吹处异香开。定知妙手来青女,一树珊瑚费剪裁。

仙井分来句漏砂,真灵撒手幻空花。凤城宫阙秋方丽,特捧丹心向日华。

御墨曾经写聚头,侍臣拜赐纪风流。宋高宗尝以红木犀画扇头,并题诗赐从臣。可怜北窖胭脂泪,化作临安梦里秋。

西沪棹歌

数里清渠似镜环,晓妆面面认螺鬟。凭舷贪看佳山色,早出猫头几个湾。

网得鱼儿去换钱,蛤蚆嘴里晚移船。自言二月春鲻旺,水国生涯胜插田。

除将阡陌尽坡陀,策杖行吟下涧阿。六七人家三五树,蚕山横黛似春蛾。蚕山在黄溪村。

上沙陂仄下沙平,退八潮浑涨八清 涨八退八,俱沪上俗语。到底风波多不测,试看急溜下登瀛 登瀛桥名在樯头村。

簇簇沙滩水见痕,一帆卸后已黄昏。舟人还语新来客,沽酒消寒入杏村。樯头一名杏村。

任遐程

字蓬樵,定海人。诸生。

夜凉对雨感赋

萧萧蓬鬓渐惊秋,琴剑飘零困旧游。千里云山京国梦,一襟风雨仲宣楼。孤灯有喜花空报,残滴无声涧尚流。遥想倚门今夜望,衰颜应动别离愁。

林润初

字小屏,鄞人。

六月之望同人小集梦园率成一律

群贤小集曲江隈,销夏筵开倒绿醅。山耸奇峰作屏障,水涵清影绕楼台。闲愁却被风吹去,好景全凭月送来。自笑浮生原若梦,且将此处拟蓬莱。

邵寅直

字子清,号鉴湖,鄞人。

明妃曲

曲里青山马上云,朔风吹泪落纷纷。边庭击柝闻终夜,误道金吾宿卫军。

谱得新腔错杂弹,声声哀怨说长安。依稀度与南归雁,唳向昭阳夜月寒。

李锡庆

字承志,鄞人。监生。

春雨

连宵细雨长青苔,花怯春寒半未开。蝴蝶却嫌双翅重,低低飞傍客衣来。

石天绯

鄞人，诸生。

西山晚眺

胭脂涂抹翠微巅，画出村西夕照天。红耀万珠垂夏果，绿环一带咽秋蝉。樵从茅岭挑云出，客自仙岩咏雪旋。文梓贞松深护处，可曾惊起蛰龙眠。

唐肇初

字孚庵，奉化人。诸生。

书楼晚眺

小楼人倚夕阳斜，放眼迢迢起暮霞。烟锁蜃门秋一色，市喧蜃海路三叉。横空山色分寒翠，过雨溪痕涨落花。坐久浑忘天欲暝，飞飞村树又盘鸦。

金珽藩

字芝山，奉化人。诸生。

千丈岩

岩窦争夸瀑布悬，此来胜境忽当前。应看老鹤翔林际，合有仙人步石巅。玉练遥翻云外影，银河倒泻峡中天。我今欲借茅庵榻，卧听孤钟打晓烟。

《四明清诗略》卷二十八终

四明清诗略卷二十九

鄞　董沛　孟如辑

张家骧

字子腾，鄞人。善元子。同治壬戌进士。官至吏部右侍郎。

赠陆己云编修 廷黻

大河沍层冰，行人滞中道。思之心傍徨，苦不相见早。凌晨起朔风，飒飒吹林表。堁户拥深炉，残梦续清晓。闻君来叩扉，欢呼杂童媪。缱绻叙家常，一以慰怀抱。洗君风尘颜，愧无芳樽倒。
昔人苦离别，一日如三秋。三秋瞬息耳，今君又远游。人子恋簪绂，安得无离愁。岩岩清凉山，中有黄绮俦。采芝健腰脚，七十不白头。所期丰禄养，洁白将晨羞。此志不可违，努力殚前修。

李云帆司马招饮一粟庵，赵朴斋、方性斋、张竹坪、庄尔苓、陆己云同座，即席有作次己云韵

阛市纷尘塂，城隅景物殊。黄墙围竹树，碧沼长荷蒲。地号旃檀国，天开笠屐图。李君风雅士，邀饮足欢娱。
游宴逢炎夏，知心入座皆。有缘参古佛，相约食清斋。钟磬成天籁，禽鱼淡俗怀。开襟风拂拂，日夕气弥佳。
萍聚春申浦，迟迟到此间。艰难忘客路，曲折达禅关。

人各适其适,地真湾复湾。眼前行乐处,妙似白云间。

一粟论沧海,盘桓只片时。举杯斟薤汁,题壁截榴皮。幽梦寻鸥鹭,佳餐饫笋葵。晚凉归去好,踏月更相宜。

赋呈叔父棣笙先生

归来舶趠风名,东坡有《舶趠风》诗。好风天,快把芝颜意蔼然。半世辛勤维翰砚,一官况味若邪泉。固知苜蓿难终老,且喜菑畲亦有年。青眼能为偏我属,竹林愧负阿咸贤。

月湖十咏

一带绿阴凉,深藏逸老堂。画桥人独立,晴絮送斜阳。
柳汀

寒飚初酿寒,梅开香芳信。但见白漫漫,夹岸花成阵。
雪汀

东风苏旧烧,原上自萋萋。欲去无行径,黄莺历乱啼。
芳草洲

凉露点澄波,水国雁来早。开到木夫容,一湖秋已老。
芙蓉洲

瓮头熟香醪,寻芳约邻叟。却度憧憧桥,来饮黄花酒。
菊花洲

照眼碧珑玲,琉璃六曲屏。夜深人不寐,闲倚水心亭。
月岛

屈曲盘虬枝,岁寒结孤赏。谡谡度天风,独鹤时来往。
松岛

舣棹采芳菲,朝东露未晞。香风引游屐,瘦蝶上春衣。
花屿

曲径绕檀栾,青青千万竿。幽居临水槛,当昼亦生寒。
竹屿

苍霭抹晴波,扁舟向何处。落日不逢人,但闻舟子语。

烟屿

马恩黼

原名廷概，字觐光，鄞人。士龙子。同治甲子顺天举人，拣发知县。著有《篋剩诗抄》。

海市诗用东坡登州海市诗韵

楼台缥缈凌虚空，倏隐倏见烟雾中。往来人物兼车马，苍苍水气盘鲛宫。昔闻登州有海市，欲写真相无画工。可知乾坤毓秀气，池中岂久藏蛟龙。激昂击楫中流渡，我欲翘首问碧翁。波涛涉历仗忠信，是何意态杰且雄。世间无地无幻境，其中百变安能穷。观澜荡胸豁心目，浪花细蹙风和融。层层翠阜结空际，沐日浴月灵宝钟。四时祷祭荷神佑，鸡黍报赛品物丰。海不扬波鲎帆落，扶桑初旭钲挂铜。会当稳踏六鳌背，前程万里乘长风。

毛琅

字伯璈，号溪芷，鄞人。同治乙丑补行辛酉、壬戌科举人。官石门教谕。著有《蜀红吟馆诗文草》。

同王舍人醒吾、陈茂才圣湖、清甫盛司马卓生游天童山

放棹出城东，长河返景红。扣舷清唱发，盛善歌。把盏夜谈雄。圣湖善饮。山影低篷月，波声挟岸风。定应今夜梦，飞入万山中。

幽居忽不乐，登临良所欣。一径入苍霭，四山堆白云。岩花迎客笑，泉响隔溪分。香积饭应熟，斋鱼寂未闻。

夏至后二日自南郭附舟至旧寓响岩李氏庄作

犊子归阑宿鸟喧，渔郎今又到桃源。青溪架石通花径，

绿树添阴失苇村。未免有情人问讯,似曾相识犬迎门。宵深频剪西窗烛,世事沧桑子细论。

登梓荫山

蛟门雄险控明州,今上屏山试壮游。绕郭岚光浮百雉,到关帆影渺群鸥。南来飞雨林梢过,东指残虹海底收。拟向候涛高处望,更将目力尽沧洲。

五十自述寄示陆己云编修兰州 录四

堕地于今五十年,客窗无事数从前。功名磨蝎公车困,文字雕虫故纸研。拭手儒官期振俗,赧颜讲席愧传先。石门书院为宋儒辅氏讲学处,旧榜曰传贻,取传先贻后之义。满头雪刺吾衰甚,揽镜相看每自怜。

童卯曾承祖砚遗,椿庭培植记儿时。饥寒忍守图书箧,膏火还分菽水资。自谓处囊应有日,谁知棒檄竟难期。而今微禄沾升斗,声咽南陔絜膳诗。

岂独科名命不犹,半生栗碌岁华流。辛壬两届惊兵燹,丙子交躔厄郁攸。丙子岁,庐舍被焚,时年四十二交丙运,日者谓,丙运交丙年,屡有此厄。寇退田庐才整葺,烬余牖户费绸缪。年来幸借亲朋力,看月先营近水楼。

君子由来耻过情,我生自愧负虚名。迂疏心性人偏谅,朴陋衣冠世莫轻。海上屡传苏子死,坐中时作孟公惊。文章经济吾儒志,底事营营两未成。

陈政钟

字毓臣,号树珊,鄞人。同治乙丑补行辛酉、壬戌科举人。官会稽训导。著有《诒砚斋诗存》。

《鄞县志》：政钟司训会稽，捐俸葺学，修举废坠不累公帑。兄鉴购书数万卷，以古学为家教。同治戊辰修邑志，政钟与于采访之役，出藏书以佐考订，有裨文献。

读律

国家设刑典，止奸禁暴横。人心挟诈伪，定律准以情。驱民而之善，肃杀皆生成。等有加减别，大意罪疑轻。知法法愈重，引例例可更。无使临时悔，一旦身命倾。怀刑唯君子，没世保声名。敬告司宪者，钦恤持平衡。哀矜而勿喜，此心即好生。法外可施仁，子第视编氓。

乙丑初到稽山学舍有作

官衙难得此清凉，户册留题号听篁。新旧藤穿容膝屋，参差竹出及肩墙。门如村舍长萦草，地有园竹且种桑。好鸟时闻歌一曲，应教吏隐两相忘。

新晴

昨宵才见月华明，梦里犹疑淅沥声。朝旭透光收雾湿，寒风着力逐云轻。客来还说买春事，官冷殊殷献曝情。分付奚奴休懒卧，盆梅移放向南楹。

李厚延

字洁甫，鄞人。维镛子。同治乙丑补行辛酉、壬戌科举人。候补国子监学正。

《家传略》：君未十龄即遍读《十三经》，客至，随举一册试令背诵，琅琅无一字遗。后以时事多，故兼习武事，精骑射、击刺诸技。待人和蔼，不为崖岸斩绝之行，而遇事有执，无所屈挠。年三十遽卒，人咸惜之。

太白龙池歌用东坡起伏龙行韵

清泉迸射作飞弩，白石巉岩伏痴虎。当年灵窟护龙君，此日法庭开马祖。梵宫传说逼龙宫，重迁一似因安土。失信如何久不归，一朝决裂恣狂侮。谓龙劫天童寺事。张公远徙白龙潭，鲍郎近赘青山府。事均见邑志。海国由来灵怪多，何能一一陈觑缕。但看胜境足游眺，尚疑开凿经神禹。东湖烟水接微茫，东海云霞供吞吐。即今列塍抽稻花，已欣四野沾梅雨。圣主当阳物效灵，任尔安居慎毋怒。

县治前古柏行用杜工部古柏行韵

谁移乌府台前柏，种向琴堂荫嘉石。奇材奚止济川舟，深心独抱衡才尺。堂中明镜照清辉，春云霭靆秋霜白。曾质贤侯白水盟，恰来茇屋甘棠惜。忆昨探奇太白东，狮子之柏盘梵宫。谛观纵见法王法，托根已落空相空。何如兹柏沐嘉惠，大含元气翔和风。招邀青禽与白鹿，迓祉介寿时乃功。况乎伟器任梁栋，骨力坚凝气严重。会使挂支大厦倾，定教闾阎长风送。枝上清宵结露华，树头旭旦鸣威凤。甘露、集凤，皆署斋名。珍重乔松共岁寒，天生大材必有用。

赵郡怀古

蕺山

磴道萦纡俯市阓，蛾眉缥缈想云鬟。蛾眉山亦在越城中。采香久没吴趋径，种蕺犹存越纽山。昔日卧薪余苦味，此时衣锦亦屏颜。霸图销歇儒风振，证道还来静欵关。

柯桥

古迹柯桥载酒寻，桑经班志费沉吟。风吹亭竹疑闻笛，雨滴阶桐却当琴。山驿横连诸暨远，水程遥溯若耶深。更前岩洞殊幽绝，坐对澄潭悟道心。谓七星岩。

梅市

大隐由来隐市朝,仙寰何必远尘嚣。书探禹穴归应便,药访蓬山去未遥。永夜寒声谁击柝,中天月色好吹箫。避人胜处推梅里,佳客联吟未寂寥。谓竹垞、西河诸老及祁氏诸公子。

兰亭

禊帖久为神物去,兰亭长在白云隈。天光到此知逾好,人事于今总可哀。俯仰不禁余感慨,咏觞聊复乐徘徊。变迁陈迹何须问,且向天章寺里来。见《鲒琦亭集》。

赵家薰

字瑾伯,号香如,慈溪人。同治乙丑补行辛酉、壬戌科举人。官户部员外郎。

《慈溪县志》:家薰幼慧,善读擅楷,则能文章。登乡荐,入赀为郎。以父婴贞疾亲侍汤药,博涉方书,不复为进取计。父殁,抚庶弟五人皆至成立。性慷慨,尚气谊,戚友缓急有告必应,视郡邑事如家事,靡勿身预。年五十卒。

余嗜酒而好直言,寄龛常以为箴,且手镌"口可以饮不可以言"小印见遗,曰"必不得已,其慎言乎",占此为谢

百岁几人知己,十年于我忘形。唯君能扪朕舌,逝将长醉不醒。刘伯伦方作颂,磨兜坚亦有铭。多谢他山之石,吾其守口如瓶。

尹金焱

字秋雪,慈溪人。同治丁卯并补甲子科举人。官内阁中书。著有《因树书屋诗草》。

孙岘卿广文《序略》：秋雪少负隽才，于书无所不读，文誉噪庠序。辛酉试拔萃科，极为张文贞激赏，以试帖一字未安佹失之登乡荐，后连不得志，拂衣归家，故儒素砚。田不常稔，中间丧贤偶，遭燹难冢，兄又没王事万里外，身任其弱累，忧伤劳悴，一寓于诗怨而不悱有三百篇遗，则殆学富而养忧者乎。

出郭由上午岙逾高岭趋鄞山，晚宿钱氏山庄 录一

出郭散烦襟，行行入山麓。霜林缀春红，露草凋秋绿。隔溪烟蒙蒙，中藏数间屋。吠犬呼其群，狺狺逐人足。扪萝陟高阜，岚翠媚遥瞩。虽非武陵源，亦是愚公谷。庶几来结茅，长歌紫芝曲。

张子腾编修招同洪云轩舍人、钱西箴水部、同年陆渔笙、周珊梅两太史、陈雪楞舍人、曹珊泉比部游天宁寺，饮酒绿野山房，渔笙有诗次答

郊游趁雨晴，不惮泥路梗。言寻古招提，忽到清凉境。摄衣跻高阁，几榻洁而整。潇潇窗竹鸣，灼灼林花靓。一塔卓初阳，当筵落孤影。不但残暑遁，兼使尘缘屏。三年羁薄宦，踢踏蛙坐井。岂无济胜具，未许腰脚骋。今朝挈仙侣，来此瞩清景。俗氛始稍息，幽趣时独领。乃知意象间，不必定箕颍。开筵恣饮啖，浊酒继清茗。兴酣屡起舞，一啸群籁静。挂笏看西山，山翠压城冷。飞觞劝落晖，为我驻前岭。

千人坛寻徐福遗迹

秦政渎王纲，徐福思遁迹。荒幻托神仙，望海千人石。相将童男女，楼船去飘忽。开国烟水中，避地蛟龙窟。比似桃花源，风景尤遐僻。至今海国东，庙食缅遗泽。妹耸

邵月亭尝客日本,为余言日本九岛皆有徐夫子庙,祀徐福一如中国尊礼孔子。

我来石坛上,怀古心如揭。遗踪云扫荡,前轨烟明灭。但见青峰巅,高挂秦时月。

五磊纪游 录四

山斋雨初歇,风日清且静。有客话名蓝,未往意先骋。相将入山坳,线路尚泥泞。拾级梯断崖,拨云度遥岭。马鬣谁家茔,碑剥字难省。翁仲立斜阳,苍烟淡孤影。

一峰抱白云,起伏如狮子。石城在山半,数堞不百雉。狮子岩下有石如城,高数尺,围径数十丈。度矶入幽谷,怪石相封峙。屹屹三重门,潺潺一溪水。三石门屹然,两石门对峙,中通人行。路险不通舆,径仄才容趾。矫首心飞扬,奇观乃有此。

兹岩特奇诡,一一如人叠。上有两大礕,承以四方石。其旁似老人,枯滕覆长额。瞪目瞰奔流,探首窥行客。攒云知几层,去天不盈尺。容我陟其巅,星辰倘可摘。叠石岩在九曲岭北,老人峰在叠石岩西。

峰回路欲迷,一径更幽异。四面无人声,滩流雪花沸。仙人去不还,石臼生芳荔。指爪留遗迹,药饵余香气。止水澄且鲜,小饮清人肺。向来业垢躯,借此聊祓禊。半岭有石潭,宽径尺余,深三寸许,旁有指膝痕,若据地跪饮状,相传是神仙迹。

孤山

拾舟遵微行,延缘入空谷。泠泠山水音,一洗筝琶俗。松杉昼阴阴,中有一亭矗。白鹤去不还,野草自芬馥。永怀林处士,此焉寄高躅。山窗午梦回,瀹茗饮湖渌。嗟余溷城市,终岁困驰逐。安得买山钱,山中构茅屋。焚香读道书,夜抱梅花宿。

尹金葵

半闲堂斗蟋蟀盆歌

半闲堂上斗蟋蟀，三寸瓷盆制圆璧。苔封藓蚀土花斑，似以平章减颜色。平章在昔窃国柄，西湖日日行觞政。绮阁笙歌响未收，画船灯火辉交映。西风一夕虚堂凉，豆花篱落啼寒螀。罗致不知几千百，携盆坐斗秋宵长。但愿此盆常把玩，缺尽金瓯何足算。快意宁知白雁来，伤心不管红羊换。襄樊失守烽火惊，踉跄却向芜湖行。可怜蟋蟀亦股栗，草间偷伏寒无声。循州万里谁为侣，一曲舆歌作杭语。潇潇风雨木棉庵，旧物飘零在何许。我从酒畔重摩挲，转为斯人感慨多。毕竟荒淫谁误国，千秋遗恨奈盆何。

酬同年许竹篔编修 _{景澄}

前年作客申江口，夜月红楼频置酒。闻君隔座醉花枝，太息无缘一握手。今年东华踏软红，落花树树摇春风。相逢却说扬州梦，拍手一笑心相通。昨来遗我一端绮，织就新词巧无比。花奴弦索玉奴歌，江南春色思千里。嗟予十载苦坷坎，大江南北常奔波。灯红酒绿恣游剧，吟成泪湿青衫多。揭来更上春宫试，氍毹风尘不得志。未随苏季整归鞭，又学杨雄说奇字 _{时余授徒南横街凌氏}。宣武门南秋夜长，因君却忆杜韦娘。何时共泛烟江棹，阄韵花前醉一觞。

俞坊

红日不到处，饥禽时一声。岩㪍松欲折，泥圻笋初生。采药循萝径，看云坐石坪。长歌天色晚，归路竹风清。

题张子腾编修_{家骧}诗稿

岂以科名重，如君自不磨。兵戈十年恨，风雨一悲歌。

惜别贻璃玖，思亲赋蓼莪。性情原独挚，可但似阴何。

送铭鼎臣侍郎安之任奉天

春色满征途，鸣鞭向上都。关云晴擘絮，海月夜弯弧。绩奏安边策，诗题出塞图。明刑兼弼教，宣力佐唐虞。

姑苏

西风倚棹锦帆泾，绕郭烟芜一道青。市上箫声穷士泪，冢边虎气霸王灵。梧桐叶叶疏秋雨，杨柳丝丝带晓星。多少兴亡余感慨，夕阳歌吹不堪听。

通州秋思

深林一角夕阳收，漠漠江烟起渡头。野色平连淮甸晚，潮声遥带海门秋。金戈铁马频年戍 时江防甚严 ，破帽残衫异地愁 苏属难民多居沙上 。何事西风萧瑟里，独将琴剑苦淹留。

都门书感

碧瓦朱甍上接天，禁城芳树欲生烟。朝元客散花簪帽，退直人归柳拂鞯。百辟冠裳都济济，五侯歌舞自年年。阿因一掬唐衢泪，洒向青灯绿酒前。

汧陇山川隔万重，玉关迢递尚传烽。戈鋋未撤三军戍，刍粟犹烦四海供。谁与屯田规上策，却看销甲事春农。东山坐镇南楼啸，樽俎从来善折冲。

客况示洪云轩舍人

坐无长物出无车，开过桐花又菊花。官况萧条浑嚼蜡，诗篇潦草只涂鸦。驮铃晓涨尘三尺，鱼钥宵扃月万家。喧寂两殊愁一样，渐惊蓬鬓著霜华。

尹金荧

南旋留别诸同人

几日秋风遍凤城,乡心早逐雁南征。关门树色催行辔,海国烟波速去程。取道海上。归箧且收名士句,盍簪难忘故人情。余客都下,与同乡诸公晨夕往还,颇得文酒之乐。临歧未免销魂甚,莫唱阳关第一声。

高言宦隐更谁欺,自笑逢时百不宜。未必江淹才已尽,其如李广数偏奇。春闱荐而未售。三年红药空留梦,余入直内阁三年矣,尚未补缺。十丈黄尘悔见羁。此去且寻彭泽吏,一尊清酒沁诗脾。闻张麟洲大令方丁艰回籍。

天益山房吊冯次牧先生

药径兰畦十亩宽,天教风月伴黄冠。即今海内搜遗迹,珍重山房墨数丸。先生自制天益山房墨有名海内,今尚有存者。

踏遍林隈复路隈,当时遗构已全隤。唯余一片桃花水,流向人间更不回。先生尝以杨梅渍上流溪水径门前尽赤,因名之曰桃花水。

胡体坤

字柏甫,慈溪人。同治丁卯并补甲子科举人。著有《秋吟集》一卷。

《家传略》:君幼孤,能自奋于学。性刚毅,面斥人过,事后涣然冰释,胸中无滞吝。笃于宗族,凡子弟愿而贫者,务使得所,尝出己资立义塾,以培寒畯。与人交,疏财仗义,有古侠士风。既不得志,乃托于诗酒以遣其愤满不平之慨。年未四十,遽卒。

怀山中汪处士锦涵即寄

悠悠玩日月,戚戚思古今。身世渺何涉,名利苦相侵。故人遗世立,高卧碧烟浔。浮云自往来,风月清乃心。溪水何沦漪,山石何盘嵌。愧我尘市客,龌龊非知音。忆昔避兵时,邂逅上楮林。倾盖数晨夕,异苔托同岑。高怀契皇古,妙语开吾襟。叔度久不见,鄙吝日复深。何当坐泉石,为我挥幽琴。

凤山八咏 录四

锦鸡洞

行行凤山腰,有洞坳而曲。虚牝积秋荫,细草萦嫩绿。云有炼丹翁,羽化此岩麓。遗下金翼鸡,月夜鸣喔喔。暮宿洞中云,朝食山下粟。锦翰遇长风,飞入东南陆。洞口绿萝深,幽人空踯躅。

金盂峰

中峰耸碧霄,圆垣不盈丈。绝壁峭四围,虚顶若盂仰。擎出云汉间,仿佛承盘掌。月明天宇清,甘露流盎盎。华山玉女盆,无乃多惝怳。

仙人坡

苍松郁西涧,翠竹环东阿。山色何深秀,云是仙人坡。风清鹤唳时,往往闻笙歌。笙歌一何渺,空山深薜萝。我来坡上游,遐想轶羲和。嗟哉观棋叟,樵采已无柯。

断桥

巨灵跃东海,手擘天姥峰。鞭动数片石,飞堕凤山东。何来异方士,仰笑植仙筇。开囊下丹药,石合胜弥缝。驾作野航桥,神力夺化工。咄咄传怪事,断痕苔藓封。月明桥上立,碧水空溶溶。

尹金荄　胡体坤

夜雨不寐

兵甲满天地,风烟惨欲秋。那堪竟夕雨,并作一腔愁。云气黯灯影,江声急夜流。扪怀浑不寐,身世羡沙鸥。

晚步述怀

岁月不我待,千秋此落晖。功名悲贾董,诗酒仰陶韦。生计当前是,人情转眼非。寸心甘寂寞,世事漫相违。

剑侠

天帝有时醉,此心终不平。家缘济世破,名以杀人成。生死非吾计,恩仇为孰明。布袍满腥血,腰剑尚长鸣。

新晴登凤凰山

烽火无边警客心,萧萧黄叶独登临。晴江绕郭归帆缓,落日半山众壑阴。万里云烟老秋色,十年征战急霜砧。请缨孤负终军志,搔首西风泪满襟。

方鸥

字云骞,慈溪人。同治丁卯并补甲子科举人。

送胡彝圃之任山阳

五月南风梅子黄,榴花未落芦叶长。鲲鹏变化乍离海,万里青云未可量。先生豫章瑰奇士,俭德清操式乡里。宦游海国十余年,公辅庭珪肩与比。一朝鹗荐赴山阳,比户焚香迓仙尉。我闻山阳钟奇特,空谷足音谁物色。袴下桥边水清沦,淮阴落魄钓於侧。英雄失路孰援手,安得人人逢漂母。荻花荪叶绕荒坟,罗公题诗今在否。

张寿松

字凤仪，奉化人。同治丁卯并补甲子科举人。

壬戌八月，邑再被兵，官军募义民为导，族人正忱肩长梯薄城，中炮死。作此哀之

仅一农夫耳，能知君国义。贼氛所到处，苦无干净地。但望大军来，誓以此身致。忽闻驱车声，铠仗列千骑。杀贼会有日，奋然效一臂。身家置不顾，矢石更安避。梯城突先登，顿折摩天翅。大炮轰然来，身骨且粉碎。唯留姓氏香，千秋炳图志。

郑贤坊

字舆仙，一字小淳，号舵龄，镇海人。同治戊辰进士。官直隶宣化知府。著有《半粟轩稿》。

《行状略》：公事亲尽孝，母殁，父不再娶，偕其弟贤域傍榻同卧，侍奉周至。

既释褐，授翰林院检讨，与修穆宗《实录》，句稽详审，书成得奖。叙擢监察御史，出守宣化，问民疾苦，裁革陋规，饬属行保甲，筹积谷，实事求是，舆颂翕然。蔚州买空一案，奸民图翻上控，奉万金为寿，公严斥之，论治如律，人尤服其清正。在任三年，以足疾乞休。年六十五卒。

过故城

鸟飞雉堞少人烟，卧治鸣琴愧俸钱。山枕寒流余涕泪，里虚古社能渔佃。北连荒堠惊烽火，西下斜阳咽杜鹃，义士孤屯资保障，空劳借箸策安边。

陈继聪

字骏孙,镇海人。同治庚午举人。著有《达蓬山馆诗稿》《海巢诗抄》。

董沛曰:骏孙弱冠与余订交,戊辰招修《鄞志》,共事七年。性坦率,脱略边幅,泛览群籍,熟于乙部,持论谔谔,不肯作唯阿语。尤喜表章忠节,作《忠义纪闻录》,记近代诸贤;作《明季甬东彤史》,记乡邦列女,采摭详审,各注引用之书,论赞亦隽雅传书也。诗笔激昂慷慨,无啜嚅之态,骎骎浣花矣。

拟今乐府 录六

海疆变

咄咄大难,变起海疆。欲战无兵,欲守无粮。总戎与县令,相视各惊惶。狂飙吹压屋,弱木势难当。炮声如雷,城门大开。哀哉县令竟投水,可惜总戎不能死。

坏长城

军中有范韩,夏人胆为寒。图敌方急敌图我,一朝罢权计何左。哀哉相公心多忌,反令羌豪置酒喜。海宇至今祸纵横,当年何苦坏长城。

丞读书

丞秩虽卑,读圣贤书。是亦王臣,敢薄区区。鲸鱼恣逆陷疆圉,贵官纷纷易衣逋。丞独誓死,城亡与俱。呜呼!丞之不死,孰揶而揄;丞之不死,孰迫而拘。而丞竟死丞何愚。非丞之愚,丞固读圣贤书。

死西市

乾清门,统禁兵。紫光阁,称功臣。丈夫当得志,叱咤万人惊。海上一朝威名陨,反疑从前多侥倖。昔日虎,今日鼠，幕府对簿亦可怜，银铛乃与狱吏伍。吁嗟乎！汝亦边陲好男子，奈何不死沙场死西市。

从军乐

昔人从军悲，今人从军乐。上书献戟门，单于亲手缚。朝为走厕，暮为贵官。有酒可饮，有妓可欢。挥金如沙泥。畴复量所需，铜柱铭功倚。此曹哀哉，主帅何其愚。

奏捷书

朝报擒倭奴，暮报烧倭船。咄尔市侩，敢欺大官。官亦知其欺，而姑赏之。作乐奏伎，酌酒相喜。有窃言者置之死，明日捷书告天子。

酬吴梦生文学 元镜

江山多哀感，伯舆死以情。日日饮君酒，贫贱交始真。浮名一丘貉，文人例相轻。空洒阮公泪，终污元规尘。吾子最超超，笙簧迭为赓。似于城市中，独奏太古声。蓬莱近咫尺，终当携手行。神仙原荒渺，离俗梦亦清。哀怨入肺腑，发音多凄音。茧虫难作达，百感纷来侵。对镜增老丑，白日倏已沉。寂寞千载后，畴知两人心。积愁消以酒，秋意淡在襟。反覆览子诗，气味何渊深。海风吹瑶岛，孤花媚幽岑。忧者不能欢，写此恻恻吟。

盘溪

盘溪三十曲，幽绝少人踪。湍急群流合，山寒积雪封。荒林寻断碣 有宋儒陈习庵墓 ，古刹隐危峰。当有岩栖者，哦诗倚老松。

佛岩寺

自然成佛相，趺坐阅千年。喷雪崖飞瀑，穿云树蔽天。

陈继聪

花间闻粥鼓，竹外认炊烟。莲社曾相约，幽栖亦宿缘 辛丑读书寺中 。

京邸杂感

日到幽州淡，天容似更高。琴寒音易涩，酒薄兴难豪。树影摇颓壁，沙痕渍敝袍。微名驱我至，身世太劳劳。

乡国科名盛，频年入网罗。讵真良骥索，绝似鲫鱼多。好唱无愁曲，争传得宝歌。运河回首路，一例布帆过。

都门尘十丈，道上毂交驰。风景多明媚，乡关此别离。老犹遮席帽，醉且妒杨枝。春色浑无赖，闲情偶赋之。

也曾持刺谒，碌碌众人间。鹄立苦延盼，骡蹄疲往还。长途风落木，归鸟日衔山。何似老岩壑，梅花相伴间。

咏史

洪流纵却海东鱼，平世微嫌治网疏。崔湜黑头参大政，王涯白发坐中书。大廷孰对刘生策，御座曾牵汉主裾。无恙金瓯全盛日，休因缯帛竭边储。

将出都门留别孙彦清 德祖

依然铩羽不能飞，检点琴书泪满衣。燕市花残催客散，越江水暖望君归 君将留京 。身余傲骨文章贱，梦醒名场冠盖稀。自叹白头生意尽，起看庭树落斜晖。

陈继揆

字舜百，号舵岩，镇海人。同治丁卯并补甲子科举人。著有《拜经楼诗集》。

董沛曰：舜百为姚复庄先生妹婿，与其从兄骏孙从游，最早称入室弟子。骏孙伉爽，舜百缜密，于师门皆称，转手而其为传作则一也。余与舜百同举乡试，其诗才学兼到白璧无瑕，元则遗山，明则大复，洵可嗣响矣。

杂诗四章

园蔬虽美，不如膏粱。荆布虽质，不如姬姜。膏粱既餍园蔬香，美人谁为椎髻妆。齐眉之案唯孟光。

孤裘何煌煌，入夏不生凉。裸身非人礼，敝葛欣在旁。以裘易葛诚非类，当风乃得参翱翔。君不见，华堂筵席罗绮香，敝葛之子仍无光。

葛虽敝，体可蔽，金玉其外败絮中，罗绮之光不为丽。男儿富贵须何时，山鬼啾啾带萝薜。

乘船不上山，骑马不渡水。用物失所宜，弃之等敝屣。凤凰在笯同鸡鹜，麒麟在牧如鹿豕，不平之事类如此。

茶妇行

东邻有少女，自幼嫁茶户。上山摘头茶，头茶清且苦。郎道茶味甘，少女默不语。方知清苦心，并难喻侬汝。西邻茶妇当风歌，东邻少女泣如雨。

山居秋兴四章 录二

面山楼阁树阴圆，岚翠霏微散若烟。大好林泉聊作主，乍凉天气易贪眠。过墙堕叶翻风蝶，落涧寒湍咽露蝉。仰看雁行空际去，几人沉滞海云边。

未惯骞驴跨短鞍，芒鞋款款度沙滩。贪看红树归家晚，欲买青山践约难。几辈功名矜小草，半生心事付幽兰。洗兵何日天瓢倒，手抚龙泉只自叹。

陈继聪

陈继揆

纪事

上林烽火等咸阳,忍使神州作鬼乡。扈跸诸臣谁仗节,频年群丑兢跳梁。御龙敢试攀髯手,驯象难回去国装。天末书生不解事,徒将心血付文章。

文章穷达不须嫌,太息君民势分悬。欲诉九重嗟万里,幸瞻御极耀初躔。龙舆顾命资群策,鹤语朝天祝大年。会待阳和随令转,春风浩荡自无边。

哀浙西

鼙鼓声声起怒雷,河山半壁已成灰。剧怜遍地余丛冢,危坐孤城上将台。敢冀红羊尘劫换,幸无白马越州来。平生怕诵兰成赋,遥望江南亦可哀。

金陵十载老雄师,群盗如毛愈蔓滋。南渡山河重历劫,西湖风物竟如斯。长江岂是偏安势,残局应须大力支。独怪调兵征饷处,纵无蹂躏已堪悲。

帆影

高台落日满樽前,千里怀人思黯然。乍有断云横水郭,惯随飞鸟过江天。六朝春梦秦淮月,一叶西风鄂渚烟。多少征篷移眼疾,苍茫渐入蔚蓝边。

酒阑

华烛琼筵月色迷,酒阑归去醉如泥。病妻拨火烘茶荈,稚子迎门索枣梨。倦客已为庄叟蝶,中宵谁警祖生鸡。年来身世成凄感,起把湛卢手自提。

张寿荣

字鞠龄,号蘧轩,镇海人。同治庚午举人。著有《舫庐诗存》。

七月朔日偕省吾、读吾登骠骑山

蹑磴探幽胜,秋风落叶天。日光溪并走,人影瀑同悬。沙浅窟群蟹,凉多清暮蝉。振衣上青霭,身在翠微巅。

九日宴大磊山庄,用杜工部蓝田崔氏庄韵

酣吟几辈酒肠宽,畅我吟怀共寄欢。赖有荑辰纵游兴,何来樵子笑儒冠。黄花影写樽间瘦,翠竹阴留槛外寒。高会茅庵证古佛,图成九老拟长看。

夜宿旅店有感

鬓毛渐改壮怀平,底事轮蹄逐队行。几辈多才嗤学究,十年无梦到春明。却难老妇装新嫁,遮莫孩儿误倒绷。不是饥穷驱我急,何因虮虱问功名。

胡祖芳

字晋隐,号勺香,定海人。同治庚午举人。著有《剑草》。

江行

一叶扁舟稳,篷窗映夕霏。江豚吹浪舞,海燕掠波飞。落日明樵径,寒潮没钓矶。千帆投泊处,柳絮扑荆扉。

陈康祺

字钧堂,鄞人,政钟从子。同治辛未进士。官刑部员外郎,改官江苏昭文知县。

董沛曰:君资禀瑰异,工词章之学,文于宋取欧王,诗于明取李何,骈体于近代取孙洪,而才笔足以副之。尤

熟掌故，善公牍文字。所著有《郎潜纪闻》四十二卷、《虞东文告》二卷。罢官后，侨寓苏台，建别墅曰涌园，储书其中。未几，卒。诗文稿皆散佚。

烟屿楼诗集题词

伟哉韩与苏，文章无出右。闲世得吾师，古人相抗手。每谓吾师文，足使八家九。微此数卷诗，大名固不朽。而况开箧视，洋洋一千首。屈宋得替人，杜李呼畏友。中晚及宋元，瞠乎在其后。造物亦爱才，回视攫而走。辛苦忆得之，删存愈不苟。郑重付手民，拭目传久久。岂独吾明州，俯仰谁为偶。

雄才固天授，亦禀世德高。昔闻义行公，卓荦人中豪。义田赈孤寡，家塾养俊髦。海礁鸣铃铎，津桥排巨艚。固宜达人作，词赋空其曹。中岁志高蹈，挈弟隐蓬蒿。辱与先子友，里社偕游遨。先子勇为善，去我日月慆。不肖食旧德，兼受大匠陶。所愧庸腐才，未能振风骚。偶作有韵文，草际秋虫号。兹集读未竟，惶恐流汗逃。

题陈咏桥师四余读书图 录一

开卷浑忘鬓发皤，岂真将寿补蹉跎。乡邦两度遭兵燹，文献千秋待网罗。此责幸留诸老在，晚年不厌读书多。执经幸侍丹铅席，敢任光阴忽忽过。

陈清瑞

字清甫，一字颂叔，鄞人。康祺弟。同治丁卯并补甲子科举人。官内阁中书。

董沛曰：清甫生而敏慧，长益好学，与仲兄钧堂比部齐名。家有旧雨草堂，集朋辈杂论古今事，钧堂踔厉风发，不可一世，而清甫济之以缜密，其为文亦然。雅好古碑及前贤书画，真迹藏弃数百种。间为诗，清婉可诵，不自收拾，故存者无几。

游天童寺

廿里松风路，苍苔有屐痕。佛招云入座，僧揖客当门。寺以仙灵古，山因御笔尊。摩挲旧题句，烧烛且重论。

烟屿楼集题词 录二

珍重名山此一编，劫灰两度尚荄然。书成酹酒坡公席，直接风流八百年。

弟兄先后列门墙，问字频年过草堂。若论诗家有衣钵，科名兆已到元方。清瑞与兄康祺同举丁卯浙闱。兄名次适，与先生丙午乡榜同在二十。

陈聿昌

字尔修，号楚颖，又号樾庄，镇海人。同治辛未进士。官江西广丰知县。著有《草舍利舍稿》四卷。

吊丰城署内桂花相公 有序

桂花相公轶其姓名，相传习申韩学，甫成，就馆丰城，以力诤冤狱不从，缢桂下。死后，人愍惜之，立祠祀焉。

剑气如虹跃冶新，小山招隐认前身。冤禽地下相逢日，笑向空王问夙因。

旧恨芳洲杜若思，鹧鸪啼彻五更时。一尊桂醑聊相酹，天意苍茫读楚辞。

吴炽昌

字醒乡，奉化人。同治壬申恩贡。

辛壬纪事 录二

居然毒焰可熏天，不帝谁为鲁仲连。海角闻风先纳粟，山头指日亦输钱。两曹割地收宁界 贼目曹广泰同弟某割宁海八庄地以附奉邑，一顾倾城陷象川 象匪顾定钦通贼陷城。见说守臣疏堵御，时危遁迹竟归田。

与子同仇事甲兵，传闻义士助先声。包立生，诸暨东安村人，自称会稽东南乡义士。头衔显别旌旗焕，眼界生新壁垒精。是否梦彤占猎渭，邑人有惑于乩者，以包拟姜子牙。可能置兔作干城。麟图御咏今犹昔，戊午秋御制《感怀诗》有"麟阁于今犹汉代，丹青何日绘诸公"之句。日月重光颂大清。

卢友炬

字宝辉，号萱坡，鄞人。椿子。同治癸酉举人。官孝丰教谕。著有《静俭斋诗存》二卷。

国士行

生人重名节，何不死范氏。智伯最刚愎，未必能待士。乃知吞炭者，盖愁心自矢。一误不再误，报范亦在是。浩气吐长虹，击衣英风起。专诸非等伦，聂政何足齿。

拟陆剑南芳草曲

天涯二月多芳草，芳草萋萋春渐老。南湖细雨润如酥，裙腰绿遍方干岛。方干岛畔踏青人，绣成罗袜衬香尘。东郊载酒西郊醉，蛮榼春盘处处新。此时骏马青丝鞚，比际流莺簧舌弄。送别青愁南浦魂。题诗翠入西塘萝，遥遥千里隔乡关。何日扁舟一棹远，东风如酒花如锦，较绿量红一味间。

苦雨

痴云贴天天欲低,朝朝暮暮飞湿丝。羲和逃匿踆鸟死,小窗昏黑如鸡栖。岂其女娲炼石补不密,至今罅隙多淋漓。不然造物开天眼,悲闵薄俗垂涕洟。方今东作事正亟,稻芽欲出须晴曦。胡为十寒不一暴,嘉种朽腐成涂泥。来牟半熟亦生耳,无麦无禾民阻饥。为问九阍大开否,吾欲排云讼雨师。

读冰槎集

江干陆沉翁洲崩,海风凛冽生寒冰。枯槎欲裂不可乘,中有天人多材能。舟中扬拜大奇事,始终鲁藩旧臣子。洪涛滚滚长若此,读公斯集公未死。

火轮船歌

于廓灵海蛟龙窟,东连扶余西穷发。圣人御宇遐荒来,艨艟巨舰通溟渤。巨舰制自欧罗巴,不用帆樯用机牙。木龙水马逊奇诡,五楼八槽空纷拏。石炭通红铁轮转,行舟辘辘如行车。水能制火火济水,五行颠倒惊龙蛇。天吴鼓舞冈象笑,丛驱鲸鳄翻灵波。波斯大食三万里,迅疾恍似投金梭。于中备物更奇异,蚌珠鲛绡昆刀利。葡萄美酒琉璃瓶,蛮歌咿唔劝欢醉。森森矛戟军事修,喷烟爇火饶战器。礌硠一声佛郎机,梅花纷纷落平地。我闻张贵驾轮馈襄阳,又闻杨太踏轮据湖襄。运之以火更奇绝,冲波远见烟焰长。要知形制纵灵妙,幸遇圣世波不扬。不然大海多礁天多雾,未必便捷行康庄。天威震叠百蛮服,尔当谨敬朝贡莫漫矜腾骧。

吴炽昌

卢友炬

闻道 八月贼自慈奉两路趋郡城

闻道妖氛又逼城,闾阎风鹤最心惊。山穷水尽烽烟急,亲老家贫涕泪倾。空有一腔忠愤血,恨无十万虎貔兵。班生投笔嗟何及,四顾苍茫对月明。

四月八日蛟川克,复用杜工部闻官军收河南河北韵

樱笋厨开方纵酒,忽闻海国奉冠裳。书生似听邻鸡舞,流寇空矜国狗狂。大浃潮平成乐土,灵岩云护胜仙乡。雄师指日来江渚,伫见挥戈返夕阳。

适馆

适馆得贤主,可以厌梁肉。非不爱肥甘,高堂方啜菽。

墙外桑

离离墙外桑,乘春发浓阴。虽不见采掇,常存衣被心。

林钟峤

字仲员,号壶峰,鄞人。同治癸酉举人。

秋日晚眺

空山日已落,策杖踏烟莎。宿鸟争林坠,微虫向晚多。秋声喧在树,云意淡生罗。坐石清流畔,西风老芰荷。

黄维煊

字子穆,号洁如,鄞人。官福建台湾台防同知,即用知府。著有《怡善堂剩稿》。

《鄞县志》:维煊精算学,通晓时务,以军功累官同知

福建。刣船政，维煊襄其事，亲历沿海测量沙礁远近、水势深浅，绘图列说凡三十二帙，上之，旋升知府，补台防同知。台地岁歉，出家粟，并购米万余石以赈。建义学十二处以教，番社台人立生祠报焉。会都中议改法国教堂，檄维煊赴都与议，议未成而病，假归，遽卒。恤赠太常寺正卿。

番社四咏 录二

番景

自古鸿荒地，初开景最饶。四时花似锦_{番社野花四季不断}，千种果盈挑。_{社内瓜果之多数倍于内地，其名色多梵语。}野矗鸳鸯架，_{番俗夫妇离合视同儿戏，若久合不离者，造高架于门前，坐妇于上，各番众赠贻银布为贺。}岩悬竹木寮，_{南路生番多凿岩为居。}喧传新出草，_{生番捕鹿曰番出草。}猎火隔山烧。_{生番出草必先烧山。}

番产

天际八同关，_{在彰化县内，山地最险拔。}千秋积雪斑。_{山中积雪历盛暑不化，凿之如粉。}哆啰金可采，_{淡水哆啰，满社产金。}硇礵石频颁。_{咸卤积成，产于海边，台人购之以充羔雁。}煤角邻樟脑，_{煤之佳者曰角煤，与樟脑并产北路内山。}磺溪_{金包山产硫磺，其磺油常浮水面，土人呼为磺溪。}映玉山，_{在彰化番社中。}达戈纹_{番布名}适体，持赠远人还。_{民与生番互市者，以达戈纹为大宗。}

台阳杂咏 录四

莫笑林_{道乾}颜_{思齐}草窃徒，辟荒初祖到今呼。芝龙有子诚人杰，能逐荷兰拓霸图。

海上沉王说不经，_{成功曾蒙沉王于海之诬。}全先邓后辩分明，_{谢山全氏、菽原邓氏辩之甚晰。}无惭明室孤臣节，盛典何人请易名。_{成功忠于明室未得谥法。}

卢友炬　林钟峤　黄维煊

鲁王疑冢漫探搜，鲁王薨于金门，葬于后埔，《蠡测汇钞》论之凿凿，台地大湖亦有鲁王墓。宁靖祠堂竹沪留，五烈五姬墓亦称五烈墓。一妃随地下，胜他轻易殉荆州。宁靖王在荆州避流贼乱，携一妃五姬至，展转渡台，郑氏纳土，始殉国焉。

遗矢当年事不讹，道光二十一、二年，英吉利以巨舰两犯鸡笼，一窜大安，均被官兵开炮击沉。休将吉利比廉颇。春光渐泄春阴薄，莫放扶桑日影过。防台莫要于防日本，余尝呈当道。

洪炳灿

字月池，号云石，鄞人。诸生。著有《寄云仙馆诗文集》。

十月十九日社集邻湘馆即席赋此

青龙铺席虎持壶，南斗鼓瑟北斗竽。雕屏匡匝组帷启，苍霞扬讴风流愉。艳歌一曲乐复乐，中庭杂树梅花落。极宴娱心难具陈，驰情整带空萧索。丈八长矛倚柱看，茫茫四顾天风寒。举杯独歌行路难，烟波平幂金井阑。枯鱼过河悔何及，寄言鲂鱮慎出入。红烛如山座莫喧，一声别鹤西风急。

徐时榕

字石门，号季子，鄞人。时栋弟。

捕虎行为浙江提督黄公少春作

四明褚山尽开辟，猛虎潜藏久无迹。郡中自来黄元戎，群盗鼠窜烽烟熄。凡为民害已消除，不烦槛穽与锋镝。元戎当年奋威武，军中交称黄猛虎。元戎偃武能好文，大书虎字如烟云。不唯虎卧兼能跳，神妙欲追王右军。太岁在寅夏五月，时为光绪四年五月初十。狂风忽起走沙石。城西居民纷入城，哗言有虎来白额。不据高山据原田，耽耽而视神茫然。意殊不欲逐人食，若与元戎来斗力。元戎闻之意气豪，投笔飞马出西郊。诸将相顾色如土，追从不及汗流雨。比见元戎虎已擒，戈矛剑戟空森森。元戎归来语诸将，何物狂虎屡相抗。前者吾已获其雄，同治十三年甲戌冬十一月廿九日事。雌胡复来撄我锋。平居正无用武地，三年差喜中叠双。虽然吾力虎能捕，其间无乃别有故。四明山中虎岂多，咆哮下山理则那。吾闻苛政猛于虎，能行仁政虎渡河。力而拘诸吾之事，感而远之不知其德当如何。

蔡鸿鉴

字季白，号菉卿，鄞人。候选员外郎。著有《二百八十峰草堂诗稿》。

春江曲

春风红遍桃花坞，春波绿过杨枝渡。桃花坞边无数春，杨枝渡头愁煞人。有客泛春上酒船，双桡划破镜中天。天光倒影不可即，江月依依照颜色。

谢青云军门幕府席上听双鬟度曲

华灯四照辉明星，雕弧不弦刀不鸣。六军卸甲梦千里，城头片月随人行。元戎豪宕好宾客，营门夜敞秋霜白。中军置酒张华筵，匝地氍毹交履舃。翠筜窥牖微风香，红灯送到双女郎。天边蟾魄花边影，时样蛾眉宫样妆。姊妹花开能解语，左有师师右举举。子夜读曲真可怜，触拨四弦歌白纻。乍如娇鸟啭春风，珠喉一串圆玲珑。又如哀雁叫孤月，秋林万籁同呜咽。千欢万悦杂叹吁，贴花蝴蝶魂不苏。金尊劝酒倒辄尽，令人击碎红珊瑚。此时主人乐无度，的的朱颜若可驻。忽然掉臂舞龙渊，十丈青蛇自来去。敛衣掷剑不胜情，一饮须令三日醒。他年马上功成后，会向君王乞爱卿。

蛟门

落日蛟阳外，苍茫客思生。潮声吞大壑，暝色压孤城。岛屿遥无际，云霞敛不明。蓬莱如可渡，底用赋长征。

重过浣香楼

阑干天末独伤神，曾向仙源旧问津。草色碧于前度梦，桃花红到隔年春。斜阳门巷犹闻笛，浅水帘栊似有人。白马花袍重到日，不堪憔悴忆风尘。

黄鹤楼题壁

三楚南来第一楼，仙踪韵事两悠悠。一从骑鹤人归后，笛冷梅花几度秋。

蟹屿螺洲夕照荒，孤霞一片水中央。隔江吹彻渔舟笛，惊断平沙雁几行。

春申客次有怀蒲作英明经却寄

关山别梦云千叠，海国春愁草一堤。却忆北江烟水阔，数峰青处有莺啼　君颜其室曰数峰青处　。

都将白眼薄时流，画本传神出秀州。疏竹丛兰迥萧瑟，可能放笔作清秋。

董濂

字仲廉，号震轩，鄞人，岱嗣子。诸生。光绪间以悌弟旌。著有《继耕诗抄》。

董沛曰：震轩事余甚恭，无愧悌弟同乡，宋莲叔、洪筱芗、徐柳泉诸君交口称之。能诗，兼工骈体文，治虞氏易而不取其卦，气亦非墨守者比也。

高尚泽怀贺秘监

先生归去来，到今已千载。林泉高尚风，萧然绝人外。古树交枝柯，屏山作图画。下有溪流声，悠悠送天籁。游鱼静不惊，蘗荷立如盖。盟此白水心，濯缨清可爱。群流急趋下，谁能知勇退。西望严子陵，独座客星濑。

泊城山渡

暂向江干泊，秋宵月正明。归途唯独客，霸业此荒城。浅渚酣鸥梦，遥村警犬声。离家无百里，乡语倍关情。

江上闻笛和家兄原韵

西风萧瑟客心愁，吹老芦花尽白头。赤壁酒酣逢李委，绿林夜静阻间丘。涛翻千里鹤窥槛，月落一声人倚楼。倒峡洪流东去也，漫夸铁板唱黄州。

董缙恒

字丕承，号兰孙，鄞人。贡生。

省墓至大涵山

合沓群峰绕，荒村数点烟。黄飘辞树叶，清见出山泉。平野收残雨，长河泻远天。永怀庐墓意，渔钓淡忘年。
胜似山阴道，川原姿趣横。鸟巢林际隐，鱼藻水边明。一棹经过晚，四围无限清。先茔悲宿草，游子欲何行。

戎金铭

字古慎,号琴石,慈溪人。著有《溪北诗稿》四卷。

陈骏孙孝廉《序略》:戎山人琴石,居慈北之古窑。喜读书,治举子业,以高古不利有司试弃去。学诗尝就正于姚复庄先生,以为颇近唐人山林一派,山人喜为知己之言,为之益力。后罹寇难,家中落,山人年亦老,终日默坐,有类枯禅,然兴之所到,其为诗如故也。

南溪草堂

为爱南溪滨,爱住南溪曲。秋山横遥青,初波动微绿。寥寥三五家,疏柳绕其屋。村尨喧短篱,幽鸟语修竹。妙象惬静怀,旷境拓遐瞩。虽非武陵源,聊兹寄吾躅。

山居杂兴 录二

地僻林转幽,返照遥巘赤,复涧围层峦,白云抱孤石。萝烟闭古岩,似有列仙宅。扶筇欲往寻,披榛断樵迹。

岁暮山意寒,积雪留林麓。月上东南峰,清辉延松竹。老麑岩下啼,冻雀檐际宿。何人诵黄庭,灯火照茅屋。

夜雪

风紧夜雪飞,寒威不可忍。拥炉坐暖室,两足苦冰冷。忽念流离人,劳骸同浮梗。无衣复无食,冻饿伤肝肾。又思毡帐儿,荷戈离乡井。露宿风雪中,筋骨怨凄潊。孤雁惊雨哀,病叶罹霜陨。默然结胸怀,顿觉寒气屏。

清溪泛月

月华溪上动,秋意满苹洲。水浴星光乱,风摇树影浮。霜钟出远寺,渔火隐孤舟。知有思家客,深宵独倚楼。

八月二十九日赭寇由慈溪窜北乡，从叔博济被掠不屈死，为诗哀之

遇贼誓捐身，天生倔强人。匹夫难夺志，一死即成仁。碧血沾原草，清风表海滨。由来忠义性，多半出齐民。

游总持寺

日暮过城东，间游到寺中。老梅含古意，零筱语寒风。读碣情多感，闻钟心暂空。谭经僧侣在，可有晋支公。

纪事五章 录二

慷慨登坛气概雄，关西门第黑头公。纵怀捧海浇萤志，未竟回澜殄鳄功。失策深悲三帅陨，伤心徒哭一城空。姚江月落骑箕尾，毅魄千秋镇甬东。

东望蛟关思悄然，蓬山近与浃江连。满城飞燹明乡树，塞海浮霾黯暮烟。若令岳侯屯甲帐，岂容杨太进轮船。茫茫时事何堪说，愁绝西风落叶天。

登吴山

湖襟江带互回流，置我蓬莱最上头。树外疏钟南宋寺，雁边斜日北关楼。几多裙屐酣春酒，不尽风烟荡古愁。遥指重山乡路隔，客中双鬓已成秋。

七夕

明河云净见双星，梧竹阴凉月半庭。领略秋光殊有味，流萤一个入疏棂。

戎金铭

钱树孙

字西箴，慈溪人。贡生，官工部候补员外郎，广东盐运司运同。著有《荫庐诗存》。

次韵赠别友人出都

握手天涯别感同，一肩行色太匆匆。荐琼李固知难觅，吊屈长沙遇本同。潦倒江湖唯尔我，飘零书剑复西东。匡庐得避渔阳警，举酒抽刀气尚雄。

江城芦荻冷萧萧，驿路歌声发短桡。燕北秋风双鹗下，岭南春雨一帆遥。天涯游子空羁滞，渤海音书久寂寥。况复故乡离乱后，秋来烽火未全消。

董葆琛

字献臣，号啸兰，慈溪人。贡生。著有《学易堂诗稿》四卷。

恨别

皎皎天边月，凛凛地上霜。恻恻寒气至，耿耿秋夜长。行行不得归，忽忽又重阳。忧思从中来，触景多感伤。所思不可见，中宵起傍徨。白首念游子，日暮倚闾望。鹡鸰原上飞，回首天一方。安得东海水，洗此百结肠。

雨后西郊散步

闭户谢人事，僻处深巷深。一雨两三日，烦虑交相侵。偶思眺原野，一豁幽人襟。出郭不数里，悠然见遥岑。晴光转明媚，得气鸣山禽。村墟隐相向，野桃红半林。柴扉白日静，犬眠桑树阴。亦有临水屋，烟景何沉沉。颇爱此间乐，纯朴无古今。孤行未知远，兴至时一吟。登临值多难，春风伤客心。

雁门童子歌 有序

童子山西代州人，姓冯氏名福基，年十四，侍父安徽潜山天堂寨巡检任。咸丰七年夏，贼掠天堂，被虏入湖北黄梅境宿药店，童子窃毒药饵死贼十七人，而自仰其余药，濒死，贼弃之野，一僧携之去，忽稍苏，作书贻其家，投笔而绝，其父胪其事征诗。

古来奇迹那有此，有此奇迹出童子。不能刃贼亦杀贼，一十七贼同时死。童子随宦居天堂，仓卒贼势来披猖。尽掠孩提驱以走，日暮同次黄梅乡。飞龙药店暂安宿，一儿无言众儿哭。却喜群贼无我虞，逡巡谋贼进鸩毒。鸩毒一中群贼诛，众儿相向犹踌躇。此身自顾无生理，亦仰余药捐其躯。凄凉野寺江村畔，欲绝未绝神不涣。手作家书贻家人，其志已毕魂乃断。我闻此事心暗悲，五尺之童才智奇。自古无独却有偶，千载以上童汪锜。

晓发平望驿

雨歇晴烟散，平川四望通。晓行残月里，春思落花中。鸦阵乱斜日，雁声迟远风。浮生何所似，天地一飞蓬。

游赭山僧院

停舟待潮信，因上翠微间。独客来何暮，荒庵早掩关。风声秋在树，江气夕沉山。多事东流水，朝朝去复还。

游小白岭至天童寺

沙路穿松出，山钟度岭闻。到门岩岫合，接竹瀑泉分。薪老多成树，峰高半入云。一声啼谷鸟，花雨落纷纷。

钱树孙　董葆琛

由萧山至西兴驿晚泊

郭外岚光翠扑天,邮亭迢递水程连。长堤灯火千家市,落日城闉万灶烟。两岸山争吴越势,一江潮送去来船。西兴树色晴如画,相对高歌自扣舷。

太湖舟夜

碧天无际夜悠悠,河汉清虚静不流。越国山川千里梦,水窗灯火五湖舟。打篷芦叶风如雨,到枕江声夏亦秋。漫作杨朱歧路泣,乱离身世总浮沤。

冬日山行

空山寂无人,唯有寒泉咽。回风入高松,蒙蒙落晴雪。

宫词

水殿云廊暑气微,景阳钟动思依依。秋来长信阶前草,欲化流萤入苑飞。

冯子昌

字南宾,号也白,慈溪人。诸生。著有《留耕山庄诗稿》。

读史三首

我爱信陵君,浊世佳公子。侯生好奇计,愿受公子使。如姬感大恩,愿为公子死。目无虎狼秦,何况一晋鄙。朱亥功方成,毛薛谋复起。六国唯此君,乃称真得士。吁嗟齐孟尝,鸡鸣狗盗耳。

齐国公孙宏,牧羊东海滨。四十治春秋,五十犹泥尘。六十征对策,天子手亲抡。后忽为丞相,封侯曰平津。以兹多欲主,遇兹多诈臣。于焉益固结,视之同一身。顾己犹布被，讵肯厚赠人。故人讦丞相，丞相瞋恶宾。故者失其故，亲者失其亲。亲故尚弃置，何有相知新。乃知开东阁，良非吐握真。

伊尹无须眉，周公壮断榴。云何东方朔，齿目自云奇。孔子经之宗，左邱史之祖。云何东方朔，三冬足自诩。先生盖避世，议论多谲诡。畜之以俳优，不足以为耻。猜之以神仙，不足以为喜。汉廷连脽尻，总作蚍蜉视。首尾不全露，应龙固如是。

登大孤山

乱云破碎山风送，飞压县崖崖石动。一峰壁立青插天，天帝醉归遗酒瓮。要将日月强吞吐，留与烟霞间补空。豹斑驳落黏苔钱，鹅管横斜溜乳湩。屹立不受秦皇鞭，回头欲啮造父鞚。我昨游遍小孤山，已骇高峰尖裹棕。青莲华涌观音岩，鬼斧凿开山骨缝。振衣高跨百尺虹，举手欲招千仞凤。灵宫百级阴风号，刀剑森罗神鬼哄。纵观此峰更奇险，一笑冠裳辂奴从。岩巅亦有诸神祠，仰瞰飞云出檐栋。下吸江水为酒泉，赏奇呼朋饮自痛。手掷杯珓祝山灵，指点前程醒幻梦。祝罢拜石石点头，一声铁笛临风弄。

早春送潘生归山阳

东风旋旋午阴热，广陵春涛白如雪。桥头柳枝青乍发，送君还家为君折。君言还家不得意，万里烟尘黑貂敝。南天踯躅冬作花，岁晚空山湿乡泪。我闻君言拂衣起，丈夫穷途心不死。君不见，淮阴市上乞食儿，壮岁飘零亦如此。

道中即景

出郭百余里，四围山作屏。断桥残月白，古树暮云青。野鹤鸣秋圃，孤鸿落远汀。阳关无故友，衰柳亦多情。

潜阳城春眺

青青西郭外,一片远山明。芳草绿成海,野花红上城。鸿归孤客梦,燕语故乡情。春事已如此,韵华空复更。

叶元坊

字兰言,号磊杉,慈溪人。著有《意云楼诗》一卷、《寄音阁吟草》一卷。

自定水寺度雁门岭

纡折入险邃,旋转无平冈。松枝层级上,倒垂郁青苍。烟霭嘘成片,元气连混茫。岩花抱孤艳,光风吹芬芳。磴势亘复断,湖流面相当。此中带岚影,泛作晶碧光。真宰能坐照,大化无隐藏。即此溪流响,泠然清韵长。

定水寺

清翠扑阑干,幽篁露未干。四山溪水落,六月草堂寒。钟梵更空寂,盘飧共懒残。一林清话罢,随意弄鱼竿。

登长溪岭

独行残日下空山,树色炊烟曲水湾。兀立孤峰一回首,万家明灭乱云间。

孙康友

字伯安,号雪斋,慈溪人。诸生。著有《雪斋诗草》。

过莎萝庵

向晚来寻水际凉,满湖菱叶掩波光。远峰日落迷樵径,古涧桥横接讲堂。闲里坐参禅味淡，静中爱听梵音长，为言九节菖蒲好。更借僧锄劚石旁。

童振德

字信帆，号荫楼，慈溪人。贡生。官湖州训导。

秋渔

乘风逐浪任西东，寄我生涯浩淼中。画鹢船黏芦絮白，卖鲈篮衬蓼花红。歌传凉月三更棹，帆饱斜阳一笛风。最是夜深依古渡，灯寒霜影满疏篷。

张斯安

字竹坪，慈溪人。由贡生授知县。

谒贺秘监祠

闲来同谒贺公祠，正是城南雪霁时。世上岂真无国士，人间谁解换金龟。黄冠漫想常年貌，青草犹埋旧日碑。明月一弯湖畔路，清风回首不胜思。

袁谟

字丕显，号赓熏，又号莫言，镇海人。贡生。著有《望浃楼诗草》二卷。

陈咏桥先生《序略》：君性孝友，敦古谊。其诗温厚尔雅，深得风人之旨，至于外感时事，内念高堂，忆弟怀人，尤惓惓三致意焉。

咏史

祖龙坑儒后，汉儒学不醇。伟哉董博士，对策论天人。

符命究三代，宏议超常伦。胡为言灾异，附者谈津津。善治春秋义，岂在征验神。主父窃私稿，或者非本真。

咏怀

彭殇不可齐，仙释亦相左。生世纵百年，一瞥观石火。桃李倏枯荣，冰玉常磊砢。不朽自有在，何容徒琐琐。乐天彭泽翁，松下横琴坐。

名都篇

攘攘名都城，赫赫通侯里。旌旗塞空车塞衢，公子出猎信豪侈。脱鞲翻飞双角鹰，援弓破的五文雉。骏马骄嘶美人喜，珊鞭笑落春风里。归来酾酒饮一石，擘阮弹筝狂笑剧。歌台响暖舞袖寒，罗襦襟解闻芗泽。烟花转眼太苍凉，田窦卫霍谁久长。君不见前朝中山王，子孙裸辱大功坊。

秋夜与张百桐 汝莱 行歌至石堰桥

栖身不必华岳巅，肆志不必江湖边。风月领会无处无，散步高歌行且前。石堰桥边露榛莽，石堰桥东秋月上。陈山东山树溟蒙，对之亦足惬幽赏。一歌一答和者稀，冉冉东风吹我衣。白露寒兮归去来，应有羽仙入梦飞。

听泉

万壑千岩里，泠泠漱玉寒。云深人倚树，雨过月鸣滩。古调闻流水，幽情在考盘。筝琶洗凡响，魂梦亦俱安。

闻警 时在慈邑，闻嵊有兵变，讹传失守，且言诸暨亦陷，慈人汹惧。

风雨暮潇潇，讹言易动摇。幕乌无谍告，市虎亦魂销。越绝空思霸，剡城已甚嚣。何堪义安贼，又复肆轻僄。

莎洲车中

挂席辞江海,驱车度陌阡。莎洲芦夹岸,泽国水连天。此地沧桑变,吾身蓬梗旋。远村斜日暮,霭霭起苍烟。

夏夜小斋即景寄张百桐

疏星棋置满天街,山观遥钟冷入斋。伏翼避烟高屋角,流萤亲火款庭阶。隔墙看竹风摇影,支榻寻诗月到怀。独夜莫愁人两地,无私蟾魄与君偕。

旅感

一从作客别蛟门,日坐危楼对酒尊。横海西归空扼腕,大江南望易销魂。故乡千里干戈后,旅馆三秋风雨村。自笑远游成底事,羁愁万斛共谁论。

沃昆山

镇海人。诸生。

野望

落叶满诗瓢,秋吟望沉寥。暮烟青在竹,新水绿平桥。几处归牛晚,一行征雁遥。枫林初月挂,照见鬓萧肃。

旅馆对月

半生踪迹等游凫,旅馆萧条梦亦孤。千里月谁同夜景,十年人已悔征途。低头怕见团圞影,回首应嗟冷落躯。料得深闺今夜望,天涯地角泪痕俱。

胡念衮

原名宋选,字仲遴,号补史,镇海人。滨子。贡生。著有《逸园诗抄》六卷。

借竹居

借竹居临水,清宵月满庭。树明醒宿鸟,衣碧惹流萤。野趣闲中得,风泉静里听。瑶琴拟一奏,迟客启幽扃。

舟中作

一棹溯江边,田家起夕烟。瓜棚低压水,鱼箔密妨船。翡翠间裁柳,蜻蜓惯刺莲。客愁何自解,瓶有酒如泉。

久雨遣兴

旧雨复新雨,端居日望晴。蜗牛上檐溜,鸡菌产庭楹。云驻山都失,江流岸与平。柴门无客至,醇酒共谁倾。

酬曹大 名树

顷闻筑室水之傍,场圃初开引兴长。数尺新篁欣得雨,一畦寒菜饱经霜。观鱼随意投花片,爱客犹能强玉觞。独有慈帏须药石,松灯挑尽读岐黄。

画兰绝句 录二

芳姿绰约胜夭桃,束瓦当盆编竹牢。只恐风多香易散,下帘一月读离骚。

书罢蝇头墨未干,春风冉冉腕生寒。不开岩面开岩背,留与诗人半面看。

郑儒珍

字双桥,镇海人。诸生。著有《浦口吟》。

古驿

山抱孤城水绕塘,千秋驿路景荒凉。添将画意余红蓼,唱遍诗人瘦绿杨。处处关河鸥梦稳,年年名利马蹄忙。当时筹笔怀良佐,独立苍茫盼夕阳。

古渡

送客河津去路遥,古今临别总魂消。不闻旧曲歌桃叶,伫有新愁绾柳条。离合照残圆缺月,盛衰阅尽往来潮。芦中未必无佳士,舟子卬须可见招。

落拓

青衫黯淡伴青毡,蔗境何时慰暮年。心事多因儿女累,功名尽让友朋先。愁无可诉唯诗句,食已难谋况酒钱。落拓行藏狷介性,受人笑未受人怜。

张锡采

字雪崖,镇海人。诸生。

秋雨

绿暗芭蕉暑气收,潇潇雨洒一天秋。相如病久频摩剑,苏小愁多未下楼。云影浓堆梧叶院,水痕新涨蓼花洲。联床犹忆巴山夜,烛剪西窗话旧游。

秋色

令行金帝始经秋,水共长天一色浮。四五家藏红树岸,两三僧话白云陬。山烟淡约滕王阁，江月凉含谢朓楼。最是斜阳能点缀，蓼花汀畔数渔舟。

戴尧天

字秀良，镇海人。诸生。

西轩月下

默座西轩夜色迟，芦衣霜冷强支持。敢将一点心头苦，诉与当前明月知。

孙培

字植林，奉化人。诸生。

剡川怀古

剡曲初闻陆照传，俄焉六诏被林泉。金庭密迩丛祠古，想见先生誓墓年。剡源第一曲曰陆照，今称六诏，以王右军得名。

解组归来赋遂初，四明游迹未模糊。公塘自汇九溪水，竟与梨洲一例呼。第九曲曰公塘，近讹为公棠，全氏《鲒埼亭集》有辨。

铁石心肠擅赋名，文孙作宰爱山城。一乡剩有风墩庙，今日唯知舒广平。宋广平七世孙嗣宗宰奉，卜居邑东五里，遂名其乡曰广平，风墩庙其遗爱祠也，今人称舒广平，鲜有知其由来者矣。

百里牵丝未尽才，旋从城固岭头回。万家士女思遗爱，都道陈公此去来。本堂陈先生以忤时相外迁，后知嵊县，归，百姓送至城固岭，遂改呼陈公岭云。

吴兆梁

字卓轩，奉化人。监生。议叙布政司理问。

咏侯烈妇

烈妇唐氏,鄞侯庆培室。侯业陶吴江泾,壬戌八月之难,唐匿黄髭岭,为贼所得,誓死不辱,胁之,骂益甚,贼怒刃之,身无完肤以死,吁烈矣。

家贫苦离乱,何以我生。无地无豺虎,插脚皆榛荆。咫尺黄髭岭,老树相交横。只身匿其中,祝鸟毋作声。此生痛何罪,欲行不得行。贼来一何速,耀眼刀光明。相逢苦迫胁,我志誓不更。骂声振山谷,一死完吾贞。遍体被百创,血渍碧草赪。风云惨无色,流水咽不鸣。青山与有幸,终古齐崚峥。

游清莲庵和邬丈原韵

坛杏霏香径棘删,禅关转念却儒关。游鱼水面机同畅,鸣鸟枝头春自闲。却为乐天来乐地,遂因名士重名山。缁流亦解谈经趣,元妙同参出世间。

陈汝谐

字襄哉,号伯山,象山人。贡生。著有《梦梅花馆诗草》。

置酒高堂上

堂上会亲友,置酒开琼筵。中厨具珍馔,错列肥与鲜。广乐奏廊庑,妙妓环钗钿。横蛾月生翠,引蝶花交妍。帏密春喜深,烛尽夜忘迁。能令寿命长,讵独忧愁捐。沉酣博真趣,旷达凌昔贤。北邙蔽榛棘,过者谁相怜。惜其生世时,苦为利名缠。燕莺负良日,不如荒林鹃。

襄阳踏铜鞮

别我新婚妇,策马襄阳行。去去日以远,养养中心情。

龙旗青央央，鸾镳戛鸣玉。统队前驱行，未肯受约束。昨日朱组甲，今日红锦袍。富贵有天定，不必功勋高。

冬晚田家杂兴 录二

百谷用成日，御冬欣有资。我场既已涤，尔室亦葺茨。篱根噪饥雀，屋角堆蹲鸱。负暄曝檐下，稚子共相依。羔酒足供食，非分何所思。暇且索梅信，植仗当柴扉。

鬖发又栗烈，农事咸告毕。蜡飨虔报功，筮辰喜今吉。木豆盛黄鸡，瓦盘荐朱桔。并酬佣作劳，分馂饱粱秋。有蓄方见闲，无文弥形质。相期新岁间，乘时荷锄出。

蓬莱山杂陶宏景丹井

绝巘有云封，瀛壶隔几重。登临寻古井，缥缈忆仙踪。落叶一泓水，斜阳万壑松。真人如可遇，执拂愿相从。

陈致新

字鼎如，象山人。诸生。著有《东桥诗草》。

咏绿云莱
吾邑濒海，有苔茸茸然蔓生埼墙间，暴干中食，土人呼为苔皮

青青复青青，绿云异凡菜。秀质雕蘼芜，绮文缠玳瑁。滑拟波心莼，色异山螺黛。暗翠三峡摘，空青九疑缋。栉风交氤氲，罨浪横溰溰。细作绛蘽揉，芬与紫蕳赛。既长能石缘，欲撷俟潮退。凉暄发秋妍，华露濯春薆。瀹以笋汁鲜，菹之韭花碎。叔苴或疑蘭，采葑讵同沫。下酒觞可浮，佐餐箸难废。惜因知者希，坐使盛名晦。

南田篇吊张忠烈公

天兵如龙不可角，且抱丹心潜荦确。耻遵新制改衣冠，抗命穷洋违奉朔。唯公夙受前朝恩，官虽未服科目存。天台泣拜鲁王诏，帅五千旅驰八闽。十九年来百余战，冻雪凋髯沙陷面。羽书听报滇南平，沥血林门投誓箭。东瀛悬墺兀以孤，蹊荒土瘠人烟无。两沙纡港通一凫，暗礁牙错舟难逾。坦塘北竖森鹁鸪，马童下瞰如悬壶。诛茅且学鲁连蹈，有书可读田可锄。友者谁，罗子木。仆者谁，杨冠玉。更有门生居敬王，箐月松飙兢歌哭。幅巾大布称遗民，抵向空山寻结局。不警巢中双守猿，竟庖梦里千年鹿。后来锡谥褒殊忠，白浦肜庵望并崇。箬鱼山色今无恙，开遍愁花踯躅红。

金烈妇词

有美人兮窈窕妆，懔劲节兮金石刚。慨颓波兮日下，卓砥柱兮独当。唯女生于彭姥兮，嫁文溪之渔郎。郎操楫兮海乡，妾掩镜兮空房。有姑兮在堂，甘逐臭兮蜣螂。结淫嫪兮外好，赋株林兮不臧。何狂且之不谅兮，思要我乎孟姜。金镮玉钏兮罗绮箱，来我媚兮升我堂。投我梭兮相拒，怛我辱兮心恨怆。唯戚施之蒙暖兮，犹鱼网之密张。袖百金以饵其姑兮，岂终憾乎参商。断指誓而逢姑怒兮，挥鞭挞以相将。终百折而不可回兮，遂继女体以银铛。掘土窟兮圜棘墙，支薄版兮外障。朝以笞兮体创，暮以烙兮发炀。嗜蚊蚁兮血流踵，郁暑湿兮虫生肪。苟回面兮西笑，返汝魂兮北邙。羌操志其如磐定兮，任涛险与飓狂。知此愿之终于觖兮，谋杀之以沸汤。幸天神之来尔护兮，警电雷于屋宋。毒既甚而奸乃摘兮，信报复之昭彰。女至斯而始瞑目兮，涕行路之淋浪。歌乐府兮陌上桑，明月皎皎兮春风香。

陈汝谐　陈致新

树穹碑兮慈湖傍，俟褒锡兮天章。霓旌舞兮玉珮锵，陈兰肴兮桂浆。传百禩兮久长，灿婺宿兮寒芒。

翠竹轩新筑露台，同人小集次大梅山馆露台坐月诗韵

高天通尺五，青凤翼穹楼。四壁林峦合，三霄风露浮。纳凉才入夏，却暑恍经秋。何必乘槎客，探源问斗牛。

酒酣聊自歌，激响满山河。紫极天衢近，红尘下界多。晴光开远树，凉意勤初荷。适此悠游乐，相期海不波。

霜叶

肃气棱棱满太空，漫将摇落怨西风。却缘露结三秋白，几误花开二月红。乱与鞭丝萦夕照，暗挟潮气打疏篷。亭皋到处添寒信，回首榆关唳远鸿。

姜鸿灉

字道甫，号青江，象山人。诸生。

拟陶元亮岁暮和张常侍诗倒叠元韵

独居寡欢侣，怀旧心凄然。颓云冻西岫，始知节序迁。念昔聚首时，诗酒娱残年。悠悠君迹远，殷殷我心缠。鱼游渊思故，鸟倦飞知还。嘤鸣赋乔木，攻错资他山。嗟余处卑陋，出入谁绳愆。两鬓催白发，如彼霜雪繁。佳践信无失，穷通奚足言。何时携杖来，共听幽涧泉。

庚申十一月十七日游西沪，海山以摩诘诗"高情浪海岳，浮生寄天地"十字拈阄，分韵得海字

地轴标厜㕒，天纲挈瀛海。荦确谁与剺，青苍古无改。四极窥大垠，中流一卷在。冒雾凌其巅，探骊得明琲。洪涛今渐平，古石露磈磊。绿筱攒砾根，琼芝破烟蕾，仰睹

三岛云。散作九霄采，拟狎平沙凫。谁拾远汀苣，斯真仙佛乡。不受尘俗涴，云水无伪姿。草木有真宰。文宴托至高，此会足千载

雨中游蓬莱山用壁间韵

华阳遗迹此林丘，扪葛天梯志胜游。古石亶雕翠黛，寒松破壁起苍虬。下方楼阁环城市，南去波涛抵越瓯。坐听雨香庵外雨，寸心清贮玉壶秋。

陈维垣

字澹川，象山人。诸生。

南田篇吊张忠烈公

南田之田称沃壤，彭姥诸峰气瀚泱。境缘硗僻转荒芜，地以纡回得宏敞。尚书忠义颃文山，周粟不食殊殷顽。永明残局已灰烬，复何恃此军力孱。当年逐鹿中原走，露紒提师下京口。睢阳竟失贺兰援，玉璧难为孝宽守。苍头四溃如隼扬，拒车弱臂悲螳螂。麻鞋千里血流骭，止无陌路归无乡。左右从者罗王杨，誓死不去同踉跄。新舆所辖无首阳，白云何地供游翔。八排天堑通雌浪，大小浮图作屏障。瓯瓦东趋暗礁钤，佛头西俯诸峰让。千年老竹宅猱獞，一握悬瓠绝依傍。公来托足埋姓名，箨冠荔带清风清。饱餐薇蕨枕书卧，奔涛落木犹疑兵。三声泪竭灵猿死，缒壁奸奴入金齿。未容啸傲隐苏门，竟继锒铛赴柴市。炮莘林峦蜃雾包，谁翻小海续离骚。只今合电门边水，犹似钱唐白马鏖。

病马

逐电追风气壮哉，竟援卷耳赋虺隤。迁延无事攀车哭，

踯躅徒劳执策催。心已半灰辞豆秸,骨难再健感蒿莱。汗流喘急身蜷局,怜尔奇姿等废材。

咏不倒翁

屈身殉世惯沉浮,眼底纷纷半曲钩。自诩坚牢同铁铸,漫容团捏等棉柔。痴肥体质怜涂豕,游戏生涯伴棘猴。此腹空空聊复尔,敢云皮里有春秋。

史锦标

字兰甫,号懒仙,象山人。诸生。著有《紫荆花馆诗存》。

燕子楼曲依长庆体

费尽黄金买倾国,黄金买色难买德。黄金易散人易死,美人贵德不贵色。同心鹡鸰羡双飞,转眼鸳鸯悲拆翼。吕梁回抱古徐州,平控州城有画楼。杨柳绕窗花绕壁,珍珠为幕玉为钩。南阳仆射开雄镇,北里佳人住上头。东南军政方烦苦,那有心情役歌舞。练兵草牍得余闲,纱帽隐囊资退处。帷幄同参抵幕宾,文章能解真才女。可怜梦醒乌夜啼,竟使楼荒燕无主。山斗崇勋著汗青,敢轻殉死玷清名。练裳椎髻辞兰麝,吊影十年楼不下。赠到香山太傅诗,挑红拨绿有微辞。小桃已薄春风命,枯竹还遭夜雨疑。怨郁难伸唯绝粒,女贞柯上霜华涩。消将眉黛月三分,瘦到腰围裙几褶。飘魂黯黯下泉台,故主重逢定鸣唈。桓山秋色入清淮,宝镜长随剑履埋。树杪危墙云梦郭,雁边斜日大风台。兹楼一样留遗迹,十二阑干天半碧。玳梁剥落旧香泥,飞燕年年如过客。

孔广森

字晓园,象山人。诸生。

置酒高堂上

年华一以逝,富贵同蜉蝣。费我千万金,难使桑榆留。哲士戒殉荒,达人谋遣忧.青樽方悦春,白发旋惊秋.潭潭高堂上,宾客罗豪俦。环花若云委,传醴如霈流。舞态燕惭媚,歌响莺夺柔。时良乐无竟,神倦兴未休。安知方丈筵,明日非山丘。绵绵续兹会,身外还何求。

反陈思王美女篇

桃花开灼灼,桃叶纷葳蕤。呢喃两雏燕,高下交拚飞。娇女亦解春,阅时心荡怡。揽带无一语,独立延斜晖。送态缬含眼,回影香生衣。反帏启妆镜,自顾惜容仪。容仪世所罕,命薄世所稀。兰膏煎寸心,礼义苦难持。空乘垝垣望,安践城隅期。韶华不常好,行乐须及时。木末生秋风,谁拾江上蘼。

金烈妇词

鸱鸮鸱鸮,啼屋声碎。鸮乎何冤,鸮请臆对。东邻有烈妇,十七执箕帚。姑行丑,门生莠。姑啗妇金妇不受,以刀截指,誓死守。鞭之烙之,妇甘如饴。阬以荆棘,遑顾寒饥。婿客海岛,杳无还期。姑毒肺肠,谋沃沸汤。隆隆雷起,乃倾其铛。皇天怒矣,厥奸露矣。邻瞰姑亡,脱禁锢矣。牒申县官,三木具矣。众曰嗟,奇冤雪。妇曰嗟,死期迫。妇生宏景山,妇嫔德润里。大义知懔持,身命犹敝屣。事系咸丰初,摭实告肜史。姑姓龚,妇姓李,人中之鸮夫己氏。

蓬莱山寻陶宏景丹井

仙之人兮在蓬岛,九转丹能驻颜老。未从天上索琼楼,且向人间觅瑶草。蓬莱万仞东海东,石色尽作流霞红。南朝隐士此修炼，玉烟拭壁多兰苇。千年去鹤不重返，遗井但有苍苔封。我来策杖拾层级，石气氤氲绕衣入。回头但觉万山空，俯首难容一瓢挹。当年迁灶由青樟，术丸菌脯资为粮。佛狸窥江烽火迫，托此信是华胥乡。凿泉洗药石同煮，明月满屋松风凉。至今绠朽瓶都堕，乱砾缠芜积砢硪。葛乡彭宅共留名，耿拜灌铭徒琐琐。苍茫吊古还郁伊，寄梦红尘多是非。何堪汲得清溪水，但养荒园苜蓿肥。

和复庄先生雨中游蓬莱山用壁间韵 录二

潇潇风雨满林丘，且侍髯苏作胜游。古竹含簧锵彩凤，遥山垂带络银虬。我还傍麓寻陶井，客自吟诗泛越瓯。更倚层台穷远眺，乱帆飞度海门秋。

空青匼匝古阆丘，到此真如世外游。万叶风林烟散蝶，百回涧道水蟠虬。鹤坪棋罢云生袂，禅榻琴余雪泛瓯。散步逍遥归去晚，满城斜照四山秋。

欧景岱

字仲真，一字仲贞，象山人。景辰弟。贡生。候选员外郎。著有《无名指斋诗集》。

董沛曰：仲真生平服膺姚姬，传所作古文不失桐城家法，尽五年之力诵《十三经注疏》，点勘《二十四史》，故学有本原，迥非稗贩余事，为诗亦骎骎入古。

庚申十一月十七日偕友人游西沪，海山以摩诘诗"高情浪海岳，浮生寄天地"十字分韵得高字

挈朋赴游约，气暖微风捎。层云旷天合，暑景亭午韬。灵境辟幽邃，众象炯难逃。岩峦尽趋拱，星斗皆罗包。回空泻篁气，走峡喧兰涛。鼓君凤皇瑟，振我芙蓉袍。去水逝畴挽，此柱砥能牢。珥笔凌谢客，拾级追卢敖。寥廓既

延挹，聚座开醇醪。此会足千古，何必蓬莱高。

南田篇吊张忠烈公

　　南田介象南，较象大居半。沿革溯宋元，回浦隶乡贯。泊自朱明兴，洲岛拨丛乱。遂禁民居山，迁徙绝薪爨。禾黍积莽榛，岩峦错圩岸。杰哉汤信公，握筹有成算。似识三百年，当有义师见。吾郡苍水公，英毅等曹冠。甲申京师陷，愤起挽狂澜。瓜步初进师，戈矛砺乃锻。芜湖继登城，旗帜夺防扞。孰意延平藩，督练殊怯偄。同仇非腹心，一挫辄远窜。反俾单弱军，整旅作绛灌。成败既异形，寤寐深扼腕。霍山困奔走，踵裂头亦汗。剧觉行路难，行行抵乡闬。原非黄冠旋，聊作游汗漫。翁洲暨缸爿　禁山名，跋涉苦昏旦。遂入瓯瓦门，穷栖谢羁绊。奴养猿一双，出入警鸣唤。托此无粮区，版籍不能按。孤忱效采薇，饿作首阳看。不知天戈挥，翼翼下飞翰，日出罔率俾，河海讵清晏。搜捣穷其区，方等不庭干。六位共占空，原早识爻象。成仁古所难，取义今已断。官爵不能縻，刀踞非所惋。举首好山色，正气肃严惮。但赡明社屋，藿比中谷熯。嗟嗟公虽死，读集尚熏盥。回望洪涛中，佛山卓天汉。

杨花曲

　　杨枝软如绵，千丝万丝春江边。杨花白如雪，岁岁春江送离别。春来春去君不知，妾心乱似杨花飞。棉花五月黄，麦花二月芒。杨花不管衣与食，但伴愁人可怜色。君不见，画楼百尺杨枝齐，杨花落尺莺不栖，日暮但有乌鸦啼。

翠竹轩新筑露台同人小集次大梅山馆露台坐月诗韵

　　绮岫横晶幌，高檐接画楼。寸心千里拓，万象四窗浮。颇觉身超劫，何须鬓感秋。绕阑星历历，最近是牵牛。

　　缥缈步虚歌，红墙隔绛河。凉风秋未至，明月夜先多。

远海孤飞雁，晴峦百柄荷。美人不可见，横瑟怨微波。

拟庾开府咏画屏风诗

星衢翻翠盖，虹彴下朱镳。鱼影嬉花乐，莺声啭树娇。上堂看宝剑，赌酒解华貂。中夜宴未息，银壶催丽谯。

回步露盈舄，掩鬟月满纨。开笼放鹦鹉，缘磴撷苔兰。水殿浮晴翠，云帏隔暮寒。谁调弦十五，招下碧天鸾。

和姚复庄先生雨中游蓬莱山用壁间韵

岩峦嵺古如坟丘，结襏欣接群仙游。敢夸奇采绚麟凤，且放大笔蟠龙虬。枯僧持帚扫石榻，渴狸上几翻茶瓯。此日松萝亦腾笑，白天云渺渺空千秋。

我昔盛夏凌元丘，散发跣足矜狂游。颇思抽簸戛金铁，惜无骖驷来螭虬。长松落地鬣盈握，明月出海珠浴瓯。蓬壶咫尺去不远，大罗何问霓裳秋。

佘燮宜

字少庐，象山人。著有《锄经堂诗存》。

陈得心撰《传略》：舅氏少孤力学，志行修洁，孝友、睦姻、任恤，兼而有之。

怀家兄

精庐笔砚共寒檠，中泽哀鸿怅远行。闻说康衢满荆棘，梦中历历共邮程。

登大金山

春来随意步山梯，一览横空万象低。最爱登临高绝处，不知身与白云齐。

四明清诗略卷三十

鄞　董沛　孟如辑

曹昌燮

原名杰，字至敷，号珊泉，镇海人。名树弟。光绪乙亥进士。官翰林院编修。著有《颐志楼诗抄》。

《镇海县志》：昌燮能文，工书法，由拔贡授七品小京官，补刑部主事，既馆选，文誉满都下。授编修，假归。以疾卒，年四十六。生平温恭寡言，与侪辈接谈讷讷然唯恐伤其意。尤敦风义，官京师时为故人子输束脩以从师。同乡殁于京邸，斥资具棺，敛送还家者凡三人，其厚德如此。

赠别范二理卿二十二韵

与君共晨夕，两载寒暑离。往往联床话，倾吐情靡遗。豪气江湖溢，高义风云驰。胶漆既相投，各各无差池。昨来君意戚，告我归有期。离合亦偶尔，何为重歔欷。君云此别离，非复如昔时。远就他方学，后会犹恐稀。况寻两载乐，茫茫安可希。我闻君语毕，潸然双泪垂。人生聚首日，忽忽不自知。谓若形随影，百年常如斯。一朝参商隔，各在天一涯。迢迢将尺素，款款寄相思。岂不通千里，欢情谅难追。辄又旷然想，故作达者辞。比邻渺四海，寥阔达隐微。岂不稍宽解，素心谅已违。朔风猎猎吹，旅雁双双飞。赠君诗一首，酌君酒一卮。意欲慰君别，相慰乃益悲。早知慰益悲，悔作赠君诗。

秋日游瑞岩寺

十二峰头云阴阴，十二峰下秋树深。树声时带钟声落，杳杳珊宫何处寻。山径雨过苍苔滑，芒鞋欲举先防蹶。看山不厌步纡徐，清景收拾难仓猝。危桥叠石百丈高，下有奔湍声怒号。到此不敢试一瞰，但觉脚底掀波涛。落日亭边一僧立，见我遥礼导我入。黄雨散花满庭香，红泉引竹溅窗湿。僧老貌朴款客勤，敲火瀹茗泻石瓶。自言山居习山业，不解禅经解农经。墙东一山耸天杪，时有鸾鹤舞缥缈。九茎灵芝今又生，谁人移植蓬莱岛。

登郭巨城外山

携杖碧云巅，苍茫落日悬。江吞孤屿小，山裹一城圆。世乱兵逃戍，民贫海作田。西郊吾怕过，宿草满新阡。

舟过无锡望见惠泉山

山势何蟠屈，巉巉石气深。秋光团塔顶，梵响落波心。寺屋分高下，江流绕古今。会当品泉味，挈榼试幽寻。

樵山下帷梅山寄诗奉怀

篱菊花香酒满卮，共君坐对石枰棋。行踪萍絮空千里，身世鹪鹩借一枝。海国波涛诗思壮，江天风雪雁书迟。绮窗为报寒梅发，早晚还家慰别离。

次韵张丈棣笙留别之作别后却寄 录二

秋入林皋景色荒，登楼王粲苦思乡。未堪僻地栖鸾凤，犹幸全家脱虎狼。世乱文章谁复贵，交深形迹两相忘。凉天正欲商诗句，怪煞行踪转徙忙。

名场回首不胜悲，卅载江湖未遇时。古调谁怜流水操，华篇曾压采风诗。周学宪刊观风诗,以君诗列首。青云腾跃看诸从,闻令侄子腾捷南宫,有"白发悲花落,青云羡鸟飞"之感。旧雨飘零感故知。谓吴楚山、陈谐亭诸君物故。况是干戈漂泊际,愁来病骨益支离。

题如园 园在黄花岙,曹厓仙别业。

南游曾啖荔枝来,转眼乡关战垒开。半亩青山家稳住,满园黄菊手重栽。量移竹石如评画,勤课桑麻算理财。未许渔郎频泛棹,洞门终日锁荒苔。

爱跨青驴细雨天,林深缓缓着吟鞭。每乘薄醉眠花底,偶得新诗献佛前。一榻炉香熏画稿,四山松韵入琴弦。溪南我有团瓢地,要傍仙家结数椽。

同董孟如沛游法源寺

邹枚才调几人怜,惭愧梁园赋笔传。萧寺同游今有约,断碑细认古何年。先生自具名山史,我辈犹参静室禅。薇蕨尽谈文节事,斋厨向晚已炊烟。

黄以恭

字质庭,定海人。式三从子。光绪乙亥举人。著有《爱经居集》。

《定海厅志》:以恭幼慧,长好博览,雪抄露纂,稿积尺余。后从其伯父式三学,益致力于经,凡注疏传笺靡不融会,不拘守一家之言,成《尚书启蒙疏证》二十卷、《诗学管见》三十卷。居恒静默寡言笑,经明行修,人无间然。所作诗古文辞体裁雅洁。纂修《厅志》《大事志》诸篇,多出其手,辞简事详,尤得史体。

庆历五先生咏

王先生致
鄞东一名宿，安饱非所求。堕樵稚子拾，遗秉老妻收。以此为生计，浩歌不知忧。民事常在抱，石隐岂其俦。高行式乡里，遗文炳斗牛。鄞江清可挹，庙貌至今留。

杨先生适
任虞文章士，当时艳春荣。洎宋巨儒出，偏以大隐成。治经鄙琐碎，悟道极高明。仲淹负重望，乃为倒屣迎。后来钱与鲍，推荐力相争。谁云盛名下，坎壈终其生。

杜先生醇
慈水多鸿儒，石台实先导。经史百家书，一一探其奥。耕钓供亲膳，非以鸣高蹈。学行宜为师，荆公何倾倒。澹无势利情，令人息浮躁。千秋大名垂，君子唯慥慥。

楼先生郁
正议徙城南，教泽浩无岸。造就多英才，丰衮乃其冠。家藏万卷书，手抄几居半。此外鲜长物，屡空亦泮奂。与人化町畦，将道为输灌。贻燕及孙曾，嫡派归学案。

王先生说
鄞江有高弟，名与先生齐。胸抱千秋想，躬耕尚一犁。穷庐风雨夜，相对子偕妻。竭力兴乡塾，愚蒙赖耳提。熏陶遍闾里，宸翰曜楔题。旷世怀芳躅，桃源路不迷。

杨鸿元

字胪伯，号澹泉，镇海人，仁和籍。光绪丙子进士。改庶吉士，散馆授主事，以道员分发江苏。著有《四素居集》。

客中读杜诗有感

往岁读杜诗，口读心未知。今日读杜诗，读之双泪垂。虽有百艰苦，不若长别离。虽有百熙愉，何如归家时。回首眄曩昔，家人相追随。亲老幸承欢，膝下常戏嬉。同怀姊与弟，俯视妻若儿。味淡情弥永，朝夕只熙熙。当时不自觉，境往成相思。干戈苦未戢，骨肉各分驰。寤时常太息，梦寐或见之。我心既如此，家乡当共悲。告友友同病，语仆仆近痴。把卷独流连，披吟神不疲。凡我胸中境，先在古人辞。一字一滴泪，诚哉不我欺。

游天童寺

一昨宵半登天童，下榻御书楼厢东。月明夜游亦足乐，可惜月黑山朦胧。清晨盥洗起寻玩，宸书碑碣示褒崇。寺僧导我上下游，殿阁巍峨入苍穹。菩萨低眉法力广，金刚努目气象雄。高高悬额字盈丈，笔势超脱如飞鸿。寺基开拓五十亩，房廊曲折结构工。日养比丘数百众，佛门自具大神通。为我数典不忘祖，追溯当年开创功。高僧入山清修苦，天遣金星化侍童。前有密云后宏觉，生天成佛道无穷。出门纵览寺前景，七塔倒影方池中。千松万竹两山列，西岩古洞石玲珑。旋憩禅房参禅悦，六根清净五蕴空。炉烹香茗山泉冽，厨设伊蒲野蔌充。一宿两宿归思动，归途览胜豁双瞳。松关三里迷云雾，石径双亭蔽雨风。肩舆露坐看山色，秋艳尤多霜叶红。太白峰高少白低，一一瞻眺惬幽衷。方知一样游观处，昨夜今朝迥不同。

徐甲荣

字子青，鄞人。光绪丙子举人。

酒中呈谢方斋先生

凉风起天末,黄叶辞庭柯。明月入我室,觞酌啸以歌。绛帐得所因,载酒日夕过。望洋叹汪濊,仰岳嗟嵯峨。河海纳细流,辄思扬其波。瑕玷丛白璧,所望良工磨。去日不可追,来日不可多。抱此区区心,其奈高深何。

晚登崇宁阁

流云界断虹,雨在夕阳外。烟槐散澄辉,风竹含虚籁。登眺一以适,清景山中最。爽然秋意生,空庭落寒翠。

泊舟烟台眺远山残雪

海山苍莽悬朝暾,天风蓬勃弄晴暄。舵楼高踞豁双眼,人烟团作千山云。翠崖丹嶂竭雕绘,下瞰大海何嶙峋。一峰缥缈出天际,琼瑶高下结玢璘。日光照耀作金碧,林木杳杳蟠云根。昨夜舟行黑水头,波涛万顷摇吟魂。晓来对此风景异,遣怀何可无芳樽。拈毫泼墨斗新句,豪气直欲云梦吞。笑我作客未逾月,乡梦夜夜梅花村。安得御风历岩岫,坐听流水鸣潺湲。

对月

天边凉月上,深夜倚阑看。兵气连吴越,元戎孰范韩。雄心托长剑,歧路重儒冠。沧海无家惯,高风慕幼安。

车厩山　山为越王句践牧马处,上有夏黄公墓

尝胆眠薪后,君王竟沼吴。高原纷苜蓿,荒径长蘼芜。野树已秋色,江山空霸图。何如采芝客,墓木未全枯。

登吴山绝顶

招邀三二子,理屐上岩扃。偶尔听松韵,因之坐水亭。湖分岚气碧,天夺海潮青。一笑好山色,临风宿酒醒。

姚江舟次

倦来无语倚危笭,顾我何心倒玉缸。一种离情消不得,乱蝉声里过姚江。

钱凤翰

字萼研,号紫卿,又号瘦士,鄞人。光绪壬午副贡。著有《丹山诗草》四卷。

董沛曰:萼研锐意古学,留心文献,有《甬上耆旧诗约》如干卷《张忠烈公年谱》如干卷,皆手抄本。善诗古文词,七律尤秀逸,如《春柳》云"疏篷影里春流碧,横笛声中夕照移",《秋海棠》云"红雨无声秋院冷,碧烟如梦画阑稀",《义桥》云"两岸风涛飞急雪,一江灯火散疏星",《途中》云"药圃秋花堆雪白,蠡窗初日透颜赪",《兰溪晚泊》云"风动青帘鱼市晚,波涵红粉妓船秋",皆可入摘句图也。

种桑五首为应一丈莲桥作 录三

春风被广陌,荷锄出荆扉。陇麦郁以秀,山禾青尚微。造物信无私,并含生息机。年来种桑柘,大者成一围。柔绿上新绿,向人自依依。地僻得安暇,心闲无是非。矫首视浮云,独立风吹衣。

百年岂无役,纷纷何所营。白云淡流水,兹意不可名。先生古黔娄,翛然遗世情。养生得全术,努力事躬耕。旧庐依丛薄,溪光动轩楹。闲闲十亩地,嘉植常敷荣。归来倚茅屋，极目春树平。

寒鸡动邻舍，晨光下庭除。家人起明发，采桑村路隅。提筐野云湿，拂衣清露濡。常恐蚕无食，不忧心力劬。问君何为尔，良亦非自娱。持此筐中织，聊为寒者襦。萧然一身外，此意常有余。

八哀诗

陶文节公恩培 公字问云，会稽人。道光乙未进士。咸丰三年湖北再陷，擢公巡抚。吴人饯之沧浪亭，公举杯曰："时事艰危，甚劳祖饯，将送我入昭忠祠也。"至楚，受事数月，城陷死之。

荆襄已多梗，君行欲何之。渺渺沧浪亭，离樽促哀丝。慷慨谢同座，勿为儿女悲。丈夫死国耳，艰危安所辞。他年舜江路，峨峨昭忠祠。凄风动灵旐，是我归来时。

冯文介公培元 公字小亭，仁和人。道光甲辰进士，官湖北学政。咸丰二年十二月城陷，公指署中井，谓幕客管桂臣曰："此水清洌可葬我。"因北向再拜，跃入，桂臣掩焉。

古井寒泉清，泙凝百余尺。敢以谖盖勋，归我幕中客。幕中吾石交，爱人当以德。莫负宿昔期，区区事姑息。沉以汨罗泉，填以精卫石。埋血澄潭中，千年化为碧。

徐庄愍公有壬 公字君青，乌程人。道光乙未进士，以湖南布政使丁忧归，奉旨办理防务。服阕，总司江南粮台。咸丰八年擢抚江苏，十年四月贼陷苏州，死之。

置身锋镝间，捐躯方寸定。所恨无雄师，制彼狓猖命。城中鼙鼓衰，江上烽烟竞。寥寥守陴人，瓶罍亦已罄。危城苦不支，微援更无应。愿以皎然躯，完此凌寒性。

沈文节公炳垣 公字紫卿，海盐人。历官左庶子。咸丰七年，视学广西，行部至柳州，贼至被执，闭置僧寺。公潜移书巡抚，请师为收复计，事泄，贼炽炭炙其背，至死不屈。

词曹星使来，辒轩瘴江路。谓非守土臣，寇至盍先去。乃以告急书，重婴狂寇怒。何事更燔爇，赤心天所赋。缥缈柳城边，忠魂在何处。夜雨卷灵旗，掩映桄榔树。

戴文节公熙 公字醇士，钱唐人。道光壬辰进士．累官兵部侍郎。以病乞假归。咸丰初督团防者八年。庚申二月，杭城陷，公赋《绝命诗》，赴水死。有句云"撒手白云堆里去，从今不复到人间"。

侍郎林下日，临难尤从容。赋诗整冠带，全躯赴寒淙。天地有正气，往往归儒宗。能使覆巢下，阖门相追从。他年青史上，伟节何重重。卓然起顽懦，千载仰遗踪。

俞文节公焜 公字云史，钱唐人。嘉庆庚辰进士。历仕湖北按察使，以罣误免官归。同里戴文节督理团防，公襄其事。城陷，与贼相持五日，斩馘甚众，身被重创。扶归家，犹手刃数贼而死。

俞公烈丈夫，拊髀常悒悒。涕泣誓登陴，糜躯安足惜。围城轰雷崩，狭巷短兵接。杀人不闻声，秋风堕霜叶。犹恐榛莽中，战血尚凝结。西泠风雨时，蛰蛰夜于邑。

张文节公洵 公字肖眉，仁和人。道光庚戌进士。授编修，以忧归。咸丰十一年十一月杭城再陷，公赋诗有曰"小臣虽死心犹在，化作杜鹃向北飞"。又曰"白云堆里吾将去，前辈分明有戴公"。与妻劳氏，子惇典、从典同日赴池水死。

戴公迟我久，吾岂恋吾生。庭前一泓水，潋滟常自清。携手白云里，吾亦从此行。伤哉蓼莪痛，重以烽火惊。箧中新赐衣，血泪犹猩猩。何堪风木恨，迸作杜鹃声。

赵忠节公景贤 公字竹生，归安人。道光甲辰举人。负奇气，时王壮愍有龄为知府器重之。咸丰三年江宁破，王公檄公团练，屡立奇功。嘉湖继陷，贼拘公一年，屡劝公降，不屈。贼首韩汝洸召公饮，以兵胁之，公大笑，曰："此吾求之一年而不得者也。"遂洞胸而死。

钱凤翰

吴兴弹丸地,大小百余战。耿耿忠义心,岂为桑梓恋。孤城如累卵,九鼎支一线。力屈为囚累,延颈待斧锧。男儿非爱生,好语徒尔劝。含笑进巨觥,一死毕吾愿。

梦中得"人坐云峦夕,风生洞壑烟"之句,因续成一律

好山看不足,梦寐亦林泉。人坐云峦夕,风生洞壑烟。晴光浮远塔,秋色倚长天。渺渺前溪路,鸡声何处边。

九月十七日发三江口却寄家兄兼别诸友

大江秋雨暝,一雁忽西征。襆被初为客,乡关未厌兵。河梁游子泪,樽酒故人情。他日如相忆,邮书付水程。

风雨动离愁,烟泷急夜流。潮声催客棹,灯火下江楼。远道难为别,孤篷易感秋。临歧各凄楚,不忍一回头。

除夜遣怀

故国悬符夕,他乡独坐时。征途千里外,归思一年期。有岁方除旧,无文可卖痴。唯将岑寂意,诉与客灯知。

远道非吾意,孤寒迫此身。关山愁病妇,风雨忆衰亲。绝浦沉书杳,长途役梦频。今宵翻不寐,岂为守庚申。

江行秋晚

苹花凉动雁初归,猎猎西风冷客衣。碧水欲流残照去,青山只共片帆飞。潮回暮渡平沙阔,秋入长空远树微。独自披襟待明月,手倾玉沥倚船扉。

衢州

旌旗犹忆大王风,吴越当年一水通。胜地暗包全浙盛,名城独踞上流雄。帆樯雪散千堆白,橘柚霜明万树红。海国烽烟方未靖,关门锁钥仗群公。

自常山至玉山

石磴新晴破晓烟,笋舆遥渡浙西偏。丹崖翠壁疑无路,茅屋清溪别有天。估客行装驮瘦马,野人篱落卧乌犍。此乡风景知何似,少白峰西太白前。

娥江即事

剔藓来寻幼妇词,不将溪石问西施。越江万古留奇迹,舜庙门前孝女碑。

洪家滋

字仲务,号莳圃,鄞人。光绪癸未进士。改庶吉士,散馆授户部主事。

津门秋兴

归梦阻东州,天涯欲倦游。风烟新度劫,书剑又惊秋。一粟容沧海,千樯织暝愁。遥空空极目,不敢赋登楼。

送张莲孙孝廉继照之闽

相见欢然故里中,江干话别太匆匆。愧无好句酬知己,羡有高才动上公谓膺贝协戎之聘。膝下芝兰承爱日,门前桃李竞春风。从今破浪南溟去,万里云霄一顺鸿。

刘凤章

字艺兰,鄞人。光绪乙酉举人。著有《青藜阁集》。

董沛曰:艺兰笃学嗜古,最喜宋人说经之书,骈体宗六朝,淡而弥永。尤熟乡邦文献,编《四明艺文志》,搜采繁富。作《甬上方言考证》,亦殊隽雅。鄞、慈、镇三邑修志，靡弗预也。诗不多作，而朴茂之气自然流露。

题烟屿楼诗集 有序

吾师柳泉先生以根柢之学发为词章，乡邦后进翕然宗仰。凤章早岁读先生应试诸作，服膺已久。后得见先生诗古文辞，愈益钦慕，自憾单门末学，无由登大雅之堂。同治癸亥，先生五十初度，凤章自附门下，献俪辞为寿。先生不弃，奖许过甚，寻有课孙之命，得以纵观著作。先生经学、说部皆发前人所未发，文章尤卓然大家。吟咏特其余事。会溪上叶君刻先生诗集，凤章获预雠校，间有签语，叶君为并刻之，刊成，敬赋五言十六韵，以识二十余年说服之悃。

大里歌采芝，狂客赋回乡。四明风雅国，渊源追汉唐。洎入宋元来，作者纷相望。耆旧前后集，列宿森光芒。夫子起今代，高步翰墨场。六艺织经纬，百家谱宫商。琅然正始音，卓为后学倡。著录都讲籍，群雅何铿锵。我生少失学，自顾恒侊侊。猥以驽骀姿，一顾逢孙阳。假馆受诗教，辨论忘夜长。观海叹浩漫，问途识康庄。编成与参校，格律曾细详。回环百回读，咀嚼余芬芳。愿以温厚旨，振兴先梓桑。大雅其可复，盈耳声洋洋。

赠黄蔚亭先生

辕固申培侣，研经不计年。一门孤学衍，两浙盛名传。测远槎乘海，探深绠汲泉。分阴晚犹惜，缉古续新编。昔岁游吾郡，曾过阆相湖。星光辉客座，风采接耆儒。欲泛山阴棹，思摹洛社图。鹤飞歌一曲，高会庆悬弧。

泛月湖

斜照苍茫里，平湖客放舟。疏林招倦鸟，短棹逐闲鸥。

波影绿于洗，蓼花红欲秋。广生堤畔过，随处听渔讴。

袁信芳

字以燕，号苇孙，鄞人。世恒子。光绪丙戌进士。官江西广信知县。

《家传略》：先生精制艺，通经义，每端坐诵《易》《书》《诗》白文，终日不倦。晚年好苏诗，偶拈韵，不事雕琢。尝有《品茶》句云："时宜知不合，满腹幻槎丫。"盖自道其胸臆也。

丙戌夏奉访慈溪费曼书主政即题其半圃

闻君小筑轩数楹，落成颜以半圃名。暇日歌咏此轩中，晚乃自号半圃翁。我一访君半圃轩，癯似野鹤风骨骞。君家先世证仙籍，长房自有长生诀。将毋半圃多灵草，嵩山大瓠安期枣。不然朝餐甘露夕餐霞，圃中霏洒向君家。君曰否否安有是，吾于半圃特寓耳。生平储待无长物，晨夕坐对唯欢伯。饮酣披寻文史娱，呼儿抱孙语之无。有时佳节邀胜游，梅花破腊菊傲秋。客散弄花形影俱，吾乃陶然忘故吾。四时风月一尊酒，醉乡本是无何有异哉。君能以酒全其天，逍遥真个地行仙。敝屣一官乌足道，咬得菜根便安饱。世间浪说大还丹，煎熬未把名利删。君但一饮尽百壶，壶公壶隐良不诬。知君自擅乔松寿，开轩面圃为君侑。

王定祥

字文甫，号缦云，慈溪人。光绪戊子举人。著有《映红楼诗稿》四卷。

《慈溪县志》：定祥生而不羁，从同邑张翊俊游，壹志词章之学，每成一艺，审慎字句，不轻出示人。聚书坦园，手自校订，多善本。间为古文，薄桐城而不轻非。阳湖学使瞿鸿禨重其名，岁科两试，以丁艰未与。服阕，特提试优行，既试秋闱，疾作遽归，卒于家，年三十四。后十日榜发获隽，闻者惜焉。

高桥舟中晓起望惠山

昨发江阴城，暮至青旸宿。破晓即开船，夜眠苦不足。倦眼尚模糊，清景忽满目。九龙何蜿蜒，冈峦互起伏。高桥豁明镜，照见烟鬟绿。美人临清流，宛宛河洲曲。锡山更孤耸，塔势撑晴旭。舟行亦已远，岚翠犹相逐。秋风催客心，长途恨匆促。安得谢尘鞅，一饮此山渌。

月夜临杜湖

昔读老杜渼陂诗，文章光怪生陆离。以为人间安得有此境，意匠所造亦已奇。谁知揭来杜湖曲，昔所想象今见之。开门四顾忽叫绝，始觉古人不我欺。是时东山月初上，湖光十里平如掌。万顷琉璃一颗珠，天心水面相摩荡。长风忽自天外来，星河吹碎沧溟开。飞涛拍岸势欲裂，银山万叠声如雷。空翠无云风自涌，满湖明月孤光动。真疑咫尺有神灵，独立苍茫心骨悚。五峰磊磊干云霄，达蓬石柱相对高。群山倒影入水底，千岩万壑光摇摇。纵好风光不得住，避风却望湖亭路。湖亭可望不可到，直恐巨浪吞人去。我昔南海航轻舟，少年意气凌沧洲。归来十渡钱唐水，去年还向吴淞游。满眼风波二十载，一身几度经沧海。骇浪惊涛久等闲，兹游翻觉神情改。人生宇宙如寄迹，向来哀乐终何极。天地之大无不有，我自区区空蠡测。临流不敢发狂吟，深潭恐有蛟龙蛰。归途聊作纪游诗，墨花着纸痕犹湿。

苦雨叹

两月不雨民生急,一雨十日农夫忧。不雨自是龙神懒,久雨翻讶天公愁。阴霾暗惨积空谷,山风五月寒于秋。农家有田不得种,种者又复漂洪流。前年米价常苦贱,粜新不敌工食半。今年久雨米却贵,旧谷已尽空嗟惋。传闻福州遭水变,一夜淹死民数万。北来消息方苦旱,祈雨忧勤动宵旰.南北雨旱胡不均,此邦亦复多流民。民果何罪天何忍,天心岂不怜苍生。亦既苦旱又苦雨,岂其数定天莫争。野田水与禾苗平,前日望雨今望晴。

晏起即事

山深迟见日,已听昼鸡啼。小阁花三面,荒庭菜一畦。客来常不速,诗就每无题。闲散真吾分,沉吟愿总迷。

将之江阴别杨六兄 逢孙

两月还乡客,劳劳更远行。艰难成此别,去住孰为情。孤苦无兄弟,颠危仗友生。高堂扶病送,哽咽问归程。
三代交情重,平生气谊真。暂时共晨夕,挥手又风尘。敢以妻孥累,由来骨肉亲。不关儿女意,感激自沾巾。

晚次陵口镇 齐梁诸陵多在此地

落日长冈埭,西风博望亭。云容天外湿,水气雨余腥。越客仍孤往,吴歈不可听。荒荒陵口地,何处认冬青。

暮色

暮色黯荆扉,秋风吹我衣。野花何寂寂,斜日尚依依。远路冥鸿去,空山独鸟归。故园寒信早,已觉寸心违。

秋夜待晓

群鸡正乱鸣，孤客坐残更。万籁此时集，高楼独夜清。烛消窗送曙，风急鸟啼晴。岂但归期远，连宵梦不成。

甬上寓斋即事

移蕉种竹费经营，几日空庭布置成。小住何须为久计，客游偏自有闲情。不删弱草怜微植，好护寒枝待晚荣。却恐故园猿鹤笑，谁教花木负柴荆。

客中杂感

西风急杵惊残梦，长笛危楼媚远天。乡思正逢家信到，客愁遥在夕阳边。大难时世谋生苦，无用功名抵死牵。浪迹江湖竟何事，高堂贫病逐衰年。

达蓬山怀古

香炉石笋峙嶙岣，百折峰峦到海滨。弱水三千应有路，长城万里竟亡秦。洞天窈窕灵岩秀，峭壁巉岩佛迹新。独立秋风凭吊里，茫茫何处是仙津。

秋感

斜日平原雁影高，四山落木晚萧萧。吟成秋兴诗才薄，醉倚西风酒力消。病叶经霜先委地，寒塘无水不通潮。空怜松菊长荒废，独掩柴扉慰寂寥。

李植纪

字子修，鄞人。厚延子。

董沛曰：子修幼敏慧，坐膝头时，已识字数千。稍长，通音韵训诂之学，诗亦超隽。未冠而卒，人皆惜之。

怀古

丹凤振羽仪，欲营阿阁巢。上翀忽下坠，燕雀环而嘲。在昔苏季子，权术非不高。说秦十上书，落落无所遭。归来雒阳道，金尽衣缊袍。里门相识者，讥笑纷喧咻。刺股读阴符，三年忘其劳。岂不苦入赵，所志为若曹。富贵多亲戚，我重贫贱交。

拟唐人塞下曲

九边寒气逼貂裘，回望乡园出斗牛。旅雁声孤关月黯，盘雕影掣蓟云愁。灯明远碛宵驰檄，笳咽重营夜唱筹。立马天山看积雪，寒冰齿齿射双眸。

云中魏尚备边才，独上谯楼举酒杯。西道遥通都护府，朔方外直赫连台。若教汉将从天下，安有长鲸跋浪来。凭吊古今犹未已，一声筚篥帐前催。

张炳璋

字蕊题，号啸月，鄞人。

洪曙孙以山行诗见示，和作三律

闲居无个事，日日绕山行。古木露根立，危桥编竹成。野花相对笑，溪鸟不知名。柯斧已陈迹，微闻人语声。

去去出云外，纵横路几叉。两山分向背，一簇住人家。随地拾松子，有时逢野花。此中足幽趣，回首白云遮。

步步引人入，入山山已深。岚光交远岫，岩溜滴清音。危磴冥千尺，夕阳寒一林。归途能记否，约略可重寻。

野兴

村户两三姓，比邻四五家。裹盐藏嫩芥，摘茗拣尖芽。

溪碧添新水，林红剩晚花。秋田春雨足，随处有鸣蛙。

董沅

字晴岚，鄞人。
董沛曰：从弟晴岚以书记游幕府，及卒。余宦江西，其妇缄寄遗稿凡千余首，多清婉可诵之作。

村夜
野村无暮柝，人静识深更。风急搀蛮语，月明闻犬声。小窗灯影乱，荒榻峭寒生。不是悲秋客，难为此夜情。

夜泊慈江
夜静舟初泊，孤怀正郁陶。江空潮势落，天阔雁声高。踪迹怜萍水，年华感鬓毛。推篷明月入，照我听秋涛。

钱世榜

字礼门，鄞人。著有《澹菊草堂稿》。

月波寺独步
夜色半朦胧，闲行过寺东。鸟栖余氏柳〔寺为余文敏公五柳庄故址，肖公像祀之〕，僧语梵王宫。溪竹摇凉月，湖波荡远空。秋声一时寂，高唱有渔翁。

胡显文

字明远，号茗园，鄞人。诸生。

次韵和鲁封
日涉园林引兴长，眼前世态任炎凉。闭门坐拥书千卷，留客倾谈酒一觞。堂上萱花春不老，庭前桂子晚弥香。惭余别少偷闲策，隔舍唯分凿壁光。

蔡和霁

字涤峰，号月笙，鄞人。鸿鉴子。

董沛曰：月笙幼慧，能作钟鼎文，兼工花卉，诗词亦清雅。年十九遽卒，秀而不实，殊可惜也。

俞烈女行 并序

烈女名采玉，慈溪俞人贤季女也，避乱居白芦岭。壬戌秋，贼至，欲掠之去，不从，怒加以刃引领，无惧色，女遂遇害，时年十有七。其家藁葬之既野，祭者不戒于火，燎其椁，里人掩以蒉椁。贼平，有司陈请以烈女旌表。光绪戊子，慈人士为改葬焉。

千古艰难唯一死，巾帼须眉尽如此。可怜只手扶纲常，乃在纤纤弱女子。昔年兵祸翻鼍波，娥江咫尺驰金戈。城郭萧条少人迹，桃源何处趋山阿。俞家有女少贞静，随父来居白芦岭。连天烽火益披猖，林深风鹤犹相警。呜呼烈女性何烈，忍死不甘受污蔑。延颈从容饮霜刃，玉容溅满猩红血。无何祝融烈焰张，白骨灰烬烟飞扬。霜凄露恻感行路，醵金治椁奠醑浆。吁嗟乎！蓬门笄女凛名节，合荷恩纶光绰楔。千载芳名青简留，慈水清清共莹洁。

陈兆釜

字式堂，鄞人。著有《雪塘集》。

夏日灌顶道中作

草阁轻寒五月天，数声啼鸟落坡前。茶烟缭绕时萦目，笋箨参差欲及肩。破寺无人藤上屋，荒畦有涧水归田。伊谁长使云关住，缺处还教匹练悬。

黄家鼐

字彦生，号岘孙，鄞人。著有《艺兰山馆诗存》。

黄家鼎撰《行述略》：亡弟岘孙幼善读，尤致力于《尔雅》《毛诗》。喜吟咏，有《甲乙纪事诗》，颇详确。以劬学得咯血疾，早卒。

拟李长吉金铜仙人辞汉歌

珍珠落盘泣蛟客，漳河晓见铜仙迹。茂陵秋草变衰黄，啼鹃洒血红成碧。烟云过眼忽千里，万古相承几天子。周家宝器火骊山，夏王古鼎沦泗水。白云乡近离宫道，十二万年天未老。岂若腾身霄汉中，俯看九点烟螺小。

寒食寄怀仲兄，用子由寒食前一日寄子瞻韵

禁火遗风久寂然，家书惆怅阻烽烟。时法人以铁舰围台湾。炎方瘴毒驱难尽，蛮语侏㑉习渐便。鸿雁分飞空望远，虫鱼笺释未成编。兄属手抄《尔雅》，授次忠侄诵习。遥知潘县勤农政，春雨扶犁看力田。

仲兄辑刻家集，校字订卷，与襄其役。初编告竣，赋诗敬纪

薛氏世风征旧泽，薛冈辑《薛氏世风删》。施家诗绪剩遗篇。施氏《句江诗绪》。周《周氏遗集》。钱钱氏《在兹集》。蒋蒋氏《联珠集》。史史氏《世宝集》。诸编外，寒舍清芬幸附传。

清白传家九百秋，一门作述幸长留。仲兄又裒集先世遗著，自唐始祖起至近今，颜曰《黄氏一家稿》，行将授梓。编刊勉绍先人志，收拾丛残与校雠。

柳瀛选

字荙轩，慈溪人。诸生。候选同知。著有《锄月居待存草》。

长相思

昔年杨柳黄，君行渡横塘。今年杨柳绿，君行下江曲。昔年复今年，相思盈春烟。春烟散作雨，君行无定处。望君上高楼，杨柳满陌头。君身如柳絮，飘泊难留住。妾心如柳丝，缠绵只相思。思君渺无极，旁皇泪沾臆。身愿为车轮，随君逐风尘。身愿化兰桨，与君共飘荡。飘荡不还家，贱妾心如麻。麻棼犹可理，思君何日已。

夜坐

明月若依人，徘徊入户牖。清辉满衣襟，揽之不盈手。零露白无声，冷渍一畦韭。微虫各争鸣，噫声遍郊薮。人生天地间，不过百年久。蜉蝣此身轻，何者堪不朽。大化妙推移，白云变苍狗。莫谓愚公愚，枉自呼负负。此理与谁言，仰面看北斗。

游天童寺

群山围古寺，数里度松林。老木含虚籁，高岩落昼阴。水声趋壑健，云气入楼深。到此息机好，悠悠生道心。

秋日野望

平原莽莽夕阳微，数里人家半掩扉。断岸白沙孤鸟立，小桥红树一僧归。霜清水阁莼鲈美，风紧寒塘稻蟹肥。此日故园烟景好，行人何事滞征骓。时述夫从兄未归。

塞下曲

生长幽燕意气豪,酪浆饮罢醉蒲桃。将军昨日阴山下,夜戮鲸鲵血洗刀。

郑福森

字啸岚,慈溪人。诸生。著有《爱莲吟》。

《家传略》:先生性孝友,父母俱享大耋。先意承志,备极色养,昆季三人怡怡无间言。家寒,素节俭好施。其诗直抒胸臆,不事摹仿,论者谓得高州的派。

白龙寺

探幽来古寺,仿佛小天童。花屿千秋胜,菱塘一水通。山禽悦初日,林竹引微风。拟叩神龙宅,澄潭涵碧空。

周茂榕

字冶城,一字霞城,号野臣,镇海人。贡生。

秋怀二首用蒋心余韵

商飙飒然至,哀响厉中夜。晨起览物华,徙倚东篱下。丛菊有傲骨,不逐桃李嫁。耐冷守常坚,迎暄欢易罢。弱质不自扶,难免先时谢。珍重老农心,力田宝秋稼。

枯枝堕败叶,难为疲客听。何必断耳根,坐学禅心定。舒怀破萧瑟,触绪妙于应。丝竹奏满堂,一击扬玉磬。戛然止繁声,清劲气能胜。

偕同人重游瑞岩 录二

不知秋已深,引步入幽邃。十里野色寒,四抱山容皴。

松声杂泉声，虚谷答遥吹。落叶下如雨，霏霏滴残翠。老树无新香，几簇疏花媚。清我醉后魂，欲向尘埃蜕。颓阳在林际，一磬忽飘坠。

路穷出崇宇，雏僧迎道旁。导我寺门入，曲转巡虚廊。更转更清旷，落影山苍苍。殿宇浸寒绿，森然竹柏光。揭幢礼古佛，进造方丈堂。石级数层上，活云流古香。日落梵呗静，众散鸾鹤翔。僧房东西开，客至炊茶铛。一瓯迭相饷，欲索新诗偿。

杂感 录三

七窍天所生，浑沌凿乃死。赋质苟未全，理无葆其始。伸伛而起躄，岐黄无此技。形败精则存，亦占勿药喜。乞酒以治聋，达者不为是。神听眼亦听，龙蛇俱无耳。

三年刻一叶，功成精则疲。亦有屠龙手，技成无所施。人以逞私智，各各思斗奇。背常即是怪，此意固未知。雕劖速其败，精致徒尔为。鸢拙车輗巧，有味乎言之。

溺苦励勤学，教在渐以诱。木断而石穿，絪溜受之久。扪壁能手行，强使撒空走。一蹶不复振，得无呼负负。速固难于达，拙莫妙于守。功到山可移，愚公胜智叟。

候涛山观日出歌

天鸡喔喔啼晴空，佛楼僧起打曙钟。唤我披衣观日出，绝顶孤立金鳌峰。斯时昏晓犹未割，上下云逐寒涛冲。疾呼云中君，入水鞭烛龙。忽露一线破黮黯，四山激射朝霞红。无定宝相倏明灭，隐隐海镜磨青铜。俄惊流金铄石光熊熊，玻璃作响海水沸，火轮捧出天之东。骏飞飙兮靷长虹，翠旆绛节纷扈从。一跃几千百万丈，晶光照耀金银宫。习闻伊耆内日在，酉谷绕地地绕二。语难发，蒙我生，寄居滨东海。藉曰此水乃与西极通，榑桑高卧浴圆影。何不万里求其踪，逝将手挟夸父杖。鲁阳戈、后羿弓，迅追羲御争豪雄，凌波踏碎红芙蓉。仰天自失笑，伏处如沙虫。驾桥鞭石无能尔，但见曜灵赫赫艳艳悬碧穹。泰岱日观未得到，快哉奇观今始逢。撑起珊瑚八百尺，拍手大叫惊天公。寒风吹我衣，飞光荡我胸。六螭既升人事动，俯视万灶晓烟青蒙蒙。

题陈骏孙甬东彤史后

铮铮之烈皎皎节，闺中风义人中杰。绰楔就倾贞石埋，不知今古几磨灭。陈髯论古手眼高，广披竹素勤搜牢。偶获一奇如得宝，驱遣文词入史骚。丹光赤色好山水，日泄菁英锺彼美。认是三清谪堕身，愧彼浊世婵娟豸。比连六邑义门多，尔作桓嫠我谢娥。琢冰为骨尘无涴，指水明心井不波。却怪多才偏折福，全者瓦缶碎者玉。忽遭百六受奇殃，同心旦誓同巢覆。吪凤靡鸾恨难平，开卷如闻万哭声。夜窗欲唤贞魂起，墨痕泪滴交纵横。上叩苍穹诉真宰，各留种种伤心在。拟将镌玉上苕华，未许遗珠落沧海。不然大队合人天，既编列女更列仙。承戈可入太元赋，鲍爵曾传真诰篇。删此荒言嫌失实，不如壸史流馨逸。要凭寸帙寿姬姜，看汝手提南董笔。

冒雨登梓荫山

乘兴一攀跻，溟蒙入望迷。雨添山路滑，云压海城低。飞鸟寻枝宿，荒鸡隔坞啼。微吟归缓缓，蹑屐过桥西。

秋闱报罢，援笔写恨不自知，言之拉杂也 录二

百年过半悔蹉跎，我钝如锥奈老何。未了余情丝扎缚，无多生意树婆娑。氍毹可笑羊公鹤，蹀躞空伤惠子骡。抛却世间文字海，不教下笔起愁波。

日高睡足一瓯茶,醒起无端感物华。野火不焚留幸草,春风未到长唐花。为萁莫慨南山豆,得枣还疑东海瓜。我欲园池围半宅,租菱算橘足生涯。

范邦铨

镇海人。

董沛曰:范生九岁能诗,十一岁遍读九经,十二岁遽卒,殊可惜也。

秋兴

秋到名园草未凋,佳期唯有嫩凉招。碧波无际渔舟集,明月初来雁阵遥。江上青山看隐隐,涧中流水去迢迢。欲寻苔迹迷无路,闲趁西风过小桥。

蒋德秀

字薇阳,奉化人。诸生。

冬柳

霜寒风紧岁将终,情绪萧萧怨碧丛。刊落繁枝秋去后,独留孤干夕阳中。三春蜂蝶归何处,六代豪华梦已空。讵只汉南桓司马,对兹零落感无穷。

江庆源

字浚斋,奉化人。诸生。著有《申怀录》一卷。

梅雨

连旬梅雨昼冥冥,树影参差绿满庭。书为蠹侵忧绽露,衣防霉浥检零星。湿萦篆鼎香弥久,凉到绳床酒易醒。谁道客舟来未易，朝朝江水没沙汀。

偶成

光阴谁似少年时，哀乐忘怀竹与丝。鸟唤锦屏松籁细，_{尝学琴北街。}龙吟茅坞月痕迟。_{昔客宋氏，每与宋君弹琴咏歌，地近茅坞。}直从琴碎伤遭劫，懒把诗歌自解颐。今日偶编新乐府，风流漫说效儿嬉。_{时编《劝戒少年歌》。}

唐熙

字月溪，奉化人。诸生。

访友不遇

相思人不远，移屐度青溪。雨过苔痕滑，烟浮草色迷。一蝉鸣古树，双燕啄香泥。寂寂柴门掩，归来日未西。

游鲒埼悟空寺

攀藤直上最高峰，云海无边荡我胸。壁垒千寻余野草，_{地有巡检司，为明时防倭处。}涧溪一带傍岩松。潮平帆集渔家艇，日暮声传古寺钟。归路自知游未倦，故人招饮兴犹浓。

邓克旬

字谱庵，象山人。贡生。

反陈思王名都篇

少年游侠场，彀骑何炜煌。左手摄乌号，右手持干将。伾路搏骞兔，合围罻叫阳。骍髻众骎磕，发砮交腾骧。被陵且缘坂，夐止从两狼。其材信希有，其乐亦未央。或当盛平世，借以显所长。昨闻下明诏，募士平氐羌。勃发负蘭志，敢复从禽荒。月落雁路黑，沙起边云黄。生死何足言，飘然辞故乡。

蓬莱山寻陶宏景丹井

夙昔丹阳子，逃名住此山。涧花搜石乳，仙路阻琼关。沧海几经变，白云犹自还。相逢僧一笑，采术到溪湾。

拟庾开府咏画屏风诗 录二

绮榭环池抱，层廊俯石开。花秾纤蝶下，柳暗乳莺来。裙屐随时集，林峦趁势回。华灯金谷宴，浅唱𦻏深杯。

流水泻苔磴，斜阳幂树林。红飘谁试帚，绿暗且横琴。入梦有仙路，在山无世心。欲觅采芝客，隔云茅屋深。

雨中游蓬莱山用壁间韵

细径迷茫指石丘，蓬莱仙馆雨中游。竹深宜宅千年鹤，树老都成百尺虬。曲笕通崖泉出涧，癯僧扫叶雪霏瓯。重阳已过一阳至，斗室联吟犹听秋。

象山海错诗

绮石春烟结紫虌，苔衣软作唾花飘。不逢谢客扬帆采，落瓣零星送晚潮。石蚨。

浪花堆里影浮浮，写出冰轮水国秋。磨去银沙生古泽，琢成新样玉搔头。海月。

西施玉藕拟应同，滑腻桃花晕带红。输与老饕低首啮，只饶俊处带雌风。新妇臂。

浪花吞吐水中央，柱肉精莹亦广长。也识滋滋回味好，酒涎何忍污丁香。杨妃舌。

江庆源　唐熙　邓克旬

吴皞如

字雨岑，象山人。诸生。

陈得心撰《传略》：先生少工属文，持躬严谨，雅喜诱掖后进，至老不衰。

湖头晚眺

言寻芳野趣，湖头日已暮。浅水流平田，炊烟出深树。坐听布谷声，行与耕夫遇。分秧知有期，郊原绿无数。

赋得精卫填海

沃焦四万里方圆，未把归墟尺寸填。石碎沙零能有几，朝投暮掷亦堪怜。一生已瘁翛翛尾，百谷仍趋浩浩川。何似投身穷发北，去随鹏鸟学飞仙。

陈得先

字心斋，又字赘人，象山人。诸生。著有《赘人诗集》。

陈得心撰《传略》：兄性耿介，接人极谦。为文章必穷人所未发，至构心疾而卒，故其诗多噍杀感遇之作。

说鬼

相违人世本孤悬，为蜮偏教聚水边。聊任挪揄怜故智，浪传形影起重泉。碧磷自取高宗伐，青海终伤杜老篇。不鉴前车劳槛载，即今丽日正中天。

说剑

赫怒雷霆拜尚方，倚天壮志镇岩疆。长才入冶锋堪试，雄辩当筵气吐芒。策画经权凭制胜，分明恩怨莫韬光。酒醒梦断中宵舞，千结肠回百炼钢。

郑镜堂

字光伯，定海人。诸生。著有《双髻山馆诗草》。

沈九箭大令序略：光伯工诗，兼通医学，与余及周仲香明经为文字交，互相切磋。周君所作多刻苦，光伯则抒写性情，不事雕琢。其寄余近作中有《咏息》《咏唾》诸诗，参以医理，可谓未经人道矣。又工词，婉委俊爽，兼而有之。

张忠烈公遗砚歌

唾壶击缺金瓯裂，灵武靖康不可说。遗砚流传记故侯，墨花犹沁忠臣血。呜呼忠烈公，奇节有谁同！此身可为监国死，此砚不与明祚终。永明时事本残局，破碎河山犹日蹙。维公崛起号勤王，抗命穷洋时痛哭。天台泣拜鲁王诏，与八闽军遥结好。灯下谈兵草檄书，帐前飞札驰文告。当年此砚日追随，笔华墨彩竞纷披。岂独军书供挥洒，江边时亦写新诗。公有《江边闻笛诗》墨迹流传人世。石骨峻嶒坚不坏，砚乎此际发光怪。天风海泉何足论，广东邝湛若有天风海泉砚传世，亦明末奇士。位置还须参玉带，宋文信国有玉带生砚。我今抚砚心怦怦，一十六字刊厥铭。中间裂纹标劲直，想见忠精贯耿耿。吁嗟乎！公之事实列史策，取义成仁昭大节。公之正气还太虚，河岳日星同表揭。区区微石何足珍，二百余年存手泽。应胜当时从者罗杨王，南田山下齐沦没。忠烈兵败，归隐南田，尚有门徒罗、杨、王三人相随。被执后，三人死于南田。君不见，司农之笏信国琴，名物千秋等觊觎。张公斯砚留贻久，盍亦摹图传与人间同不朽。

崆峒

碌碌何为者，文章苦未休。已拚身似客，那有梦封侯。

词赋输司马，衣冠笑沐猴。崆峒最高处，长剑倚清秋。

龙峰寺晚眺

暮色转苍翠，樵歌落远空。地留千载恨，人倚一楼风。古墓凄山鬼，平原下夕鸿。归途添逸兴，灯火满城红。

和周仲香感怀十首 录二

浮生同怅影形孤，鹿鹿回肠九转枯。一席未安他可想，万愁如织我何辜。思量弓冶成鸡肋，近有以兼习医术劝余者。解识飞鸣愧燕雏。学业渐低年渐长，不堪回首问东隅。

耆旧纷纷渺夜台，喜君坛坫为重开。选将妙句青钱似，坐待群公白战来。君索诸友和诗甚急。解读离骚偏不饮，想弹长铗为多材。君曾有游幕意。青衫如此才风雅，一任旁人说慧黠。

沈君九箭之官江苏赋此送之 录一

萧然琴鹤泛轻槎，从此苍生属望奢。我辈在山仍小草，使君到日正梅花。锦衣恰喜枌乡近，宦辙还应胜地夸。倘过金阊成妙咏，相期芳讯寄瑶华。

为李警斋题四时画景 录二

垂杨影里乱莺啼，草色茸茸绿满堤。一幅酒旗摇不定，夕阳红过杏花西。

不写晴山写雨山，模糊秋色沁烟鬟。平原正苦甘霖少，肯放闲云自往还。时方苦秋旱。

《四明清诗略》卷三十终

四明清诗略卷三十一 闺媛

鄞　董沛　孟如辑

钱云绣

字文孙，鄞人。明宁国知府敬忠女，遗民，光绣女弟，适梁溪浦氏。

《鄞县志》：云绣性灵慧，自幼即喜亲文字，女红之余。拈弄笔墨，有《送兄光绣归硖中》诗。

送圣月大兄归硖中

翠蹙春山掩泪痕，浙河南北鹡鸰魂。柳梢带雨催行色，一片孤帆过别村。

金述

字友之，鄞人。明诸生周容室。

《鄞县志》：述至孝能诗，年二十五归周容，姑特爱之，每闻姑謦咳，坐必起迎，三年如一日。顺治乙酉，喧传土寇入城，时金方产女七日，容欲奉父母出避，父母徘徊不前，金知之，曰："以吾故使舅姑濒于危，不可。然吾亦岂可辱？"乃作《素罗之歌》，引罗自经，婢急解之，虽未绝，然困不能起，竟死。

素罗辞

唯素罗之皎洁兮，昔随我以有行。叹烽烟之满目兮，今及尔以偕亡。吾洁吾身兮，逝将寻亡亲而徜徉。

刘氏

鄞人。镇海林鼎新室。

《鄞县志》：刘氏性绝慧，博涉书史，相夫多所箴益，与姒李氏相遇甚恭。顺治丙戌夏，溃兵大掠，举家走避，与李各持尺帛而行，闻哗声俱自缢。家人解之，李已不可救，而刘复苏，鼎新谓曰："兵火及，死未晚。"刘曰："兵火既及，庸及死乎？且姆氏已死，义无独生。"复缢乃绝。时年十九，检遗奁，得所临黄庭本，尾书一诗云："云盖其誓，死有日矣。"县令乔钵表其事，立祠祀之。参《镇海县志·林氏双烈传》。

绝命词

生有命，死有命，生兮妾身危，死兮妾心定。

叶安庆

慈溪人。伯玉女。

《慈溪县志》：安庆故世族女，博通经史，工诗，精书法，既许字某，待年未行。戊子春，父伯玉以事罹法，并逮入狱，防卒严，不得死，械送京师，给勋贵家为奴，女题断句于衣带，遂自缢死。

绝命词

命薄如秋叶，偏逢摇落天。此身难自主，含泪向黄泉。

高氏

鄞人。明陕西巡抚斗枢女，适奉化明吏部郎中戴澳子天柱。

《奉化县志》：高氏自幼博通书史，工诗画，归戴时家已就落，屏绝纨绮，甘心綦缟，安贫一室。与天柱互唱迭和，相对如宾友。以止生一女，劝立继嗣，且置篷室，卒育多男，其识量迈绝寻常如此。参《鄞县志传》。

闺情 芳杜洲郊居作

郊居寂寂强支床，忆姊应多时样妆。不惮梦中来访戴，芳洲今夜月如霜。

皈依大士愿非痴，姊妹长如未嫁时。一炷心香稽首后，喃喃多是诉相思。

采芳鱼跃潮初上，浈玉花苏日正长。采芳、浈玉俱芳杜洲桥名。若问近来何所遣，白云停处燕飞忙。

花飞杜曲鸟争鸣，去去来来却任情。为上高楼翘首望，云烟迢递一程程。

自题画扇池莲

窗前何事不堪伤，唯有青莲度远香。摹得数枝消昼暑，如如心在水云乡。

董应烈

字性标，鄞人。明通判光远女，适尚宝水佳胤孙诸生宝璐。有遗稿。县志有传。

秋日有感即事

凉生七月念衣单，蒲叶凋零柳叶残。待上层楼望远色，一天风雨逼人寒。

庄氏

鄞人。明太常正卿元辰女,适都司周在鱼。县志有传。

寄外

远人渺渺客天涯,寂寂园亭断葛瓜。愁思浑如百结缕,衰颜早点六飞花。儿童长大衣衫短,门户零丁赋税加。贱妾纵能甘藿粥,也难无米竟炊沙。

张鸿逑

字琴友,慈溪人。明工部尚书九德女孙,遗民能信女,鸿道女弟,明参政姚之光孙诸生筹室。著有《清音集》。

《慈溪县志》:鸿逑十岁能诗,号女神童。祖母冯氏之丧,哭泣如成人,及归姚,请于父曰:"儿不愿珠玉锦绣,得笔山墨海足矣。"父资以经史、诗文各一乘,夫固名下士,时称嘉偶。遭乱家破,四十六岁而寡,笔耕糊口,以教其子与祁。

《溪上诗辑》:琴友性至孝,父能信避地远出,以泪和墨,望云陟岵、沧桑离黍之感尽托之诗。冯次牧所谓"心少陵之心,诗少陵之诗",为古今尤绝者也。郑寒村先生序其诗行之。

临高台 时大人五十寿

临高台,去天尺,俯天窗,窥日出。凤凰千仞翔我侧,我乘凤凰周八极。谒吾父,进春酒,愿吾父,寿千亿。

空山落日词

日落兮,空山鸟飞兮。争下古木兮,萧萧牛羊兮。平野风凄凄兮,引樵者。引樵者,归茅屋,客子他乡何处宿?

猛虎行

朝歌邑，不可入，胜母里，不可止。瘠死不咽嗟来食，窘死不拾道旁金。道旁虽无主，志士各有心。北风何萧萧，南山虎正咆。天命不渝，畴敢以慆。安分守己，谁之永号。

衔恤吟

吾闻天地廓，于我如不容。吾闻日月明，于我长梦梦。女盼闺阁中，母游虚空外。哭声难直上，天高天不大。嗟我寸心肝，何曾报父母。血泪亦有竭，母恩岂能朽。呼母母不应，千声又万声。难将别离泪，洒此生死程。忆昔尊姑在，我母敬不贰。鸡鸣盥漱毕，婉娩顺承志。手自作姑膳，殷勤向中馈。姑病垂十年，未尝解带寐。鞠躬废寝餐，母力从此瘁。斋素祷苍穹，姑命妇可替。一朝姑委化，殉棺割左臂。块肉永相随，姑魂莫孤弃。姑病亟，割股和糜不能下咽，姑逝再割肉投棺中，曰以此长伴千古。母奉姑已极，终身不遑息。儿奉母未成，白驹苦相逼。妇女既不可以拯国难，又不能以酬慈亲。人生唯恃忠孝活，我今何颜复为人？羡彼东家母，白发相携持。羡彼西家女，襟裾相牵随，骨肉本同体。存亡异所之，恨逐云霄远。愁连草木悲，黯黯年华两度新，庭花开落又逢春。檐间乌鸟犹反哺，令我对之空伤神。哀哀其奈昊天何，昊天虽大我愁多。

寒松引 有序

为陈太君作。太君，予祖母行也，冯甄甫先生配，次牧征君母，苦节五十年。次牧被征，得旌，可谓是母是子矣。

元冬凝沍水腹坚，黯黯同云雪满天。娇花弱草随秋尽，寒树亭亭偃盖悬。夭矫虬龙风骨劲，灵根蟠屈抱真性。一团苍翠冷含烟，为表幽贞相掩映。幽贞唯有太君同，冰心

庄氏 张鸿述

注彻玉壶中。霜高凤去梧桐落，孤鸾帐里月朦胧。玉轸朱弦难再结，丝丝肠断声声咽。愁锁双峰翠不舒，强至姑前开半额。昔年文帅久穷经，紫殿传呼驾鹤翎。剩得名家头角在，留取英声照御屏。有文良不朽，有子良不死。有妻媲共姜，千年结连理。百尺交枝满院香，祥风吹送五云旁。匹妇但知恩义重，敢望芳徽动帝王。帝曰非关汝家事，彰朕德化扶三纲。此时寒松亦生色，涛声云影摇穹苍。我今生年只十五，耳闻目睹心缕缕。思之思之爱且钦，正襟向月当窗户。北堂白发春风回，莱衣化作庐江组。幸沾寸禄报慈帏，稍答异时机杼苦。忽报乘云谒玉宸，翩翩羽化返其真。开轩不觉双泪堕，一片银纱浣水津。古道无尘行客少，月落乌啼魂悄悄。落英飞絮徒飘扬，峻岭幽岩松引长。

赋得曾经沧海难为水，除却巫山不是云 巡盐御史王公伯驭观风试士题夫出外代作。

山川踯躅空徙倚，振衣濯足徒然耳。函山白马已翔空，洛浦凌波竟谁是。汉皋解佩等蹄涔，缑岭吹笙亦剡斿。春泉对我绿于染，翠微迎人暮烟紫。自从缥缈降真仙，一心轻薄闲云水。漫说峨嵋山半轮，谁更花月春江底。还望朝朝暮暮时，往来飞入高峰里。会向阳台十二峰，可怜隔断三千里。飞去从今无处寻，犹防别逐东风起。天生尤物怅独绝，赢得相思莫相似。襄王尚忆梦中魂，微之深情复尔尔。我今因之感慨生，悠悠尽是登徒子。叶公好龙非真龙，牝牡骊黄无国士。女甘为容士甘死，世间能有多知己。

立秋呈叔母包夫人

节不违时至，愁难托雁传。心期日自皎，情寄月同娟。绿粉思庭竹，红衣问沼莲。无笺堪写意，一叶落窗前。

九日不见菊

露白天高秋气森，黄花不是旧时心。秦关牧马飞霜重，晋苑无人落木深。苍雁声谐风里角，碧梧愁送晚来砧。岁华自昔分消长，物态何缘变古今。

夏夜月

日长月上迟，夜短月落早。免使离愁人，照得心如捣。

送别黄师母段夫人

春风吹送木兰舟，柳色花香趁水流。只有离情载不去，白云明月共悠悠。

李美仪

鄞人。遗民邺嗣女，适明都御史林时对之子某。

《鄞县志》：美仪为邺嗣第四女，性笃孝，读书知大义。邺嗣患肺疾，唯仪在侧，寝食始得安。后归林氏。

奉和家大人草堂课耕韵

高畴新雨足，布谷唤春耕。千亩回村绿，三家结舍平。犊肥田竖喜，鸟起草人醒。唯有田翁乐，悠然候岁成。

东舍幽栖处，柴门接野田。一春滋草径，三月酿花天。林雀喧晨霁，邻鸡报午烟。频年收获好，膝下得欢然。

华明慈

鄞人。明检讨夏女。适明大理评事王家勤子山西解州直隶州知州朱旦。著有《化碧楼集》。

《鄞县志》：明慈父夏死国难，友人林时跃匿其一子一女养于家,女因从时跃学诗,及长归王,倡和甚相得。留心律历之学,自署所居曰化碧楼。

聂嫈示弟俪思

功成一剑扰韩城,奇侠何妨竟灭名。却笑姊来多涕泪,不如长啸入青冥。

姚碧琴

燕人。鄞县王朱旦继妻。著有《啜芸轩集》。县志有附传。

铜雀台吊古

白日照荒台,凉风吹薄暮。笙歌不复来,西陵杳尘雾。

洪元志

安徽歙人。鄞县太仆少卿胡文学妾,顺天府丞德迈母。著有《世德堂草》。县志有传。

舟出西关

远道从兹始,扁舟辞故乡。莺啼帆外树,花出路旁墙。春色虽佳丽,离思正渺茫。若非怀祖德,何事向遐方。

晚泊丈亭

经历江边路,停舟天未昏。半山衔落日,一犬吠孤村。傍岸侵沙渚,留帆挂月痕。篷窗知睡稳,清梦向家园。

过旧居有感

旧业今谁主,从前计总非。到门花满径,入户柳牵衣。何处来新燕,依然认旧扉。伤心看景物,明月照书帏。

深秋病起寄慰迈儿并谢诸亲友馈问

匡床强起勉加餐，积绪千端未一宽。九月凉风吹短鬓，三年游宦忆长安。病余影共黄花瘦，人老衣添白纻寒。差喜园亭饶胜事，桂枝香馥出雕阑。

时劳馈问感周亲，漫卷疏帘为辟尘。斋阁清严鹦诵佛，门庭萧寂鹤迎宾。看花满眼原如雾，拂镜盈头早似银。寄语西清勤供奉，声名无过是安贫。

登场早喜望西成，讵料灾侵水过城。未有远谋惭肉食，但能却病饱藜羹。两深古瓦生苔藓，秋老荒园媚橘橙。散步莫教孙课懒，五更灯火待鸡鸣。

暮春喜御符偕山辉大师见过，同往南海进香归舟赠别

江东树入暮云平，太白衹林共学情。昔为朔风催作别，丁卯冬，御符至天童过舍，一别五载。今从春雨笑相迎。五年梦隔青山影，一棹人过黄鸟声。最是法门多胜侣，偕来相与说无生。

封书遥订礼名山，为挂轻帆共出关。连日春雷催雨过，一宵明月逐云还。至心忘却波涛险，宿愿欣酬魂梦闲。洞口定须瞻大士，莫教看作有无间。

来从此处欲忘家，海水兼程不觉赊。菩萨顶高先见日，达摩峰矗自堆霞。绿杨枝洒潮声豁，紫竹林开石影斜。短棹同归微浪稳，白莲如泛满洋花。

昔年曾悔失淹留，此别何堪又买舟。海月易随残夜往，江风难阻一帆收。深春花落孤村寂，初夏人归小院幽。所许寸心无远近，吴山云接越山头。

唐华清宫

骊山别殿久成灰，流出温泉不复回。只有华清宫里月，

当时曾照太真来。

胡氏

鄞人。诸生徐志泰室。旌表节孝。

《鄞县志》：胡氏性孝，能诗，年二十四夫亡，家贫无子，矢志不嫁，尝作古松、古柏吟，以明志。奉事舅姑养生送死之资，皆凭针黹以给。年五十四卒。

古松吟

不随群木斗葱茏，一片浓阴百尺松。夏后社虽迁变久，尚留贞干傲严冬。

古柏吟

千寻古柏立遥岑，其奈霜侵雪又侵。一任彼苍多挫折，岁寒终抱耐寒心。

陈蕙芳

江苏长洲人，鄞县诸生蔡天石妾。旌表节孝。

《鄞县志》：陈氏能诗画，天石游幕吴门纳之，不三年而寡，时年二十二，誓死不嫁，著《十孤诗》以见志，因哭夫丧明，卒年八十四。学使帅念祖表其间，曰"松竹双清"。

十孤诗 有序

氏系出太邱，家居浒墅，追随莲幕良人，嫁得中郎，冷落兰闺，薄命悲同卫女。署红鸳之牒，未满三年，歌黄鹄之词，尚赊一死。爰赋诗以见志，聊假物以抒怀，茹檗饮冰，窃比柏舟之作，拈毫弄墨，敢夸柳絮之才。

孤云
从来聚散不胜嗟,日暮残云陇上斜。应是旧山归不得,独留孤影在天涯。

孤月
几许轻凉透素襟,月明庭院夜初深。人间莫叹姮娥寡,一片清光照古今。

孤松
亭亭独立羡乔松,长向巅崖寄旧踪。无数风霜无数雪,一生义不受秦封。

孤竹
历尽冰霜节不磨,泪痕点点染湘娥。只应截作高楼笛,为倚陶家黄鹄歌。

孤萤
流萤一点近妆台,秋雨秋风莫漫猜。苦忆绿窗人静后,与郎曾照读书来。

孤蝶
故园落尽亚枝花,瘦影匆匆日又斜。何惜抱香枝上老,向来梦不到邻家。

孤雁
塞外秋高只影寒,空闺愁思正漫漫。西风夜月江南路,锦瑟从今不忍弹。

孤燕
系足红丝认尚真,画梁寂寞又深春。寻巢不逐双飞侣,为恋堂前旧主人。

洪元志　胡氏　陈蕙芳

孤灯

夜深无语对银釭,冷雨尖风透碧窗。凭仗余光耿相照,吟身和影恰成双。

孤砧

西风飒飒漏沉沉,遥夜还传空外音。记得年时霜月里,秋心曾寄塞垣深。

丁性觉

鄞人。康熙壬子副贡李开室。

《鄞县志》:丁氏在家事祖母以孝闻,年十九归李开,开游京师,丁操作拮据,资针纫以养舅姑。一日,雪深三尺,因舅姑喜啜新菜,踏冰挑菜,中寒成疾而殁。

晚晴

雨过园林景不同,鸡冠花映凤仙红。凭阑无限新秋意,怕听蝉声噪晚风。

张全德

鄞人。顺天府丞胡德迈室。县志有附传。案:《续甬上耆旧诗》作圣德,今从志传。

至日新添一线长限韵寄外

牙牌拈弄药阑旁,只为推敲黯自伤。珠桂艰难忧客邸,寝兴安否问姑嫜。纵忘妆阁春风暖,须念高堂爱日长。薄幸郎君成底事,从今悔却绣鸳鸯。

万藻

字季斋,号捴斋,鄞人。编修经女,适湖南长沙进士周宣猷。著有《抉斋诗抄》。

《杭州府志》：藻为经季女，经精汉隶，藻聪慧善记诵，幼尝侍几砚，间得其隶法。会稽鲁曾煜题藻书轴，曰："古隶书，程邈始，谁其传者万太史。太史经学兼字学，传之男子又女子。"一时有才女之目。长适周宣猷，周故长沙名进士也。闺中唱和有《西湖杂咏》如干首。

七桂堂中秋呈家大人

高秋三五夜，皓魄十分圆。金粟香初放，瑶华色正妍。风回迟玉笛，露坐拭芸笺。最是趋庭乐，蟾光落几前。

酬外

官衙萧散类仙居，退食从容细检书。风送花香帘影静，笔床相对韵鱼鱼。

谢绪芝

镇海人。江西德化知县归昌女，适鄞县举人董允瑢子监生元晋。

《镇海县志》：绪芝知书，工吟咏，适鄞太学生董元晋。无子，以诗劝元晋纳妾，妾管氏亦能诗，杼织之余互相唱和。

劝夫子纳妾

事事都从病里支，积愁岂敢望君知。只缘绕膝还双女，莫吝明珠买妾赀。

寄外

积雪无如昨岁多，今年腊尽更如何。夜深寒色侵衣冷，少向风前抱膝歌。

管惺

鄞县监生董元晋妾。

奉寄郎主

握别微言幸不忘,肯教方寸染风霜。无家莫再轻弹铗,东国于今少孟尝。

费氏

慈溪人。诸生姚泰来室。

《溪上诗辑》:华日南曰,孺人为余妻族,幼时从其兄某学诗,于归后以所作贮瓮中,不轻示人。中遭回禄,散失殆尽。

薄暮候涛山即景

日落苍苍山色青,潮回大海海波平。山气海气渐昏黑,一轮又向空中横。何处火光映千里,东船西舫宵燃灯。转篷倒逐飞波卷,夹岸红澜澈底明。珊瑚生魄,铁网敷荣。骊龙吐气,颔下悬星。吁嗟乎!竹洲瑶岛桃花津,古来曾有几人行。何如独坐仙岩肩,三山缥缈开云屏。

省墓口占

寒食思亲扫墓来,松楸萧瑟鸟声哀。文章漫许新阡表,口泽依然旧酒杯。泣奠重披春草绿,伤心屡见杜鹃开。光阴易过丘成古,分付孙曾世世培。

陈德

字如璋,海宁人。慈溪诸生郑镛室。

题族孙简香云湖观梅图

众芳凋尽此偏荣，玉立亭亭澈眼清。好倩春风催结子，老人拭目看和羹。

钱大姑

象山人。诸生沈华室。

《彭姥诗蒐》：钱大姑及先公女，适生员沈华。即《邑志·轶事》所载，沈旦复华，母倪氏，系余先高叔祖讳彪女，弟妇周氏系庠生周国宾女弟。周氏卒之日，自谓女子笔墨不必流落人间，尽焚之。大姑诗二首，载钱氏临清堂祭簿，为未出阁时手笔云。

晓起望雪

一夜萧萧响，心知雪满天。玉京谁许到，晓起揭帘看。

对月 并序

承庭训，知嫦娥为常仪之误，因赋之。

月度占迟速，常仪古所钦。谁言后羿妇，传误到于今。

周氏

象山人。诸生沈芝室。

《象山县志·轶事》：诸生沈兆麟，字献功，以诗书世其家。妻倪氏通文翰，生四子皆博士弟子员，长曰华，字旦复；三曰芝，字辉三，尤白眉也。华妻钱氏、芝妻周氏皆知书，女红之暇相与观书史、论文章，有屠氏七襄瑶瑟之风焉。及兆麟夫妇卒，三子及妇俱不永年，芝亦赍志没，周年四十而寡，无子，家贫加洗，嫁三女、葬翁姑及夫、营己生圹皆出自十指针黹。卒之日，女婿丁茂贤于敝簏中得诗二首，时邑令张明府绣闻而哀之，为志其墓。

无题二首

两世风华一旦收，十分憔悴十分愁。假如化作子规鸟，叫到山穷水尽头。

寂寂窗棂绝午烟，甘随夫婿入重泉。重泉相见无他语，数问何人守墓田。

岑龙珠

余姚人。举人兆铿女，慈溪官江宁同知郑辰室。

春蚕词

女桑袅袅夕阳低，绿蚁风吹看欲迷。自啜蚕花三月粥，愿他眠起十分齐。

兽焰红炉乍暖房，双功累累喜盈筐。风流最是簪花日，赢得人看及第娘。

范泗

字霞汀，鄞人。湖北当阳知县铎女，适慈溪诸生郑菂。著有《深柳读书堂诗草》二卷。

《溪上诗辑》：霞汀与其姊适张某者，俱能诗，一时以叶小鸾姊妹比之，郑芝云司马为之传。

秋闺

萧瑟西风秋正永，横塘犹度双鸿影。谁家捣练急寒砧，锦帷梦觉银簟冷。庭院萧萧落井桐，尺书拟答思何穷。阑干倚遍情千转，怕听秋声明月中。

夜坐

兀坐唯孤影，更深静掩门。风寒吹病骨，月冷瘦梅魂。旧事同蕉鹿，愁吟类夜猿。故人千里梦，寂寞与谁论？

客病和金门贤阮见慰之作原韵

十分春尽雨丝丝，又见江南梅熟时。小住欲归归未得，新愁待遣遣无期。吟边心事云同懒，病里情怀鸟共知。徙倚妆台闲怅望，子规啼断绿杨枝。

归燕

凉飙初起沈寥天，社燕辞巢又隔年。何处楼头横暮笛，几家庭畔冷秋千。旧时红雨春魂断，此日阳关翠羽翩。宛转雕梁期后约，飞飞总为别情牵。

留别家姊次韵

联床夜雨意绸缪，远别难禁两地愁。三叠阳关情惨惨，数声风笛韵悠悠。离怀寂寞黄花暮，归思低徊白露秋。回首黯然肠断处，碧天红叶送归舟。

送别静斋姊

乍逢又别太匆匆，君向南蛮我向东。航海轻装重载鹤，尺书缄泪托飞鸿。匡床应少池塘梦，绮阁谁吟柳絮风。怜尔失明须放达，休将儿女系幽衷。

夏五和小韫女史过云居山房原韵

熟梅天气雨风侵，访旧乘舆过柳阴。十载暮云劳梦想，一时潭水觉情深。谈元欣接维摩室，<small>时导余过荫云女史禅室。</small>证凤同参贝叶林。屈指向平婚嫁毕，法门妙道共探寻。

周氏岑龙珠范泗

谨题西屿先生对紫图

种花人去几经时,砌下还留旧日姿。三世芬芳传画本,一庭馥郁长孙枝。流香欲满乌衣巷,对景闲吟白傅词。开落年年浑不改,归来丁令鹤应知。

春闺

伤春已自灭腰围,蹙损双蛾昼掩扉。却怪侍儿多事甚,隔墙又报落花飞。

篆江晚眺

雨过溪山画晚晴,隔江烟树有余清。一声牧笛来何处,放出斜阳半壁明。

听罢渔舟鼓棹歌,空林月影最婆娑。炊烟一带江村晚,隔岸人声唤渡多。

题冯夫人小影

屏却铅华学道装,怡然山水乐徜徉。侍儿亦解闲中趣,料理松花供鹤粮。

王韡

字棣芬,慈溪人。诸生渥女弟,监生冯煐室,道光己亥举人、上虞教谕菁母。著有《绛桂轩遗稿》二卷。

《溪上诗辑》:棣芬才思敏慧,其为诗清和婉转,赋物言情,无不各尽其致。

遣兴

明窗三面列,镇日绝嚣尘。多竹焉知夏,残花也算春。有心删俗务,无事学诗人。灯火深宵坐,闲吟听漏频。

人为秋风瘦，新凉已逼天。兰香供座右，蕉雨听帘前。池吐金鱼沫，炉熏宝鸭烟。夜吟方倚枕，香气隔花穿。

步月

闲向阶前步，亭亭月正圆。窗明三面水，地白一庭烟。花舞将残影，钟催欲曙天。夜阑炉已烬，拨火把茶煎。

清明

野塘芳草翠成茵，触景方知节候新。压担杏花红雨润，插门杨柳绿烟匀。蝶如有意寻残梦，莺到无声惜暮春。底事积阴浑不散，清明枉自负佳辰。

竹

琅玕种遍小庭前，隔着帘栊锁暮烟。碧水暗通幽径外，绿阴围住曲阑边。惊回断梦三更雨，借到新秋六月天。静对此君真不俗，个中风韵即淇泉。

秋水

潋滟晴波一鉴澄，临流几度曲阑凭。远汀斜日寻诗舫，绝浦疏星照蟹灯。蓼岸花残风料峭，苔矶潮落石峻嶒。轻舟一棹烟霞里，闲看渔人笑结罾。

范霞汀夫人过访别后感怀

黄梅雨里玉轩临，拂麈清谈惬素心。一幅花笺题妙句，半生慧业寄禅林。青灯喜共名姝话，黄绢惭赓幼妇吟。坐到夜深凉月上，隔帘花影自成阴。

送兄之广陵

柳色依依送远行，江南江北系离情。二分依旧扬州月，

范泗 王韡

可比家乡分外明。

萧条雁序忽离群,千里关山隔暮云。寒暖自知须自爱,秋风能瘦沈休文。

偶成

柔情脉脉恨绵绵,几度消愁展绿笺。燕子不来帘尚卷,一庭微雨落花天。

乐氏

镇海人。诸生谢辅锦室。

《浃口诗存》:谢昼堂先生妻乐氏能诗,其婿王君作宾从针线箧中得《哭子诗》二绝见示,书法亦秀逸可观。

哭子 录一

往时缝惯儿衣服,针线今悬痛奈何。不觉一场人事变,廿年转眼梦中过。

洪晖堂

字素芸,鄞人。贡生张性安室。著有《听篁阁存草》。

陈咏桥先生撰《传略》:孺人苇航先生女也。陈大令余山需次里居,常与先生以诗相切劘。孺人幼明慧知书,大令因授以诗法。年十九归张明经,家素贫,由是疏觚翰,勤妇职,常得堂上欢。平居端谨,寡言笑,课子女无姑息。年四十一偶感疾,即属治后事,易衣盥洗,端坐而逝。大令为删所著,序之。

过蓬莱宫谒吕祖

仙都咫尺地,到门唯湖光。白云忽惊飞,澹入遥天凉。

巍峨望金阙，窈窕列丹房。稽首纯阳子，敬荐一瓣香。长生祝老父，默祷诉衷肠。可有延年药，一返两鬓霜。

月湖十洲诗 录二

一片湖光活，东风着色奇。清明寒食近，浓抹淡妆宜。影落鱼争唼，香深蝶暗窥。兰桡归缓缓，好赋冶春诗。花屿。

众乐亭前路，空波翠欲摇。恰当二三月，不尽万千条。逸老留云驾，骚人荫酒瓢。流莺歌睍睆，烟里度双桥。柳汀。

积雨

梅雨朝朝送嫩凉，萧萧桐叶响东墙。微明灯火耿残梦，久闭帘帏隔妙香。滞我诗情无好句，减人酒兴只空觞。园花消息谁相问，厌听庭阶点滴长。

奉怀陈渔珊先生 时游彭泽

日伫闲阶对晚晖，先生何事不言归。只闻故故禽啼树，未见登登客叩扉。书幌凉垂风竹暝，吟庭绿满雨苔肥。浔江传道多名胜，莫换湖边旧钓矶。

月湖十洲用舒学士原韵

浅碧轻红入望匀，湖波倒影接城闉。莺藏密树常留客，燕啄飞花惯趁人。雪月有时天不夜，笙歌到处物皆春。一尊占尽沧浪趣，小醉还应理钓纶。

佛手柑

颗颗新柑佛面黄，曼陀纤手散天香。拈花笑处滋甘露，结印圆时待晓霜。十指玲珑分法相，双拳合拱礼空王。相依尚有仙人掌，佳品还应供北堂。

王韡 乐氏 洪晖堂

秋霁

疏雨催寒过,溶溶散碧云。轩前闲望久,一雁度斜曛。

秋霞

不逐西风散,铺来十色浓。天台秋景好,唯有赤城峰。

秋衙

吏散公庭寂,空堂鸟下迟。近来官事简,拄笏且吟诗。

秋鬓

帘幌凉风透,轻蝉试晓妆。开奁语秋月,莫遣点清霜。

秋阴

不关昏晓镇苍茫,酿雨催晴费较量。帘幕有情松竹暝,重重多护读书堂。

秋叶

深浅丹黄色不齐,夕阳回首隔林迷。吟心已似秋光淡,肯向残红叶上题。

秋蝶

粉翅双翻尚有情,芙蓉花下往来轻。寻芳不管西风冷,为恋斜阳半晌晴。

秋蛩

入夜凄凄韵更清,冷吟长伴一灯明。笑他宇户依人惯,偏向风前话不平。

移花

鸦嘴锄轻剔砌苔,应时细雨熟黄梅。呼童检点花疏密,留取遥山一角来。

供花

满身花露折枝才,入手红香半未开。高供军持低供钵,朝朝稽首妙莲台。

郑蕴贞

字婷婷,慈溪人。征举孝廉方正勋女,适鄞县邱大櫆。简香征君撰《传略》:蕴贞少资性过人,五、六岁时授以唐人绝句,即能上口。喜读汉晋以来诗与唐人长歌,击节行吟,闻者异之。及长,履絇不出户庭,随母分中馈之劳,无不中度。弟自塾晚归,必课日所读书,己亦手一卷,诵不辍。尝手抄《周易》《毛诗》《孝经》与释氏书,端楷有笔法。熟览刘向《列女传》,与诸姊妹谈娓娓可听。性好笔墨,顾未尝有所作。尝曰:"吾闻女子不欲以文字闻世也。"事余甚孝,余病,率两妹露祷北极,经年不已,母病亦如之。年二十五归邱,逾年卒。

晚楼独坐

风冷树萧骚,新月明屋角。黄昏人未归,瀹茗自斟酌。

时外子会文未归。

竺英梅

字雪崖,奉化人,美奂女。

茹峰亭远眺

茹峰亭外宿烟销，野色山光入望遥。更爱春江如画里，绿杨两岸正平潮。

竺愚

字其不，号椒卿，鄞人。诸生慈女，台州教授王菜室。

《鄞县志》：愚为进士之侃女孙，自幼性慧，之侃任金华教授，愚与弟读书署中，凡选赋唐诗，弟未成诵，愚则习之学为诗，之侃戒之，不复作。年十九归王，姑卧病侍汤药，必宵分始退，事舅亦甚谨。年三十二卒。

哭弟忠显

早凋椿荫恨终天，母氏劬劳二十年。苦志未旌贞节里，伤心空系孝廉船。扶床有女将何怙，执绋无儿更可怜。自憾我生偏不梓，留贻祖砚望谁传。

叶兰贞

字淑畹，萧山人。山东肥城县典史树芝女，象山河工通判姜鸿纶子、廪生继勋室。著有《研香室吟草》。

《象山县志》：兰贞父树芝任山东肥城尉，工诗，教子女均能诗，兰贞尤颖悟绝人，手一编不辍，兼工骈体文。时吾邑姜鸿纶方官新泰尉，与树芝善，乃以兰贞配其子继勋，夫妇倡和，有《芝兰合稿》，以继勋字麓芝也。性和婉，善事舅姑，旋里任家务。诗不多作，只存《研香室吟草》二卷，五言如《江干纵目》云"燕抛花外剪，莺掷柳中梭"《寄外》云"孤灯挑恨地，明月忆君时"；七言如《思母》云"七年违侍回肠折，千里驰思去梦迟"、《兰花》云

"一部离骚迁客泪,三春空谷美人心",并堪入摘句图。

金烈妇

李家有女年十七,花容月貌冰霜质。嫁得句章薄幸儿,蝇营海市经年出。布裙一幅钗一面,淡妆更觉天真见。里中恶少素轻狂,怜香顿使黄金贱。有姑重财不贵德,含羞蒙垢卖春色。凯风吹彼棘薪夭,朝欢暮乐无休息。珠环玉佩翠花钿,蜀锦齐纨邓山钱。兼金百镒不辞贷,愿卿同赋定情篇。贤哉李女性偏烈,抽刀断指示决绝。我心之死矢靡他,请君鉴此刀头血。阿姑代致缠绵意,陇人翻作蜀人饵。甘言诱妇妇不从,转羞作怒生嗔恚。鞭笞何惜日千百,空房穴地深三尺。半似埋香半葬花,寿阳仅露梅花额。恶姑恶姑姑何恶,荆榛瓦砾并炮烙。穿墉纵使鼠有牙,肯教牛渚渡灵鹊。茫茫欲壑起凶焰,莹莹白璧终难玷。柳条毕竟泄春光,计唯早使香魂断。中宵潜㸒水一釜,沸汤竟欲浇花圃。毒焰万丈烛天庭,遂教碰磕驱雷鼓。雷鼓撼屋雨喷沙,竟天紫电掣金蛇。霹雳摄取奸人魄,霜残留得断肠花。红颜薄命薄如此,此生竟为红颜死。翻羡人间鸠盘荼,纵遭唾弃免贻耻。镇日望郎郎不归,冤气填胸诉向谁?暮暮朝朝掩袂泣,求死不得空伤悲。多情邻里动公愤,扉床舁向讼庭进。县官锄暴为安良,恶姑恶少同拷讯。尽辞不得俱输情,奔鹑疆鹊婴霜刃。信谳既成冤愤伸,阴霾除尽天地新。公庭竟作清风岭,昙花一现了前因。贞哉节操烈哉性,烈既可怜贞可敬。湖边锄月葬贞魂,轰传异事竞歌咏。阛山高列慈水萦,山同贞固水比清。丰碑矗立志颠末,千秋万载垂芳名。君不见,辨琴少妇偷香女,披星行露招莺侣。博得腥闻悔莫追,对卿应愧头难举。又不见,腰金纡紫登朝客,空言节义凌金石。一旦临难忽偷生,甘将秽迹污史策。读书万卷夸风雅,志何反出吾侪下。威武莫屈富莫淫，弄璋岂必胜弄瓦。我今搦管骋俚词，聊将贞烈说人知。他日枫廷搜芳烈，待看花封旌表下丹墀。

虞氏

号簪青女史，慈溪人。监生裘伯春室。

病中述怀

未曾研墨意先痴，病况缠绵强自支。泪纵能干仍有迹，语多难写转无词。妆台梦断春风里，绣阁愁添夜月时。书罢小窗人静悄，聊凭一纸寄君知。

多少忧怀竟未消，为君萍迹寄书寮。好花着意开三月，芳草无情送六朝。敲枕梦魂松绿鬓，满腔诗拍懒清宵。不堪灯烬黄昏后，杜宇声声唤寂寥。

余云贞

字纫兰，山阴人。慈溪候选道叶仁妾。

题烟屿楼诗集

我歌黄鹄八年久，墨花零落砚尘厚。固知结习难尽除，敢向雷门击秦缶。迩来祺儿为我言，吾家姊丈真诗叟。平生有诗三千篇，举世无能出其右。天公生才还忌才，下命六丁搜二酉。焚余之草什二三，秋来为付手民手。我携其诗向镜台，光明磊落无尘垢。经生之学才子文，人情物理纤毫剖。有如白氏长庆编，虽我老妪解八九。东床坦腹记当年，此腹不须呼负负。吁嗟乎！寻常诗卷累万千，大都供人覆酱瓿。焉得清新如此集，珪璧之宝金玉寿。却喜吾儿从之游，挂名大集同不朽。

张雪岩

慈溪人，式陶女。奉化诸生陈绍之继妻。

《奉化县志》：张氏雅晓经史，工吟咏，年二十归陈，未匝月，夫亡，姑在堂，一家数十口内治井井，前室遗子二幼者在抱，张竭力抚之，亲课经书，长子汉昭成县学生。性幽静，暇辄以诗自遣，既以闺中笔墨不欲流传，悉焚之，故所存无几。

家大人示以慰别季女梅岩诗，敬次元韵即赠梅岩

一别谁堪此，相思无限情。丈夫虽不禄，小子定成名。锡典他年事，同心旧日盟。但知完节孝，岂合负平生。

夜坐有感

孤灯寂守黯伤神，同穴何难了此身。堂上有姑今已老，眼前遗子未成人。凄凉属托分明在，憔悴容颜记忆真。谁耐礼坊禁夜哭，徒教血泪渍罗巾。

哭夫四首 录二

病无医药甘同死，嘱有遗言忍暂忘。白发衰亲黄口子，教人何处不心伤。

付我遗孤语万千，一儿在抱一髫年。可能得见成名日，了此微忱慰九泉。

秦氏

鄞人。诸生运锷女，江西建昌知县董沛室。

刘艺兰孝廉曰：恭人性婉娩，事姑邱太宜人备极孝养，姑年高，午夜始寝，恭人必伺其熟寐乃归己室。同治癸亥，姑殁，恭人方卧疾，不能视含殓，朝夕哭不绝声，越四日

亦卒，咸以为死孝。

自题对月图 集唐

万籁此俱寂，披衣觉露滋。可怜闺里月，倚立自移时。
常建、张九龄、沈佺期、李商隐。

香雾云鬟湿，凝情自悄然。高楼当此夜，散步咏凉天。
杜甫、杜牧、李白、韦应物。

周妏妖

字绮霞，吴江人。慈溪叶鸿年室。

烟屿楼诗集题词

红蕉青照代留传，余家自高祖宫保元理公后，代有诗文集行世，《红蕉馆》《青照楼》皆家集名也。还记垂髫学诵年。来到四明添眼福，又随夫子校新篇。此集为夫子所校刊。

聱牙诘屈自矜奇，三百篇无费解诗。今日停针披大集，行间字里得吾师。

悼亡绝句最酸辛，情到真时泣鬼神。侬为小姑弹旧泪，可怜无福伴诗人。

花晨月夕坐弹琴，流水高山太古心。余受琴法于姻娅陆夫人。若谱卷中新乐府，激昂定有绕梁音。

汪素

字珊珊，慈溪人。贡生董葆琛妾。

和主人新居原韵

久抱恹恹病，无心掠鬓蝉。掩奁愁晓镜，抚瑟怨秋弦。月上初三夜，人居尺五天。隔邻谁氏女，低唱想夫怜。

唐氏

江西新建人。连照女,字奉化诸生竺渭。

《奉化县志》:唐氏幼聪慧,读书知大义,长字竺渭,未归而渭卒。唐闻之,欲奔丧守志,母不允,欲以身殉,以母在悲不忍离,日夕饮泣,郁郁致疾,未几卒。光绪十九年,学使陈彝以"志遂同归"四字奖之。

绝命辞

昨闻凶信暗消魂,独坐停针懒刺纹。帘卷却看双燕入,低头无语泪纷纷。

生同居址死同年,岂有同心各一天。寄语竺家休弃掷,好收朽骨葬郎边。

刘韵

字绣琴,号赠梅,江西南丰人。定海同知国观女,鄞县官台湾凤山知县黄家鼎室。著有《红雨楼诗稿》。

采莲曲

整花钿携画,桨双叉燕尾。波心荡卓午,莲枝碧伞圆。迎人花气红香盎,橹到浮萍一道开。低鬟人拥绿云来,绿云深处数枝好。小立亭亭颜色皎,水中花影镜中人。平分冶艳知多少,携君软玉姿系我。鱼绫素宛转,入花深不记。来时路花中,仿佛见红墙。珠箔晶帘四照光,折叠阑干波上影。绣茵三十六鸳鸯,露冷花房有人待。舫帘瞥见郎君在,嫣然一笑话离情,罗袜临波香共采。采莲莫采藕,藕断丝连心忍否?采莲莫采蓬,绿心含苦太愁侬。愿作双双花并蒂,不将憔悴怨秋风。语阑一响金钗堕,洞房依旧窗横锁。月白风凉不见人,低头含笑花双朵。

暮秋病起

年来多病减形躯,离得吟床若梦苏。理鬓姑将尘镜拂,添香犹倩侍儿扶。懒收红叶题金管,瘦爱黄花插玉壶。最怕小窗风雨夜,一灯秋色冷罗襦。

秋夜

夜静人俱静,天清月更清。水晶帘外望,冷露湿无声。

台江放舟

烂漫风光二月天,杏花红映柳溪边。蒲帆趁得东风便,遥指垂虹入暮烟。

莺花历乱柳千条,风送轻舟度画桥。十里台江新绿涨,斜阳影里酒旗摇。

《四明清诗略》卷三十一终

四明清诗略卷三十二 补遗

鄞　董沛　孟如辑

王雅

字思绳，一字羽墀，慈溪人。顺治己亥进士。官至吏部郎中。

《宁波府志》：雅初授南靖知县，以外艰归。服阕，补吉水。吉赋额旧分四则，时值清丈，当事者欲改为一，雅以吉田肥瘠不等，按田科赋正得其平，持不可，卒从其议。江右经兵燹后流亡未集，部议垦荒多者即予升擢。前令因捏报九百余顷，摊其赋于里甲，民逃亡益众。又山民恃溪洞险恶，率逋负成习。雅至，痛陈其弊于抚军，得题请豁免。又招来其负固者，屏耗羡平，权量民输，赋如归凤，逋顿清。以才擢户部主事，洊历吏部验封司郎中，在官以清慎称。

谢拙岩和尚开示

招提传五磊，意履长相谋。微阳暖冬序，撰策成兹游。螺径盘九曲，象泉带鸣彪。涌殿压山破，琅珰动金镠。山川经洗削，何处著行驺。忆昔文德中，璇题焕雕髤。日月转双毂，蘧庐历征邮。再来鹤骨老，碧眼照丹丘。坐穴榻成井，胁席违春秋。薝卜不可遏，孤月印九州。纵作铁门限，桴扣谁能收。我来礼白足，蕴义疏重幽。饫我林泉味，冰雪净肝喉。但愁增七慢，未获证三休。师笑了无碍，圣谛在归求。义出威音外，神理恣冥搜。睇彼山头米，炊烹慰饥调。大类家东亭，风垢苦未瘳。脉脉卧云心，何年委鹿裘。回首山月影，绮语忏磨兜。此诗亦何为，点画了不留。聊申别来意，碧云天际头。

徐嵩高

字岵钟，号磊园，慈溪人。诸生。著有《磊园编年诗删》。《慈溪县志》：《磊园编年诗删》四卷，郑羽逵序之，谓磊园是集为康熙甲午后二十年中之诗，经反复删改得八百首，幽吟密咏，有合于风人之旨。

忆东武旧游

昼永摊书坐岑寂，胜友东武每相忆。并马春郊醉帽斜，西庄给事犹争识。台留城堞号超然，熏风时拂髯公前。霜叶秋山满九仙，良朋招我白云巅。围炉雪夜分题处，伊人早向金门去。雪浪潮生琅邪西，枕边风雨听凄凄。酬唱雅人多深致，月色鸡声欣不寐。叹息此景难再逢，朝朝服暗耳复聋。听人轩渠磊园翁，咫尺云门路不通。

哭冯文溶 录一

绝塞埋亲骨，孤坟掩夕晖。如何风雨夜，又见旅魂归。麦饭千年恨，书香一线微。亲朋零落尽，谁与叩柴扉。闻舟行至丈亭，属从人呼其徒沈安之而不应。

读郑寒村先生诗集

诗到先生才是真，传灯谁续后来身。寒村余韵标千古，灌浦流风属半人。飞跃胸襟见道学，维持名节在君亲。夜深读去几忘寐，不怕高声惊鬼神。

为嘉兴包文玢题梅花帐 录一

东皇消息逗先春,墨汁淋漓迥出尘。半幅素缣藏涧壑,一枝老干伴松筠。榻前疏影随风动,枕上幽香入梦频。为问北窗高卧者,悠然可比葛天民。

雪后同李龙川云起昆仲暨臧士楷过铁园访友不遇分韵 录一

惯是徐生作浪游,名园寻胜共群流。藤梢屈曲连天迥,石径苍凉列壑幽。雪积悬崖檐带月,风摇老树屋横秋。此中应有柴桑子,酒敌人寒破瓮头。

游五莲山

留人夜月宿云堂,起看山云浑渺茫。幽壑龙蛇蛰深窟,寒林猿鹤啸清霜。千层石浪浮天际,万仞楼台逼海疆。无限尘缘思扫却,晨钟几度醒黄粱。

薄暮同桂季俎坐话偶占

闲阶坐看晚鸦飞,共有乡心对落晖。叠翠将辞春烂熳,残红犹点树芳菲。无才难卖文为活,薄俗谁怜曲和希。投老江干欣有约,相期尊酒过柴扉。时季俎已拟南归。

郑中节

字发之,号诎斋,慈溪人。性子。著有《游秦草》。

《慈溪县志》:中节有《游秦草》,余集序曰:君幼承庭训,务为有本之学,性倜傥,负气节,读书不屑章句。家故多藏书,辄杂览经史以及五行九数青乌之学。短衣驰马习射,意豪纵类侠。早岁游秦中,涉泾渭、登汧岐,壮志激越,悉宣渫之于诗。著《游秦草》以自见。

棉花

草棉乘昼吐,白贲宛生辉。命子提筐去,纷吾满袖归。腰非因禄折,絮可敌蚕肥。拾橡当年咏,况为寒士衣。

邵洪

字海度,号双桥,鄞人。基孙。乾隆辛卯进士。官至礼部右侍郎。

《鄞县志》:洪以主事屡承上眷,主考湖南,提学河南、四川,皆以廉明称上意,骎骎向用。会用事者忌其刚直,回翔郎署十余年,始得江西抚州府以去。洪抵任,平庶狱,决滞案,时有邵青天之目。洊升江西布政使,尽屏藩司陋例,约束胥吏,搜剔弊端,又节其养廉以济公。调安徽,治如江西,皖人怀之。越年以病解任。洪既持廉,至是益困,告贷于里之有力者,始得归。病瘥赴京,授太仆寺卿,累擢礼部右侍郎。年六十九卒。

赠徐柬圃 并序

徐君东圃与予虽居隔城乡,然相违不逾十里,一苇可航。又与予年齿相伯仲,君自幼从李元音先生于舍左,而予从叔丰来,南金、友康诸公,实与君同学。时予从郭先生游,窗棂对望,相与往来讲贯,匪伊朝夕。日君以《鉴汀八咏》流播,才名噪于里党,予耳熟之,心重君久矣。未几,南北奔驰,遂无因把臂。兹为官守所拘,迹益暌阔。去冬蒋娥野世长先生以书来,谓今春三月二十四日值君四十初度,索予诗词,予自维学殖久荒,兼之公事殷繁,岂复能调声律。偶乘隙暇,率诌五言四首,即以草本缄寄蒋公,托其改削,缮录代呈,幸勿以芜语见哂也。

盈盈鉴川水,冉冉细湖云。相望一城隔,宁辞还往勤。
我亦年相若,无闻愧昔贤。多君娴著述,丰度更翩翩。
忆昔从师日,研经得小明。于今荒落久,敢诩主文衡。
一官拘职守,无自快登堂。邮致吴趋曲,聊当介祉觞。

周鲸

字百川,号近溪,象山人。乾隆甲寅岁贡。著有《近溪诗文集》。

《象山县志》:鲸秉性刚直,博学多文,学使窦光鼐器之,以优行报部。主讲缨溪书院,于后进多所成就。

十三间楼怀古

蔚然深秀湖之山,清且沦漪湖之水。水涯山麓有高楼,一十三间向湖起。临湖台阁何纷纷,画栋雕梁斗侈靡。游人车马杂沓来,聊聚宾朋谈笑尔。轩名胜雨亦殊奇,好与黄堂称有美。邺侯一去不复还,言念香山长已矣。民无斗粟釜生尘,漕取江潮舟入市。满眼荒凉孰与图,天遣苏公作刺史。问俗先将弊政除,饮食教诲无虚晷。偶登楼上望湖光,筹筑长堤三十里。芙蓉杨柳植堤边,非为千红与万紫。我朝慎择长官贤,来守武林多似此。前人旧迹后人留,蔽芾甘棠戒勿毁。至今六百有余年,绀碧飞檐映芳沚。

题倪子云莱旅游计程诗 录二

旅况殷勤寄笔踪,非关青兖拓心胸。长途骤阻连朝雨,
_{云莱《邳里坐雨诗》:"天心应悯长途客,驱得晴虹上崲阳。"}孤枕惊听古寺钟。

燕山风景果何如,紫禁仙班会碧虚。权借玉河桥畔室,闲闲拟作白云居。

倪辅清

字翊昭,号缄斋,象山人。嘉平子。诸生。著有《娱老吟》二卷。

《家传略》:先生为泰庵先生长子,少读书,兼善园圃植艺事,以善养其亲称于时。

送周环溪先生赴海宁学

奉檄辞桑梓,飘然主众英。山乡减异席,海畔得司衡。琴室春弦远,蔬盘夜月明。湖山多宿彦,好与订诗盟。

读竹东史雪汀先生梅花诗即次原韵 录一

竹东诗思擅三唐,吟到梅花只自忙。倡和共二十三人,诗三百二十首。庾岭烟横几树冻,孤山月白一枝芳。冰姿冷冷行间瘦,雪艳深深句里香。自是巡檐夸独步,不教群卉斗春妆。

任绍曾

字陔南,号樗斋,镇海人。诸生。著有《樗斋诗草》。

吟余斋即事 在真如庵南首

湖山一带环溪流,湖云掩映林东头。湖风吹入萧斋里,虽坐炎夏如深秋。数间梵宇称幽邃,古脊疏檐殊高雅。鸟声呼唤自尔汝,俯啄苍苔碎鸳瓦。绕屋数株青虬松,间以万个苍筤竹。高枫森森围墙前,萝薜阴阴蟠径曲。晓来时觉林气清,日晚转爱林光薄。疏星淡月相流连,对之堪消尘万斛。更从三径树芳菲,嫣红姹紫纷增辉。倦来趺坐花之间,零落香气沾人衣。或听铃铎随清风,或闻梵响生空殿。冷然诸天澹于水,飘忽疑登白云面。我于此中日复日,检点身心多暇逸。萧然笑傲凌羲皇，襟期悠悠无与匹。兴来兀自展书读，一榻晚凉如有约。沉吟把卷不知夜，磬声催月上高阁。

曲径

曲径行将尽，徘徊兴未阑。白云茅舍晚，落日乱峰寒。露气闻香稻，烟光失远滩。一声林外磬，顿觉太虚宽。

寒食

书幔朝来卷，空斋坐渺漫。云阴迟晓色，花雨怯春寒。阶草含愁碧，莺声逐梦阑。凄其绵上事，怀古一长叹。

省试道中

昔年曾此停舟楫，今日重过系梦思。零落古祠荒陇外，冥蒙暮雨晚潮时。山阳邻北闻长笛，司马城南忆柳枝。十载不堪回首处，河桥烟树影离离。

高桥怀古 录一

一声鼓角起边愁，玉辇仓皇过此州。不见都堂筹五甲，空闻提领奏千舟。帆樯隐下东津渡，旗帜犹明奉国楼。日落亶洲云影合，蓬莱凝望思悠悠。

哭亡友柳郡博

两载鳞鸿寂不闻，山南山北望中分。七松尚志幽栖宅，五柳旋传自祭文。夜雨他年同剪烛，黄垆此日独思君。一眶洒落西州泪，蔓草荒凉起夕曛。

李昌黎

字芗墅，鄞人。诸生。

春雨

春雨滞春寒，凭窗拨闷看。湿云浮远岫，新涨急前滩。莫叹韶华易，还歌行路难。斋居浑无事，拂拭几琅玕。

迟殷代钟权不至

与君交契率天真，两地为宾喜作邻。君馆邑东大嵩，余馆盐场。嵩所峰连金雀岫，芦江波接玉泉滨。寻梅曾速襄阳驾，修禊何拘上巳辰。报道东人醅正熟，一尊相对莫愁贫。

周召

字爱亭，鄞人。嘉庆甲戌岁贡。著有《思位轩诗文抄》各二卷。

《家传略》：君年十六补弟子员，旋食饩。生平留心文献，沉毅急公，一乡善举，经其规画，累世赖焉。年七十五卒。

东溪访九成

偶领清幽趣，陶然惬素心。青山环小屋，绿水媚芳林。鸟劝尊中酒，蝉鸣树上琴。悠悠盘谷里，随意短长吟。

登振古寺闲眺

棋峰依旧插云间，林木萧疏剩半山。曲径斜穿藤蔓蔓，敧桥低压水潺潺。坞花带雨迎人泣，院竹敲风和客闲。最是凭山吟咏处，壁泥零落绣苔斑。

李圣就

字景伊，号菁江，鄞人。诸生。著有《菁江诗抄》。

同诸子游天童寺

独居少欢惊,悠然兴遐想。卬须招我友,共此中林赏。兹山名禅宗,遗迹犹萧爽。崇兰荫广坂,密竹交林莽。岩岭窈然深,云气时下上。长廊寂无人,檐铎自摩荡。天寒众鸟喧,风落百泉响。语默各自闲,于何劳尘鞅。名山与故人,相得真无两。别去望东峰,相忆还惆怅。

杨和王庙行 祀宋将杨存中,在县西高桥

汴京一夕传烟烽,强敌已据艮岳宫。一龙南渡何仓猝,追骑还过浙水东。高桥桥头树战矗,杀声疑震武安屋。野旷天清金鼓酣,惨淡惊沙满人目。诸军奋勇肯顾身,谁其健者髯将军。杀敌拌不留寸草,战血洒作东南春。晋朝漫说珊鞭迹,宋室终成泥马勋。徘徊此事几千载,沙场磷火今何在。耕夫拾得败镞归,换酒桥边歌慷慨。我闻中兴诸将俱有名,韩家岳家盖代英。挥戈誓抵黄龙府,传酒犹夸金凤瓶。庙堂竟用和议策,忠臣有恨徒填膺。是时将军更何事,百战功名老环卫。五国城头宿草荒,叹息雄姿成坐废。君不见,将军勋烈并方召,铁山张俊号。军威亦照耀。千秋论定说贤奸,丰碑只署和王庙。

上巳游它山

绀水湾湾绿,春山段段明。好花回客路,芳草系人情。江饮溪流淡,沙吞树月清。百梁桥上望,潮落几时平。

龙山晚眺

路入万山岑,萧萧枫木林。孤城悬落日,大壑起秋阴。峡势围天险,河流入海深。当年信国垒,凭眺独沉吟。

登塔山至清道观

山势崟嵜未易扪,登临转欲尽天门。望穷险仄开殊境,行历穹窿谒上尊。风度石坛钟响远,月涵琳宇茗烟昏。张公碑碣留遗迹,待拂蛛丝细讨论。

同魏星岩登招宝山

盘空磴道上崔嵬,地尽平原雉堞回。半壁孤撑天堑险,大江东去海门开。叩关绝徼新通市,御寇严城旧筑台。今古凭临无限意,百蛮风雨卷潮来。

李黄琮

字鲁佩,鄞人。著有《颜渠诗抄》四卷。

佛陇岙道中

异境人间有,当前每不知。云开山骨瘦,风动水容怡。茶客争前路,舆夫问后期。几多花鸟意,总付在新诗。

重九日徐氏馆中感兴

身世蹉跎五十秋,每思往事只低头。弹冠莫慰长缨请,落帽空怀短发羞。红蓼岸边回塞雁,白苹洲上没沙鸥。一尊菊酒频斟取,醉里华胥付梦游。

丙辰冬寓瓯郡,同陈云树茂才游飞霞洞,有题诗石壁者,依韵和之

深冬天气更清华,古洞登临带晚霞。真诰不须搜道藏,相传有真人修炼于此。浮生何事滞官衙。时在从兄绮亭戎幕。松盘怪石风霜劲,藓剔残碑岁月赊。只此眼前谁指点,数行旅雁落平沙。

胡琅

字晓渔,一字清乐,慈溪人。诸生。著有《养拙轩诗稿》二卷。

柯讷斋先生序略:晓渔襟期洒落,为文操笔立就,诗自香山、剑南外,泛滥元明,故所作超逸自然,不假雕绘。

游支山寺

古刹尘缘绝,纡徐曲径通。烟云飞别殿,钟鼓出深宫。鹊噪松风外,僧归竹韵中。读经眠石上,俗虑一时空。

山行

荒径断人行,唯闻山鸟鸣。松乔无觅处,隔岸有樵声。

泰僎

字北湖,慈溪人。贡生,候选训导。

大宝山朱将军临阵殉节恭纪

大宝山头雾障日,将军奋起整军律。敌人闻之心胆寒,定海三忠葛郑匹。自列戎行四十年,横草功多金石勒。区区鬼蜮不足平,嗟我师期胡不一。棘门霸上皆儿戏,远驻长溪未敢出。冲锋御寇恃孤军,阵云倾隤海水立。吁嗟乎!成败由天不由人,霎时飞樯飞弩内江逼。公谓男儿立志在此时,士卒争先期必克。麾下不满五百人,亡者大半填沟洫。杀虏过当敌亦创,贼兵不西将军力。将军之子本将种,英风烈烈侍父侧。左右孤军决死生,身冒矢石拚残息。死则惨兮名则荣,大书父子同日阵亡于史笔。帝曰"尔贵忠义朕悼焉",暨汝昭南并命议优恤。九霄雨露贲重泉,藐孤孙綗仡班秩。勇战沙场积数传,逮公父子光世德。吾乡周君好义士，集赀构宇崇庙食。浩然之气还太虚，登堂赡拜意何极，君不见，山南有桥北有梓，万古英灵此凭式。桥梓尽日风怒号，犹疑军令大声叱。

董学履

字樵孙，鄞人。澄川曾孙。咸丰癸丑进士。官广西庆远知府。

杨理庵检讨再典湘试赋赠

三年重过楚江滨，星使频来证凤因。胜地芷兰多恋旧，公门桃李又栽新。名场佳话应传诵，后辈英才更绝伦。苹野既赓思泮水，胶庠还乐荷陶甄。

将才本羡楚邦多，争向疆场奏凯歌。自有宗工持玉尺，不烦良士荷琱戈。兰芬好撷灵均艳，棠芨曾经召伯过。他日新昌重宴集，北堂献寿乐如何。

《四明清诗略》卷三十二终

四明清诗略续稿卷一

鄞　董沛　孟如辑

董沛

字觉轩,号孟如,鄞人。岵子。光绪丁丑进士。官江西建昌知县。著有《六一山房诗集》。

董缙祺撰《行状略》:府君具异禀,七岁能诗,稍长学古文,遍读家藏书,并借观他氏及杭州文澜阁所藏,学极淹贯。同治中修《鄞县志》,徐柳泉舍人引与共事,舍人殁,府君总之,书出,咸称殚洽通籍。后服官江右,充《江西通志》详定官。

历权剧邑,所至修举废坠,甄陶士类,表章前哲,有古循吏风。补建昌,值水旱之灾,为民请命,不惮忤上官之意,抚军潘公特嘉之,其荐疏有云"勤敏精能,尽心民事"。历任各县,判决如流,兴复水利堤工,士民爱戴,皆纪实也。旋引疾归里,当道延主辨志、崇实两书院,讲求实学,士论翕然宗之。

尤留意乡先辈著作,全谢山先生《七校水经注》原本为有力者窃据,乃搜求底稿校勘付梓。督学潘公续辑《两浙輶轩录》,宁波一郡属府君主政,因有《四明诗略》之辑。生平著述甚富,已刻者《明州系年录》七卷、《两浙令长考》三卷、《甲丁乡试同年录》三卷、《吴平赘言》八卷、《汝东判语》六卷、《南屏赘语》八卷、《晦暗斋笔语》六卷、《甬上宋元诗略》十六卷、《六一山房诗集》十卷续集十卷、《正谊堂文集》二十四卷,其余诂经、榷史、纪事之书多手稿,未整比,大半散佚,可惜也。

忻江明曰:先生至性人也,事母邱婉愉色养,殁后遇忌日,辄悲涕不胜。处兄弟推甘让善、友爱甚挚,抚从子不异所生。尤爱士,奖借后进,如恐不及。江明谬蒙知爱,自为馆甥,亲授经史及古文法。江明稍有知识,皆先生教也。先生文以柳州为干,参以《庐陵集》,凡二十四卷,身后,江明与门下诸君校刊之,当时以筹措刻资未能尽汰应酬之作,至其精诣处实足与湛园、望溪抗行。诗则根柢三唐,浸淫汉魏,感时、咏史诸作尤为隽上,盖先生渊源家学,泛览四部。六一山房藏书五万卷,寝馈其中,于史学为专长,故发为文章,详赡疏达,宏深博雅,卓然足以成家。而为吏极廉,归自江右,所余宦橐悉置圭田,身后家无余资。嗣子运水、茂才早卒,少子亦楣亦殇,无人能读父书。江明饥驱奔走,未暇理董,遗书、手稿散失殆尽,录先生诗不能无西州之痛云。

偶作

积气为天,高高无门。下视万寓,虮虱缘裈。杯水堂坳,群蚁洪潦。谓有报施,神道设教。

政令无常,旱涝斯变。嗟哉愚民,为吏受谴。闯献大劫,天降杀星。流血赭野,雷霆不惊。

纬书谈天,崇奉五帝。佛家卑之,诸天旁侍。西人曰噫,天主独尊。一倚一伏,斯理互根。

杂拟汉人诗带甲满地,蹙蹙靡之。抒愤成歌,以代恸哭。
篇首皆汉人句也

一

城上乌尾毕逋,城下官化为胡。毡冠革履从番奴,出自北门行且趋。北门之北长江流,千年不洗逃官羞。

二

是耶非耶,睨而视之。昔为使君,今为养马儿。老妇嘻嘻儿弗悲。寝我床,衣我衣,寇入我室,为言儿病危。使君无恙,他日当相依。

三

战城南,堕城西,城头百尺高,下有积尸恨。不作灰与土,县官堕城折右股,求死不死泪如雨。

四

侯非侯,王非王,鼓渊渊,旗央央。小民罗拜献酒浆,舒凫舒雁鸡豚羊。号曰进贡赍盗粮,欢呹举国纷如狂。

五

红尘蔽天地,大寇踞州衙。纷纷下符印,区画乡民家。万家置一军,百家置一卒。假彼周官名,太平岂无术。开局东南西,大小相綮维。大局乡官尊,小局乡官卑。乡官媚千岁,搜括无余资。再拜陈州衙,勿顾乡里私。

六

高田种小麦,低田种水稻。粒粒盘中餐,农夫自求饱。一亩索千钱,征粮太苛扰。乡民鬻妻儿,乡官书上考。

董沛

七

一尺布,一缕丝,折叠黄竹箱,辛苦女红机,寇入我门无子遗。无子遗,且弗悲,邻家有女作贼妻,朝朝为贼缝战衣。

八

举秀才,举孝廉,昂首日月中,尔颜胡不惭。纷纷求贼官,扬扬趋州城。求之既得乡里荣,奴视戚党民父兄。求之不得受贼刑,匍匐杖下逃残生,泥首犹作哀猿鸣。

九

凉风起兮天陨霜,悲莫悲兮母终堂。朝夕奠兮丹巾而红裳,乡官之制兮无私丧。

十

练时日,谢南阙,维家王之恩,尔俸尔秩。贼称伪主曰家王,以兄弟序也。二月初吉日,唯上丁释奠先师,跄跄孔廷言,受厥胙言饮厥福,谓溪水之清兮而河水之浊!

十一

茕茕白兔,韩卢逐之。青青子衿,萑苻辱之。拜手稽首,虮虱小臣。颂明大王,乃武乃文。巍巍高门,有车有马。宴乐嘉宾,酌以大斝。维鹰斯爪,维虎斯牙。谓尔无名,尔名孔嘉。

十二

山树高,斫为梁。亘崇祠,俪明堂衮冕衣,金玉装。炳燎烛,荐膏芗祷福祉,宜吉祥。神哉沛,灵之长。玄黄战,土木殃。乌啄屋,鼠穴墙。裂帷幔,灾桷宋。攫首臂,搜肝肠。佛清净,鬼跳踉。阴冥冥,天茫茫。

十三

薤上露,何易晞,原上骨,何累累。故鬼哭,新鬼啼,掳人以为兵,兵出不得归,今日调诸暨,明日调天台。时二县俱起义兵。

十四

相逢狭路间，黄巾联袂行。谓妾好颜色，取酒还共倾。火伴六七辈，牵妾登高楼。妾年十二三，罔顾颜面羞。前者既相干，后者迭相和。怯怯含苞花，经风自摧挫。黄巾乐复乐，贱妾死沟壑。弃尸狭路间，日暮啄乌雀。

十五

悲歌可以当泣，冥想可以当书。寥哉天地，郁乎独居。饥无粟，寒无襦。嘻吁欷，臣朔读万卷，不如侏儒。

出门

梧桐一叶落，古树皆成秋。出门百日期，如怀千岁忧。理我安道琴，添我平仲裘。检视囊箧中，催仆登行舟。寒蛩织篱落，独雁凄汀洲。顾此百端集，黯黯生离愁。

再拜辞高堂，高堂病在床。低言嘱诸弟，汤药须亲尝。有妹年及笄，未嫁依母旁。声声问阿兄，何时归故乡。去时丛桂开，叶底凝秋霜。来时岭上梅，料有南枝香。是科秋试改期九月。

宿昔谈诗书，意不慕荣利。只缘亲在堂，乃作禄养计。风云无定期，莘渭有遭际。抗怀古贤人，时来不可避。而我风尘中，碌碌困征骑。翘首天门高，初愿渺难慰。

徐柳泉舍人延余校宋元四明志，即事有赠，兼示陈子相明府 劢

百家地理书，厥祖始夷坚。郡国有计簿，乃在班史前。吾乡建州号，肇自唐开元。有宋大观初，图经始成编。作者迭相继，文藻辉山川。到今七百载，枣本无一传。传抄付写官，谬种相流沿。壶矢并为乐，益稷分为篇。曹部无

董沛

正声,谁识宫与轩。岂曰有宋存,殷礼吾能言。

吾爱徐孺子,万卷罗高阁。连年兵火中,犹寻读书乐。眷我桑梓乡,文史正穿落。旁搜百氏言,精究六艺略。连缀改定之,一手自删削。述者之谓明,其功乃逾作。南里不失真,东沙已殊辙。下逮闻曹书,泾渭更无别。徒佟新义陈,罔顾旧文轶。间或稗贩之,古人意愈失。岂真兰台经,行贿改以漆。三豕或渡河,谁识己亥日。唯君发旧藏,论古有真诀。博收天禄书,一一证吾说。因博以致精,河间事求实。幸此六帙存,金瓯已无缺。校书如拣金,披沙每见宝。一览谓了然,何由测微杪。于时陈太邱,衣着遂初早。邮筒日往还,相与证幽讨。此君故善疑,因疑乃生巧。每于一线中,时辟康庄道。文懿能补戈,荆公戒扑枣。空山有落叶,时时为君扫。不见通鉴成,两屋满堆稿。

贱子少食贫,托钵走四方。著书杳无期,辜负日月长。唯君知我心,招我登君堂。寸寸袜线才,奚补天孙裳。望洋起长叹,目眩金碧光。敢以蠡测深,与海较斗量。咸淳志临安,景定志建康。未若吾乡书,汇入天府藏。行当十匹酬,罗列几与箱。传抄八千纸,纸价贵洛阳。

题卢孺人秋灯课诗图孺人黄岩人,王弢夫孝廉,彦威之母也

凉飔起天末,露下明河低。高楼一星火,讽诵三百诗。王家阿母贤,能作闺中师。有儿露头角,隅坐亲教之。证以毛郑诂,参以骚选辞。儿也凤颖悟,听之亦解颐。吁嗟岁在丑,乃遘风木悲。无母竟何恃,凄恻披灵帷。念我读书乐,逝者不可追。呼工写为图,如对亲在时。母本范阳望,生具明慧姿。割肉起父病,笃行人所希。昔日事父孝,今日为母慈。慈亦母恒德,而复严课稽。一编《焦尾稿》,孺人遗诗。口泽杯桊遗。珍重此篇什,行当付枣梨。长空独

雁叫，荒圃寒螀啼。挥泪题此图，我亦无母儿。

题汤贞愍贻汾画像

金陵王气收，地道火雷震。将军虽寄公，_{贞愍，常州人。}一死亦臣分。狂寇自西来，千里无坚阵。大帅昏不知，献策且遭摈。_{贞愍上《攻守十二策》，总督陆建瀛不省。}义旅空结屯，疲卒半投刃。眼看孤城危，誓愿以身殉。茫茫狮窟中，_{贞愍别墅在金陵城北，曰狮子窟，亦作诗之窟。}图籍共灰烬。阊门投鱼池，清流当埋殡。忆在承平时，儒将寓名郡。南朝好江山，风雅写遗韵。节彼龙门开，从游得才俊。谁称都讲生，高弟有文进。死别逾十年，无由哭灵榇。敬爇一瓣香，追摹旧须鬓。_{像为门下士戴君云所追摹。}画笔师所传，神注貌相印。能起观者心，瞻仰斗山峻。将军年古稀，海内播声闻。三世皆国殇，_{祖父殉节台湾。}风雨泣残磷。自有真气存，丹赤在方寸。上受天子褒，泉下复冥恨。昔读将军诗，烟水蘸余润。_{诗集已刊行。}今观将军像，身死气犹奋。再拜书赞辞，用以表忠荩。同此沉渊悲，大招续天问。

博阳山

出郭经博阳，云是敷浅原。其山甚卑小，始见商周前。高平与广平，释地非释山。或指匡庐峰，于义殊不然。古志称傅阳，敷傅音近遄。讹写乃成博，谬种相流传。积久弗可改，谁能辨乌焉。博亦宽广意，何必求高巅。夏史文简质，两字括真诠。我以目验之，笑彼诸传笺。斯地实敷浅，脉络交蜿蜒。望文可生训，索解无多言。万事贵亲历，证我心所安。徒区汉宋界，犹觉持论偏。

董沛

题潘峄琴学使衍桐缉雅堂校诗图

若昔仪征相，编录《輶轩诗》。猥以两浙名，致受瞿君讥。

唐宋两浙兼有苏常润，即今制盐政亦兼苏松，故瞿木夫讥其称名之误。要之采风职，于古有专司。煌煌五十卷，不愧风雅师。旷隔百余年，公来一继之。条例仍旧贯，辙迹相追随。驰书遍属郡，宽以周岁期。命彼选事者，盍各举所知。纷纷送都会，某某咸在斯。譬诸深山璞，难免醇中疵。唯公总厥成，手挈骚坛旗。虚衷握明镜，屡照神不疲。岂唯当代英，珊网搜无遗。实令长逝魂，亦感知己私。幽光发潜德，名姓如列眉。英灵傥不泯，泉下应涕洟。走也预分纂，努力供指麾。扁舟远道来，抠我登堂衣。披览校诗图，群彦争留题。聊复缀片言，敬赞游夏辞。

平陵东 有序

古乐府有《平陵东》一篇，哀翟太守作也。余谓：西汉之季几人称帝，几人称王，若不以成败论，则统莫正于数月之孺子，而佐孺子以起兵者，平陵人方望也。哀其事，谅其心，即乐府旧题作诗以表之。

平陵东，太守门，人哀义公平陵东。我吊方望之孤忠。方望平陵人，西州尊为宾，长安不能召，天水不能臣。渐台传首新莽死，平林下江拥更始。更始刘宗非故君，王郎公孙何论矣。帝在定安二十年，孺子其王吾事旃。临泾草草谋兴复，只手关中成一局。岂不知，萧王奋起大河北，天命真人眷有德。岂不知，南阳济济附鳞翼，四七星垣拱辰极。故君尚在一线存，草莽微臣敢惜力。臣不惜力臣心痴，天之所废不可支。丞相李松作封豕，君臣骈首死东市。望虽死，望不负孺子。望不负孺子，望不负高帝。如何平陵东，不哀方望哀翟义。

梁湖大水歌

梁湖六月多水灾，我独胡为从军来。罡风阵阵挟龙气，雷鞭一掷山门开。连旬急雨万矢疾，贯入危墙劲如铁。溪流下注河流高，巨浪排空滚飞雪。楼庐出没波涛中，城门如桥篙楫通。曹娥决口不复合，大江故道西混东。居民畏死向舟伏，巨舟倾侧小舟覆。朽棺乱窜入人家，鬼亦无乡可受哭。鸥鹭上树争鹊窠，树头系缆渔船多。渔船有鱼不得买，我亦无米愁奈何。钱唐破阵载歌舞，栖亩余粮剩荒土。奉檄追租不得迟，老农低头泪如雨。西来寇盗蟠三吴，湖严接境形势孤。如何腴田化泽国，大兵竟与凶年俱。高高者天亦难恃，忍使吾民作流徙。我生之后逢百忧，重以追呼酷刑死。中逵中泽啼哀鸿，宰官但说仓储空。平生不识救荒策，令我太息富韩公。噫吁嚱，令我太息富韩公！

放歌行

一日一醉身飞空，鹑衣为鹤车为龙。天门訣荡两蛟倚，以额叩之帝为启。群仙衮衮趋早朝，珿衣玉节金步摇。蓬莱产芝三万本，我落其实青不凋。

东家桃花李花白，西家女儿好颜色。李花落尽桃花飞，女儿嫁作屠沽妻。人生万事有真宰，几见桑田变沧海。巍巍太行移过河，十年眼底愚公多。

我有宝剑光熊熊，偶然飞落江湖中。黄冠道士诵神咒，明年当化双白龙。一笑归来坐高阁，寒漏孤灯鬼声恶。开门仰视月在天，风露凄凉裌衣薄。

银河沉沉夜将旦，西有长庚独星烂。此星动摇占主兵，诸军带甲关西征。男儿开口谈经济，乡里小儿听之睡。驽马不上燕昭台，金印斗大谁将才。

黄门继起建安霸，岂料虚空谪仙下。杜陵布衣称两雄，后有作者无此公。只手扪天取箕斗，万蚁声中猛虎吼。棒头一喝禅家机，会我诗意微乎微。

飙轮四驰激电火，两大无端著一我。寻常岂有陶朱公，

董沛

浣女夷光五湖舸。半生潦倒妻孥愁，苦作奇梦思千秋。东方先生堕尘劫，来日愿假侏儒裘。

胞衣堕地哭声作，原晓世间非可乐。憧瞳贸贸蝇狗来，天帝下视皆尘埃。小儿杨修大儿孔，埋骨青山吊荒冢。日精月魄双丸流，暮雪飞上婴孩头。

五异人诗

淮上老兵

黄巾百万来如飞，长驱北上趋燕畿。老兵昌言山左旱，河枯无舟粮食断。东王闻，天王喜，南王南归画江水，局促荆吴槛笼死。尔时齐鲁赵魏无一防，风行席卷之势恶能当。南北大局转移巧，老兵一言贼颠倒，老兵之功汉三老！

金陵妓

秦淮妓，朱九妹，入贼宫，贼所爱。贼爱不足喜，妾愿以节死。贼爱亦足喜，妾死不徒死。擒贼先擒王，誓取洪与杨。洪杨有术爷哥神，_{贼称天父，又称耶稣为天兄，连称之则曰爷哥。}破以厌物可杀身。绣冠双具花斩新，缝裹秽布无纤痕。可怜女伴泄奇策，五马分尸伪宫侧。淮流澄清血流碧，青楼女子死为国，金陵逃官愧无色。

杭州担夫

冬十一月杭州陷，将军巡抚死无憾。担夫生长艮山门，皇王水土天地恩。呜呼此城贼所据，安肯一朝同贼住。城河曲曲通西湖，从容投水捐其躯。杭州藩司贼上客，仁钱两县拜伪职。纷纷狗面囚首徒，呜呼！担夫真丈夫！

绍兴丐

军师旅帅小卑职，_{贼见上官，自称小卑职。}手握牢盆大生色。金陵官檄颁越中，叩谢南阙臣之恭。门前一丐案前语，先生读书已乡举。顶冠补服花蟒衣，丹巾红裳谁是非。先生闻之羞变怒，鞭杖交加弃诸路。丐也匍匐逃残生，至今不识何姓名。先生读书真可喜，贼退居然富家子。还魂举人四字见南雷集。中进士。

四明山樵者

四明山头义兵起，五路贼兵齐压垒。樵者两手刀法精，凛然当贼群贼惊。东战东山，断贼一首；西战西山，俘贼一口。刀光闪闪刀锋长，贼近十步皆杀伤。捷如猿猱健如虎，白刀入阵红刀舞。焚山大掠山林枯，贼来益众樵者孤。孤身鏖斗后不继，飞炮攒空一身坠。四明分隶三郡疆，樵者不知何县乡。二百里中十万鬼，大半无名无姓氏。

七招诗

粤寇之乱，吾乡诸君子殉节它郡，著者六人，依其先后，诗以招之，而以胡光禄终焉。

右太平府同知王公淑元，字是型，道光三十年八月殉，赠太仆寺卿

辕门冬冬击三鼓，手缚洪王献巡抚。巡抚佞佛能放生，纵贼一去天下兵。龙州父子死殉国，曲突徙薪非上客。呜呼一招兮，公归来！蛮云瘴雾英灵开。

右吉安知府王公本梧，字凤栖，咸丰三年七月殉，赠太仆寺卿

台臣出守庐陵郡，白面书生判符印。泰和土盗纷如麻，南门西门轰炮车。孤军迎战势不敌，士卒生还身死贼。呜呼二招兮，公归来！青幡白盖魂鉴之。

右上高知县傅公自铭，字新之，咸丰六年九月殉，赠知府

危城仓卒守无计，致以偷生忘大义。东西奔走乞援师，事成不成未可知。到头一决完始愿，只身枝梧只手断。呜呼三招兮，公归来！西风吹送章江旗。

董沛

右福建通判吕公文烠，字梅庄，咸丰七年二月殉，赠道衔

牛关马岭乘高下，下瞰孤城势凌跨。守兵日懈贼日增，地雷一震城墙崩。冲衢大呼刀割面，客官战死光泽县。呜呼四招兮，公归来！南闽接壤翩何迟。

右寿昌教谕宋公绍周，字仲穆，咸丰八年五月殉，赠国子监助教

儒官本非守土吏，取义成仁毕吾事。七字乃公《绝命词》语。正襟大骂庸狗奴，贼魁恨恨燔其躯。光焰腾空作金气，一妾两儿幸逃避。呜呼五招兮，公归来！邻州诸将纷相随。都司陈世奎、外委千总苏昌贵殉；江山把总陈长瑞殉；海盐千总杨谆、杨继芳，把总陆世才，外委千总朱云，外委把总应宗仿，先后殉杭州。

右金坛知县李公淮，字小石，咸丰八年七月殉，赠道衔

四面皆贼饷道绝，饿守围城逾百日。贼乘大雾潜登陴，援兵虽到殊后期。朝服堂皇厉声骂，张许睢阳名不亚。呜呼六招兮，公归来！宝幢犹有先人祠。

右光禄寺署正胡公枚，字少文，咸丰四年十一月殉，赠员外郎。公籍镇海，居鄞之月湖已三世，故殿之

将家之子寓公籍，文士恂恂晓兵策。从军沪渎恢县城，凭高纵火烧贼营。单师首进后无继，血肉淋漓横卧地。呜呼七招兮，公归来！天阴鬼哭西湖西。

赠樊云门同年增祥

樊君矫矫七尺躯，远从楚塞来燕都。天马不肯受羁勒，囊有宝剑胸有书。披书坐对城西庐，剑光夜照心胆粗。城西高树厉霜色，杳杳荡入江云孤。施南旧号蜀边地，瘴雾埋空出精气。却与越客多作缘，圣水稽山半投契。吾生落落文字知，眼中唯尔称最奇。两京训诂六朝笔，许郑徐庾皆所师。长安并辔春风驰，春花飞洒春人衣。可怜相见未

十日，吾将别尔褰裳归。归途迢迢隔沧海，蓟北江东两心在。明年重读新著书，解剑行沽君可待。

谒张睢阳庙

江淮保障睢阳功，死能捍患公之忠。南霁二将左右手，断指射面皆奇雄。当年赖有三吴粟，民安耕凿输租庸。微公百战堵强寇，岂免转徙兵戈凶。苌弘碧血已磨灭，犹觉宰树生英风。后来燕都启王会，南漕北上天庾充。汴泗横流势交阻，卓哉陈宋开会通。千艘万艘接头尾，帆樯矗矗天半空。公以神威默相佑，挥斥百怪驱丰隆。想其所志在君国，阅时虽异心则同。安澜济运著明效，公视冀北犹关中。煌煌八字锡神号，翼翼三庙司秩宗。清河丹徒暨浮梁，祀事不越江西东。居民爱戴别建祠，乃有一所留瑞洪。吾舟过此幸登谒，须髯凛凛瞻遗容。溪蘩沼芷各申祷，谁与比者旌阳宫。与公同称唯许守，偃师一剑撄凶锋。河堤高高助修筑，山阳亦拜真王封。

康郎山怀古

康郎山下康郎湖，两贤相厄陈与朱。楼船百丈武昌下，飞书乞援洪州孤。吴王临朝召诸将，扫境兴师决西向。留侯定策纪信从，楚汉荥阳争得丧。康郎一角山不高，迭进迭退诸军麈。旌幡蔽空鸟无影，丸弹堕水龙亦号。六十万人半生死，湖波染作血痕紫。刘张尅胜尚需期，陡见吴王舟搁水。从官疾救飞棹来，沙涂骤涨王脱危。敌人环伺更相逼，御舟顷刻成飞灰。韩成慷慨拚一决，改服王衣表臣节。空闻丑父取华泉，已作魏锜梦泥月。诸公烈烈虽殉身，皇天有意开真人。安排火攻出奇计，满山林木燔为薪。刍粮断绝势愈促，一矢遂贯陈王目。吴船齐唱凯歌声，亡者立祠存者禄。康郎山上祠庙崇，森森石碣褒贞忠。英姿飒爽

董沛

毛发动，符券拜受公侯封。可怜陈王蹶不起，仓卒围城立嗣子。略阳李势终叩头，去作朝鲜异乡鬼。茫茫旧事五百秋，天风送我湖上舟。悲歌一纸掷诸水，能使湖水皆西流。

姚简叔浔阳送客图为李艺垣太守_{维翰}题

浔阳江头吴楚界，唐人送客明人画。画绢已旧颜色新，写出浔阳秋一派。秋山秋树秋月明，一主一客扁舟停。但见商妇倚篷坐，不闻水上琵琶声。琵琶无声饮无酒，老去青山泪痕久。昔感江州司马心，今入湘中李侯手。李君爱画兼爱诗，属我重拟香山辞。风尘冷落同浩叹，我官更比司马卑。年来贾胡自西至，浔阳遂号回图地。琵琶亭址空无存，却让穹庐作生计。_{法国购亭址作洋房。}况兼泽国多水灾，浔江倒灌鄱湖来。流民之图绘郑侠，侯亦轸此哀鸿哀。_{今夏南昌大水，街衢如河，侯请于上官以小舟载粮糗，分食饿者。}伤今吊古半陈迹，可怜船舫东西客。芦花枫叶不知愁，依旧江边弄秋色。

李芊仙刺史将作远游赋此赠别

李君读书不得意，来作江城升斗吏。未肯龌龊媚上官，区区姓名挂弹事。终朝裸职身手空，图书典卖难救穷。豫章同僚半相识，谁能援汝头白翁，湘乡节帅旧戎幕，门下诸生多显爵。君亦著录高座中，十载离群竟落落。侧身俯仰天地宽，不如传客公卿间。公卿衮衮列朝籍，君所知者畴最贤。风尘半生年已老，收拾行囊剩诗草。愿持手板谒军门，长揖登堂问安好。北走燕塞南走吴，东溟日出孤帆孤。金银宫阙想非远，会当一探骊龙珠。丈夫困守实无计，苦殉狂名累身世。平原孟尝何代人，我欲从之作舆隶。君今行矣弗复忧，鄱湖首驿南风舟。出门有功涉川利，自此江海无逆流。

名宦祠谒周梅崖先生时摄东乡县事

先生矫矫台谏雄,一言左降临汝东。四百年后吾令此,高山景仰先生风。岩城初建不易治,苦费深心作调剂。流亡归籍佃尔田,盗贼潜踪户不闭。先生去官民有碑,先生既没民祀之。迎神送神播弦曲,父老恍见云中旗。乡人仕宦车斗计,此邑令君吾第二。图经首表先生功,极盛之余难为继。匆匆假印周岁期,坐糜官俸安所施。催科日劳抚字拙,焚香愧拜先生祠。

晤吴蘅塘德机

每忧不得见,今日又逢君。旷野飞磷火,空山汩乱云。挂冠聊避世,投笔且从军。有志无相强,休嫌出处分。

晚渡钱塘江

千军屯百舸,飞渡下钱唐。帆力驱风健,灯光射水长。夜深更柝乱,秋老战衣凉。遥指江边路,前麾出富阳。

严子陵钓台

独有伤秋客,登临意气豪。长空木叶下,终古钓台高。一去冥鸿隐,孤峰病狖号。至今岩下路,流水总滔滔。

晓发张家湾

曙色苍茫里,驱车出旧城。驼冲沙路窄,犬卧麦田平。残雪添峰势,惊涛撼树声。都门行渐近,缓缓赋西征。

黑窑厂

石盘高尔许,揽胜一停车。露气浮斑藓,风声扫乱葭。百年关世变,几辈骋词华。独立空蒙际,无言对落花。

董沛

> 谢通声广文骏德拟刻甬上续耆旧集，而筹费颇不易，余谓前八十卷乃桑海诸公遗什，可先刻之，寄此以坚其约

薇麦罗丛稿，编诗逮盛朝。且将遗老集，先付手民雕。传写文多误，沧桑劫已销。谷音无继响，薪火更遥遥。

春暮南归留别同寓诸子

东皇同一饯，明便放船归。春去衣香散，宵寒酒力微。关河怜独客，桃李怨残菲。犹有怀人意，常随北雁飞。

吴平墟

坐挹群峰秀，凭高地势尊。前朝曾建县，此日尚成村。山寺云栖榻，溪桥水夺门。归途烟树合，野色近黄昏。

莅建昌

晓入芦潭镇，江天霁景开。云随飞鸟散，人迓远帆来。薄宦初承乏，编氓旧苦灾。怀襄频告警，村聚总蒿莱。

欧阳鉴非军门利见告归，赋此赠行录二

侧想中兴日，从军半楚材。通侯频锡爵，上相旧登台。部曲多功状，宗亲亦将才。犹留衣钵在，浙水我公来。

八载临吾郡，威名绝域知。雄关严锁钥，强虏避旌旗。宦达将旋里，功成已勒碑。归装无长物，满箧送行诗。

近闻

葱岭迢迢瘴雾低，近闻大将拜安西。时新疆有警，朝命布彦泰为定西将军。关河重钥醒鱼眼，驿道飞符送马蹄。戈壁巉岩催警箭，幕庭荒迥待春犁。煌煌开惑高宗论，颁与诸军

作指迷。

天外无缘焰覆盆，伊州幕府将权尊。清淮早制庚辰锁，荒土能开戊己屯。万里戍边唐赤子，千年立国汉乌孙。毿毿红柳师行路，好遣春风度玉门。

飞报纶音下禁闱，近臣拜命赐寒衣。金人不敢销林邑，铁甲何能破树机。雪冻阴山苏武节，星躔陇右魏公旗。健儿感激天恩重，指日鹰扬大合围。

八载功勋一旦收，谓张格尔之变。长威勇公长龄。杨昭武侯遇春、果勇侯芳。当日禀神筹。金山月落擒车鼻，玉水冰寒破尉头。属国名王留侍子，汉家都护锡通侯。东阳沃雪寻常事，看置关西六八邮。

闻警 录六

五载流亡痛已深，王师计日下平林。谁书磨盾三千檄，但听寒衣十万砧。残驿西风屯卒怨，空闺落月美人心。银河未洗兵戈气，闲对秋宵泪满襟。

使相旌旄大将旗，帝教臣度握雄师。空将朽骨标神骏，几使遗溲饷佛狸。万户荒凉新鬼哭，千秋功罪史臣知。上方何日诛群寇，辜负当年赐剑时。

三楚纵横作战场，左联潭郢右辰常。中逵莫定哀鸿迹，绝域何来贡蠹香。冒索金貂颁仆隶，滥收铜马补戎行。飞符移建南徐节，犹自迁延误此疆。

群山夏口郁崔鬼，阵阵寒鸦送夕晖。汗马几闻神将力，滚龙难御佛郎机。遗民尚作登陴守，懦帅多缘乞病归。青草湖头青草色，碧磷红烧已全非。

闻道金陵一昔危，岐阳龙种已无归。不教徐盛屯濡坞，竟使王琳出合肥。半壁江山销劫火，六朝亭馆剩余晖。可怜碧葬全城血，犹见忠魂向阙依。将军祥厚、都统霍隆武率驻防兵，阖城毕命。

董沛

大江滚滚截金焦,北府城头庬气骄。边郡屯粮唯济敌,海门悬锁尚通潮。吴宫凋落秋风树,隋苑凄凉夜月桥。一片江都行乐地,至今唯有乱啼鸮。

闲情

红阑曲折斗回文,旧梦巫山有断云。未免愁颜防镜觉,尽多密誓记钗分。漏残犹恨金鸡唱,香烬空怜宝鸭熏。如此风怀频中酒,醉痕翻落石榴裙。

苎萝村里阿侬家,长日孤飞燕子斜。陌上春风归越柳,洞中流水忆胡麻。阑珊舞影偏垂手,凄楚歌声漫按牙。想是昆源程万里,碧云何处阻仙槎。

昏灯薄帐夜迢迢,梦到江南第几桥。一桁珠帘延堕月,半帆画舸送回潮。难将旧句题红叶,偏易愁心卷绿蕉。惆怅秦台骑凤去,几曾团语听吹箫。

陌上花开缓缓车,可怜消息断蘼芜。离天有恨摘黄绢,堕地无声怅绿珠。钗角已松长倚枕,琴心未许伴当垆。痴情欲向通明奏,西府春阴乞到无。

示舍弟

寒雨潇潇对短檠,高楼永夜读书声。一门与尔兼师友,四海何人更弟兄。谁信牛车传异事,几闻马磨托营生。德星堂外花无恙,愿祝春风护紫荆。

越中怀古

娥江西去越王城,镜水稽山作画屏。一载荒朝延闰统,六陵抔土瘗残铭。遥天虹挂秋岩碧,古驿鸦啼暮霭青。不遇中郎谁顾曲,我来凭吊倚柯亭。

燕台杂兴

燕台形势郁嵯峨，酒市重听击筑歌。东望海云迷碣石，西来河水注滹沱。三关翼卫神区壮，五代经营古迹多。芍药坡前春意散，胜游无奈鬓丝何。

极目崆峒戴斗乡，临风凭吊更神伤。双松冷落观音寺，万柳凄凉宰相堂。诸老遗文摩断碣，故家颓壁倚残阳。九门多少轮蹄迹，去马来牛底事忙。

物换星移旧事销，村民抵掌说前朝。大都门荫金貂贱，上国军容铁骑骄。人海衣冠尘滚滚，佛天钟鼓夜迢迢。渔阳那得霓裳曲，却把妆楼改姓萧。

锦城丝管总繁华，一例恒河堕劫沙。节帅几人藩镇传，厂臣千岁帝王家。芦沟剩有伤心月，槐市空余绝样花。且向垆头拌醉卧，斜街门巷日停车。

南昌怀古

湖山形胜望中收，申画剂扬建此州。地控百蛮开岭脊，江分九派出吴头。西来寂寂陈蕃榻，北顾茫茫庾亮楼。应识丰城无剑气，太阿知己已千秋。

季代英雄割据偏，匆匆楚帝七书年。长安本色钟传节，建业归魂李璟船。云树连青荒壁垒，土花深碧蚀戈铤。蛮争触斗浑何事，槐国衣冠总可怜。

靖难移封兆祸阶，天教逆迹早安排。伪廷师相诛刘李，属郡宗藩剩益淮。颠倒功名新国姓，飘零脂粉旧宫娃。鄱阳一炬军心散，湖水滔滔尽木牌。

江湘义旅半消磨，谁道金王竟返戈。援绝粮空搜鼠雀，围长网密困蛟鼍。吕嘉授首难逾岭，谓李成栋。稽仲捐躯肯渡河。谓姜忠确。二十万人遗垒在，南征第一用师多。

董沛

东湖晚眺

夕照当门影已斜，湖光澄澈绿无涯。枯荷浅水留残盖，疏柳平堤趁小车。鱼沫呿波纤作雾，鹭拳栖树远疑花。何来秋色添眉宇，城外西山有落霞。

旅感 录二

憔悴风尘两载过，章门旅思奈愁何。官街尽日鸡豚散，高屋逢春燕雀多。囊粟空怜饥曼倩，炉香闲对病维摩。同曹屈指除书近，弹铗归来未肯歌。

寥落燕台旧酒垆，休将名胜话洪都。仙人狡狯龙蛇剑，帝子风流蛱蝶图。香火前缘丹灶冷，江山余梦彩毫枯。玉关西望思投笔，惭愧乾坤一腐儒。

樟树镇

南赣西袁两水交，旧开一镇俯江坳。长仙雷火驱神木，儒将旌旗指逆巢。贾舶屯车齐转运，麦田芦渚半肥硗。循行官愧甘棠舍，信宿句留此乐郊。

过芍药汕钱忠介公故第

相国祠堂在，悲风卷树凉。大江东去恨，流不到钱唐。

闺词

独倚湘帘下，春风拂鬓斜。自矜容绝代，不借一枝花。

题义桥驿

越国山川霸气销，西风吹客过津桥。马头秋色吴江树，一带征旗拂柳条。

东钱湖岳王祠

老桧敧风影已寒,将军遗庙对层峦。东湖谅比西湖好,故国宫垣不忍看。

《四明清诗略》续稿卷一终

董沛

四明清诗略续稿卷二

鄞　董沛　孟如辑

袁杰

字谔斋，号萼楼，鄞人。道光己酉拔贡。候选教谕。《家传略》：先生为旌表孝子行漳公季子。孝子以早岁废学为大耻，课读甚严。先生锐志淬励，学日以进，内行修饬，谨言动，严视听，造次颠沛不改其度，义所当为者勇为之。尝协修县志，用力甚勤。光绪纪元，诏征孝廉方正，有司拟以先生应，闻之力辞。著有《检身居笔记》二卷、《诗集》一卷。

徐舍人水北阁题壁

斗室开坛坫，衔枚士不哗。春秋无暇日，文史有专家。阁小书为壁，灯深眼欲花。惭非通鉴稿，草草墨痕斜。

和张仲青广文夏日书怀

二铭门第冠明州，食报诗书夙愿酬。荆树竹林齐宦达，苕溪雪水广从游。文章华国俱名手，簪笏传家最上头。令弟竹晨方伯令、侄子腾少宰俱赐头品顶戴。读罢瑶篇迟奉答，梧庭叶落又初秋。

停桡乍动故园情，远道犹怀鹤发生。薄宦清高其志洁，名山倡和以诗鸣。滨湖冷署多遗墨，君好藏古今碑帖。环海荒城未撤营。时事不无匡济感，何年永息鼓鼙声。

春影

袅袅游丝挂碧霄,晴晖万里斗春韶。燕莺斜掠长空捷,蜂蝶群飞曲院骄。柳绿微风孤斾舞,花红旭日一肩挑。天光云影徘徊共,澄鉴新开别浦遥。

杨泰亨

字履安,一字问衢,号理庵,慈溪人。庆槐子。咸丰戊午举人,同治乙丑进士。官翰林院检讨。著有《饮雪轩诗文集》。

《慈溪县志》:泰亨官检讨,尝两典湖南乡试,以母老告归侍养。年六十,居母丧,犹杖而后起。幼与伯兄复亨相师友,白首无间言。尝创建先世明孝子诚祠宇,置祭田供祀事,设义塾以教宗人。历主郡孝廉堂、月湖书院及余姚龙山书院讲席,课士以根柢之学。工诗文,精书法,至老手不释卷,抄札岁常盈尺。熟于掌故,搜采文献不遗余力。有《佩韦斋随笔》二卷、《笔记》四卷。

读万悔庵先生续骚堂诗集

闰运蹙海东,明社既云屋。日把离骚经,一读还一哭。国破家亦亡,何处归邦族。告密飞章名,不丽狂生六。行歌赋黍离,隐遁榆林谷。猛犬吠狺狺,孤臣悲放逐。白云纵鹇鸪,倾身救巢覆。生友梨洲黄,死友文虎陆。决绝博士征,奚烦詹尹卜。感喟旧神州,谁上徐陵牍。中山悔释狼,众喙任谤黩。憔悴此湘累,郁伊载其腹。心死出哀吟,炊断启诗轴。惨凄楚些辞,三闾存面目。浙河风气开,名士老而秃。继雅三百篇,借作风诗读。孔子所不删,诗史良见独。埋山沉井中,终古必传作。湘水吊无知,血泪纷渗漉。先生魂归来,寒松风謖謖。

过赵州大石桥至古鄗城作

平野旷无际,客路纡以长。踟蹰冯唐里,行旌指柏乡。柏乡不可见,沙阜亘平冈。白日淡将夕,仆夫走且僵。登冈一以望,烟树但苍苍。西北遥山矗,势若争低昂。夙有爱山癖,游具赍馓粮。匆匆乘轺去,无缘陟太行。

四明山心石刻歌为宗湘文郡侯_{源瀚}作

四明二百八十峰,梦中朵朵青芙蓉。_{余有梦游四明山歌。}何当奋身凌绝顶,归鸟决眥云荡胸。明州太守亦好事,遗我摩崖擘窠字。横张画壁走蛟蛇,四明山心大字四。出力字外棱藏中,隶书奇古光熊熊。竟观纸尾无姓氏,手笔汉人将毋同。字径二尺高逾丈,何来瑰宝供珍赏。凿石嵯峨杖锡山,猿猱欲度扪萝上。缚竹架木梯而登,拓石椎毡镗鞳响。山僧对此色然惊,屏风岩擘巨灵掌。此山环匝畴计量,地维约略提其纲。主山本隶明州境,志地独别梨洲黄。主名歧出纷争多,怪诞莫若毛西河。竟言实事求其是,无奈山灵腾笑何。惜哉李蔡不复得,峄碑石鼓皆剥蚀。只今购买挥缣缯,炎汉以来视兹刻。天台雁宕互品题,四明洞天古有稽。前身合是谢康乐,游具还将笔墨赍。应梦名山始于此,明日杖藜我行矣。

慈湖即景四首

一鸟语苍翠,湖山深复深。禅林隐修竹,流水淡人心。物我各微妙,烟霞无古今。迷离吴相宅,杖策独追寻。

山意入秋瘦,峰峰曲似屏。回风薄城堞,落日下湖亭。乌桕全遮白,虬松不断青。野航桥畔路,依旧没烟汀。

西风动天地,百卉尽摧残。满郭开秋霁,重湖生暮寒。北门贫士感,南国美人叹。流水高山操,朱弦强自弹。

清磬一声起，凄凉浮碧亭。草心带秋绿，山气压楼青。风日蝶团影，水花鱼吐腥。文元栖隐处，渔唱答遥岑。

发长沙赴湘乡

出郭不数武，横连芦荻洲。苍苍伊岳麓，滚滚此湘流。交契关河在，文章杞梓搜。山行驺从简，款段听樵讴。

癸亥重九寄广文兄 录一

佳节每从愁里过，烽烟南望奈关河。尊前绿酒追欢少，市上黄金洒泪多。远道音书原不绝，高堂眠食近如何。天涯我为饥驱累，惆怅西风独放歌。

天童寺用姜西溟寄山晓和上韵

万竹千松绕寺门，空王礼教独称尊。攫挐狮柏风无影，潋滟龙池月有痕。静夜泉声通枕席，平明云气失山村。何当参破维摩法，粥鼓斋鱼寂不喧。

应山道上

晓入清溪路几湾，松杉滴翠洗尘颜。往来鹭埭观音站，环绕螺峰武胜关。三户雄图流水换，五朝战血夕阳殷。于今大地狼烟息，禾黍秋风过应山。

谢骏德

字通声，号东村，镇海人。骥德弟。咸丰己未举人。官缙云教谕。著有《灵蕤馆始存稿》。

《镇海县志稿》：骏德渊静好学，文史之外兼工绘事。署金华教谕最久，修邑志，葺学舍，捐俸置释奠礼器，复七贤祠，刻《仁山金氏丛书》十四种。府教授蔡二凤殉粤寇之难，逾二十年无过问者。倡于同官，为上其事建祠祀焉。

生平以维持名教、表章文献为己任，搜先世遗诗五百余首，编为《世雅集》。全谢山先生《续甬上耆旧诗稿》，雠校精详，尤称完本。

题老友费曼书主政半圃图

驹影去悠悠，披图忆昔游。新营成半圃，旧地即南楼。无限沧桑感，同深风木忧。多君有令子，竟克绍箕裘。

门向绿阴初，先生此隐居。身闲儿课富，市远俗尘疏。花气晴天暖，书声夜月虚。买邻深有愿，话旧乐何如。

丙戌三月，偕金华令金砺成会勘山址，由白望过鹿田，登金星绝顶，历斗鸡岩而归。次日，复游双龙洞，邓孝廉锺玉以纪游诗索和，率成四绝

冷署偷闲五载余，探山有愿总成虚。片云催上蓉峰去，为读残碑且驻车。

恍似清和四月中，满山开遍野花红。笋舆步步随峰转，绝处还疑鸟道通。

古洞探奇别有春，天教细雨浣轻尘。飞泉添得声如许，一出前溪恐失真。

小宋才名满洛阳，新诗读罢口生香。愧无好句酬囊锦，孤负山灵笑我狂。

张智钊

原名智水，字薇洲，号月亭，慈溪人。咸丰庚申岁贡，光绪丁酉恩赐举人。

秋闱报罢，西屿表兄以咏菊诗见慰，谨次原韵奉酬

赢得孤高品，人间重晚秋。一生甘冷淡，三径任句留。吟圃偕谁隐，名园许我游。纵教篱下寄，那肯学低头？

傲骨天然具，幽芳耐九秋。不邀尘俗赏，敢并艾蒿留。
陶宏景云：菊有二种，其青茎细叶蒿艾气者名苦薏，非真菊也。香久拌迟放，情深爱晚游。阳和如许借，也占百花头。

和王艎莲明经却寄原韵

不住山村住水村，高人栖隐乐衡门。纵谈古事书堆案，陶写真情酒满樽。顾我颓唐惭洛叟，羡君俊逸号王孙。虚怀款款难言别，返棹归来近夕昏。

毛彦

原名凤池，字易初，鄞人。同治壬戌岁贡，光绪乙亥征举孝廉方正。

忻江明曰：先生以学行为里大师，先君子尝从问业焉。生平规行矩步，非礼勿动，不愧孝廉方正之目。

哭陈咏桥征士

陈情乞养赋归来，一片真忱老尚孩。留得祥和春满室，未应羽化谢尘埃。

文章有价望弥崇，多少英才乐育中。枌社即今怀旧德，那堪洒泪向秋风。

陈儒荣

原名愈修，字一楼，鄞人。同治乙丑补行辛酉、壬戌科举人。著有《罂湖第一楼诗抄》。

宿刘家园

独客江湖上，飘然感式微。夕阳明旧垒，秋色满征衣。客思随流急，乡心逐雁飞。田家暂憩息，小饮共忘机。

段干木墓

县城如斗大，河水日滔滔。战国有真隐，居人说馆陶。黄沙荒冢暝，明月短垣高。此去东千里，尼山车马劳。

次时萼卿韵呈厚甫

我归殊未得，君去意陶然。旅食寄双管，乡心托一鞭。黄花今日酒，秋水故人篇。驻马情无限，平沙起暮烟。

悼溪莼

秋草萋萋满墓门，一回经过一消魂。命如纸薄生原误，悲恐人知泪暗吞。自古多情唯鲍叔，更谁末路恤王孙。年来检点青衫湿，半是啼痕半酒痕。

谒西湖岳鄂王墓

湖流尽是英雄血，岁岁染成堤上花。臣子一身何足惜，可怜二帝不还家。

张瑞梁

原名徵，字季儒，鄞人。恕子。同治乙丑补行辛酉、壬戌科举人。

题会稽王氏银管录

生并不啮苏武毡，死并不吞豫让炭。愿随所天葬同穴，决志绝食不下咽。吁嗟乎！忠臣殉君妻殉夫，但求可以捐厥躯。倪公之帛刘公水，何事不可以义死。死虽殊途心同归，夷齐坚谢西山薇。

张继照

字丰田，号莲孙，鄞人。芳孙。同治乙丑补行辛酉、壬戌科举人。官定海训导，署桐庐教谕、台州教授。著有《壮游草》《南游草》。

题谭少柳参军泰来蕉窗试墨图

泼来一斗金壶汁，飒飒惊风龙起蛰。浴身元圃恣淋漓，突兀千峰春黛湿。湿云欲活暗绿天，仙禽羽拂竹炉烟。折春风兮书一纸，玉人何处思渺然。家鸡野鹜漫游戏，挥翰宜列瀛洲地。诏曰凤尾臣能书，心正笔正生平志。醉余草檄拟陈琳，倚马千言驰捷音。扫军笔阵坚如铁，墨海波澜万丈深。我橅禊帖未通窍，墨猪媚俗识者笑。欲换凡骨乞金丹，秋毫颠上观神妙。

吴江夜泊

远郭夜光暗，空江秋气深。炊烟散破屋，渔火隔疏林。残月旅人梦，片云游子心。孤舟共谁语，慷慨独长吟。

偕翁梅臣作霖、蔡小园梁游穹窿福地

穹窿真福地，高矗翠微岑。夹道松杉古，环山云雾深。仙踪渺难觅，鸟语幽自吟。挥手日将暮，寒风吼远林。

寄顾子珊

才大天犹忌，诗狂我不如。斯人皆俗眼，举世孰吾徒。落月三更梦，西风一纸书。何当重握手，别恨话蓬庐。

除夕

卅载穷居志未伸，几多愁绪逐年新。惊心爆竹催残漏，

著意梅花报早春。唤醒江湖游子梦，空余冰雪岁寒身。应知堂上团圞坐，遥数萍踪泪湿巾。

春日南旋 有引 录二

余幕游三载，大江南北萍转靡常，官阁笔耕日无暇晷，鸿嗷满路，襄转饷而无功；鸥焰迷天，愧请缨之未逮。临风浩叹，抚剑长吟。今者竹报频通，椿庭促返，扁舟一叶，挂席南旋。因思三年中师友之情，家庭之感，山川之涉历，人事之变迁，历历如昨，率成四律以写予怀。

师恩友谊两难忘，临去依依感慨长。万里看山聊著屐，千金买剑尚倾囊。伤时有泪传诗史，话别无言搅酒肠。回首谢公堤上路，春光明媚剩斜阳。

春雨江南二月天，绿波稳泛木兰船。浪吟驿柳相思句，洁谱陔华就养篇。舫咏园亭留旧迹，琵琶门巷忆前缘。故乡月色圆如昨，鸡犬桑麻合共仙。

偕顾竹城司马国藩、李小石明府淮、李鹤如二尹廷铨游虎丘

剑气空青耿碧池，寒风倒射失蛟螭。英雄堕落繁华劫，石上千人知未知。

清明争拜古贞娘，极目榛芜冢半荒。唯有千秋生气在，五人墓上铁花香。

俞斯珺

字筱云，慈溪人。庸礼子。同治乙丑补行辛酉、壬戌科举人。官于潜教谕。

《慈溪县志》：斯珺笃于伦常，每适馆以幼弟从脩脯，所入分润族党。文誉甚盛，登乡荐，充觉罗官学教习，司

教于潜，修学宫，置祭器，采访忠节，尤倦倦于培植人才，择聪颖诸生躬为教授，由是人文蔚起。旋卒于官。于潜人至今思之。

初秋即事

松间鼠子衔残果，花下狸奴嬉折枝。候雁未来秋信早，西风吹柳尚丝丝。

学使按临赋示诸童

东皇取次费栽培，大好春光又一回。嫩叶新枝含雨润，满庭生意待花开。

题胡少荃小照_{通州刺史胡香九同年廷钰之弟}

眼中品物画中诗，裙屐东山鬓未丝。记取江南风景好，杏花春雨燕来时。

天涯随侍报春晖，时太夫人迎养在兄署。莫怨他乡柳絮飞。蓉镜先声今已兆，看他浓翠染征衣。

董乔年

字仰甫，一字鹤笙，慈溪人。同治乙丑补行辛酉、壬戌科举人。官内阁中书候选道。

杨敏曾撰《墓志》略：君生平以振兴先绪为己任，家有义庄，创始于君曾祖义行公，而祖若父各竭其资力以底于成教养毕备。君承先志，主其事以筹画之善，岁有所赢，牒请户部著籍，用垂永久。远祖汉征君墓在镇邑灵绪乡，岁久失所在。后有掘地得碑来告者，地已易姓，猝不能复，君始以重资购得，拓而大之，并建飨堂以祀焉。官中书，日所交皆当世英俊，诗酒往还，极一时之盛。归后，营书室、构亭榭，读书其中，意有所触，托诸歌咏。著有《春草庐诗存》若干卷。

城上草 有序

城上草，六朝韵语也。其辞曰："城上草，植根非不高，所恨风霜早。"因引伸其意，复为之进一解，彼炫耀一时者可废然返矣。

城上草，托身何其高！春风一嘘拂，意态弥自豪。韶华不可保，霜雪高处早。昔时欣欣荣，转眼成枯槁。更虑雉堞间，乘时除马道。藤蔓既芟夷，根株亦潦倒。来春纵复生，可似今年好。

舟泊六漫闸登岸望高宝湖

一望浑无际，天光接水光。鲎帆时隐现，蜃气入苍茫。小市人烟集，扁舟客路长。京华何处是，遥指白云乡。

辛卯冬日偕瑞相寺常照上人游福泉山法海寺 两寺均在奉化

古寺群峰里，清幽别有天。竹阴笼似幄，山势覆如船。一名覆船山，以形似也。煮笋烧林叶，烹茶汲涧泉。此间容久住，我欲谢尘缘。

庚子夏闻合肥李爵相有内召之说，赋以志慨

草间仓猝起戈矛，谬托干城敌是求。岂有黄巾能报国，翻教赤狄更寻雠。北关孤峙藩篱撤，南省连衡保障筹。多少生灵归浩劫，和戎还藉老臣谋。

广宁门吊长平公主

驱车遥望禁城门，门外曾传赐地尊。马鬣蜕存云黯淡，凤楼人去月黄昏。喘延剑下终留恨，佛绣灯前未报恩。春

草年年随意绿，东风愁煞杜鹃魂。

登雨花台谒方正学先生墓

雨花台上景苍凉，埋得忠魂土亦香。欲问孝陵何处在，钟山相向黯斜阳。

郑权

字予端，号舌莲，镇海人。同治乙丑补行辛酉壬、戌科举人。

《镇海县志稿》：权幼孤，事兄极敬，挚性方严，为诸生负盛名。值军兴，饷需绌，当事阴以科名为筹计，有以选拔关说者，峻却之。登贤书后闭户自修，严于课子。子传筍，廪生，工诗文。

哭从兄小谷十首 录二

北雁声酸掩泪听，灵旗风扬黯云軿。那教一入池塘梦，宿草离离竟不醒。

映红莲榭为君开，几度衔杯赌旧醅。此日人亡琴已杳，模糊犹听履声来。

陈之翰

字树屏，象山人。同治乙丑补行辛酉、壬戌科举人。

《象山县志》：之翰笃志好学，从鄞县周岱、天台陈省钦游，工诗文，性孝。咸丰六年夏，鄞人顾某来象乞籴，群不逞之徒纠众执兵器，以遏籴为名，所过村舍辄阑入肆威吓，之翰父嗣钧方卧病，急扶掖登楼避，暴徒入，夹以下，将加刃，之翰趋堕楼踵追，大声呼愿代父，族人纷集救护，难遂解。既举于乡，请业者接踵，号其庐曰绿满。著有《绿满庐诗文抄》。

游五师山

名山有约几经秋，预作登高快此游。西沪南田同一望，放怀东望极东头。

白龙潭

白龙庵畔白龙潭，济旱曾沾雨泽甘。乾隆四十六年夏大旱，邑侯鞠诣山躬祷得雨，喜甚，酬以匾，庵亦由是得名。水不在深清彻底，潭有二，近庵者小而浅，昭昭灵许锯门参。

屠继美

字实甫，号寄梅，鄞人。同治乙丑补行辛酉、壬戌科副贡。官诸暨训导。

《屠氏家集》：先生官训导，既谢职归，与里中诸名士诗酒往还，不复作出山想。生平吟咏甚多，殁后散失，可惜也。

赋得伍子胥吹箫乞食

亲仇未复诉凭谁，但说飘零未是悲。调促三终嗟短气，饱求一饭苦低眉。吴天断雁难禁泪，楚国亡猿更孰追。末路英雄歌代哭，风霜满袖雪生髭。

咏镜袱

吉语回文鏊绿虬，春晨妆罢拂衾收。护持恐使尘埃近，光采都缘爱惜留。月窟华云笼绮腻，玉台圆梦荐温柔。合欢带络连环套，菡萏鸳鸯绣并头。

张岱年

字棣笙,号仲青,鄞人。积梓子。同治丙寅恩贡。官乌程训导,升余杭教谕。著有《茗鸿流响正续钞》三卷。

《行述略》:公幼承庭训,读书能尚志,性宽厚,于物无所忤。司训乌程三十余年,课士甚勤,持躬甚介,士民爱之。南海潘峰琴侍讲督浙学,尤相推重,特荐晋国子监学正衔。少好词章之学,在湖郡酬唱尤多,兼好碑帖,能鉴别真伪,署内辟一室,曰可居,吟赏其中,有潇洒出尘之致。

次韵答沈达夫同寅

尽日坐枯禅,神情郁不王。倏睹青琅玕,目眩迷所向。人古诗亦古,想入羲皇上。日月光照耀,江河气奔放。工倕精刻镂,更难穷色相。文章有坛坫,高踞称大将。余也惭咄咄,逡巡三舍让。欲赋强登高,崇楼企元畅。元畅楼即八咏楼。唯念滞闲曹,霜雪镜中状。遣怀寻常有,苦吟事何当。金石且摩挲,楸枰自裁量。薄俸恣一饱,畦菜间村酿。俭腹不能支,偏师讵敢抗。云锦惊数来,吁嗟无力偿。

重九与张西章成奎、莫念山文炳、许竹清传霭、三广文许竹雨上舍传霈、蔡叔彝茂才赓元、同学戴笠青孝廉翊清、孙子兰同寅宴奎光阁,次竹雨韵

秋风逾十稔,余丁卯来湖,至今周纪。此会最开颜。脱帽凭高阁,衔杯面远山。人烟云卷黑,林叶日笼殷。爽籁动归路,飕飕响树间。

三弟竹晨之官皖臬，余乞假晤于申江，晚年兄弟重聚极欢，作此志感即以送别 录一

送子皖城去，长江正绿波。柏台诚峻若，苜径奈寒何。宦境云开晚，离情雨集多。片笺珍重意，公退试摩挲。

四弟依仁送三弟之皖、沪寓聚处数日，临别赠此 录一

湖山同揽胜，屈指五年余。壬午秋同客武林。斑鬓吾今甚，豪情尔昔如。分飞嗟陇雁，通问但江鱼。此会良非偶，多情谢简书。谓三弟之任皖臬。

叠韵和安定书院诸友

谈笑洽天和，清风次第过。此间尘事少，诸子壮怀多。秋老雕凌汉，春寒燕恋窠。何如归去好，三径辟蓬科。

题费君曼书半圃图 半圃其轩额，字得自盛氏，阮文达所书也

本是豪华客，曾逢甬水东。别来思旧雨，对此企高风。家世三碑后，吴兴旧有《三费碑》，载汉费凤父子事。今碑泐，而其里仍名三碑。生涯半圃中。毕呈潇洒意，道子绘图工。图为其婿吴日李之笔。

优游多野趣，胜境踞人间。室为传经筑，君于此课读，哲嗣瑚卿广文继起有声。门常种菜关。深山云懒出，斜日鸟思还。我亦田庐在，输君退处闲。

过天宁寺见唐时石幢八赋以志喜 录一

独来古刹快游观，八柱依然耸佛坛。莲藏经文难尽译，李家年号尚深刊。携将书尺劖苔迹，调得瓶泉洗土瘢。差比少林金薤富，会当护惜筑回栏。

雪后即景叠前韵柬诸友 录一

元阴久积霁时晴,天道阳舒妙运行。当午池塘消冻影,近春禽鸟转和声。暗添缸酒三分暖,斜起庭柯半折轻。倚阁看山头尚白,寒光远彻暮云横。

重九日谢遹声骏德招游法华山白雀寺,病后不果往诗以辞之

固知佳节莫轻过,攀陟将如羸骨何。山色入秋迎客媚,诗篇忆昔答僧多。清闲颇乐亲香火,老病无缘访薜萝。寄语法华游玩者,襄阳残碣好摩挲。寺壁嵌有米书。

陈达熊

字次虎,鄞人。劢子。同治丙寅岁贡。

次韵陆己云编修乙未四月望日生日感事

玉尺量才记往年,矩方又复应规圆。乍惊羹沸诗人咏,空忆茶香试院煎。生不逢时嗟白发,老犹忧国问苍天。渭南遗集家风在,耿耿中原契昔贤。

刘鹍

字矗轩,号芷艻,镇海人。同治丙寅恩贡。著有《补蹉跎馆诗抄》。

方积钰撰《传略》:先生为人恭俭廉让,乡里推重。少聪颖善读,鄞张镜初封翁器之,妻以女。与子腾少宰攻苦力学,文誉噪甚,顾艰于一第。家贫,授徒郡城,晚年主讲邑中振文、崇正两书院,士多得其造就。长于制艺,兼工诗词,尝咏秋江云:"琵琶月冷青衫泪,箫管风流赤

壁船。"陈咏桥征士见之，为击节。生平所作不自留稿，故存者甚鲜。

分咏无双谱小乐府 录四

博浪椎

十二万户徙豪杰，三十六郡收金铁。吁嗟此椎何自来，乃使力士逞狙击。五世仇，誓不忘，千金散尽易一椎。闲道东走伺博浪，副车误中愿未偿。大索十日令仓皇，终无人说张子房。荆卿剑，休等视，徇名徇义不同耳。击虽不中魄已褫，逾年沙丘祖龙死。揭竿之兵相率起，亡秦实自此椎始。

牧羝曲

一竿节，君所赐，一群羝，虏所畀，谓羝能乳归尔使。岂有羝而能胼字，臣身要与节终始。北海路何穷，短草吹朔风，白石乱矗夕阳红。牧人梦屡故国通，节旄脱落卧起中。十九年来历辛苦，羝乎羝乎终不乳。臣心如冰泪如雨，天子上林得雁帛。为言武等在某泽，武实未死安可留。归来属国职少酬，麟阁图像恩逾优。得此真胜关内侯，旁人漫说烂羊头。

奈何降

汉业已倾颓，系统在吾蜀。今日之事势虽促，要当誓死支残局。奈何降，贻大辱，敌氛扰攘逼帝阍。我军相拒扼剑门，成败利钝休逆论。析骸易子但死守，安知难图旦夕存。即不得已事中变，犹当背城决一战。父子君臣各慰唁，颈血都向敌人溅。同死社稷计则善，九庙之灵庶相见。奈何降，余生恋，关口守将傅氏佥，绵竹守将诸葛瞻。二人效死俱卓卓，愧杀蒋舒与马邈。胡乃群议纷优柔，谁建降策老贼周。吾当饮剑上诉先灵幽，一洗舆榇衔璧羞。头一颗，血一腔，生气浩浩流大江，有子如此奈何降！

我陈东

逃生不为义，畏死不为忠。忘我私兮殉我公，平生区区挟此衷，何人不知我陈东。靖康初年来京国，上书力请诛六贼。尔时死生已拚得，儒生何尝改本色。岂知今日事，我心忽相左。畏惧而遁逃，转失其为我。陈东之身尔任杀，陈东之心尔未察，尔且视我辞家札。黄潜善，汪伯彦，彼哉彼哉等下贱，陈东不屑唾其面，姓氏香，李相纲，我陈东，庶颉颃。

春阴 录一

画阑似被碧云封，锁却花阴十二重。中酒方酣谁挈榼，锻诗刚就忽闻钟。绿杨影里鸠声急，红杏枝头蝶意慵。只有瑶琴眠石上，暗风过处韵丁冬。

咏柳线

摇青曳碧剧依依，万缕千条是也非。低拂鞭丝容马走，乱抛梭影任莺飞。牵来南陌愁无限，系住东风力却微。离绪最萦游子意，慈帏手迹认征衣。

哭郑竹溪

神仙小谪堕尘寰，一笑浮云跨鹤还。半世豪华倾北海，中年哀乐感东山。同人如我心俱醉，造物于君寿独悭。从此甬江颓砥柱，满城风雨黯潸潸。

张丈棣笙司铎乌程寄诗索和依韵奉答

刘鹗

凤抱琴心托鞠通，成连去也海天空。屋梁照梦留明月，几席生香惠好风。诗意澹参尘味外，交情深感旅怀中。凝眸准盼秋期到，一叶云帆下浙东。

遥想风流云水滨，藻芹香蔼满池春。谈经列座观如海，治事开斋德有邻。槐市奇芬皆教泽，苜盘清俸总精神。惭余窃拟羊裘隐，杖履仙翁侍子真。丈伯兄镜初先生为余妇翁。

钱润猷

字云槎，定海人。同治丙寅恩贡。

落叶

密叶曾经覆晓莺，西风吹坠太凄清。千林落日秋无迹，一径空山冷有声。永夜寒砧羁客恨，荒村归棹故乡情。年年不尽飘蓬感，怕向前途策马行。

秋柳

飘拂隋堤忆昔年，斜阳流水漫相怜。六朝金粉悲啼鸟，一角湖山锁暮烟。白下西风空袅娜，青门秋思总缠绵。何当再泛孤舟去，独棹清波听晚蝉。

俞镛

字笙卿，定海人。同治丙寅岁贡。

镜海楼放歌 有序

粤贼踞宁镇本山，土逆徐、刘二人勾引匪船至戏文山登岸，余与堂弟葆初就近戒备，闻警伏炮平岩内，击中匪之掌大旗者，贼始溃退，由是舟山及浙东渐次克复，岛民安堵。虽系诸同志及民团之力，而堂弟倡义之功不可没也。平定后，不胜欣喜，乃作此歌。

洪涛作势腾蛟鳄，指洪秀全。全浙诸城无完局。余波殃及蜗之角，潜伏池鱼几受毒。腊鼓冬冬岁方促，土逆通匪肆勒索。扬言投顺进贡，方得免祸。抢驴突来九贼目，王郎鸣锣号升屋。十二月廿五日匪抢王博泉家驴，王升屋鸣锣，村民毕集。村民搏贼如搏鹿，当场格杀遗躯壳。从此激怒势愈酷，灭此朝夕图报复。居民一夕数惊愕，手足无措心惶惑。予季存性葆初名。愤填腹，雪夜叩门手秉烛。祸在旦夕君应觉，防卫之谋宜急度。邻近党恶阴联络，上庄尚堪资臂膊。余闻此言蹶然作，芒鞋疾走雪没足。即晚冒雪同行三十余里，与上庄诸君密商。同仇林王与周乐，灯前设誓盟心曲。林逢春、王博泉、周树宾、乐嗣斌与余兄弟共六人。签押认资书券牍，买剑买刀卖牛犊。编户结团民气肃，侦谍密布烽燧筑。沿江巡守严击柝，终夜枕戈睡不熟。壬戌仲春二月朔，四十二艘盗船泊。戏文山墺刘逆族，该村近刘天顺住宅。党羽相迎皆匍匐。尔时闻警急装束，率团携炮平岩伏。平岩墺口盗帜簇，孟浪一炮中前纛。团兵四面度山麓，贼匪见之心胆落。溃围夺路惊风鹤，退入泥涂势穷蹙。心忙足乱鱼绳蹴，铁钩纷集如箭镞。乡民以铁钩系绳置涂中，鱼触之钩，集不能脱。泥鳗驰走疾而速，百四十首皆就戮。泥鳗形如小舟，手扶足踏，其捷如飞，乡人用以取弹涂者。渔具为兵备如宿，老谋不必夸颇牧。匪船扬帆追难着，血溅鲜红潮流逐。一隅首先挫锋锷，七日舟山闻溃覆。渐次安靖浙东属，爰以东靖名义塾。督兵焚徐沛泉屋，将此基改为义塾，名曰"东靖"。孤岛居然田横续，论功行赏应首录。但使身家免灾辱，富贵功名非所欲。吁嗟乎！吾侪无力鸡能搏，义愤填膺锋镝触。炮击不中倘搜捉，尔我先为几上肉。行险侥幸得食粟，危定思危转痛哭。匹夫手无斧柯握，威令不足使人服。奋臂一呼无畏缩，众志成城坚不仆。人力区区劾棉薄，皇恩神佑天之福。寰海镜清欣眺瞩，青山无恙春花木。楼名镜海志欢乐，临风放胆披书读。

刘鹗　钱润猷　俞镛

张世安

字敏斋,号可楼,鄞人。诸生。

赋呈陈咏桥师

指授亲承经两载,渊源更使溯横渠。世安从师后,承命执贽张庐香太夫子门下。论文自愧输同学,获益真如读异书。明道春风常坐我,生公顽石独怜余。敞庐喜与门墙近,时复登堂问起居。

师生结契信前缘,屈指今逾五十年。书读四余犹好学,师尝谓老者生之余,请画师作《四余读书图》,旨参三昧偶谈禅。世安曾以所注《观音经》呈正。诗成枕上添新稿,甓运斋头剩古砖。师得汉晋砖琢为砚,因题书室曰"运甓斋"。领得孔颜真乐趣,吟风弄月自悠然。

陈允升

号纫斋,又号壶舟,自署壶道人,鄞人。

王蜕序纫斋画剩略:君工六法,隐居湖滨,足不出户外,而踵门乞画者铁限几断,因刻其所为山水画帧,介郭君恬士,索予题识,蒲君作英、戈君研畇,复以为言。余受而读之,尺幅之中,峰峦百态,烟云万状,旷如密如超乎象外,非思与神合,学侔天功,其孰能创意立体如斯之妙乎。

育王寺晋松

巍巍金银宫,涌出青山隅。入门瞻晋松,毋乃与古殊。闻昔占道场,偃蹇虬龙如。时现白毫光,仰睇耀四衢。相传二千载,长沾雨露濡。犹自形势夸,慨无枝叶舒。草木有兴废,岂其法所驱。

自题画稿

蓬门久不开，芳草绿如织。朝来故人过，双屐印行迹。朝暾破云出，竹树相掩映。策杖度溪桥，茅庵闻清磬。筑室溪水滨，窗牖漾寒碧。邻翁期不来，研朱点周易。断岸傍石隰，高阁出丛树。渔子掉轻舟，载将春色去。

读徐霞客游九疑山记拟作题句

飞泉喷雪石梁高，岩窦纵横吼怒鳌。流到人间须子细，莫将闲处作波涛。

题画

疏影横斜隔远汀，黄昏寒月上林扃。梅花一白浑无际，遮断春山数点青。

寒鸦几点远林秋，雪上人家倚碧流。渔父不来江水阔，西风吹老白蘋洲。

杨为焕

字小苑，鄞人。

题烟屿楼诗集

四明灵秀天所厚，鼎鼎名家重山斗。攻媿清容导其前，传之杲堂及双韭。近维先生瑰丽才，下笔千言世无偶。天产名驹不可羁，蹑迹高空绝尘走。靡靡卑格皆扫除，当代斫轮推老手。譬加策杖登泰山，下视群峰尽培塿。仆本浅识等醯鸡，乐与先生交最久。有时纵谈今古诗，开拓心胸辟户牖。欲附骥尾亦良难，笑我枯肠空抖擞。纵云顽铁可点金，要是珠玑杂瓦缶。只今巨制付手民，颉颃先辈相师友。我姑题诗缀简端，愿附先生传不朽。

童章

字镜涵，鄞人。槐子。贡生。官上虞训导。

闻咏桥征士讣诗以志哀

旧交零落总凄然，又见文星掩颍川。制行允符征士诔，传经正及伏生年。九畴好德原为福，一例修文已是仙。启手全归宜自慰，知君夙昔凛冰渊。

王信德

字实夫，鄞人。岁贡。

忻江明曰：先生母忻氏，节妇也，事迹详《县志·列女传》。先生秉家教，事亲能得欢心。好读宋五子书，为学以诚实不欺为主。遭丧乱，奉母居东钱湖西山下，授徒自给。先君子少从受业，学行似之。尝举本师诏子弟，曰先生真儒者，志义若召伯春，德行若陈元方，可法也。江明失怙后，以文字就质正，先生殷殷训诲，并示以为学之本。时先生年六十余，须眉庞古，衣冠俨然，望而知为有道者。生平有意著述，而稿多不完，所散见《古文辞》三十首，其族人为录而藏之。

四月五日与闻君薇畛、张生葆斋、史生征甫同泛舟里湖，访史君致和，遂同游世忠寺，谒史忠宣墓。游罢，史君邀饮其家，冒雨而别，因纪以诗

欲访前朝寺，名山自昔传。雅怀酬此日，古迹认当年。岂是嬉春地，刚逢入夏天。盍簪朋友乐，泛棹水云妍。少住湖滨好，多情地主贤。登山原有约，导路孰为先。白石平桥度，青松小岭穿。果然开宝刹，宛尔绝尘缘。宋代留香火，名臣有墓田。清风思越国，大节忆忠宣。神道碑难

觅，科名表尚悬。崇祠深景仰，高冢任流连。已倦同游兴，言从故道旋。莺花情缱绻，鸡黍意缠绵。谈处风生座，来时雨满船。行程都可纪，历历在诗篇。

月波寺

滨湖小筑最清幽，胜地偏从世外留。僧卧云隈和梦冷，山含雨气入窗秋。越王洞里烟长护，余相庄前水自流。凭吊空余陈迹在，夜深蝙蝠上书楼。

应诗洽

字在阳，号莲桥，鄞人。武生。著有《莲桥诗草》。

《家传略》：君少读书颖悟倍常童。值西夷之变，郡城失守，作《愤恨篇》《感慨篇》以寄意，塾师见而异之。家故贫，父授以医药、农圃诸业。乡居苦盗，兼学击刺骑射，成诸生，试于行省，艺皆绝，以舞刀石惊典试者，罢归，遂弃之，肆力于医，穷源竟委，洞彻要眇，奏效如向。暇则手一编讽诵吟哦，所得山水之乐，所见闻时事之感喟，辄发之于诗，妙造自然，无推敲琢炼之苦，于儒家九流及兵法术数之学无所不窥，然以率性躬行为本，笃于天伦，厚于风义。自奉节啬，虽饥寒不恤。至其所当为，则不避害患赴焉。貌颀然，广颡修躯，行坐必正，见者严惮之。

所著有《幼科易简集》四种，凡四卷；诗曰《莲桥野人诗草》。清江关耀南庶常见君《幼科书》，题其端曰："昔人推钱仲阳为幼科之圣，先生今之钱仲阳也。"董孟如先生赠君序曰："余初识君，以医士目之，及与纵谭古今，治乱得失，龟鉴铁石，虽魁儒硕士，何以远过。"钱萼研孝廉曰："先生古黔娄，脩然遗世情，其诗气骨苍劲，襟怀洒落，盖非人力可到。"其推挹如此。

咏古 录一

君平不弃世,世自弃君平。玩易穷变化,贱术施苍生。因势道五伦,无为化自成。潜龙竟不见,谁曰非深情。日足百钱供,闭肆良幽清。岂若当世士,汲汲利与名。

述怀

昔曾习弓马,其功不获竟。舍之读遗书,非孔复非孟。日就江湖乞,借口范文正。是役胡使然,乃为饥寒并。终年图一饱,贫困当安命。此计恐非长,教子学儒行。

少壮使血气,怀抱满冰炭。淹留蹇无成,兹意复浩漫。水清鱼虾尽,林空鸟兽散。感此愧我心,每每起长叹。唯念田园好,今日从溉灌。长当纪衣食,耕绩不吾谩。所赖唯日月,光华旦复旦。

种桑篇 录四

种桑五百树,一岁忽成林。欣言蚕有食,亦复慰素心。枝条纵横舒,剪伐手自任。更念桑下土,毋使荆芜侵。呼童理荒秽,迨天之未阴。莫惮于耜劳,疏土俾根深。有时还独步,高禽闻好音。凯风自南来,飘飖吹我襟。置酒茅檐下,邻父相酌斟。共此陶然乐,浑浑忘古今。

栖迟先人宅,有怀在农桑。闲闲十亩外,白云遥相望。流水带前楹,众山环草堂。黄昏巡檐下,箕斗互低昂。昧爽躬执勤,团露闻清香。昊昊东方暾,照我旧衣裳。客问君何为,戴月复履霜。未雨剪春昼,秋风锄夕阳。灌溉苟得节,蚕月收丝良。力田乃有获,此意吾未亡。

流莺唤春色,脱巾入幽丛。偃息长林下,佳哉郁葱葱。冉冉南向条,穆穆东来风。野老怀古意,班坐话先农。先农邈难追,雅意勤厥躬。夕阳下山去,犹警隔林钟。

锦绣非我服，蓝缕吾何伤。襟怀但自适，所在皆文章。日夕焕霞采，归鸟翱且翔。闲情纵逸步，往复趁风凉。泛随回路转，衣带自飘扬。归人倦荷锄，稚子相扶将。借问魏晋来，桃源在何方。夷涂舍不由，迷误叹茫茫。

和董大文学道烈馆延福寺纳凉次韵

幽径板桥通，寻凉野寺东。天开波得月，人静竹生风。微电耀余炽，长河横太空。更深万籁寂，隐隐佛灯红。

溪行即景

一道清溪两岸峰，半轮山月挂长松。春风吹暖泉流活，野碓无人缓自舂。

吕熊飞

字樵艎，鄞人。贡生。

春草

郁郁菁菁一剪齐，烟芜平衬绿杨堤。香车络绎深留迹，宝马纵横浅印蹄。绿意顿苏蝴蝶梦，青痕剩有鹧鸪啼。天涯到处情堪恋，细雨斜风拂翠低。

王孙别后倏经年，绿绕长亭短堠边。熨贴裙腰新斗丽，轻盈衫影近争妍。蘼芜曲径铺茵软，鹦鹉芳洲结翠鲜。徙倚画阑频眺望，横堤一缕淡如烟。

屠正规

字子中，鄞人。诸生。

《屠氏家集》：先生能诗，与张肖庵给谏、胡峻卿明经相唱和，善绘事，墨笔牡丹尤工，得者珍之。中年栖心释氏，与天童僧寄禅为空门友，寄禅之谈诗自先生始。

暮秋书馆作

舟行复陆行，行行苦坎坷。薄暮始到门，入夜何所作去。诘朝辨色起，匆匆理书课。午餐列杯盘，山肴足酒佐。人困酒益困，倒床恣敖惰。忽闻犬吠声，使我清梦破。梦破犹蒙眬，道是家中卧。拭目认萧斋，茫然强起坐。夕阳斜书窗，惨射离人座。心旷离愁小，境窄离愁大。人情重生离，不重知几个。近颇学无心，又被离愁涴。扫向虚空去，莫使尘埃簸。

王景星

号珠垣，慈溪人。诸生。著有《东野吟馆诗草》。

《家传略》：先生读书养性，好宋儒理学，旁及内典。晚年与同邑张月亭孝廉结五老会，幅巾优游，超然尘壒之表。卒年七十四。

感怀 录三

江上有芙蓉，摇曳生佳姿。照影水清浅，孤芳谁撷之。美人如相值，早荣白玉墀。因之深叹息，伫立起忧思。

吾爱在山云，出没情自幽。野鹤相为伴，大荒可遨游。卷舒碧空里，无心复奚求。嗟彼名利子，奔逐几时休。何如我身闲，青山任去留。

人生得知己，梦寐竭精诚。管仲遇鲍叔，其重若所生。此言虽太苦，千载为伤情。我欲采芳兰，贮以赠生平。

寄怀从兄小舟沪上 时沪上甫开商埠，洋人毁民房筑路，赋此以志慨

羌笛关山月，孤灯旅馆心。知君重意气，感愤一时深。

第宅飞春燕，江城入暮阴。请看调马路，海客正骎骎。

避乱郭巨登钟黛山

崔巍钟黛暮烟收，结伴登临作壮游。城郭人民非昔日，_{贼劫民以色布裹头并登城树帜。}旅亭风雨又残秋。青山有约难归隐，碧海无边不洗愁。西望乡关何处是，夕阳影里独句留。

董镐

号湘舟，慈溪人。贡生。

次和仰甫弟书斋漫兴原韵

年少矜意气，锋铓露太阿。垂暮迄无就，感慨日渐多。荣悴无定局，梦境识南柯。风尘事奔走，劳劳究云何。愿言谢世网，结宅傍烟萝。日与古人对，弗任驹隙过。图书列左右，闲或订其讹。披览偶有得，翛然发清歌。往来谢俗客，门前张雀罗。淡泊安吾素，淄磷惧涅磨。遂初如可赋，永怀轴与薖。

邵卿

原名董，字月亭，号静寄翁，慈溪人。著有《月亭留稿》。
冯贞群曰：静寄翁为双桥侍郎洪曾孙。家贫服贾，东游日本，西客巴蜀，北过齐鲁，南浮湘沅，舟车之中，日以读书自遣。旅鄂时，成《左传童觿》二卷，为其少子衔解疑而作也。属辞比事，融会贯通，老师宿儒，敛手推服。

雨后过扬子江

雨遇寒烟起，江天更渺茫。怒鬐鱼逐浪，惜羽鸟休樯。乡思人千里，春愁酒一觞。客游何所得，好景入诗囊。

思归

回首离家日,无端万里行。久游疏祭扫,多病懒逢迎。才拙甘居贱,时艰不羡名。故乡风味好,几度忆莼羹。

丁卯春余将旋里,诸友邀游黄鹤楼,率成留别

无边风景一凭栏,黄鹤楼头着意看。山泼浓阴春树密,波浮余照夕阳寒。新诗觅得联吟捷,胜地来游约伴难。三月烟花人送别,反添离恨压归鞍。

长江舟中

楚水重游鬓已斑,千秋禹迹壮荆蛮。隔江列树初疑草,傍岸行人似在山。雁影渐低斜日冷,渔歌乍起晚风闲。离情尽付东流水,双鲤迢迢向故关。

张麟洲明府由襄阳来汉,遇于旅次,出示见山楼诗集四卷,明府与仆少年时以诗相识,分道远游,云泥久隔,忆其当时少作早成卷轴,今存者不及什一,而如仆颓唐,尚蒙念旧,抑何苛于诗而厚于友耶!诗以志感

不戴儒冠二十年,论文尊酒久无缘。秋风正复愁孤客,旧雨何期遇谪仙。青翰帆随襄水下,白头人老楚江边。骚坛尚许窥旗鼓,示我奚囊锦绣篇。

诗笔纵横一手操,景阳当日擅风骚。江山游览南兼北,离乱歌声哀复豪。未必有心摹魏晋,不甘降格屈刘曹。缘情少作都芟尽,更见长城五字高。

秋兴八首步少陵原韵 录二

鸟倦还飞自择林,晴川在望树森森。舟迎逆水帆初饱,

云恋残阳江半阴。市隐犹蒙谋食耻，客游辜负读书心。举头蓦见长安月，秋思缠绵托暮砧。

王浚楼船次石头，江南残破几经秋。莺花此日回春意，刁斗当年起暮愁。隐雾斑斑皮羡豹，随波泛泛迹同鸥。竹头木屑搜罗尽，安得陶公镇八州。

戴声望

字渭秋，号笠叟，镇海人。鋆弟。诸生。

《家传略》：先生性敦朴，事大父以孝闻。属文思力深邃，屡困省试，佹得佹失。遗诗百余首，虞景璜序之。

偶咏

茗碗菰烟事事新，净窗觑破静中因。竹含傲气成孤势，花有丰神易悦人。入世多言才自误，吟诗守拙句能真。聪明年少非吾幸，杨柳终嫌太恃春。

读葛夫人寄衣诗

夫人定海总兵葛云飞之妻也。先是，将军镇定以艰归。辛丑海警急，将军夺情起复守翁洲，时同守三人，而将军为主兵。八月，孤城困甚，而夫人《寄衣诗》适至，越七日无援，城破，将军与同事三人殉焉。录一

缟衣珍重寄围城，滴沥愁怀满纸倾。大将夺情生死淡，丈夫徇义室家轻。谁知虎帐沉星影，枉听鸾闱捣月声。几日回音劳盼望，蛟关还在梦中行。

戴声诰

字宏京，号晓堂，镇海人。鋆弟。贡生。

己卯赴杭途中作

名胜说杭州,重来历几秋。青山仍故我,落日此孤舟。北海空豪兴,西湖忆旧游。一肩行李在,敝尽黑貂裘。

郑传箴

字式程,号勿庵,镇海人。权从子。贡生。官富阳训导。《镇海县志稿》:传箴司训富阳,教士循循有法。归田后不与外事,嗜酒,能诗工书。晚年修里中大堰,躬自监督,计费千余金,乡人德之。

登鹳山放歌 山在富阳

千年老鹳铩羽翼,饥伺江边捕鱼食。江水太清奈无鱼,腹枵气馁飞不得。北风雨雪冻且僵,筋作藤萝骨化石。屹然平地成小山,山脚倒入江中间。严濑飞奔三百里,到此一折如弓弯。危砌腹裂雉堞缺,长松皮坼龙鳞斑。片碣东向苍崖立,说是羊裘垂钓迹。上有高楼涂丹艭,眼界空明夸第一。雨洗岚光排闼青,日翻波影上窗碧。愧我三载来宦游,日日闲坐楼上头。龙蟠虎踞郁气象,奕奕雄图空仲谋。烽火频年况未扫,酒兵莫破愁城愁。今宵踏月跻山顶,更柝不闻人语静。芦洲远递孤鸿声,苋浦低驶归帆影。中沙沙外起渔歌,清景如斯谁共领。鹳乎鹳乎呼不应,沧桑历劫全其贞。昂头翘足如有情,怒涛啮石夜作声。仿佛辘辘饥肠鸣,胡弗羽毛重养成。不恋春江游鱼腥,鼓翅大叫辞山灵,直上云霄九万程。

酬周石麓赠菊并招朱生彭年同作

吾家三世守儒冠,冷落衙斋惯耐寒。春色输人先得意,秋心迟我慰同官。篱边觅句诗情逸,堂上延龄宦梦安。料得柏庐吟兴健，挥毫相对酒杯宽。

郑焌照

原名邦达，号宝书，镇海人。诸生。著有《伴云居士诗稿》。

《家传略》：先生性孤高，工吟咏，兼精岐黄，有求必应，不责馈谢，乡里称长者。子穗芳，亦能诗。

春夜甬江寓次听雨

值此韶光媚，如何雨浃旬。挑灯孤馆夜，欹枕小楼人。愁重难成梦，花残转累春。几时明雾色，风景一番新。

解馆前夕与俞臞梅话别

小窗话旧夜霜寒，迅疾流光笑弄丸。坐久忘言空太息，灯残对影各相看。明知别短无多日，可奈情深绕万端。草草吟成帘怕卷，月华如水浸阑干。

和陈蕉孙春日村楼即景原韵 录二

烟花点缀一年春，十里泥香不染尘。却笑山村沽酒市，柳丝低绾醉归人。

暮霭苍茫远景昏，模糊睡眼望前村。桃花源里春阴密，多少人家不见门。

汪赞述

字树南，号以周，镇海人。贡生。

《蛟川耆旧诗补》：先生知医，喜吟咏，其婿虞澹初、张子骧皆能诗。胡颐堂明经尝赠诗云："馆甥难得两诗人，从识先生鉴别真。但说岐黄犹余事，本来元白是前身。"

所著曰《面鲤山房诗草》，零星片纸未尝汇写成编，今不可收拾矣。

游海云堂 在郭巨城外

杖藜放步上高山，簇簇奇峰指顾间。江水长流青峙浦，晴岚遥锁白云湾。千家烟火窗中见，一叶风帆海上还。闲共诸君乘石磴，竹林深处夕阳殷。

姑苏舟中作

曲尘风起漾中流，云影波光共一舟。两岸丹枫留夕照，数声征雁送残秋。

题醒园

小风和雨洗春芜，花木成阴似画图。解识老人长醉愿，隔林野鸟唤提壶。

徐亨

字锦川，奉化人，诸生。

《剡川诗抄续编》：锦川诗清微幽峭，其于五古所造已深，全稿散佚不传，可惜也。

秋草

春风狂如虎，春草浓于烟。秋心昨夜起，相思益凄然。美人住天末，三叹非华年。

秋柳

千丝复万丝，浓烟冒隋树。八月复九月，短发怜张绪。明月上东山，照见双乌住。

孙忠第

字凤阳,奉化人。诸生。

金鼓岭春望

古岭相传金鼓名,春来最好此山行。路盘幽涧九回曲,天放深山半日晴。满地竹阴苔错落,四檐花气鸟飞鸣。云村书屋藏书富,时有诗人吟诵声。

欧景辰

字星北,号茶仙,象山人。贡生。署浦江教谕、乐清训导。著有《楞岩草堂诗存》四卷。

《象山县志》:景辰性任侠,于族建宗祠、修谱牒、推广义庄,于乡筹赈济,办团练,出资甚巨。弟景岱,并让产成之。尝司教浦江、乐清,均称其职,叙功保升福建试用同知。工为诗,倡诗社曰红犀馆,一月一举,远近闻风应者无虑数十家,坛坫风流,称极盛云。参《正谊堂集·红犀馆诗课序》。

登妙高台

剡川富山水,雪窦尤离奇。突起一峰秀,左翼舒鳞鳍。古松郁苍翠,危磴俯清漪。骇兽惊人走,幽鸟穿林飞。我来已暮秋,宛如阳春时。白云散空阔,林隙漏斜晖。岩壑倏万变,丹碧绚奇姿。趺坐小亭下,玩赏豁双眉。徘徊不忍去,岚翠袭人衣。

南田篇吊张忠烈公

诸藩尽离叛,大厦难独支。自分化外身,憔悴终采薇。南田荒确区,宅蜃昼生瘴。倮处同犵獠,悬洲四无傍。壮哉忠烈公，树节何嶙峋。遥奉永历朔，再监定西军。石雁与鲵渊，所事两不遂。滇南一旅孤，复闻遭蚵溃。皇朝既定鼎，遍域搜亡逋。或乞旦暮生，腼颜投降书。否则抗大义，颈血溅属镂。公知事已偾，散军奔崎岖。竟效鲁仲连，长蹈南海隅。钩崎开石堂，牛盘坦沙碛，龙虎夹两亶，于中结茅宅。朝作采薇吟，夕校冰槎诗。两猿趯箐杪，和以商声悲。真宰下呵护，夔魖不敢窥。成则天之功，不济岂臣事。亦既千钧沉，难为一发系。苍头夜缒壁，暗藤凄鹈鴂。竟受意外禽，反接为囚俘。毅然赴临安，刑胁志无夺。决眦看南屏，犹言好山色。载赋南田篇，南田今崔巍。蜒雾百八燠，精灵相往来。

红木犀辞 有引

木犀有红、白、黄三种，红者产象山。按《宝庆志》：宋高宗时，邑士史本初以接本献。上爱之，尝画扇头并题诗，赐从臣，由是四方知名。

庐陵尚书创长句，谓是瀛洲第一树。后来谢山亦有诗，征考前闻略能具。象山史氏初持献，特敕宫臣写团扇。二十八字赐群僚，雨露丹心效葵恋。空山凡质倏朝廷，一日天香播扬遍。当时竞辇花石纲，分枝接叶嗟苍黄。此花幸尔惬宸眷，珊瑚擎月生奇光。或云移植种辄变，古之所有今则亡。繁华过影吹云片，何论凄凉翠微殿。

游雪窦

古刹群峰下，乘舆许叩关。钟声度前岭，梵呗落空山。败叶堆高下，白云时往还。翰林松已朽，苔藓绿斑斑。

登招宝山

山势矗天迥，明州锁钥雄。长江流日夜，巍垒各西东。

沙鸟烟波外，风帆指顾中。登高一眺望，今昔感无穷。

云溪寺

绀园半圮绿苔侵，古壁苍苍岁月深。松鼠跳梁窥佛饭，竹鸡啼雨扰禅心。云归三径昼常静，月坠西峰夜易沉。步出山门一回首，六年前事复如今。

谢之枢

字顽仙，象山人。

金烈妇诗

烈妇李氏，象山人，适慈溪金氏。夫业渔外出，姑龚昵里侩汤姓，汤瞰妇美，以百金啗其姑诱妇，妇断指誓不从，姑日以鞭捶火烙胁之，且掘密室作窨，杂以瓦砾、荆棘，绁妇其中，如是两月余。值夏日，蚊嚼鼠咬，血肉狼籍，体无完肤，终不屈。一日，谋以沸汤沃杀之，闻雷声绕屋，惧而止。邻里乘其姑出，约众入室，以门扇舁妇至县，讼其冤谳，既实，妇死于县庭。慈人哀其烈，为葬于慈湖侧，且立碑焉。

于人行贵端，于世事多变。行端在所为，事变在所践。所践或不臧，乃为道路贱。慈湖金氏妇，吾邑李家媛。其姑本秽淫，处若艳妻煽。软风扬游丝，竟欲好花胃。坚铁不畏炉，素丝岂同茜。遂与嫪毒谋，遽遭戚姬患。挛继投沃焦，熏剔体无善。阴天凄以霾，白日有时见。屋漏瞰鬼神，栋隆起雷电。邻里持状陈，官府据辞谳。冤白死县庭，立碑葬湖畔。煌煌迁固文，摭实详事传。秋风乌夜啼，明霜白如练。赋此心肃恭，聊为颓俗劝。

杨花曲

白下门前春草肥,乌衣巷口燕子飞。嫩黄杨柳忽成绿,待到花开春已归。

妾愁不及杨花多,杨花飞飞愁奈何。将愁寄与杨花去,不是沾泥便逐波。

杨枝奠漫斗纤腰,枝在风中花易飘。只道花飘愁与送,送愁还把妾愁招。

樊跻澄

字镜潭,象山人。诸生。

《家传略》:先生颀㓜魁梧,性豪爽,为文如其性,诗多慨愤之词。屡试不售。于乡邑公举,如书院经费、蠲赈款项皆侃侃与有司言之,不少唯阿。著有《石楼楼后楼诗草》。

四姊王烈妇哀辞

大丈夫为君父死,称曰忠臣曰孝子。子臣一死亦非难,一死能令君父安。或为兄亡为友亡,义侠名增青史光。伦常之事类如此,妻之死夫亦犹是。奈何妻死夫得生,妻转不以义烈名。姊昔在家称贤淑,善事父母与伯叔。作嫔于王十年余,翁悦姑喜伉俪笃。亡何夫忽患淋疾,二竖缠之日复日。评量药裹几易医,易医愈多病愈剧。姊乃焚香默吁天,愿以己算益夫年。呼天不应泪涟涟,朝夕哀求情益虔。谓夫宜遐寿,谓己不足有。夫不患无妻,儿何患无母。可奈天心终茫然,祈夫不死竟不痊。夫如不痊殉已晚,微躯先请为夫捐。天乎若果鉴心曲,妾今一死郎命续。否则相俟在重泉,杀身成仁愿亦足。反复思维心有主,食鸩而甘不知苦。斯时夫病正垂危,闻声而起霍然愈。呜呼!一死真能续乃夫,人定胜天如是夫。可惜论者多腐儒,诮之为愚胡为乎。岂知夫死易于殉，志士固能蹈白刃。从容就义古所难，奇而仍庸逆而顺。我今为作《烈妇吟》，不唯其迹唯其心。援笔记此泪满襟，敢告他时采风者，毋令盛德长埋沉。

西寺秋咏 录一

寂寂扉常掩，萧萧殿半攲。菊华香入室，竹影绿侵帷。地僻添寒早，楼低得月迟。枫林谁是主，树树染胭脂。

山行

树密疑无路，竹深不见天。钟声出幽谷，鸟语隔残烟。樵子穿云去，牧童枕石眠。行行至江侧，归放夕阳船。

次姚梅伯先生游石屋原韵

蓬莱山外辟仙丘，胜境真须作胜游。绝顶峰高招白鹤，断崖松老吼苍虬。荒城烟雨迷楼阁，满地风波感粤瓯。华屋由来容易毁，唯斯片石峙千秋。

归途口占

大地荒凉草木摧，空余落叶满山隈。上方牧笛穿云去，隔岸渔舟趁晚来。日暝寒烟凝院落，风吹薄雾上楼台。山村偏得清闲趣，竹外松间半是梅。

青莱十景 录二

风闻海上有三山，其一蓬莱是此间。可惜神仙去不返，马蹄人迹半苔斑。仙岩足迹。

经始何年志失传，台前石几自天然。神工着意清平日，付与诗人敲绮筵。炮台石几。

陈昌垂

字绍峣，一字南屏，象山人。

姚永概撰《墓表略》：先生少孤，事母孝，壹意家政，不治举子业，然好读书，于经则《易》《书》《诗传》《四书注》，史则《资治通鉴》，宋儒言则《小学》《近思录》，皆加朱句读，尤喜《正谊堂丛书》，日必尽三卷，虽甚剧不辍。书法褚河南，间为诗文自娱而已。殁后，子汉章编为《毓兰轩遗箸》一卷。

和虞竹亭先生盆兰诗

兰德犹君子，应于教席储。闻香欣入室，比臭幸同居。微笑临端坐，清言侍校书。献诗聊答惠，佳句有谁如。

咏兰

手培兰畹两三载，日暖风和次第开。坐久不知香在室，推窗时有蝶飞来。

偶成

簇簇红阑四面通，小桥倒影碧波中。夜坐披书人静后，笛声吹起藕花风。

种竹

雨后移来竹数竿，挥锄种近石阑干。莫嫌梢上无多叶，能与梅花耐岁寒。

王元恒

字佩章，号吉斋，定海人。诸生。

《定海县志》：元恒从黄式三游，得经学之传，后治宋儒学说，成《朱吕问答》一书。生平严恪廉介，喜为人排解纷难，人敬畏之，无敢以不义干者。粤匪扰浙时，有族人自镇海祖籍来依，发茸茸然，为官军所得，以为匪徒将诛之，元恒急出，以家口保，始免。其赴义，类如此。

咏萱草

风潇雨晦末忘忧，对此能教俗虑收。为赋宜男香可佩，且邀欢客迹常留。当阶翠霭延新竹，缀树繁英映紫榴。通得黄中君子理，幽闲天质轶凡俦。

王贻佩

字我玖，定海人。

六横竹枝词

朝南山隩莽洋洋，横被塘连两教场。皆上庄村名。村里涂田千万亩，秋风吹送稻花香。

拖虾小艇杂渔艭，泊遍长涂涨起江。皆地名。鱼劈秋时成海市，有名峡鲞味无双。

沿涂煎户上庄稠，设立官厫石柱头。村名。海浪秋风天气燥，晒盐板白夕阳留。

厂搭东窑号大渔，官兵烧尽屋无余。至今海静商船集，遍结茅庐贩带鱼。

杨子和

以字行，定海人，诸生。著有《听雨草堂诗草》。

送邑侯甘公炳入觐

万里桐乡颂故侯，当年砥柱峙中流。先声海甸摧封豕，雅化村农却佩牛。云水有家还少住，簿书随分足闲游。独惭桃李登门客，坐罢春风笔未投。

厉卜元

字稀孙，一字熙琛，定海人。得鹏子，诸生。

咏女娲氏炼石

石炼青黄赤白玄，补天手段欠周全。千秋织女犹含怨，剩得银河待鹊填。

厉姓涛

字梅孙，一字眉生，定海人。得鸭子。

咏汉宫虞美人

奈何一曲泪流红，百二关河属沛公。妾岂甘心魂化草，也争尺土在宫中。

《四明清诗略》续稿卷二终

四明清诗略续稿卷三

鄞　董沛　孟如辑

郭传璞

字怡士，号晚香，又号伽又，鄞人，景行曾孙。咸丰辛酉拔贡，同治丁卯并补甲子科举人。

冯贞群曰：晚香先生工骈文，著有《金峨山馆文甲乙集》《四明金石志》，编刻丛书凡十二种。初署"金峨山馆"，后更号"望三益斋"者是也。

忻江明曰：先生为姚复庄先生高第，骈俪文得其嫡传，兼工诗词，身后遗稿流落他氏。此次征诗，由王君翼林送到数册：曰《游心于澹室诗抄》，凡两册；曰《吾悔集》一册，均系手稿。曰《江左游草》一册，末九页亦先生手抄。总为诗二百五十余首，稿中附有《骈文诗余》及应制体诗，眉端有钞字，已录字并编前后次第，知为先生删定稿本，亟录什之一存之，但终以未窥全豹为憾。闻余稿尚有在王氏者，能为整比录副，以待刊行，则李穆堂所谓哺弃儿、埋枯骨之功也。

同马子桢大令暨其侄馨山、澧亭、春源三上舍游焦山舟中作，兼呈渔珊大令

焦山拳江中，距城八九里。言邀素心人，买棹溯春水。风静痴曳帆，泥融湿沾履。参差叩禅关，景物赏清美。帝释自有天，不受一尘滓。红梅花烂开，蓓蕾缀珠似。无香

而有香，闻根澈元理。应笑吾劳薪，济胜莽涯涘。不如归鸟闲，于止知所止。

简杨柳岑主政同年鼎来

诗本真性情，涂抹吾弗喜。潘氏养一斋，德舆。精深抉名理。廓清詹詹言，所贵植根柢。忠孝持其源，风骚畅厥旨。尚论开宝间，芒芴剖天悶。诵之尤服膺，培塿小余子。朅来淮浦壖，香草渺兰芷。杨君人中龙，矫特雄后起。仙咏霓裳归，名心澹如水。昨得邂逅亲，琚谈屑麈尾。索观新制文，逾分赞不已。为言饔古人，高叟子尚先生。住同里。盍往从之游，雀跃愿拊髀。前日叠韵诗，偶作狡狯耳。古法荡无存，亟当郁攸毁。持此献刍荛，抨击固遥企。

简王子裳同年咏霓用谢康乐游赤石进帆海韵

顷从江左归，花事已消歇。静中观化机，惧共流水没。王君善读书，名理析毫发。昨承药石言，奏功抵七发。外强中则干，少悔慁岁月。同志三十人，才气等伦越。安得居游偕，相与箴欠阙。六潭山色佳，飞去倦云忽。新罗黑水碑，待君勒洪伐。君将游日本。

桂林倪云劬鸿书来征诗答以长句

三百篇多轶姓氏，见小序者约可指。以人存诗诗存人，自萧选来滥觞始。我朝新城阳羡兴，感旧筐衍矜哆侈。厥后邗上偕乐游，登岱余皆部娄耳。萧闲卿倪文正，一字萧闲卿。亦有诗孙，著撰日计高尺悶。记耳盛名一粟庵，东湖万君钊，字剑盟，江西人。有《东湖草堂诗抄》。对雄垒。神交今夏逢津南，投诗光焰惊逼视。携读螺舟黑水洋，辟易腐儒吓神鬼。有如金碧辉楼台，东坡登州眩海市。有如五色都卢橦，犁鞬秘戏呈谲诡。昨承邮寄海上书，云征拙诗将付梓。风义录君辑有三百余家。许群雅参，刻画无盐比西子。我于此事略识涂，然无定本供删改。重违君意命写官，覆瓿中物抄数纸。倘得钟嵘加品评，庶瀰滓渣透光采。侧闻君为台澎游，东诸侯定迎倒屣。何时樽酒重与论，甫白寸心亘古在。

题祝安伯太守_{庆年}补绘孤山巢居阁琴社图_{有引}

浦城祝桐君先生，道光中守会稽，绘有《孤山巢居阁琴社图》，一时名流题咏殆遍。咸丰末，遭乱图亡，今文孙安伯太守需次吾浙，补绘是图，属赋。

逋老仙去坡老谪，西湖万古月华白。鸣琴爱听松下风，七百年来无此客。_{东坡有《次韵西湖月下听琴》诗}客何人斯三山来，政事多暇搜琴材。巢居阁小故无恙，绕阁忽见梅花开。逋仙种后几开落，得无花劫随轮回。鹤归乎来向空舞，数点梅花逗疏雨。篆纹宝鼎香雾蒙，悄焉冥会兀无语。将断复续南屏钟，声闻遥答诸天空。似弦非弦指非指，弦指而外具化工。往还几辈结同社，岂必曲高虑和寡。拍到暗香疏影时，白石道人今即我。或如秋思凝碧天，或如瞿昙学枯坐。或如蟹行将糖窠，或如雁唳坠霜笴。敉声泛声希夷微，百五之材入陶冶。酒半传催老画师，写真一一呈须眉。主客周南共张北，或嗔或笑或醉痴。搂批拆捋析芒芴，纸上作其鳞之而。当时名流集题咏，二难四美都合并。庚申虐焰天竺飞，此画无从问究竟。文孙宦游重到浙，金碧晃漾新像设。真迹真堪王宰追，通灵防有桓元窃。我虽未聆先生琴，见图如见先生心。滂葩放笔为长句，请质孤山处士林。

题郑仙厓参戎行看子

戗瓦门外沸海水，长鲸人立瞠目视。不有中流砥柱才，谁欤辟易万伥鬼。荔支苏妲媚濮媛，槟榔阿团嬲郎罢。駃娑杂沓风雨腥，朝循暮恩比比是。况复年前欧罗巴。螳螂奋臂思当车。台澎千里鼓声死，莲花洋又窥洛迦。郑君立誓剪群丑，痛饮黄龙一杯酒。示威须漆月支头，戡暴可桔疏属手。我皇破格施宽仁，恐累无辜玉石焚。议和中策用魏绛，渝盟上罪赦契丹。泰山如砺河如带，职方重译图王会。安不忘危筹海防，几时扑杀此獠快。壮哉楼船凌飞涛，方壶圆峤酣游邀。唾余枣拾瓜样大，磐陀石上仙人要。樵青解事劝浊醪，伯雅季雅皆素交。空翠薜萝映眼缬，香气潋滟浮杯凹。我识君也近十载，今春同舟亲爱倍。鸡肋笑谢敛尊拳，酒户大小乞降每。出示此图征拙诗，怦然有触以笔追。请君再醋一大白，不比寻常行乐辞。

简丹徒赵君举丈彦偁二首 录一

不惮迂涂访，徒为短简留。维摩逢善病，希范放春游。时事艰难感，乾坤莽荡愁。师门一掬泪，何处哭松楸。谓张文贞师。

送陆渔笙同年廷黻还朝

旧雨今存几，惊看共白髭。嫡传张道济，谓子腾侍郎师。家学陆农师。不负平生志，休忘患难时。泷冈拟阡表，翠墨乞蛟螭。君许为先考写墓表。

喜齐一山孝廉林枝至自天台

石桥万丈瀑，随雨到江城。商榷旧文史，吐茹真性情。佳儿得谢朓，远祖述桓荣。文郎辑次风先生《集古录》。盛放黄花日，登高再莅盟。

晓然上人出示春山夜坐图册，梁山舟侍讲署检，盖寄庵长老遗物也，追和原韵

宇内皆寄耳，岂唯图与吟。五峰没骨画，双涧不弦琴。

微会鸟声寂,静闻篁气深。名山吾有分,常住借东林。

夜饮呈沈芸阁太守并诸君

火树锟花夜放阑,官斋都雅集衣冠。五言太守惊携谢,一代畸人喜识韩。字为班春皆署户,酒无挑战不登坛。吾家功甫青山在,宋郭祥正,当涂人。著《青山集》。勒马明朝子细看。

赠何铁生太守金寿二首

江汉钟灵有远源,胪传姓氏重端门。上书能作词曹气,容谏终邀圣主恩。金谷百篇投翰藻,河桥万里侑清尊。梅花东阁延明月,识得仙官是仲言。

珊瑚权把钓竿收,又向江南汗漫游。罍魄荒坟寻远祖,时游金山拜景纯先生墓。猪肝绮席累贤侯。烽烟瓜步三千戍,歌吹杨花十二楼。前有渔洋后宾谷,词坛可复继风流。

王子裳同年咏霓自德都伯灵使署邮示送曾劼刚彻侯还朝诗,次韵却寄四首 录二

笔花剑气并论功,文武兼才出禁中。安辑三边推许曼,谓竹簹星使同年。折冲万里佐王戎。经天狗骇飞星白,跕地鸢愁浴血红。添得行囊篇什富,鸡林重价购南风。

早安雌伏淡雄飞,蓦地公车伴绿衣。未办万言新策献,且编一卷近诗归。犀心内照存平旦,骥足狂奔恐落晖。同受春风嘘小草,名山老去可因依。谓张南皮制军师。

简许竹簹同年景澄叠前韵 录二

凌烟岧阁策殊功,远祖分辉画像中。土著书堪编北户,天恩款且纳西戎。陈诗纸晃羊皮碧,捻酒香浮虎魄红。三十六邦都额庆,阳关到处被春风。

蜀道迢迢驰使节,壬午八月君典试蜀中。衡文老眼炯无花。

晨风欲振纤翎弱，旧雨徒牵积悃赊。直待倦游长水驿，曾征故事碧山槎。是年冬杪舟次禾中，承招夜饮。如今一统恢无外，涵泳欧洲即圣涯。

台州郡斋书怀四首用马星□观察留别杭州诗韵，末首即送其假旋姚州

年来方悟读书非，李广封侯骨不飞。老有华文售市贱，贫无活计买山肥。偶携憨仆当风啸，屡梦娇孙抱月归。幕府差堪破岑寂，鹪鹩暂借一枝依。

自怜人与墨同磨，旧雨偏邀赏识多。苦海随时投废稿，名山到处筑行窝。已闻西域平疏勒，况复南荒款尉佗。愿息频年牛马走，商量补屋待牵萝。

一从回浦卸仙槎，止水心真似出家，钱塘金冬心农有"心出家"私印。娱我漆蝌千帙富，让他裘马五陵奢。山横浅黛烟笼柳，郭锁浓青雨注麻。何处清歌声彻听，合教檀板按茶茶。

健拟修书昔岁阑，忽回珂里暂抛官。吏才剑快摧锋易，世局棋纷下子难。隽句非长聊答和，罪言无当任讥弹。松楸乞假修先垄，翘望东山起谢安。

题江宁张东生迟月山房诗卷

壮游无分到摩诃，暂托红莲泛渌波。梦里还家因客久，醉中迟月得诗多。闲凭觅主巢安燕，君《春燕诗》最工。愤欲逢时鼓打鼍。商待明秋同济胜，秣陵山色看如何。

送汪洛雅同年返黄岩

劫灰卅载感龙华，携手山城炫赤霞。多难且编诗作史，冷官能耐客如家。春寒劝饮添盘韭，夜静论文剪烛花。莫漫明朝轻赋别，东湖景物玩清嘉。

泊钓鱼亭同吴梦飞作 录二

扁舟舣到钓鱼亭,江上风吹气带腥。借取山家炊饭鼎,湿烟化作乱峰青。

廿里迢迢睨赤城,天公不放晚霞晴。默祈夜半潮生早,环佩丁东听水声。

陆廷黻

字渔笙,号己云,鄞人。同治甲子顺天副贡,丁卯并补甲子科举人,辛未进士。官翰林院编修。著有《镇亭山房诗文集》。

忻江明曰:先生视学陇右,以培植人才、转移风俗为己任。省中旧有采兰精舍,月饩高材生而课之,亲加启迪。别建求古书院,以课经古,捐廉给奖。于河西五郡则设河西讲舍,与求古同,由是士蒸蒸向学,并檄各属举报节孝,习乡钦酒礼。甘肃人至今有甘省经回乱后,"左文襄来养,陆宗师来教"之称。在翰林日,冢宰毛文达特器重之,馆先生于邸,尝上《请征日本疏》及《推广抄法疏》,敷陈恺切,后皆验如其言,惜当时不见用而归。归后主讲崇实、月湖两书院,所造就后进甚众,诗文集皆手定付梓,文凡十二卷,诗凡十八卷,骈文杂著如干卷。

读战国策 录三

王灵久不振,霸图亦已衰。七国盛争战,纵横无已时。纷纷责九鼎,举怀兼并思。小侯奉冠带,帝制庸自为。宗周且不保,何有于诸姬。桓文忽焉没,哀此下泉诗。田侯效臣节,虚名赖护持。惜哉德不终,重为天下嗤。

挟策叩秦关,游说驰六国。抵巇复乘险,能令人主惑。长跽愿受教,举朝皆目侧。当其未遇时,面目耻黧黑。一朝取卿相，功名在顷刻。出门遇侪辈，顾之有骄色。吾道绝诡幸，揣摩讵足式。

吾希颜夫子，抗节藐王公。吾爱鲁仲连，高蹈东海东。倜傥不任职，功成耻言功。两贤有同志，震气摩高穹。惜其不闻道，仅以畸节终。将无矫薄俗，而独善其躬。墟墓禁樵牧，荒陂水融融。旷彼锦秋湖，千古留高风。

拟古十首 录五

良骥产冀野，视之犹驽骀。一顾逢伯乐，声价增燕台。灿灿黄金策，春风驱以来。叱咤日色动，蹀躞云路开。方衔知己感，讵鸣伏枥哀。贱齿日加长，壮心容未灰。及时不服驾，终恐伤虺隤。

昔游通德门，今抗扶风席。孔予原宪粟，燕筑邹衍宅。愧非模楷资，乃就西馆辟。感恩岂不厚，忧来难自释。纵壑无巨鳞，翔林无逸翮。扬云草太元，五十犹执戟。念我东邻子，覆瓴徒自惜。

春城二三月，灼灼桃李芳。江南有桂树，零落在路旁。秋时尚不华，冬荣焉可望。均荷大造恩，岂异培植方。本是同根生，枯菀何参商。

驾言发京国，万里违昏晨。白云欲飞盖，遥覆江东津。念彼桑梓域，羁此游宦身。未谙南陔洁，仍忧北门贫。古人乞守郡，就便养其亲。此例今已格，此意难自陈。不如蓬户子，永恋庭晖春。

卫叔升臣僕，楚相进子文。臾骈出赵属，援之佐上军。由来取高位，左右唯其人。下僚守寂寂，卿相名不闻。自非附骥尾，曷由致青云。良士耻自媒，君子慎所因。

八月十一夜同人集饮即事有作

中庭交荇藻，华月升云端。烛龙斗奇采，光夺红阑干。

花下铺绮席,琴尊佐盘桓。知己两三辈,簪裾萃长安。人生无百年,日月如走丸。所贵在行乐,安恤饥与寒。佳人不可期,天汉骖青鸾。欲往从之游,临风修羽翰。白虎挟朱瑟,一邀苍龙弹。此曲非常音,能令愁颜欢。

青青女贞树 有序

青青女贞树,哀贞女也。女湖南唐氏,随父官江苏,字金陵汤氏子。汤卒,女绝食数日,誓不他适。父母难之,女曰:"《柏舟》诗共姜宁已嫁耶?"卒归于汤。按:《柏舟》"髧彼两髦"句,《诗传》:"髧,垂貌;髦,发至肩。"子事父母之饰,言事父母,其未适人可知。"实唯我仪"句,仪当训容,训宜,均又叶俄,仪、俄古通,俄又通峨,《小雅》"侧弁之峨",是。"实唯我特"句,特当训独,本诗义折中。通数义观之,则"两髦"句为共姜自谓,于义并惬。自《传》引《尔雅》诂仪为匹,谓指其夫而言,而于特并迁就其词,通训为匹。于是共姜为女为妇靡得而定,夫以诸侯之子之妻,夫死而他适,春秋无闻。使共姜已嫁,而犹欲夺之,为姜父母者当不昧义至此。女谓共姜未嫁时作,可谓娴诗教矣。余既为诗,哀其志,并释诗义为序。

青青女贞树,不巢鸳与鸯。莹莹古井水,不湔衣与裳。皎皎窗前镜,不照红粉妆。膏沐岂不具,谁复为容光。唐家有弱女,少字汤家郎。郎家背钟阜,妾家面清湘。赤丝系千里,江汉无限梁。婉娈双璧合,在圭愿为璋。在琴愿为瑟,在笙愿为簧。会面纵不识,问名宁相忘。人生忽朝露,玉树凋秋霜。郎年方十五,遽为殇子殇。女年方十六,闻之心暗伤。不语复不食,形如枯木僵。衔涕告父母,儿夫今已亡。夫亡不可作,犹得依姑嫜。脱我臂上钏,摘我耳后珰。裂我齐纨洁,焚我罗襦香。检我筐中素,还登君子堂。不愿共牢食,所愿同穴藏。没未填沟壑,生当守空房。父

陆廷黻

母不我许，此愿诚难偿。难偿复如何，砒鸩甘如浆。阿母闻女言，涕泣摧肝肠。阿父闻女言，中夜起彷徨。舅姑闻女言，叹息复惊惶。女心不可转，安俟一再商。时日大吉利，脂车远迎将。蒿簪袭縓绖，慷慨登路旁。入门何所见，灵旐犹飘扬，入室何所见。遗挂悬空厢，白日惨将夕。形影独相望，青青女贞树。不巢鸳与鸯，莹莹古井水。不湔衣与裳，衣裳不成匹。鸳鸯不成行，朝见钟山高，夜梦湘水长。山水有时竭，女心无时忘。共姜誓《柏舟》，庶几相颉颃。作诗纪惇史，千载扬芬芳。

海市用东坡韵

天鸡催晓腾远空，杲杲红日升当中。须臾日没波涛涌，弹指现出鲛人宫。雕甍翠瓦参差错，由来人巧输天工。天吴海若骄不语，俄见八隅攀升龙。珊瑚木难兼翡翠，中有千金贩宝翁。虹腰俯跨长桥蠹，万马疾奔千夫雄。鸡睨鱼瞷不得视，诡状怪态难终穷。倏忽山河匿奇采，海日照见晴光融。琳宫贝阙复何有，烟波窟宅神灵钟。试听海客谈瀛洲，且须美酒沽新丰。有酒但饮莫辞醉，杖头钱有三百铜。梦幻泡影如是观，两耳飒飒闻天风。

游大像山

陇南诸山皆西来，镂镂瑱琢撑崒嵬。朱围巉巉露石骨，皮傅松桧如莓苔。重庥斜窦谽奇窍，灵境忽向当亭开。何时怒触共工首，天柱崒嵂纷倾颓。何时倒擘巨灵掌，香城涌出莲花台。花首如盘现宝相，伸脚直欲穷九垓。传闻宋时淳祐中，天龙嘘吸惊雷风。阇黎髡发窣堵立，华鬘覆额璎珞重。神斤鬼斧削不得，般倕那许矜人工。后人因之崇像饰，覆以甓瓦装琳宫。元勩混黄鋈金碧，琉璃晃耀风磨铜。镵石凿壁开曲岪，天梯石栈钩玲珑。陬牙复沓护阑楯，白云封处云路通。山尽处碣曰"白云封处"，近复开凿。飞阁层峦间丹翠，洞霄宫阙天帝宗。万山执笏拜其下，元椒上丽缭穹窿。朝骖紫鸾夕青凤，金支翠旗来崆峒。我行过此揽异状，猿奔虎驰摄衣上。窄者仅能受半履，宽者亦可展五纳。天半云落衣襟开，我欲矫首发遥想。塔铃作语万花坠，元鹤一啸众山响。晴旭当午火伞张，冲激渭流光滉漾。移时蜷纡践陂陀，树枝如梃折为杖。扶以降厓惧颠陨，避险择夷就旷爽。山麓小庵略可憩，脱巾靧面扑尘块。舆隶喧杂催上路，松风恍惚送英蕩。岩壑潜扃暝烟紫，但见万峰郁苍莽。

宝剑篇赠李清吾军门良穆

将军落落人中豪，图画凌烟勋名高。黄金为甲银为袍，翠羽为冠红缨縿。伎飞着翅鞭长捎，腰悬宝剑青丝绦。拔剑在手狂风号，白日西匿阳光韬。猰貐夜窜哀猿嗥，山魈木魅精魂销。关中群盗多如毛，此剑诛贼如诛茅。髑髅筑台堆蓬蒿，花门残孽难藏逃。功成归来身则劳，明堂有诏丝纶褒。勋阶特进同嫖姚，即今作镇临临洮。匈奴何得矜天骄，坐看天马徕骁駣。我持使节乘星轺，与君相遇秦州郊。左旟右席廉蔺交，豪气直欲凌云霄。君持此剑横相邀，七星错落垂珠杓。千辟万灌濡鹈膏，珍重交情脱宝刀。何以报之琼与瑶，嗟我手无缚鸡力。安能苦学一人敌，多君厚意不敢却。弹指霜花勤拂拭，男儿意气横九州。肘后金印腰吴钩，苦守毛锥将何求。君不见，傅介子，手缚楼兰禽其酋。又不见，班定远，一朝投笔取封侯。不然亦当斩却佞臣一人头，青史之名高千秋。

晓发西坝

残月入林暗，疏星堕水明。舟从官渡过，潮逐客心生。旧梦江头续，新诗枕上成。布帆幸无恙，万里此云程。

棹舟光溪祭先大父墓，还过老友方憩伯孝廉家，归途有作 录二

一棹光溪路，扁舟逐水行。晴云荡野色，危石咽滩声。荠麦缘平坂，蘼芜没古城。欲寻高尚宅，旧传贺监故居。来此效归耕。

风景清明近，芳华满水滨。白揉梅瓣碎，黄茁柳芽新。墟里炊烟午，溪桥涨水春。维舟才傍岸，鸥鹭已相亲。

登嘉峪关 录二

空同停使节，五月间曾上空同。斯地复来过。关势壶头隘，边声画角多。回风沉只雁，落日走明驼。四顾空提笔，茫茫意若何。

岂有天骄子，于今尚未臣。由来筹笔地，不少请缨人。苜蓿餐难饱，葡萄酒不春。汉家全盛日，失计在和亲。

江楼夜望

玉漏迢迢夜色昏，银河倒影入清尊。两三点火隔江浦，一百里潮通海门。浅渚月明迷雁影，晚筎风起动鱼魂。不堪西望犹烽火，照见襟边旧泪痕。

潼关

天上风云径路通，潼关形势古今雄。河声岳色苍茫里，汉殿唐陵感慨中。寂寂桃林春放马，萧萧枫叶夜归鸿。时清不觉成皋险，青史休夸百战功。

秦州

秦州雉堞隐参差，想见当年割据时。宫殿犹留偏霸业，山川俱入寓公诗。只今落日随流水，终古荒厓有断碑。独

立高楼一惆怅，谁从秦蜀固藩篱。

梁星海编修鼎芬用予呈杨少尉师诗韵成寄园春感诗见寄叠韵奉酬 录一

早饮香名不自今，承明出入托遥深。君才何肯摧芒角，吾道原难枉尺寻。内相尚存翰苑集，中朝终谅直臣心。即看宣室求贤诏，好为苍生费酌斟。

次韵袁爽秋同年昶和莫愁湖诗兼酬见赠之作 录二

但洗尘心不洗愁，春来杜若满芳洲。鸳鸯湖暖莺争树，翡翠帘低燕蹴钩。碧玉才人抽镜屉，红牙小妹理衣篝。揭来共听青溪曲，擘尽箜篌不解忧。

遗像胜棋楼上在，当年勋绩想从龙。大功甲第连云起，异姓侯王裂土封。勒石尚留青藓篆，还山新长紫芝茸。英雄事业随流水，一任湖光变淡浓。

邯郸驿次壁上韵四首 录一

暂投逆旅解金鞍，起视星辰夜已阑。沽得十千燕市酒，半醒半醉过邯郸。

酒泉试院夜坐书感

红烛高烧毳幕围，边城频听雁声归。江南秋尽家何在，木叶纷纷陇首飞。

林嵩尧

初名廷彦，字餐英，镇海人。同治丁卯并补甲子科举人，光绪丙子进士。官江西吉水知县，擢义宁州知州。著有《云卧楼诗集》。

《镇海县志稿》：嵩尧少学于同邑姚孝廉燮，称入室弟子,释褐授江西知县,补吉水,署宜黄、万载,所至有政声。江西民情好讼,尤多械斗之案,嵩尧推诚诰诫,讼牒寖少。日坐堂皇,手判案牍,遇公事繁剧,钩稽彻夜无倦容。尝两充乡试同考官,得士称盛。辛卯以葬亲假归,旋升义宁州知州,以目力锐减辞不赴,卒于家。

杂诗 录四

黄云散四野,秋空林木稀。梧桐无荣枝,孤鹓尔来栖。矫首忆灵峤,云胡不奋飞。侧闻大泽中,似有哀鸿羁。振翮欲相救,而我亦苦饥。丹实不自饱,流离将何依。忍寒啮冰雪,粱肉人自肥。

幽砌号寒螀,荒郊试病马。到耳无悦声,长啸振林瓦。触感生百忧,楮墨不能写。万壑春涧泉,势难勒奔泻。巴歈非阳春,胡亦嗟和寡。鲛珠与鱼目,更难辨真假。冷眼作旁观,热泪滴盈把。空山有灵芝,愿为负镵者。

我生千载下,追欲追古人。冥心搜意表,每苦立论陈。依附托余光,微末安足矜。一月出海上,众星歆其明。荡漾得真液,酝酿归深醇。无为弃糟粕,善取皆精英。

避俗如避仇,相逢作好语。敢谓心腑同,但觉面颜苦。平生少征逐,孑焉寡俦侣。空庐结古欢,抱影相尔汝。非无素心人,一别成旧雨。登楼望平江,落日照芳杜。

答吴仲祥元镜见寄三章 录二

美人居空谷,谢绝时世妆。华年矜盛饰,兰佩芙蓉裳。无言理瑶轸,独立生容光。觌面如素识,心契言难详。天孙结云侣,梦踏银河凉。远游隔吴越,山川阻且长。形违神自合,脉脉遥相望。千里犹一室,坚情矢勿忘。

人生无别离,谁复忆欢会。自为失群雁,回首增感喟。饥驱出门去,苦为谋食累。淡泊虽本怀,无求乃矜贵。尺素随宾鸿，欢然当晤对。顾影我体癯，入梦子容瘁。登楼凭危栏，吟樽共谁醉。唯有隔江山，晴岚点衣翠。

饮酒十首 录四

真气纳元橐，谁能窥其倪。造化持大纲，荣衰自相欺。闭门谢蠕蛰，杯酒聊独持。杯酒吾亦醉，斗酒吾无知。沉沉嗜曲糵，顾影生忧疑。世路险以仄，涉足应非宜。颓然梦中醒，慎无蹈危机。

盲风挟奔涛，日啮海上山。孤城蚀江气，夜起蛟龙顽。结屋大江濆，古月生苍寒。潮声在高枕，有酒未肯眠。疏星挂屋角，横枝绕穷檐。绝迹寄幽想，谁扰胸中天。自顾如美人，仙佩鸣珊然。鞠以繁霜劲，兰以春风妍。

荆榛满尘市，欲出还闭门。仙鬟沓来窥，缥缈秋烟痕。陶公昔避世，对酒先忘言。神仙无定居，乃有桃花源。夕阳散霞绮，绚烂水上村。意构以神往，方寸吾自春。

湛怀寄真朴，裹足穷巷深。穷巷有静意，古穆徽弦音。途人过弗问，发言谁为听。握绵更纡曲，莫谅弦中心。幽兰在当户，恐受人间尘。委曲以维持，含意不一申。灵均寄骚怨。自有千秋名。零落琼琚佩，抚之空复情。

偕城南诸友登酒楼，醉后袖中出姜白石像，酹之以酒，因作歌

男儿日忧穷饿死，忽复翻身入尘市。城南寥落酒人少，无意犹逢二三子。举杯得酒饮不辞，腹中空洞吾何思。黄尘上衣衣欲缁，手中空折幽兰枝。幽兰无言素心泣，汝亦何为忧独立。不见春前杨柳条，年年愁煞羌人笛。楼高忽讶青天低，黄河东倒白日西。劝汝一杯酒，与汝同襟期。浮云变幻极诸态，伯劳燕子徒纷飞。餔糟歠醨亦自可，浅斟低唱夫何疑。愁中幸与酒人遇，醉后不愁古人去。振袖

林嵩尧

先将余沥浇，老仙可忆销魂句。残杯冷炙楼上寒，水龙惊起铜琶弦。沉酣忽似作轻举，恍随堕月搅湖烟。敲金戛玉绝继响，一片残碑写遗像。我与逋仙本一家，掷杯敢作孤云想。孤云已去何能留，去年会作孤山游。词人身世只如此，我辈相逢正黑头。公诗云"黑头办了人间事"。

读书

读书如有得，掩卷独沉吟。万籁归真寂，千秋拓寸心。露滋幽草茁，云尽碧天深。即此见真意，何劳物外寻。

题吴元镜笛倚楼诗集 录二

使笔竟如剑，棱棱霜气秋。谁知清境绝，中有妙香流。掷月散千海，推云睨九州。仙鬟隔何许，缥缈孰能求。

籍湜久僵走，穷源敢独攀。竟看西浙水，直接大梅山。悱恻寻骚语，穷愁借杜删。元珠光在握，灵气与回环。

梅花 录二

竹外萧然寄远思，遗尘独立世谁师。高枝香动明蟾觉，静夜花开冻雀知。元气独完关定力，冬心在抱郁春姿。丛兰本是同心侣，愿与灵均一致词。

空庭藓气接苍凉，冷萼中含太古香。散作梨云迷梦境，快留晴雪炫花光。一枝便已标真品，六合从兹有艳阳。未得深尊成独醉，且携玉笛看鸾翔。

昭忠祠落成吊靖节裕公暨诸将吏 录二

慷慨登坛意气豪，孤心久已誓靴刀。惊雷响发奔枭骑，激水寒沉湿战袍。却为符离思魏国，转哀房相误陈陶。和戎自此成长策，终古寒江咽怒涛。

仓皇列戍尽西行，隔岸真同背水营。扼险何人防间道，临危有将勒残兵。孤军援绝鼓声死,末校身摧战气勍。金鸡山之战,外委金公死尤烈。更有微臣辉史笔,丹心炯炯照空城。

金鸡山死战者,狼山镇谢公以下数人;城中死节者,县丞李公一人而已。

漫成

七尺昂藏负此身,杳无物色到风尘。但论文字谁知己,转为饥寒欲畏人。虎气飞腾应可识,鸥心浩荡孰能驯。时时把镜从容看,未是虞翻骨相屯。

斫地高歌醉亦哀,又因避债欲登台。穷秋多病情逾懒,独夜耽吟境忽开。风卷潮声归海去,云迎山色过江来。此间钟毓应奇特,谁负偏疆命世才。

论诗八绝 录二

自鸣天籁奏和声,上古歌谣见性情。只读葩经三百首,古人心不到传名。

呕心镂骨亦奇才,力扫庸芜异境开。搜到穷崖天忽朗,华云如叶拍空来。

王莳蕙

字撷香,号砚农,象山人。莳兰弟。咸丰辛酉拔贡,官内阁中书。著有《抱泉山馆诗文集》。

《象山县志》:莳蕙从镇海姚燮游,善诗古文词,又善书画。书法颜鲁公,径尺以上尤苍劲,画则擅长墨梅。既登拔萃科,值粤寇之乱,佐兄莳兰办民团保卫桑梓,事平叙功,授内阁中书。性澹泊,不乐仕进。筑抱泉山馆,游息其中,并营别墅于潜山,曰陶园,自号陶园先生。与鄞县郭传璞、镇海谢辅濂诗筒往还,时相酬唱。所著诗文集十卷、《辛壬胜录》一卷,均待梓。

月漉漉篇

月漉漉,天如沐,虚白流高梧,清露滴疏竹。池水何涟涟,双鬟荡藕船。池水流涓涓,窥见蟾轮圆。莲花自有子,莲叶薄如纸。莲心苦不甘,妾心无乃似。三秋九十日,屈瘦纤纤指。

石江纪游诗

挈侣来海壖,有约今乃届。史润甫曾再三约予。触暑登长途,马瘏仆夫惫。硞硞通鸡鸣,断岸半摧败。路穷辟殊境,乃得昌国寨。山势趋复回,富媪洵狡狯。川陆争拒迎,其间石江介。地逼西北隅,天旷东南界。孤城咫尺间,倚麓如悬挂。巨浸通汪洋,至此分歧派。潮汐日夜滠,耳际但澎湃。两亹当咽蹲,中覆土一篑。深巷盘崎岖,市井拓湫隘。鱼盐腥路衢,蛮夏错黄稗。驰利嗟纷纭,角忿笑颣龉。安遇才人皋,称揖武夫哙。噫嘻弹丸区,自昔栖驵侩。接壤云南田,厥势益险怪。绵延百八峰,结构如宇廨。众岛拱户庭,回抱蠢浮芥。岩穴藏窅冥,日久萌营蒯。宙合本清寥,兹亦肤寸疥。圣主深防微,弃此版图外。恐其肘腋间,宛转族蜂虿。只今祛樵苏,捍策慎勿懈。姑息能养奸,名言足申戒。卧榻鼾有声,愿毋学聋聩。

废瑟词用张文昌原韵

文梓旧质世未识,左燔右赢成髹黑。摩挲轸柱还分明,调弦按谱难为声。当时阅历经谁手,绘纹旁镌多署名。惜君难备今部乐,世间不辨云和曲。

琐琐阁看山次苏长公江上看山韵 录二

前山迤逦排飞云,万骥昂首争趋群。一嶂亭亭驻遥海,奋波掠水如追奔。沪门两峡相回绕，低挹晴空光缥缈。翔帆远破苍翠来，出没江心小于鸟。

冈峦环拥翻层云，雷峰突兀超凡群。磷磷怪石簇戟锐，搏激又如惊涛奔。众山膝下齐趋绕，仰睇绝顶何缈缈。饥猿颠下仙人崖，疾风吹堕孤飞鸟。

丹青引赠蛟川虞生

丹青何必无畸人，于今蛟川推虞生。白皙丰裁年少子，秋水为骨冰为神。天生尔有不凡手，五色花粲毫端春。挹露披霜蓄奇嗜，怀珠葆玉安清贫。耻为健儿奏白雪，独借胡弦鸣不平。生善丝竹。偶乘单舸渡瀛海，橐笔来叩桃花津。主人性亦爱涂抹，相得如斟春醪醇。遐心合与白云契，欣然把臂开山扃。抱泉别墅特幽峭，松篁交拥无纤尘。背冈面水安小筑，不与人世相拒迎。是时天气际冬暮，彤云叆叇山川凝。北风回旋催急雪，平郊灿烂连空冥。与我围炉作高会，螺卮引满倾复斟。豪情拟随商飙举，健笔欲与琼葩争。腕运秋声掠鹰隼，图成灵石蟠蛟鲸。一客虬髯据平槛，双眸虎视辉明星。披胸半褶袒朱褐，横腰三尺悬青萍。李郎顾盼亦隽爽，当墀按马如含瞋。背人一姝作眉语，秋水翻波何盈盈。金鎞刻鬟意闲雅，玉钏约臂光晶莹。四围瀹染更璀璨，玉树璚楼殷千层。墨渖淋漓腾咫尺，意匠惨淡归经营。奇踪异境嗟入妙，抚卷大叫能手能。画工如此古亦有，世间俗眼难为青。肯留余技状花鸟，每逢知己亦写真。大逾径丈小盈寸，浓妆浅抹皆工精。误笔有时得生意，生尝误污画卷，随其迹作一鹊子。点缀不让吴曹兴。自昔良材招众忌，莫随凡俗邀近名。呜呼虞生太奇颖，前年束发犹髫龄。未向天池绚丹翰，暂依泉石藏青珉。萍踪飘合自非偶，敝庐小住三经旬。如何岁阴驻残腊，欲别匆匆还酸辛。赠以一截青琅玕，示之我意如霜筠。只今不见四十日，眼底落落

王蓍蕙

谁知音。我思虞生歌一曲，垂杨深处啼黄莺。

寄郭晚香同年二首

风雨敝庐在，天涯此寂寥。韶华成曩度，壮志岂全销。倦我米盐策，逼人鸡犬嚣。何当拨尘鞅，一赴小山招。

小别非为久，炎凉转眼过。不知秋意老，但觉暮心多。宛转征兰信，殷勤觅楚娥。几时重买棹，胜事话金峨。

忆武林八首 录二

我昔栖湖上，花明柳暗天。乾坤经再造，物境感双迁。同首成归鹤，惊心听泪鹃。颓垣留故址，金碧待何年。

买棹双桥外，归来酒半酡。野花迷蛱蝶，残柳护烟萝。未减湖山秀，犹存斥堠多。西风吹更急，憔悴老秋荷。

秋园即事 录一

秋色一庭满，秋英渐次开。古藤围似幌，败叶扫成堆。小憩依修竹，贪凉卧碧苔。身闲心亦静，初月上墙来。

次欧大楞岩草堂原韵

绕径沉沉幕翠篁，晶无纤滓点虚堂。春风暗引晨岚湿，秋雨深含暮霭苍。已摄灵根归白鹿，都忘浩劫换红羊。人间原重黄金窟，抱璞和生且自藏。

不须得失记平生，荣我唯名累亦名。彭泽思归非计拙，云溪引退岂功成。入山应遣文狸从，听夜偏宜乳鹤声。最苦侯门怀刺客，一身风雨逐飞旌。

奉和顾星湄丈文澄大雷寺题壁诗即用原韵 录一

丰度翩翩羡虎头，偶随海客狎驯鸥。春风小隐公超市，夜月当筵谢朓楼。絮枕不嫌啼石蚕，横鞭独惯控金骝。凭谁艳逐朱轮去，我亦商量事素侯。

感怀叠前韵 录一

愁见韶光入灞头，晴波不复昵双鸥。断钗有影留宵篝，长笛无声咽暮楼。自向春畦删小草，已拌秋皂伏骎骎。帘晶堕地难收拾，与我周旋即墨侯。

燕台朝发

相逢何遽去何匆，泥爪今番认只鸿。小别已成千里客，前途可送一帆风。平岚袤屿涵深碧，曙旭窥槛逗浅红。旅境不妨飘梗过，好收诗料入囊中。

别墅闲居

晴霄风静岫云闲，溷世无心总闭关。座上宾朋辞北海，墅中水月借东山。修篁携笋寨林笑，蔓草凌花上砌顽。要是此间泉石好，孤栖权作老夫鳏。

山中口占

池边春浅梨初蕊，竹外寒深杏未花。山鸟昵人不知避，将雏枝上啄新芽。

消残浅雪便东风，人在春光驲宕中。三径碧茵浓似羂，戏调脂粉补新红。

谢辅濂

字莲史，镇海人。咸丰辛酉拔贡，同治丁卯并补甲子科举人，光绪癸未进士。官吏部主事。著有《青雷山馆诗文稿》。

《镇海县志稿》：辅濂天资高迈，为文清绝滔滔，乡先辈皆器之。暮岁通籍，不愿浮沉郎署，乞假南旋，以诗文自娱。喜购书，收藏万余卷，多善本。兼精赏鉴，凡书画古玩能别白真赝，论列源流。性静穆而才肆应，以事求质者，辄片言解纷，以故座上客常满。年六十余卒。

观潮行

蛟龙怒战鲸宫裂，八月江天即飞雪。疾雷动地万山青，天半萧萧鸣金铁。双亶洞启罡风豪，练影微生峡口高。灵箫韵澈迎潮舰，画鼓声喧弄水艘。士女如云相照耀，看潮尽入潮神庙。好凭画阁纵奇观，且倚雕阑恣远眺。潮头来自天吴窟，初起盐官青一发。鳌头陡掉势砰訇，鼍背潜翻光出没。千牛万马力旋猛，横亘赭毳不得逞。海若暗催鼓角声，冯夷倒撼楼台影。不胫而走无翼飞，隐现金支与翠旗。翩如惊鹊双行舞，矫若游虹一带围。须臾老鳄向空立，是水是天迥难别。雪沫千寻斗亦寒，浪花十丈云应湿。俄焉灭没遁重川，岂有鬼神为之鞭。白马素车遥共逐，金戈铁骑睹相连。怒息阳侯俄卷仗，依然云尽山如障。渔舶静占羊角风，估舟稳渡鱼鳞浪。西兴钟鼓送斜曛，雾散云收隔岸闻。望江亭古传遗迹，叠雪楼高纪盛勋。看罢路经樟树镇，钱王英武名犹震。但有三千铁弩强，何愁十二银山峻。雄心直辟水犀骄，终古横塘亘玉腰。事业五传同一梦，讴歌卅里历三朝。黄鸡白酒纷纷荐，报功齐拜表忠殿。宝带名驹壮气存，鱼租菱税深恩遍。归去斜阳挂梵宫，香车钿毂声隆隆。郭外斜阳烟暗锁，湖边锦树月初笼。松花满盏风鼓帻，眼界从兹宽百尺。回头重望越峰青，倚槛且瞻吴岫碧。千载灵胥怨复仇，苏台虽圮恨长留。海月江云秋万里，一声铁笛人倚楼。

题仁和吴仲祥元镜笛倚楼诗草

不信穷愁语始工，半生萍迹浙西东。湖边花鸟萦乡思，海外文章属寓公。一鉴光明心抱月，九天珠玉唾随风。相期共把楼头酒，醉听潮声到浃雄。

风流姚合有传薪，洗涤乾嘉格调新。禅榻年华三月雨，元亭裙屐十洲春。座中尽识荀鸣鹤，市上重来贺季真。我慕城南林处士，梅花如雪结比邻。

匣剑囊书下越州，谁怜萧瑟庾郎愁。天涯絮影成漂梦，岭上桃花感旧游。湖海豪寻千日酒，鱼龙凉送一城秋。华年漫使狂歌老，落日长江有去鸥。

廿年禺荚隐疏狂，王粲春来苦忆乡。白纻才名悲独客，青衫心事诉秋娘。商音偶挟幽并气，古色时流汉魏香。从此骚坛开海上，偏师独当一军张。

西湖四时诗 录四

雨丝风片翠微湾，梦绕西湖二月闲。试向涌金门外望，徐熙花鸟郭熙山。

垂杨万树白沙堤，辟暑何须借碧犀。闻道里湖荷竞发，解舟转入画桥西。

黄皮塔下暮天云，铃语萧疏送夕曛。绝似散花图一幅，数声渔笛隔烟闻。

别殿离宫尽废垣，彤云啼破一声猿。南朝金粉今何在，黄叶萧萧拥墓门。

李濂

字廉水，镇海人。同治丁卯并补甲子科举人，光绪丙子进士。官户部员外郎。

《家传略》：公藉先荫，家巨富。既成进士，官主事，十五年不迁，嗣补员外郎，会各部有保送考试御史之例，当事者以公名上闻。母病，即束装归，在途闻讣，号泣奔丧，哀毁骨立。戊戌起复，见时事日非，杜门不出。

郡中岁歉斗米千钱，公偕在籍侍御张公肖莽咨请抚军，以浙中军米济之。壬寅又饥，复请两湖制府运湘米二十万石至郡，在市则按价以售，在乡则平粜之。初被物议，迨米多而市价平，耗银少而获益广，议者始服公之所见远也。

兄弟三人，公居仲，事伯兄甚谨，老而弥笃。性喜金石，著有《六朝碑帖汇考》。家居十余年，徜徉林泉，不通干谒，见者不知其为京朝官也。

辛亥十月，病中闻国变，呼号流涕，大骂贼臣，以首触床。侍者奔救，则已流血昏眩，气息仅属矣。自此，屏除医药，唯求速死。疾笃，戒儿辈勿入仕途，呜邑而殁，年七十一。

游陶然亭

都门苦埃壒，驾车西郊行。有亭翼然峙，有水湛然清。亭本非宽广，水殊少溁瀯。四壁满题咏，披榛采兰英。凭阑一下望，几簇芦蒿生。我家近海浃，碧浪跋长鲸。群山郁青翠，嘉木何峥嵘。宦游今已久，乡景徒梦萦。偶来快游眺，已觉双眼明。物以希为贵，地以人得名。对此寄遐想，俯仰畅吟情。

送梁廉夫夏伯瑾南归

书斋旧学共商量，紫陌看花意气扬。已喜科名通仕籍，更思定省整归装。车驰北道凉飙起，膳奉南陔爱日长。我亦望云兴感慕，慈亲九秩待称觞。

乐人炳

字午桥，号振武，又号枕湖，镇海人。涵孙。同治丁卯并补甲子科举人，官安吉教谕。

《家传略》：先生少负文誉，从谢鲁封明经游，与谢枫臣、陈尔修有谢门三凤之目。性孝友，兄以南为粤匪所掳，冒险拯出之。与弟惕轩同学思园，晨昏归省，互相更代，十余年如一日。官安吉十五年，唯以一仆自随。晚年，学养益深，无疾言遽色。安吉令钱蓉台赠诗，有曰"春风容我坐，冬日最堪亲"，非谀词也。

题周广文八景图

光绪丙申春杪，余送院试，侨寓湖郡，适周艿泉广文同旅舍，以珂里之《八景图》见示，且索题咏。余方有退志，思得林泉之胜而归隐焉，览此不觉怦然心动，爰赋五古一章，以志欣慕之意。

宦游已十年，坐糜升斗禄。栈豆驽马恋，笯笼凡鸟伏。壮志日销沉，意欲遂初服。弥望皆尘境，何处堪卜筑。对此《八景图》，令我豁心目。亭畔荫绿槐，幽疑花影宿。槐亭古迹。峭壁瞰澄潭，俯仰光可掬。峭壁澄潭。两山如斗鸡，仿佛养成木。岩鸡对峙。觉山闻晓钟，梦醒黄粱熟。觉山晓钟。南屏雪初霁，林垌气清淑。南屏雪霁。北阁吼怒涛，长松风谡谡。北阁涛声。石榴环月印，点波珠万斛。石榴环月。岩下锁横流，上飞千寻瀑。岩锁横流。到眼张画图，入耳奏琴筑。何必寻辋川，何必访盘谷。车马绝喧阗，峦涧环重复。我虽非硕人，亦得寄蒿轴。倘许买山隐，此间结茅屋。

次韵答张棣笙广文见赠 录一

承乏桃州地，凡材愧下中。投闲随散吏，守拙效愚公。欲捧三霄日，难乘万里风。酒酣思击筑，高唱大江东。

童德厚

字玉庭，鄞人，华子。同治丁卯顺天举人，官刑部郎中。

补题费丈曼书半圃图

世间万事无取满，三五月盈乃月半。是盈是半互相乘，此中妙理宜参看。曼书先生笃志人，且耕且读兼一身。风景南楼兴不浅，图书东壁罗其珍。小劫沧桑重卜筑，歌声金石于兹托。差拟半农红豆居，还期老圃黄花馥。昔余外祖方归田，擘经阮公贻华笺。半圃两字悬作额，故旧相传犹目前。人事代谢夫何有，文字因缘亦非偶。先生得之深长思，谓朴可存约可守。爰本此意系以图，界画精严无稍逾。隰有泮兮田有畔，缩地如入壶公壶。是时先生年六十，课子读书已成立。艺苑中途忽改章，高才腾踔亦无及。一言奉告广文君，手泽留贻多古芬。独抱斯图思过半，舍梧养棘不须云。

哭陈咏桥征士

茂矣太邱长，遗风清且和。浮荣投绂早，高第授经多。祭酒推乡望，征书重制科。典型知未坠，仰止意如何。

频岁谒阶尘，谆谆忆我亲。德星题尚在，旧雨觏难申。集许编先友，天胡萎哲人。诵芬劳赐句，感此益酸辛。

何松

字崃青，慈溪人。同治己巳岁贡，保举训导。著有《梦璞居诗抄》。

《慈溪县志》：松得古文法于嘉兴钱泰吉，宗主义理，不尚浮藻。郡守宗源瀚馆松宿学，延校天一阁藏书，主讲辨志文会。为人冲和简穆，即之蔼然，善造就后进，与人交久而益挚，非有事故，终日据案不出户。所著《古经解钩沉续编》《周易异文考》《说文引经异同考》《史学汇编》《荀子校》《文选补注义证》等书及《常惺惺斋文抄》《笔记》均待梓。

避难自述

咸丰辛酉秋，西匪扰东浙。钱塘兵不支，越城悲瓦裂。桓桓谢将军，_{谓余姚谢敬。}娥江矢勇决。天心不悔祸，壮士亦蹉跌。乘间犯明州，贼民从羁绁。_{职员陆心兰备玉帛酒骰邀贼进慈城。}枭獍自北来，助贼先攘窃。_{北乡沈鲁芹、洪小畹等于十月廿六日辰刻进城，纵火掳掠至午刻，贼众随至。}毒焰蔽青天，婴城沸鱼鳖。富人远遁逃，贫者亦奔轶。我生不逢辰，当此心蕴结。未雨先绸缪，日夕无停辙。一肩八口担，踉蹡寻岩穴。毡席预包裹，户牖劳扃鐍。晚泊夹田桥，_{廿二夜出城至东乡郎官坪。}遥望火烈烈。青蚨不加多，舟子怒不悦。山灵欺行人，丘壑故凹凸。瘦妻足不良，两手况提挈。弱女牵衣啼，一步一蹩躠。痴儿不知愁，野草沿路掇。入山深复深，财殚力亦竭。此乡风土顽，恃气不量力。蚍蜉撼大树，手持一寸铁。铤锽聒人耳，旅巢防焚爇。_{郎官坪格杀土匪，予恐其滋事，遂移居杜郭村。}惊悸迫中肠，匆匆又告别。虽则远风波，无奈生计拙。囊金既荡尽，亲串又隔绝。百物各腾价，米贵如玉屑。邻家午饭香，儿女声呜咽。拥絮坐中宵，心事向谁说。株守不耐烦，行行忘寒栗。扣门访姊氏，未言先悲切。_{时大姊居北门外寥寥庵。}假寐不遑安，起视明星晳。宵征五十里，刮面风兼雪。自问抑何劳，拮据为哺啜。哺啜苦无方，涕泪沾胸臆。疗贫仗友生，_{谓钱掬菲。}济困赖羽翼。_{谓沈时和。}不惮风涛险，_{十二月初四日移家至任徐村。}移家以就食。一饭足欢娱，破屋聊栖息。年来生齿烦，黄口已绕膝。才离虎口灾，_{舟泊丈亭，被贼盘查，一家俱胆落。}又占熊梦吉，_{予于十二月廿}

童德厚　何松

五日子时又生一子，至是伯仲叔季全矣。旁人道予喜，予心方衔恤。长物尽毁弃，剩有一枝笔。避俗事诗书，偷闲弄翰墨。士也恒为士，青毡守旧职。桃花满地红，爝火终灭熄。时有"桃花落地，长发归天"之谣。仗义壮军威，白头愿报国。闻诸暨包立身起义。镜水转眼清，鄞江唾手得。雷电动先声，山林俱生色。请各励忠肝，同心齐讨贼。

乡人有母死于贼而己为贼仕者作鸮鸟行

腥风翻海鬼夜哭，元恶滔天天反复。商臣厉魄死不化，化为鸮鸟食母肉。食母肉，果儿腹，红巾灿烂青鸟使，长翮飞飞啄金屋。轩然侧视傲众禽，众禽缩颈防鞭扑。君不见树头孝乌反哺勤，同是区区一羽族。鸮鸟鸮鸟世济凶，不善余殃应自速。安得义鹘奋老拳，瞥然一击快众目。

题慈湖雅集图

清风吹客出城去，正是风光最胜处。青林红树待游人，适有游人来问津。苕溪逸客新到此，谓吴石滔。争先快睹慈湖水。张子风流绝世无，谓张菱洲。眼花落水影模糊。倚柱静听何郎语，谓何芝舲。指点东溪与西屿。王生年少例居后，谓王瑶尊。踯躅桥边看秋柳。欿然回首望桥南，剩有寒梅无与偶。谓梅友竹。人生聚散偶然耳，身外浮名亦何有。少文爱山常卧游，绘影绘声倩画手。长使蓬庐聚故人，一画一诗悬座右。

纳凉

凉风何处觅，散步向空庭。烛映莓墙白，衣沾草露青。山光月引入，客梦鸟呼醒。领得闲中趣，焚香且读经。

同登天一阁和钱址舟韵

剩有清芬阁，盈庭草树幽。校书三易稿，戊寅夏，太守宗公邀登阁校书，重编目录，易稿者三。与客再登楼。秘籍窥经苑，尊府衔石先生《经苑》一书，于《曝书杂记》中抄存其目。高文溯旧游。咸丰辛酉警石先生寓居慈城校士馆，松朝夕过从，亲承指示古文义法，获益甚多。百年今过半，儒雅愧纯修。

陈子仙钦移馆居家院中不胜落寞赋此奉赠 录一

十载消磨一砚田，半生潦倒更谁怜。芙蓉同抱三秋感，桃李都归二少年。排闷无端空鼓剑，读书有味等参禅。苔岑同异何须辨，最怕西窗夜雨天。

访友人冯琴来家薰路经支山寺

故人家住白云湾，岭路迢迢孰往还。岂为寻幽来绝境，反因避难到名山。溪流屈曲横冲石，竹木萧疏静掩关。残雪未消蹊径滑，何妨缓步过林间。

题会稽王子献湖亭吊月图 子献名继香，哀其弟继谷以祷母疾，自沉月湖，作《湖亭吊月图》征诗

无端向月起悲吟，酒罢凄然泪满襟。赤水丹山千古恨，伯霜仲雪百年心。令兄仙根茂才早世，妻孙宜人不食以殉。谪仙醉后尝骑马，君有《镜湖醉月图》，孝子题有"梦中骑海月，还逐夜潮来"之句。子敬人亡不抚琴。同是湖亭相对酌，月湖情比镜湖深。

王启渠

字宇安，号雨庵，又号菊人，鄞人。同治庚午举人，辛未进士。官福建闽清知县，改处州府教授。

癸酉分校闽闱重九日题榜记事

大启三山选佛场,梯云得路尽趋跄。马良品学尊炎汉,张说文词冠盛唐。星使马雨农阁学、张振卿太史。造士共推王仆射,王布飘中丞。育才兼仗李平章。李子和制军。空群况有孙阳顾,孙莱山学政。经席宏开凤味堂。

送潘蔚如方伯晋都

天风吹送海门潮,直上云槎傍九霄。分陕三年旋召伯,征朝四岳谒神尧。道经故里循陔乐,便道省亲。宠锡新阶越次超。表里山河凭坐镇,重来开府拥星轺。

汪受礽

原名忠录,字蔼夫,号叔颐,鄞人。同治庚午举人,光绪庚辰进士。翰林院庶吉士。著有《鞠侯山馆诗稿》。

忻江明曰:先生天才卓越,诗以豪放见长,善填词,风华旖旎,集成语如己出。有《桃花潭词》一卷。

将出门谣六解

流水飘蓬,迅风追箨。宇宙本宽,任尔涉逐。
鸡栖埘桀,缩瑟不伸。上有饥鹰,侧翅逡巡。
凤皇不翔,畴见其彩。独寐寤言,吾舌空在。
水定不波,山平不颇。中有至理,于意云何。
委颜于镜,美人之媠。瘗才以书,君子之左。
瓮中无粟,床上无褥。逝将出门,舍吾所学。

心鉴歌

神摇目荡,迷失天地。不蔽于物,而蔽于意。意总于心,目位乎体。形形色色,其鉴在己。君子操之,一室千里。

题溪上董子雪琴骑驴图

君不见，骑驴觅诗李长吉，奚囊日日呕心血。又不见，骑驴载酒韩良臣，西湖老去寄闲身。才人战士都无用，何事名缰束缚任控纵？董子雪琴见机早，此身懒上长安道。长安何似驴背安，一鞭指点家山好。家山深处有慈湖，山山圆抱水平铺。为念先人此中住，秋风起兮别江都。至今犹有征君宅，谁与为邻吴阚泽。阚泽湖连放生湖，胜绝鹤皋杜与白。吁嗟乎！我家近住日湖之西月湖东，十洲三岛多游骢。年年橐笔四方走，胜景于我马牛风。展览此图增惆怅，翛然不系尘中鞅。奚童一肩琴剑书，长堤得得时来往。普济寺僧打暮钟，阴暝嘘起隐潭龙。但见斜阳欹笠影，归鞭冲破白云封。

楼望

凉意生天末，呼灯上翠楼。云低秋树暗，露湿夜光浮。雁影撩乡梦，蛩声起客愁。竹帘初放下，风动钓诗钩。

立夏前四日偶步湛园，见落花成阵送春归矣，感赋四章，并向主人索和 录二

管领园亭年复年，重来定许续前缘。林深不碍换巢凤，春老又听啼树鹃。酣雨十分梨满地，痴云一片草黏天。胜如展读南宫画，多少楼台护湿烟。

酝酿开到已多时，恼煞江南杜牧之。碎打桃花嗔雨妒，团搓柳絮笑风痴。黄昏颇怪铃声寂，绿暗犹疑旛影攲。输与针楼诸女伴，留春缕缕绾游丝。

张瑞清

字子宽，鄞人。同治庚午举人。

忻江明曰：先生品端学粹，能诗善书。光绪庚辰大挑，得教职，比选授永康训导已前卒矣。家贫无子，以族子为嗣。遗稿已佚，仅由其及门夏君伯瑾忆录两首，为亟存之。

训夏生启瑜

项橐年七岁，言为圣人师。甘罗年十二，秦廷赞机宜。黄香能温席，孔融能让梨。员俶与李泌，总角工文词。今汝颇聪颖，亦自异凡儿。若与古人比，岂遂几及之。圣功始蒙养，静听吾箴规。立身先孝友，待物贵仁慈。志宜大而远，小慧不足奇。交宜久而敬，盛气不可施。宽宏养度量，厚重修威仪。精力有劳乏，慎勿使之疲。学问无穷尽，慎勿荒于嬉。砥行能自立，贤哲踪堪追。汝父吾良友，吾又作汝师。谆谆申训诲，以为迪德基。

登解袂汇桥晚眺

丹枫掩映夕阳中，也与春花一样红。搔首忽兴迟暮感，却将萧瑟怨秋风。

黄以周

字元同，号儆季，定海人。式三子。同治庚午举人。官处州教授，以特荐授内阁中书。

《定海县志》：以周性至孝，非礼不动，为学不拘牵汉宋门户，《诗》《书》《春秋》皆条贯大义，说《易》综举辞变象占，不偏主郑、王，尤邃"三礼"，笃守顾亭林经学，即礼学之说，而以执一端立宗旨为贼道。尝曰："挽汉宋之末流者，其唯礼学乎？"著《礼书通故》百卷，东南学者多宗之。他著述亦富，有《十翼后录》八十卷、《经训比义》三卷、《子思子辑解》七卷、《司马法考征》二卷、《黄帝内经集注》九卷、《儆季杂著》二十一卷续一卷。

闻钱塘丁嘉鱼丙赴诗以哀之

屠维大渊献,季春月九日。先生捐馆舍,太息音尘绝。一乡称善士,万家颂生佛。教养周四穷,睦姻复任恤。礼乐兴上庠,彬彬昭文质。文澜四库书,百金收散佚。坐言起而行,老不废著述。愧未一瓻报,佳本岁屡乞。愿作老寓公,时入芝兰室。哀哉易徂谢,徘徊罢瑶瑟。

陈烈镛

字和笙,号培园,鄞人。同治庚午副贡。

忻江明曰:先生湛深经术、制举文,高华沉实,不落恒蹊。江明弱冠时尝从受业焉。性和蔼,无疾言遽色。晚年自号蕴真山人,有所撰著,不轻出示人,身后多散佚矣。年七十有五卒。病革时,神明湛然,预为终制。撰《生挽》四十二言,有弥留口占四十韵,授意及门董明经缙祺书之,命家人录以代状,其达观如此。

哭楼雪舲文学 瑞洛

人生一浮沤,来去如影响。荏苒十载余,倏忽成畴曩。忆昔聚首时,切磋互相仿。有疑尝与晰,有奇亦共赏。析理穷秋毫,历历同指掌。文章抑末也,器识复英朗。步趋追古人,肯逐时俯仰。努力绍家声,开来重继往。庠序联雁行,二惠方竞爽。令誉萃一门,即此足雄长。天意不可知,哲人萎泉壤。君病未及视,梦寐见真像。闻讣一面君,半晌增凄惘。厨床观旧书,庭户掩虚幌。荆花惨不春,对影乃成两。萼楼他日来,空切停云想。

哭陈咏桥征士师

自厕谈经席,心倾孔硕贤。躬修完白璧,家世宝青毡。

宦海踪旋返，名山稿独编。顷闻犹矍铄，仙逝竟飘然。

屈指新春届，箕畴晋九龄。岂期当晚岁，相厄有灾星。大隐鸿冥迹，全归鹤蜕形。"全归"二字述先生生挽语。遗芳足千古，奚止列碑铭。

卢友焜

字璘侯，鄞人。杰子。同治庚午副贡。著有《峨术稿》《凤鹤稿》。

姚烈女歌 四明驿丞花农女

让国夷与齐，敝屣弃孤竹。遁荒厕编甿，不受殷家禄。而乃饿首阳，蕨薇留高躅。岂必有官守，大节炳如烛。隐居求志时，耿耿早已属。寂寥千古来，谁复振末俗。愧兹巾帼流，灵奇特锺毓。身未郎家归，心久郎家逐。邱死十年余，音问迟往复。父母不遽言，一言摧衷曲。中夜郁幽思，全瓦宁碎玉。从容殉郎死，尸还扬芬馥。烈哉姚氏女，志节非碌碌。生长皖水头，从宦堇山麓。雅擅铭菊才，吟讽传家学。从一义灿然，捐躯昭贞淑。视彼小丈夫，何啻清与浊。承恩重土毛，临难甘隶仆。岂其草莽臣，竟尔义可辱。此心锢不灵，徒具人面目。谁将烈女风，钜笔通衢录。

郡城戒严

闲居无几日，野寇又猖狂。惊作伤弓鸟，愁看虿尾狼。北门谁锁钥，东海屡沧桑。安得黄江夏，刼蛟剑吐芒。

陈丈艅仙见示和章封翁韵堂重游育王寺诗次原韵

青山万叠足句留，重到偏为避地游。难得诗人饶逸趣，且输佛氏学清修。千竿瘦竹栖玄鹤，十亩寒潭点白鸥。犹道兵戈成就我，尘襟涤尽古今愁。

邬兰翘

字野史，一字崖西，奉化人。同治壬申岁贡。

《剑川诗抄续编》：先生渊默嗜古，所作无体不工，喜诱掖后进，从之游者，岁常数十人。身后遗著散失，可惜也。

咏竹

已分龙钟老碧溪，无端霜雪共排挤。生成高格拌身瘦，为有虚心肯首低。狂客相寻慵问主，诗人临别爱留题。沉沉朱鸟无消息，聊与寻常鶑雀栖。

失题

青眼高歌动远愁，西风敝尽黑貂裘。千金囊橐新诗稿，半世江湖旧酒楼。马策苦烦临别赠，龙泉甘为报恩留。书生肝胆向谁是，惭愧平原老督邮。

洪应祥

字子青，号志清，又号仲云，鄞人。同治癸酉举人，甲戌进士。官礼部主事。

张寅飞撰《墓表略》：君少孤，事母孝，通籍后母趣其赴京供职，君以母病不忍离，时时归省。越数年，母殁，兄晋川相继逝世，君哭母哭兄，悲痛成疾。服阕，观政礼部，大宗伯李公鸿藻极重之，谓有儒者气象。在官十年，守身如处子，未尝有私干谒。性极廉介，比卒，贫无以敛，同乡醵金以赙，始得归葬。

孝妇难 并序

钦旌节孝李孺人，张肖莽太史母也。肖莽三世单丁，九岁失怙，母处家运绝续之交，饥寒又迫之，卒能以女红所入以养、以教，抚肖莘成立，苦节纯孝于乎难已。肖莘联捷入翰林，母弃养十二年矣，念禄养之终亏、痛罔极之莫报，袖母事略征诗。恭拟古乐府意，成《孝妇难》八章题后。

我友与我，科名后先相追随。我与我友，同是少年无父一孤儿。无父何成立，无父赖有慈母慈。一解

我有老母，迎养力不举，归养母不许。一官辞母去，临别涕如雨。何况我友，望望白云，哀哀终古，同是孤儿，无母更苦。二解

孤儿忍不读少年书，阿母教儿读书望儿成立。孤儿忍读少年书，一读一泪，一泪一血，儿忍忆儿幼逃学，阿母且责且怜，悲哽涕泣。三解

宫锦荣华天上归，孤儿泪痕双袖滋。昔日阿母，扶病强起，两手颤颤缝儿身上衣。史官清俸儿自食，阿母不得饱一粒。昔日孤儿兄弟姊妹一家都食阿母十指力。四解

阿母艰勤胡为乎？三世一脉此藐孤。吾保此藐孤，吾死见吾夫，见吾舅姑。五解

孝莫难于保，三世将绝复续之宗祊。孝莫难于保，三世将绝复续之书香。六解

天生我友，节妇、孝妇为之母；天念张氏，祖宗积德厚。天许母千辛万苦养其儿，天不许儿一日千载养其母，造物报施之道无乃谬。七解

天道有常变，孝思无幽明。我友学问守母训，德业扬母名，阿母地下欢笑死犹生。八解

施念祖

字益谦，号似庭，鄞人。英楷子。同治癸酉举人。

奉题二舅祖江梅庄先生小影

香风摇动碧琉璃,歌吹谁家画舫移。天为看花留老眼,水云亭上立多时。

闲情镇日狎轻鸥,蘋月苹风雅韵流。一笑群芳无俗艳,湖心占尽古今秋。

郭庆恒

字瑞卿,鄞人。同治癸酉拔贡,光绪已卯顺天举人。官瑞安教谕。

题费曼书先生半圃图

半圃未曾荒,仙游慨长房。戊子冬,先生年六十,尝征余诗。今嗣君瑚卿已以是图索题,先生已归道山矣。棣华相继谢,梅萼为谁香。客散陈遵座,诗留李贺囊。十年前到此,回首总茫茫。

梓泽兰亭外,丘墟也不存。古来无杰作,谁复识名园。题咏多贤哲,流传永子孙。我诗何足道,空自怖雷门。

赠童小桥茂才

慈水毓名人,书家旧绝伦。湛园兼善草,小坨亦工真。只为能师古,因而妙入神。期君追往迹,精力大于身。

叶庆增

字至川,号莲舫,慈溪人。同治癸酉举人,光绪丙子进士。官江西南康知府。著有《留香居诗文集》。

王仁元撰《传略》:先生博学工文,为邑大师。通籍后,观政吏部,由主事擢员外郎、郎中,补监察御史,居官能尽言责,张肖莽给谏最心折之。光绪己亥出守南康,爱民省事，培植士类有古循吏风，在任八年，引疾归。先后主台州东湖、奉化锦溪，暨月湖、慈湖各书院讲席，日唯手一编。以表彰先哲、裁成后进为己任，绝不预外事云。

舟次书所见

薄暝摇前村，孤烟笼远树。之子兴悠然，扁舟夕阳渡。鱼榔沓沓鸣，榜歌袅袅度。盘涡跃细鳞，危矶拳白鹭。凉风自天来，被体怯纨素。遥望西南峰，一抹彩霞护。忘机乐自融，至理静可悟。惜少伯牙琴，操此临流趣。

自奉化至台州途次杂诗 录二

磴道出云雾，烟峦合杳冥。阴崖流亦黑，古路石纯青。岭作盘纡势，山成斧劈形。吾心慎临履，几度竹兜停。

异种烟花艳，台浆花作正红色，与《本草》所载丽春花备五色者迥别，土人直称曰烟花。平畴麦穗肥。有田皆架石，田俱从山坡垦出四面，用石子围成。无溜不穿矶。犉老沿途卧，禽惊绕树飞。日长行旅倦，止宿扣柴扉。

东湖书院谒正学方先生祠敬成四律 录一

申韩愿化作伊周，语详公勉学诗。想见经筵启沃优。岂有广川经世学，肯参毳令削藩谋。酷刑家族同时尽，大义君臣亘古留。史笔西杨诬太甚，凭谁论定示千秋。

送陈内翰南旋

唱到骊歌感百端，送君衔恤出长安。同居久订忘形契，独客方知行路难。乡隔暮云人共远，诗吟夜月兴俱阑。故园若遇知交问，为道穷愁滞一官。

秋感八首用杜工部秋兴韵 录二

商飙飒飒起空林,玉宇秋高爽气森。碧汉星流仍似火,素罗云薄不成阴。鲛绡掩泣忧时泪,骥枥悲嘶暮岁心。最是宵长人不寐,凄音到处逗霜碪。

挥戈待奏鲁阳功,霄汉还期日再中。虿窟冥冥销瘴雾,膻腥猎猎扫罡风。銮回晋水车旗紫,书奏甘泉捷报红。镜砥清平寰宇靖,江湖可著信天翁。

九日登南康署楼 录一

肃肃霜风万木摧,天涯极目半蒿莱。长安有屋乌谁止,朋旧无书雁不来。揽胜难携双屐出,浇愁须遣一樽开。抚膺何限沧桑感,只合吟诗继七哀。

王迪中

初名仁厚,字再培,号砚云,慈溪人。棻子。同治癸酉举人。著有《二琴居诗抄》。

《家传略》:先生好学工诗,尤长偶语。性倜傥,善为人排解纷难,家贫晏如也。晚年多病,顾含毫邈然,颇饶逸兴,自号微茫老人。卒年七十四。

芳江渡晚归

孤蝉曳残声,夕阳轻堕树。山径下牛羊,野田飞鸥鹭。行行芳江滨,举目得佳趣。新水涨芦根,逆风折帆布。余本淡荡人,夙抱烟霞痼。对此生系恋,驻足赏所遇。人语何喧㗌,后先争唤渡。泛泛随之行,霭霭时已暮。暝色散炊烟,欲行失故步。临江六七家,竹篱深院护。一叟倚门立,殷勤劝小住。谓待月东升,庶几得归路。

雨后

檐溜忽疏落，出门步野塘。湿云沉鸟路，流水滑鱼梁。市散屐声集，潮回帆影忙。晚晴看未足，几树又残阳。

津门夜发至杨村题旅店壁

月落钟声起，驱车出卫门。一灯明古驿，半日到杨村。新酒碧于水，野花红有痕。仆夫云况瘁，系马息篱根。

长巷里吊沈云英

马上桃花旧请缨，军书十二替爷征。戮雠侠烈称男玉，守礼矜严出女莹。营道自怜归有骨，曹江同此孝成名。何当更访凫山墓，风雨松楸听战声。

车行即事

寒色团成画景多，一车好作小吟窝。网收晓雾鱼登市，鞭击春冰马渡河。树远望疑山露脊，麦齐动若水翻波。通州道上诗无限，笑倚轻装辘辘过。

归舟过北门卡

江干侦察密如云，我亦收帆向夕曛。醉尉何知诃李广，路人相语笑刘蕡。当关虓虎今为暴。主计弘羊古策勋，犹忆津门三百里，轻车无恙入崇文。京师崇文门税务于计偕之士颇宽假。

偕俞佩卿斯玖桃花渡夜饮

虹桥铁锁渡前津，联袂翩翩孰主宾。落叶随波秋在水，闲花铺地月无尘。谁家罚酒依金谷，何处吹箫有玉人。七十须眉两忘却，更同崔九乐余春。

西湖棹歌 录一

湖上女儿油碧车,湖中女儿船为家。春风如此不归去,吹送满船杨白花。

陈德坊

字栗圃,号幼吟,鄞人。同治癸酉举人。

题张莲孙广文_{继照}壮游草

漫把青毡误此生,快从戎马立功名。大才岂愿夸磨盾,壮志聊先展请缨。千里江山都过眼,三年花月总萦情。归来博得头衔贵,舞彩堂前喜气盈。

邀游随处寄吟身,囊锦携归著作新。江北江南多入画,花迎花送妙传神。合将艳曲调檀板,爱煞低声唱玉人。他日重过行乐地,定教笼遍碧纱巾。

黄家来

字绥之,鄞人。同治癸酉拔贡,光绪己卯举人。

题费曼书先生半圃图

仪征相国文达公,当代绝学世所宗。半圃写作程邈隶,金石古气郁虬龙。部曹费公隐不仕,南楼旧在慈水东。拨开劫灰重结构,带草映绿梅花红。得此二字署斋额,隐然寓意存其中。前贤不慕王半山,后贤窃比惠半农。周公作相陈王业,烹葵剥枣咏豳风。漆园抱瓮蒙庄叟,斗大相印辞楚封。圃中有味甘于肉,春初早韭秋末菘。修绠汲古足灌溉,身世岂问穷与通。呜呼此圃额此书,此意传示将无穷。此书到此长不朽,别有天意非人工。

郑崇敬

原名显甲,字子绶,号简庐,鄞人。同治癸酉举人。官云南禄劝知县。

《家传略》:先生博学,工诗文。以大挑知县分发云南,初署河西,继授禄劝,所至有政声。尝与修《云南省志》,以赋性鲠直不合上官告归,怡情诗酒,深居简出。年六十二卒。身后遗稿散佚,诗数十首,其外孙周毓邠为录而存之。

题滇云就日图送张季端学使赴都

滇海涵日簇仙峤,滇山倒影云缭绕。绛云岚滴潭龙啸,碧云声破祠鸡叫。崖金献精石献窍,岩草飞香花飞耀。吞日畸人供游钓,醉云狂客恣吟眺。何来弟豹兼兄鹞,荐食藩服分攻剽。烈烟煽毒原火燎,劫灰嘘残野痕烧。南夺狼膔西夺骠,阵云压垒山动摇。边氛岁恶人事召,彩云寂寂闷荒徼。我抱利剑空藏鞘,十载匏系俗难疗。葵花照夕众所诮,浮云变幻出人料。漓江才学萃众妙,仙许状头纪年少。庆云恩覆遍六诏,辂车敷教弹古调。三载及瓜士相吊,祝留神祠纷祈醮。危崖度马岭隃轿,话别群伦盛欢笑。我闻岛夷犯阙争叫嚣,纵寇患深尾不掉。紫微西流晦星曜,朝端辅佐急周召。知君韬略窥奥窔,好摅边计陈秘要。大挥鲁戈返坠照,扫荡妖云歌清庙。

伯汸周君叠余滇闱即事诗韵索和勉赋二章以应

世德平园齿颊芬,西江宗派绍前闻。吟诗妙谛参三昧,学篆精思剖八分。夜榻扫愁风味别,晓窗破寂雨声纷。无端乡梦飞何处,一片梅花处士坟。

廿年情绪恻亲闱,望断潘舆禄养违。本是悲秋同宋玉,那堪过夏陡钱徽。己丑房荐不售,请留试一年。空山痴虎偏能吓,绝塞哀鸿孰遣归。身世茫茫增百感,衔杯无语对斜晖。

秋感八首 录三

秋风感慨济河汾,避寇西迁世绪棼。栈道淋铃歌后哭,塞宾聘币怒中焚。神京灰黑吹残劫,鬼国磷青拥恶氛。启圣殿忧天笃祐,肯教禹甸任瓜分。

离宫变幻万灯红,号召元门意气雄。破釜仓皇驱楚卒,执戈忠勇殉汪童。五庚遗谶伤心际,六甲神工泪眼中。借用宋事。漫说刘安真得道,近畿鸡犬已成空。

群雄迭伺急边釐,激动连鸡竟共栖。南国亡精兵糈竭,北溟夺险盗粮赍。负山任重蚊成市,漏海机微蚁溃堤。五德循环消息递,车书终见一东西。

杨家骃

号绳孙,慈溪人。泰亨子。同治癸酉举人。

咏藤杖步张耄叟韵 录二

古藤产胜浙天仙,善贾求来不计钱。节晚未尝忘秉直,时危况复仗扶颠。羡君寿世文能手,老我农人瘦倚肩。同此杖乡将杖国,相期笑意共延年。

卅载交欢白首新,津门扶醉每淹旬。攀留苍赤依为命,筹策公卿奉若神。老去鸠安长寿乐,年来鸟瑞屡丰臻。鹿城忆否持麾日,花县随行百里春。

董丕丰

字芑泉,镇海人。同治癸酉举人。官直隶完县知县。《墓志略》:先生任完县六载,政平讼理,士民称颂。

告病后，殁于完邑寓所。少工文词，善隶书，又善画。所著《空中传影集》已佚，唯存《木鸡子诗稿》，待梓。

七月初九日有怀刘大渔塘

山堂清不寐，四壁听蛩吟。况有离群苦，弥多别绪侵。夜长憎梦短，道浅益愁深。何日逢黄叔，蠲除鄙吝心。

偶咏

居近僧房境更幽，也无欢喜也无忧。养成野性如猿鹤，笑听人呼作马牛。物化渐能忘蝶梦，春残转欲替花愁。此身得与山同老，底事仙乡海外求。

九峰寺牡丹 寺僧云宋时所植

梵王法相现毫端，万亿身躯化牡丹。六百年来花富贵，几人枕上梦邯郸。

山行绝句

镜花水月悟浮生，竹露松风洗俗情。渐觉此心无住所，白云深处听溪声。

画红白梅花题句

尘世铅华假与真，漫将脂粉斗芳春。虢姨淡素杨妃醉，都是罗浮梦里人。

周锡龄

字子耆，一字子岐，奉化人。同治癸酉举人。湖北大挑知县。

《剡川诗抄续编》：子岐生而颖悟，工制义，兼耽吟咏。友朋赠答，伸纸立就。性嗜酒，豪放不羁。需次湖北，年三十一遽卒。

放歌行吊戴毅直公

先正戴毅直公死难已五百余年矣。每过其祠,慷慨之气辄勃然而生,忽又悲从中来,不能自已,盖由公之忠忱节概,足以兴起后人,感事兴怀作《放歌行》吊之。

四明之山特兀而穹窿,龙溪之水奔湃以沖瀜。山水所重在孤忠。百年留正气,生我拾遗公。公生具有峻嶒骨,志意慷慨气蓬勃。讲学缑城道义交,朝夕相摩同兀兀。金门射策第三人,勒马看花上苑春。校书秘阁时搜蠹,召对深宫敢逆鳞。深宫恩宠感优沃,文柄初司严约束。公道肯干刘白私,党连不坐胡蓝狱。《显忠录·拾遗公传》:丁丑,刘三吾、白信蹈知贡举,西北士无所与,因命公与张信等复试,进呈卷皆西北腐烂不堪者,或言刘、白请嘱,帝怒讯之,悉以胡蓝余党伏诛,公独不受嘱,帝手诏褒奖。翰林未遽让唐贤,何但齐黄相后先。况复嗣君爱献替,追随正是竭忠年。岂料同根纵寻斧,竟托周公恣跋扈。皇孙孝友重天伦,不愿恶名杀叔父。可奈天心莫挽回,燕兵百万蔽江来。奸臣纳款图新宠,奉命守城城自开。公心至此真痛绝,抢地一呼毛发立。我身未死我舌存,愿与仇人争曲直。殿前温语慰从容,从我则吉逆我凶。公闻此言怒且詈,正气直与霄汉冲。此时宁不知刑戮,刀锯森严求死速。一家十口尽株连,上及弟兄下童仆。天风惨惨雨溇溇,正是我公绝命时。粉骨愿酬先帝遇,忠魂遑作故乡思。假令当时公少屈,以公之才建公绩。王魏功名指顾间,否则黄冠归隐计亦得。孰意食君之食忠君事,纵夺此身难夺志。取义成仁在一时,古来忠佞分于此。迄今祠宇峙巍峨,白叟黄童敬礼多。招得魂归依锦水,千秋享祀奏笙歌。君不见、李景隆,乃者输诚首要功。移时怙宠亦受刃,泰山鸿毛孰轻重。

董丕丰　周锡龄

社日同友人登招宝山观海楼望海用顾子山观察韵

新晴天气快登楼,两戒茫茫一望收。沧海有边排战垒,青山无恙泊渔舟。闻声急指潮来处,举目难穷水尽头。此地莫惊风势险,黑洋我却忆前游。

屠仿规

字芝瞵,鄞人。同治癸酉副贡。官东阳训导。

哭陈子桑

聚散年来话旧游,怜君枯寂易惊秋。骨无可瘦难为影,心到求全动有愁。病闲喜看双屐健,夜凉记共一尊留。养春今日春何在,怅望庭花泪欲流。

夏日郊行 录二

乘兴闲来一散凉,四围山色点青苍。度桥且就松阴歇,坐听流泉冷洗肠。

几家篱落剪茅茨,团坐松棚夕照时。茄叶豆花红间翠,尽多秋味足充饥。

郑德璜

字渭珍,号蕙津,鄞人。同治癸酉优贡。著有《师竹斋诗抄》。

拟韩昌黎琴操 录二

拘幽操

拘羑里兮鸣素琴,鸣素琴兮写忧心。作西伯兮才不任,荣则伯兮辱则囚。荣君之赐兮辱臣之尤,臣有君兮不能事之。君罪臣兮臣又奚辞。呜呼！臣受诛兮何足叹，君无然兮耽燕安。愿吾君兮志臣言。

履霜操

儿有父母，鞠儿育儿。儿无父母，父母逐儿。父兮母兮，儿今见逐。儿虽见逐，昔荷鞠育。儿号于野，父母不闻。父母不闻，恻恻路人。父兮儿寒，母兮儿饥。儿在中野，履霜路歧。苍苍者天，寒则肃霜。虽肃之霜，终煦之阳。

黄金台歌

战国策士本非士，自媒乃请自隗始。我闻求贤礼为罗，奈何欲以黄金市。名以黄金高筑台，利交之士纷纷来。当时来者尽碌碌，乐毅而外何人哉。驽骀骐骥无人知，滥取安用黄金为。台边骏马悲伏枥，死方相骨生相皮。又况可市亦可闲，田单计行士空豢。黄金纵使如台高，缓急保身肯留盼。诒谋孙叶尤可伤，西风萧萧易水傍。手捧黄金进为寿，白衣冠客行仓皇。吁嗟乎！白衣冠客行仓皇，荒台回首空夕阳。

春雨

宿醒犹怯嫩寒侵，寂寂闲门漏自沉。三叠枕边怀友句，五更帘外惜花心。风淆铃语春灯乱，云搁钟声午院阴。翻到洛妃吟几阕，玉阑干畔抚瑶琴。

故园生意亦欣欣，绿上裙腰陌草熏。掀起药苗针一寸，划开萍子水三分。燕衔落絮窥帘影，鱼唼飞花蹴浪纹。数到庚晴频屈指，静看林外漏斜曛。

枫叶

霜叶红多便拟春，晓枫妆点恰初匀。遥天雁警催频落，隔岸鸦翻认欲真。溢浦离情秋在水，吴江诗句冷怀人。是谁拾得新题句，倩把余芳寄白苹。

周锡龄　屠仿规　郑德璜

冯厚墉

字作琴，慈溪人。同治甲戌岁贡。

败荷

露冷莲房粉渐稀，剩将黄叶故依依。滴残疏雨声如诉，战罢西风力已微。坚节不渝思晚盖，苦心谁喻叹知希。濂溪若果还相访，为爱余清未忍违。

衰柳

舞罢章台细柳腰，不堪愁绪更条条。美人迟暮情犹系，才子飘零恨未销。画壁旗亭歌管杳，晓风残月梦魂遥。从今青眼谁相识，寂寞河梁送去桡。

邬锦泉

字半峰，镇海人。同治甲戌恩贡。

《蛟川诗系续编》：先生慷慨有胆略，咸丰辛酉，粤匪陷郡，与李雪篁同守育王岭，壬戌四月督乡兵进剿，卒复郡城。自号恢防幸生。所著有《游余草》《味灯馆稿》《水月主人诗稿》。

坐雨

交情疏旧雨，天意烂新春。耐冷偏宜酒，多愁不在贫。堤穿冲水急，屋漏湿书频。一事差相得，红灯静曲尘。

春草用吴谷人先生韵 录二

龙门野烧咏髯苏，转眼韶光已到无。南浦平添春水碧，东风吹醒故宫芜。青舒柳叶垂堤接，白点梅花堕地俱。试上孤山闲眺望，绿波掩映是西湖。

萋萋毕竟为谁芳，带雨和烟暗送凉。孤冢一堆留绝域，沉湘千古怨迷阳。踏青缓步邮亭晚，采绿行歌辇道荒。好是牧童浑不识，牛羊闲卧旧沙场。

李植纲

字立卿，号约斋，鄞人。厚建子。荫生。

《家传略》：先生幼颖慧，读书博通群籍，尤精岐黄，得王父提举公之传，尝著《医学论》，折衷仲景，而不满于唐宋诸家。工篆刻，兼善绘事，然不轻作。生平严取与，淡名利，以难荫试于省，屡荐不售，而向学益锐。所著诗文曰《天门山人未定草》。卒年五十一。

拟阮太傅题家藏汉延熹华岳庙碑轴子 用原韵

攻坚未得昆吾刀，苦县骨瘦峄山浅。照服延熹翠墨新，太华碧化绛云卷。杜迁市石石刻精，郭香察书书家善。有似泰岱秘金泥，通天箭括至者鲜。硬黄响拓始谁氏，鸿都石经并尊显。汉隶第一矜品题，何异青钱推万选。神仙有术靳分身，三花仅向空中展。唯此独为太璞完，其二已落装池剪。龙蛇郁律廿二行，势兼章草杂籀篆。四明旧富金石藏，此中真赝吾能辨。一见奚只动心魄，立观但愁脚力软。自来奇珍必有偶，伴我宝笈天所遣。谓家藏《文选》。清凉顿觉诸障空，玉女盆中洗尘眼。

汉石经

十丈堂开石作屏，独翻漆简订遗经。无烦虎观争同异，从此鸿都式典型。一字丹书珍艺海，千秋翠墨仰晨星。诸生当日盈黉舍，更有车来巷陌停。

唐石经

可能帷囚振威灵,漫说遗功在圣经。雠校兼资周孔力,楷书犹见褚虞型。独将完好钦全璧,莫把荒芜哂叩莛。旧史深讥其芜累。一自长安逃劫火,壮观千古峙双亭。

花屿饯春

芳草洲西竹屿东,东君曾与一樽同。方携不借追欢伯,恁唤相宜送恼公。陌上有谁歌缓缓,渭城翻使唱匆匆。无多别候年相见,珍重前途趂趂风。

秋海棠用王渔洋秋柳韵 录一

红叶先秋不为霜,竭来风露又银塘。盈盈别泪珠千颗,宛宛机丝锦一箱。自有因缘缔梅子,漫劳管领伏花王。踏春记把芳名唤,来听秋声璧月坊。

沙孝贲

字予良,一字雨岩,鄞人。贡生。

初冬入云峰访钵莲上人不遇

夙有幽栖愿,偷闲访远公。锡飞云不驻,禅静月当空。茶话通西席,时叶生子桐授徒寺中。诗情付晚枫。清晨辞寺去,余兴在山中。

寄闻大 时客绍兴

故人别去路迢迢,酒盏诗筒总寂寥。料得邪溪今夜月,有人相对话清宵。

周振玉

字廉卿，鄞人。

《家传略》：先生精医学，耽吟咏，清贫负气节，淡于名利。著有《爱莲书屋诗稿》四卷、《文稿》二卷。

鼓琴歌

山月涵清辉，漏滴人声悄。翘首立庭前，疏枝露宿鸟。乘兴理焦桐，胸绝尘缘扰。弦外悟余音，妙理会深杳。不愿和者多，但求职者少。和多曲未高，曲高谁复晓。

枕上作

梦断秋斋寂，沉沉漏欲终。月残花泣露，窗破纸鸣风。愁向闲时集，身因侠处穷。颠连今日事，无计问苍穹。

自杭归棹舟中作

一过钱唐渡，西兴再放舟。帆低村外树，灯近水边楼。山谷风鸣夜，江湖月朗秋。今宵何处宿，归梦逐轻鸥。

过振古寺

一碧春山一抹烟，帘栊初透日光圆。风和莺树声啼乱，雨足狮岩翠滴妍。竹院煎茶看避鹤，蕉窗裁叶试题笺。惬心好景无尘俗，愿与僧寮结旧缘。

大隐舟次

绿树溪头驻客舟，推篷孤宿并沙鸥。夜深到岸稀人迹，秋老横空有斗牛。浅落潮痕矶畔石，倒摇月影水边楼。无端一棹来邻舫，惊断还家梦未遒。

渡钱唐江口占

软步浮沙十里长,临流唤渡过钱唐。隔江城郭遥遥望,无数楼台倚夕阳。

毛廷珍

原名凤美,字鼎卿,号济臣,鄞人。诸生。

汉宫怨四首 录二

张皇后
含情却欲诉东风,底事红颜老北宫。七宝空悬金缕锁,慵将月色斗玲珑。

班倢伃
飞花乱扑玉阶前,近在昭阳信莫传。纨扇空偷明月样,输他缺后复重圆。

马海曙

字渔珊,号薮香,鄞人。以军功授知县,历官江苏丹徒、元和、长洲、金坛、宝山、吴县知县。

扬州客次叠韵答竹石世兄

拟返龙川棹,秋风系客舟。二分明月好,千里故乡愁。旅馆难成寐,闲情独倚楼。闻君今到此,欲去又句留。

晴川阁暮春夕眺

从龍高阁峙晴川,禹碣新摩大别巅。水涨沙洲鹦鹉浴,山横北郭凤凰眠。林花点缀春三月,星斗依稀夜半天。回望慈云隔千里,板舆迎养在何年。

陈纶

字逸庐,鄞人。著有《爱吾庐诗抄》。

和童君雪樵原韵

孤雁一声鸣,伤秋动客情。夜长如度岁,月白正当楹。木叶随风脱,黄花浥露清。何时重聚首,畅饮到天明。

春寒三首 录一

竟日春风发发吹,嫩寒窗外一帘垂。杏花有意凝香久,芳草多情作态迟。燕怯营巢泥欲冻,莺愁出谷雨如丝。园林寂寂今何似,却复痴心忆旧时。

袁士杰

字襄臣,鄞人。诸生。

《鄞县志》:士杰,宋儒燮之后。县人徐时栋等具燮事实,请从祀文庙,议上,得俞旨,士杰奔走甚力。预修志书,勤于校阅,未几暴卒,人皆哀之。

水北阁次孙彦清孝廉德祖韵徐舍人柳泉师家,是年修邑志寓此

西郊新结构,是阁己巳初春为修邑志新构。市近亦无哗。便作图书府,同参著作家。我惭身附影,袁萼楼杰、陈骏孙继聪、周可表宗坊、董觉轩沛、刘艺兰凤章与彦清七人。君自舌生花。每共联床话,更深月已斜。

次韵徐平甫隆寿晚至宝岩寺投宿二首

寺访灵岩古,澄怀万虑空。溪流分上下,径曲绕西东。僧返迎初月,樵归话晚风。当前好山色,图画夕阳中。

今夕在何处，山中少杂宾。咏游无俗韵，入定有高人。秀野留君实，幽栖访子真。今朝孺子至，下榻更相亲。

烟屿楼诗集题词 录一

夫子文章可得闻，斗然健笔欲凌云。架中缃素平生好，卷里丹黄彻夜勤。落叶扫余留古艳，好花梦后有灵芬。清容嘉则推诗老，坛坫而今一席分。

董炬

号松琴，慈溪人。诸生。

和仰甫从兄书斋漫兴即步元韵

小筑数椽屋，迤逦通林阿。环以花与竹，地旷不嫌多。好鸟时栖止，含情语庭柯。得此堪行乐，仆仆更求何。北窗虚无暑，凉荫沁碧萝。楮墨作生涯，消遣长日过。世态任炎凉，人事笑伪讹。我且行我法，慷慨托啸歌。毁誉已弗计，遑复希礼罗。独有耽诗癖，身名期不磨。一雨助清兴，门前涨涧藚。

张汝槐

字植三，号术山，镇海人。监生。著有《音树轩稿》。《家传略》：君好学，工篆隶，喜为诗古文词，尤熟于算学。

西湖

久羡西湖美，偕朋足胜游。山从云外合，舟向镜中浮。密树藏僧寺，轻烟绕画楼。从来歌舞地，何处拟沧洲。

登招宝山

候涛拔地倚孤城,此日登临感慨生。海角楼台腾碧蜃,关门舻舳断长鲸。朝潮夕汐千年信,南粤东瀛万里情。幸喜波澜皆偃息,扶桑日出挂铜钲。

游赤壁七绝二首

白露横江江上秋,水光月色两悠悠。多情最是吹箫者,传出怀人一段愁。

旌旗江渚久消磨,此夕真宜酹酒歌。谁扣轻舷谁洗盏,水中应有百东坡。

曹名树

字舵泉,镇海人,诸生。

《蛟川耆旧诗补》:先生能诗善画,晚年精医理,贫者赠以药饵,乡里称其盛德。其诗平易近情,如渔唱樵歌,饶有真趣。

斋居偶题

世事如云扰,幽居别有天。灌花晨课婢,招月夜谈禅。潦草田园计,萧闲笔墨缘。生涯聊可度,莫复问来年。

次韵张棣笙丈留别之作 录一

乱中相聚已生悲,况复匆匆送别时。红树船归江上客,碧纱笼认壁间诗。丰神淡漠临风想,庭宇荒凉付月知。何日鉴湖同泛棹,不忧萍述两相离。

周善长

字修棠,奉化人,贡生。署建德训导兼教谕。著有《啸月楼诗稿》。

《剡川诗抄续编》:啸月楼诸诗以性灵见长,其惬当处,颇能妙造自然。五言如"钟声山外到,人影水中行";"山月忽沉魄,村鸡尚有声"。七言如"疏竹风摇千个碎,瘦梅雪衬一枝肥";"新句得来师始熟,敝裘典尽酒仍赊";"相逢世路谁青眼,初试官场已白头",皆可诵。

舟中即景 录一

梅雨洒潇潇,丁江拨短桡。水侵双岸脚,云抱半山腰。触景添诗兴,谈心泛酒瓢。天涯生众绿,画本尽堪描。

立夏日宿江南山村马宅 录一

村舍傍山麓,春深物态妍。怪禽嚣古树,峭壁挂飞泉。领略当名画,句留即散仙。主人开宴处,帆影落尊前。

湖上即景

一抹斜阳照远岑,森森乔木绿阴深。湖心塔影波摇活,渡口钟声浪泼沉。贪饵游鱼终溅釜,知还倦鸟早归林。闲云莫慰甘霖望,休动无端出岫心。

清晨

清晨借茗瀹尘襟,老去情怀感易深。衣到旧来方适体,人唯交久始知心。眼前花木争荣萎,天外江山自古今。富贵浮云神变幻,孔颜乐处孰相寻。

王恩智

字雅轩,奉化人。

吾衰

日月悠悠逝，吾衰强自珍。荒厨愁容至，琐事怕身亲。足重看花懒，脾虚辟谷频。匡床容偃卧，蕉梦又何因。

何源

字秋槎，象山人。贡生。署孝丰训导。

《象山县志》：源能文，与弟函友爱，承父志筑响岩潭石堰，蓄水溉田数万亩，一乡赖之。

游安乐岭

烟景前村起，松涛隔岭闻。晚鸦啼树杪，山犬吠层云。顾影斜阳写，当头落叶纷。信知安乐地，久坐涤尘氛。

拟庾开府咏画屏风诗 录二

岩深有密树，水曲无近源。烟散鸟窥叶，人来犬吠门。菰鱼狎酒趣，弦管醒吟魂。更阑宴未罢，孤月又篱根。

风梧翻宿翠，水藻动潜鳞。选石得佳憩，出林逢美人。云姿低弄夕，花气迥含春。约略武陵窟，焉知汉与秦。

颜驲午

字马亭，定海人。贡生。

和周仲香述怀原韵十首之一

既抱魁然七尺身，好教平等视冤亲。一场鹿梦谁能悟，三复牺经不废屯。务使心中生耳目，宜偕宇内养精神。非仙非佛非游侠，有脚阳春满水滨。

武书田

字耕畬，定海人。贡生。

刑马礁

陈公航海击琉球，刑马祭神礁尚留。原庙烝尝遗爱在，底须名号锡通侯。

袁之京

字怀西，定海人。行泰子。贡生。署安吉教谕，建德太平训导。

题张莲孙壮游草

饯别江干隔岁华，行旌望里极天涯。归从幕府曾磨盾，示我诗编欲粲花。开帙重教浮白堕，按弦定许唱红牙。趋庭更有承欢句，古锦囊中一倍夸。

舞衫歌扇因缘好，并作诗情艳齿牙。风月大江都草草，神仙小住尚花花。耆卿有句千回唱，杜牧多情十里夸。不少寓公逞妍秘，管弦谱入定专家。

《四明清诗略》续稿卷三终

四明清诗略续稿卷四

鄞　董沛　孟如辑

张儒珍

字挺秀，号挺修，镇海人。光绪乙亥恩赐副贡，乙酉恩赐举人。

《家传略》：先生家贫，傭书自给，不苟取予。好读书，至老不倦。尝拾遗金候诸途，卒还遗者，乡里称之。

书怀 录一

少年有志慕青云，老去犹观童子军。知己难逢杨得意，爱才始识沈休文。幸承家学垂铭远，漫诩经生服古勤。今日还思食旧德，书香叶叶继清芬。

陈熙绩

字希彦，鄞人。光绪乙亥解元。

忻江明曰：先生工制举业，为文邃于理而神明于法。门下著录岁常十数人，借修脯以自给。性耿介，尚俭朴。陆己云师赠序，称其"束脩自爱，文行粹然"，非谀词也。

和张棣笙广文原韵

将寿补蹉跎，休嫌鬓发皤。知心吾辈少，感事老年多。咫尺瞻松柏，攀援附茑萝。新春风日暖，尊酒约频过。

俊三学博赴任志别

忆昔吾门聚首年，苔岑气谊早相联。羡君经术成专席，愧我文章守旧毡。故国暮云长远望，异乡明月几重圆。多情不作暌违想，顺遇秋鸿寄一笺。

赠陆渔笙编修

放翁诗句有传人，笔底清华不染尘。旧是玉皇香案吏，珊珊仙骨见丰神。

童揆尊

字莼舫，鄞人。槐子。光绪乙亥举人。

张肖荞太史以其母旌节李孺人事略见示，敬题其后

鄞东之山秀且娟，鄞西之水清且涟。水色清涟珠藏渊，山色秀娟玉石坚。两间何所有，山水为枢纽。山贞水洁谁禀受，受而全者唯节妇。吾乡节妇有张母，贤孝之称遍众口。入门不逮事翁姑，晨昏此心常负负。生事未尽力，死事益尽思。治祭不下樊英妻，更佐孙钟治葬基。共牢举鸿案，侍疾卧牛衣。角觹环膝下，一室尽嘻嘻。吁嗟！罡风陡起拆朋鸟，圆镜劈剖天上飞。空帏灯檠影迷离，空仓鼠雀声酸嘶。早暮勤刀尺，聊以拯寒饥。为丸熊，为画荻，严慈交济心戚戚。愿儿读书能有立，庶几地下谓吾称妇职。人生显晦会有时，枯桐凄断寡女丝。曲终奏雅哀弦更，冰消雪尽春风生。母昔閟幽光，儿今登玉堂。清操既获标彤管，新阡又复表泷冈。崇封傅以大手笔，遂令壸德千载彰。吁嗟乎！贤母之节，山贞水洁。孝子之心，山高水深。凡为人子敬听之，吾将靦缕罄其辞，但恐蓼莪增恸无尽期。

陈邦瑞

字瑶圃,一字辑侯,慈溪人。光绪乙亥举人,丙子进士。官至度支部侍郎。

高振霄撰《行状略》:公起儒素,以内阁中书充军机章京,历任曹郎,洊陟卿贰,尝一典顺天乡试,屡充阅卷读卷大臣。识拔寒畯,虚心下士,休休唯谨有古大臣风。在军机日,恭忠亲王深器之。以心术纯正,为守兼优,密保于朝。两宫亦知公诚笃可大用,眷遇日隆。

庚子匪乱,乘舆播越。公痛哭犯难,随扈西行时,行在仓皇,权设政务处以综庶事。公以军机处领班兼政务处提调赞襄密勿,备著勤劳。先后历官几四十年,掌财赋为最久。不封私殖,不树党援,自守极严,介然确然。终其任,无一事罣吏议者。

辛亥变起,朝局纷更,改授弼德院顾问大臣。会遭国变,退隐沪上,萧然一室,如老诸生,家无余财,至鬻宅自给。

始,公在户部,柄臣某思结公,遣所亲求为昏媾,公婉却之,退而告人曰:"非吾偶也。"其识度操守如此。卒年七十有五。

题费瑚卿广文小沧桑馆

君自严濑归,栖栖感沧桑。归来营田园,命名识勿忘。山河忽变色,天地为低昂。由来黍离痛,百感结中肠。右军誓墓文,诗人兔爰章。一读一凄酸,中夜起徬徨。同此恻恻惧,发歌叹迷阳。物情有衰歇,理乱亦寻常。譬之旦暮间,昏昏觉夜长。儒业日以敝,洪澜日以狂。举首问青天,天意亦苍茫。

郑贵涵

字有容,号友蓉,晚号养甫,慈溪人。光绪乙亥恩贡科举人。

鹦鹉洲吊祢正平墓

北海曾夸命世才,一抔江上令人哀。当筵作赋终成谶,饮恨曹瞒假手来。

张宏训

字听彝,慈溪人。斯安从子。光绪乙亥举人。官户部郎中,改授江苏候补直隶州知州。

张肖庵太史母李太孺人旌节恭纪

儒者无取报应说,谓冥冥中重守节。潜德果然发幽光,吾乃益信天可必。阿母贞操比松筠,不历冰霜不见真。针黹生涯门户计,眼前历历皆苦辛。有子崭然露头角,挑灯夜半课诵读。涕泣诰诫何谆谆,过庭遗训宜三复。少多疾病弱不支,无钱足供药饵资。辗转图维计安出,典衣尚恐儿闻知。鞠育至于成人日,拮据为儿谋家室。望儿读书终有成,母心曷尝稍暇逸。一旦夺得锦标归,寸草差堪酬春晖。即今禄养恨不逮,宠诰亦增泉壤辉。高才自能取青紫,苟无母兮将何恃。须知有谷贻厥子,作善降祥理如此,此正可以观天咫。

张鸿远

原名汝缨,字簪卿,号小岳,镇海人。锡申子。光绪乙亥举人。

《家传略》：公性孝友，幼失恃，作《思亲篇》，悲恻动人。朴讷好学，工词章，尝主讲石浦金山书院，年八十犹手不释卷。

秋草

百年身世叹飘蓬，望里萋萋几处同。葭菼净连秋水碧，蘼芜远带夕阳红。埋来石马悲秦冢，泣向铜驼惜汉宫。一抹青山愁不断，江南江北总西风。

校书六咏 录二

校残断简手停披，缺憾多多几费思。室远怀人诗语脱，童来求我易词遗。续貂大笔才谁擅，饱蠹何时迹可疑。漫效程门能补传，诸儒聚讼亦难辞。脱简。

雌霓莫剖意茫茫，误处相沿笑大方。杖杜传讹惭艺圃。离梨刊谬让书囊。通儒犹有知三豕，浅学何能辨四羊。桐马滋疑真俭腹，停车欲问费平章。误字。

孙贻谋

字燕庭，号围香，定海人。光绪乙亥副贡。

汤浚《翁洲诗征稿》：先生由副贡授教职历署东阳、建德等县教谕。生平著述颇富，有《论语经证》四卷、《遂人匠人沟洫考》一卷、《东斋经义》四卷《数典》一卷、《说围》一卷、《述古存草》六卷、《成仁祠备录》三卷、《昌国续咏》三卷、《重桂堂文抄》二卷《诗抄》二卷。

同归域吊古

涛春风撼声断续，万节千忠同一哭。非关惜死作啾啾，但恨大事付东流。监国南来开宫殿，帝胄遥遥延一线。八闽两浙空逐鹿，且向海东为雌伏。大兵决计下舟山，貔貅百万出蛟关。蛟关之外有人守，荡湖水战称能手。天反风兮复作雾，从此舟师得飞渡。孤城坐困如即墨，羽书一到齐努目。提戈登陴严昼夜，相持十日不能下。讵料二人有贰心，绳城出降邱与金。反颜献计作乡导，西北缘山竟直捣。炮声如雷矢如雨，安洋将军难支拄。将星俄殒失长城，部下巷战肯偷生。武臣既亡文臣死，雪交亭上明素志。宫中有井争跃入，妃嫔后先如不及。蹈刃投缳赴烈炬，无分大小况男女。阖城慷慨效孤忠，田横五百未足同。尸积山丘血满地，蓬蘽丛中长委弃。参军见之心恻然，运诸郭外骨万千。龙峰高阜衰草绿，掘坎窆藏一篑覆。淋漓大笔题三字，寒食年年供墓祭。我昔吊古到北邙，满目荒冢增凄凉。未若兹域郁苍苍，锁山终古护幽光。

张嘉禄

字肖庵，一字受百，鄞人。光绪丙子举人，丁丑进士。官至兵科掌印给事中。

《浙江通志稿》：嘉禄少孤贫，节母李艰苦抚之成立。通籍后，由编修改御史，累擢掌印给事中、记名繁缺道。

甲午中日之役，海军熸。疏劾北洋大臣直督李鸿章贻误军机，请立予罢斥，并纠合台谏劾军机大臣礼亲王世铎等五人，请明正其罪。又请斩依克唐阿、卫汝贵、龚照玙失律诸将，皆极切直语详。奏疏中又先后条陈战守机宜，及浙江防军虚额，请严查，均见采纳。复以浙省盗风炽，请饬地方文武员弁认真搜捕，并参提督张其光及副将费金组等废弛溺职，旋奉查办，降黜有差。

乙未马关定约，力争不获，遂乞假归。再入都，奏兵轮管驾积习太深，请选汰。又请清查旧存枪药，以杜冒滥。

意大利兵舰至三门湾，索租借地。三门湾者，地当宁台之交，为浙东形势要害，乃上疏请自辟商埠，以抵制之，寻奉饬议。

己亥，端王、刚毅等用事，欲有所拥立，将召九卿科道会议，嘉禄方病，宣言誓以死争，力疾草疏。事虽中寝，而病遂不可为。

在台谏十年，先后章数十上，悉关安危大计。而于群吏欺罔之弊，言之尤痛切。抽查漕粮，剔弊不稍宽假。吏以千金进，严斥之。挐获著名仓蠧，次日即送刑部。及亲贵请托至，告以事已办讫，其风节如此。

以母苦节绘《秋灯课读图》，遍征名流题咏，汇为《寸草庐赠言》。精小学，尤耽宋儒书，不立朱陆门户。主讲宁波孝廉堂、镇海鲲池书院，造士甚众。性俭朴，缊十年不易。著有《困学纪闻补笺》十六卷、《奏疏》二卷，藏于家。

赋呈徐吏部师二律

四朝硕辅重耆年，寿宇祥开浴佛天。山斗仪型符众望，蓬壶岁月领群仙。进思益励恭三命，退食犹闻手一编。此日玉堂增掌故，同舟胜侣是聃篯。师与□庵师今年皆七十。

忆自丁年问字来，秋风锁院复趋陪。文章鸾掖高声价，史笔龙门总鉴裁。人说欧阳为士望，帝知毛玠是公才。云书备锡箕畴福，玉轴金题焕斗台。

题李梅塘司马行看子

孙贻谋

松圆盖密竹参差，翠袖香添绰约姿。好把珠帘斜卷起，停云待月几多时。

张嘉禄

笛声低撅碧云天，一棹渔舟浅水边。杨柳风和波淡荡，有人清听破尘缘。

蔡崇善

原名贤钊,字勉庭,鄞人。光绪丙子举人。

夜泊吴江

对岸越山青,孤舟泊小汀。秋声千树叶,萤火一天星。人静虫鸣急,风翻水气腥。怒潮来夜半,使我梦魂醒。

秋夜独坐

独坐黄昏后,唯闻蟋蟀鸣。窗虚看月上,境寂觉凉生。露重衣疑湿,风多叶有声。孤灯谁是伴,相对近三更。

朱炳蕃

原名允衡,字晋卿,号椒石,鄞人。光绪丙子举人。著有《它石山房诗稿》。

春暮有怀柬洪复斋

别又经时久,相思意倍亲。苍茫春树远,撩乱落花新。浊世逢多难,衰年恋故人。何时同策杖,出郭问渔津。

赠梁莲湖驾部

潦倒衡门客,幽居结古欢。枌榆文献在,雠校寸心殚。座列琼瑰谱,身登骚雅坛。杀青应有日,翘望岭云端。君近方校勘《续甬上耆旧诗》,谓印资须得同乡之宦粤者覆书方可集,事故末句及之。

赠别禅定上人

无限伤心泪,茫茫付逝波。家乡隔云树,身世托维摩。岂有匪风思,愁闻及溺歌。荆榛犹满目,归意竟如何。

春日偶题简王勉斋学博扬州

春风几日荡澄波，天末怀人怅若何。云树苍茫前渡合，烟花迢递隔江多。愁深漫奏吴趋曲，世乱频闻楚塞歌。_{时方用兵荆楚，故云。}为问廿桥明月夜，可曾听彻玉箫和。

六月二十八日费冕卿_{绍冠}招同洪复斋、童锡山、李九香、高云麓、郑研古宴东城酒楼即事有赠

临街高馆矗层楼，旧侣招邀恣胜游。四面云山罗槛牖，千家灯火烂城陬。谭深只觉朋樽洽，坐久全教溽暑收。惭愧龙锺增老态，篋舆稳送水西头。_{余寓月湖西畔，席散，费君以所坐藤舆送余归，故云。}

和王勉斋维扬客次偶成原韵 _{录二}

闻道芜城九陌通，楼台烟雨画图中。伤心不独参军赋，草草兴亡六代同。

文选楼空剩佛堂，天宁寺古耀奎章。_{闻纯庙南巡，赐额犹存。}平山堂圮风流尽，零落残碑送夕阳。_{平山堂屡经修复，近又荒废。}

凌昌声

字逊甫，鄞人。行均子。光绪丙子顺天举人。官余杭教谕。

题费瑚卿广文小沧桑馆

远山近水境偏幽，花竹回环绿荫稠。最是登楼遥望处，垄冈郁郁见松楸。_{君先茔距馆不数里。}

育材里塾早经营，木铎余风倍有情。一任人间陵谷变，蒙泉剥果自生生。_{馆中附设蒙春义塾。}

蔡崇善　朱炳蕃　凌昌声

俞斯琮

字子黄,慈溪人。同治乙丑补行辛酉科优贡,光绪丙子举人。

《慈溪县志》:斯琮行谊端谨,早丧父母,谨事兄嫂。授徒修脯不自私,乡里称其友爱。

题冯溪桥妹婿携琴访友图

竹松深处板桥横,兴至时携绿绮琴。何必成连来海上,一溪流水足移情。

张斯缙

字绅伯,号芙孙,慈溪人。光绪丙子举人。官内阁中书。

《饮雪轩文稿·墓志略》:君为耐仙先生子,渊源家学,文誉翔甚。由举人入赀为舍人,供职未久而归。先是耐仙先生在杭,既葺治张忠烈公墓,有志创建慈溪试馆,未及经始而殁,君卒与先兄次湖广文协力成之。东乡五眼碶久圮病农,承先志出赀修复。邑志纂修未成,病亟犹惓惓,斥二千金为助,其好义类如此。卒年五十三。

敬题张节母李孺人行述后

松伯具本性,严辰葆其常。幽兰秉素质,空谷播其芳。贤哉陇西君,清节喻冰霜。矢志一何真,大义希共姜。丹穴利难觅,青陵恨弥长。四壁纵萧然,幸有楹书藏。一息藐诸孤,课读寒檠旁。咽丸兼画荻,式榖谋允臧。叔宝幼多病,相对恒忧惶。欲问轩光灶,医药债谁偿。恃有刀尺计,换得刀圭量。抚育至成立,辛苦盖备尝。出手喜得卢,鸣鹿歌于乡。西笑入长安,金马而玉堂。养亲亲不待,衔恤痛心肠。春晖今已矣,慈训胡能忘。为撰黄门集,幸增彤史光。传之千万古，闺范肃珩璜。

冯一梅

字梦香，慈溪人。光绪丙子举人。著有《述古堂诗集》。

冯昭适撰《传略》：族祖梦香先生既补诸生，侨寓杭州，读书诂经精舍。德清俞荫甫先生——故名宿，先生事之久，经说史义，往复辨难，恒得奥妙。巡抚杨公昌浚闻其名，辟为浙江官书局总校。尝上刻古书诸议，为时所重。主讲衢州正谊、西安鹿鸣、镇海鲲池、余姚龙山、新昌鼓山诸书院。宁波辨志精舍舆地斋长尽心评骘，士论推服。为山阴徐氏编定《绍兴先正遗书》，成《古越藏书楼书目》二十卷，纂修《龙游县志》凡五十卷。性好蓄书，脩脯所入，见书尽鬻之。讲学不立门户，以实践为归。研经之余，尤喜治《老子》，《黄帝内经》《算术》亦多心得。著有《老子校勘记》二卷、《老子释文校勘记》一卷、《内经校勘记》四卷、《述古堂经说》三十卷、《诗》十卷、《译学刍论》一卷。

题余纪堂岩山小隐图

南山神脉蟠苍龙，玉削万朵青芙蓉。结茅筑庐隐于斯，绕屋面面皆奇峰。而况堂构承先泽，赵宋犹能溯远宗。桃源避世谢尘俗，葛天遗民追羲农。仙骨古心癖泉石，春风杖履开霁容。岚光扑衣翠欲滴，飞瀑溅珠声淙淙。我亦素闻岩山名，欲乘篮舆访高踪。合坑马府寻水源，兼游砌上披蒙茸。金丝岭路探枫林，先贤名迹起敬恭。校订遗编询耆献，更当欣与君相逢。

谨拟浙江官书局重刻古医书目毕，附记一诗

救时自有返魂丹，当轴何心冷眼看。献策都门虽倦往，栖身天禄忍偷安。矧劳下问垂青盼，倘展微长免素餐。但

恨小臣精力薄，受知深恐践言难。

题洪小笠先生竹下弄孙图小影 录一

扇影衣香几度秋，萧萧寒玉碧云流。渭川消受清闲福，权拜山中万户侯。

胡启焘

原名开浩，字诗翰，慈溪人。光绪丙子举人。官新城教谕。

赠费丈曼书

小历红羊劫，频年始解兵。江流何转徙，岸谷太纷更。作赋思庾信，论居善卫荆。利名心不竞，泉自在山清。

洪维修

字允六，号云麓，慈溪人。观子。光绪戊寅岁贡。

题族弟也坡小影

抱将绿绮琴，来对青琅玕。一弹复三叹，悠然成古欢。惜无嵇叔夜，难谱广陵散。又无王子猷，握手同清玩。我道不如携向海上游，知音自有钟期投。高山流水奏绝调，却胜终日闷对潇洒侯。

陈受颐

字尺珊，号补堂，鄞人。光绪己卯举人，癸未进士。改庶吉士散馆，授福建长乐知县，历任闽晋江、泰宁县事。

余瑞庭军门攀辕集题辞

天门赤岸莽惊涛,锁钥东封仗节旄。风雨四崖筹笔壮,海山满目据鞍豪。铭钟事业宜垂远,解绂情怀岂养高。料想伏波酾酒会,当筵慷慨未辞劳。

在昔分符古七闽,每依棨戟望清尘。将归成什娱衰老,有幸余生作部民。裦带雍容开重镇,丝纶宠渥轸劳臣。攀辕未遂遮留意,再至时还企凤麟。

包履吉

原名显达,字蕉舫,号补园,鄞人。光绪己卯举人。

袁尧年撰《权厝志略》:君自少渊默,好深湛之思,所为制艺,根柢经史。既举于乡,屡上春官不第,乃覃思著述,浸淫乎史汉,泛滥乎百氏,冥追孤往,神囚形瘁,一字不安,弗善也。闲为诗歌,持律矜严,不趋时好,风格在元遗山、高季迪之间。

尝主讲定海观东、象山丹山、奉化锦溪、镇海鲲池各书院。从游之士钦其学行,翕然无闲言。年四十六膺瘵疾卒。

忻江明曰:蕉舫先生工诗古文辞,家贫卖文为活。遗稿数十首,其弟子汤仲盘文学刻之为《补园剩稿》二卷,诗则亡佚。此次就他刻赠言中搜得二首,非其至者,姑存之以见一斑。

哭陈咏桥先生

频岁幽栖一亩宫,衣冠犹见昔贤风。穷来仕路交游少,老去诗篇检校工。近稿定应编甲子,安车旧忆礼申公。他年里社修遗事,宜在春秋祭秩中。

题张溪蘅先生水石图小影

酒盏茶铛托兴孤,水清石瘦认真吾。谢公老去心情在,白傅年来鬓发殊。簑笠门风存活计,莼鲈家世有良图。不须更作鸱夷想,一舸从教泛五湖。

叶同春

字霓仙,慈溪人。光绪己卯举人。

冯开《序遗稿略》:君澹定酝藉,不骛纷华。雅善填词,取径姜张,归于雅适。家居罕与人事,唯以矢诗自遣。所作不自收拾,哀集之得诗二十五首、词三十六首,合刊为《霓仙遗稿》。

寄陈肖竹同年_{榕恩天台} 录一

俊绝陈无己,风流是我师。猗兰骚客咏,香草美人词。笔底春无限,尊前酒不辞。长安歌舞地,裙屐几追随。_{肖竹善画兰。}

芳江渡归途口占

梅天顷刻变阴晴,眼底林峦画不成。薄雾每添空翠活,断虹时作晚霞明。雨余峰自云中出,潮涨船如岸上行。消受家山好光景,可能一舸了浮生。

游车厩禅悦寺

水绕峰回路不穷,苍松翠竹郁葱葱。暂抛尘俗来人外,且逐云烟入画中。一径苍苔斜照冷,数声清磬暮山空。禅家缘法吾无分,莲社何时伴远公。

题板桥杂记 录二

临春结绮斗秾华,十四楼头噪暮鸦。淡粉轻烟空想像,西风一片玉钩斜。

过江名士剧风流,阅尽烟花也白头。欲问钓鱼旧门巷,断鸦残照秣陵秋。

洪维岳

字敬之,号甄宜,又号峰伯,慈溪人。光绪己卯举人。官淳安训导,江西试用知县。著有《青溪匏系吟》。

赠别许云峰游幕广东

之子忽东征,春风唱渭城。十年师弟雅,一日别离情。时事评论久,戎机抉择精。从今投笔去,佐绩报承平。

旅夜有感

惆怅经旬作客游,一灯风雨动离愁。蒙蒙淡月虚侵幌,漠漠湿云低压楼。落叶惊回梁苑梦,候虫啼破汉宫秋。才人偃蹇佳人老,数尽更筹恨未休。

立夏

山厨供笋登盘白,野树攒樱映日红。小院阴浓春寂寞,落花心事付东风。

叶鸿基

字秋笙,慈溪人。光绪己卯举人。前安徽繁昌知县。有诗稿。

吴苑词

香径烂云霞,吴王幽梦赊。花畦晴雏雉,柳陌暖栖鸦。珠帐咽弦管,锦帆喧鼓笳。捧心人去后,明月照天涯。

有感

过隙白驹悠复悠,韶光减到玉帘钩。芰荷花蕊蜻蜓搅,蘅芷芬芳蛱蝶搜。南国绛桃王令楫,西州凉月庾公楼。纷缊心事不堪数,新雁一声天汉秋。

柳枝词 录一

百缕千丝挂夕阳,柔情直绕玉鞭长。灞桥流水增呜咽,此是频年泣别场。

胡昌年

原名聿敦,字颐堂,号小渔,镇海人。滨从子。光绪己卯恩贡。著有《勉遣吟诗集》四卷。

《镇海县志稿》:昌年为人丰裁峻整,文如其人。初以制艺擅名,及肄业辨志文会,遂专意古学。开三友轩于樟丘,叠石栽花,购书史藏之,号曰亦园。

宋瓦歌 郑君在庭合瓦为盆,广厚今瓦十之五。问所自来,君言祖父相传。其屋建于宋时,瓦故宋屋旧物,以年远皱裂不适用。其足用者,亦与今瓦不侔,难于配合,且存者亦无几矣。予乞分之,郑君遂择其端正者八片见惠,予为赋诗以记之。

福泉山下临水村,宋时老屋岿焉存。榑栌椳楔半革故,屋上之瓦亦更新。新者鳞次旧无用,用以栽花合作盆。我见此盆翘然异,广厚迥非今制比。摩挲再四手不释,窃动私心萌希觊。红粉之贻美人择,宝剑之赠烈士得。此瓦从无过问人，唯我见之喜形色。请之主人知首肯，果然割爱无所惜。旁观视之一块土，余情直等百朋锡。念自有宋历元明，八百余年直到今。风霜兵燹难悉数，珠玉金宝且成尘。此瓦非有神物护，居然无恙安乐土。我今弄瓦犹弄璋，不唯其品唯其古。苔纹斑驳浓于皴，土色深黝磨不磷。河滨之陶诚贱业，由今溯之亦先民。吁嗟乎！吾辈但见宋时瓦，此瓦曾见宋时人。宋人远兮宋瓦在，纵非宝贵亦奇珍。君不见，未央之宫铜雀台，制瓦为砚称良材。骨董之家传舍似，真赝孰辨空疑猜。何如此瓦信有凭，高曾一脉递云仍。家珍历历数不爽，譬犹夏殷之事杞宋征。我今携归不作瓦砾论，瓦其无嫌主人之易姓。行将镌刻文字记颠末，贻之千秋万岁资考证。

同李光云茂才由朗水桥过绿景塘途中口占

朗水桥边路，前程绿景塘。溪清鱼避影，风定雁成行。菊径余秋色，芦花乱夕阳。我歌君试和，莫负好晴光。

早春新晴

雨雪随年去，晴光大地开。诗经驴背觅，春逐鸟声来。家酿新开瓮，盆花渐坼胎。山行欣有日，相约入云隈。时将游昆亭。

百丈道上

人家一簇半藏烟，到此依然别有天。矮屋龙眠余宿草，巉岩虎踞瞰流泉。日光透向鸦林上，霜信来从雁字边。绝妙云山谁管领，此中应有地行仙。

陈章

字倬云，号竹筠，镇海人。光绪己卯举人。著有《边眠斋诗文抄》。

《镇海县志稿》：章事亲孝，母朱病风痹，辄中夜焚香默祷。工制艺，善书法，好读经，尤深于《春秋》，尝采三传诸家之说汇订之，成书十二卷。

同治壬戌春初避粤寇于灵岩横河村，谢尺瑚先生赋诗索和，因次其韵得二十首 录二

鼓角声喧郭外营，官奴竟作受降城。山河割据成危地，家室流离痛饿氓。梓里依然邻葛伯，桃源何处问渊明。干戈迭起难高卧，又听村鸡报五更。

设官分职概称天，<small>粤贼伪官皆称天分职。</small>怪异应教野史传。养虎轻抛曹氏剑，沐猴等诮楚人冠。焚巢归鸟踪无定，入网生鱼命亦悬。聊寄一枝安旦夕，客心时若履冰坚。

沈熙廷

字九箭，定海人。光绪己卯举人，癸未进士。官江苏即用知县，历署震泽昭文县事。

和周仲香述怀原韵十首之一

萧疏树树杂秋声，一触君心百感生。金线压残家有妹，玉楼梦断仲无兄。郗超幕府非终志，杜老诗怀岂俗情。忝我苔岑联臭味，相期兰桂共争荣。

哭周仲香

去年话别君犹健，憔悴而今剧可怜。炼石不成谁补恨，<small>嘱买秋石，因真者难觅，未为购寄，竟成憾事。</small>返魂无术便生天。昙花零落愁风雨，宿草凄凉泣杜鹃。犹忆病中书寄我，至今一读一潸然。

魏启万

字霁塘，慈溪人。光绪庚辰岁贡，官遂安训导。

题洪小笠杏村沽酒图小影

人生贵适意，万事不如酒。红杏十分春，酒家何处有。借问牧牛儿，指点村前后。觅路见青帘，摇扬出林阜。拌掷价十千，何复计升斗。我亦耽亡何，愿共糟丘走。对酒发高歌，君歌我击缶。一醉兴陶然，云梦吞八九。

唐国桢

字琴史，奉化人。光绪庚辰岁贡。

夜感

独坐幽斋夜已深，凄凉情绪逼寒衾。松声入阁风初起，竹影笼窗月未沉。美酒难邀知己饮，好诗合待雅人吟。许多春思凭谁寄，且自焚香理素琴。

咏蝶 录一

落花芳草两无情，香国春光转眼更。却怪羽仙不解意，温柔甘自误浮生。

胡宋骏

原名宋铨，字纶元，号缄史，一号淡轩，镇海人。有槎从子。光绪□□岁贡，己丑举人。大挑教谕。著有《唾余集》。

《镇海县志稿》：宋骏劬学笃内行，尝授徒苏州，夜梦父秉烛冒风而行，心动告归。未几，父病殁，人以为诚孝所感。善属文，工书法，诗尤超诣，风格于魏晋为近。

怀古

秦中百二古山河，相臣功业与巍峨。地形天与祖龙便，以之持平平不颇。今日刑法杀他人，明日五刑被其身。非不知，刑法能亡国，下负所学上负君。始皇残刻民不亲，谁复导之斯不仁。长江导岷千里余，出山流浊岷自如。鞅斯覆辙同一车，胡不一言颂及荀卿书。呜呼！介甫弟子无攸京，师门犹累荀卿名。为国则失为己得，逐客一谏何其明。君不见，累累山丘华屋存，牵犬徒思东郭门。

题山寺壁

暝巘团秋云低空，雨送山绿天不风。霜枫几点缀残红，溪月忽挂林梢东。山人碧睒如僧眼，天日长照冰雪胸。窗中无岫一平几，触石成霖泰顶峰。

夏日家居忆梁生寿泉蓉裳昆季 录一

计程半百里，芦水是吾家。世路行来苦，天伦乐趣赊。遥知乔托荫，均此靴生华。怅忆呼归鸟，声声岭日斜。

入青山寺读书

寺匝青山山带湖，雌雄决剑此工夫。舟横对岸津谁渡，风撼孤峦云不扶。出处两途初地卜，宗传一卷洞天俱。<small>携理学宗传读之。</small>人间小草都炎热，试问胸襟有也无。

自遣

舒卷无聊到十分，也知出岫漾晴雯。未凭尺木难生水，莫笑山云是懒云。

六经已作词章料，千载旋令制义轻。为笑能言鹦鹉巧，花间细语学莺声。

青山寺杂诗 录二

磬音明月静为缘，涛涌松声风满天。榻卧短墙山倒看，好峰飞落佛灯前。

妙香修竹暗生秋，丘壑胸中亦卧游。送绿上窗分岫影，天然堆出翠微楼。寺楼名翠微。

李教樊

字仁山，象山人。光绪壬午岁贡。

拟庾开府咏画屏风诗 录二

残蝉日暮雨，初蟀夜凉风。玉阶满苔藓，金井坠梧桐。藁砧戍不返，锦字雁难通。罗帏照明烛，凄绝鬓如蓬。

弄弦玉指涩，移舄蹴冰莎。雏羽一双鹤，老梅三两花。搜香裁丽曲，行酒驻暄华。入房添甲煎，好有画屏遮。

翠竹轩新筑露台同人小集，次大梅山馆露台坐月诗韵

飞觞凌百尺，高举胜登楼。云汉清辉澈，山河爽气浮。澄怀宜抱月，幽意欲延秋。羽化知应是，当筵宿斗牛。

放浪起高歌，前横有大河。乱山云际没，归鸟晚来多。疏韵敲檐竹，微香发沼荷。清虚尘不染，天地净于波。

野花 录一

湘蘅沅芷肖春荑，谱录无名谢品题。古道夕阳悲踯躅，平原烟霭弄蒙迷。拍来乳鸭红黏翅，送过征驹绿染蹄。不向玉津夸异种，幽人门巷别成蹊。

江仁徵

字定甫，一字亭芙，号惩庵，鄞县人。光绪己卯副贡，壬午举人，庚寅进士。官刑部主事，江西永新知县。

张美翊书《事略》：定甫秋曹逾十载，自请改外选，授永新县。甫下车，即访问疾苦，劝学平讼，与民休息，士民爱之。为异己者所中，在任未及期，调省，旋大吏察其枉，檄令回任，以病辞不赴。

拟陶靖节归园田居六首 集集中句 录二

袁安困积雪，仲蔚爱穷居。邈哉此前修，投冠旋旧墟。千载有余情，吾亦爱吾庐。先巢故尚在，深谷久应芜。归去来山中，屡空常晏如。今我不为乐，岁月共相疏。

我屋南窗下，感物愿及时。秋菊有佳色，园蔬有余滋。衰荣无定在，怀此贞秀姿。称心固为好，远望时复为。岁月将欲暮，得酒莫苟辞。养真衡茅下，何事绁尘羁。

和王友莱侍讲见答之作仍次其足痛戏成韵

人生过五十，欲贾无余勇。壮气日销磨，弃材甘臃肿。盲者不能视，跛者不能踊。况乃时局艰，乱阶酿微疐。蜷伏瓮里鸡，瑟缩茧中蛹。中夜起徬徨，念此心惶恐。我与君齐年，轨辙难继踵。羡君有高堂，归则可侍奉。羡君直承明，出则多荣宠。嗟我愧不才，友朋相怂恿。戋戋谋升斗，去去违丘垄。傀儡复登场，藐若鸿毛重。尘壤隔云霄，仰视身欲耸。结袜为王生，愿将病脚捧。

壬寅六月过查山独坐感怀 录一

一声骊唱动离愁，话别家人鲠在喉。才短已无鸿鹄志，时难聊为稻粱谋。三年慈荫悲凋谢，八载乡居懒应酬。漫说补牢犹未晚，星星华发渐盈头。

述怀

闲曹鲍系寄吟身，荏苒年华又一春。入世终嫌长孺懕，谋生无奈阮郎贫。愁浇浊酒心先醉，焰剔青灯影独亲。都道不如归去好，故乡风味话鲈莼。

癸卯中秋后一日月下闲步

闲步庭阶趁晚风，银河云净月凌空。谁家秋思浑无奈，照见嫦娥两地同。

胡善曾

字葆卿，慈溪人。光绪壬午举人。著有《适可居诗集》五卷。

忻江明曰：葆卿先生居凤山，以医名。诗学长庆、剑南，而质实处颇近宋人家数。兼工词，有《凤山牧笛谱》二卷。

杂感 录三

伯乐好良马，千里来名驹。叶公好伪龙，龙不下天衢。非为罗致难，良由鉴别疏。大海宏翕受，朝宗汇川渠。细流虽不择，泾渭犹分途。

马负能千钧，蚁负只一粟。赋材既有异，所贵因材录。易地则弗良，两者俱屈辱。马叹壮心违，蚁谢绵力促。是以器使者，各使胜任足。

鹰隼逞猛鸷，果腹餍食肉。斥鷃不高飞，遗粒荒塍觅。污泥腐禾秆，严霜殷草色。生计日已穷，饥鸣延残息。却顾霄汉间，凌风有健翼。

读史偶咏 录二

汉衰以燕啄,周弱以龙漦。赵家亡天下,荒淫不如斯。道君耽翰墨,文采殊纷披。虽无大愆匿,崇华实乃漓。军国烦干济,惘惘如临歧。寇急人心沸,上下棼乱丝。内廷富墨宝,不足佐军资。美人不倾国,倾国画与诗。

汉祖轻儒生,谩骂抑何鄙。明代怒谏臣,棒杖动相抵。士也民之望,奈何土苴视。神器夺椒亲,文赋工颂美。魁柄移貂珰,簪缨习阿唯。名节扫如尘,其风胡至此。朝廷既相轻,自重又谁是。士习与国祚,盛衰相终始。愿言崇教化,务为养廉耻。

杨白花

杨白花,飞去落谁家,愿尔沾泥飞不起,不愿化萍逐流水。流水无情日悠悠,一入江湖何处求。

偕安吾登五云山畏其险峻半途而返

危峰崱屴高插天,五云缥缈笼其巅。风微日朗天容净,恍如宝鼎萦香烟。山僧指点云深处,一气洪濛但俯视。江带湖杯笏排山,茫茫壮观俱在是。我闻斯言动于中,思登绝顶开心胸。偶从山麓望山顶,依稀一径盘虚空。雨余路滑苔痕碧,行近山腰足无力。举首遥看目欲眩,回头下视心为栗。返来迤逦下山冈,早有山人笑路旁。谓我登高已及半,中途遄返何皇皇。我语山人莫相訾,人生贵识艮其趾。知难而退是哲人,古来不殆由知止。君不见,圣贤临履皆兢兢,不独崎岖弗浪行。

云栖题壁

松篁丛密处,古寺白云边。幽涧曲盘磴,高峰暝锁烟。

禅心契啼鸟，客梦搅鸣泉。方外求诗友，谁如惠远贤。

秋日乘雨赴友招

四望幂烟霏，行踪一路稀。云移山势动，风挟雨声飞。岸苇出波短，田禾卧水肥。舆中衣半湿，况乃舁人衣。

漫兴

壮犹空记采薇篇，柔远终忧策未全。宋室金缯勤饵敌，汉家盐铁急防边。曾烦使者乘槎去，不拒他人卧榻眠。遐迩黎元原一体，且凭玉帛化戈鋋。

千秋局势不相因，谩讶荆公立法新。海国盟书详互市，将军幕府倚调人。利权特重租庸使，私议喧传草莽臣。酌古斟今期尽善，济时贤相有经纶。

春日山行 录一

雨气全收烟霭轻，芒鞋春踏四山晴。玲珑石罅泉穿透，凹凸峰形云补平。樵径蟠空留鸟迹，松风贯顶作鼍声。纪游未带题诗笔，借向僧寮一署名。

拟唐人宫词 录二

花妒红颜柳妒鬟，倚阑立尽玉阶尘。羊车隐隐归何处，隔断宫墙听未真。

低垂绣幕锁炉香，坐倚熏笼玉漏长。宫监夜深呼不应，知听新曲去昭阳。

冯保清

字涤庐，号茂仙，慈溪人。光绪壬午举人。著有《松韵楼诗稿》三卷。

冯一梅序诗稿略：涤庐为卓堂孝廉仲子，少年英俊，才思横溢，好为古、近体诗及长短句，其诗纵志自适，发挥尽致，词亦韶秀可爱。

与徐觉生步贤弈

徐生苕上之奇士，风流倜傥剧可喜。手执孙子十三篇，纵横捭阖无余子。谁与弈者冯敬通，战则必胜技则工。兴酣落子不停手，一心鸿鹄思援弓。吁嗟徐生才不恶，小住浃月同高阁。东方滑稽何足矜，天际孤翔嵇氏鹤。寓中桂花三两枝，秋来绰约多丰姿。无端香入兰陵酒，助尔东山谢傅棋。

蛏浦

江上一峰见，方春积翠重。鸟啼白杨黰，蝶醒小桃秾。薄雾远山雨，和风野寺钟。客心还不定，卧听水潨潨。

烟雨楼

黄寇当年犯秀州，烽烟夜警楚江头。六师挠败孤城陷，半壁摧残上将忧。只有淮阴工背水，更教王粲独登楼。红羊劫后巍然峙，一片鸳湖万古流。

得缦云手书却寄 录一

湖山分管一年春，潇洒风姿迥出尘。都道拾遗天宝客，谁知内史永和人。五更灯火乡心切，二月园梅花事新。著作穷愁太萧瑟，玉骢试踏艳阳辰。

觞落帆亭 录一

亭亭荷叶贴池中，螺涨参差曲径通。不见孤篷见帆影，隔墙留得夕阳红。

葛祥熊

字惕孙，号豫斋，又号小松，慈溪人。朝孙。光绪壬午举人，庚寅进士。官江苏宿迁知县。著有《松竹居诗文稿》。

《慈溪县志》：祥熊生六岁而孤，母徐教之。成立，事母孝，母卒，筑室冢旁，手植松竹，读书其中，自号松竹居士。少能文，受古文法于舅氏徐时栋。性耿介，不随俗唯阿。

通籍后，以知县分发江苏，两充乡试同考官。补宿迁县，县俗刁而悍，下车擒剧盗，清厮役积弊，平民教之讼，人心大欢。时倭人构衅，邑当南北之冲，调兵转饷悉出其途，积劳致疾，乞假就医。旋调署娄县，抵任甫六月而卒。所著诗古文稿待梓。参包履吉撰《墓表》。

奉和陈咏桥征君师谢重游泮宫诗

先生有道出羲皇，俯视青紫皆秕穅。城西老圃足高卧，岿然儒硕明州望。昔游泮水正年少，拔萃抡科名誉噪。宦海早赋归来篇，故园晚辞征辟诏。诲人不倦郭林宗，好学不厌卫武公。春秋既耄德弥劭，精神矍铄过童蒙。丙戌之岁仲春月，黉宫重见时髦出。从头屈指六十年，正是先生采芹日。灵光照曜桑梓久，会逢盛典良不偶。上官殷勤款衡茅，多士跄济望山斗。岂知先生志执逊，欲以谦德式后进。赋诗聊复述家风，折腰久畏劳清问。吁嗟江河流日下，斗筲之器多满假。先生学如三神山，我欲赞辞类游夏。

陈钧堂大令口占五言律见示次韵奉和

富贵浮云似，无关寿世身。经营十笏地，_{君寓苏垣辟沤园，储书其中。}位置百年人。才大端资识，愁多或损真。如君不负腹，何事更驱贫。

闻曾制军赴有感

一门叔侄继公忠，文正勋名有始终。千古凌烟艰晚节，要看张李竞家风。

干城百炼靖妖氛，首保江淮第一勋。杨左彭曾相继逝，最廑宸念是湘军。

袁训

字廷敷，一字心伊，号韵轩，镇海人。谟弟。光绪壬午举人。

晓泊舟山

山抱水回环，雄图壮九寰。边城形嵓崒，番舶色斓斑。晓市鱼虾杂，山民稼穑艰。回头西望处，指顾即乡关。

卫城古昌国，兀峙大瀛东。舟驶鳌身外，人游蜃市中。树旗招土勇，筑堡备倭童。借此为长策，时闻鼓角雄。

闽中春日思亲

痴云如冻雨如烟，望断乡关思黯然。归雁尚留榕水外，沉云长滞甬江边。听残腊鼓春将半，数尽更筹夜未眠。谁道东风消息慢，梅花付与驿人传。

苏丙森

字丽堂，号荔塘，又号煦斋，镇海人。光绪壬午举人。著有《养素轩诗稿》。

春柳 录一

河梁日暮且维舟，一带浓青望里收。流水荡将三月恨，晚风摇尽六朝愁。微微翠影侵诗幌，淡淡烟光入画楼。但愿飞花侬禁苑，长留春色满皇州。

夕阳

城郭余辉一望同，万家都在画图中。四山烟外微添紫，双塔林间半露红。水鸟带波飞岸北，江鱼唼影傍桥东。不愁暝色庭前下，又见寒蟾照远空。

王荣商

字友莱，镇海人。光绪壬午举人，丙戌进士。官翰林院侍读。著有《容膝轩诗文稿》。

《镇海县志稿》：荣商少岐嶷，溺苦于学，工诗古文词。通籍后，授编修。大考一等，升侍讲，转侍读。尝充顺天乡试同考官，四川乡试正考官，所得多知名士。宣统纪元预修《德宗实录》，会遭国变，遂不复出。

纂修《东钱湖志》若干卷，成《蛟川耆旧诗补》十二卷。邑中修志任总纂，发凡起例悉心商榷，病中手订《大事记》《人物传》两门，余未及审定而卒，年七十。

述怀三首

天风激海波，摇荡殊未已。同是舟中人，尔卧谁当起。病鹤睨九霄，老骥思千里。昔人遁岩谷，夜半常抚髀。但愁才智短，进退无一是。山居愧白云，开卷惭青史。

观史如观剧，贤奸差易识。相士如相马，优劣苦难测。男儿志千古，谁肯负君国。歧途一纵辔，意倦不得息。坐令俳优辈，面目施涂饰。何以葆厥真，英雄贵本色。

入世一不合，槎丫生肺腑。箕踞斗室中，高谈薄汤武。不知耕凿民，何处异隆古。正坐吾辈陋，俯仰无寸补。衣冠饰社神，享之以钟鼓。纷纷出岫云，期尔为霖雨。

庭树

严冬人事稀，开卷怡我心。流览未云倦，白日凄已沉。空庭展幽眺，暝色催归禽。崇垣露乔木，枝叶何萧森。念当敷荣时，黛色弥天深。莓苔承嘉庇，热客躅烦襟。鸣蝉助得意，嘈嘈扬清音。繁华曾几时，悲风啸空林。托身岂不高，高处寒易侵。俯视墙下树，新条缀浓阴。贱有全性命，贵有罹灾祲。即兹悟物理，感喟成短吟。

吊裕寿山尚书父子 _{有序}

公讳裕禄，姓爱塔腊氏，官直隶总督。庚子秋，殉节杨村。季子员外郎熙征负尸归葬，甫十日，以毁卒于保定旅次，仲子祭酒熙元偕其妻嫂仰药死。征字达甫，辛卯出余门下，流览遗牍，哀之以诗。

裕公任封圻，清名天下闻。晚登枢密府，出领畿辅军。燕赵多壮士，什伍各成群。自言有神术，赤手扫妖氛。里巷相传授，妇孺同欢欣。公知事无济，叱使归耕耘。_{公素不信义和团。见文牍。}唯天降丧乱，诰诫徒殷勤。兵端开倏忽，津沽变风云。桓桓破虏将，指挥建殊勋。歼敌北仓下，积尸潞水渍。社鼠久跳梁，烈火庶一熏。由来战阵事，旦暮异所云。狂飚吹毒雾，咫尺迷斜曛。挥戈力已竭，一死报吾君。达甫侍帷幄，恸哭收遗文。上书言死状，血泪何缤纷。间关随行在，惨淡向临汾。哀肠已寸断，骨肉中途分。司成尤激烈，兰蕙甘同焚。伟哉忠孝门，万古扬清芬。

题王文敏公_{懿荣}遗札 _{有序}

公字廉生，山东福山人，官国子监祭酒，直南书房。庚子之变，偕继室谢夫人、寡媳张氏投井死。事闻，赠侍郎衔，谥文敏。余藏公手札二通，皆甲午大考后所得，风骨道劲如见其人。会公家以讣来，得悉公死事之状，因缀一诗于后，以抒向往之忱焉。

胡骑陷洛阳，朝士多遭戮。流寇踞燕都，降臣尤被毒。南冠絷墙阴，搒掠索金玉。呼号乞贼怜，宛转登鬼箓。人生血肉躯，委化争迟速。一念畏刀锯，千秋污简牍。伟哉文敏公，义不受凌辱。烽火逼甘泉，属车趋商雒。攀辕嗟何及，望尘唯痛哭。明知连鸡势，转盼归辑睦。忍死待须臾，中兴谅可卜。顾念臣子节，未宜俨齪龊。况值圣明君，知遇冠僚属。生平嗜钟鼎，款识皆手录。词馆久浮沉，朝衣频典赎。献赋承明宫，一朝蒙特擢。召对勤政殿，至尊为拭目。南斋校秘书，东序领文学。内府颁珍奇，深宫赐画幅。黄门络绎驰，赏赉何优渥。骄虏肆凭陵，义军归约束。长城一以坏，先声惊草木。环侍剩妻孥，巷战无部曲。乘舆幸安全，都城奈颠覆。缅怀高厚恩，杀身报岂足。大节苟弗光，何以别庸碌。秋风吹井梧，慨然悟归宿。玉玦付孤儿，金氂移健仆。伉俪誓同行，黄泉慰幽独。寡媳亦从容，贞心完太璞。湛湛止水中，俄顷超尘浊。浩气返云霄，忠魂依辇毂。凶问达行在，天颜增悲蹙。恤典异群臣，义声动殊俗。当时衣冠祸，追思何惨酷。赤眉本乱民，狂刀恣屠斫。西域重行人，推刃逞报复。牵曳充鬼薪，迫胁经沟渎。侥幸脱危机，间关走微服。劫夺摧心肝，仓皇失骨肉。荆棘满天地，生还已为福。前后殉事臣，参差非一族。张汤陷狱山，宋万批仇牧。晁错斩东市，莫敖缢荒谷。玉石既同焚，兰蕙讵异馥。成败论英雄，吹求生谤讟。只手思回澜，万口讥覆餗。盖棺事未定，青史烦商榷。公职本清华，公心无愧怩。一死即完人，大名配岱岳。我来丧乱余，临流吊芳躅。犹忆廷试时，鹓班忝追逐。提笔上文墀，须眉见清淑。贻书论朝仪，风骨钦高卓。阔别几星霜，沧桑变时局。公已享明禋，我仍恋微禄。附骥更何年，止

王荣商

乌竟谁屋。流涕缀哀词,哽咽难卒读。

秋日登白石山楼赠虞茂才 宝昌

久晴天气秋如春,久别友人故如新。此楼别我亦已久,今日与君重相亲。烟树远近自作画,乱山高低争看人。眼前风景足怡悦,无为戚戚忧贱贫。

清明自塾中归

清明天气好,云影敛晴空。秋陇浅浮水,柳堤微有风。山光牛背外,春意鸟声中。归看小园里,桃花红未红。

自三山浦浮海至爵溪 录一

岛屿浮烟点,苍茫古甬东。地随山脚尽,天与水光融。海晏帆樯集,时清壁垒空。一城如斗大,自昔困英雄。

山居二首

故国知何处,深山尚有家。雁潭雷后笋,龙井雨前茶。浅水浮荷叶,疏篱缀豆花。更怜江海近,村市足鱼虾。

高尚非吾志,幽栖少俗喧。病多常倚枕,兴至偶窥园。鸟语竹窗曙,蜂声花坞暄。何须问渔父,是处即桃源。

入成都作

晋水秦山次第经,西来饱看蜀峰青。云生衣袂成甘雨,风卷旌旗迓使星。岂为儒臣隆礼数,须知边徼奉威灵。夜郎自大公孙僭,试与摩挲剑阁铭。

郊行有感

倦鸟投林早息机,蓟门回首夕阳微。苍茫世事残棋局,淡泊家风旧布衣。白发无多遗老尽,青山如昨主人非。村农不识兴亡感，自爱春田苜蓿肥。

题费瑚卿小沧桑馆 录一

商音金气遍中州，烟树荒凉满目愁。陵谷已成新世界，亭台犹见古风流。夕阳花影明芳树，夜雨书声出小楼。试向战云深处望，仙乡今在海东头。欧洲方有战事。

方叔通以海上诸遗老诗相示，和瞿止庵酬章一山韵

溪山深处俗情疏，鸡犬桑麻乐有余。不信黄龙承汉运，空传白马吊殷墟。忘年懒写宜春帖，却病闲翻养性书。偶听渔翁谈往事，六朝如梦足欷歔。

虞景璜

字澹初，镇海人。鋆子。光绪壬午举人。著有《澹园诗文集》。

虞辉祖撰《墓志略》：先生奋自孤童，既举乡，一试礼部，遂绝意进取，皋然有望于古之作者。时吾家敦甫先生言理学，而先生则治经，其言以为经学即理学，治经以礼为本，凡事宜一遵古礼，故笃古自信，气象俨然。朋徒日进，辟澹园居之，其时与先生同治经者，有梅伯俨、陈觉生；谈艺者有张子骧、胡廉水、郑汉泉与其从兄午研。余则与之讲归方古文辞之学，蕲终得其要领。体清羸，益以居丧悲哀，年三十二遽卒。所著诗文集，已行世《石经兴废考》等，藏于家。

坐雨书怀

苦雨逐风来，阳光倏西匿。宿云阁不起，饥烟瘦无力。岚气郁苍苍，间向林际出。忽忽长若人，呼之不我即。遥天旷无垠，尽目无只翼。四野莽平沙，何处问消息。独树

气不春,深黝作古色。欲写赠远人,愧乏丹青笔。相思在渭北,默默存胸臆。

杂诗 录二

种花恐不雨,看花苦不晴。爱恶何所异,奈此心营营。愁来秋草枯,喜来春阳生。造化善弄人,至人持其衡。

置身在通显,自命稷与契。郁郁不得志,退托巢许列。才与不才间,此身宜自决。斤斤仿古人,世路多覆辙。

即事

帘押昼冥冥,飞声动玉铃。断烟分树绿,小雨压苔青。心为花争胜,春因鸟唤醒。兴来无暇懒,抱瓮不曾停。

月夜同子瑶篆丹坐小阁

水阁动清兴,人间炯独愁。疏星天在水,凉月树凝秋。有触皆千古,浮生共一沤。回头见人影,所得此身留。

舟泊津门

春明罢战兴犹酣,马足车尘况味谙。每欲悲歌赋燕赵,不堪摇落忆江潭。沙黄日漾风中影,树碧云抽雨后篸。一发青山归有梦,曲中好唱望江南。

寄梅伯俨理学宗传即媵以诗

愧我无从加洗伐,知君亦是苦留连。两心遥映如明月,十载论交付逝川。形迹他年浑可化,足音空谷镇相怜。骅骝道路扬镳去,争得崎岖一着鞭。

看花有触

今日园林半秋色,旧时门巷漾清晖。落红瘦损还成实,寂寞春风独自归。

童祥熊

字次山，鄞人。章子。同治庚午举人，光绪癸未进士。翰林院编修，历官山东劝业道。

杨显瑞曰：公由翰林援例以道员，分发安徽一署臬使，迭任要职，为政务持大体。

戊戌涡阳匪乱，台谏谓故镇牛师韩资以火器，词连淮北诸宿将。公方权凤颍道，为白其诬，并令有存械者，各捐助地方团练，所保全者甚众。时值沿淮岁凶，发官帑，筹义赈，亲督散放。复以赈余兴办水利多处，民沾实惠。历管厘金、土药、烟酒、捐税，廉以率属，精于稽核，税收倍昔，而商不扰。

戊申补劝业道，宣统辛亥调山东。国难作，抚军某附权奸，联衔请逊位，公痛哭力争。不得，遂谢病疾驰出省，就青岛居焉。庚申德日之役，流离上海，税于租界，曰："吾无颜回故里也。"郁郁而卒，年七十有一。

余瑞庭军门攀辕集题词

越甲三千曜水犀，频年烽燧渐东西。英滕自昔俘蛮触，袠带于今奢象鞮。德被舆人方起诵，词惭幼妇漫分题。偃庐未餍瞻韩愿，余奉讳家居，过从甚少。促驾声声忽唱骊。

励振骧

字听和，鄞人。絅子。光绪甲申岁贡，丁酉举人。

拟古乐府 录二

借寇恂

我闻旧使君,竹马迎街递。亦闻新大尹,驹藿赓絷维。旧去太速新来迟,拜向马头金勒羁。金勒羁,一年相约不敢欺。

思刘陶

驱车过顺阳,顺阳泮鸮芹藻香。驰书达颍阴,颍阴波鳞寻尺深。何所思,思刘君,顺阳颍阴隔片云。刘君再到民情欣,饥渴望殷殷。

吴季子挂剑曲

一匣风雨凄,夜半蛟龙泣。别君昔已非,赠君今不及。遗情寄松楸,薄物盟车笠。豪气地下存,起舞莫悲咽。

闲坐自遣

旧学商量邃密无,扪心但恐矩犹逾。迈年宴鹿偿孤注,后起登龙喜合符。素位关怀邦肯谷,青毡寓迹谷生刍。开通世界维持任,奏效何嫌取径迂。

赖维翰

字四峰,象山人。光绪甲申恩贡。

拟庾开府咏画屏风诗

花外燕连翩,看花人妙年。送情怜眼弱,回步觉鬟偏。杨柳一堤雨,木兰双楫船。不须抛玉佩,乍可拾金钿。

夹路水迢迢,长桥接短桥。花让酒垆簁,莺催饧担箫。露明沾绮縠,风软约轻绡。遥岫两三抹,颦眉如我招。

陈家玨

字撷菁，鄞人。贡生。

题烟屿楼诗集

笔足补造化，文章亦经济。所以不朽三，言与德功比。先生灵秀钟，斯文振后起。著述已等身，当代问有几。余绪发为诗，名言贯妙理。沿溯风骚源，堂堂正途轨。玨从先生游，观海难为水。欲入不得门，高山徒仰止。时读先生诗，欲譬何所似。侧闻举世推，韩苏及杜李。铅椠欣告成，聊述平生企。千秋此一编，应贵洛阳纸。

夏庆增

原名增，字芷津，鄞人。贡生。

读史示瑜儿

我生历艰苦，从不微皱眉。读史感忠孝，忽觉双泪垂。性情所激发，岂徒心骨悲。有泪莫轻洒，卓荦真男儿。

闻陈咏桥征士讣诗以志哀

梓桑咸仰古仪型，抱义怀仁播德馨。陶令中年先解组，伏生皓首尚穷经。画图盛会传唐代，征辟贤声动汉廷。太息龙蛇逢厄运，而今文献渐凋零。

题西施泛舟图

越溪浣女入姑苏，又逐鸱夷泛五湖。到处波光明若镜，捧心恩怨总难摹。

徐士琛

字子珍，一字楚亭，鄞人。元第子。贡生。著有《绿满庐诗存》。

忻江明曰：君为远香先生之子，渊源家学，少好词章，汔于庠，屡困省试，遂援例充贡。性挚孝，父病革，尝刲股和药以进。晚号休休居士，寓沪上最久。壬子癸丑间，余遇于友人张莘墅明经座上，已耄矣，而视听不衰，精爽如少年。年九十余卒。

自象山至宁海途中口占 录一

宁象此分界，西溪第一峰。石危疑伏虎，路曲若蟠龙。墟里孤烟合，山巅积雪封。岁除归计急，行色正匆匆。

谒偃王墓

十望九王裔，况当坟墓乡。<small>王墓在东钱湖隐学山，隐与偃古义通。</small>追源虽已远，数典讵容忘。隐学山名古，栖真院业荒。<small>栖真寺产久废。</small>残碑犹在望，瞻拜敬维桑。

柬王松堂

作客申江二十年，与君邂逅亦前缘。寄书漫阻洪乔驿，伤别长留杜牧篇。容易消除唯岁月，最难修到是神仙。曩时情景犹堪忆，乡梦依依到枕边。

芦花 录一

移家近水俗尘轻，蟹舍鱼庄早订盟。拥被哦诗寒有味，卷帘看月淡无情。美人迟暮空增感，穷士歌呼莫问名。只是江干垂钓客，白头相共话平生。

朱瑞清

字桂芳，鄞人。诸生。

哭族叔祖澄斋先生

惆怅乡邦失典型，更从何处问遗经。亲看家世能绳武，犹憾天心靳与龄。孤馆灯寒人已去，虚斋秋老梦难醒。剧怜此后无知己，坐对西风涕自零。

李云衔

字枚士，号阶升，又号荔禅，鄞人。贡生。著有《澹明庐诗抄》。

《家传略》：先生工笔札，游幕公卿间，赵粹甫廷尉尤器之。文以气胜，诗亦有磊落之概。

狮蛮糕歌

高蹑太华峰，开筵作重九。珍糕烹凤麟，群仙齐晋酒。酒酣待食菊花糕，縠辘诗肠吼老饕。擘笺索赋盘中品，屈煞刘郎一世豪。盘中罗列多奇状，丑态狞形屹相向。酥糁樽夷各有神，饔人作意翻新样。彩旗开处显蛮王，气象匈雄不可当。须眉猬磔赤鬖鬖，努目撑拳示服强。下有狮子睛闪曜，掣以鸾带防吞攫。左顾右盼貌如生，锯牙颏龂吐龈齶。诗豪欲赋下笔难，老饕欲餐不敢餐。倘教食并羊髓饼，枯肠搅乱应喷寒。我闻先朝神物来西极，上林金毛攀槛出。玉关罢猎兽圈空，丹青辛苦竖奴泣。尔时绝域庆升平，蛮王献宝朝帝京。太常曲体除暴意，摹形咀嚼拟枭羹。又闻假面羌胡装杂技，狻猊突出逞横姿。瞋目哮呼帖耳降，批熊手段非轻试。尔时殊恩颁朵殿，异数延年同领宴。糕样量移十鹿名，对此范模形质变。曲江旧事馈花狮，矿饵团成更出奇。蛮府参军作蛮语，娵隅雅谑快题诗。新诗脱手糕入口，宛转饥肠作狮吼。蛮触兵交拇战哗，落帽狂歌行复醉。

题葆芝岑中丞台江送别图

画鹢飞轮碧澥平，天吴万怪避幢旌。秋风簜节辞闽峤，晓日冠裳觐凤城。三晋久闻须汲黯，九重先要识真卿。封疆重任频频寄，为鉴臣心如水清。

甲申除夕阳都中书怀

南望鲸氛蔽海天，燕云深处尚安然。曰归仰屋唯图史，到处谋生只砚田。饥鸟啼醒愁客梦，黄埃搅和药炉烟。请缨空抱终军志，剑铗歌残倍怆然。

寒夜书感兼呈包伯琴大令

雪花压屋砚池冰，寒意和愁一夜增。笔底性灵襟上泪，客中伴侣案头灯。狂歌自署无名子，枯坐人疑带发僧。惭愧故交呼畏友，近来赢得百无能。

徐隆寿

字平甫，鄞人。时栋子。

徐方来述略：府君承家学，泛览群籍，尤熟于史。先舍人校刻宋元《四明六志》，乱后旧板漫漶，间有缺失，府君为校补重梓舍人著述十余种，次第付刊，或手抄成帙，居恒手不释卷。尝游陈征士劢之门，征士称其文"循规蹈矩如其人"。诗不常作，晚年寓光溪，有绝句云："山静遇闲僧，松根坐谈古。回首夕阳低，芒鞋石子路。"余皆散佚矣。

哭陈咏桥师

忆昔吾先子，延师主讲席。小子甫冲龄，尚未获亲炙。弱冠始抠衣，菲材荷培植。经师亦人师，声名遍藉藉。先君平生交，唯师称莫逆。臭味比芝兰，投合如胶漆。兴来发清咏，唱和情更密。师本至性人，宦海肯沉溺。一官走粤西，腰愧五斗折。乞假赋归来，养亲修子职。带经还复锄，老圃鄞西辟。读书衍四余，遗言学季直。将寿补蹉跎，闭门句常觅。哀然大集成，新诗记运甓。更忆卅载前，念旧心切切。先君与吾师，相与共晨夕。六志校宋元，集思期广益。邑乘重纂修，条例备纤悉。考据追往古，文献征畴昔。城西草堂开，星霜凡五易。嗟嗟庭训违，事事成陈迹。手泽念先人，泪下霑襟湿。所幸遗稿传，端赖吾师力。诗文及经学，卷帙殊繁剧。师具学识才，校正详一一。老眼不生花，目力亦未竭。著书岁月多，万卷罗胸臆。古人比伏生，大年臻耄耋。梓里德望钦，枌乡仪型式。松柏本后凋，耐此岁寒质。一朝哲人萎，欲从更何适。小子在鄞江，闻讣心呜咽。灵輀已将驾，那堪师弟别。置酒奠两楹，俚言当哭泣。

徐稷臣

一名景罗，号漪园，慈溪人。诸生。

冯贞群曰：君长于译学，有《俄史辑译》四卷。俄国自西历八百六十二年合而为一，始有俄罗斯之名。是书所记从此年起，当中国唐咸通三年讫清咸丰六年。为书七十七章，旁征曲引，凡立国始末与夫政教沿革，胪载颇为赅备。

题反泣潇湘图

杨冯两室先后皆亡,孑然一身孤悽欲绝。爱倩客绘成斯图而自题句其上,时光绪丁亥暮春也。

溯昔舜殂苍梧道,二妃啜泣靡昏晓。九嶷身殉不独生,卓哉英娥赓同调。我今憔劳历一生,花甲既周嗟耄老。续弦复断琴不张,死别那堪重悲悼。却忆吾生当卅年,东南贼势正蔓延。漂摇风雨渐宁息,拮据端资内助贤。小白河头吾祖宅,栖止鄮山光故物。冀幸否极或泰来,岂知风逆遭帆折。女嫁男婚事甫半,一病缠绵竟不测。逝者魂归离恨天,存者形单影亦只。无聊之思绘玉照,严君写生妙且肖。反泣潇湘名厥图,此境此情凭意造。人生富贵不可期,我欲穷神游苍昊。瑶宫璇室永团圆,何事尘埃悲潦倒。为问归结果何如,三星在天亘相耀。题诗寄语后来人,珍爱宜如传家宝。

洪维熊

字小峰,慈溪人。诸生。

大隐山谒始祖尚书公墓口占

行到云溪畔,溪流浅不深。看山嫌雾罩,度水怯寒侵。旭日才衔树,炊烟渐出林。此间先垄在,端拜展微忱。

张斯桂

字鲁生,慈溪人。贡生。官直隶广平知府。

《慈溪县志》:斯桂由诸生入福建船政大臣沈葆桢幕襄办洋务,以功荐擢知府,旋充出使日本副使。任满回京,选授直隶广平知府。卒于官,年七十三。

十刹寺赏荷花并饯别王□□太史外任余杭县

亭亭玉立见丰神,莲座香中幻化身。雨露新恩随地是,且擎翠盖出缁尘。

盛在渌

字廉水,号莲秋,慈溪人。贡生。官福建泉州通判,署永福知县。

和王补帆中丞癸酉闽闱即事诗原韵 录二

丹诏旁求庆酉年,凤凰衔下九重天。春官桃李推知节,秋水干将识茂先。谓马、张两星使。月满瀛寰无宿翳,星联奎璧有前缘。转移独仗沂公力,为挽狂澜瘴海边。

廿载芸窗愧守株,翱翔莫与凤鸾俱。无才敢讽怀中璧,有恨终埋海底珠。焚砚君苗老文字,负囊臣朔悔狂愚。世途一入知难返,空抱冰心在玉壶。

魏锡蕃

字子晋,号雪帆,慈溪人。诸生。著有《寄鹤山房诗抄》。

月夜登天封寺浮图

客里多愁惯,来登最上层。江山千里月,楼阁万家灯。风定钟声缓,霜寒佛火凝。偶然发长啸,惊起下方僧。

过慈湖偶成

长堤夹明镜,人似镜中过。水落荒塘浅,天高远岫多。昏鸦喧木杪,寒雁聚芦窝。吴相留遗迹,空山尽薜萝。

舟中立秋

凉风吹万里，游子独徘徊。客梦随更断，乡愁逐雁来。夜寒知欲雨，人静忽闻雷。拟作悲秋赋，惭非宋玉才。

文溪访文大夫故居

千载谁传霸越功，荒村寥落夕阳中。人家桑柘含秋色，野径松杉响晚风。碧水于今悲赐剑，青山终古憾藏弓。南阳竟有成禽痛，何事黄金铸范公。

春暮书怀

雨过长堤敛绛霞，马头风急不扬沙。异乡花月尊前酒，故国江山梦里家。远渚有船皆鼓吹，春郊何处是桑麻。江南孤客多惆怅，落日城头起暮笳。

钟祥熙

原名梦庚，字兰泉，镇海人。诸生。著有《品诗楼稿》。《镇海县志稿》：祥熙性诙谐，喜饮酒。工草书，诗思敏捷，无雕斫之苦。

游西湖观三潭印月

石桥路曲折，两岸荷花香。我来石桥行，浮影水中央。小憩祠宇中，水槛风生凉。舟子催我起，荡入水云乡。临流一洗眼，乘兴到上方。

过蔬绕轩题壁

阶前净绝草萋萋，坐定还看旧句题。半亩池开明镜晓，五峰翠落粉墙低。闲花有意如将语，好鸟多情不住啼。笋脆豆肥风味好，饮酣那惜醉如泥。

清明日同侄至方家桥扫墓书所见 录一

方家桥口雨初晴，水满池塘蝌蚪生。几处麦苗青覆雉，一堤杨柳嫩招莺。

袁诰

字凤三，镇海人。谟弟。监生。著有《醒初轩诗稿》。《蛟川耆旧诗补》：君性孝友，喜吟诗，工书法。为人持钱，以才名闻甬沪间。其《哭伯兄诗》十首，缠绵悱恻，令人增友于之重。他诗亦多可传者，吴曙楼广文点定其稿为二卷。

拟古 录二

白日忽西匿，山河渺茫茫。坐久露华滋，仰见明月光。太息望神州，陆沉令人伤。坦途长枳棘，人事变沧桑。凉飙从西来，孤鸿鸣且翔。类余远行客，中夜独徬徨。愿奋凌风翼，与尔还故乡。但虑矰缴多，相戒慎行藏。

湛湛湘江水，缥缈青芙蓉。美人抱云和，独奏空房中。清音戛寒玉，逸响落飞鸿。一弹未及已，指下变初宫。上弦结同心，下弦起悲风。良人渺天末，十载远从戎。昨夜梦中见，别久无定容。新声为谁发，长叹泪沾胸。

乌夜啼

乌夜啼，声凄凄，月落霜浓音转低。知尔抱隐痛，反哺未报悔噬脐。男儿躯七尺，朝游秦楚暮游齐。爱日驹过隙，得钱养亲日已西。任尔依闾望，晨昏付与糟糠妻。一旦痛罔极，幽明永相暌。洌清酒荐蒸，黎明烛煌煌。罗豚蹄，云是孝思已不匮，一滴空洒荒草蹊。呜呼乌兮尔勿啼，回头又见跪乳羝。

江楼坐雨有怀

云重帆樯隐,潮平水石幽。湿烟沉远树,微雨入危楼。传语数红鲤,呼群羡白鸥。相思人不见,渺渺大江流。

往静安寺

十里垂杨路,轻车得得过。日暄逢树密,沙静喜风和。蝶醉都迷粉,莺狂乱掷梭。余心何处着,相赏在烟萝。

登威远城有感

昭忠祠外草青青,威远城头烟树冥。独鹤摩霄秋色老,长鲸鼓浪海风腥。西障浙水留关键,南峙蛟门列画屏。谁遣荷兰成跋扈,几回把酒问山灵。

佑圣观和叶大之明韵

寻幽蜡屐印苍苔,斜卧丰碑认绿槐。洞里碧桃春自在,房中丹灶火初开。尘心已逐闲云去,山色遥从返照来。一棹扁舟归路杳,琳宫回首重低徊。

张显昌

字竹村,镇海人。诸生。著有《餐霞馆吟稿》。

智果寺 宋宫遗址

一局西泠片壤收,偏安帝子总低头。戴天苦作南朝主,入地甘忘北面仇。凤岭笙歌孤磬冷,龙宫珠翠万灯秋。可怜廿四堆边骨,风雨钱塘夜夜愁。

祥和弟新构山庄书此为贺

不羁天马厌人寰,珠爱韬光玉韫山。万事坐看心渐冷,一丘买隐价非悭。梅花诗句桃花酒,松径清凉竹径闲。他日樵青相伴处,勿嫌拄杖叩云关。

姚景皋

字揩伯,号少梅,镇海人。燮子。

红木犀辞 有引

木犀有红、白、黄三种,红者产象山。按《宝庆志》:宋高宗时,邑士史本初以接本献。上爱之,尝画扇头并题诗赐从臣,由是四方知名。

招摇之树蟠轮囷,烛龙结宅光九垠。落子丹山作佳种,秋痕染出胭脂匀。当年南渡静锋镝,剩水残山支半壁。臣本初献临安宫,冶粉浓脂减颜色。重邀宸翰写丹青,扇底风流暗递馨。诗谶那成金世界,画科原重小朝廷。吁嗟乎!花石纲,厉禁弛。六桧堂,遗构圮。犀兮犀兮烂绛霞,人间天上长如此。

拟庾开府咏画屏风诗 录一

金碧极雕锼,名园高下楼。移灯蟾照箔,嬉水鹬迎舟。女侍芙蓉衩,春醹翡翠瓯。哄堂多贵客,不羡五陵游。

雨中游蓬莱山用壁间韵

龙脉平趋结此丘,抱琴来侍偓佺游。更无处士招元鹤,欲向先生借赤虬。叶落山根欹钓艇,云飞松影入诗瓯。还登绝壑舒穷眺,百八钟声万木秋。

我来上界挹浮丘,屈指生平第一游。独抱幽踪追范蠡,细摹险句学罗虬。仙家鸡犬青云路,佛座香花碧玉瓯。拟作丹青图主客,潇潇乱叶下残秋。

姚景夔

字拊仲,号小复,镇海人。燮子。诸生。著有《琴咏轩诗稿》。

茗墅秋日杂感用两当轩杂咏韵 录三

海国来孤雁,嗷嗷霜天飞。慨焉防罝弋,中道生愁疑。无怀风已渺,人间乐郊稀。栖栖稻粱谋,寥寥去何之。不如华堂雀,藏身安不移。寒飚倦双翼,爪印留雪泥。艰难图一饱,辛苦谅自知。碌碌抱鸠拙,营营空尔为。

茂陵苦秋雨,独处悲相如。哀哀长门赋,煌煌谏猎书。文字穷益工,何愧病渴躯。得遂题桥愿,隐刺变令誉。

客居已不乐,况闻秋砧音。凉风倏然起,飗飗丛桂阴。征衣苦未递,秋士伤秋心。胡不归故里,飘流何所任。

剪月亭晚眺

幽亭开剪月,曲路绕羊肠。蝉响因风涩,溪光逼袂凉。深岩悬瀑翠,细草杂芝香。小坐筠屏北,邀僧话夕阳。

郑处士显宰邀游鹳浦

绣陌苍苔印屐痕,相偕好友入花村。鸦鸣古树僧归寺,犬吠疏篱客到门。曲水篆纹添晚汐,遥山赭色带斜曛。今宵喜下陈蕃榻,相与联吟慰梦魂。

杨花曲 录二

年年风雨无佳绪,处处天涯有画楼。试问羊家张静婉,粉痕零落倩谁收。

斜风故故拂雕鞍,婪尾声中春又残。一例春人飘荡尽,夕阳依旧满阑干。

董名撰

原名钜,字汝鸿,鄞人。诸生。

暮春

一任阴晴过,幽人总不知。风多烟聚少,云淡雨来迟。睡起浑无事,闲来只有诗。卷帘听啼鸟,又是落花时。

闺怨

春风不管妾多愁,偏送花香上翠楼。欲卷湘帘望夫婿,万山重叠隔松楸。

史锡祺

字大魁,号惺夫,鄞人。诸生。

《家传略》:君少孤好学,工制举业,尝馆小亭林顾氏。顾氏有藏书,多二鹿先生手订之本,广稽博览,暇则以吟咏自遣。生平笃内行,于敬宗睦族、拓祠、修谱,尤三致意焉。

病后馆中书怀

终朝课罢复高眠,药鼎茶铛满目前。病久自嫌心有著,愁深偏苦酒无缘。欲偿诗债懒裁句,为涤尘襟试坐禅。富贵早知身外物,生涯随分托书田。

咏月湖十洲 录三

梦醒西堂感慨微,花光冉冉柳依依。争如绿长瀛洲草,留住春风不放归。芳草洲。

暮天爨火起渔家,漠漠轻烟护暖沙。不是歌声飞到耳,那知中有钓鱼槎。烟屿。

独立江城依小洲，月湖有月占清秋。史家别业谢家庙，多少楼台一镜收。月岛。

吕起桂

字文舟，鄞人。著有《瓯香园诗稿》。

中秋对月有怀徐大酭仙、胡三鲁封

华月流素辉，庭除多闲旷。偶携素琴弹，惜无知者赏。枯桐含古音，朱弦发清响。对此怀伊人，临风结遐想。愿持流水心，随月入君幌。

郊外偶成

郊外风光改，微寒飒已秋。山围平野迥，江抱一村幽。衰柏先霜赤，眠禾带雨收。新晴犹泥泞，归路一扁舟。

九日漫兴

意行无远近，信步访禅关。细雨闲花落，微风倦鸟还。数行平楚树，万叠暮云山。不尽清秋感，临流涕泪潸。

节序悲寒雁，凭高生远愁。江山千古胜，风物一年秋。暝色起村落，斜阳上渡头。樵渔欣自得，归路动闲讴。

游茅山寺，适杨临川、徐酭仙先至，与公山房相待

一笑相逢下榻留，故人雅意极绸缪。小山丛桂歌招隐，古寺寒梅访旧游。鹤去冲烟松径暝，客来话雨竹窗幽。数年交谊无诗赠，自愧闲身懒似鸥。

茅山谒张侯庙题壁

海国安危仗故侯，青山无恙勒勋猷。孤军控扼东南壁，残局支撑七十州。古墓尚存唐土地，断碑犹记宋源流。英

灵千载留余想，夜夜风雷走石头。

胡飞鹏

字鲁封，号樵砚，鄞人。贡生。

江迥撰《传略》：君幼慧性，好书史，外家某氏富藏书，多宋元珍本，君每往必索书以归，穷日夜披览，于历代废兴成败之迹，用兵战守之略，九州阨塞山川险要之形势，尤所心究。晚更讲求西学，注重实验，尝条陈时事，上之前宁绍台道薛观察福成、湖广总督张制军之洞，并蒙嘉许。兼好韵语，有所感触，一见之诗。始筑紫榴山房，继辟倚园，集名士歌啸其中。著有《紫榴山房诗文稿》如干卷。

自横河夜发姚江

月光未上天如幕，欲行不行船将泊。一点渔灯柳岸明，数星蟹火蓼塘灼。暗泉幽咽出汀洲，橹声咿轧鸣中流。横江老树疑人立，石桥一线时触舟。江风入衾衾不温，此时无客不销魂。思家有梦隔秋水，何处江南黄叶村。须臾月向东山上，扁舟四顾足幽赏。芦花瑟瑟潮欲来，乡心待逐归潮往。

偕友人游西湖

清波门外波如练，绕郭岚光青一片。波心晴闪万金蛇，浪花飞作珍珠溅。南峰北峰云脚齐，红藕花残曲院西。扁舟直到湖深处，雪鸥飞破青玻璃。面面湖光淡不流，茶铛酒盏供夷犹。雷峰镇怪嗤荒杳，舍船欲向青山游。秋山秀削芙蓉碧，烟萝空翠瀚欲滴。引人入胜境更佳，悬崖峭立千仞壁。乾坤何处容我狂，流光欺人忙复忙。劃然长啸山鬼哭，那知世外几沧桑。径之幽兮啼清猿，峰之回兮闻樵斧。指点烟云眼界空，慨兮慷兮无今古。谽呀石磴苍苔平，飘然襟袖浣风清。独立湖山最高处，回头一笑天亦惊。

夜泊虹桥倚篷闲眺

野航喧不寐，探首见银河。云黑时藏月，灯红乱点波。忽看来小艇，浑似掷飞梭。榜子自相语，春潮入夜多。

自遣

久病意都懒，雄心渐欲除。孤灯风动处，两鬓雪生初。今古空明月，乾坤一草庐。江湖将老我，不寐夜窗虚。

送表兄沈_章归南山

匹马南行捷，迢迢到海关。断云松畔路，黄叶雨中山。别恨随人远，孤踪带雁还。登楼望君去，独立泪潸潸。

方桥夜泊

朔风江面冷，孤艇泊横堤。秋色和烟尽，潮痕共月低。夜深惊蟹语，天晓准乌啼。极目桥东望，群山断浙西。

雪夜对酒

独夜孤灯雪霁初，冷吟沉醉一蓬庐。略存画意堪医俗，阅尽人情只读书。天地寂寥春鼓荡，胸怀块磊酒消除。剧怜满目哀鸿日，议复田畴计尚疏。近因晋省偏灾，当路诸公建议，欲自丙子七月起，凡一年中各富户售进田地，概许卖者赎回。官则量为资助，俾贫民仍有田可耕，以免流离而遏乱萌，云云。余以其流弊滋多，尝作《驳复田议》规之。

即景次吕文舟韵

柳外炊烟入望浓，远山晴削玉芙蓉。卷帘贪看夕阳好，何处一声僧打钟。

杭州寓舍寄文舟兼讯家 录一

茫茫百感付吟哦,露立苍苔怯薄罗。频向秋风抚慈线,家园应占月明多。

游天童禅院

夜雨新痕涨碧溪,万松青到寺门西。雪鸿欲证他年梦,自向山僧借竹题。

包用康

字仿陶,鄞人。贡生。

芦花

一夜花开白满洲,推篷词客忽惊秋。飘零满地谁怜惜,寂寞空江孰唱酬。堪笑萍踪流尽逐,肯同柳絮溷轻投。回看林下垂垂菊,何日寻芳续旧游。

蝶使蜂媒惯见轻,只宜在水狎鸥盟。横空雁影浑难辨,隔岸樵歌枉有情。睡去频烦渔火照,飞来聊借雪花名。剧怜枫落红颜老,待过三秋又一生。

题费瑚卿广文小沧桑馆

汉阳风鹤九秋传,唯有吾乡独晏然。高唱上梁歌一曲,不知明日是新年。辛亥十一月十二日书楼上梁,次日值南京改正朔。

晓起搴帏揽物华,却当问字客停车。醉经二老遥相望,鼎峙慈湖三大家。醉经阁冯氏、二老阁郑氏,皆藏书家。

张雅诗

字幼兰,号藜斋,鄞人。儒绩子。

忻江明撰《传略》：先生读书，务为躬行，父官台湾遭乱道梗，家居奉母甚虔。嗣闻父病耗，间关省视，比殁，独身奉榇归。家贫授徒自给，试辄不得志。晚就幕东边道署，襄营务办捐输，以功授巡检。

丙申重游辽东，就幕东边道署。重九日同人宴集，用西法摄影，题曰北游图，诗以志之

故人携手话重游，看到黄花已暮秋。有客诗成争吐凤，图中同人皆有题咏。吾生性拙且安鸠。数茎白发颜非昔，几辈青云路正悠。酒罢试凭辽海望，风波平息暂忘忧。

忻祖彝

字秉良，号邑孙，鄞人。贡生。

《镇亭山房文集·传略》：秉良生有至性。粤贼之乱，全家他徙，父以守宅不往。秉良自徙所省父，茧足荒山往返数四。父殁，事母益至。病则设榻以卧其旁，愈则操杖以随其后。自非外出，未有不如是者。于兄弟极友爱，弟仲安广文亦醇笃士也，事之如严师。

生平恂恂谨饬，束脩之外不名一钱，教弟子亦有程法。其文如其为人，不矜才，不使气，粹然一中于理。以廪生援例贡成均，旋卒。

馆中检书箧，得亡儿邦年七月十四夜手简，盖患病前一日作也，对之泫然

方幸平安两字传，谁知疾疢忽牵缠。箧中手迹分明在，壁上容颜寂寞悬。噩梦惊心殊太惨，遗书过眼总堪怜。门闾倚望空劳我，化鹤魂归亦怅然。

叶清年

字安甫,慈溪人。

题烟屿楼诗集

日月双湖地,巍然烟屿楼。如公真旷代,此集已千秋。兵火经残劫,江河纳细流。心香留一瓣,西望有眉州。

作婿来溪上,追陪幸得师。聪明穷耳目,恳挚入心脾。知己吾尤感,论文意不疲。旧时成诵句,雠本快重披。

梅调鼎

字友竹,号友生,慈溪人。诸生。著有《赧翁诗存》。冯开《回风堂脞记》:吾邑梅友竹先生以书艺名浙东,用笔得古人不传之奥。尝客上海,为某肆书纳册书眉,秀水沈蒙叔景修见而诧曰:"此何等笔势,今人乃有是耶!"

先生于古人书无所不学。少日颛致力二王,中年以往参酌南北,归于恬适,晚年益浑浑有拙致入化境矣。生平论书至苛,并世书家无一足当其盼睐者。顾于教诲后生,则恳恳靡有倦容。其言曰:"用笔之妙,舍能圆能断,外无他道也。"一时称为造微之论。

读书精审绝伦,凡六经中之奇词奥句、诘屈不可通者,经先生曼声讽诵,辄复怡然理顺。先生恒谓"读书万遍,其义自见",故其治经不据传疏,一以涵泳咀味出之。属上属下,应断应连,其于句读之学,盖往往有创获云。

性孤僻,视荐绅若仇寇。达官钜公丐其书不得,或反从野老茇竖得之。同县唯与徐南晖昊、王缦云定祥、王瑶尊□□(家振,据叶伯允《赧翁小传》,宁波出版社《二十世纪宁波书坛回顾》)、何条卿其枚最善。

先生殁后数年,条卿谋为先生置笔冢于梦墨峰下,而属余铭之,逡遁未果。瑶尊尝以先生遗诗一束见视,其诗喜为质直朴塞之言,平素服膺东坡,乃其所作多有类郑板桥者。朋曹颇张之,余未敢附和也。

古意

春风岁岁至,春卉年年花。征人一回别,五载不还家。十载信不远,十载将奈何。临食不能饭,夜半春梦多。梦中何所见,夜夜双鸳鸯。鸳鸯不独宿,胡为东西翔。分飞各东西,人心安得齐。愿君崇令德,贱妾情不移。

新寒曲

西风猎猎霜天高,长安富儿何其豪。两行笙管声嗷嘈,如渑之酒佐羊羔。嗟我胡为守穷薄,布衾无里眠瑟缩。夜深何以慰幽独,蟋蟀床下悲侷促。忆昔少时小春天,寻梅直上山之巅。樵夫之涕迎风涟,而我袍袴新著棉。平生志不在温饱,富贵不来贫亦好。植根不比城上草,未寒已怕风霜早。

漫兴

山中人不住深山,城市优游自觉顽。花事惯随春过去,树云长共鸟飞还。能安澹泊心常泰,强学逢迎性未娴。富贵功名由素定,夜来清梦不相关。

钓鱼

不逐众所逐,无利亦无害。君看钩上鱼,芳饵含犹在。

严信厚

字蕊官,号筱舫,慈溪人。恒子。官直隶补用道。《镇亭山房文集·神道碑略》:公生而颖异,读书倍常。

童赠公能书善画，公得其指授。于书宗华亭，于画师任丘。遭乱，弃儒而贾。

年三十至京师，时李文忠督畿辅，知其才，檄令督销河南盐引，疏销逾三十万，遂以州同知奏保知县。又令会勘长芦淮北引地，总司津沽铁路，襄办顺直赈捐。援例由知府加捐道员，旋至沪上创办商业会议公所，各省商会因之踵起。遇南北偏灾，筹赈筹捐，皆斥私财为倡。东征事起，主东南转运局。迭膺保荐，以道员发往直隶补用。

光绪丙午殁于津门，商部以公有功商务，奏请优恤，诏赠内阁学士。

题画芦雁

暂依秋水宿汀洲，终共鲲鹏变化游。衔得一枝输作税，不教关吏苦羁留。

王治本

字维能，号黍园，晚号改园，慈溪人。贡生。候选库大使，调充出使日本翻译生。著有《栖栖行馆诗稿》。

襄阳昭明台亦称文选楼。按：昭明生于襄阳，文选楼则不在此

危台千古峙，俨若鲁灵光。节度官衙地，昭明诞降乡。楼吞襄水碧，帘卷岘山苍。不尽登临感，无烦考核详。

角陵赋别

天涯随处着游鞭，三月句留亦夙缘。唯有广文能爱客，客京山三月，与朱广文诵芬独相契厚。最愁破砚不逢年。旅居笔墨偏多感，宦海舟航少万全。此去家园聊息迹，一帆重拟渡长川。

壬辰新春志感 时客日本 录一

重到扶桑岁又春,白头愁作异乡人。出门却喜逢新识,游橐依然似旧贫。万世桥边孤客馆,四千里外一吟身。龟园报道寒梅放,相逐寻芳步软尘。

上巳出游

偶试青鞋出郭行,垂杨夹岸细沙平。江村晓日鱼虾市,野树春风鸟雀声。修禊宾朋无少长,养花时节半阴晴。天涯芳草年年碧,怅触羁人万里情。

登瑞龙山谒明征士朱舜水先生墓

寓卫黎臣感慨频,去虞百里总悲辛。乞援不获无还计,留作东藩入幕宾。

忠怀郁郁泪潜潜,望断吴山越水间。遁迹扶桑拚一死,瑞龙山是首阳山。

胡龙寿

字子筊,号似彭,又号曼斋,镇海人。滨孙。诸生。

孟河道上

江程初日上,暖气袭衣裳。树密村微露,云低山半藏。菜苗团露绿,豆荚得霜黄。僻地多清景,双眸应接忙。

炊烟起遥浦,隐约有人家。秋写一行雁,晴翻千点鸦。车声通窄径,人影度寒沙。从此遇仙子,天浆吸九霞。时就医费伯雄。

舟过青浦嘉定即景 录一

僻地荒凉人迹孤,丛丛岸脚长菰蒲。数间茅屋水边倚,借问浊醪何处沽。

陈修桩

字桂馨，镇海人。章子。诸生。

《镇海县志稿》:修桩幼聪慧,九岁熟习《易》《书》《诗》《春秋》《尔雅》,喜作擘窠书,得卢卍云法,求者踵至。成诸生,早卒,人咸惜之。

乙亥九月二日，同人约游招宝山登望海楼，至晚而归

蹀躞吴山两度秋,归来又作故乡游。目穷蛟海难为水,身立鳌峰更上楼。万里风云恣变幻,百年尘世共沉浮。安边尚有丰碑在,容我摩挲且少留。

虞清华

字希曾，号西津，又号补斋，镇海人。诸生。

《蛟川耆旧诗补》:君秉性朴厚,重然诺,有肝胆,作事不避艰险,乡里重之。善饮酒,喜吟诗。著有《补斋诗草》。

灵峰雨后

但得闲中意,僧房即是家。披烟春数笋,对月夜斟茶。坐卧山如画,商量圃种花。凿池新得镜,池成于去年八月,名曰佛镜。胜似读南华。

清明日游龙华

游兴无端十倍赊,嫩晴天气放轻车。摇风杨柳筛春色,宿雨桃花烘早霞。无酒不妨为佛子,到山何必问僧家。此行不负清明节,斜日归来数暮鸦。

读放翁诗，有"旧游欲说故人稀"之句，因怀张子谋孝廉

灵隐寺前笼画烛，虎跑泉上咏清诗。茫茫隔世云烟事，付与青山绿水知。

刘慈孚

字午亭，镇海人。著有《云闲诗草》四卷。

《镇海县志稿》：慈孚善饮酒，喜吟诗。画学任熊，书学姚燮，所至酣嬉淋漓。深山古寺之中，题咏殆遍。晚年搜采《蛟川耆旧诗》凡百余种，人各为传，未及成书而卒。

述乱 录二

万里扬尘沙，十年惊锋镝。了局数残棋，死生归一劫。秋风尔何来，所向皆无敌。鸿雁铩其羽，哀鸣绕芦荻。芦荻秋水多，虞罗张四壁。得尔充鼎俎，身命谁与惜。

浃江多义民，勇气贯苍昊。誓将身命酬，耻守妻孥老。野战无军纪，焉能知险道。深入虎狼窝，折戟荒城堡。杀气透重围，空拳难自保。可怜忠义魂，竟瘗江边草。

普陀盘陀石

灵石何处来，想从西天竺。不偕鹫峰隐，乃作虎岩伏。广上而锐下，虚中洞其腹。八面锉四棱，亭亭鼎跂足。累卵势疑坠，撑扶赖乔木。佛迹纪何年，蒲团稳高躅。至今铁鼎存，雨渍苔封绿。我来升石梯，四顾豁双目。嵌空多妙词，摩厓几回读。爱之不忍去，危坐看日落。

游洪谷庵

入山还有山，山穷得奇胜。古庵匿深谷，静寂无钟磬。梨花掩薜门，松鼠窜苔径。挂殿多蛛丝，乞火少人应。佛

闲守剩香，僧去留空灯。檐角生春阴，白日倏疑暝。夹溪归路迷，鸣泉入幽听。

积峙山庄寄张和伯翁洲署中

去年渡钱江，江水侵船白。今年渡梅江，江月始生魄。江南江北秋两回，别君访君情脉脉。_{去年中秋杭州作别。}君今橐笔海之东，河阳桃李被春风。试奋健翮向云路，咫尺不远蓬莱宫。我行江干及秋暑，短衫依旧随双杵。野田拾粒不果腹，厌听啁啾鸟雀语。飞鸿海上寂无音，酒边灯畔成独吟。四山风雨重阳近，又起山阴返棹心。

同胡颐堂、胡子笺、顾宝珊、王友莱、石季礽诸茂才游瑞岩寺，宿书蕉上人精舍

霉雨初晴众山绿，茶歌未了田歌作。青苗社散莲社行，结侣空山来不速。山凹款段踏烟翠，能涤疏襟是疏竹。竹烟林翠摇软凉，到寺闻钟晚斋熟。入门细雨逗斜霁，倒映禅楼似新沐。虚廊静寂僧语稀，隔院棋声应泉落。沙弥见客半相识，枝鸟迎人鸣更戆。懒参佛相投上方，迳踞藤床歇劳足。茶炉沸水出鱼蟹，竹叶开樽泛醽醁。晶盘杨梅叠火齐，古碗龙孙切香玉。座中佳士尽珠履，布袜棕鞋唯我独。三年不谒罗远公，梦醒犹忆花猪肉。酒盏诗囊须检点，浅醉西窗剪红烛。坐令清况一再领，顿洗填胸旧尘俗。明当拨云采紫芝，十二峰头继仙躅。

夏夜舟行

泛棹及黄昏，低篷印岸痕。水禽惊过客，凉犬吠闲门。月淡无人境，山浓有树村。遥看灯火杂，田社散鸡豚。

渡大浹江至衙前访张雨岩孝廉 昌年

浦溆帆樯聚，山城戍卒稀。海云扶客到，野翠绕门飞。广厦开新象，伊人感落晖。时封翁梅仙先生新丧。五年重访约，身梦两相违。

沈家门

海山叠叠衬红霞，茅屋村村绕白沙。趁市船归潮有信，落帆风好水生花。荻芦烟软藏渔户，杨柳阴浓护酒家。贾利及时夸富有，只因鱼米胜桑麻。

瑞岩寺晚归

夹溪深树乱啼鸦，到处园林长橘芽。一抹晚阴天欲雨，出山驴子背驮花。

李嘉

字梅塘，镇海人。监生。江苏试用同知。

《家传略》：君父容，以贸迁致富。君少好学，三试于乡不售，遂弃去。广蓄书画古玩，怡然自乐。父尝欲置田赡族，未果而卒，君乃割膏腴二千亩，设养正义庄以成父志。岁大旱，流民麕集，君虑且生变，出义庄储粟平粜之，复捐赀以赈，全活无算。

晚年于宅旁筑园，曰耕余小憩堂、曰笠山草堂，亭台花木位置得宜，可以见君之志趣矣。

和冯梦香孝廉笠山草堂纪游韵

田园戢戢多暇日，一丘一壑随宜设。高躅长怀古海巢，乡居岑寂等岩穴。冯君鼎鼎文章伯，下笔千言人中杰。今春挈侣过草堂，笑谈款洽壶觞列。别后惠我纪游诗，波澜富有何诡谲。典雅纵横逸兴飞,胪陈形胜尤壮烈。江山瑰丽作诗料,一读为君一击节。香生齿颊盥薇露,清生肺腑咽梅雪。春华秋实两美兼,刊尽肤浮精且洁。置诸杜老诗律中,唐临晋帖谁能别。自维衰老百无能,游倦风尘谢琐屑。聊营菟裘娱暮景,花木贡妍颇称绝。累石为山足游遨,沿堤种树供攀折。插架时还读古书,临池亦复摹残碣。年年子舍茁孙枝,笑听亲朋赋瓜瓞。海滨近日霜螺肥,举樽豪饮恣饕餮。林间飞鸟弄好音,差胜笙箫歌一阕。金飚飒爽起薄寒,潮声澎湃涌东浙。喧若壮士舞雕戈,疾如骏马驰金埒。登高望远豁双眸,海山环峙皆岿巀。乐哉斯游兴不浅,人间清福幸忝窃。俯视沧涛连碧空,鸥鹭戏水长鲸掣。翻笑昌黎登太华,峰巅狂叫愁倾跌。树阴眠琴黄叶飞,石磴印屐翠苔裂。虎蹲山上晃红灯,隔浦霞光半明灭。薄暮徐步归蓬庐,童稚欢迎尚不劣。岂必大隐隐市朝,陶然吾自守吾拙。百年身世若浮沤,荣枯转瞬才一瞥。君言良是不我欺,我于斯理亦明彻。乐善良惭继志难,保身勉勖知几哲。世事都付溪水流,生机静玩庭草茁。耕烟钓月畅欢惊,晨夕盘桓趣不竭。三十年来笔砚焚,诗成只可自怡悦。屈指鱼书达古杭,岭上梅梢阳气泄。才愧东坡著和陶,应笑点金转成铁。烦君更作园林记,勒碑待补石亭缺。

竺挺生

字棣庵,奉化人。诸生。著有《深到山房诗草》。

拟前溪曲

送郎渡前溪,盈盈泪湿衣。衣湿不忍换,留取待郎归。待郎郎不至,泪落复如水。溪水有时枯,妾泪无时已。忆妾嫁郎时,鱼水两相投。水自前溪在,鱼今何处游。

落花 录一

东君不惯驻年华,多少红颜转盼差。纵使春风归有日,落枝那有返枝花。

赵霈涛

字醉仙,奉化人。诸生。

《剡川诗抄续编》:先生居剡源三石,当九曲胜处,制行端严。潜心考古,以一手一足之力,创《剡源乡志》。又募建先正祠以祀乡之先贤及寓公,其有功枌社,与吴可舟东西相望。

剡源竹枝词 录二

元代文章第一流,剡源著作炳千秋。而今质野堂何在,蔓草荒烟片土留。_{榆林山麓尚有戴氏祠半间。}

文昌杰阁锁深岩,到此应知地不凡。前辈书名传两浙,自题伴我散人衔。_{毛石台先生书名冠两浙,其磨崖留题每自署"伴我山民"。}

萧湘

字湘生,一字怡云,奉化人。贡生。

《剡川诗抄续编》:君制行狷洁,文字渊雅,书法自成一格。初极姿媚,晚转宕逸奇古。

啸月楼诗稿题词

富春江上泛扁舟,取次梅城足胜游。诗思年来清似水,宦情到处淡于秋。一竿志节怀严濑,八咏才华慕沈楼。更喜旗亭歌近曲,美人名士两风流。

白菊花赋呈赵司马及莲幕诸同人 录二

不羡红芳与绿茸,难将春色写秋容。白头幸已逢元亮,青眼何须到嗣宗。寒素只宜黄石侣,清华敢望紫泥封。莫嫌篱下心如水,自古交情淡胜浓。

落英吹不上瑶台,谁许琼花一例开。晚节拌随茅屋隐,高情移向玉堂栽。净无尘涴风霜炼,瘦有精神雨露培。粉本谬承清白赏,丹青润色仗群材。

竺士彦

字芝仙,奉化人。陈简孙。贡生。官淳安训导。

次俞瑞轩见山别墅赏牡丹诗韵

乞得名花着意栽,东风吹报一枝开。独标富贵神仙格,肯让潘江陆海才。院落深沉春色满,阑干低亚暖香来。人间艳福欣消受,买醉何辞酒百杯。

推敲索句怕雷同,惠我瑶章夺化工。赌酒客来联石上,折花人语隔墙东。半帘疏雨痕添绿,一抹斜阳影射红。领袖群芳倾国色,自应吟赏畅幽衷。

王宪章

字旭林,象山人。贡生。

秋夜独坐怀旧

独坐高楼夜,孤灯冷倍明。感人虫四壁,伴我月三更。萧瑟风霜意,凄凉故旧情。莫将红叶扫,待听马蹄声。

王予卢

字子陶，象山人。莳兰子。诸生。

《象山县志》：予卢幼禀庭训，好读书。成诸生，试于省，五荐不售，修行于家。孝事母，悌事伯兄，人无闲言。

钱烈妇诗

海外仙山洞口溪，鸳鸯新冢筑香泥。璇闺艳说皮金字，彤管争标白玉题。郑乡淑媛幽姿靓，生小伶俜怯纤影。慈竹当阶荫早凋，女儿花放愁霜冷。入掌珠凭郎罢擎，慰情何异爱宁馨。弄梅床畔通鸾使，种李墙边画雀屏。上头夫婿金戈秀，及笄年华凤箫奏。初唤卿卿意尚羞，惯呼妹妹亲原旧。匀硃碾黛学鸦涂，月案花窗兴不孤。长愿并肩称石友，何须执戟拜金吾。着鞭多事争人胜，磨蝎临宫徒怨命。貂裘季子惯还乡，犊鼻相如凄卧病。哑哑屋上野乌喧，襟湿重罗扇却纨。已见呕心伤李贺，况闻易簀诏曾元。博山香炉灰犹炽，九关飞度身无翅。胡卢那识小蛮嗤，咄咄挥空书怪事。鹦鹉传来海市楼，青蝇飞上玉搔头。滴残银漏鹃魂咽，隔断金铃蝶路悠。何幸蟾宫斧修缺，一朝蛇影弓悬锐。相怜昔梦转成悲，略诉回肠休再说。秋枝香绽合欢柑，始信经霜味益甘。任是林鸠鸣佻巧，总输梁燕话呢喃。劝张帆彩装鞍绣，代检行囊揎翠袖。宝带郎腰仔细缠，归来记取量肥瘦。狂游汗漫定开颜，早晚销金窟里还。新样翻鸿商割锦，时妆堕马教梳鬟。伤心讵又孙山落，病骨俄惊枯笋络。一卧匡床唤不应，千秋沧海填难涸。悔教跨鹤上扬州，便欲骑鲸访十洲。玉筯凄凉犹溅枕，可能重替拥衾愁。空房寂寂沉鱼钥，恨折钗枝碎金雀。虞美人偏惠汞丹，广寒娥愧偷灵药。可怜别鹄肯分飞，泉路追魂泣揽衣。忽忆含珠还视殓，相期立礜待同归。团圞九地欢携手，更向椿萱问安否。但恐焚香欲返魂，不须对镜重回首。声价儒门十倍增，光生渟峙喜山灵。哀章我欲琼宫乞，仙籍名偕弄玉登。头白邻雌黯眉嚬，自焚芝竟输流馥。身尝冰蘖已颓龄，手盥蔷薇谁载牍。羡煞餐霞入婿乡，从今地久复天长。夜台听唱同心曲，明月年年照白杨。

孙玉瑞

字辑五，号雪湖，定海人。贡生。

《家传略》：先生早忾于庠，以明经终，而好提倡地方公益，所设施可垂久远。晚号映雪老人，以诗酒自娱。邑人重其行，新修志人物表，列入贤达。有诗文稿若干卷，待梓。

题万个亭一枝吟舍补梅图十六韵事册之一，为刘松甫作

个亭先生鄞望族，十万卷书无弗读。翛然尘外悠然乐，韵事安排一十六。诗中有画画中诗，辋川粉本学王维。先生曰梅吾补之，一枝可化万千枝。抱膝长吟乐不改，先生往矣今何在。茅舍深藏香雪海，留遗图册人争买。刘君好古不论钱，搜尽名流金石编。光绪游蒙协洽年，老我来乘海上船。喜君邀我坐琼筵，索我留题五色笺。曾巩岂是能诗者，应笑微名附骥传。

和张米叔师教授嘉兴留别翁洲之作 录二

自拥旌车到海东，满门桃李被春风。钟王翰墨千金贵，班马文章一世雄。艺苑持衡声振玉。前掌教景行书院。儒林垂训行符铜。翁洲蕞尔弹丸地，留得名贤雪印鸿。

更新黉序焕丹青，翟醢功垂鼎鼐铭。东壁图书留待启，

文庙修成，御书楼亟需鸠工。西京钟鼓许同听。春秋祭祀时供奔走。神依樾荫芳徽远，前辈黄薇香先生奉旨祀乡贤。节比松筠祖德馨。先祖妣傅太孺人从祀节孝祠。邑乘端归谁秉笔，公诗有"旧编待辑感沧桑"之句。愿言重聚楚江萍。

读张苍水公奇零草，率成四绝 录二

戎马关山十九年，吉光片羽剩残编。别风淮雨依稀认，手盥红薇滴露研。

等闲觞咏亦风波，剩水残山感慨多。默有神灵呵护力，纵无梨枣也难磨。

韩之虎

字赓臣，号耕情，又号次白，定海人。

和周仲香述怀原韵十首 录三

绸缪家室补秋风，犹胜相如四壁空。圭璧琢成还虑缺，文章叫绝欲通聋。时遭偃蹇聊言适，天造英雄著意穷。赚得读书虚位置，我生却似蠹鱼虫。

宣圣曾传有厄台，斯文否运待重开。功名岂竟居人后，富贵能无逼我来。世路艰难多棘地，天涯飘泊剩樗材。放言得释当时愤，一任旁人说慧呆。

面目庐山未失真，只因经纪太劳人。豹姿原借青山养，龙性偏经沧海驯。诸试安排增胆识，偶寻闲话展眉颦。中郎知遇终须到，焦急无忧爨下薪。

傅岩

字子霖，号楞迦，定海人。诸生。

汤浚《翁洲诗征稿》：先生工书法，能诗，兼喜填词。

家赤贫，以佣书自给，晏如也。

诗人送春例有吟咏独于送秋阙如作此补之

秋来风景趣横生，秋去无诗太不情。万里雁排云路远，千家月照锦机明。黄花簌簌争留辙，红叶霏霏促起程。愁绝凭阑一吟眺，夕阳影里乱鸦声。

秋柳

长短亭前万缕斜，不堪攀折寄天涯。风嘶关塞萧萧马，秋入江村点点鸦。荒草有情偏惹恨，夕阳何处更飞花。几声断续哀蝉曲，寒到柴桑处士家。

哭琼仙姊

忆昔同居共一堂，诗词评骘向红窗。而今冷落连枝树，春草飘零满谢塘。

一生愁绪万难捐，诵到遗诗倍泫然。无限美人才子泪，可怜此例转何年。夏珮仙女士有"才子泣穷途，美人嗟薄命。可怜此例定，千秋难改政"句，姊读之，每欷歔曰："此例竟难改乎？"

徐翰鸿

字南卿，号颉秋，定海人。诸生。

汤浚《翁洲诗征稿》：君幼慧，性孝友，家贫力学，年二十六卒。《岱山镇志》有传。

新春即事

烟鬟雾縠望中披，细雨霏霏濯柳枝。分付园丁须着意，养花时节正相宜。

野望

几叠青山绕岱西,牧童借草逐牛栖。蒙蒙烟雨随风漾,野屋无人听鸟啼。

陈仁荫

字芾庵,慈溪人。贡生。

老骥

蹑影超光讵未能,老来骨相转崚嶒。空教热血腔中满,无复青云足下腾。此日尯隤应自笑,当年德力任人称。壮心烈士同嗟叹,可许天衢揽辔登。

谢桢德

字维周,号千臣,镇海人。恩贡。

会葬袁母,诗以代哭

宣文遗范邈山河,回溯音尘感慨多。阿母能传经史业,嗣君早举孝廉科。熊丸佐读心初慰,驹隙催年鬓易皤。我亦绛纱曾问字,青衫如故泪滂沱。

葛鸿飞

字石莲,镇海人。诸生。

秋草

梦断西堂忆昨宵,犹余翠色护晴朝。绿窗除后吟初寂,青冢归来恨未消。细雨平芜离别路,淡烟疏柳短长桥。轮蹄历碌悲秋客,一例风霜两鬓凋。

秋夜对月有怀

良宵风静露华清，洗出蟾辉分外明。草阁秋深蛩自语，枫江夜冷雁孤鸣。酒边觅句频翘首，客里思家倍系情。却喜天开金粟界，此身便拟住蓬瀛。

《四明清诗略》续稿卷四终

徐翰鸿　陈仁荫　谢桢德　葛鸿飞

四明清诗略续稿卷五

鄞　董沛　孟如辑

陈康瑞

字玉如,号雪樵,慈溪人。光绪乙酉举人,庚寅进士。历官法部编置司掌印郎中。著有《睫巢诗抄》。

冯开撰《传略》:君处京曹二十年,循流平进,淡乎若无所与,遇事不为可疚,要于取适本怀绝,不以气矜自著异。国变后,弃官归,杜门隐约,无复与时流通声息。中年病重听,或咨以州间政要,即扬手指其耳,嘿然清坐而已。为诸生时,集同县冯绍勤、何其枚、林元址、钱保清、陈翊清、胡炳藻、俞鸿棫为文会,称励社八子。其诗冲和平实,无偏宕之音。

夷叔隐首阳

夷叔隐首阳,坚贞矢怀抱。当其扣马谏,义动鹰扬老。日月不停留,荣名常可宝。升降殊世运,消息参大造。发荣资春温,肃杀行秋昊。严霜凋林木,和风嘘枯槁。薇蕨谁复甘,岁久变芳草。联镳策怒马,驰骋关河道。

商山

商山有四皓,云是采芝翁。一朝来汉廷,侍从安东宫。龙准轻儒常蔑视,九州可折鞭箠使。鸟尽弓藏歌大风,宫中一丈腾雌雉。拔剑诛白帝,豪气今消磨。尔为我楚舞,我为若楚歌。鸿鹄高飞竟何慕，峨冠博带森金戈。森金戈，为谁卫，啄去王孙惨人螌。呜呼畴实阶之厉，至今白露泫紫芝，亦若为人笑破涕。

何倦翁用长句见和卜居仍次前韵奉答

君不见，季伦豪侈营金谷，珊瑚锦障辉丛幽。雾帐银屏歌管衮，青春白日若为悠。又不见，陶令归来开三径，紫桑卜筑烦绸缪。种秫酿酒谋一醉，但闻屋角鸣桑鸠。朱门诀荡春如海，隐居逼侧屋打头。茫茫贫富难等量，泾渭清浊原分流。我生本来如旒赘，散材不为天所收。春日行吟聊自得，秋虫啾唧尔何愁。青鞋布袜真法服，龙髓凤脯亦常馐。但令方寸得真契，中有所主外无求。山峻隐藏同雾豹，水深下潜逐渊虬。蓬庐可宿不可久，此论吾闻之庄周。羡君筑室孝溪侧，美哉溪水在庭陬。顾我漂零不足数，求田问舍滋可羞。洗兵谁挽银河水，岂暇近为一室忧。宇形宇内会有尽，求剑自古笑刻舟。安期羡门若我待，世间何处无丹丘。

龚仁舫家尚、王建侯治中、周华谖志中招饮南河泡，即席口占二首

日日车驱里，红尘似海深。与君寻胜地，为我涤烦襟。几席延朝爽，轩窗纳午阴。高堤堪望远，乘醉一登临。

绕屋扶疏树，回环一径微。松风凉解带，荷雨细沾衣。水浅潜鳞见，堂空乳燕飞。时寓主人作古。西山明霁色，催趁夕阳归。

长安杂诗 录二

九城双凤阙，春日丽蓬壶。朔漠风尘暗，西秦草木苏。旌旗仍宿卫，车马亦通衢。有客闲凭眺，惊心景物殊。

陈康瑞

羁靮从何事，千官散晚衙。似闻调宝瑟，聊与答悲笳。清渭流娟月，荒山隐断霞。姬姜漫憔悴，游宦半无家。

次韵江亭芙比部仁徵感怀二首

年年怅望白云高，游子怀归敢惮劳。千里舟车仍北上，一天风雪又西曹。不疑尽有平反具，王吉难为叱驭豪。莽莽海途回首处，更堪房势倚天骄。

仓卒东瀛起阵云，九重旰自忧勤。似传幕府筹边策，谁建楼船横海勋。关塞一家犹扰扰，梯航万国正纷纷。小臣更有平吴虑，捷奏甘泉况未闻。

西赴行在过骊山有感三首

华清宫殿蜀山材，万马千牛去复回。待得工成好行乐，缘何反向蜀山来。

灵湫湫底动潜虬，曲奏霓裳大地秋。只怪玉奴心手敏，四弦弹得到无愁。

高阁朝元建上都，赛他方丈与蓬壶。千年鼻祖骑牛去，犹有函关紫气无。

王修植

字菀生，定海人。光绪乙酉举人，庚寅进士。官翰林院编修，直隶候补道。

《定海县志》：修植由编修改官直隶候补道，为直督所器重，委办水师学堂。时上方锐意图治，修植乃草拟变法条议，开铁路、设邮便、裁绿营、立学堂、改科举、开经济特科等十二事，请大府上之。上可其奏，不旬日即降旨实行，一时名宿咸以识时俊杰相许。旋改委北洋大学总办兼定武军营务处帮办，丁酉创《国闻报》，并请提关款设北洋西学官书局，灌输新智识于全国。生平博学强识，精于科学，著有《行军工程测绘书》一卷。

偕费绶卿至蓬山书院访汤君钝庵即席有作

房山一角气青苍，中有先生读书堂。先生读书岁月长，治经治史日旁皇。感我劳民走四方，龙战厌看血玄黄。欲然拂袖归故乡，仙风吹我来君旁。有诗一卷酒一觞，我歌君饮两相忘。旁有和者费长房，短吟长啸癯且狂。忽言世外有沧桑，汤君默默费伥伥，待庵居士泪盈裳。

题张水亭坐石图

披书兀坐俗尘清，道是无情正有情。端塑似曾经百炼，静观直欲证三生。胸中丘壑自然具，足下烟云无数横。我待持鞭鞭石起，与君同赋出山行。

史悠諴

字和甫，鄞人。光绪乙酉举人。

哭林芙香

缔交三十年，光阴迅如驶。数载主君家，亲暱罔与比。遭时适多艰，往往同行止。迩来各垂老，考盘歌永矢。君自娱琴书，我鲜入城市。岁时或过从，为欢亦暂矣。及春园花开，我来一省视。君方树骚坛，唱酬多名士。向我致殷勤，未言色先喜。谓当黄花节，相约呈故技。讵意一病缠，秋来竟不起。达人素知命，讵难一生死。所惜易箦时，无言别知己。峨峨南郭庐，悠悠西郊水。幽明途既殊，隔越从此始。灵輀已就驾，纷送河之涘。墓木蔚森森，应有素车俟。

郑福椿

字春乔,号荫堂,慈溪人。光绪乙酉举人。

雨后坐镜心池上

明月正当头,临池倚小楼。风来人却暑,雨过景如秋。萍动潜鱼跃,林深倦鸟投。紫薇花是伴,闲坐助清讴。

方崇年

字翼云,号蕊瞵,镇海人。光绪乙酉举人。

《家传略》:君貌绝秀,志气豪放。三上春官不第,乃肆力于诗,旁涉绘事兼工篆刻。惜不永其年,未三十遽卒。

无题

水晶帘卷雨如丝,小语娉婷速客迟。应是鸳鸯初罢绣,暗弹清泪怕人知。

相逢转瞬即天涯,流水无情日易斜。愿逐春风化蝴蝶,生生世世总随花。

我本三生杜牧之,扬州一觉十年迟。春来多少关心事,难遣花间小立时。

王予衮

字补廷,一字叔华,象山人。莳兰子。光绪乙酉拔贡,本科举人。著有《候虫吟馆诗抄》。

《象山县志》:予衮与兄予彤、予卢相友爱,视从子如己出。笃于亲,施于乡里。尝主讲石浦金山书院。光绪戊戌以大挑授教职,不求仕进。宣统己酉选充咨议局议员,未几卒。

杂诗 录二

明珠大径寸,云产赤野浔。其名曰火齐,其光烛重阴。系之金缕线,佩我衣上襟。十年走湖海,怀宝徒行吟。胡人自西域,策马行骎骎。相逢顾我视,易我千黄金。黄金果可易,不若深渊沉。风尘有钟子,伯牙乃操琴。岂真遇卞薛,相报悭瑶琳。可赠不可买,感子区区心。

龙章适裸壤,裸壤相顾惊。钧天奏广乐,俗耳难为倾。人生虽智慧,乘势乃立名。是以遇嫫母,凡女皆倾城。驽马捷豚狗,燕石同瑶琼。低徊择所处,令我心怦怦。

游蓬莱寺

四面围翠屏,楼高与山敌。水光外晶莹,云影中窈黑。折竹叩寺门,挂筇暂休息。空梁鸟雀巢,古佛莓苔蚀。山僧意殷勤,新炊留客食。菜叶剪绿条,笋版烹玉色。禅味耐嚼咀,芬芳透胸臆。久厌腥膻浓,顿觉肠胃涤。安得友懒残,读书清净域。回头语山僧,芋熟倘相忆。

病呕

防河堤不坚,一决势莫堵。摄体神不完,饮啖皆伏蛊。自嗟蒲柳姿,久为群邪府。风寒倏相侵,冲激及肝腑。辗转一饭间,奚翅哺三吐。回肠荡疑穿,胸鬲攒万弩。蜷伏在床隅,眠食昧晨午。骨节含酸辛,髀肉坐难拊。呼儿持镜看,容色翳灰土。衅端实我开,痴情郁悲怒。情发宜中节,反是即受侮。及兹悔已迟,蒦苓竟何补。老亲促遣婢,一夕探四五。愿勿惊母心,道儿无所苦。

送欧伯昆之杭州

新雨沪江阔,征帆渐水凉。送君六百里,感我九回肠。

照镜头颅好,临歧道路长。中秋远相忆,知尔亦思乡。

日暮望觞咏楼读书处

驹隙几华年,前尘夕照边。蛎墙皴薄粉,鸥吻落荒烟。一自琴尊散,难忘诗酒缘。故人多老大,回首意茫然。

经大岙作

路转峰回望欲迷,小桥横驾碧溪湄。村分上下炊烟互,山障东南晓日迟。压岸丛篁围作幄,到门流水蓄成池。主人醉客情何厚,顿顿鱼餐佐酒卮。

戊戌计偕抵京作

无端复作帝京游,贫贱驱人不自由。蹭蹬功名鸡肋厌,崎岖世路马蹄愁。尘污客面深惭镜,雪冷春衣尚欲裘。寒夜家书呵冻写,墨痕未润泪先流。

费德宗

字可遵,慈溪人。光绪乙酉拔贡,戊子副贡。官长兴训导。

费崇高曰:族兄可遵广文,性好学,居恒手不释卷。工骈文,尤长算学。诗不多作,作亦不留稿,故存者甚鲜。

甲申感事四首 录二

回首台澎隔海东,鲸鲵跋浪阵云红。请缨信有终军志,投笔难邀定远功。洗甲雨添银汉冷,吹笳风卷玉门雄。诸公衮衮成何事,共矢忠忱慰帝衷。

落日城头画角催,满江烽火走惊雷。和戎新策今安在,报国孤魂亦可哀。宛马西来音久绝,胥潮东去力难回。侯官死后湘乡没,无复当年大将材。

林炳蔚

号竹孙，镇海人，玉子。光绪乙酉拔贡，官德清训导。

咏古 录七

嗣宗咏怀作，托旨本高妙。岂无忧患心，隐谲疑寡要。浊世恶危言，祸机伏群诮。同时文章徒，屡蒙鹰隼暴。至人独沉酣，虑世复埋照。阮步兵

嵇生苏门游，颇希尘外景。神仙世难逢，丘壑固所请。思深养生篇，乃与忧患并。孙登有忠言，吕安同罹眚。学道苟未深，负才诚匪幸。嵇中散

左思跌宕才，文章最遒上。国衅生宗亲，哲人见先象。朝冠虽偶加，名爵岂能奖。高歌招隐篇，遂脱炎洲网。陆生亦盛名，华亭徒怅怏。左祕书

柴桑虽沉饮，乃心深向道。平生所读书，独谓鲁叟好。惜哉所遇非，郁郁徒在抱。方外亦偶游，韬采藏其宝。卓然晋遗民，知者武陵老。陶靖节

唐承六代余，元音苦沦斲。子昂为古风，突继阮公作。众喧废淫哇，李杜启前躅。始知文字权，功与君相卓。独嗟道术疏，暮齿乃投阁。陈正字

退之乃文伯，于诗第戏耳。要其述作时，孜孜在名理。南食落蛮夷，言高遂积诽。呜呼周孔来，奈此逝者水。当时三上书，激切宁得已。韩文公

攘攘贞元初，子厚本国彦。仓促托权臣，牵连遂远窜。发愤山溪间，自讼良已晏。才人功利心，名高乃忧患。述此示将来，往者不可谏。柳柳州

读李翰林诗集

天授非人力，公真是谪仙。新诗亭上咏，乐府禁中传。

金殿呼才子，长安作酒颠。犹龙不可测，俯首视群贤。

李肃铭

字徽斋，定海人。光绪乙酉拔贡。官内阁中书。

《定海县志》：肃铭善词章，兼工绘事，自号黄雉山樵。有《黄雉山樵山水遗迹》。

汤濬《翁洲诗征稿》：先生性静情逸，善画山水。家素封，勇于为义。杭州创建定海试馆，出资近万金，人以为难。

述怀 录一

年来华发已盈头，富贵功名幻若沤。奋迹诗书期后辈，怀人心事托朋俦。闲栽花竹消愁绪，遍写峰峦学卧游。但得一身清似鹤，闭门藏拙也风流。

虞煊

字礽夫，号新愚，慈溪人。光绪戊子举人。官湖北南漳知县。著有《新愚诗抄》五卷。

《家传略》：君少工诗，游历燕豫，多抒情写感之作。嗣官湖北南漳有循声，充丁酉乡试同考官，得士称盛。调署京山县，以疾卒于官，年四十五。

古决绝辞

以石投海，莫知其极。持镜照人，人心难测。一解。

腰无锦绶，手无千黄金。杯酒谈心，乌知交之浅深。二解。

勿谓枯桐枯，上有鸾凤栖。勿谓清流清，其下多浊泥。三解。

丝之洁，有时涅。石之坚，有时裂。信誓之渝，复何说。

四解。

投我玉佩，报以明珰，天长地久毋相忘。云鬟便绍鬓未霜，胡为中道踯躅而徬徨。五解。

徬徨四顾，悲风怒号。月桂枯死星榆凋，我当与子重游遨。六解。

赴都前一日与吕景增淦夜话志感

昔年与君交，诵读共朝暮。今年喜君来，下榻惠然顾。时馆予家，课诸弟读。遇合虽有因，年光已非故。况予惭色养，橐笔燕山路。燕山万里遥，一去何时晤。感此远别难，翻恨行期遽。言罢各黯然，残灯寒欲曙。今夕且相亲，明夕知何处。

夜坐有怀中州诸友

远客常思家，还家翻忆远。河洛多旧游，论交昔披款。昨得尺素书，开缄情缱绻。中言瓠子河，已集宣房楗。郑州决口于十二月合龙。嗷嗷流民安，耿耿杞忧遣。努力逢清时，加餐期共勉。何以报故人，相思凭寸管。握管离绪纷，转致回书懒。月落夜将阑，兀对寒檠短。

冬日即事

畏寒不出户，蛰如蜂藏窠。坐看旭日升，照我庭前柯。启窗临晋帖，爱此晴晖多。余晖入砚池，冻释无烦呵。书罢还命酌，薄醉颜微酡。有时投笔起，更作乌乌歌。人生贵适意，自适讵由他。萧然斗室中，匿有春光和。

晚泊浚县登浮邱山

一舟千里淹晨夕，远眺时苦尘与沙。云峰数点忽突起，晚烟缭绕青崚岈。停舟一望豁心目，于焉蹑屐穷幽遐。石

林炳蔚　李肃铭　虞煊

磴崿嵑盘空曲，老树夹植争槎丫。东山西山一以峙，浮丘与大伾对峙，俗称东山、西山。山势蜿蜒卧龙蛇。梵宫闪烁耸天半，浮金炫碧凌朱霞。庞眉老僧招客入，呼徒汲水试新茶。坐来方丈转清寂，钵中时放优昙花。始知出世多幽旷，风尘征逐徒纷华。人生富贵会有尽，况余落魄走天涯。三年橐笔长安道，今岁又泛黄河槎。故山有约不归去，南望乡国生咨嗟。

题边颐公画雁

芦荻作花霜气高，平沙水落吹寒飚。宾鸿南来秋沉寥，长风万里双翅骄。飞鸣呼侣凌青霄，振翮欲往尾翛翛。苇间居士画中豪，当年画雁名独超。先生自号苇间居士，以画雁名于世。神妙直欲到秋毫，遗墨争宝如琼瑶。我独披图心焉忍，频年亢旱梁稻焦，嗟尔集泽徒哀嗷。时晋豫大祲。

王黍园茂才治本以日本刀见赠，赋长歌答之

铦锋如雪寒芒逼，龙文镂错鱼须饰。有客购自东海东，不数瓜哇与大食。摩挲犹带海气腥，淬厉讵受血花蚀。我闻倭俗悍而骁，利刃三尺常系腰。生女计岁嫁以铁，冶铁为刀坚不挠。黍园久客日本，尝言倭俗。生女每年积铁若干，遣嫁时铸为刀剑，故倭女多习拳勇。此刀相传五百载，风雨飞鸣势犹在。夜深霹雳光腾空，魑魅辟易蛟龙骇。拔鞘四顾风怒号，虚堂一线卷银涛。曷不持尔赠壮士，下马杀贼如诛蒿。不然赠作三公佩，祥征累叶殊恩叨。书生手无缚鸡力，得之不用侪铅刀。感君意气有如此，拟觅屠沽走燕市。风尘拂拭还自珍，肯学人间柔绕指。酒酣斫地起悲歌，一腔热血何人多。虬髯老死革囊敝，刀兮刀兮奈尔何。

驱车

朝旭射征鞯，驱车古道边。孤村临野迥，老树得春先。云静排成嶂，尘轻荡作烟。寻诗行缓缓，羸马不须鞭。

雨中舟过槜李

欲访鸳湖胜，扁舟去不停。高楼今寂寂，烟雨正冥冥。烟雨楼在鸳鸯湖内。水市饶虾菜，浮踪感絮萍。放怀一杯酒，何处吊刘伶。府治东有刘伶墓。

甲申春复作大梁之行感赋

未许园林老，栖栖愧此身。还家翻是客，远别况逢春。寒食故乡雨，缁衣京洛尘。壮心殊未已，岂独为家贫。

题韩文甫协戎立本风雪出塞图

大漠起寒雕，长驱铁骑骁。悲笳殷地动，胡马逆风骄。冰壮河初合，晛高雪不消。辛勤向边塞，却忆霍嫖姚。

送别冯镜芙茂才之上海

冯暖弹铗归来后，风雨芦江共下帷。两月欣邀君小住，十年常恨我生迟。樽前黄叶声催酒，海上红尘客赋诗。遥指征帆黄歇浦，树云从此系相思。

游梁感赋 录一

中原遥望暮云昏，万里黄河日夜奔。长叹不堪登广武，短衣聊复过夷门。兔园客献贤王赋，虎圈人酬养士恩。满目秋风凭吊处，英雄名士几人存。

虞煊

雨后散步

嫩晴天气试春衣,游目芳郊羡物机。燕啄芹泥营垒去,蝶随花片逐风飞。麦畦含润舒新碧,林气成烟荡落晖。却忆故园春雨后,桃花水涨鳜鱼肥。

都门秋兴 录一

左控居庸右紫荆,关河形势壮神京。防边无警初通市,宿卫多材正偃兵。市骏台荒衰草没,卢龙塞远暮云平。曷来策马蓟门道,一片萧萧落木声。

南山梓潼阁晚眺

危阑遥对太行秋,绝顶苍茫万象收。落叶声中疏磬度,远峰凹处夕阳浮。摩霄健鹘争云势,绕郭危樯急暮流。独有依人老王粲,年年橐笔赋登楼。

有感四首 录二

陌头杨柳压愁低,芳草年年逐马蹄。偏是客中听不得,五更风雨杜鹃啼。

兰因絮果竟如何,草草芳华怨逝波。一样琴心弹别鹄,朱丝弦上泪痕多。

郑佐霖

字景甫,慈溪人。光绪戊子举人。官安徽青阳知县。

和黄蔚亭先生七十述怀韵 录二

添作层楼望玉绳,星辰堪摘露堪承。守廉自免猪肝累,好学浑忘鹤发增。诒谷负薪期后裔,助田辑谱慰高曾。近闻重校忠端集,老眼无花细楷誊。

太守求师绛帐开，盈门桃李远方来。玉经磨琢皆成器，木得准绳无废材。捷算独探时宪秘，诵芬不数士衡才。先生著有《交食捷算》《五纬捷算》《诵芬诗略》等书。石公秘策军机要，购取曾闻羽檄催。总理署以火票取大著《测地志要》，分致各营。

刘佐宸

字彤卿，一字二哉，镇海人。光绪戊子举人。官安徽铜陵知县。著有《萝石轩遗稿》。

《家传略》：君幼颖异，读书工词章。官铜陵，与上官不合，被议罢职。往来津沪间，所如辄阻。国变后，更名劼，号醒庵，家居不出，未几，病卒。

病起

玻璃窗格蜃色青，朝旭上暹红半庭。宿鸟未醒人悄悄，天籁泠然语檐铃。灶婢试茶瀹石鼎，园童选花供胆瓶。病余早起一无事，焚香手校《道德经》。

鞠通 琴中虫名，见《贾子说林》

昆仑玉碎海风立，青鸾嗁声丹凤泣。破匣斜挂薜壁间，桐花自春葊翠湿。中有幺虫抱琴心，冰梅断纹护层阴。凉天月静绕柱行，不弦自奏老龙吟。道士羽化孙郎死，蚓笛蝉唱乱宫徵。知音阒寂长如此，为尔泛徽调十指，松涛走空寒山紫。

感怀

富贵秋风籜，文章劫火灰。楚骚臣玉续，汉史腐迁哀。遁世期无闷，逢时愧不才。爨桐焦尾在，谁为辨琴材。

出门

襆被出门去,去将谁为依。园花还惜别,柳絮又轻飞。卖赋才难尽,弹冠愿亦违。道逢裘马客,今已倦游归。

闲居

两三间屋自成家,借得云山面面遮。遍作短篱围竹木,多留隙地种桑麻。猿偷野果投书案,鸟睇檐花立画叉。最是晚来风景好,沿溪乘月放鱼艖。

胡以铭

字维新,号味辛,定海人。光绪戊子举人。著有《红雨楼诗抄》二卷。

孙尔瓒序诗抄略:维新少有逸兴,初学为诗,即多秀句。乡荐后,淡于仕进。构小园,曰"墨花山庄",莳花种竹,吟啸其中,怡然自得。尝有《咏梅》句云"曾嫁孤山嫌偶俗,悔居东阁枉称官",可以想见其志趣矣。

暮春偕友游龙王宫止宿赋长篇纪事

我生选胜抱奇癖,到处爱水复爱石。白鹤天南第一峰,见大梅山房诗。月中数次留行迹。龙湫尤属此山奇,驾言探幽邀幽客。风光果尔绝凡嚣,十里清坑泻空碧。樵径崎岖螺转行,奋前攀跻几折屐。青阴穿破万琅玕,隔溪遥望神仙宅。拾级同登紫翠屏,十二洞天空际辟。蜿蜒山从西北来,中腰突起苍龙脊。喷珠漱玉落九天,晶帘直下挂千尺。撞如石钟声何宏,形肖铁瓮口偏窄。我来未向龙神参,先携蒲团倚古柏。白日方午雷霆轰,翠雨飞空溅岸帻。澄潭下窥绝无底,但见涡漩起海伯。回头俯视乍来路,银河耿耿红尘隔。自洗罂匏挹飞流,石鼎膨脝烹芳液。坐久不觉晷已移，人影在地日云夕。雅人深致幸相俟，借榻僧房兴更剧。呼童沽酒割彘肩，敢犯清戒排筵席。宵谈竞说龙宫碑，此碑向未入图籍。我闻斯言亟秉烛，金石搜罗等嗜炙。颓垣夜半响登登，一幅剡藤手亲拍。模糊字迹不分明，上下循诵细寻绎。就中五碣二堪读，行行小勒簪花格。屈指将经三百年，万历启祯犹署额。风霜剥蚀浪淘沙，点画偏旁失钩磔。欲敲数纸收奚囊，墨浦沁透山灵惜。陡然有声水上发，恍似波涛撼大泽。杂沓斜冲电影飘，冰珠乱向浮空掷。凛乎难留亟掩户，阴风怒嘷破窗隙。暗里山鬼群啁啾，窟底鱼龙争跳踯。想是龙王叩帝阍，伏蟒潜蛟俱辟易。或是巨灵奋老拳，戏同太华将山擘。沙飞石走声隆隆，无数人马奔络绎。犹如十万振雄军，钱王犀弩潮头射。又似昆阳战鼓哗，枚士争前斗剑戟。座中默对各无言，悚然正襟意踧踖。我时痴想忽复生，天空应坠姮娥魄。独将斗胆自开门，窗纸騞然如裂帛。须臾万籁渐萧条，芦花风起远沙碛。倦倚佛龛睫未交，白鸡一鸣东方白。_{僧畜白鸡。}凄飔削面冷难禁，况我瘦生体更瘠。就僧乞取旧袈裟，黄绵犹如着絺绤。忍冻听泉俗耳清，踞石趺坐意转适。晨餐重扰香积厨，紫芥红葵缘岩摘。挼云和霞欣一饱，大嚼会须尽肴核。出门长啸觉身轻，数斛尘襟今顿释。下山恋恋倒骑驴，他日重游穷幽僻。

骡车行

刘佐宸　胡以铭

南人畏乘舟，风涛震撼心怀忧。北人畏乘车，车行安稳舟不如。我渡重溟登大陆，谓就坦途骋逸足。那知前路更崎岖，尽日轮蹄长辀辘。度阡越陌降复登，下若注谷上升陵。两卫努力夹辀走，雁行逐影恣奔腾。有时震动势挟风，犹如骇浪相激冲。有时砰碢声若雷，几疑薄笨辐已摧。兀坐当中不敢触，略相倚傍愁崩角。一倚一侧一摇首，似向后尘频顾仆。瞻望前车侧弁俄，不住掉头如展读。终朝蜷伏气不舒，真似辕驹悲局促。长天黯黯尘满目，今夜知投何处宿。

自六横山返棹途中作

峭帆飞渡海门关，舟过海闸门。远树长天半日还。螺拥东西双白练，两山遥峙水中。翠浮上下六横山。江豚鼓鬣烟波里，水鸟窥鱼雪浪间。最好小黄沙畔路，岩泉泻碧响潺潺。

读陶靖节集

桃源原即在柴桑，异境凭虚托渺茫。松老不沾秦雨露，辞成独冠晋文章。风追怀葛身终隐，人傲羲皇醉是乡。述酒苦衷谁解得，千秋遗恨泣山阳。《述酒》一篇，唯汤文清注能得其意。

述意

一卧经句百事慵，卷帘料峭怯西风。瘦来自笑诗为祟，病去方知药有功。芦菔调羹银缕白，海棠钉果肉肌红。静中觅取怡情法，日把新诗对放翁。

赴白雀寺途中即景

疑雨疑晴黯澹天，篮舆欲发意迟延。路横野潦才通屐，节届黄梅尚挟绵。林鸟欢呼乌鲗上，乌鲗旺了，鸟语也。山童闲放犉牛眠。今年预慰豚蹄祝，早稻花时水满田。

墨花山庄小景杂咏 录四

一房山里住，别有小桃源。欲问安生迹，崖间墨尚存。墨庄。

客来此暂坐，客去便行吟。吟到忘机处，碧山红雨深。

坐花廊。

陆处憎尘俗，浮家今倦游。万重梅雪里，长系钓鱼舟。浮香舫。

挈经向石室，闲静绝尘氛。谁耐伴岑寂，遗书招白云。眠云窟。

蓝开勋

字翊夫，定海人。光绪戊子举人。

江西试院除夕感怀 时光绪甲午在黄吉裳学使幕中

极目长江溯上游，飘零王粲尚依刘。春粮虽有梁鸿庑，贳酒曾无司马裘。风雪关河羁客泪，海天兵火故乡愁。时有日人之役。要知骐骥悲嘶意，栈豆何须问去留。

和汤尔规四十自述

岱舆山势郁崔嵬，旧是文昭习礼台。遗址荆榛踪孰继，公门桃李手亲栽。赤虹绝学分斋授，白鹿高徒负笈来。想见后堂丝竹宴，彬彬共进百年杯。

忆昔乘槎海上游，登龙深喜识荆州。广筵招客陈惊座，长笛吟诗赵倚楼。家住璇宫征寿相，堂题玉茗擅风流。赓歌莫讶才情减，潘岳于今已白头。

袁尧年

字曜臣，号涤轩，鄞人。光绪戊子优贡。候选教谕。

《家传略》：君博涉经史，治举子业，有声当时。结社论文，有所谓"征社十二子"者，以君为眉目。从曾祖陶轩先生尝辑《郑氏佚书》二十三种，总凡八十一卷。手自写定者十八种，纸墨黯敝不可读；其未写定者三种，曰

《尚书大传注》三卷、《五行传注》一卷、《略说注》一卷；原稿阙佚者一种，曰《驳五经异义》十卷，君一一为之校补，阅数寒暑而书完。上之前浙江学政善化瞿文慎公大加赏异，檄书局刻之。性豪放，每与人商榷古今，张颔植髭，侃侃而谈。久寓沪上，以卖文自赡给。垂老始返故居，年六十八卒。遗命以道装殓，可以见其志矣。著有《循陔室内外集》。

拟结客少年场

年少好任侠，剑骑光且鲜。睚眦起微衅，怒目挥龙渊。朝廷追捕急，亡命山泽间。异乡难久处，孑身赋言旋。登高一以眺，草木正苍然。远山郁崔巍，高阙浮云烟。通衢罗甲第，阿阁瞰都廛。冠盖遥相望，车马自骈阗。歌钟列广坐，瑶席敞华筵。而我独坎坷，哽咽何能言。

东津浮桥行

四明建郡形势雄，大江如带环郭东。北接余姚南剡奉，众流奔注涛汹汹。有唐刺史曰应彪，造舟为梁长庆中。时有虹影现云表，额题灵桥瑞所钟。江广五十有五丈，栉比横排十六艭。上架木板联铁索，维以竹缆楗以桩。旁设栏楯为护卫，丹涂垩墁交玲珑。地据东津当要道，往来人马恒憧憧。兼之朝潮与夕汐，迅飚急湍相激冲。宋元以来屡修葺，王刘诸记碑磨砻。逮入我朝重改造，饬众庀材加精工。大小相参板增厚，经营煞费规制崇。棕绳绞缚互钩贯，巨木支擎员若筒。随波上下无寸罅，道平如砥履孔跫。内既坚牢外观壮，长鲸驾浪虹亘空。岁修之费有常制，民物繁阜财货丰。传千百世俾勿坏，河津洛阳将毋同。

读离骚

湘流滚滚轶尘埃，千载吟魂自去来。忠义肯消亡国恨，悲凄如诉放臣哀。直教异代逢知己，岂有庸人解爱才。南望罗渊肠断绝，招辞悱恻咽江隈。

读陶诗

彭泽归来脱俗尘，天教隐逸作诗人。萧寥遗世标高致，得失忘怀见本真。未历庚申犹不仕，聊题甲子岂无因。闲情一赋谁轻诋，千古文章贵大醇。

陆智衍

字陶甫，一字蓝卿，鄞人。光绪戊子优贡。官青田教谕。

拟杜夏夜叹 用原韵

当食不能御，入夜苦饥肠。雷鸣杂蚊声，颠倒求夜裳。起坐向中庭，皎皎明月光。繁星望如栉，摇曳生虚凉。内热豁然解，精神为舒扬。蒙庄有微旨，安心得纯常。幸处清凉界，却忆瀛海疆。争战尚未已，烽火遥相望。炎歊蒸白骨，杀气连朱方。霉毒一中身，毕命瘴疠乡。况复闻西北，遍地哀鸿翔。人事失修省，安希天降康。

电线行

赤熛夺日天为开，真火激射阴山摧。金蛇万道索寒铁，币落千峰旋复回。绿眼紫鬈波斯客，元精曾撷松肪魄。宝光掣入瑶华宫，硫水液成凝湛碧。以铜为堆铁为池，白镪之英石留滋。玉壶滉漾晶柱矗，襜襜钢炼张四维。寒冰压筒辘轳转，飞焱上界银河浅。雨丝影落皇波中，一抹秋风江心剪。江心毒雾翻长鲸，巨雷崩石蛟龙惊。宝钥发机火光出，半空散作轰隆声。天吴骇潜冯夷匿，云椴照水纯墨色。捷书夜奏承明中，千里往还如瞬息。瞬息不停元窍宣，华离络纬扃雾拳。升天入地复沉海，电线有天线、地线、海线三种。水镜折光星珠悬。羲和着鞭追不及，锦虹横飞玉虎立。八音盒子鸣铿锵，锡屑碎黏玻璃湿。玻璃粉面薄于纸，左行写满祛卢字。旋针滴沥通镖明，如身使臂臂使指。银管传命速置邮，露书星报纷纷投。相风立竿寒影见，天绅挂遍大瀛洲。顿牟旧读淮南子，白礜生汞同元砥。古书沉埋二千年，遂使岛人称绝技。即今设立周海隅，金桿森森悬冰壶。不须更织四裔路，畛缀纷纶中黄图。

淮阴钓台

韩侯本是无双士，垂钓高台今尚存。尽有黄金酬漂母，谁将青眼识王孙。一竿明月随波涌，万里清淮绕岸奔。怀古南昌亭畔路，英雄出处总难论。

江上闻笛

荻花枫叶满江头，独倚元龙百尺楼。奇曲听翻瓜步月，商声迸入秣陵秋。潇湘迢递惊归雁，云水苍茫起宿鸥。只有征人闻不得，夜深催起玉关愁。

赠冯君木广文

才调如君亦坎坷，微官憔悴托山阿。胸中朗朗生明月，笔底苍苍起大波。裙屐三河年正少，文章十载恨偏多。相逢欲作同声哭，奈此人前涕泪何。

张汝莱

字次尹，号梅生，镇海人。锡钟子。光绪己丑岁贡。著有《筠岩馆诗抄》二卷。

《蛟川耆旧诗补》：先生勤学善属文，尤留意乡邦文献，露纂星抄，至老不倦。其诗温厚清新，饶有剑南风味。

咏怀 录二

峄阳有孤桐，百尺高无枝。其材中琴瑟，其音叶咸池。一朝见采伐，搜剔岩穴姿。胶以丹凤咮，緪以朱弦丝。登之清庙堂，厕之黄目彝。非不知宝贵，本性非所宜。虽贵亦戕贼，恐贻爨下悲。

鼫鼠有五技，不能以技名。蚯蚓无二窍，善能以窍鸣。一心成百事，百心无一成。形神不两役，智虑不兼营。所以为学者，用志贵专精。

不寐

欲寐不成寐，披衣览斗牛。欃枪何日扫，关塞极天愁。露气寒清夜，涛声壮晚秋。沧江有渔父，羡尔老扁舟。

即景

孤馆尘嚣外，间门背树开。鸟呼村酿熟，螺吹野航来。倚杖看山色，寻诗到水隈。不知霜信早，黄叶已成堆。

感事 录二

狼烟昏黑劫尘红，人在风声鹤唳中。八口飘零孤岛上，一身悲愤大江东。长途雨雪愁征马，极北关山断塞鸿。岁暮他乡重叹息，欲将时事问苍穹。

谋士如云亦壮哉，江防海卫几储材。谈兵不让黄公略，济世谁如贾谊才。转觉军中名径捷，徒令局外壮心灰。劳师糜帑成何事，空竭江东百万财。

欧仁衡

字平朔，号月坪，象山人。景辰子。光绪乙亥举人，己丑进士。历官户部郎中，江苏试用道。著有《自怡轩吟草》。

《家传略》：先生幼颖慧，学极殚洽。释褐，官工部主事，调户部，累迁郎中。寻改官制，历充度支部科长、统计处帮办，咸称其职。辛亥丁内艰，归。值国变，遂不复出。

性伉毅，勇于任事。海匪啸聚，出资练乡团，请兵禽渠，以靖地方。岁大祲，购米平粜，全活甚众。先世有义庄，悉心理董，增置田数百亩，并设学校，以教族人。

勤于著述，有《读经卮言》《攻阙斋随笔》《延古室文存》《词觚》各若干卷，藏于家。

暮春赴小湾塘

山花红一路，香送野风多。林外传樵唱，滩前起棹歌。鸭头春水涨，牛背夕阳驮。回首曾游处，星霜几度过。

都中城楼晚眺

广渠门外柳参差，一抹斜阳未坠时。云里远山青作障，雨余流水碧成池。巍峨凤阙皇都壮，迢递鱼书故国思。只为簪缨牵俗状，椿萱老去忍相离。

游万柳堂 堂为元时故址。康熙间，益都冯文毅公遍栽柳树，集宾友觞咏其间

几树婆娑向落曦，风流已杳我来迟。更无逸客联幽赏，剩有寒蝉噪别枝。东壁幸留宸翰在，西山恍挹露华滋。只今胜迹多零落，会看璿公结构奇。法云上人拟重修。

水渠成

字恺彦,号戆庵,鄞人。光绪己丑举人。

忻江明曰:君伉直尚气谊,家贫,事母孝,授徒于家。每晨出市,甘鲜奉母,而自食粗粝,人皆以为难。诗文亦淹雅可诵,惜无存稿耳。

拟杜屏迹二首

地僻耽幽兴,钩帘饱看山。鸟声沉石磬,泉响叩松关。对此忘言说,无人共往还。径荒尘迹远,唯见藓痕斑。

赖有林峦胜,能谐吏隐心。竹深斜见屋,云媚暗栖林。俗客无因至,好山随意寻。每从松月下,石上自抽琴。

邹宸笙

字鹿宾,鄞人。光绪己丑举人。

舟山吊明鲁王歌 有序

舟山曷为乎,吊鲁王也。曰:"吊其不克,始终于舟山也。始终于舟山,有益乎?"曰:"无益也。无益,又曷为乎吊之?"曰:"王虽监国,亦小朝廷也。得始终于舟山,即不济而北向冕服以薨,是亦庄烈之万岁山也。而何至沉于台也,甚可吊也。盖自奉藩于处州,旋至台州。张忠烈公煌言奉钱忠介公笺肃乐迎以监国,会师西兴,越破而遂至舟山。舟山不保,而欲之闽。跋涉于长垣,健跳厦门间。始犹只不平于郑成功,待以寓公卒,乃为成功所沉。方将往南澳,而终不得,毕命于舟山也。见《明史》传。甚矣其可吊也,且王一见钱张而即倾心,委以国事,王亦贤矣哉。而王之陈妃,鄞产也,其贤克媲于王。张妃遭掳,陈妃尚在舟山。仓猝兵至,将军刘世勋拟送于王所松江,妃传谕愿死此净土。整簪服，再拜投井，义阳王杜妃、宫嫔张氏从焉，今舟山之宫井是也。是王不死于舟山，而陈妃固死于舟山也，益可吊也。吊鲁王即以吊陈妃也，于是泫然而歌曰："

海山落日低平芜，螺头门上啼鸢乌。宫殿禾黍荒凉绝，阴磷碧出苌宏血。北都沦陷势仓皇，一丝何与鼎存亡。天戈所指在南服，顾藉区区鲁监国。弹丸蕞尔翁洲城，留守相公张华亭。王来西兴潦雨黯，王去南澳愁云冥。天心已了残明局，砺滩鲸背尚蛮触。胶船入海遂沉周，杜宇怨春不返蜀。不然思陵万岁山，鼎湖龙髯或追攀。朝廷虽小绸缪苦，死时不得干净一抔土。吁嗟乎！簪服委地荒烟凝，飞流二八耿秋澄。波澜不起宫井水，宫井六月生寒冰。

销寒二律和陈雪舲文学韵

即今俗敝又风浇，得酒难将块垒销。常对枯枰寻活着，欲鸣孤剑起中宵。须眉竟逐星霜老，心事都随草木凋。自分灌园长抱瓮，不争驷马去题桥。

遣愁无计强寻欢，独有梅花伴岁寒。羌笛近闻转凄紧，燕铭何日得重刊。招邀辱荷君书素，倾跌时忧吾毂丹。且把《离骚》来痛读，更谁识曲到幽兰。

汤嗣衔

字鸿九，鄞人。光绪壬午副贡，己丑顺天举人。官户部郎中。

和王友莱侍讲除夕感怀原韵

天回斗柄岁华新，多少春风得意人。官禄羡君临驿马，命宫惭我应句陈。星命家言余命坐文昌宫。半生却被文章误，一别方知气味亲。旧侣于今重聚首,奚囊索句往还频。

应朝光

字贵先,一字仲晏,号桂仙,鄞人。诗洽子。光绪己丑举人。著有《亭亭簃存稿》。

《家传略》:君性颖敏,年十二为人题墓字径尺,父异之,纵之使学古,工篆隶,精小学,酷嗜金石。于书无所不览,废寝忘餐,极意探索,有所得,辄笔之于书。著有《五弗措士丛书》六十余种。为文豪逸自恣,不规规于绳墨,而动与古会,诗亦如之。其为人强毅俊爽,有节操。家贫,客授所,如辄不偶,年四十八卒。所学未见其止,著述多散佚,士论惜之。

感遇

哀鸿度江渚,暮夜起遥悲。严霜九月节,客馆寒思归。归来故迟迟,家食非其时。入门闻啼号,强颜作欢词。我颜虽可强,我心不可怡。少者方待哺,老大久苦饥。娇儿惯索果,袖手聊与嬉。朔风起庭闱,高堂无帛衣。门户正萧条,惨淡寒月辉。伤哉伯仲乐,行欲参商离。夜尽不成寐,揽衣空蹰踟。出门望秋陇,荒冢何累累。中有先人殡,血泪心崩摧。没者长已矣,存者夫何为。故居忽不恋,新葬邈难期。哀哀亘终古,去去长跪辞。流水逝如此,渺渺安可知。

咏古 录三

黑翟悲练丝,阳朱哭歧路。练丝一变色,不复复其故。歧路一误由,行迷不及悟。君子葆厥初,何为学不固。

仲父本小器,因何得仁誉。尊王攘夷翟,大义千古著。只此存天良,犹不嫌诡遇。兵车祸无极,遐哉圣师虑。

天地理不灭，灭理起乱氛。在昔有祖龙，虐焰逮斯文。斯文一时陁，鲁堂遗响闻。快哉骊山骨，烈火以自焚。儒道譬日月，鉴此安彝伦。

释夷

西海之人恶夷名，不知字义为言平。从大持弓习射艺，颉皇制作何精明。东夷若舜西夷文，建中立极称圣君。海外四夷岂贬恶，惜彼圣道无由闻。古者蛮闽貉狄羌，或蛇或豸或犬羊。人种由来不一物，倮虫之长居中央。中央为何目华夏，主礼与文最大雅。王者法天垂裳治，异乎披甲荷戈野。披甲荷戈谓之戎，善战义与持弓同。千龄万代俗无改，到今更忍用火攻。火攻之器酷之至，伤哉恃此灭人类。但恶夷名好夷实，掩耳盗铃一何愦。

薄暮泛舟钱湖

纵却轻舟西复东，乘波泛泛与鸥同。水光浩淼长天外，山色空明夕照中。双桨荡摩千座屋，片帆吞吸一湖风。不知道里经多许，云树初冥火已红。

京师陶然亭禊饮应陈农部之招而作

逸少高踪不世狂，兰亭序冠晋文章。《兰亭集序》袭鲁论曾皙《言志》一节，文字高绝三代，后不可多得。而欧公论文于晋，独取《归去来辞》，未为得也。我于旷代作知己，君以皇都为故乡。俯仰独多天地恨，悲欢谁与死生忘。相看春色无今古，到处犹应叠此觞。

武林谒于忠肃公墓志感

盖代一完人，奇功况绝伦。如何辟夫子，不诤杀纯臣。

叶意深

字缦卿,慈溪人。光绪己丑举人。官江苏金匮知县。

和王缦云新春遣怀原韵

自到中年计更拙,无才赢得一身闲。旧交半已成千古,丹诀何从问九还。弹指光阴悲逝水,传经心事抵移山。元龙壮岁多豪气,百尺楼高许我攀。

林湝安

字月槎,象山人。光绪庚寅恩贡。

约园十景 录四

涌碧池

半湾绿竹拥如城,风逐垂杨傍岸横。倒影清流凝一色,新荷初透两三茎。_{池中今年白荷盛放。}

月满庭

刬除荒草为栽花,面圃曾无深树遮。酒到酣时人亦倦,微闻香露润兰芽。_{主人善种兰花,宅内有毓兰轩。}

稻香门

四面荒垣绕古藤,门前草色接春塍。新禾吐秀熏风起,领略芬芳得未曾。_{予家城内向,未见稻花。}

且休亭

愧余身世逐浮萍,暂借名园作寓形。百感消除心若水,读书声里一灯青。_{前数年,余受邵明府聘,襄簿书,冗俗难堪,到此心目为之一爽。}

杨家骥

字德孙,号切庐,慈溪人。泰亨子。光绪乙酉举人,庚寅进士。官翰林院编修。

馈王友莱侍讲乡味承谢次答

愧无尊酒助君欢,喜见云章气郁盘。载笔西清方领袖,垂纶东海且投竿。长沙抗疏心如揭,景略谈兵兴未阑。世事茫茫蕉鹿梦,咬根原胜万钱餐。

林颐山

字晋霞,慈溪人。兆丰子。光绪辛卯举人。壬辰进士。江苏即用知县。

《家传略》:先生少读父书,笃好汉学家言。光绪初,郡守宗公源瀚设辨志精舍,六斋课士,首重经学,聘定海黄元同先生主讲。得先生文,辄叹曰:"考核邃密,纯粹无间,他日传吾学者,其殆斯人乎!"遂厚相结纳,一时名流如冯一梅、叶意深、王定祥、费德宗辈,皆相申为师友之契。由是优游讲习,治朴学益精。

通籍后,以知县需次江苏。方值变法之际,士大夫多狃于外学,而先生守其经说,泊如也。尝膺安徽大吏之聘,先后主讲学古堂、存古学堂,晚被延为礼学馆纂修。其学博综经史,旁逮舆地,天文、医经,皆通大义。著有《经述》三卷、《河间献王学行考》《战国策职官考》《许慎传补遗》,均可传之作。

闻钱塘丁松生赴诗以哀之

文澜阁上敛阴氛,秋风萧瑟忽斜曛。飘飘穗帐悬河汾,寒花宿草皆昏昏。呜呼公识不可及,呜呼公家珍什袭。推公当代棘下生，公丧秘书谁补缉。古先师法暗而章，百川万派赴溟沧。胡为挥手归天阊，空令后学失津梁。

裘鸿勋

字尔昌，号鲁常，慈溪人。光绪辛卯举人。壬辰进士。官江西广丰知县。

王觳莲选拔报罢诗以慰之 录一

爱才如此古风存，知己从来胜感恩。谓祁学使，极口奖誉。但使听琴真识曲，不妨投杼且还辕。声名东浙群英熟，文品西江万派吞。愧我十年窗下伏，无缘增价到龙门。

老女嫁 时将赴任广丰作

春花秋月度年芳，渐厌人间脂粉香。却笑眉山真好事，小姑强许嫁彭郎。

裁到衣裳意转慵，旧时针黹满箱中。多情邻女低声道，花样而今翻古风。

姚丙荣

字秀钟，慈溪人。光绪辛卯副贡。有诗稿。

癸亥重九和张茂藻先生咏绣菊诗原韵

太岁明年甲子新，及时行乐葆天真。琼英着色秋霜艳，杯酒陶情旧雨亲。先生岁举餐英会。诗句花香双绝妙，绣工画笔两传神。先生晚香室悬有画菊直幅，命家人仿其意绣之。白衣风趣黄冠老，底用吾生叹不辰。

山斋清兴 录一

春来兰草长琼芽,雨后芳菲淑气嘉。自采玫瑰三两朵,带烟和露煮新茶。

林景绥

字朵峰,号志飔,鄞人。光绪癸巳举人,戊戌进士。官福建寿宁知县。著有《礼本堂诗集》。

读杜诗

剑阁三春泪,京华万里心。都将家国恨,并入短长吟。劫后花无赖,愁边月自阴。当年李供奉,两地一知音。

姚江晚泊

小泊姚江夜,潮声静不闻。两城俨对峙,一水恰中分。桥跨长虹影,岚添积翠纹。阳明读书处,旷代仰遗芬。

登马山顶望远

石磴千盘上,凌虚寄此身。岭高分虎脊,树老作龙鳞。四望茫无际,孤峰孰与邻。半空飞健鹘,羡尔出风尘。

雨花台晚眺

雨花仙女望中迷,游客登临落照西。一角荒台麋鹿走,万家颓瓦鹧鸪啼。平看铁瓮帆樯矗,俯瞰金陵城郭低。回首当年攻战地,鸡鸣山下草萋萋。

尘寰何处觅蓬莱,凭眺江山眼界开。峰势陡从平地起,潮声直破大荒来。散花漫诧神仙术,作楫畴推公辅才。独有中兴诸将佐,勋高铜柱仰崔巍。

公宴陈弢庵侍郎宝琛于鉴亭赋呈

记否京华供职时，雍容簪笔侍丹墀。风流儒雅今犹在，道义文章更属谁。晴竹数竿携酒榼，高槐一榻下书帷。晚凉散步长廊下，曲沼荷香满院吹。前有荷池，方广约亩余。

梁秉年

字廉夫，一字莲湖，鄞人。光绪壬午举人，甲午进士。官法部主事。著有《三菁草堂诗抄》。

《家传略》：先生少劬于学，文誉翔甚。释褐，授工部主事，会改官制，调陆军部，寻迁法部。国变后，隐居不出，有所感，辄托之于诗，语凄而意沉，知其中之耿耿者未下也。晚年校刊全谢山先生《续甬上耆旧诗》，阅三载蒇事，用力尤勤云。

题李薇庄太守双筵图

双筵留题日，一官逮系年。乌私萦旅梦，雁序盼遥天。宋玉九秋感，韩非孤愤篇。以兹示来叶，手迹永流传。

入都书感

余自甲午通籍供职冬曹，数月后乞假归省，旋奉外讳，久淹乡里。戊申八月，因改官制，始复入都，盖忽忽十余年矣。外观世变，内顾身家，今昔感怀，年华坐老，率成二律，柬都门旧友。

十五年前雪印留，禁门烟树又清秋。西宾辟馆恢新界，东阁吟诗感旧游。世事销磨安石墅，客心惆怅仲宣楼。新亭举目河山异，对酒难忘万斛愁。

新进乘时竞着鞭，惭余蒲柳近衰年。壮心已变将灰木，薄宦真如不系船。差喜苔岑多凤契，聊从兰署续前缘。一枝应许鹓鹢借，鸡肋功名只自怜。

六十述怀次杜少陵秋兴韵 录四

未得回翔翰墨林，玉堂空忆宝书森。自惭白首无长策，始悔青春负寸阴。史笔尚留高士传，岁寒谁识后凋心。沧桑几阅年华老，又听秋风捣练砧。

回首芦沟夕照斜，公车络绎上京华。濡毫曾射南宫策，破浪频浮北海槎。苦恨书生无将略，已闻边警逼胡笳。甲午春闱后，闻日本开衅。杏林消息椿庭梦，赢得长安一看花。通籍后归省，先君子旋弃养，痛哉。

谁言寸草报春晖，郎署三迁禄养微。余由工部主事改陆军部，寻迁法部。直宿每听清漏永，部例郎曹月一直宿。思亲遥望白云飞。心惊风树归装促，梦越关山行路违。辛亥闰六月，先慈病电到京，急驰归，不及视，含终天抱恨。况复家艰兼国难，故园剩有薇蕨肥。

一局仓皇劫后棋，黍离麦秀总堪悲。要知藩镇争权日，正是神州竭泽时。汉腊即今谁省识，周纲从此慨陵迟。声明文物沦亡尽，天道循环苦费思。

怀陶丹翼同年

曲江领袖渺前尘，回首南宫几度春。我隐霸陵君栗里，依然汉晋两遗民。

羡君风骨铁铮铮，痛哭陈词论用兵。药石忠言如见采，至今犹是汉家营。

李汉章

字季焕，鄞人。光绪癸巳举人。

舟山吊明鲁王歌

鲸波西逝信水咽，浪花滚滚飞寒雪。海气阴沉大地冥，一片愁云厓山结。山昏失色树留影,冬青高覆楚妃井。老翁为我说前因,胜国王孙此临幸。海隅一旅驻偏师,犹记琅江来归时。天目真人奋大义,只手银河欲挽之。睢阳正气贯牛斗,忍死肯将君恩负。精卫有志不可移,烬余尚作孤城守。那知爝火无余明,鸷鸟嘈嘈魂魄惊。神伤间关出百死,天之所废莫能兴。吁嗟乎!殷王元子抱器奔,孤忠只为宗祀存。天命不佑长已矣,兴亡成败何足论。

裘绍良

字楚香,慈溪人。光绪癸巳举人。官建德教谕。

《家传略》:君幼孤好学,与楼桐君学博凤冈、张性如明经禾芬、同族尔昌比部鸿勋友善,互相砥砺。母病侍奉之余,研究医理,著有《医学寸知》若干卷。

严陵即景

地隔繁华幽景多,我来领略兴如何。滩横水急间翘鹭,路转峰回细点螺。双塔高疑天半立,孤舟远似镜中过。悠然一梦忘身世,便是吾生安乐窝。

杨曦光

字缉轩,一字缉熙,号曙楼,慈溪人。光绪癸巳举人。

咏史 录三

诸葛武侯

隆中决策定三分,鱼水遭逢有使君。易统黄初扶汉祚,鏖兵赤壁却曹军。七擒藉见南征略,六出嗟无北伐勋。古柏森森留庙貌,沔阳遗祀表忠勤。

羊太傅

一代高名在岘山，遗碑读罢泪潸潸。襄阳裘带名儒将，许洛衣冠太傅班。当日衍戎徒见嫉，后来浚预克图艰。角巾归里犹留憾，未见平吴奏凯还。

张睢阳

宁陵解去守睢阳，与贼鏖兵四百场。不使江淮全受敌，堪令李郭力扶唐。男儿忍死呼南八，天子归来作上皇。事实曾经韩愈表，史裁李翰未能详。

包科骏

字药墅，鄞人。用康子。光绪癸巳举人。

奉和陆己云编修师乙未四月望日生日感事诗谨步原韵 录二

辽沈鏖兵已隔年，观光况近日轮圆。营平暮齿雄如故，宗泽忧心苦若煎。几处金城成战地，一方铜柱指摩天。青齐尚有飞书者，从事漫云我独贤。

先生归里几经年，高卧空山好梦圆。海国于今惊沸溃，水乡何处涤烦煎。狼烽触目愁成阵，虎剑悬腰气指天。我是河汾旧弟子，也将悲愤诉群贤。

次韵赠周恭棠

云水澄清眼有光，不嫌百短命偏长。频年翰墨成孤愤，早岁衣冠是古装。几使弦歌废邹鲁，可怜烽火闪嵩邙。好将枯菀重重看，却老还求海上方。

陈宜坊

字萼棠，号修庵，又号菀香，鄞人。光绪癸巳副贡。

嘉泽祠在东钱湖，祀唐鄮令陆南金、宋郡守李夷庚，皆有功于湖者，嘉定间赐额"嘉泽"

荒祠片石立斜曛，唐宋遗徽今尚闻。十里湖光千载泽，手摩苔藓读碑文。

霞屿观音洞

古刹经营记昔年，凿成小小洞中天。老僧卧起浑无事，收拾残霞补衲肩。

陈衍

字曼因，鄞人。政钟子。贡生。候选兵部员外郎。著有《翠岩山馆诗存》。

春宵听雨

残宵原寂寂，况是雨中人。不断空阶滴，犹伤故国春。落花如惜别，芳草自怀新。容易韶光老，平生志未伸。

赠寄禅上人

冷落天涯客，相逢意味亲。栖心证古佛，得句现全神。上人工诗。一钵参无我，百年寄此身。蒲团趺坐候，枯木写吾真。上人自号枯木头陀。

来谁园示同游诸君

李花开尽又谁来。用原句。石径荒凉长绿苔。城北园亭余旧迹，落花时节独徘徊。

胜境于今属阿谁，风流尚系后人思。兰亭感慨今犹昔，唯见空林落照迟。

王审度

字如玉,鄞人。贡生。

读管幼安传

贤哉管幼安,不罹尘世网。辽海几千程,水阔波涛壮。公孙累卵曹氏帝,君履波涛如平地。我闻孟达尝辞聘,胁之以威终应命。又闻文若谏九锡,教盗逾墙止其窃。君与华歆割席意,凛凛已有冰霜气。一念之微天壤分,奚翅龙头与龙尾。坚乎白乎请试之,磨不能磷涅不缁。东汉节义严陵始,谓君后劲非阿私。

董缙颢

字和叔,鄞人。缙恒弟。

省墓至大涵山和伯兄兰孙先生作

洒泪登亲垄,伤心节序催。荒榛丛莽合,浅草百花开。山势迎人立,波光洗眼来。昔年亲负土,重上有余哀。

园中白蔷薇盛开,同伯兄季弟分赋一律

一抹花房色相真,蔷薇别种淡传神。冰肌犹带千枝雪,玉貌还余四月春。岂为无颜空笑佛,_{蔷薇,一名笑佛。}却怜多刺苦牵人。倘教留作寒梅伴,不许西施得效颦。_{李建勋诗"一生颜色笑西施"。}

管年祥

字吉如,鄞人。贡生。

拟张黄门协苦雨

萧瑟动边城，梧桐叶落声。寒灯留一点，别馆话三更。人世余生寄，河梁旧梦惊。不堪回首听，愁绝故乡情。

拟潘黄门岳述哀

身世几低徊，江山尽草莱。兰荃骚客恨，禾黍故宫哀。朱雀殊方泪，雕虫绝代才。千秋谁嗣响，歌舞剩楼台。

绿阴

残红扫尽绿成阴，院落沉沉胜可寻。翠欲滴时留鹤憩，碧无情处听蝉吟。几经夜雨春先去，纵有骄阳午不侵。多少尘襟从此涤，幽人静对好横琴。

徐鸿安

字蛟门，鄞人。诸生。著有《小有山房诗集》。

馆袁兆兰家与周君芹香伴读

寄砚城西地，同居是亦楼。彦伦谓芹香。真我友，士蔚谓兆兰。亦吾俦。入世诗文贱，论交意气投。清谈忘尔我，书味为句留。

感遇 录二

涉世无能自食贫，篝灯谁与话酸辛。雪深鸿爪都留迹，香满梅花始觉春。韩愈文章多送鬼，祢衡姓氏少投人。旅怀且逐东流去，珍重他乡七尺身。

槎丫树影老庭梧，坐对消寒九九图。入世情怀闲水鸟，思家风味好莼鲈。苍茫宇宙留今我，落拓衣衫认故吾。措置米盐非易事，此生无术学陶朱。

毛廷振

原名震,字亦陶,鄞人。诸生。

《家传略》:君笃于至性,事亲能尽色养。居丧哀毁,三年不入内室。遇祭日,亲置甘旨,必丰必备。教授生徒,谆谆以孝弟相勖勉。性慈惠,与人和易,不立崖岸。少好词章之学,试辄不得志,以诸生终。有《陶庵诗文稿》若干卷。

拟刘驾唐乐府 录四

送征夫

昔争河湟地,军苦边氛恶。日日送征夫,功名归卫霍。今卜大刀头,凯旋入沙漠。

吊西人

河湟归故地,不烦兵力取。边人亦吾民,大吏勤招抚。剑戟铸农器,石田变沃土。

祝河水

河水何涟猗,浪静动旌旗。一泻能千里,风吹碧琉璃。方今圣人出,长可见清时。

昆山

昆山产美玉,无奈在异域。山归玉亦归,玉多钱不直。投璧岂无因,反璞保其真。

拟陈其年荷兰国入贡歌

西海西北乃穷荒,国名初不登职方。乘槎有愿历年所,鹏搏九万渡汪洋。皇舆式廓迈前古,使鹿使犬列编户。区区僻陋一岛夷,王会图中岂足数。蛮邦海外纷如埃,语言屡译犹致猜。往不追兮来不拒,如天之量该八垓。昔闻汉帝开西域，亦越唐皇启漠北。徒侈离奇方物陈，致远无非由人力。岂如慕义本赤诚，取道八闽达盛京。勺水蹄涔属滴露，表文端丽鸣和声。自有珍奇充庭实，以少为贵妙无匹。内府藏兮外厩输，物若寻常实超轶。刀剑八枚气肃秋，百炼钢化绕指柔。旃檀奇树长二丈，香风飒起上林投。锐头卓耳四马骏，白质斑文四牛美。大宛大秦未足夸，嘶风喘日供鞭箠。穹居之长识汉仪，心眷华夏敢潜窥。香山互市前朝事，澎湖营窟空尔为。碧瞳深目非族类，中外一家不为异。羁縻有术可权行，何妨姑饵以厚利。二百余年德教新，豺狼戎狄岂难驯。直令入贡循恒轨，天下从风悉主臣。

秋草 录一

衡阳雁阵乍惊寒，满地晴芜子细看。庭院青痕空掩映，池塘碧晕已阑珊。依依瘦蝶偎烟景，唧唧幽蛩咽露团。过客光阴弹指换，王孙何事滞长安。

海市用吴梅村韵 录二

神山浮动近蓬莱，绝境分明水国开。九万鹏程通坦道，四围蜃气现层台。波斯列肆云描影，海若归墟浪作堆。赤色鞭痕今尚在，童男一去可能回。

晴光万里化人来，雾縠云罗妙剪裁。鲛室纵横三岛接，龙门跌荡九天开。飞来青鸟皆充使，点出黄金尽作台。一叶扁舟东向笑，谁知曼倩不羁才。

梅蛤

园林深处雨肥梅，海错依然应候来。剖食全教金液泻，分尝半讶火珠堆。淡黄浅染唇涂粉，清白长留壳作灰。记取和羹他日事，劝君更尽夜光杯。

江瑶柱

水晶宫里匾开瑶，璀璨鄞江露玉翘。白鲞芳鲜犹让美，青虾肥大却输饶。昌黎马甲名传柱，介甫鱼经字作珧。宋室曾将时物贡，春风一路认星轺。

和王承哉师夏日寓蓬莱宫原韵

路入蓬莱日正长，安排水色与山光。闲云出岫缘何事，只为秋成作雨忙。

己卯新秋赴省试偕友游西湖 录二

息影湖山我未能，石桥曲曲几人登。万千红藕花中住，妒煞三潭印月僧。

鹭自酣眠雁自飞，柳腰消瘦藕梢肥。四时风景输秋色，如此湖山到却稀。

张寅飞

字吟伯，鄞人。恕孙。诸生。

哭陈咏桥师

大化有尽期，不朽视所立。天乎夺吾师，身逝名不泐。师年八十九，康强一如昔。学养日深纯，道在适其适。研经课孙曾，问字答宾客。续稿补诗文，余兴精篆刻。人几疑吾师，性情耽隐逸。岂知孝作忠，政事通家国。又况将相才，罗列文中席。一经绳尺施，造就皆英杰。乃知孝子门，忠臣之所出。养志恋庭闱，不匮类永锡。溯吾师少壮，以迄今九秩。无长幼贤愚，无贫贱疏戚。汪波挹黄宪，凤望钦王烈。春坐明道风，秋弄濂溪月。庸德入人深，庸言警人切。小子愚不肖，自幼荷陶植。师知我迂拘，诏以佩弦法。师虑我虚羸，授以养生术。幼见师孝母，归家辄努力。每遇母疾痛，亦复敬搔抑。独于养生功，未能加邃密。遂致今始衰，肢体病拘急。师疾不能视，师殁更何说。慎疾孝子心，空负师教益。遗教不忍忘，握管泪填臆。

钱燮清

字丰初，鄞人。诸生。著有《云屿楼诗稿》。

池女篇 有引

康熙己未，江都池烈女少字吴姓长子某。因南粤之变，从军六年，死于南粤。舅姑夺，字其次子，父亦怜而允之。女闻亲迎有日，自缢死。

理本无两是，取义当守死。伦纪不堪乖，叔世谁知此。卓哉池氏女，一字系终始。知弟不先兄，犹娣后于姒。嫂叔不通问，渎伦深愧耻。女曰此兽行，宁从吴孟子。车迎知有期，毕命妆楼里。魂魄度军中，飘然千万里。既克完名节，亦复全伦理。呜呼！父兮尔何心不闻，紾兄夺食且不齿。

过青山寺访光昱和尚

步入青雷下，钟声古寺传。草蛩秋叫月，林鸟暮啼烟。作馔开炉火，烹茶汲井泉。高僧聊可语，我本爱逃禅。

夜宿石门江楼

突兀矗高楼，长江碧水流。露凝鸳瓦夕，烟冷燕梁秋。极浦砧声急，荒城笛韵幽。遥天凉月上，明镜挂帘钩。

郧山桥舟次作

移棹郧山下,秋江向晚凉。荒亭临水国,古戍问波乡。兵燹经倭寇,游踪忆始皇。推篷试凝望,村落淡斜阳。

暮春

和风拂拂雨丝丝,纨扇初题白纻词。万古梦魂啼鸟唤,一春心事落花知。青迷画舫征歌候,香满红楼锁恨时。如此韶光容易老,天涯那复寄相思。

月湖春泛

欲上不上松岛月,欲坠未坠烟屿花。一棹春风花月夜,玉箫声彻浪淘沙。

黄家鼎

字骏孙,鄞人。维煊子。官台湾凤山知县。著有《补不足斋诗集》。

悼亡弟岘孙

怛化七百日,时弟亡已二十七阅月。论年才一世。虽然惯别离,此别伤长逝。届兹悬弧辰,追思为陨涕。哀痛不自由,搔首向天际。沿俗陈庶羞,旨酒杂羔鳀。风前溯畴昔,遭逢良佗傺。悼君周晬时,即为季父嗣。季父中道殂,季母性严厉。襁褓离本根,得欢赖早慧。霜露陨大椿,时君才十岁。毁痛类成人,誓将书香继。笺疏陋虫鱼,弟早岁治《尔雅》《山海经》。锥股户常闭。经学究源流,贾郑探根柢。择师向鸿博,良朋共砥砺。出试童子军,文宗推绝艺。谓学使胡侍郎瑞澜。其奈夺命难,屡作孙山替。及长面冠玉,誉蜚郯门婿。闺中颇得人,里党称淑俪。我为出山谋,江南应聘币。乙亥冬，江督沈文肃公函招入幕。子身赴戎幕，劳君肩巨细。梁木忽云坏，己卯，文肃公薨于位。还乡貂裘敝。得君壮行色，始决南游计。东西两萱帏，喜惧一身系。丧偶还续偶，值我音书滞。当我宰台阳，累君惊鹤唳。温麻奉板舆，凶讣达里第。咯血几盈斗，骨立形垂毙。迨我扶榇归，残喘同守制。垩庐夜对床，风雨数椽蔽。负土毕余绪，议定以旌烈庶母王孺人袝葬。辑诗考谱系，余编辑先世诗文为家集，为一家稿，弟力赞厥成。更编甲乙吟，颇符诗史例。弟著有《甲乙纪事诗》，载法人渝盟之役，四省战守情形，精确详明，阅者推为诗史。应梦唯虺蛇，绕膝虚兰桂。既痛幼媚孺，又恸大媚瘵。二妹婿裘某卒于己丑七月，大妹于庚寅十月守未婚节卒。而况冯敬通，悍妒愤难弃。抑郁崩藏府，俞扁讵无济。腥风折华萼，亢阳摧棠棣。路人鼻为酸，况我同枝蒂。追读病中诗，语语成谶谜。岂诚香案吏，召还侍玉帝。哀音托原鸰，聊以代文祭。

初至汀州

群魈盘踞地，盛世我来游。城矮山争护，滩危水倒流。酒浇罗汉寺，寺前有明陈太妃、沈太嫔、大学士傅冠、左都督周之藩、中书舍人陈纯、把总林深、郑雄诸墓]，诗寄谢公楼。监税怀庄简，宋李庄简公光于靖康初，谪监汀州酒税，详《一统志》。甘棠到处留。

重九登云骥阁

前年北海回帆日，去岁潼关策马时。萍迹今朝寄汀水，云骥阁上独题诗。

溪声咽日冷青松，一杵遥传隔水钟。新月半江秋万井，狂吟惊起卧潭龙。阁下有龙潭。

董治

字理堂，鄞人。名撰子。著有《续天柱山房诗稿》。

夜访镜泉居士

明月淡河汉，满地凉露光。流萤沾草泽，惊鸥起路旁。路旁亦何有，稻花临水香。依依松浦远，拂拂南风凉。桑竹暗成里，梧桐高出墙。藤萝覆幽径，衣影乱东厢。主人若有伺，携手笑相将。相将一樽酒，共话秋宵长。

寄胡君定年 录二

二月甬东道，南北帆分驰。春风动柳日，细雨熟梅时。流光急飞电，感此伤别离。暮云起天末，芳草萋水湄。美人隔河汉，怕听江南词。咄嗟刘孝绰，苦思那复知。

帘钩余落晖，蟢子满园飞。之子曷云远，魂梦尚依依。花光照颜色，清风吹袷衣。酌我一樽酒，默默两忘机。我意相见惯，君言知音希。倏忽在何处，心想入非非。广川无涯涘，北山高崔巍。愿言侍君子，息虑澹忘归。

镇北古迹四咏 录二

瑶丝泉在达蓬山，相传始皇宫女掌瑶丝灯者，碎灯于此，逃入山洞。至宋时，居人渐多，犹见此女出入，今呼为娘洞。

瑶丝泉，绿差差。洞中女，忆秦时。秦皇讵惜瑶丝碎，小女无知逃在此。蓬莱宫，沧海上，咫尺神仙空相望。沙丘一去祖龙死，不及洞中小娘子。

千丈岩在伏龙山。悬崖壁立，登者多股栗。相传岩下海面时见白莲花座，有舍身者从岩顶跳下，花必接而擎之，行出大洋而没。后有官斯土者，觉其异实，药豕腹，投之，没后波涛掀天，大蛇死浮海面。

千丈岩，舍身处。海上莲花妖且艳，一跌便到西天去。邑中大令太好事，药豕杀蛇莲花止，恸哭村妪何处死。

秋夜散步 录二

寒宵不耐坐,闲步到渔矶。人与蛩分月,烟和竹掩扉。淡寻泉石味,香制芰荷衣。何日悠然去,高天共鹤飞。

阡陌人来往,闲心我独长。渔樵双画谱,天地一愁囊。树老枝添翠,秋高菊孕香。芒鞋无定迹,只在水云乡。

书怀

老马长途掷岁华,头颅如许尚天涯。欲除豪气先埋剑,怕惹情痴不看花。深树雨来莺语涩,小窗人静篆烟斜。玉箫夜夜歌桃叶,知在春风第几家。

红叶

千林颜色染朝霜,一片霞衣裹夕阳。白帝欲归张赤帜,秋娘虽老爱红妆。碎裁蜀锦披寒野,冷逼西风入醉乡。分付莫随流水去,相思又恐误于郎。

朱协范

字亦香,鄞人。诸生。

秋日有感

直上仲宣楼,江山望里收。月明孤鹤唳,风定一萤流。此景难为夜,人心易感秋。茫茫前路客,盍唱大刀头。

罗袂怯微寒,闲庭月一阑。将诗聊遣兴,有酒不成欢。倚剑藏锋好,出门行路难。况今衰渐甚,痴梦断邯郸。

王祖赓

字子耕,慈溪人。

感怀

尽日书斋里，长吟作解嘲。雀寒犹抱树，莺暖每争巢。屐为游山破，门唯落叶敲。无人来问讯，惆怅掩蓬茅。

咏雁寄严子芬、张联夫

萧萧芦荻楚江头，水宿云飞几度秋。冷落天涯无限恨，与君都为稻粱谋。

舒高荣

字耀庭，号蓼汀，慈溪人。监生。

辛巳冬与周鼎臣比部、陆夔尧明府、叶作舟孝廉、楼子舟上舍同泛西湖

西泠一别几经秋，重约诗人载酒游。泥爪遍寻前日路，烟痕深锁夕阳楼。更无弱柳摇波面，剩有寒梅伴岭头。莫说湖山萧索甚，汴州毕竟逊杭州。_{同游诸君，皆由汴回杭。}

乙酉暮春南旋车中偶成

栖息夷门十月余，客星又逐指南车。烟迷芳草归程远，柳荫长堤夕照虚。跋涉频磨轮下铁，殷勤还读陇头书。_{徐州道上接家信。}鹧鸪声里春光老，试向江南问鳜鱼。

童逊组

字小桥，慈溪人。谦孟子。诸生。著有《蕠蕠室诗稿》。

盛炳纬序蕠蕠室遗著略：先生襟怀豪迈，工书法，得海岳神似。尤善擘窠大字，双钩亦生动有致。兼娴吟咏，所编诗话于网罗散失之中，寓表章先哲之意，用力甚勤云。

七月七日偶步街头得十二峰古铜笔山题诗志喜

寻山不必远寻山,笑向斋头见一斑。鹫岭飞来原是幻,雁峰转处最相关。眼前丘壑两三面,掌上芙蓉十二鬟。却喜岚光排闼送,砚潭倒映碧潺潺。

清明后三日由文溪过西岭即景 录二

忆昔山居惬素心,曷来无事到云林。而今识得溪岩路,愿向烟霞问浅深。

十里长塘四壁山,几家村落绕双湾。多情一片清溪水,短棹春风送我还。

冯鸿薰

字莲青,慈溪人。诸生。著有《适庐遗诗》。

冯开撰《墓志略》:君幼眚一目,父使就贾人习废著术。君顾弗乐,依违市廛间,用读书自勖厉,久之,渐通群籍。既成诸生,益务闳洽,凡所披览,旁籀博考,弗明弗措,文辞尔雅,下笔成轨。尤喜歌咏,矢诗数百,清华省净。既自恨无根著,悉摧弃之。卒后,余为之掇拾奇零,次为《适庐诗》一卷,藏于家。

癸未重阳日侍季父登高,季父有图纪游,赋呈一律

今日是何日,他乡非故乡。郊原自秋色,风物正重阳。丛菊天涯泪,疏枫昨夜霜。画图臣叔在,摇笔入苍茫。

寄九弟君木

不见汝书久,羁孤孰慰予。良时谁与共,佳句近何如。道远情难达,思深梦转虚。关门闻落雁,愁绝上灯初。

秋夜怀君木

独处谁相问,萧斋正二更。花翻风有影,人静月无声。乡思随秋远,诗心入夜清。倡予难和汝,寂寞此时情。

湖上晚归次应叔申韵

古寺出疏磬,遥峰迥夕阳。山风吹鸟堕,湖水逼人凉。残柳不成绿,老荷犹作香。行歌归缓缓,城郭暮烟苍。

泖湖棹歌 录二

四围暮霭罩霏微,人到中流绿满衣。一杵钟声澄照寺,_{湖心寺名。}夕阳影里看僧归。

风雨萧萧到荻芦,波光山色两模糊。片帆挂向湖中去,一幅云林好画图。

葛岭

西湖风月旧平章,华屋山丘亦可伤。落日空林荒蟀语,行人犹问半闲堂。

张鸿模

字翼廷,号逸亭,又号溪艒,镇海人。汝槐子。诸生。《家传略》:君性至孝,与人交和蔼可亲。门下多知名士。子德容、德宣皆能诗。

过灵峰寺有感

昔是桃源路,今存薜荔墙。寒流空巨壑,荒草剩斜阳。一片松林暗,千盘石径长。仙翁遗迹杳,凭吊剧凄凉。

钱太守众乐亭 四明古迹八咏之一

年年绿水每平湖,众乐亭中兴不孤。案牍何妨随吏判,笙歌尚记与民俱。莲花香细侵浮蚁,桂棹声柔散戏凫。士女偕来相宴饮,倾心共爱召棠呼。

苏兆霖

字经士,号蓉伯,镇海人。丙森子。诸生。著有《醉六馆诗稿》。

拟古 录二

华堂敞琼筵,美人耀屏翣。笙歌声夜沸,游士若云集。中有鼓琴者,临风自掩泣。曲高和良难,落落无人合。伍员困吹箫,冯欢思弹铗。感此伤中情,裴怀以独立。

濯濯双白鹤,巢云松树巅。依附岩际草,唯有一寒蝉。即蝉以比鹤,相去宁天渊。物理不易测,世情多变迁。鹍鹏来海外,万里长风搏。大木尽摧折,小草独蔓延。双鹤相背飞,一蝉抱露眠。托身忌太高,勿谓天心偏。

题画

绝壁滴浓翠,雨过山如沐。幽人扶杖来,行行入修竹。疏钟出烟林,落花遍岩腹。归家日已斜,松门自剥啄。

散步

开门容散步,秋意胜春情。远水落萤影,荒村闻犬声。江光涵万木,月气压孤城。我欲倚筇立,薄寒两袖生。

寄庄子琴 录一

苏白长堤走玉骢,昔年邀我过湖东。花间斗酒千杯少,壁上题诗一笑同。吐属居然名士气，衣冠俨有古人风。别来无限相思意，尽在孤吟独酌中。

戴鸿庥

字盥香，号灌叟，镇海人。贡生。著有《挹薇轩诗草》。《家传略》：君目近视，嗜学能文，督课子弟，严而有法。晚年病足，酒酣兴到，辄寄情于吟咏。

冬夜不寐呈刘丈午亭、叶丈梅岑

寒宵倚倦枕，微籁涤愁怀。窗破灯摇影，庭空叶走阶。鼠群翻乱箧，雁阵过虚斋。如许清幽况，难容俗子偕。

春雨

连朝点滴雨声催，一半春光梦里回。芳草无情凭雾罩，艳花蓄势向阳开。柴门云重鹤同懒，泽国风寒鸥亦猜。静坐书窗无个事，只愁檐溜损莓苔。

秋日杂兴 录一

乍收新雨放新晴，红树青山百媚生。怪底西风太多事，卷将落叶作秋声。

舟中晚眺

蓼疏苹老暮秋天，渺渺晴波淡淡烟。为语舟人轻打桨，双鸥稳睡在前川。

梅鼎和

字静涛，镇海人。诸生。

潘岙

叠嶂浑无数,溪流暗激湍。山深云作雨,林密昼生寒。巢鸟惊人起,岩花藉草看。绝胜穷谷里,突兀耸青峦。

金仙寺

寺门敲破白云封,万籁无声彻梵钟。劫后园林新补筑,春来花木正纤秾。湖光涌翠珠宫耸,山色团青贝阙重。到此欲抛尘世事,可能终日倚长松。

邬孔翔

字芝亭,奉化人。诸生。

挂剑吟

季子剑,徐君喜,季子归来君不起。墓木萧萧挂秋水,不挂于生挂于死。泰山颓,尼父诔,介推亡,绵田祀。死者有知安用此,呜呼好名吴季子。

书舍即事

四壁云山足卧游,晚凉天气似新秋。风前啜茗香吹鼻,月下看花影打头。鸣底不平嗤蟋蟀,涎能自润羡蜗牛。卅年一觉南柯梦,尘事茫茫尚自羞。

晚凉

晚凉如水卧空庭,庭草庭花当枕屏。月射蜃墙疑对雪,风飘萤火误流星。安身随地心原素,仰面看天眼始青。蟋蟀无端呼睡起,秋声满耳不堪听。

陈育姜

字鹤亭,奉化人。诸生。

《剡川诗抄续编》:鹤亭家贫,授徒自给。尝募资刻先世《本堂集》,又竭力谋建学堂,积劳而卒。

募刻本堂集志喜

百卷遗文在,清芬诵本堂。元明余劫火,门户旧书香。郑重登梨枣,氤氲护梓桑。三贤称鼎足,任戴共流芳。

丹霞庵有感

赤水丹山古洞天,荒庵十笏锁寒烟。袈裟僧去谁参佛,蔬笋人来愿习禅。风过岩头如虎啸,泉生石罅有龙眠。沧桑世变今犹昔,陈迹依稀问寓贤。国初,周囊云先生尝往来此山。

盛可均

字人英,奉化人。诸生。

吊王果愍公 公讳止敬,松林乡人。咸同间,以福山镇总兵驻防太湖。后遇害,赠太子少保,谥果愍。

妖星万丈去地咫,洪杨烈焰匝南纪。江塔罗李战骨寒,相继有谁甘一死。壮哉维吾果悯公,水师叠叠奏奇功。舳舻逪?驱鹅鹳,出没涛浪何其雄。太湖又告贼氛炽,几辈攻剿苦颠踬。公时奉命急请行,荡涤妖氛冀此始。铁舸突出金鼓鸣,昂首一呼群寇惊。孤军鏖战利在速,一朝誓扫鲵与鲸。我军继进贼当覆,可奈军单更遇伏。百战余威猝被戕,天地崩摧人鬼哭。公向不死军不摇,公竟死矣贼更骄。西山不竞东山仆,太湖饮恨水滔滔。滔滔湖水长不竭,千古为公扬伟烈。庙祭至今走万家,英灵来去湖头月。

王运瑞

字云亭,奉化人。麟飞子。诸生。

雪窦

匡庐天姥纪诗篇,胜境登临又剡川。瀑布溅溅青嶂外,珠林璨璨白云边。宋碑剥蚀空苔藓,谢屐迷茫剩雾烟。欲共山僧谈往事,几番耽误木犀禅。

鲒埼亭

鱼庄蟹舍海风腥,璞鲒相传岸曲溟。蚌蛎寄居谁博物,沧桑异代尚留亭。千秋掌故谈班史,几辈搜奇系越舲。多谢谢山生色笔,编题珍重胜碑铭。

史济灉

字松泉,号子补,象山人。诸生。著有《煮茗山房诗稿》。

遣情

空馆无人语,闲来倚碧梧。却寻初断梦,重绘旧游图。月下琴三叠,吟边酒一壶。日长花易渴,渥灌问家奴。

煮茗山房题壁 录一

居近山乡学耦耕,春畴无事惯经行。剧怜柳絮因风落,最爱梅花入梦清。诗句每从愁里得,闲情却向病中生。前溪桃浪翻三月,为有清泉便濯缨。

王予龄

字再乔,象山人。莳蕙子。贡生。著有《荣鞠诗草》。

奉和陆渔笙编修丈过访留赠原韵

卅年鸿印一回头,僻地重邀上客游。<small>同治壬申,曾枉宿潜山别墅。</small>罂粟开时怀旧迹,木犀香里赏今秋。容驷幸有三弓地,下榻惭无百尺楼。莫问从前留宿处,池台荒废剩林丘。

山居杂兴 录二

杏花落尽见桃花,小小园林景色赊。忙煞狂蜂与浪蝶,嫩红深处作生涯。

长镵三尺手亲携,缓启柴扉到竹西。莫笑山人生性懒,凌晨辛苦斸花畦。

周锡璜

字馥堂,定海人。诸生。著有《碧蓝蔚诗草》二卷。

王继和序诗草略:先生笃内行,尤重友谊。读书论交,分别泾渭。处世内耿介而外和易,为诸侯上客。足迹遍大江南北,年七十余,倦游归。岁辛酉,重游泮水,有诗纪事所为。诗意兴洒然,得温雅和平之致。

临江晚眺

所思人不见,向晚立滩前。远树昏秋色,微风团野烟。钟声山外寺,灯火夜归船。吟罢一回首,江清月在天。

自震泽赴溧阳阳羡道中偶成 录一

露晚星初驻客旌,偶来胜地问鸥程。卧听舰鼓鸣长夜,坐对篷窗剔短檠。蕉鹿徒萦荒野梦,村鸡犹作故乡声。月光如水明于镜,照见人心一样平。

查沧珊司马因公被议赋此慰之 时客云阳

荆榛削尽路方平,野草闲花遍地生。到岸帆樯风忽转,_{君莅任未久。}隔江岛屿雨初晴。_{谓坛、溧两县方履新。}归云暂作还山计,流水时闻激石声。我欲于斯参物理,两间多少不平鸣。

丙午春仲梁溪留别 录一

柳色才黄草色滋,关心都是别离诗。相期后会在何处,只恨无言赠故知。白露苍葭人宛在,暮云春树我凝思。而今潭上桃花水,不及当年送客时。时依汪友竹司马。

春日寄怀

风尘厌倦老还家,大地春回感物华。坐对绮窗思客里,江南一路正梅花。

王亨兆

字亦瑞,定海人。贡生。

汤浚《翁洲诗征稿》:先生为学,笃信谨守,于群经儒说,各有抄纂,积稿盈尺。后乃专心易学,条贯汉魏来之旧说,而断以己意。有《周易后述》二十卷,藏于家。

蛩声

怕听微吟入耳烦,休将哀怨两相论。半庭凉月搀愁绪,四壁凄烟破梦痕。怅别无情惊旅舍,催寒有意出墙根。年年秋雨秋风里,多少离人欲断魂。

砧声

云净秋高夜气清,谁家捣出别离声。苹花池上乘风远,茅屋溪头带月明。到处寒蛩遥答响,频年孤客最关情。闺中几许伤心事,付与天涯雁共鸣。

俞思芳

字桂生,号籁琴,定海人。诸生。著有《瓮山楼诗抄》一卷。

过普慈寺

曲径缘溪入,禅林清且幽。竹深晴亦雨,松密夏疑秋。僧定云生榻,钟残月满楼。红尘都隔断,即此是丹丘。

田家杂兴 录一

花明柳暗自成村,输罢官租静掩门。比屋生涯谋稼穑,数家春社宴鸡豚。新收芋栗分亲戚,旧制衣裳共祖孙。不识不知顺帝则,个中疑有别乾坤。

《四明清诗略》续稿卷五终

四明清诗略续稿卷六

鄞　董沛　孟如辑

李景祥

初名嘉照，字书云，一字炳甫，鄞人。光绪甲午举人，乙未进士。官奉天广宁知县。著有《爱日庐诗抄》。

黄家来撰《传略》：君幼承庭训，以能文称。家贫，授徒养亲。赠公晴芝先生患咯血，手足痿痹，扶持不少懈。

年五十四，始登乡荐，连捷成进士。授广宁知县，甫下车，即缮城郭、修沟道、裁陋规、惩健讼、清积案数十起。分俸课士，以品学相勖勉。有李烈妇者，翁逼污之，不从，殉节。君廉得实，按律惩治，而详请旌表如例，阖邑颂之。

大吏器君，奏补承德京县。庚子夏，委署义州。未赴，以津沽衅起，檄留本任。未几，义和团匪结队来县，毁教堂，与教民为难。君力予禁止，获其头目程显庭等八人，置之法。其年八月，辽沈失守，马贼窃发，内外骚然，县额兵故少，且多调入省中，君乃集县人为团练，募丁壮数百，昼夜巡缉。

方团匪之与旗营构难也，邑中讹言俄兵将临境，吏民纷纷奔窜，君从容书遗嘱付家，誓以死守。出巡则以此意谕民，民心始安。俄人亦由锦州去，卒无所扰。次年，俄兵忽集城下，君单骑诣敌营，开诚晓谕，俄员释然。奸民有嗾洋兵肆扰者，立斩之。贼渠金寿山乘城内兵虚，率党数百突入，君谕以祸福，俯首就抚。而余贼若赵璧、若范广铨等，先后攻城，皆受创以去，境内肃清。壬寅二月，有六合拳复起之谣，法教士嗾俄员带兵搜查，几激变。君力争其妄，外人知其平日治行，深信之，遂止。

叙功擢同知，以积劳致疾，癸卯正月卒于官。大府胪陈政绩，请照军营积劳病故例，赐恤，并宣付国史馆立传，有诏报可。广宁士民既立碑颂遗爱，且建祠尸祝焉。

奉札至怀仁县混江口办捐，冒雪前进宿旅店作

出门忽飞霰，驱车命前征。转瞬隔城市，飚疾无惊尘。淅沥渐收响，意者天已晴。搴帘试一望，四山连玉城。冷气逼毛发，重裘御若轻。始悟前进时，车盖积已盈。所以光皑皑，见色不闻声。晚来势加大，坑堑一为平。无复辨车道，遥指前村行。遇店谋止宿，解装日就暝。压寒急呼酒，薄醖聊自倾。拥被不成眠，约略问前程。大小有四岭，后先相纵横。或曲而修阻，或危而峥嵘。曲若龙蛇蟠，危若虎豹撑。乍闻令人怖，继思尚何惊。岂无九折坂，叱驭英风生。既奉简书出，险涂亦夷庚。且睡姑勿论，早发俟天明。回视仆夫辈，鼾声作雷鸣。

由二道岭过三道岭

天明促就道，骑卒导而先。护勇一名，徐大令、带棠令作前导。两骡引一车，俨若扼中权。仆马殿其后，首尾颇相联。是日雪尤甚，须臾满鞍鞯。马毛拳且缩，骡足坚冰连。一步一颠顿，轮胶辙不前。勉行二十里，入山益迤邅。车从石罅过，有若蚁孔穿。磴道互环抱，还作马磨旋。如是两三匝，云已造其巅。过此渐平坦，舆夫奋着鞭。出险徼倖生，情忽随境迁。谓兹陂陀耳，乃以修阻传。何怪巴蜀道，难拟上青天。隔岭试探险，视此或倍焉。努力能猛进，星辰高可搴。惜哉冬日短，树杪上炊烟。加意事刍秣，来朝驾辎軿。

过大岭 一名普陀迦岭

且喜雪新霁，晓瞳明初日。冻合质未坚，轮破势弥疾。林麓开平坡，昂首恣奔驶。坎窞不暇顾，马足忽前失。蹄陷轮就倾，卧地任鞭抶。用效将伯呼，久久掀而出。始叹眉睫近，事变难穷诘。历险不知惧，宜其遭颠蹶。而况前岭高，伊岂两马力。疾行无善步，何如早休歇。主人意良厚，为我谋一一。急呼里正来，借乘备骖勒。凭谁作乡导，导以抱关卒。辨色即前进，脂膏重涂辖。愈进乃愈危，升坠争毫忽。升如石转崖，坠如箭离筈。譬彼逆水舟，脱手愁沦没。力挽马头行，良久排云囫。下山或较易，险阻殊曩辙。爰命役夫返，好言相抚恤。岂知岩下路，初境颇崭绝。一发恐难收，迅同奔电掣。假焉值危崖，讵复有完质。所幸寻丈外，磴道多盘屈。鸣铎来牛车，康庄知渐达。今日则已矣，遥望增怫郁。

逾石头兰陂岭至里垄沟

怫郁奈尔何，车从冰上过。约略见狐迹，冻合纷渡河。路随双毂转，迅疾如抛梭。散处成村落，所居茅屋多。惊鸟见人飞，取次入山阿。危峰对面立，谁将峭壁摩。是为兰陂岭，愁我胜普陀。上下各十里，平分云雾窝。近边与绝塞，划界无偏颇。欲进马不前，厉声徒叱呵。朽株迭为难，常与轮铁磨。开既无力士，负亦无夸娥。嗟兹行役苦，悔不老涧藆。登高忽开面，磴曲盘髻螺。绕山蚁附下，拂盖飘长萝。残雪挂树枝，皎如玉色瑳。停车览风景，叉手发吟哦。过此岂无险，万象前已罗。俯视皆培塿，斯言良匪讹。惜乎道不治，动辄阻透迤。为语守土者，伐山宜假柯。继恐思越畔，攻盾肆矛戈。吾但事吾事，横征惩虎苛。若问行路难，请听贱子歌。

李景祥

题王翛庐秋林听瀑图小影

图貌非与性俱传，摹写裙屐空翩跹。纪游于我无增益，五岳罗胸皆陈迹。今览斯图生面开，只身独向危桥来。欲定脚跟先炼胆，洗将俗耳听晴雷。其间两山拔地立，泉经岫束奔逾急。与石争道泞成川，俯瞰恐起蛇龙蛰。而君落落偏好奇，不与目谋与耳期。闻根悟澈一夷险，此景非复人所知。不然宦海多迁变，中无定守苦惊眩。一朝风波蓦地生，立足最易随流转。乃复安常屹不动，磨蝎退宫拜殊宠。坚忍都由阅历成，岂徒官以才名重。

盖州道上

出郭无多里，遥瞻海角通。数家盐户列，三面野庐空。地卤壤皆白，霜酣草尽红。杂粮如许种，开垦利何穷。

春日过保安寺访慧上人

莫问东丹址，《盛京通志》：辽东丹王故宫，在城内西北隅，遗址尚存，今并其址，无可考矣。还留西库名。相传寺址即辽宫西库，故有是名。山看依万紫，万紫山正当城之西北，疑即辽宫旧地。石许证三生。寺傍山麓，石根每多破土而出。夜洗金银气，春含草木情。老僧堪共话，披衲早前迎。

谒垄沟山上武庙谨题

巍峨庙貌镇江干，俯视高丽拱若翰。历代皇图恢一统，去年兵祸始三韩。寇边路熟鸥张易，寄籍民多鸠集难。但乞神灵默呵护，题楹字句敢云安。

初莅广宁县任望城怀古有作

鹿走龙兴视此城，弹丸虽小系非轻。得机直夺间阳隘，失势全空河上营。养寇况遗亡国患，无君合主入关盟。近来强敌多窥伺，安不忘危在练兵。

至锦州府过大凌河吊前明熊经略

主扼岩疆撤散营，旁挠无奈舌烧城。尚书暗弱轻言战，巡抚骄憨不习兵。六万荡平成底事，三方节制拥虚名。所嗟一走落人口，空向河流作愤声。

闺怨

江干送别几经秋，每遇良宵怕倚楼。我欲飞身拦明月，莫将圆镜照离愁。

李翊勋

字企尧，鄞人。光绪甲午举人。

田家杂兴

游目四郊外，村居合云树。父老携幼来，草服安吾素。富贵非所愿，躬耕急农务。春雨一犁足，秧苗插无数。牧笛起远村，蓑笠杂烟雾。望岁都有情，榆杏悦瞻顾。载柞还载芟，馌饷来妇孺。邻叟乘兴过，相与话野趣。

时光倏已转，扶疏树绕屋。负锄出郊原，但闻齐叱犊。瓜棚气清和，麦陇香馥郁。声声田歌起，时与和一曲。应候勤耘耔，平畴庆沾足。归来日已暮，晚饭饱蔬菽。蔽户多桑麻，压檐皆松竹。出作复入息，自忘年华速。

凉风转瞬至，临水稻花香。围坐偕一家，欣然祝仓箱。寒烟绽玉粒，黄云压金穰。及时纳禾稼，刈获自主张。挼挼闻隔陇，栗栗堆斜阳。租无县吏催，蓄积有余粮。枷板倚古壁，桔槔挂邻墙。田功一年毕，其乐殊未央。

野景忽萧条，落叶飘牖户。田居隔尘嚣，萧然此环堵。

柴门傍水开，茅屋牵萝补。霁色暖初烘，纳日约邻父。犬吠迎客来，杀鸡复为黍。把酒话桑麻，儿女亦团聚。朝市久无心，衣冠敦古处。娱兹岁晚闲，迅速叹时序。

童重佑

字引臣，鄞人。华孙。光绪甲午举人。

暮春即事集兰亭字 录二

观化情能喻，斯游及暮春。地幽生竹趣，室静晤兰因。流水怀今日，清风感故人。此间尝坐咏，无取管弦陈。

一生欣自得，万事听天然。仰契清和品，终殊时世贤。林亭知静趣，丝竹感流年。朗抱能稽古，相期固与迁。

袁本乔

初名梯云，字登青，号謷鲁，鄞人。尧年从子。光绪甲午举人。

《家传略》：君自幼恂谨，无子弟。过九岁，能属文。稍长，端庄渊默，言笑不苟。性仁厚，遇戚族，有恩纪。所著有《澹川诗存》。

咏月湖十洲 录二

风光宜雨又宜烟，省识春归柳上先。丝裊半堤瓜蔓水，阴分一角蔚蓝天。画桥飞絮吟诗舫，驿路新枝送别筵。馆启涵虚陈迹在，湖滨凝望倍殷然。柳汀

芳洲一带尽斓斑，锦绣初堆水半湾。不信秋容迟暮候，偏疑春色浅深间。湿红净影寒波洗，艳粉明妆夕照殷。采采湖头何处客，酒边端合映酡颜。芙蓉洲

新绿

山斋镇日影沉沉,隙地三弓尽绿阴。香雾晨霏童煮茗,淡云昼护客眠琴。芭蕉凉逼纱窗暗,萝薜浓遮绣幕深。只此幽怀清入画,底须摩诘笔端寻。

胡振涛

字寿水,镇海人。振濂弟。光绪甲午举人。

松棚

一架清阴覆鹿场,松棚高筑倚斜阳。老翁扫石寻秋梦,稚子分瓜买晚凉。龙气嘘寒浓欲雨,麝风吹冷暗飞香。夜深更喜琴床月,来照玲珑四面光。

蛟川竹枝词 录二

麦鱼始出才分麦,梅蛤初肥正熟梅。待到秋深霞浦口,海潮又送望潮来。<small>麦鱼、梅蛤、望潮,均水产名。</small>

桂花蒸暖暗香霏,八月黄鱼上水飞。<small>仲秋捕黄鱼,曰桂花黄鱼。</small>最喜新霜天气好,菠菱<small>菜名。</small>初嫩蟹螯肥。

张美翊

字让三,号简硕,晚号寒叟,鄞人。光绪甲午副贡。征举经济特科,直隶候补直隶州知州。著有《绿猗阁诗集》。

冯开撰《行述略》:君学于母舅刘艺兰先生,潜心证向,积久勿倦。督学善化瞿公、兵备无锡薛公目为伟器,薛公奉使欧洲,君随行,留心考察,成《土耳其志》等书,都十余种。归后,壹以名器、象数之学,倡率后进。武进盛公闻君名,聘授宾职。南皮张公、祥符冯公先后延主幕府事。

君为学不主故常，少年治词章，中年主经世，晚年恫于士大夫夸狃域外，国学浸废，益反本推究故籍、遗文坠献，极意搜录。尝谋刻《四明先哲遗书》，以资力未逮，时时引为憾叹。年六十八卒。

小集上海桃源隐酒楼，益阳胡定臣兄弟出示陶文毅公印心石屋图瓷器，上绘金陵蜀冈沧浪亭风景并题小诗，盖道光丁酉所制。胡君，文忠公之孙、文毅公之弥孙也，感赋长歌，即和西岩老渔超社陶字韵

益阳宫保人中豪，妇翁冰玉安化陶。文孙绳武述祖德，感念家国辞京曹。曷来海上意不适，有如泽畔吟离骚。傭保杂作坐酒肆，高楼矗起临江皋。时人莫问今何世，武陵自种仙源桃。出示古瓷并精美，制作突过哥定窑。印心石屋天章灿，有图有诗工摹描。当时道光岁丁酉，开府江左论盐漕。公余会集绝风雅，罗列酒器供行庖。厥后东南大乱起，胡公戡定尤勤劳。朝暮运甓有师法，中兴将相天建标。沧桑倏尔惊世变，为庶清门诚孤高。譬之桓公在晋代，后有靖节耻折腰。可知仕隐关运会，千古一辙随所遭。况乃大盗屡移国，江南景象殊萧条。燕京法物已散落，留此区区亦无聊。西岩老渔今山斗，吟诗结社何超超。摩挲秘色发高唱，俯仰身世思前朝。诸公自是古彝鼎，贱子无用同陶匏。赋诗还器且什袭，会有宝气腾云霄。

溪上费瑚卿广文小沧桑馆落成为赋长歌

君家费长房，卖药悬一壶。我家张果老，载酒骑一驴。已见沧海渐清浅，变作桑田真须臾。仙山楼阁渺何许，一弹指顷归空虚。人生百年只如此，幕天席地皆蘧庐。高门甲第极轮奂，钟鸣漏尽俄丘墟。献子成室发歌哭，张老颂祷胡为乎。不如东坡数间屋，旧巢新扫宜居诸。溪上青山来一抹，芒鞋竹杖思髯苏。见君书榜感世变，索我诗篇严追逋。今年重阳无风雨，投闲习懒聊自娱。门可张罗室悬磬，幸无败兴来催租。我为题句君置酒，抚松采菊相歌呼。君不见，桃源记、武陵渔，魏晋论世今何如。寓言虽异境不异，好补柴桑入画图。

送章生梅先自南昌回诸暨

此去零丁甚，临歧为子嗟。呼天方丧父，归里又无家。寥廓鸣孤雁，横流泛断槎。越东苦秋潦。何处避蛟蛇。

汝父循良选，清廉著赣中。半生殊落落，一诀太匆匆。继志毋为吏，勤生要力农。凄凉慈母线，寸草待春融。

读渔洋秋柳诗释感赋 并序

先生《菜根堂诗集序》：顺治丁酉，予客济南，诸名士云集明湖。一日，会饮水面亭，亭下杨柳千余株了披拂水际，叶始微黄，乍染秋色，若有摇落之态，予怅然有感，赋诗四章。

淄川高在午大令丙谋释曰：先生《秋柳》之咏，盖为郑妥娘作。妥娘，福王府歌妓，随至南都，乱后流落济南，每于酒筵客座，谈及旧事。适渔洋会诸名士于水面亭，因为赋《秋柳》诗，盖别有感触。诗中江南、白门指宏光南朝，洛阳、梁园指河南福藩，否则明湖会集，起兴白下不知所指矣。此说本之济南朱晓村，朱故新城王氏外孙，藏有《秋柳亭图》，中画一女子，谓即妥娘，云。妥娘名如英，能诗，见牧斋《列朝诗选·闰集》。乃孔东塘《桃花扇》院本，奚落妥娘，殊失事实，因据诗释表白之。

鞠部班头记小名，缕衣垂白不胜情。西风往事怀梁苑，南渡新声忆帝京。弱絮飘零今老大，长条披拂尚轻盈。相逢莫问前朝事，回首章台百感生。

浩劫雄藩续梦粱，小朝廷又阅沧桑。今看衰柳摇湖水，旧是名花种洛阳。歌舞未终人已散，风流垂尽国先亡。平生颇恨桃花扇，奚落能诗郑妥娘。

残腊病中喜见君木慰明存诗次韵奉和

酒未新篘菜待腌，荒荒寒日漏疏檐，不知汉腊年来改，但觉秦灰劫后添。避世偏于贤者近，离群终为俗人嫌。绳床老病颓唐甚，梦幻无端岂久淹。

壮岁浮槎海外行，当年气象独峥嵘。平时权略消磨尽，易代心情感慨生。喜有文章论法派，愧无诗句撼长城。我如病叶君孤干，风雪天寒尚作声。

公阜出示颇黎版印唐太宗温泉铭，俞仲还考廉考之详矣，为题两绝

晋祠碑与温泉刻，贞观当年两御书。喜有铭词留石室，从知绛帖是残余。

庚子妖民祸畿辅，同时宝墨发敦煌。米家书法寻来历，始信渊原合晋唐。

胡同钧

一名振良，字时良，号洲荪，镇海人。光绪甲午副贡。著有《友竹山房诗草》。

《蛟川耆旧诗补》：洲荪精医理，兼通星命之学。家居万山中，虽未尝刻意为诗，而吟风弄月，颇有自得之致。

雨后登楼

雨后登楼望，千山黛色浓。泉围门浦宅，云锁箬雷峰。绿意添庭草，凉风动壑松。夕阳流水外，膏泽慰三农。

同张子谋登灵峰寺

突兀云峰天与齐，灵岩果否葛仙栖。错行松径惹人笑，小住茅亭听鸟啼。忘倦只缘前路曲，凭高顿觉众山低。金丹炼处今安在，指点林梢日已西。

忻继述

字宰岳，号载鹤，鄞人。光绪丙申岁贡。

红莲阁怀章恂公

危楼创自宋祥符，四面荷花一色铺。偃月堤边人载酒，斜阳门外客停舻。使君遗迹在山水，词客风流入画图。尚剩婆娑苍柏在，可如棠荫遍西湖。

游萧寺闻琴声作

偶然杖策过松林，中野何来太古音。细引飞泉清俗耳，静随流水悟禅心。隔墙谁许周郎顾，倚树还偕钟子吟。曲罢声希人不见，白云空锁暮山深。

王家振

字艓莲，慈溪人。光绪丙申岁贡。著有《西江诗稿》二十八卷。

何松序诗稿略：君简默寡言，意趣澹雅，自号西江散人。辟寓园养鱼、种竹，莳四时花木以自娱，其诗格律矜严，神味渊永如其人。

阴雨连旬，空斋默坐，有怀胡君抡元_{宋骏}学博暨避寇时旧游诸子

梅天苦暑湿，霖雨方连绵。暗壁团豹脚，素屏篆蜗涎。澄坐感交旧，离绪纷萦牵。追维乱离日，阅今十九年。人生重知己，之子况复贤。忆自交小阮，_{谓颐堂时方从君学。}得时亲讲筵。虚衷兼师友，臭味一芝荃。遂乃忘薄劣，因之辱丹铅。殷勤重期许，奖借当陶甄。何图一别后，故我仍依然。嫫母分捐弃，吾以悲婵娟。区区志肥遁，不复事临渊。藜藿得暂饱，乌知天庖膻。丙寅秋八月，忽通阿咸笺。知君适上国，选胜湖山边。所向千军扫，一发七札穿。寄声修尺素，雅意何拳拳。尚勤士行箠，遑问祖生鞭。念欲答情愫，因循少邮传。一访阛阓里，再见棘院前。从兹转疏逖，所共唯大圆。永怀绸缪私，并于方寸镌。陆机已还洛，_{金陵陆兰庄孝廉同时避寇岭内，亦以文字见知者。}傅史竟迍邅，_{傅振声、史炳积，皆当时旧友。}惆怅二三子，都成邂逅缘。我年未四十，星星华其颠。以是例诸子，恐亦违春妍。冥心听造物，努力从简编。食肉不可必，食字倘能仙。何日会钟老，得再理徽弦。且遣痗怀去，赋此思旧篇。

三月二十九日同任地师大隐山行，得姜御史端愚公墓

煦妪荡林谷，韶阳倏已暮。即事起予怀，昏昏醉梦寤。买棹西江渍，一叶逆风傃。风急波浪恶，颠眩心悸怖。迎面山色好，绛碧纷无数。浮云张大盖，流观惬迂步。入深兴未已，跻险情岂斁。林阴散羊牛，丛薄窜雉兔。小鸟不知名，嘎然时鸣噳。佳城一何高，松桧森卫护。碑碣蚀藓苔，剥落非复故。长者指示予，姜氏察院墓。往者读史乘，直声震言路。心伤乡先生，莫详归骨处。_{姜公葬所，邑志不载。}今来索岩谷，何幸邂逅遇。愧尔林栖人，犹记旧衔署。天

地本浩荡，浮生一大寓。日月双轮环，圜转疾羲御。峨峨柏台门，翕翕争丽附。一抔尚岿然，掉头谁复顾。所恃良史笔，而亦鲜依据。感此摧予怀，淡我千秋虑。俯仰古今来，空名几人误。良时好风日，用适平生素。胜情人多有，而难济胜具。况复太皞驾，许展三旬驻。领取眼前乐，慎莫徒自苦。归舟载夕晖，有酒屡倾注。即席订同游，明发东山去。

寒斋苦雨次皇甫子浚维摩寺雨坐韵

仄径有停潦，中庭无槁壤。晨夕迫晦蒙，两眼盼霁朗。雨久百泉奔，潮痕日以上。朔风鸣斋头，寒气透书幌。不辞冰雪严，但惊岁月往。木叶瑟瑟下，檐雷琤琤响。晚景纵有余，枯坐不成赏。安得敞白醉，楼攻媿有白醉阁，盖取高天素《冬日初出铭》中语也。高空清万象。

过洪总兵鳌故宅

江干有旧第，人识总戎宅。当其弃毛锥，戎服事矛戟。杀贼苍涛中，靖海成伟绩。有子嗣弧矢，鹰扬占首席。名锡元，武解元。蛟鲸既聚歼，老骥遂伏枥。世裔去不还，后嗣徙居定海。门庭荒以寂。徘徊演武所，细草没遗迹。唯见大江流，喧豗如对敌。

拟游剡源不果柬玉仙

霜气侵晓凛不温，积雨收尽前后村。上元灯鼓正聒耳，谁能端坐掩柴门。何况曩与故人约，一诺转瞬度年籥。春波流碧剡溪头，要向九曲试腰脚。左招灵运右牧仲，乐事合与好事共。良友愆期愿已违，胜情往往形魂梦。昨日有客看灯至，夸说充庭何瑰异。炰羔脔豚咄嗟办，投辖闭门期尽醉。用知是邦俗尚美，称觥遗风正如此。物力蓄聚见余赢,文武道在有张弛。东道主人今名士,想见车骑纷填委。恨我无缘一苇航,食指虽动徒为尔。走书长句谢苏仙,仍为我谢好林泉。人生有愿终当遂,更与君期十六年。奉邑灯祭,十六年一设。

客楼甥家,宿疾复作,张性如明经禾芬为下数剂辄痊,作长句以赠

张生少挟笔如椽,十七便称弟子员。健翮摩空意未已,良驹得路目无前。二十不偶至三十,与我同啖官家饘。一瓯到口辄弃去,常恐祖生着鞭先。岂期文章憎命达,坐令虮虱生青毡。珠玉望断羊裘敝,骎骎忽过强仕年。退迹江海志已决,挈术游遨人争延。性如今年,谢遣生徒僦室郡城,专以医行。嗟我未老衰则甚,今春一病夏与连。藿食许久思大嚼,有甥得妇方开筵。管城竟无食肉相,胸腹坟起头颅煎。出而哇之犹不止,呻吟已拌性命捐。君自远来视我疾,为我疏滞仍攻坚。一剂才投辄呼饥,再服沉疴顿霍然。乃知通才靡不可,祖岐述扁输其专。我感张生殷勤意,为君手擘金花笺。待君列坐槐阴下,徐倾名酿烹芳鲜。郑叔曾邀校书宠,仓公自得龙门传。活人手段古所尚,方伎何必无高贤。出处穷通两莫问。举手笑指苍苍天。

偶眺 录一

林影重重合,泉流暗暗增。野花谁赏识,山鸟自呼应。气候兼三节,阴晴界一塍。前途村尽处,樵牧共归僧。

冒雨扫墓 录一

春风桃叶渡,细雨杏花天。白石才通屐,青山好泊船。松枝低拂盖,草色浅铺毡。寂寞崇封在,声声叫杜鹃。

过文溪

东渡荪湖岭，浩然别一天。群峰如列障，带水远通川。鸡犬成村落，鱼虾足市廛。欲寻文相宅，千载莽云烟。

送王棠斋广文之官台州 录一

清冷师儒席，龙钟王事敦。缘君萦别绪，令我黯销魂。俸薄俭常足，官卑道自尊。倘逢郑司户，新学且休论。

雨后过邑城

云冒青霄惨不高，晚从东郭下东皋。廿年焦土无芳草，一角颓墉露绛桃。山翠雨余侵雉堞，江流日暮作风涛。明朝整顿遣寒食，画鹢文澜自放篙。

诣梁令祠归过会稽庙时方落成

一夜西风特地凉，芦花摇曳稻花香。棠阴依旧思郯令，栋宇从新谒夏王。神运不知谁主宰，会稽庙，宋时亦祀梁山伯，今改祀禹王。江潮大似客奔忙。村氓里媪踵相错，输与闲鸥卧夕阳。

柬孙玉仙越巂

冲天山下远牵丝，片玉飞来喜可知。春树引人思旧雨，晴窗洗眼读新诗。书绅四字言兼行，玉仙镌"忠信笃敬"四字印佩以自省。劝学千文吏是师。撰《时务三字经》九百余言。想见公余策筇杖，省耕小憩武侯祠。

陈圣培

字孟栽，鄞人。劢孙。光绪丁酉举人。

芦花次和潘书卿绅原韵

红尘飞不到荒洲,独领人间一味秋。听惯波声心已定,欲平风势志难酬。御寒终比人情暖,爱僻还教我意投。莫趁晚潮随水去,飘零何地许遨游。

嫩凉习习晚风轻,烟水苍茫溯旧盟。四顾萧然增独感,一寒至此见真情。倘嫌本色非知己,若带微香即近名。自笑自怜还自赏,不妨孤冷过平生。

白苹红蓼满汀洲,色相俱空独占秋。立志不从尘世老,洁身便算素怀酬。此间寂寞聊随遇,时好参差莫浪投。且约渔舟江上泊,萍踪到处作闲游。

经历波涛万感轻,天涯飘泊定心盟。悲秋却有工愁态,耐冷全无媚世情。野渡何人怜晚景,西风知我薄时名。沧江俯瞰成徐悟,同是滔滔寄此生。

陈康黼

字慷夫,一字次农,鄞人。光绪丁酉拔贡,本科举人。官云南恩安知县。

枯竹行和陆己云师作

郁郁涧底松,森森庭前竹。松竹抱古心,不耐趋炎热。松姿老更苍,竹气清以淑。春雨养箨龙,崭然见头角。箨龙又生孙,琅玕初剖璞。一笑清风来,孙枝弄珠玉。亭亭百尺竿,何事悲摇落。会见箨龙飞,雷雨滋渗漉。小草昔敷荣,浓阴沾露覆。岂况东箭才,托根在淇澳。愿体君子心,卫诗讽磨琢。

登四明山绝顶作歌

苍冥司律封姨骄,玉龙对舞天花飘。罡风吹我明山顶,群峰束笏青来朝。闲披道藏搜图记，玉真洞天九其次。遥瞰嵊岭近越山，雪窦金峨皆平地。阳乌飞起榑桑东，天光倒射青芙蓉。刘纲一去二千年，鲤鱼化作千丈龙。泉声溅溅闻鸣玉，欲断不断云气束。中有老猿枯坐禅，拳毛如雪双瞳绿。有时天际同云遮，凭空吹出恒河沙。金戈铁马争摩戛，虬枝攫石青杈丫。嫦娥晚妆明镜开，蟾蜍跋躄山间来。万籁无声寂不动，祥雯拥出金银台。吁嗟乎！所凭者高见愈远，行人举头斗杓转。呼息直可通天阊，何啻题诗陟层巘。

消夏杂咏

小集华鬘第五天，鸭炉香屑水沉煎。烟笼宝盖奇成字，月抱瑶琴瘦压弦。试舞宜歌大垂手，冶词新谱小游仙。今宵兴会淋漓甚，擘尽蛮溪十样笺。

枕溪楼阁敞璃瑶，绿水斜通彴略桥。四面虾须帘荡月，一声猿臂笛回潮。宝书附鹤窥丹篆，灵诰驮龙礼碧霄。自负平生有仙骨，十分清福合君消。

花坞新诛一径茅，吾庐小构读书巢。蕉阴沁绿移琴榻，薇露涓红滴砚坳。画学维摩工点缀，诗摹岛佛费推敲。隆隆自坠炎炎灭，不似扬云赋解嘲。

冰纹簟子水晶床，傅寿清歌紫玉觞。倒射酒尊星有角，低垂罗幕月如霜。谁家院落宵鸣瑟，隔座笙竽脆炙簧。热客何知尘外致，个中神味自清凉。

和陆己云师生日感事原韵 录二

杖履春风祝引年，讲帷全放佛光圆。争摹手笔三都赋，愿乞心香一瓣煎。自有文章传轵辙，别饶诗史记开天。东山夙抱安危志，要为苍生起大贤。

辽沈龙翔二百年，金瓯亘古奠基圆。从知割地盟难恃，等是求冰水误煎。魏绛和戎亲纳土，药罗醑酒诡呼天。庙堂未必无群策，义愤偏输海岛贤。

陈仲祜

字和琛，鄞人。光绪丁酉举人。

经剡溪作

乱峰烟黛接天浮，满郭岚光水际收。泉壑未经吴战伐，云山犹带晋风流。平波湿翠千重锦，残雪寒芦一夜舟。临眺谢公游宿处，长留明月伴汀洲。

淮阴钓台

仗剑无从定一尊，英雄末路黯消魂。空悲国士留遗迹，岂有怜才望报恩。一代英风归女子，半江寒雨馁王孙。燕都已籍荒矶在，潮打空城气欲吞。

春思

风月扬州恼牧之，绿云如黛柳如丝。灯前顾曲慵泥酒，醉里看花爱举卮。锦幄雕屏新梦后，春山细马别人时。衍波十幅思千叠，独写何郎绝代词。

柴正衡

字予平，号荚坪，又号慊庵，镇海人。光绪丁酉拔贡。官江西德安知县。著有《梦巢诗抄》。

方积钰曰：荚坪宰德安八年，颇有政声。缘事罢官，贫不得归，客死于赣，年仅四十余。生平博学多闻，兼工书法，诗亦矜炼，惜遗稿散失，存者仅吉光片羽耳。

感怀

边城此日尚干戈,横览中原涕泪多。军令未闻诛马谡,将才况又失廉颇。人心已是惊弓鸟,民命谁怜扑火蛾。独有忧时杜陵老,三重茅底自悲歌。

姑塘舟次

破浪依然快壮游,双轮似马控飞舟。极天烟雨春如梦,满地江湖我亦鸥。入世心情愁灭刺,带寒骨相称披裘。朝来新涨如人意,笑指章门溯上流。

赠王丈友莱二首 录一

茫茫大陆起胡尘,举目河山百感新。贾傅牢愁终为汉,鲁连意气已吞秦。文章自古宜经世,时局如今敢乞身。我叩门墙诉心事,愿分星火与传薪。

喜星白自闽中归,话旧赋赠

王粲游踪逐浪萍,劳劳书剑久飘零。文章声价无双士,家学渊源有一经。堂上偏亲头已白,天涯羁客眼谁青。连宵风雨凄凉甚,多恐潘郎鬓易星。时星白方悼亡。

哀兰曲 有引

修江张兰英,故宦家女,年十五嫁为士人妇,以娇憨见恶于姑,尝长跪受鞭挞。死之日,棒痕遍体。既葬墓,复被盗。其戚某孝廉哀之,诗记其事,为题三绝于后。

修川礐石咽辛酸,姑恶声声叫夜阑。一样当门被剷削,人间薄命算秋兰。谓沭阳胡仿兰女士事。

校尉居然有摸金,银蚕无语玉鱼瘖。桃花血染胭脂土,可是重泉未死心。

尘沙劫后玉留痕，宿草凄凉掩墓门。谁谱中山狼一阕，梅花如雪与招魂。

厉玉夔

字虞卿，定海人。志孙。光绪丁酉拔贡。

拟东坡荔支叹 有序

坡公《荔支叹》一首，以汉唐事并言，盖世多以贡荔支为唐天宝时大患，不知谢承《后汉书》已有南州炎热，至于触犯死亡之说。故坡公开端四句，首言汉时交州进荔支、龙眼事，次四句言唐代马递事，复以永元、天宝、林甫、伯游错综言之，而一结则归狱于当时之进献者。辞则原原本本，意则诗人忠厚之遗。窃不自揣，濡笔拟之，优孟衣冠，知所不免，蕲不背公之本旨而已。

千里飞骑南邦通，马上髀肉炙炎风。奔腾死亡殉口实，哗然荔支入汉宫。涪州长安七日夜，驿递愆期诛无赦。美人一笑君王欢，遑计生民皆泣下。元兴公自注：以交州进荔支与唐羌上书事为在永元时，故曰"永元荔支来交州"。谨案：《和帝纪》"元兴元年，唐羌上书言状，帝下诏勑太官弗复受献"云云，似永元当作元兴为确，故更正之。进献由交阯，临武长官谏而止。可怜特设妃子园，乃与天宝相终始。不信神气能通益，但见长途脂血迹。安得宫中百本生，俾民不受官家迫。吁嗟乎！淮扬路近邻晋郑，厥包犹必俟锡命。胡然贡媚自海隅，斗鲜角美成虎政。橘官一人三百石，叔世物贡如租额。岂独阿瞒善逢君，兖州甘梨盈箱摘。

淮阴钓台

拜将坛荒没野蒿，淮阴千古钓台高。等身事业渔家乐，落魄生涯国士豪。万里龙蛇争楚汉，一竿风月陋萧曹。早知刓印成鱼饵，悔作齐王恋雉膏。

张轼

字志千，鄞人。岱年子。光绪丁酉副贡。

陆澍咸撰《传略》：先生性颖敏，工诗文，下笔千言立就。豪爽善饮，酒酣，纵论古今得失及文字源流，言词锋起。然笃于躬行，尝曰："读书非为干禄计，期有益身心耳。"

侍父司训公乌程学署，能尽色养，所结交多知名士，士论归之。晚以授徒自给，国变后郁郁不得志，未几，卒。

著有《古今体诗》三卷、《经解》二卷、《杂著》四卷。

金盖山怀古

远涉金盖山，秋色明高林。轻躅踏芳草，攀跻无崎嵚。趁兹风日好，疏爽开我襟。种竹自萧飒，结茅何幽深。中有梅花岛，白云护沉沉。遥望下菰城，寒烟生碧岑。空堂吊贤守，苔藓长碑阴。古人不可作，余风留至今。胜地罗泉石，幽邃恣探寻。到此惬情愫，顿忘尘外心。安得常栖止，时为松下吟。

秋柳用王渔洋韵

渔洋《秋柳》诗，或云为郑妥娘作，因取美人迟暮意赋之。

晓风残月最销魂，半卷湘帘半掩门。秋化愁丝无断绪，雨余冷眼有啼痕。萧疏几笔黄荃画，隐现重关白下村。一样天涯沦落感，徐娘衰柳可同论。

画楼鸳瓦渐留霜，云散风流剩远塘。絮脱曾黏青玉案，条柔堪缀缕金箱。还思眉样偷苏小，深耻纤腰媚楚王。绿鬓而今憔悴甚，繁华休问斗鸡坊。

踏青曾记舞罗衣，转眼章台景已非。系马频嘶心恍惚，挽郎同返梦依稀。金飚有信哀蝉噪，碧水无情断雁飞。弱不禁秋谁护惜，几回欲诉愿常违。

乱头粗服亦堪怜，万缕情丝尽化烟。半老芳姿犹旖旎，天生水性总缠绵。笛腔莫笑无新曲，波镜曾经照盛年。输与柴门风景好，一湾流水板桥边。

秋夜闻笛

一声短笛响长空，吹碎秋心曲未终。谱我新词风定后，泥人清听月明中。关门杨柳离情老，江上琵琶旧怨同。落尽梅花成古调，罗浮梦醒赵师雄。

李廷翰

字九香，鄞人。光绪壬寅补行庚子辛丑科举人。官邮传部录事。

忻江明曰：九香工六朝赋，尤长七言近体。性乐易，善诙谐，好岐黄家言，主丹溪，不主景岳。考职得录事，留京年余，旋假归。国变后，以医自给，不与世事。年五十五卒。

梁莲湖丈以述怀诗见示，读之中有所触，遂成杂感八章和原作，次少陵秋兴韵

彼为新市此平林，遂使戈矛遍地森。九五称尊归巨猾，六三用事盛群阴。下民已绝谋生计，上帝曾无悔祸心。杼柚自空衣自粲，枯鱼瘠肉泣刀砧。

崦嵫山冷日西斜，头白宫人感岁华。从此神州沉陆海，更谁悬岛续冰槎。秋风酸入新丰酒，夜月悲深越石笳。只是无情老枢相，年年来看上阳花。

未央符瑞灿晨晖，新室营成汉室微。劝进竟来群蚁附，纪元也算一龙飞。西征邓晔戈先倒，南服羋䴢命已违。转

瞬渐台威斗碎，奸雄应悔食言肥。

角胜浑如打劫棋，都无结局亦堪悲。黎候失国怀归日，冯道当朝易代时。逐鹿漫矜先得好，亡羊转悔补牢迟。螳螂黄雀王孙弹，我读蒙庄有所思。

藩镇争兵始禄山，中原贻祸百年间。将军署爵皆留后，节度连横各据关。归义久无王武俊，立功谁是李光颜。万方一概民多难，群牧年年有瑞班。

招摇一辈烂羊头，勋服章章得意秋。都尉粟搜民不粒，中郎丘发鬼应愁。云天变幻皆苍狗，身世飘零等白鸥。江左夷吾今寂寂，问谁戮力事神州。

补天炼石女娲功，此事空存意想中。何必汉家留寸土，但愁周道发匪。通作"非"。风。燕丹已死心谁白，蜀碧成书泪失红。千古兴亡一轳辘，枉教哭杀剑南翁。

甬江东去水透迤，天遣幽人隐溪陂。枌社续刊先辈稿，松心独抱后凋枝。浊醪且共今朝醉，素性宁随习俗移。莫问东华前日事，故园相对发垂垂。

次和朱晋卿先生见赠韵

城郭人民异昔年，升平追忆总凄然。生逢众醉天难问，悟到皆空佛有缘。苦敛词锋防偶露，强磨觚角不成圆。武陵溪水清如许，羡杀桃源洞里仙。

朱增春

字荃荪，鄞人。光绪壬寅补行庚子辛丑科举人。

移家鉴桥赋呈励丈听和

夙羡先生结宅偏，林泉颐养到华颠。甘溪流水缘墙曲，横舍春风入座圆。丈所居，距学宫不数武。谈次酒肠宽似海，闲中诗思逸于仙。渚莲十丈花开处，可许同乘太乙船。

张轼　李廷翰　朱增春

王谋道

字引贯,鄞人。光绪壬寅补行庚子辛丑科副贡。《家传略》:先生工书法,善鉴别古玩,著有《古泉镜》《汉玉考》诸书。诗不多作,光绪戊申客蜀中,有《西征吟草》如干首。

过兵书峡 俗传诸葛武侯藏兵书处

巍巍高峰出云际,下有武侯藏书处。当时部曲少传人,藏此留以待名世。崖崩石坠积成滩,累累横亘大江干。

入峡中作

石壁现嵯峨,中流一棹过。江山今不改,风雨古来多。险掠滩头石,愁生峡口波。悠悠长路客,终日但吟哦。

过火峰止宿

日落空林散暮烟,停舆且宿火峰前。百千山合疑无路,三五村成别有天。莫道荒陬多闭塞,须知安宅即神仙。年来身世殷忧甚,到此襟怀一洒然。

潘在梁

象山人。光绪癸卯岁贡。著有《醉余吟草》。

春寒独酌

正是春风罨画时,潇潇寒雨系人思。不知天意终何似,静对芳樽且咏诗。

梅鼎恩

字伯俨,一字榜联,镇海人。光绪癸卯举人。

《蛟川耆旧诗补》:伯俨与虞澹初、寒庄等以古道相切劘,尝从黄元同孝廉问经义,究心历算之学,诗文皆清超拔俗。

岁暮别虞寒庄

江寒飞鸟寂,山冷行人稀。倏倏岁云暮,与子言别离。不厌别时苦,但愁离恨滋。孤雁惊霜白,寒风助凄其。灯暗夜不寐,何以慰相思。游子不可留,徘徊路之歧。送君自此去,来岁以为期。峨峨五峰山,松竹护幽栖。寒庄有读书五峰山麓之约。

今夕与君别,为我少盘桓。无以赠君行,数言增辛酸。当世知音少,古调宁独弹。漫言来日多,光景疾跳丸。朝见林花开,暮见林花残。盛年不可再,努力且加餐。

辛卯秋夜过山阴

薄醉山阴酒,推篷夜未央。虫鸣知岸近,萤入觉船凉。莫辨水云色,但闻风露香。嫦娥如解意,肯为放秋光。

开笼放鹦鹉感赋二律寄虞澹初 录一

迩来羽尾叹谯僬,惭愧王孙着意招。日永难抛红豆粒,夜寒叨护绛云绡。依人敢怨身如寄,学语空嗟舌未调。金锁一开翻自怯,陇头风色正萧条。

伍子胥五首 录一

击绵女子一餐饭,破浪渔人三叠歌。毕竟英雄容易识,楚平无目奈渠何。

竺麐祥

字静甫，一字浔赋，奉化人。陈简曾孙。光绪壬午举人，甲辰进士。官翰林院检讨。著有《毓秀草堂诗抄》。

竺凤祥撰《行状略》：先生，余同祖兄也，幼失怙恃，王父训导公特钟爱之。

年十九登贤书，北上，寓少宰鄞张文庄公邸第，授以书法，进境甚锐。文庄书告王父曰，某年少质敏，自是玉堂人物，但气盛，须敛抑耳。

无锡薛公为宁绍台道，辟后乐园课士，得兄文器之。及出使欧洲，延馆于家课诸子，并以家政相諈诿焉。既屡上春官，不得志，则益肆力于学，泛览群籍，终日危坐。每作文，援笔立就，而时有奇崛之气。

比通籍，年已四十一。时朝廷尚新学，凡新进者非游学日本，即须入进士馆。肄业期满，考列优等，授检讨加侍讲衔。

国变后，杜门不出，愤时忧世之志，往往托于诗而寓于酒。晚遭郁攸，尽丧所有，漠然不以为意，资馆谷自赡给，端居一室，屏绝世事。年六十二完发以终。

丙辰仲冬游阿育王寺十八首 录六

入山

扁舟向东行，西风与之俱。夜半鸣柝近，如是过村隅。遥遥三十里，梦醒见朝旴。系缆宝幢下，岸行又街衢。出衢两山迎，低枝压中途。看山意未尽，悠然见浮屠。循行绀墙外，人稀径自纡。世路皆荆棘，此地独平芜。起我出世想，往事渐模糊。

玉几山

育王寺前山,平坳似玉几。我来冬林萎,唯见松柏峙。流云随意行,旭日山外起。天堕不见底,示我无终始。心欲凭眺之,东海波未已。

袈裟岩

沧海为桑田,斯石露峥嵘。上杀而下广,裂纹复纵横。田家忧龟坼,棋客愁废枰。兹以近寺故,袈裟获今名。藤萝岂许系,苔藓或可生。解衣谁濯垢,尘世难再清。留此受霜雪,终古不披行。

佛迹

秘宫见帝武,姜嫄尝履之。自此人间世,每言神迹遗。四明三佛地,二佛现容姿。弥勒葬肉体,维卫贻好诗。文佛在古昔,或亦降于兹。石上巨足印,俯视令人思。轻踏云无痕,重压山欲隳。形象难仿佛,索解复何为。

上塔

黑风压天低,山腰截然齐。萧萧万木响,隐隐归鸟栖。层云忽生隙,有塔露半圭。须臾全塔现,山脊负径蹊。仰视不肯上,吾老日渐西。

晋松坛

深山无斧斤,古松千年寿。岂意在人境,孤植能长秀。易姓十有五,河山非如旧。帝王将熄迹,此树遂不觏。土根敛精灵,光气入星宿。虽有石坛存,新枝正稚幼。老鹤倘归来,悲翔何所守。

由北京归途中口占

五更早启行,南指未知程。欲断途还续,将沉月不明。依稀辨村屋,零落闻鸡声。虽觉寒衣薄,风光自廓清。

竺摩祥

哭凌舜琴

东吴断发西山蕨,各在天涯若比邻。吏已挂冠心早死,廷堪遗溺国无人。百年携去求全毁,再世毋生色相身。空谷幽兰香欲尽,愿随梅影落溪滨。

和陈雪舲文学销寒二律原韵

夜晴雪上月痕浇,白满空庭冷不销。哀角一声沉远垒,悲风几阵警寒宵。下帷枯寂灯花暗,贴地婆娑树影凋。片柬飞来招我饮,甘溪低曲渡双桥。

戚友相逢笑语欢,倚炉拨火却严寒。酒杯将进谁先醉,诗稿初成并未刊。人意反憎茶乳苦,此心为食血簪丹。阳春应遣韶光出,耐到明年看畹兰。

陈得善

字一斋,一字三蕉,象山人。之翰子。光绪甲辰岁贡。著有《石坛山房诗文集》。

《象山县志》:得善少为制举业,下笔千言。成诸生后,专力于诗古文词。内行胅笃,弟得先、得森与相师友,皆工为诗。得善诗有别裁,不屑屑于绮章绘句,而自出机杼,与周琛隆、钱霖诗筒往来,无虚日。词则出入南北宋诸家,散、骈文亦各有法。晚遭回禄,藏书尽焚,著述亦毁。掇拾灰烬中,辑为诗文集四卷、词三卷。

县官来

县官来,县官来,道旁旗鼓声喧阗。为问县官向何处,县官今日下乡去。县官来何迟,百姓喜相告。东村火灾三百家,南村盗劫两年少。省耕不逢春,省敛不逢秋。非是恤灾即捕盗,此行辛苦贤诸侯。呜呼贤诸侯,来意颇难识。疾行舆若飞，危坐面如墨。银铛钳釱衔尾行，衙差力薄肩不得。朝向东村过，县官不放火，用谚语。火熄那复求其他。暮向南村去，门户皆完全，盗劫两儿竟何据。当时勘语。西山日薄炊烟生，我有我事我急行。鸣锣喤喤聒人耳，前驱不闻啼哭声。为问县官向何处，县官今日捉粮去。

与小坡游石屋茗饮雨香庵 录二

石厂天然屋，洪荒孰构之。檐低疑欲压，墙矮竟能支。钟鼓空山寂，衣裳暗水滋。客来忘险阻，席地坐多时。

屋脊平如砥，天开筑室基。名参重巘隒，山是再成坯。题柱怀先泽，摩崖迟后期。钱郎堂构意，楹语早留贻。门前石柱二，为小坡曾大父所立，有题名。

东陈田歌 录八

去岁长春今短春，上山忙去砍柴薪。连朝听得催耕鸟，催起田家作苦人。立春在十二月为长春，在正月为短春。

寒露初交下子来，平畴春色嫩于苔。是谁唤作荷花草，二月东风应候开。荷花紫草能肥田，亦可食。或呼紫荷花草，又名孩儿草，邑人混称草子。

满箩谷子草围遮，暖借汤浇易茁芽。三日前头记初浸，一缸春水映桃花。呼谷种曰谷子，已芽者曰秧子。初浸子时，缸中插桃花一枝。

雨余最好嫩晴天，秧子萌生竞出田。拟缚草人驱鸟雀，儿童争插见风旋。以竹为之，见风则转，藉惊禽飨。

小暑新禾正眼花，田头行祭祝簰车。童年记得田家谚，初见穗时值二麻。早谷称小暑谷，午后吐花于外，俗称眼花。眼音浪，曝也。将熟时，各家祭田祖，谓之作田头。又邑中有"头麻见麰，二麻见穗，三麻见霜"之谚。按：麰不入韵，疑虻之误，谓麦芒也。

儿家辛苦忍朝饥，糜粥炊成杂薯丝。今日立秋逢大煞，者回纯米饭香时。立秋、大煞亦谚语，此时早稻大半上场，俗称不杂薯丝者为纯米饭。

晚青耐冷忌南风，八月秋凉岁定丰。闻得一龙占治水，低田大半种淮红。俗有"多龙多旱"语。晚青、淮红均稻名。

生小持家习俭勤，布衣疏食也君恩。官仓亲自完秋米，归去南檐弄稚孙。

蒋耀琮

字诗俫，鄞人。光绪丙午优贡。

言志 录二

宋贤谈性命，积弱受外欺。姚江振勋伐，一洗前代嗤。中兴曾胡骆，投戈亦讲仪。唾手平潢池，未及遏强夷。西焰压震旦，智力谁斗奇。景教乱黄种，吾道惧离披。百川障东之，大贤是吾师。

陶潜安耕凿，慨想田子春。乌桓奚足骏，吾道贵固存。痴龙伏檐端，雷父攫不驯。岂无生民泽，时艰未可骞。耻为荀文若，黑蜮行蝘蜳。

江北吊古 录二

管弦楼上笙歌起，玩江楼下裙屐至。看花寻春人欲醉，画眉写入乌丝里。江浦本是花柳窟，盐官风雅称词伯。冶春百辈花解语，画烛鹦杯斗罗袜。晓峰嵼嵼江之湄，风流儒雅亦吾师。春风一曲留客住，至今犹唱柳七词。柳耆卿监定海晓峰盐场，尝宿江北管弦楼，有《玩江楼词》，《留客住》亦词中一阕。

太常有故宅，云在雁湖滨。湖雁不来湖草萎，青林原上飞青磷。太常葬青林渡。三吴人师讲经义，当年启沃侍槐宸。希宠不附大礼议，拳拳停役惠斯民。三百余年风流歇，碧瓦朱薨委荆棘。将军西第亦零落，石窗先生去不作。春风燕子湖滨来，画栋香泥自双宿。吴太常宅，国朝为李将军銶府第，石窗先生其从子也。今李氏零落，半为异姓居。

江北十景 录四

绀宇千年徙，蛟幢屹自存。遗经劓白马，古石护云根。海气江流湿，觚棱法雨尊。何时模墨妙，斜日剜苔痕。唐幢夕照

散发步东阡，凉蟾白满川。石梁横古埭，爇庙逗磷烟。双镜卯天澈，孤星蟹火圆。蔡家堙下路，消夏忆年年。双桥凉月

闪闪中流在，红灯出钓槎。夜潮生溆浦，春雨网鱼虾。鬼唱荒坟冷，浦前多丛冢。榔鸣落月斜。城楼间戍鼓，弥望尽苍葭。蔡浦渔灯

不见秋鸿戏，春波沇一池。短芦藏浣女，浅草坐渔奚。鉴影沙鸥静，荡心画鹢移。年来寻旧淤，谁与凿龙湄。雁湖春泛

绮怀 录二

曼声新谱懊侬歌，一笑黄门鬓欲皤。衔石难填沧海恨，涮肠谁浣爱河波。偶开梵夹供禅悦，强对华筵制酒魔。一角屏山遮断处，眉痕依旧锁云蛾。

生小凌波拟洛姝，影蛾池畔好家居。秋枰弹子香凝席，春镜扶花鬓有旟。搦管甘为诗弟子，登台肯伴病籧篨。腾身一夕尘根悟，静对黄庭读宝书。

虎丘柳枝词 录三

破楚门东春雨滋，白公堤畔碧如丝。送郎舟出麋城去，摇过青青短簿祠。

陈得善 蒋耀琮

鬓影钗光漾水边，长条惯系女儿船。与郎闲向河亭坐，碧盏新尝陆羽泉。

袅袅东风旧舞腰，往时眉样未全销。年年绿遍真娘墓，和雨和烟送六朝。

汤铭策

字简香，定海人。光绪丙午岁贡。

和伯兄遁庵五十自诒诗 录一

老大无成短鬓枯，知非消息问今吾。此身久客家谁主，凡事依人国亦奴。眼见中原同鹿逐，心嫌杂霸类欢虞。龙蛇久蛰终思启，何似逍遥作野凫。

董渊

字莘夫，鄞人。治弟。光绪戊申岁贡。

天愁解馆归将不复来书此为赠

三载识君面，论交迟到今。谁怜文字契，又警别谁心。君似追风骥，我怀出谷禽。河梁一回首，暮霭碧沉沉。

客恨

转瞬韶华卅岁过，风风雨雨惹诗魔。十年江海余鸿雪，三径蓬蒿设雀罗。庾信连珠悲宛转，伯伦荷锸笑蹉跎。黄粱未醒难言梦，归去吟成客恨多。

董缙祺

字纪常，鄞人。缙恒弟。贡生。著有《玉杯吟室诗稿》。忻江明曰：君为孟如师再从子，学问淹博，貌清癯而性耿介。工诗古文辞，诗于唐取三家，文于近代取归方。宗湘文太守重其才，延君预修《慈溪志》，以病辞不就。兼善医，究心灵素治病，洞见症结。稿中有《已风示某医》诗，具征识解。年四十余卒。

拟选诗八首 录四

咏史 用江文通拟《咏史》韵

富贵生有命，祸福归无门。白昼论兴替，清夜惊心魂。卫霍代为将，肇衅穷河源。匈奴嫚天使，十载辜帝恩。慨然勤北伐，功高位亦尊。飞盖张华毂，奔蹄御朱轩。知谋思借箸，滑稽争献言。金钱空国帑，朝市变臣门。炎凉忽改序，徒步归丘园。

杂感 用原韵

淑景忽已驰，漫漫秋夜长。辗转不成寐，成立一回翔。月高树枝乱，朱火淡空房。切切微虫吟，迹之非一方。凉风起天末，仰睇蓥雁行。举杯聊散愁，独坐城东厢。繁露降当夕，沾渍单衣裳。屯亨由冥数，崇替判低昂。读诗戒阴雨，玩易惧履霜。春华苦零落，俛勉惜流光。

苦雨 用江文通拟苦雨韵

宿雾暗鳞原，稠烟叠凫渚。草莽侵女垣，苔花开柱础。开门望寥廓，游子感时序。阳石鞭不起，阴蜄抶不举。蹢躅苦旋泞，命啸失徒侣。黑穗弃田间，穷檐色凄楚。抚兹百愁集，独立空延伫。

羁宦 用江文通拟羁宦韵

假楫越江渚，薄宦羁此身。悯悯辞闾閈，久与襆被亲。永叹一何远，思家梦南津。南津路迢迢，中隔梁与陈。委贽襄储后，振缨厕贵臣。奋翼上崇贤，矫迹称秀民。伏事已不浅，阅历多岁年。回首望乡云，依依横一川。顿辔久凝眺，圆树约晚烟。暝色碧空尽，抚膺良独怜。何以开世网，游子归浩然。

已风示某医

风为百病长，贻害同膏肓。视疗有真谛，明者得主张。吾母六十三，劬苦身手僵。气血两耗竭，步履久不良。忽然成中瘀，木火悍熛扬。阳明主筋节，软短并弛长。所以半支废，喘急如扼吭。譬诸门户撤，窃盗肆跳梁。此虽染六气，谁云非内伤。浊药用轻服，饮子河间详。丹溪虎潜法，扼要称胜场。东垣异功散，于理为胜方。治肝实其胃，熟思幸无忘。亦有治标法，金匮说为长。少火主濡润，壮火需寒凉。进退黄连旨，消息参微茫。解表透肌络，挂角取羚羊。仆跌喑不语，利用稀莶商。甘酸化阴气，辛甘乃化阳。补泻求子母，百病一胥匡。君言锢结甚，攻逐仗硝黄。苦寒与尫羸，六腑先受戕。水谷格不入，真阴将槁亡。安用杂消导，诛伐累土藏。柴葛劫津液，勾麻并锋芒。此亦须慎择，推究热衷肠。审脉弦与濡，制剂柔及刚。读书有成竹，立论无骑墙。如何作司命，识解等庸常。我亦好方术，数典追三皇。心目殊了了，论断空翳障。作诗持赠君，珍重譬琳琅。蕲君术精进，寿宇开化光。

短歌行

明镜不贷朱颜枯，壶中日月跳白驹。骖鸾上天不得徂，拔堕龙髯愁鼎湖。祖龙望海博一死，武皇封禅亦大愚。吁嗟乎！女娲炼石复抟土，幻作人间七尺躯。劫灰不久总成虚，栾大新桓何足诛。

阿育王寺下塔

佛阁深阿里，经游小洞天。空潭虚竹月，疏磬出林烟。

细草清黏榻，荒苔绿满砖。山僧相对坐，暝色下溪边。

八月十六夜钱塘观潮

坎卦精灵大，坤维气脉盈。雪山明瀚海，白马向江城。八月枚乘笔，千秋词客情。欲从观万象，直坐下三更。

赠蔡孝绪

蔡君邀我出，同上九峰山。剑栈连云亘，峨嵋挂月弯。振衣凌日观，倒杖叩天关。尘世有余地，幽人独往还。

赠庐山隐者

庐山羽客是丹丘，寂寞知交汗漫游。花外琴声虚太古，袖中诗稿卷沧洲。闲云昼卧王乔洞，明月秋登李白楼。落拓风尘将老矣，高颧俊骨见吾俦。

暮冬书怀 录一

齿发凋残壮志灰，眼前时事费惊猜。圣朝博访和戎策，学士谁当济险才。星海颇传槎客到，天山未卜雁臣来。余生潦倒干戈际，对酒新亭剧可哀。

洪家沴

字复斋，一字鞠蒙，鄞人。家滋弟。贡生。

忻江明曰：君工笔札，好词章之学。幕游南北，寓天津最久。与上虞罗叔蕴、定海王菀生诸君友善，考古论今，意气奋发。貌魁梧，须眉伟然，意所不可，张颊植髯，辨论锋起，侪辈不能屈。

晚年归里，署所居曰"过云楼"，吟啸其中。所作不自收拾，身后多亡佚，兹搜录，得五首存之。

壬寅春重至天津有感

昔年游历地,今日又重来。沃壤非吾土,长城付劫灰。疮痍遍郊野,歌舞尚楼台。何日汶阳复,还期干济才。

和梁莲湖法部述怀

壮岁登高第,南宫释褐来。亲庭犹逮养,郎署正需才。世事同棋局,名心付劫灰。独醒吾岂敢,团坐醉深杯。

百卷续耆旧,搜罗双韭功。诗堪存作史,王乃降为风。校字呼儿辈,遗编守妇翁。《续耆旧诗》为谢通声先生校藏本。幽居多岁月,感慨不言中。

送朱荃荪孝廉之吉林

长白山中王气歇,混同江上敌氛扬。男儿壮志凌霄汉,弟子英才视杜房。五十行年当富贵,六千客路尚冰霜。经游不少沧桑感,计日轻装返故乡。后以事不果行。

会葬范认庐舍人夜泊芝山 录一

少年身似白云闲,几度清游共往还。廿载篷窗重剪烛,一舟今夜泊芝山。

李翼鲲

字瑶臣,号摇程,鄞人。植纲子。诸生。

《镇亭山房文集·传略》:摇程天姿颖悟,粗辨四声,即解吟咏。比长沉潜好学,枕经菲史,肴馔百家,而又熟精文选及唐宋大家,故于诗赋、古文为特长。年三十八遽卒。所著有《洙泗渊源录》《景汉斋诗文稿》,藏于家。参谱传。

乙酉春日感事 录四

春来闻捷释心忧，杜牧生平愿亦酬。自古蛮夷多猾夏，曷来士卒苦防秋。沙飞雁碛宵驰檄，月照龙城夜唱筹。杨柳陌头金缕曲，深闺应有别离愁。

想见临淮壁垒雄，健儿年少号黄骢。三春渤澥波光绿，半夜之罘日色红。台辅威声驰禹甸，将军方略授尧宫。韦皋西蜀初开府，祥瑞先呈吸酒虹。

时平且莫破愁颜，为有苍生待恫瘝。贡使纵来狮子国，匈奴终道雁门关。谓诸国通商各口。洗兵瀚海征人乐，解铠祁连壮士闲。但愿安边铜柱立，日南徼外伏波还。

漫说东方语不根，百城坐拥小侯尊。丹山月落鹃啼惨，碧海烟迷蜃气昏。汉塞三千思遍历，云梦八九等闲吞。留春乞奏通明殿，暂驻韶光亦帝恩。

四明怀古 录八

慈湖讲舍集群英，陆学从兹在四明。遗像拜瞻齐赞叹，秀眉明目郑康成。谓杨慈湖。

选胜南湖好结茅，缥囊黄卷列书巢。三春昼永浑无事，且与诸君校日抄。谓黄东发。

参军幕府不羁才，野服黄袍海上来。为问当时称讲学，几人痛哭在西台。谓谢皋羽。

何堪身世际沧桑，栗里陶潜黯自伤。考证词章兼节义，一生心折浚仪王。谓厚斋尚书。

不数装颜史注工，天台硕学大名崇。只今薛闭藏书窖，甬上何人吊寓公。谓胡梅磵在甬上注《涑水鉴》。

东南半壁已全消，肠断当年白雁谣。一自艅艎移海日，谁凭肥水作张辽。谓张世杰。

释褐归来举义旗，西山高节古今稀。忠魂一化为朱鸟，日傍冬青树上飞。谓袁进士。

迁客萍踪滞海边,武昌折柳路盈千。三声特下听猿泪,无限诗情忆鹤年。丁鹤年寓海巢,"猿声彻夜丹山静",其诗语也〕

章本澄

字心泉,鄞人。鋆从子。诸生。

芦花次和潘书卿原韵

一白茫茫芦荻洲,疑霜疑雪不知秋。染成烟景图堪绘,洗尽铅华志已酬。红蓼丹枫羞与伍,闲鸥野鹭蓦相投。潘郎两鬓今何似,昔日勋名付梦游。

身世飘零万事轻,悲秋穷士共心盟。梅花瘦削标丰骨,柳絮颠狂别性情。渔笛吹来空有韵,雁群衔去定无名。自惭弱植犹匏系,闲向江干老此生。

王世钊

字勉斋,鄞人。贡生。

斋居漫兴

桐有清阴竹有筠,晴窗小憩却怡神。离愁乍去襟怀畅,客地重来意趣新。绕树回廊循曲折,侵檐怪石爱嶙峋。名园多少经营处,莫问当年旧主人。

扬州客次和朱晋卿孝廉见赠原韵

半生潦倒厌风波,又涉长途唤奈何。异地索居情绪少,故园回忆泪痕多。十年旧雨唯君在,三叠阳关赠我歌。白雪词高难继响,为惭巴曲不能和。

游六横山归途口占

东渡归航片席收,戏文山畔夕阳留。眼看危石云中矗,知是桃花大佛头。桃花山有峰,如佛头。

陈以康

字咏樵,鄞人。诸生。

拟杜秋兴八首 录二

白帝城头日已斜,登楼惆怅望京华。猿啼惯下劳人泪,鹤去空回奉使槎。北斗星辰临画省,西风芦荻卷悲笳。更阑月色延薇架,错认春官桃李花。

寂寂瞿塘古渡头,一声鸟唤汉宫秋。天香犹忆御炉惹,夜雨偏增客邸愁。绝塞征鞯思汗马,中流横笛起沙鸥。可怜金粉皆销尽,暂卧沧江梦九州。

阮丙炎

初名缦昌,字舜琴,号帆沧,慈溪人。贡生。著有《蓉隐居诗文稿》《东游诗草》。

王仁元撰《墓志略》:君达于事理,见义必为,夙以能文名。屡困省试,思自振拔,东游日本者再有所得,辄发之于诗。若文辑有《春秋列国世族谱略》《海国名人类类韵编》,已梓行。

赠日本人田端鉴海

为访名区万里行,乘风破浪到东瀛。羁人似我飘零惯,才子如君意气平。文字交情无碍淡,蓬莱诗派本来清。仲宣不尽登楼感,惭愧中郎倒屣迎。

将赴名古屋赠别大阪诸友

一曲骊歌别绪萦,亭长亭短不胜情。关山晓梦惊茅店,琴剑轻装问柳城。夜月独斟花外酒,春风正卖路旁饧。依依携手河梁上,怕听阳关煞尾声。

东游回国海船中夜眺

才别神山一日程,舟行镜面雨初晴。风揩玉宇云无迹,涛涌晶轮月有声。回首忽看天转捩,倦眸长盼海澄清。夜深未敢高吟动,恐惹蛟龙水底惊。

浪越山怀古 即古蓬莱岛

徐市蓬莱去不还,神仙原未下尘寰。九泉好向秦皇道,浪越寻常一座山。

王仁廉

号洁甫,慈溪人。贡生。著有《思补居诗稿》。

舟次丈亭

归棹长江上,西风急暮流。残灯明断岸,叠浪撼扁舟。客梦浑忘晓,虫声已带秋。黄山应不远,云水尚烟洲。

祝江柳海灵妻徐氏与其侄骏声妻童氏遭发逆之变,相约殉节,诗以吊之

关山失险虎狼蟠,玉石焚余白璧完。续命原无机上缕,_{童氏以投缳亡。}返魂谁觅鼎中丹。_{徐氏以仰药卒。}一门徇义钦双烈,千载同声说二难。留得幽光争日月,悠悠长照祝江干。

晚渡鹳江

晴川如镜柳如丝,放棹江村薄暝时。远树云低随岸转,片帆雨重过江迟。野桥流水添新涨,墟里孤烟起暮炊。坐久不知天色晚,归鸦啼上最高枝。

古寺

几间破屋倚山隈,寂寂闲云自往来。佛殿灯昏游鹿豕,僧房草长杂莓苔。尘封颓壁蜗涎上,泥落空梁鼠粪堆。为问墙东红杏树,春来无主为谁开。

暮春

廿四番风次第新,桃花撩乱不成春。落红有意随流水,好赚渔郎去问津。

叶廷枚

字尔康,号夔梅,慈溪人。贡生。官湖州府训导。

寄洪仰峰广文义乌

锦瑟年华鬓未苍,稠州著史擅三长。椒潭松涧时寻句,明月清风楼名,在金华郡城东。与抗行。苜蓿一盘新事业,芝兰九畹旧文章。斋前隙地知多少,好种成都八百桑。

辛亥夏日解官归感作

脱却朝衫换布衣,柴桑高卧也知几。分斋安定难追步,卖药韩康且赋归。息影丘园先垄近,论交缟纻故人稀。劳劳底事出门去,欲读医经愿亦微。

张敬效

字茂藻，晚号耄叟，慈溪人。诸生。官直隶候补直隶州知州，署束鹿知县。著有《石缘集》。

陈康瑞序石缘集略：耄叟以名下士佐幕津门、江湘间，垂二十余年。后需次直隶，署束鹿县事，勤政爱民，清介自持。遭辛亥国变，萧然归里。时或客游大江上下，以诗画自娱。性爱石，先后所得题咏成帙汇刊之，署曰《石缘》。

湘潭道中遇雨

破晓出东郭，湿云暗山巅。望晴晴不得，又值微雨天。逾时经两渡，师艇列江边。时随黄星使诣南岳，有水师护送。高峰非易陟，泥泞等水田。酒家藏岭半，青帘拂翩翩。停车已昏暮，尖宿各欣然。少饮亦排闷，好吟《缁衣》篇。

怀城南书院

讲堂今尚在，湘水植才深。碑古苔侵字，庭空树覆阴。藏书窥旧帙，怀远助新吟。遗迹留千载，翘瞻慰此心。

戊午春日怀小九嶷山石

爱石想非非，遥知草色肥。寄书问消息，入梦认依稀。秋去成离恨，春来动远祈。岩间松与柏，应亦畅生机。

赏石即景

仿将陋室作新铭，小院无多列画屏。奇石搜罗归大雅，矮山会合到中庭。即以此联书对，悬于庭前。看花恰好三秋日，叠嶂潜符五老星。最爱雨余添草色，隔帘也见数峰青。

咏藤杖 录一

珊瑚七尺出天台,疑是仙人旧日栽。着手便欣多助力,称心任用得良材。不随飞瀑化龙去,时拨层云寻鹤来。苍古一枝征雅品,庭前倚仗点青苔。

沈思钦

字沈男,慈溪人。贡生。

苦热行

火云散车盖,烈日焰午中。晨盥蔷薇露,坐远明窗东。清风生水阁,薄醉荷花筒。美人衣茜纱,手擘莲子蓬。抛绣扶雏婢,踯躅深竹丛。狭巷壁如削,卖花谁家翁。不见隔岸畦,籽耘黝面农。日卓不少辍,徛徛时望龙。窶窳得憩息,放下千钧弓。大树荫森森,厦屋邃重重。严寒见贫富,溽暑天下同。岂知劳与逸,出处无偶逢。知足自不辱,举世亡是公。琼浆沁肌髓,还访青崆峒。

泰西机器杂咏

闭门造作十年功,大利专收转掗中。吸取情天好音乐,霓裳法曲古今同。留声器。轮轴倒旋时,对轴歌唱;将轴顺旋,原音不差,隔年其音仍在。

扁鹊真能见五脏,至今方法少长桑。灯芒绿映胸中亮,金铁何因阻电光。照脏镜。用绿色电灯照见筋骨,唯金属不透光,西名阿克司。

安机高出万山巅,悟彻声光有浪传。自挂雌雄收放电,横江铁索费牵连。无线电。又名电浪,四竿俱高,廿五丈,挂二百五十线,末合一线连于机中。雌电放,雄电收,彼此一式,不借铅丝,已能通四百余里。

新成轻铁隔云飞,意德造器人名。灵机想入微。磁石喝将千万里,未寒天气到征衣。悬寄箱。用轻铁成箱,纳物箱中,借磁石力,将箱移去。

严廷桢

字渔三,号辟庸,慈溪人。诸生。著有《延秋室诗稿》。

严修序诗稿略:渔三律身至严,接物至和,论人论事,是非皎然。其诗赋物写怀,因事见志,所作盖多在辛亥以后云。

槐店舟中

旅人方北至,候雁又南征。古寨炊烟暮,渔舟灯火明。天高星逾迥,霜落水初清。官道余残柳,依依尚有情。

秋草 录二

归去王孙路已赊,漫将芳讯寄天涯。西风残照添红叶,落日荒原有暮鸦。几处多情怀缱绻,那堪回首惜年华。蘼芜不解时光晚,犹是无名乱着花。

江南江北总萋萋,六幅湘裙剪不齐。征雁初惊边塞远,乱虫争语夕阳低。风吹古道人行少,霜落空山径转迷。记否长安三月暮,马蹄款款踏香泥。

秋柳 录一

一度春归一断魂,斜阳衰草闭闲门。红桥系马人何处,子夜啼乌月有痕。无复绿阴围夹道,尚余流水绕孤村。几番惜别增憔悴,散尽黄金总莫论。

五十感怀 录一

放眼乾坤事事新,曷来踪迹问劳薪。长门未卖临邛赋,陌上谁扶大雅轮。衰草昔经三月雨,芳晖已半百年春。小山丛桂东篱菊,淡淡秋花不厌贫。

戴西庚

字吉人，镇海人。诸生。

过林士元书斋 录一

山斋寂寂净无尘，扫地焚香几度春。半亩自成高士宅，数椽聊作著书人。兴酣泉石犹知己，思入风云欲化身。我读先生调笑令，好凭歌板指迷津。

谢辅熿

字光伯，镇海人。诸生。

吊黄方水

毁垣夺地衅端开，仗义如君亦壮哉。万椽势将罹火劫，一言惠已及泉台。鲁连排解原奇士，端木遨游本达材。遗爱至今留歇浦，西邻不复责言来。戊戌五月，法人欲夺四明公所葬地筑马路，甬人怒而哄，君力调停，得寝事。

徐祖望

字晋三，镇海人。诸生。著有《遂斋诗草》。

芦江书院访友

嫩日烘青幌，虚烟袅碧枝。诗情到格后，茶梦入圆时。竹影侵窗觉，蕉声受雨知。清和当夏浅，好景独支颐。

舟至柯亭

敲枕舟中梦一回，驶帆已至旅亭隈。半村林树锁烟住，两岸廛阓扑地开。浅碧渚头清唱起，小红桥下画船来。当前怀抱知何似,但取银蟾照酒杯。

胡振濂

字廉水,号怡园。镇海人。诸生。著有《适庐吟草》。《镇海县志稿》:振濂性警敏,自诗赋、算学以及书翰、篆刻,无不工妙。

访丁鹤年海巢

蛟门东望天水接,惊涛滚滚荡晨夕。估帆渔棹等闲过,苍茫畴识高人宅。忆昔元季扰兵戈,遗贤星散遁江河。回回家世丁姓氏,特来浃口辟行窝。先生本是宦家子,祖父朝廷膺禄仕。父死奉母武昌来,转徙洲岛靡定止。神州初奠尘氛息,卜居海滨深藏匿。藜床皁帽自优游,欢承菽水甘家食。萱荫乍萎天地秋,一身担尽家国忧。盐酪五年不入口,至性纯孝谁与俦。九膺荐辟终不起,捧檄无欢长已矣。西山古有采薇老,东海遗民应酷似。隆冬败絮不掩胫,萧然斗室如悬磬。新诗一卷寄深情,剩水残山悲不胜。我来此地空徘徊,寻求故址没蒿莱。白日无言忽西匿,潮声呜咽助余哀。

澹园和子骧题壁韵

新诗留讲席,张子实多才。旧雨匆匆去,孤云日日来。半帘斜照没,满树紫荆开。少坐逾增寂,曳裾独自回。

春暮次韵

湘帘半幅小窗遮,深院微风树影斜。把酒问春春已去,一双胡蝶怨残花。

张汝蘅

字沅香，号楚生，镇海人。锡钟子。贡生。试用训导。

师山西园八咏 录二

雁臣太守领师山之四年春，西园落成，八咏征题，不才为太丘客，下榻桐荫居，欣承嘉命，用抒俚词。

桐枝高百尺，下荫游子居。游子无殊好，有时还读书。读书蕲适用，于世复踌躇。掩卷觅新知，新知能启予。吁嗟几俦辈，各腾千载誉。浩歌发焦桐，风雨生庭除。天涯有故交，车马今何如。侧身感迟暮，谁与解佩琚。桐荫居话雨。

予少不识莺，说诗常差池。弱冠出求友，始解伐木词。从此谢幽谷，飞上榆柳枝。榆枝桥西挺，柳枝桥东垂。两枝碧交影，嘤嘤叶埙篪。四海皆兄弟，回首中心悲。同心屡相值，同气长别离。陆机有故宅，岂无柑酒资。榆柳桥听莺。

赋呈薛叔耘观察师

九龙佳气郁葱葱，秀孕灵钟出钜公。家学三传追北宋，心香一瓣祝南丰。刍言早献筹洋议，策治曾摅报国忠。自是文章本经济，高名群仰斗山隆。

武夷学派接伊川，绍述源流属季宣。旷代经纶光宇内，一家师友契儒先。蓬瀛绚采风翰振，莲幕腾文露布传。投笔从军酬壮志，早教姓氏勒燕然。

张寅辉

字子骧，镇海人。诸生。著有《醒园诗草》。

过休园

寒多春尚浅，问讯故人家。鱼子久无影，昔年同主人豢金鱼。

鼠姑新展芽。醉披晴雪卷，细嚼晚香茶。游事还赓续，何须叹鬓华。

客座晤胡廷玉即别

相忆迟相见，枝辞且莫论。何时诗寄读，今夜酒同温。野店霜中栎，梅花水外村。临歧一回首，寒气紧黄昏。

茶山道中

微雨林峦润，阴寒气候殊。秧芽初破壳，麦颖已垂须。投暝村童散，嬉春水鸟呼。诗怀随意写，抵得辋川图。

宿王友莱侍讲容膝轩作

绿阴满地嫩晴时，趋谒崇阶慰所思。古藻纷披灵谷序，高华重见右丞诗。静参妙论春醹醹，倦理残编夜漏迟。林下优游原自得，心期更许几人知。

短鬓新霜眼未花，当年行部忆三巴。名场选士欢相得，故里征文意有加。先生近修《东钱湖志》及《蛟川耆旧诗补》。元亮任移芳榭柳，邵平添种小园瓜。愿言大雅扶轮起，容我来停问字车。

寄怀杨霁园 翰芳

睽离经岁未传笺，劳尔殷勤望远天。煮茗竹间春雨霁，勘书帘外午阴圆。鸟如解语与谈古，僧不能诗静悟禅。谓公修僧。跌宕风流殊自喜，盘山树色正苍然。

过芦江

匝地浓阴禾黍肥，芒鞋随性踏芳菲。炎风吹散黄梅雨，拍拍横塘水鸭飞。

吴文江

字可舟，奉化人。兆梁子。贡生。著有《瓶醁楼诗稿》。

《剡川诗抄续编》：可舟志识远大，以提倡后进、搜罗文献为己任，尝创丛桂文社，集里中子弟讲肄其中。聚书九千余卷，昕夕披阅，遇有关系邑事者，录为枌社备稽，卒成《忠义乡志》二十卷。

性喜吟咏，游屐所至，选胜留题，尤乐与友朋唱和，风流文采照耀一时，亦近来未有之盛也。

村居 录一

蔼蔼松坪月到迟，蕉湾消暑许题诗。笋肥祖奥蒸雷日，茶嫩臣岩谷雨时。雷祖奥、臣夹岩俱在村右。翠箬覆鱼归晓市，红莲酿酒扬春旗。千家比屋成尘海，喜看儿童逐队嬉。

过王氏也是园

十亩闲闲傍水涯，远违尘市屏繁华。风摇柳絮莺穿雪，月到柴门犬吠花。和酒樱桃余石髓，调羹芍药糁琼芽。问谁管领有如此，道是东皋旧世家。

读张苍水公集

一朝残局一身延，独力犹支十九年。不作贰臣完我分，岂求遗著有人怜。旌旗黯淡孤军垒，海岛苍茫半壁天。千古采薇吟未绝，西山而后又南田。

癸巳二月廿八日从孙二玉仙之约，偕刘丈渔塘、渭卿沈君馨山扫鄞儒万季野先生墓，玉仙有诗次韵奉和

景仰前徽感慨生，蒿莱新剪大儒茔。每从图志稽抔土，

犹幸碑题署姓名。故国文章班马笔，深山丘垄颍箕情。海阴绝胜莼湖水，愿荐年年一掬青。

四月二十九日同缪丈蓉卿、周丈渔磻、刘丈渔塘、孙君玉仙泛海，东道主人则杨丈仁鈝也

雨余放胆驾扁舟，风静波平作浪游。才向瑞云商旧学，_{前夜宿瑞云山下杨姓祠内，时缪馆此。}又来蓬岛访仙俦。_{泊大岛山，登岸酣饮。}东流岩印马蹄迹，_{马脚迹在江鹏山麓，俗云宋高宗曾从此渡。}西麓云屯鹿颈头。_{张忠烈公煌言、平西伯王朝先，皆曾屯兵于此。}无数名山留古迹，何时携屐再探幽。

周启仕

字舸瀛，奉化人。善长子。诸生。著有《数点梅花馆诗草》。

有感

静中涵古意，诗榻一琴横。入抱月同朗，盟心冰共清。只求行素乐，讵作不平鸣。自结梅花伴，生憎俗艳轻。

宿山村

编茅结屋对平皋，门绕清溪卧桔槔。系马庭柯拂杨柳，款宾家酿泛葡萄。一帘花影筛明月，万壑松声吼怒涛。山叟挑灯话晴雨，夜深瓜架正虫号。

郊行口占

青锦桥边绿树多，儿童驱犊唱秧歌。豆花香送野风暖，款款一双黄蝶过。

周憩南

字苇亭,号恭棠,奉化人。诸生。

《剡川诗抄续编》:苇亭家世儒业,尤能留意乡邦掌故。吴可舟著《忠义乡志》,采访之勤,苇亭与有劳焉。性好为诗,不甚求工,随口即得,亦随手弃去。有《海阴剩稿》九卷、《续稿》五卷、《佚稿》四卷。

宿解空寺

梵钟灭群动,息偃爱藤床。窗白山留月,叶稀声带霜。禅心深夜定,梦境暮年长。欲问前朝事,金仙应已忘。

记鹿颈头遗事 癸巳春,张苍水师还鹿颈,朱夏夫由临山航海至

幕府宏开鹿颈头,尺书招挂片帆游。良宵诗客三生梦,故国江山半壁秋。移席玉人真地主,举杯名士自风流。此行不为沙盘蛤,急献蛟门破敌谋。

感时

千金买得蛾眉笑,五百金求骏骨来。几见朝廷悬募榜,不闻岩穴出奇才。相君能决和戎策,国士谁登拜将台。却道中华文物盛,从今荐举亦需财。

宋国钧

字衡卿,奉化人。诸生。

秋夜

空际闻孤雁,更深月满天。虫声喧户内,竹影乱窗前。白发添双鬓,黄花又一年。残灯明灭里,独自擘吟笺。

山寺

林深径曲绝尘埃,风度钟声过岭来。塔影斜穿红日暮,寺门微露白云开。听经老鹤盘青嶂,献果仙猿坐绿苔。满目荒凉无客到,遥看杖锡一僧回。

黄翊圣

字庄孙,鄞人。诸生。

即事书怀

跛鳖贻讥足不良,孟郊枉自呕诗肠。人生易抱幽忧疾,只合床头贮酒囊。

林禽晓去夕知还,百岁人能几岁闲。诗有别裁茶有癖,问君可似物情顽。

干宜人寿宴词

出郊数武撷秋芳,郿菊花开色正黄。乞借余晖荣老圃,晋觞犹是醉重阳。

枕湖夏屋敞渠渠,积善人家庆有余。点缀秋光芳宴里,半江红树卖银鱼。

励志诗

原名振骊,字季龙,絅子,鄞人。诸生。

题钱塘申浣清女士绮窗吟草

梨枣发幽光,瑶篇远寄将。中年名可永,大故痛难忘。妇德侪钟郝,诗才步宋唐。昙花偏早谢,遗墨总留香。

汪絅述

字和甫,一字阳生,鄞人。

《家传略》:君善事其亲,教子弟谆谆不倦。喜吟咏,与陈君雪舫最相得,陈君录其诗存之。

春阴

云影空蒙掩大千,鸠声啼断晓风前。绿杨城郭迷离候,翠竹楼台黯澹天。沽酒客黏双袖雾,叱耕人幂一蓑烟。惜花为乞东皇荫,护得芳棠别样妍。

夏日书斋杂兴

窗开侧面对奇峰,高处孤撑百尺松。独抱冬心甘寂寞,那知鳞甲已成龙。

金粟花开悟夙因,枝间皓月挂冰轮。蟾宫不借琼林艳,自有天香袭满身。

夜静蟾明漏欲沉,唯闻宅畔土龙吟。怜他守洁甘黄壤,写出凄凉屈曲心。

毛宗藩

字价臣,号馥棣,鄞人。琅子。贡生。

陈康黼撰《墓志略》:价臣始学为诗,务峭刻无凡语,假途于昌谷玉川,以蕲入浣花之室,未极其至而弃去。从事于畴人家言,冥心孤往,搜隐抉奥,虽寒暑疾病,无少闲。朋辈见其病,尝深戒之,价臣则嗢然曰:"吾穷于世久矣,纵勉而趋时,能谐俗乎?寄吾心于是,其有成欤,是吾志也;其无成欤,终吾身而已矣。"而卒以用心尽,瘁病,病数年而死,时癸丑十月丙午也,年四十有五。所欲著书皆未就,有诗、古文若干篇。

拟杜屏迹

对酒不能语，孤怀孰与言。山川初税驾，风雨近还辕。避世忘蕉鹿，论交爱棘猿。何如终遁迹，清啸谢尘喧。

安居身自贵，圣世乐方真。欲识羲皇侣，无过耕凿人。鱼虾江市闹，粳稻野田新。却笑桃源里，徒劳为避秦。

蔡芝卿文学归甬上，洪葆初明经以诗送之，次韵奉和

此去谋欢聚，归途历水程。不妨师有范，兼学佛多情。乡梦随江舶，家书滞郡城。欲凭君寄语，语意却难明。

寄迹慈湖倏届重九，触物感怀，偶成七律，录呈洪葆初明经、蔡芝卿文学，并索和章

世途阴惨不重阳，剩有茱萸按节香。山桂尚含生性辣，霜花终愧入时妆。拌将身世无穷恨，并作形骸脱略狂。耳热酒酣一长啸，登高四顾总苍茫。

读延秋室秋草诗偶成

摇落荒原接远陬，阑风苦雨况迎秋。旧时瘦蝶都辞影，永夕寒螀亦答愁。只自轻尘思伴侣，几曾捷足碍骅骝。梦中恍忆池塘路，韶景依稀尚未收。

董曾祥

字玉衡，鄞人。沛从子。监生。

奉和忻载鹤明经师六十述怀原韵 录二

长林郁郁草青青，秀毓山川降此灵。染翰自成徐庾赋，摄生不读老庄经。陶公五柳身安宅，晋国三槐手植庭。漫道翘才终屈抑，几人颐养到耆龄。

文章窜囲雉飞雄,郢削常深激厉衷。祥文尚涂泽,师屡戒之。古简刊讹知亥豕,先伯校刊全氏《七校水经注》,属师襄校。遗经解说擅丁鸿。感时愿作栖岩士,话旧频偕贩海翁。拟乞南丰香一瓣,敢将下里寄诗筒。

张世荣

字明炜,鄞人。贡生。

夜泊余姚城外

舟次姚城外,遥闻漏二更。疏篷延月色,虚枕纳潮声。犬吠夜将午,蛩鸣睡不成。凭舷独眺望,露气袭人清。

蒲邱江畔晚步

凉风乍起云阴散,小雨初晴日色微。江面鸥浮存梵理,波心鱼跃见天机。鸣蜩有意催残暑,征雁无声度夕晖。行到禅门回首望,白芦花外一僧归。

秋闺

甲夜秋风动绣帷,心惊团扇已违时。深闺无限相思恨,诉与银河知不知。

童士奇

字树庠,一字梅芳,鄞人。诸生。

冯开撰《墓志略》:君生平为学期于实践,性温和。家居授徒,颛用经训匡饬子弟,推诚委宛,不为强切激厉之言。后进之士服习风教,率不敢自恣放。光绪季年,始行地方自治制,君被推为乡正,举错兴革,谋奏悉当。于学靡所不窥,阴阳卜筮、医药之书,皆究其术。年四十九卒。

水仙花

不让梅花素韵多,娉婷玉立宛仙娥。惯将绿酒衔杯醉,好把青云作佩拕。数朵瑶簪香满掬,半开琼蕊镜新磨。倘逢海上移情客,相对频添一曲歌。

田家乐

夏日舒长野景多,柳阴深处听田歌。今年节候尝新早,为说前村已纳禾。

冯哲仁

字子寿,号静山,鄞人。诸生。著有《亦见斋诗稿》。

雨后登西成桥晚望

独立危桥望,遥空爽气分。河声田放溜,山影树归云。穿屋雀争食,沿流鸥狎群。偶来觅诗料,吟意寄斜曛。

和黄鞠友邑侯游天童寺原韵

天童山似抱,本《烟屿楼集》。罗列万千峰。瀑练横飞壑,风声乱入松。催诗谁击钵,破寂忽闻钟。更有玲珑石,苍藤化作筇。

不寐

翳翳月沉阁,昏昏烬落簝。寱言不成寐,默坐倚楼头。文字虚名贱,干戈满地愁。江波渺无际,何处稳眠鸥。

春雨

镇日霏霏小院前,痴云不散暗遥天。柳塘水漫鱼苗活,花坞烟迷蝶梦牵。远树如簪山染黛,绿苔延字石为笺。待看夜半开晴色，花月春江共皎然。

秋感

凉意初生碧玉阑，斋头寂坐怅形单。感时怕唱无家别，涉世犹歌行路难。长物飘零存剑铗，俸缗辛苦供盘餐。年年客馆悲摇落，容易秋风两鬓残。

黄次会

字霁耘，鄞人。家来子。诸生。

题费瑚卿广文小沧桑馆

君不见，司马杰阁拥百城，天一生水地六成。又不见，寒村聚书滨鹳浦，卿云之气常覆护。浙东储藏十余家，鄮山慈水相矜夸。韩宣观书周礼在，遂令鲁国增光华。卓哉费翁住溪上，搜罗坟籍供清赏。手创崇构仿醉经，<small>溪上冯氏有醉经阁。</small>彤云皎日相炯晃。紫清观是清敏居，子孙卜宅返其初。翁今结庐得故地，佳话不让丰尚书。我闻绛云富卷轴，石溪世学亦巨观。祁氏旷园郑丛桂，南雷于此久盘桓。好之有力古所难，久而不散尤匪易。岂唯善守亦善读，拱璧珍之资后起。翁设学校课儿童，蒙以养正圣之功。芝兰玉树森成列，长与带草共青葱。

陈寿鼎

字荑亭，号海瓢，鄞人。监生。福建试用县丞。著有《卧鹿山房诗稿》。

秋江晚眺

落日孤村淡，霜天草树零。鸥边一水白，雁外数峰青。寺磬飞幽响，渔舟泊远汀。独怜秋欲晚，四顾意伶仃。

晚过西村

一棹飘然去，冲烟下曲溪。云归山寺隐，水涨野桥低。断岸无人迹，深林有鸟啼。老僧门外立，相送夕阳西。

秋日杂兴

凉风初试袷衣轻，向晚空庭暑不生。蛩引寒声归院落，雁拖秋色入江城。炉香琴韵心都静，竹榻纱幮梦自清。孤舍寂寥无一事，浊醪倾尽掩柴荆。

小庭

小庭过雨浥轻埃，满架秋风扁豆开。门外夕阳无限好，碧山红树送诗来。

题自作山水 录一

流水孤村屋数间，小桥西畔路弯环。雨余一抹斜阳嫩，负手门前饱看山。

沙孝能

字可庄，鄞人。

过湖头渡

海色连山色，人家画意中。渡头喧过客，岛畔歇渔翁。矮屋临高岸，轻帆挂远风。那知幽僻地，直与五洲通。

喜明远因雨被留

别恨缠绵只自怜，欣逢一雨阻归鞭。清言恰称人三两，痛饮重沽酒十千。极浦云横迷祖道，离亭风冷罢歌弦。天公为我留知己，故作春霖洒马前。

卢翙凤

字裕年,鄞人。诸生。

樊城卧病题壁

不惯风尘苦,时怜形影单。地喧惊梦易,道远寄书难。人以离乡悴,天犹入夏寒。遥知家室里,日日祝平安。

秋江夜泊

片帆风息浪初平,两岸芦花映月明。醉倚篷窗闲觅句,隔江遥听棹歌声。

李季高

字莼舲,鄞人。诸生。

初夏遣兴次陈雪舲文学韵

怕读风诗感式微,羽毛丰满未高飞。伊谁为我画团扇,到处何人试舞衣。读月池鱼吞月影,谈天山鸟悟天机。扁舟欸乃湖山下,傍晚骑驴得得归。

何处丁东铁马声,耳根清净梦初成。青灯花放千杯少,绿树阴浓一枕横。未改疏狂仍我态,独耽吟咏有朋赓。高歌欲击唾壶缺,豪兴应教四座惊。

王荣第

字厚卿,鄞人。诸生。

元日口占示范文甫

漫道新年气象殊,无情草木也难苏。衣冠变夏威仪阒,杖履寻春意兴粗。川岳因时呈变态,乾坤何处著吾徒。明朝欲把扁舟弄，拟向君家乞五湖。

吕祥驷

字子珊，号薇均，鄞人。

西湖晚晴

天朗云开水色鲜，西湖风景望无边。花飞夹道迎金勒，柳拂长堤系画船。塔影摇红留夕照，岚光凝紫裛晴烟。波平卅里浑如拭，眉目分明妙喻传。

暮春

寒食清明转瞬过，繁华易谢奈愁何。小窗闲坐浑无事，一曲新填懊恼歌。

卢思赞

字襄臣，鄞人。友炬子。诸生。著有《弦庵诗稿》。

自解 录一

愁多出门少，渐与故人疏。谁解寸心恨，相期尺素书。时穷独困我，岁宴孰华予。且待夕阳落，矶边看钓鱼。

宿韩氏楼作

开槛坐风夜，天空好放眸。明星动清汉，爽气逼危楼。幽思随虚籁，凉魂入早秋。移时池月上，水际见闲鸥。

韩景祺

字寿丞，晚号戆翁，慈溪人。诸生。
《家传略》：君幼颖悟，十岁通《毛诗》，好收藏图书、金石，兼通释典。性沉默，寡言笑，唯喜与朋辈唱酬。著有《曼陀罗庵诗稿》。

南灵峰晚归

草木日以长，郊野绿弥望。乘兴恣游眺，驾言陟崇冈。绵邈峰峦势，潋滟云水光。仙翁新祠宇，金碧生辉煌。樵牧度云际，钟磬出上方。俯仰聊容与，岚气郁青苍。四山起暝色，倦鸟林中翔。余亦理归策，落日满芳塘。

秋夜独坐

忽忽流光换，秋风又一年。庭前添落叶，树底歇鸣蝉。病骨凉先透，孤灯夜不眠。苍茫无限意，趺坐学枯禅。

题春在堂诗后

著作千秋订及身，花开花落岂关春。群经诸子两平议，浙水吴云一散人。偶向玉堂留姓氏，还凭金管遣昏晨。风流竟说仓山老，未肯低头步后尘。

董锡畴

字叙九，慈溪人。乔年子。诸生。

冯开撰《墓志略》：君名家年少，夙耽坟素。事亲婉瘱，体及隐微。遭母丧，惧诒父戚，益用色养，旋病咯血。年三十七卒。

梦游四明山歌

我闻四明二百八十峰，峰峰攒簇青芙蓉。云霓明灭开画本，欲往游之嗟无从。昨宵忽梦控龙腹，风马云车远相逐。迷离惝恍不知处，踏遍千山万山绿。初从谷口入林隈，飞泉百道声喧豗。松篁夹路晴昼暗，时见古磵开山梅。梅花为我作前导,万壑千岩四围绕。平生腰脚苦软弱,此日崟崎快腾踔。攀登雪窦豁尘眸,天外金峨翠于扫。我寻四明窗,窗外烟霞紫。狂歌招隐篇,手摘青樃子。樊榭仙人去不回,山花开落还如此。峰回路转别有天,纵横绣罫开原田。山中道人状貌古,呼猿犁云龙耕烟。忽雷雨兮交作,云冥冥兮烟漠漠。熊咆狼嗥不可以久留,羌魂惊而心愕醒。庄生之梦蝶兮,失向来之丘壑。吁嗟乎!何时筑屋万山心,坐对烟岚饭万鹤。

忆梅

故园旧种好花枝,雪里曾开绝世姿。疏雨小窗难觅影,空山流水寄相思。香痕应有幺禽守,心事唯教梦蝶知。惆怅美人偏久别,芳魂引动月明时。

苏秉彝

字筱斋,慈溪人。贡生。安徽特用知府。

赠洪仰峰师山水怡情图即题其上

策杖看苍翠,徜徉山之麓。即景自怡情,胸中有丘壑。

寒濑泠泠下,松风一曲琴。参详弦外意,流水是知音。

先生怀葛侣,抱道复何求。不数禽平事,飘然五岳游。

竹石伴闲身,梅花证素抱。相偕图中人,优游以忘老。

郑光祖

字念若,号史梅。慈溪人。诸生。

方德休《诔词略》:先生潜心经学,群经而外,凡训诂、六书、音韵诸书,靡不目治而手校之。性好饮,饮则必醉,醉则大谈高睨，意气奋发，以是负狂名。年四十四卒。

同人集醉经阁为消寒会，阅日赋长句记之

满天雪花大如斗，刮地狂风更怒吼。敝裘失暖炉不温，苦寒如此难消受。门外忽闻剥啄声，后有冯君前杨生。只缘排闷谋小集，眉飞色舞移我情。临期片纸导我去，岩峣杰阁城西路。相逢一笑无主宾，高歌白眼空今古。诸君意气各自伸，穷愁觙觙难泥人。诗句动期五百载，酒杯留照三千春。酒意尚浓诗思续，珠帘日暮明画烛。马工枚速各逞奇，咳唾字字生珠玉。嗟予寒瘦如郊岛，纵有诗篇谁道好。兴到浑忘白日落，苦吟几使朱颜老。呜呼斯会良非易，人生万事贵适意。君不见，王戎手自持牙筹，膏肓有疾徒招尤。又不见，殷浩罢官还热中，终朝咄咄长书空。上寿百年旦暮耳，系情名利非英雄。我辈生性本傲兀，琐琐肯与常人同。会须幕天席地作，大饮酒酣高歌击筑生长风。

涂月十九日集悔复斋祝东坡生日

天上奎星降蜀中，人间岁月正匆匆。蛰龙为想当年祸，磨蝎无殊我辈穷。一代文名齐永叔，几人心折得涪翁。从来名下多坎壈，不合时宜岂独公。

正值先生揽揆辰，清樽斗酒敢辞贫。诸君有意申前约，此老于今少替人。暮雪犹封山下路，朝云空忆镜中春。画图笠屐风流在，珍重心香一瓣真。

应启墀

字叔申，慈溪人。诸生。著有《悔复斋诗集》。

明季慈溪四君子咏

挟策走两都，两都烽火无时无。掉头归四明，四明无

处无甲兵。翁洲尺土不可守，乞师远向东溟走。东溟荒岛三十六，我公朝服拜且哭。可怜七日秦庭泪，博得东人钱一斛。明年有僧来告语，云是东师肯见与。束装载经随之行，国主以僧复见拒。归来转战回风中，大帅怒公急捕公。捕公亦不畏，榜公亦不跪。厉声怒目骂不止，五十余人同日死。冯簟溪。

烈士不畏死，畏死非烈士。忠臣不顾身，顾身非忠臣。扁舟出没波涛里，从亡海上复几人。海上杳眇多风雨，英魂恍惚常来去。安得梦中来告语，指与当年埋骨处。沈彤庵。

野鸡鸣喔喔，野外父老吞声哭。大星落前营，营前将士哭失声。雄师一夕捣大兰，大兰洞主跳出山。出山将安往，乞师向天台。行行北溪上，道逢团兵来。重囚累梏执之去，天乎天乎复何语。成败利钝皆有数，吾身可矢头可斧。斧铮铮，矢簇簇，前一主，后二仆，夷然而就戮。王笃庵。

鳌足忽断地柱倾，白衣书生起谈兵，麻鞋踯躅江湖行。江湖何浩浩，白衣白日能为盗。闭关十日索不得，跳身西走山阴道。朝出梅里园，夕死会城市。丈夫慷慨岂畏死，杀身报国意中事，惜哉孤负祁公子。魏白衣。

题叶霓仙同春遗词

境迫愁无极，才高命转妨。含思作凄婉，点笔到苍茫。绮语偿东泽，悲歌吊北邙。伤心天福靳，何处问陈芳。

暮行东山忽见梅花

看山不足绕溪行，溪外闲梅晚放晴。失喜横波一枝见，萧然照眼数花明。荒寒渐觉回春意，藓苔无心慰暮情。犹有梢头残雪在，坐听冻雀弄新声。

刘同书

字文卿,号鹤笙,慈溪人。诸生。

同文甫过天一阁有感

危亭怪石半参差,三百年来孰护持。岂有遗书留异代,只余杰阁著当时。苍凉古木风穿径,冷落斜阳水泻池。太息绛云楼已废,一般文物系人思。

和邓瑞人自题南阳小庐韵 录二

百战功高范蠡归,温庭筠句。风云犹是梦戎衣。自从劫历沧桑后,也逐严陵坐钓矶。

功名事业总沉浮,放眼湖山悟静修。岭上白云潭底月,不知人世有春秋。

郑廷鉴

原名丙章,字寿仙,号澄甫,慈溪人。璐孙。诸生。

周毓邠序遗诗略:澄甫为余姊婿,与余同砚席,有年成诸生,有声庠序。宣统辛亥,年三十六,遽卒。

生平所究心者,皆畸人格致之学。初未尝谈诗,其子士俊从故纸中搜得数十首,颇清婉可诵,为校正付印,署曰《觉庐遗诗》。

感怀

肃肃天边霜,荒荒原上草。急景凋残年,对此伤怀抱。人生天地间,荣名信足宝。因循一息顷,朱颜忽已老。晚遇安可希,立志苦不早。屏营下阶除,仰首视苍昊。

同冯君木游姜家隩

行行出北郭,渐渐少人家。隩小疑无路,山寒尚有花。但看秋色老,不觉夕阳斜。再到知何日,劳生共一嗟。

征夫

天高气肃晓霜微,万里征夫尚未归。静夜偏惊思妇梦,秋风先冷远人衣。城孤戍柝声何壮,路僻家书到亦稀。底事哀鸿鸣不已,一年一度向南飞。

春闺

窗外春光一望收,东风已绿柳枝头。子规何事惊残梦,不向征人向画楼。

郑鸿元

字维湘,慈溪人。诸生。

《家传略》:君秉性敦厚,自幼勉学,每试辄前列。宣统己酉膺选拔试,俛得俛失。辛亥后弃儒而贾。年四十七卒。

翁洲怀古

地置明州久,中罹寇祸倾。唐开元置明州,始析鄮地,置翁山县,旋废于袁晁之乱。续经昌国建,宋熙宁复建昌国县。更得古州名。元至元中升州。卫所经营善,明洪武间设昌国卫。谯楼气象宏。嘉靖中,倭入据城。寇平后,都督卢镗、海道谭纶增筑敌楼。于今新设治,耕读圣人氓。康熙间置定海县,后升为厅。

环海饶形势,徐王旧驻师。县东翁洲山,相传徐偃王驻师于此。镇鳌山锡号,城西北隅锁山,淳熙间赐名"镇鳌"。黄马水因时。黄马,溪名。其水流注民田,灌溉数百亩。仙去峰长在,峰在金塘山,世传葛洪尝憩此。倭平港不移。沥港近金塘,明都督卢镗擒斩倭酋于此。

农田劳犨画，犹忆万工池。池在岱山，今垦为田。

游雅宜庵

点尘不染雅相宜，竹满园中菊满篱。花事已残春雨后，钟声惯度夕阳时。门临鹳水寒潮急，楼对蟾山暮色滋。到此胸襟为一旷，安禅道味有谁知。

张星耀

字英梅，镇海人。诸生。著有《介园诗草》。

忆醒园次韵

弥月不相见，村居路转赊。家风崇菽粟，诗句丽云霞。烟暝蟾光湿，檐虚花影斜。为怜深夜坐，谁煮雨前茶。

寄讯刘山人午亭兼题紫荆花馆诗集 录一

肆志山栖苦不深，经年卜筑翠微阴。画图直接黄徐派，乐府长留汉魏音。满树紫荆春试笔，半窗明月夜横琴。可能一掬雁潭水，涤我年来入世心。

陈锡哉

字蔚文，镇海人。诸生。

《家传略》：君幼颖悟，博览群书，于诗古文皆有心得，极为慈溪冯梦香孝廉所赏。年三十一卒。

同县徐孝子行

我家东海头，鱼盐为生谋。中产隐君子，乃在乞者流。面垢而深墨，貌丑以伛偻。蓝缕破衣裳，鹘黑敝衾裯。伥伥市上行，得食是所投。群儿相侮弄，圈绳络其喉。倒扣引之地，泥污为涂㯱。大声呼阿母，群儿散且咻。残杯与冷炙，狼藉无一留。哀者招而问，喃喃犹相尤。多与不知谢，少与不知求。询其年几何，亦不知春秋。诳云汝母死，号泣泪交流。又云汝母至，引领急回眸。入门观颜色，问母日安不。母喜时亦喜，母忧时亦忧。取火执炊爨，持帚涤粪溲。得钱藏衣辫，得羹则以馐。朝出有定所，暮归无同俦。一夕母将死，沉疴不能瘳。中夜号呼起，邻人询所由。奔视其母死，醵钱相赠赒。孝子嗒丧形，旁皇且循周。犹思劝加餐，饭浆持缶瓯。既葬日哀恸，负土插松楸。乌鹊集其上，朝夕鸣啾啾。哭母无还日，念母心绸缪。哀毁不及期，随母埋荒丘。同室哀其孝，尸骨为敛收。同邑哀其孝，请旌发潜幽。噫嘻世之人，号称公与侯。肉食享兼味，烜赫出鸣驺。喜则厚所奉，德色以相酬。怒则加诟谇，骨肉如仇雠。比类而观之，情理何不侔。分固殊贵贱，器自别薰莸。书以俟君子，鸿文扬嘉休。并以示薄俗，一变河西讴。

促织

促织尔何意，日入向我鸣。幽响栖壁黑，孤影泣灯青。当秋百虫感，大小皆作声。独尔自不凡，能知辛苦情。申警傍万户，忧愁过一生。有麻尚未沤，有布尚未成。穷巷灯火暗，对此女心惊。岂独惊女心，凡事皆取听。绸缪未雨想，此理谁能明。

十四夜对月怀兄

又作经年别，相思更万端。亲年来日少，家境眼前宽。安得长陪侍，相将共博欢。应怜小儿女，遥对月团团。

寒夜有风二首 录一

倚枕窥窗影,月华昏未明。乍寒愁更集,无事梦还清。村柝远难辨,壁琴时一鸣。朝来隔邻语,卧听话新晴。

孟河晓发至小河口

行装低载小车轻,日影随人出树行。水阁菰蒲迷晓雾,野田荞麦晒秋晴。薄尘经雨皆牛迹,小港过湾有橹声。明日重阳隔千里,菊花多负故园情。

湖村夜宿

风卷蕉声入井栏,荒斋寂寂夜初阑。有怀明发偏难寐,才到新秋易受寒。孤月欲沉半墙黑,乱蛩如织一灯残。相思朋辈多零落,歧路伤心泪暗弹。

秋郊

散步亭皋木叶稠,寒山苍翠远烟浮。鸡声斜日村庄晚,雁影西风芦荻秋。地僻桑麻遵旧税,年荒秔稻减新收。老农及早储春种,好为明年东作谋。

首夏四首 录二

草封庭宇水平桥,家住横塘路几条。微雨萧萧三两日,新荷动处见鱼苗。

黄鹂晓啭陇头烟,雨霁风凉刈麦天。何处高歌水车调,细鱼成阵入苗田。

王继曾

字叶帆,镇海人。著有《绿野草堂诗抄》。

画梅

俨有冰魂来入梦,晴窗洒墨替传神。描成小影清于我,写出冬心冷不春。直把江城收尺幅,错疑姑射现全身。霜毫未许胭脂染,只恐红妆转失真。

漫兴寄邱蕴玉

匆匆把袂亦前缘,话别归来近午天。云淡风轻人意适,小桥流水听涓涓。

戴恒贞

字干才,镇海人。

忆梅

昨夜江南寄一枝,罗浮翠羽起相思。春回雪海花香里,肠断云山日暮时。隔岁空怀清友格,经年不见美人姿。何郎消瘦官衙冷,谁赋扬州忆旧诗。

戴恒械

字朴材,镇海人。

白莲

洗尽铅华饰,银塘欲放莲。冰姿和露洁,玉瓣映波妍。香雪迷鸥路,梨云压画船。凭阑闲眺望,明月满前川。

钟观诰

字衡臧,镇海人。著有《衡臧韵言》。

游普陀梵音洞 _{洞在惊鼓礌，为茶山尽头，世传观音化身处}

惊鼓之礌山之骨，石破天惊起仓猝。自从斧劈峡千寻，上蛟门兮下龙窟。蛟龙不见深似潜，况乃潮音惊兔鹘。潮音㵎洞如挝鼓，鼓音起处走千卒。闻之悸魄又坠魂，不信梵音如是发。或云洞上有圣灵，自在梵音来恍惚。璎珞法相鹦鹉随，鹤唳龙吟遝出没。是岂石廪堆祝融，抑幻海市起溟渤。姑弗与辩自穷探，无意祈福为跪谒。生平傲骨凌鬼神，何待饮醉始兀兀。

紫竹林得海藻化石

钟山浪士喜谭地，_{余家钟山下。}为谭地质穷地史。地有化石恣搜求，搜求有得畅吾旨。岛上信是化石薮，闻有紫竹石成理。荒藤剥藓不能埋，披荆斩棘先苴止。不见紫竹离离如我闻，但见海藻淫淫显可指。细为海萝粗羊栖，又拖裙带广数趾。_{此三种化石，现陈列于江苏省立第二师范学校中。}何乃佛氏选名山，附会为竹竹且紫。君不见，桃花山上桃花石，_{桃花山亦一离岛，在普陀西。}一样留痕泼墨似。知非佛力与推移，当从地质原其始。始时地质剧沧桑，海陆线非现形峙。水产蜕化成僵石，得就种类细辨只。闻之地质学家言，我越成陆第三纪。东亘日本旧成统，此岛自必同时起。_{按：中国地质历史第三纪，旧成统自南昆仑起，地层生大皱曲而成。支那山系在仙霞岭东北向，又成闽浙陆地，东海亦受影响，而成日本岛陆云。}支那山系东透迤，影响所及知有以。海若割地与富媪，更贡方物亦称是。尔来大块无奇变，阅尽星霜几层累。分层分布资探考，兹固种产自咸水。不谓虔持大士者，借称紫竹示信美。岭上原无旃檀树，名借祇树亦何诡。_{紫竹林在旃檀岭下。}意为华严经上语，紫竹旃檀遂指此。此去百里是钟山，亦有化石吾谁侈。

王继曾　戴恒贞　戴恒棫　钟观诰

登佛顶山

千级陂陁尽,层岚蹴踏来。云扶人共石,山顶有云扶石。山假佛为台。才卸衣尘重,频惊眼界开。海天应绝劫,身世已忘猜。

午游法雨寺

佛顶山头下,驰归寺外筇。白平花雨路,青豁薜门松。绀殿笼晴霭,高峰落午钟。行行来法界,谁道有云封。

登菩萨顶灯台望海

佛灯高矗顾瞻遥,岛浸沧溟小若瓢。鲸背微茫浮远屿,蜃楼隐见入层霄。几家渔舶归春汛,十里平沙没午潮。我欲结茅东海上,梅岑仙尉可相邀。

寄虞寒庄师

尊酒论文不厌频,置身早在古之人。霜天唳鹤清同韵,夜月看花淡有神。坠绪欲寻唐宋后,俊才应与柳欧伦。年来自抱名山业,肯许侯芭一问津。

蒋翼清

字玉庆,奉化人。绍灿孙。诸生。

《剡川诗抄续编》:玉庆好诗古文辞,尝搜罗乡先辈诗,分别汰存,欲有所著述。其诗清丽芊绵,善于言情。有《待删草》如干卷。

秋夜即景

海天风暗起,万里卷烟氛。少坐有明月,仰看无片云。楼高星可摘,山远树难分。此际怀人苦,炉香五夜焚。

寻普济寺僧

寻遍白云西,前溪复后溪。林深梵语静,山近鸟声低。宿雨润苔径,朝烟散菜畦。老僧无个事,岩下独安栖。

访吴山故居

独自登高访隐沦,云阶月地净无尘。迎门道士名难忆,煎茗山童意倍亲。柳色暗添今日路,桃花红似去年春。更怜燕子曾相识,庭畔依依欲近人。

次韵谢雨生感事四首 录二

渺渺乡关望眼赊,绝裾一别已无家。铸成大错六州铁,悔却虚浮八月槎。宗悫风长天外浪,文通才老梦中花。何来薄命遭磨蝎,竟作飞蓬逐水涯。

十载欢场一梦赊,笙歌席上记谁家。羡君风雅东山屐,笑我逍遥碧汉槎。红粉已残谁补曲,青山有泪只沾花。吴门此日重回首,杨柳依依傍水涯。

柳枝词 录二

阳关一曲漫成歌,柳色青青蘸绿波。若使当年攀折尽,更无人怨别离多。

风雨凄凄路欲迷,落花飞渡水东西。黄莺不管人离别,偏向枝头两两啼。

杨益生

字谦之,奉化人。监生。著有《行余诗草》。

登锦屏山

锦屏山好及春行,开尽春花不辨名。佛骨何年埋此地,人家无数隔重城。钟声远渡晴云杳，塔影高撑夕照明。还喜半山逢老衲，松阴坐石共闲评。

孙鏐

字铁仙，奉化人。诸生。官江苏宝山县丞。

《剡川诗抄续编》：铁仙嗜酒好游，所至喜广交。性落落不羁而急于功名，虽末秩卑官，亦欣然乐就。酒酣耳热，与论当世人物，意所不合，往往痛骂淋漓，不少假借。诗亦磊落如其人。

吊陆静山太史 录一

溺矣今天下，群然惧陆沉。那知君应谶，顿使我寒心。源溯宣公远，涛回浙海深。所忧邦殄瘁，岂特感人琴。

寓上驻跸有感

曾经宦海风波恶，却到深山意尚疑。高隐固难如我愿，卑官或可免人疵。但求暇逸余诗兴，好任疏狂学酒痴。日日溯洄溪九曲，临流差觉快襟期。

舒畅

字薇塍，奉化人。诸生。

背时花

不与繁华斗盛时，空山迟暮见幽姿。芳心庋俗招人忌，晚节留香系我思。已误瓜期惭碧玉，敢望艳句写乌丝。他年若作司香尉，乞借春阴好护持。

江北吊古

一曲春风行乐时，画楼烟系柳丝丝。而今弦管飘零尽，犹听人歌柳七词。

断碣残碑掩草深，一回凭吊一伤心。秋来冷落沧洲月，可有诗魂倚树吟。

方曾宸

字肖庵，象山人。诸生。

《家传略》：君事母孝，依依孺慕，居丧尽礼。伯兄墨仙先生早故，事寡嫂，抚幼侄，顾恤周至。喜为诗，有《畅予吟馆诗稿》。

访等慈禅院

古寺丹城北，闲来访老禅。涧泉分岸下，野竹蔽门前。曲院深林霭，僧房暗洞天。山中相醉罢，且抱石头眠。

海墩八景 录二

长河回绕水悠悠，曙色苍茫淡未收。十里鸡声茅店晓，一星渔火板桥秋。人行曲岸霜横屐，天压遥峰月坠钩。虽异关津通驿地，也曾来往钓鱼舟。 长河晓津

碶头斜日淡溶溶，云树迷茫暗几重。孤镜飞沉寒浦水，一丸摇落远山钟。村连西宅炊烟锁，岸绕东塘宿雾封。却好新晴闲眺望，珠山秀出两三峰。 石碶落日

南庄八景 录二

巍峨高郭拥层峦，山市人家入画看。杨柳楼台春有色，杏花村落锦成团。幽居东谷钟灵气，旷览南洋得大观。却是蓬莱仙境界，白云深处足盘桓。 北郭春山

南河一派绕长川，文阁凌虚倒影悬。两岸晓风驰马路，三篙春涨钓鱼船。民多耕稼陶渔业，人是浮家泛宅仙。遥指晨烟浓淡处，海塘村外岳头前。 南河晓航

柯凤锵

字子新,号籽莘,象山人。诸生。

赠宝梵寺云庵上人

昙花证果夙因缘,静结茅庵别有天。七轴经幢晨入定,一龛香火夜参禅。潭光乍悟灵心净,磬响常通觉性圆。读罢楞严灯寂寂,溪山深处和云眠。

咏金峨八景 录二

派分燕尾碧清涟,几处村家绿树前。桥影东西人踏月,屐声随水到云边。双桥流碧

螺峰浓似佛头青,秀出天成胜锦屏。深浅文章看不厌,归来独坐掩重扃。层峦叠秀

费紫章

字绶卿,定海人。诸生。

汤浚《翁洲诗征稿》:君自幼遍读《十三经》,长喜任侠,有干济才,惜未竟其用而卒。著有《蕴元山人诗抄》一卷。《岱山镇志》有传。

感时事和汤遁庵韵

手把金人着意摩,汉家宫阙近如何。筹边将相纷更易,华国文章劫运多。时局料难迁就去,浮生甘任等闲过。杏坛风雨重阳近,诗卷应呼鲤也哦。时君在书院课子

每依北斗望燕京,书上长安感圣明。欲与维新安赤县,愿同更始答苍生。用夷变夏疆臣意,借主留宾敌国情。报说秋风禾黍道,銮铃凄断雨淋声。

除夕感怀

春光欲泄柳含姿,绾住韶华未放丝。但祝东风齐着力,莫教春色有参差。

亭亭修竹荫幽栖,黛色参天一望齐。从此分栽三径外,怕随疏密判高低。

厉支石

字云裳,定海人。姓涛子。贡生。

寄怀汤遁庵次原韵 时在普陀就馆

九天飞下碧云笺,陡拨新愁上旧弦。十载交游半白屋,一灯风雨老青毡。不妨名字呼山贼,且冒头衔署地仙。我辈穷途翻自壮,肯将衣食受人怜。

闻说桃园宴谪仙,客窗能更几回眠。君当行乐逢三月,我负看花已十年。康乐咏歌原不让,惠连群从最相怜。会须遍觅娲皇石,添补离人一段天。

两载光阴指一弹,旧游如梦半阑珊。相逢莫放开怀饮,既别方知见面难。兰有素心香自远,梅余傲骨味偏酸。他时若得连床话,休作寻常日月看。

汤铭篆

字璞庵,定海人。铭策弟。诸生。

汤浚《翁洲诗征稿》:余弟璞庵工书法,于汉魏碑帖尤深研究。诗不多作,偶一寄兴,笔亦不俗。有《祝萱庐吟草》一卷。

和陈伯谦参军留别原韵 录一

竞传政教太丘贤,借寇难成欲问天。遗迹梦萦徐穉榻,归装书载米家船。有缘鸿爪留深印，无赖骊歌促别筵。浊世能清人有几，伟然高节厉风愆。

题朐山唐碑 录三

紫金山麓草青青，千载犹留墓志铭。书法浑雄兼秀劲，不令终古没泉坰。

朝家岁月数开成，片石摩挲感慨生。倾国名花都不见，独留芳躅寿贞珉。

蓬莱自昔在人寰，岂是虚无缥缈间。始识当年归鄮县，朐山犹未隶翁山。

《四明清诗略》续稿卷六终

四明清诗略续稿卷七

鄞　董沛　孟如辑

王慈

字学洙，号棠斋，又号杏村，慈溪人。光绪戊子岁贡，宣统己酉征举孝廉方正。官台州府训导。著有《王征君诗稿》三卷。

王仁元序诗稿略：师内行纯笃，沉默寡言，无故未尝废著述，积稿二十余种，皆手自写定。晚遭沧桑之变、故国之戚，生死不忘，著《续击衣剑》以见志。其诗不矜才，不饰智，妙造自然。间有触绪，抒写苍凉悲感，如风人之咏《黍离》、屈子之赋《天问》者，皆辛亥以后作也。所著书如《汉书地理志重校注》《宝燕斋杂著》《随笔》等，均毁于火，存者仅什六七，其已刊者，唯《张苍水全集校勘记》四卷及《诗稿》三卷。癸丑以疾卒，年七十有八。参《家传》。

由古天童至南山访密云祖师栖真处

望望山之阿，苍翠林阴庇。伊昔义兴师，结茅居此地。幽寂契禅心，精诚感天意。遂令龙化人，日来供粮饵。厥寺曰天童，寺名此取义。云是开山祖，到今传其异。后来悟祖兴，佛殿新建置。旧址不可没，庀材为缮治。卓锡大宗风，中有师宏智。自晋迄前明，事事碑记次。我来约伴游，一径穿云翠。山僧出邀客，天花乱飞坠。汲泉试新茶，清香破午睡。倚楼一瞻眺，记取云鬟媚。摩挲古碑碣，使我心为醉。兴言往南山，南山亦幽邃。额题祖师在，到门见三字。更上一层楼，杖屦高庋置。斯僧太荒唐，欺人适欺自。安有前代物，依然称坚致。小憩集山门，林鸟轻展翅。好参木犀禅，院中有桂树一本，颇大。临风惬遐思。此游穷探幽，快哉身意遂。笑彼世俗人，何时绝尘累。

梦中有以采药图小影属题，走笔以应，比醒而语皆忘，但记为五言古诗而已，爰拟作一首

吾闻三世医，神方夸肘后。有方若无药，卢扁呼负负。药石纵联称，针砭特其偶。所以古神农，百草尝诸口。君也具青囊，欲与良相偶。橘井效苏仙，济世意良厚。怎奈当今世，人心病狂久。近更难救药，谁施医国手。不然泰西人，炼丹遍药臼。何君犹昧然，一肩荷锄走。意者违世变，隐身托岩阜。迹类荆蛮逃，去去不回首。伊我感沧桑，恨无中山酒。安得云深处，同作采芝叟。

九日登芦山

人事沧桑变，空山阅古今。每逢重九日，几辈快登临。木落风声健，天高雁影沉。振衣一长啸，顿起百年心。

中秋前一日访吴瑶卿贰尹廷琨不值

俗吏风尘外，依依喜识君。相逢情恳挚，不独语殷勤。看竹迟今雨，寻诗感暮云。最怜来夜月，分照不成群。

冬晚偶成

冬烘头脑笑书生，何处潜居寄笔耕。山送余青嵌户牖，树催残碧压檐楹。霜天路滑倚行屐，雨夜窗寒殢短檠。莫道敝裘堪坐拥，倦听宵柝到深更。

一病

一病从教赋篞兮,病后畏风,故以诗《篞兮》自况。养身镇日小楼栖。倦来残梦披衣续,懒到新诗倚枕题。十里云烟哀断雁,五更风雨乱荒鸡。年华老去精神惫,慷慨空浇酒满提。

山居即事 录一

书城坐拥漫言贫,破帽残衫亦宿因。涉世长如沉醉客,怀人偶作苦吟身。山深寻寺云为导,江晚横舟月当邻。啸傲烟霞缘底事,非夷非惠寄吾真。

题画

半山斜日红无赖,一路流云碧可怜。好景天然谁着笔,画图翻要借诗传。

沈廉

字约园,慈溪人。贡生,宣统己酉征举孝廉方正。官定海训导。著有《冷香馆诗抄》二卷。

汤浚序诗抄略:先生为定海校官垂十余年,清介自持,一尘不染。生平无他嗜好,公余之暇,唯以诗酒自娱。晚年遭逢国难,忧国忧民之思时见于吟咏。兼善古文辞,所作不自收拾,大半亡佚。丙辰冬以病殁于家,年七十有五。

白莲吟为谢贞女作

贞女,慈溪谢铨第四女,少字同里沈经德,未成婚,经德瘵死。女闻讯持服,屡欲过门,父母尼之。乃依母以居,时以针黹易钱,供母甘旨。年三十三卒,母从其志,以柩归沈,与经德合葬焉。时光绪十四年也,有司上其事,旌表如例。

池上生白莲，花开白于雪。一枝许赠郎，狂风吹不折。一解

莲池水如镜，晶然照妾心。妾心比莲苦，痛绝白头吟。二解

郎病妾不知，郎殂妾不见。饮泣对莲花，恨郎未识面。三解

慈母爱花深，持花将改命。采采谢旁人，白莲有本性。四解

茅屋鹧鸪鸣，声声行不得。聊报养花恩，剌花娱颜色。五解

莲花永留香，埋香干净土。宿草萦荒坟，与花同千古。六解

和孙补三广文原韵 录一

局促辕驹似，官卑莫疗贫。年华如逝水，学业负传薪。老至情弥怯，时危道不伸。临深履薄意，且自谨吾身。

溧阳幕中秋夜不寐

雨歇新秋夜气清，半窗凉月照床明。寺钟乍动人声静，衙鼓频催客梦惊。目醒鳏鱼悲往事，心随飞雁计归程。旧交多少先鞭着，又听星轺出帝城。

感事 时在庚子，寄某太守 录二

冰簟凉侵暑未残，夜深依斗望长安。欺君谁主招张角，愦敌何人比曲端。海外寇深纵已合，局中劫急解应难。讵知宵旰忧勤日，丝竹东山尚赋闲。

帝城高拱逼狼烟，兵谏原殊楚鬻拳。借箸亟思筹善后，覆车何昧鉴从前。董贤失律忘君宠，聂政徇身独姊怜。蛮

府参军奚足惜,剑光衣血任飘翩。

辛亥冬日柬补三

衰龄容易岁华催,黍谷阳和春又回。竹院凝霜迟笋茁,梅枝待雪靳花开。北来消息狼氛逼,西望音书雁影猜。离索况增时事感,熙熙何日共登台。

秋日遣怀

欲解愁肠转益愁,木犀香里坐科头。纷更时局难言事,衰老心情易感秋。小病却医书作药,冷斋无客酒成仇。桃源何处衣冠古,空听渔舟隔浦讴。

胡宋谱

字松圃,镇海人。贡生。宣统己酉征举孝廉方正。

友人夜访

清风一径幽,明月半窗静。童子报客来,踏碎庭花影。

落叶

饱餐霜露力难支,踪迹飘零此一时。待到明年春有信,敷荣又在最高枝。

陈濂

字占溪,鄞人。宣统己酉拔贡。分发安徽直隶州州判。著有《羊山牧人诗稿》。

感遇

孤凤栖梧桐,鸣声闻丹霄。文采世无匹,戢翼避鹞鹩。宇宙一俯瞰,山川郁寥寥。卷阿寂无人,燕雀耻啁嘹。行藏与世违，遑问道长消。

叠韵送雪翁游四明山

木落远山多，堇江冷不波。溪鱼惊叶影，山鸟答樵歌。秋易催人老，情难历劫磨。无缘携手往，孤棹奈君何。

残冬书怀

日月跳丸疾，风霜逼岁除。雪封灯焰冷，夜静柝声孤。欺世号新学，抽身拜老儒。蓬门愁不解，岑寂类逃虚。

昏灯

穴鼠窥人出砺牙，昏灯无焰暗窗纱。梦回云锁巫山月，愁绝烟凝白下花。孤枕秋风闻楚角，征人雪夜怨胡笳。长门买赋朱颜改，听彻宫筹感物华。

乙卯立秋日寓宝严寺题壁

客来避暑借禅房，望里纡回石径长。秋到深山先入寺，月遮丛竹半窥墙。人声获稻冲朝雾，僧影穿林归夕阳。红粟青齑唯一饱，不知尘世梦黄粱。

谢文运

字灵甫，鄞人。著有《东村自娱草》。

《家传略》：君擅书法，好游览山水，年五十始学为诗。国变后，蓄发拥高髻，葛巾布袍，翛然世外。日以饮酒赋诗自娱，暇或助子治田圃、簖蟹网鱼，以给生计。须眉皓白，仪容修伟。卒年七十六。

残秋晚步

古庙临清溪，溪桥若岩洞。曲水不通舟，游鱼自迎送。

水鸟啁啾鸣,渔父破残梦。山外夕阳斜,倚笛成三弄。

雨后

泥滑愁难出,乡居独掩扉。雨余残溜滴,风定落花稀。水急鱼偏跃,云深鸟倦飞。春衣犹病薄,天气与时违。

暮秋

满目江边树,秋声已飒然。雪翻芦苇岸,霜近菊花天。蟹舍安新枷,渔舟起夕烟。暗潮生古渡,伫望月轮圆。

泛东钱湖

一叶扁舟破浪行,浪花高起与船争。远帆宛似穿林出,孤屿低从隔岸横。临水人家成岛国,谋生渔业代躬耕。晚来风定篷窗稳,湖面平铺镜样明。

王仁元

字体君,一字于善,号晓堤,慈溪人。贡生。著有《留集诗文草》。

王慈跋略:体君好为古文词,其稿曰《留集》,凡三卷,余为审定。诗则恂恂无华,自写性真,亦颇有可存者。

春日独游自蒋家山至里夹岙

阳春饶烟景,寻胜出蓬门。随山恣前进,乍觉天气温。晴岚松顶合,清泉石罅喷。峰回路忽转,豁然又一村。三面皆负山,数里半平原。参差列屋舍,纵横起田园。林林松竹茂,灼灼桃李繁。人烟袅空际,鸡声彻隔垣。门无车马至,地绝廛市喧。此中人相识,与我叙寒暄。徙倚忘时晏,高树暮云屯。浩歌归去来,山月上黄昏。

谒林和靖先生墓

先生好幽隐,小住此孤山。人去梅长在,亭空鹤不还。荒坟春草绿,华表夕阳殿。怀古一凭吊,高风想像间。

秋夜舟过小新坝吊王艭莲广文

鼓棹趁宵征,蒹葭白露横。伊人偏渺渺,秋水自盈盈。东道前番主,西江旧梦惊。小新坝东去之江曰西江,广文因自号西江散人。具园一回首,广文读书处曰具园。两岸月孤明。

秋日太平桥晚眺

无多秋景晚来饶,凭眺城南第一桥。江上断霞渔父艇,道旁斜日牧童箫。千林枫落余残叶,两岸芦倚急暮潮。咫尺黄山若排闼,高衔岚影控层霄。

丁酉秋登葛岭作

榛棘丛生葛岭旁,当年行乐贾平章。半闲堂址今何在,蟋蟀声中冷夕阳。

郑廷琛

字子刚,镇海人。贡生。著有《荇沚遗稿》。

洪允祥序遗稿略:先生少孤而嗜学,髫年遍诵群经,稍长就傅于杭。所学益深雅,尤工举业,从游者甚众。教允祥不拘绳尺,尝谓之曰:"汝且读《史记》《汉书》《文选》,第通兹数书,纵不得科第,无害为学人。"并捐脩脯购书,授之曰:"即不能熟诵,当思日有所益也。"鼎革后,键别室读古人诗,击节高吟,声厉金石。乙卯正月卒,年五十七。

张资生归自武林，招同游觉渡寺，临别以诗贻之

知君不得意，一出即言旋。世态原无定，书生剧可怜。芒鞋来佛地，尊酒共诗禅。相别还相语，依依欲暮天。

清湖四首 录二

千家带水自为村，野市通桥船到门。地夹三河佳气聚，山分一角外屏尊。秋风禾黍平畴接，春社枌榆古道敦。历劫红羊幸无恙，被人呼作小桃源。

烟波淡荡画图如，泛棹来游眼界舒。一抹津亭斜照里，数声兰若暮钟初。春风杨柳摇吟榭，秋水苹花映舫庐。中有诗人似逋老，南园日涉赋闲居。

野望

秋尽江头策蹇行，西风惆怅不胜情。荒原白日苍鹰下，极浦寒云断雁鸣。宋室河山无净土，少陵身世可怜生。我怀何处堪陶写，愁听萧萧落叶声。

于尹诰

字莘拔，原名梦庚，字星白，镇海人。诸生。

《镇海县志稿》：尹诰为梦奎之弟，兄弟皆勤学能文，恂恂修谨，为乡里所称。

感怀时事 录一

流言东国骇传闻，未许元公摄政勤。人说地应归大汉，我忧天欲丧斯文。报刘不复存诸葛，臣莽何须笑子云。中夏试将夷狄比，果如孔子叹无君。

范麟

字文辉,号玉麟,鄞人。显藻子。贡生。

《家传略》:君秉性孤特,制行清苦,好研穷经义,其文如其为人。事母孝,两娶皆前卒,自以早衰,且虑无以惬母心,遂不复娶。安贫粝食,而养母特丰腆。国变后,闭户读书,不与世接,或市肥鲜供母,每出必以夕,盖编发如常,不欲以自见也。卒年五十九。

哭苏丽生

人性何以贵,曰唯孝与弟。无如三代下,此风日以替。城西有苏君,瘖然具粹诣。溷迹城市中,抗怀天人际。刲股等张密,同居慕公艺。弟子即吾子,教爱无或异。家艰只身支,俚勉勿自憩。宅心既醇粹,制行尤峻厉。嗟哉年未艾,飘然辞尘世。竟抱邓攸悲,颇怪天道戾。天道远难论,人心宜不敝。庸庸万辈中,孰辨义与利。而君独勤修,堪与古人俪。介弟辱下交,凤订芝兰契。书状来征文,聊与揭真谛。岂足增君重,借为薄俗励。

东钱湖史卫王墓

石磴参差百尺崇,好从绝顶筑幽宫。生前位已跻臣极,死后魂犹作鬼雄。断碣漫寻荒草里,颓垣犹峙夕阳中。恩仇抵死成何事,枉说当年定策功。

陈廷扬

字锡龄,号雪舲,又号砚农,鄞人。仅孙。贡生。

《家传略》:君读书明忠孝大义,尝刲股以疗亲疾。既成诸生,郁郁无所遇,遂绝意进取。遍游名山水,遇幽绝处,辄流连竟日,吟啸忘倦。

国变后,睹时事之日非,自以世家不甘食周粟。时而悲歌狂啸,时而拊膺痛哭,欲以身殉。著文曰《延喘生》,自叙曰《续离骚》,诗曰《寒林鬼唱》,佯狂以终。

丁未季夏偕陈占溪、王蕉雪、励建侯、陈仲思、季衡昆仲同游天童寺

我爱名山游,良朋订宿约。九十负韶光,倏忽夏已末。飞雨涤炎威,披襟快风飒。向晚放扁舟,尘虑顿开豁。把盏畅豪谭,露顶狂坠帻。晨起乘笋舆,争穿松径狭。红曦漏林间,流云截雨脚。矗矗望群峰,去天疑咫尺。起伏势参差,螺鬟沐翠发。同游况仙侣,洪崖肩共拍。邀我饮琼浆,小坐石梁侧。山光若引人,万朵芙蓉削。郁葱蕴奇气,人意与挺拔。慨叹时事非,匣剑怒欲跃。探幽豁闷襟,来访天童刹。小隐想逃禅,善识证古佛。仰止玲珑岩,联名勒崖石。愿学苦行僧,奚俟当头喝。倘遇云中仙,慰我寸衷渴。归来谢山灵,回首白云白。

和张子理自题小影韵

须眉飒爽意清闲,不用金丹苦驻颜。用东坡句。逋叟孤高花作伴,米颠寒瘦石同顽。小亭凉月流莺语,荒径飞云独鹤还。欲访蓬庐歌啸处,定依青嶂碧萝间。

壬子十一月集同人作销寒会即席有作 录一

满腔块垒一樽浇,寒却能销愁未销。阅尽沧桑多难日,吹残湘竹可怜宵。飞觞结客雄心触,击剑伤时短鬓凋。欲访野梅开也未,拟将踏雪过溪桥。

叠韵和竺静甫检讨兼柬诸君 录一

酬唱新诗订古欢,唾壶击缺烛光寒。奇文合共梅花赏,

佳句应将枣本刊。教我洗心餐玉髓,问君换骨乞金丹。侬今竟体皆芳洁,杂佩深秋九畹兰。

春暮杂感 录一

繁华阅尽眼分明,莺燕留春不住声。世味早知同嚼蜡,交情深愧学调饴。红尘到处成浮幻,青史谁人记姓名。蝶梦酣痴何日醒,惹将百感对孤檠。

绝句 寒林鬼唱十六首之二

翘首皇都泪满襟,烟尘四塞压重阴。中兴名将无曾左,今日神州竟陆沉。

海角孤臣鬓已霜,可怜世宙忽沧桑。冬青冷落无人问,独立斜阳哭断肠。

周秉乾

字品纯,号遁园,鄞人。振玉子。

《家传略》:君能诗,善医。国变后,蓄发隐居,以医自给。著有《遁园诗稿》。

题朐山唐程夫人墓志 志于宣统间在定海朐山出土,岱山汤君尔规广征题咏

自唐以后,逾年千有七十一,定海朐山乃见夫人之碑碣。山谷变迁名称殊,独有此文不磨灭。汤氏兄弟驰书纷纷征题辞,歌咏名士罗吴越。噫吁嚱!夫人有夫复有子,青年亦足慰其死。恩情血泪凝一纸,伦常不泯应如此。兵燹不灭至性文,风霜剥蚀无情字。此碑巍然存,天心谅足恃。咏歌何足重夫人,文献翻足征信史。嗟我居苫次,见之泪如丝。夫人有子能举哀,我为鲜民兮抱痛。风木之余悲,济世饶著述。潜德郁不开泷阡,表墓恨无才。先人之

寿宁曰竟尽哉，夫人懿范千古垂。吾有庭训不可追，今抱遗文据理推。愿我先人集，犹此夫人碑。

苏象贤

字子嘉，鄞人。诸生。

忻江明曰：君朴讷少文，为学务实践，尤敦内行。吾家秉良明经，仲安、广文昆季事母孝，君闻风径造其家，修弟子礼，步趋唯谨。广文殁，不克葬，为经营奔走甚力。家贫以授徒自给，绳床甕牖，布衣疏食，晏如也。生平不乐素餐，不涉非礼，冠服不徇时制。年六十余，完发以终。

咏蚕茧

到死春蚕已尽丝，层层束缚复何之。待看蛹化成蛾日，别具经纶出世资。

读日知录有感

板荡怀君意最勤，著书见志倦尘氛。挥戈莫遂鲁阳愿，六谒思陵吊夕曛。

王清源

字芹生，号石翁，慈溪人。诸生。

《家传略》：先生生有至性，雅慕高洁，文笔古奥，不得志于有司，以诸生终，视荣利泊如也。国变后，键户读书，人罕见其面。病中尽焚其遗稿，诗二十余首，其友何条卿为收存之。

古意

密愁织丝丝千缕，九曲珠心心独语。乞将巧手补情天，天孙依旧银汉阻。芙蓉浥雨褪娇红，罗绡奈此严秋风。入秦赵璧梦完归，暗卜团圞明镜中。娲皇炼石遗何地，重重茧裹枯蚕泪。万镒黄金铸不成，为君铸就相思字。

犀簪玉瓯珠夜光，迎风飞去舞群香。赤凤不来歌凄惶，汉宫沉沉刻漏长。孤蛩埋砌声幽咽，卢家少妇空明洁。铜盘仙露泣千年，江海断流巫山灭。

天门行 并序

北行之晋，入山过俗所谓四天门者，而南天门尤称险绝。予前二日病作，惫甚，是日，到天门，觉精神甚振，雨霁天色清朗，遂步行造其巅，高瞻远瞩，因笑曰："渺乎小矣！"行客咸哂予狂。嗟乎！予之见解不同于诸客者，盖有故焉，暇日忆及遂赋之。

登天门，天门高。吁嗟行人何其劳。天门不高，行人不劳。君不见，蜀道之难蚕丛及鱼凫，黄鹤猿猱日夕相悲号，令人听之朱颜凋。阊阖自古称天门，轻身遐举求仙真，中唯龙气乘飞云。今之天门设隘口，俯视区区真培塿。底事行人犹苦嗟，车马栖皇多垂首。我到天门，舍车徒行当头日迓，夹耳风生。罗万象以荡胸，邈四郊之纵横。但觉性怡而神旷，安有目慑与心惊。因叹世间人事本无定，荣瘁只分心寸径。镂名刻利热中肠，片语清凉谁投赠。吁嗟乎！天门不高，行人不劳。翛然行李一肩书，巉岩异路亦康衢。名利关头渺烟雾，康衢即是天门路。

晚出北城小立

出城不觉晚，山树含斜晖。当日慈湖上，高风未可希。空吟抚琴曲，想见孤鸾飞。寂寂僧归去，禅林待掩扉。

情怀

斗室绳床阴雨天，蓬头赤脚枕书眠。情怀淡绝不堪寄，梦折华峰十丈莲。

何其枚

字条卿，一字芰湄，晚号倦翁，慈溪人。贡生。著有《一席庐诗稿》。

杨鲁曾撰《传略》：君少习举子业，兼涉诗古文词，宿儒梅友竹先生喜苏诗，与君为忘年交，君亦效其体而为之。当时有励志学社八子，君其一也。所居危楼一角，杂莳花木，得诗黏窗楣殆满。事母孝，与兄弟相友爱。国变后，杜门修天伦之乐，吟诗饮酒以自遣。卒年六十五。

为张梅岩先生题小九嶷山石

山方二十有余里，望之疑似有九峰。因而名之曰九嶷，嶷本与疑字相通。见元结《九嶷山记》。吾友梅岩张先生，昔年乘樏游其中。犹恨此山看不足，为移山石当清供。冈峦体势天然具，俨如舞凤参飞龙。匠心独运施点缀，亭台栏榭夺化工。我过其宅立庭下，周视南北与西东。仿佛归来从五岳，开拓万古之心胸。其时先生作记振笔书，笔势翩翩若惊鸿。形容唯恐不尽致，题诗更请陈孟公。钧天广乐非凡响，群仙联袂下碧空。愧我何能续其貂，乃欲强之为附庸。不顾人笑姑放胆，瓦釜亦复争琤琮。毋令与我同庚叟，谓老友陈雪樵。见山独有搜句功。

题内弟冯君木逃空图小影

彼何人斯惨厥容，突兀露顶顶已童。乌有先生亡是公，拍肩捋袖相追从。视妻已与法喜同，削发还复求童蒙。君木并令子削发。顶上肉髻琉璃筒，一丝不挂朝大雄。两脚若再踏软红，来世誓不生诸冯。我怪冯子何梦梦，天下溺矣畴为功。百川失障莽决冲，青山一发砥其中。非君其谁我欲恫，一毛不拔归虚空。众生不度甘长终，慈悲未必鉴苦衷。离骚投入冯夷宫，苏荃犹思写爱忠。况今吾道未为穷，木铎正当振瞶聋。大声疾呼天可通，默而逃去胡匆匆。我将排云乘丰隆，四方上下寻君踪。太空忽闻足音跫，使君欢喜生心胸。归来归来兮，无南无北无西东。

赠梅友竹先生

骢马桥南一老翁，九皋鸣鹤九秋鸿。一枝伯仲临沂笔，两鬓飘零杜曲蓬。贪食神仙同脉望，不辞贫贱怨苍穹。年来杖履逍遥甚，长向慈湖理钓筒。

自浔阳经南昌至新喻就席罗坊征局杂述四首 录一

滕王高阁百花洲，形胜西江第一流。楹帖选抄才子笔，客囊频付酒家楼。浑忘溽暑过三伏，又促奔波买一舟。白石黄沙渝水路，橹声欸乃浅滩秋。

即事呈王孝廉

洪流氾滥失防堤，侧出横行满涧溪。蝉翼千金听倒置，莨稗五谷任分携。鲸鳞欲动江湖隘，鹏翮将翻霄汉低。雉有山梁雌可守，愿收舞剑谢鸣鸡。

园杏盛开感成绝句

桃李有花随后开，直须呼唤作舆台。红梅先落非无意，知有春风二月来。

《四明清诗略》续稿卷七终

四明清诗略续稿卷八

鄞　董沛　孟如辑

王筠仙

江苏青浦人。鄞县知县王鼎勋女，慈溪董涧香继妻。著有《绿天庵诗稿》。

叶同春撰《传略》：恭人为王青甫大令第五女，父因事遣戍，誓不嫁，逮父归，适董六年而寡。孝事迈翁，课前室子震、霖如己出，后皆成诸生，皆早卒，复抚两孙寿章、锡光成立。暇则吟诗作画以自遣，有《画语》二卷、《画稿》二卷，诗曰《绿天庵集》，多漆室之哀音。光绪己卯钦旌节孝。

送弟别后作此寄之　弟名直养，字牧生，前官台州宁海县典史

送君渡寒水，归来对明月。明月何皓皓，照我相思骨。相思不见君，辗转声哽咽。望断寒云寒，冲破雪江雪。雪江风凛凛，吹送远行客。帆影随鸟飞，月影随波灭。波摇天地清，波流天地阔。天地何渺渺，羡杀凌云翮。

寄桐阁姊

江南同一别，梦里几相逢。月下添长恨，花前忆旧容。半窗红烛泪，万里白云踪。愁思难成寐，萧萧远寺钟。

思乡寄弟

黄卷穷途客，青灯老病身。几时把杯酒，重与慰愁贫。

杜宇他乡泪，梅花故国春。回头金粉地，万里白云昏。

病中述怀 录二

人事递相谢，孤儿惜尚痴。虑难承世业，奚忍废扶持。德薄家何赖，时衰病亦欺。安能超世外，忧乐泯吾知。

憔悴年来甚，吟哦只自怡。缠绵蚕裹茧，断续藕牵丝。不信愁如病，聊凭泪作诗。却怜浮世事，总觉耗神思。

秋夜思亲

习习凉风动我思，离人对景不胜悲。碧梧叶落秋深候，丹桂香飘月满时。夜半啼猿惊冷早，天边归雁寄书迟。深闺已觉霜华重，异域何堪白发羁。

寄伯姊莲君

庭院秋深叶落初，离怀潦倒酒樽虚。月明辽海风尘隔，病到衰年骨肉疏。数载分飞千里雁，他乡寥落几封书。当时曾有西湖约，买得春山好共居。

新年有感

新年又向愁中过，三载悲君梦不通。蜡烛已残今夜泪，梅花犹放旧时红。闲门日掩亲朋绝，小院春寒樽酒空。闻道元宵灯火盛，几人欢赏月明中。

闲中偶咏

帘外霏微雨未停，小园花事渐飘零。休怜好景三春短，且喜黄粱一梦醒。人为有情翻自累，病缘多药转无灵。近来领略闲中趣，莺啭深山隔树听。

病中

宝鸭灰残久断香,深闺日日废梳妆。鬓毛渐逐庭花落,愁思还随砌草长。瘦影漫曾嗤贾岛,懒情应不逊嵇康。问余闭户缘何事,半恋诗书半恋床。

题红叶吟诗图

缘自三生定,诗凭一叶通。长门关不住,流水出深宫。

新秋卧病思亲

连宵风雨涨秋波,病里思亲入梦魇。想见庭帏当此夜,忆儿心较忆亲多。

柳絮有感二首 录一

晴桥流水一溪烟,渺渺青云漠漠天。借得春风千里力,先教吹到玉门边。

落花十首 录二

东皇管领力难支,片片残红堕地迟。蝴蝶不知春已去,香魂犹自绕空枝。

薄雾轻云锁画楼,红消粉褪倩谁留。榆钱满地诚何益,不买春光只买愁。

长江

长江万里拍天流,滚滚波涛送客舟。一剑无情挥不断,几时流尽别离愁。

方云

号竹居,慈溪人。陈景高室。

题陈纫斋画剩 录二

闻道陈君子，_{宋陈之奇，人称陈君子。}纵横笔有神。一编夸绝世，六法有传人。水石钟天秀，峰峦自古春。相逢惜迟暮，许否问迷津。

钿阁弄柔翰，正惭无导师。读君新画稿，令我动吟思。气蕴诗书厚，胸罗岩壑奇。心香焚一瓣，盥手绣吴丝。

王慕兰

奉化人。四川酉阳直隶州知州王麟飞女，四川保举知县董茳室。著有《岁寒堂诗集》。

周善安序诗集略：慕兰姆师，诗人也。其先太翁个山先生仕川蜀，姆师随侍。秉承家学，能为诗。处境极困。父殁，适同邑董君。兆茳君以劳擢县令，仕途颠踬，未克竟所用。旋里后，家贫，子方乳，饥驱求食，授徒里中。居无何，竟失所，天乃假诗以写其忧思，极淋漓感喟之致。比年长，邑中作新女校，束脩所入，以十分之二助校中。复倡办霞溪学校，热心教育，尤人所难。吟咏之工，其余事耳。

九日锦屏山登高歌

秋容萧瑟秋风号，锦溪水碧锦屏高。挈伴登临旷心目，四山起伏若波涛。远村近郭涤场圃，斗酒糍糕慰辛苦。白云红树菊花黄，点缀秋光尤媚妩。唯我对菊意自伤，年年珍此晚节香。落拓半生常作客，客中二十度重阳。一事无成头雪白，徒尔以心为形役。翘首茫然望八荒，欲挽狂澜更无策。直北愁闻洪水灾，兵阻衡阳雁不来。同室戈操滇蜀地，罡风催动阵云开，只此净土恶氛远，强颜勉劝加餐饭。回头笑问塔中仙，明年此会知谁健。

即景书怀 录八

僻地寒暄异，山斋景物齐。连畦蚕豆熟，绕屋佛桑低。别恨惊残梦，新吟拣旧题。欲归归未得，愁听杜鹃啼。

山庄连日雨，霢霢复霏霏。空翠侵书帙，余寒试袷衣。林昏莺不语，花妥蝶慵飞。楚客愁无那，沉沉昼掩扉。

入夜雨淋铃，凄凉不可听。催人双鬓白，伴我一灯青。风拂松涛壮，炉添椒火馨。明朝有晴意，依约两三星。

鸟语惊残梦，纱窗日影红。连朝梅子雨，殿候楝花风。人意晴方好，山容画不工。研朱晨课毕，含思倚帘栊。

畴昔同心侣，迢迢隔绛河。切磋谁得似，想念近如何。月照啼痕湿，年催鬓影皤。唯存旧书札，时复一吟哦。

有妹天涯隔，离情暮复朝。鳞鸿经岁断，琴瑟几时调。别去十年久，归来万里遥。嘉陵江上水，不接浙江潮。

永怀思我弟，飘泊赋离居。不事求田舍，唯知读父书。充闾期在尔，补屋独愁予。何日重团聚，都令恨事除。

似病还非病，缠绵一种愁。自怜金玉质，翻累稻粱谋。细雨知梅候，余寒近麦秋。乡心如逝水，日夜向东流。

薄命曲 录一

手把菱花镜自看，驻颜何处乞金丹。空从苜蓿谋朝食，唯有梅花耐岁寒。情好岂因新旧异，穷愁愈觉别离难。萧萧落叶催庭树，绿绮生尘不忍弹。

秋日山居

飘零琴剑寄天涯，小住山村景物赊。万个绿围君子竹，一帘红约女儿花。生成薄命愁无益，虚度韶光岁又加。唯有鄙怀欣慰处，晴窗课子学涂鸦。

怀九宜楼旧居有感 录一

万竹村居日系怀,九宜阁是读书斋。巢倾画栋空完卵,草长平台忆断钗。片石难将天是补,百忧无复地堪埋。不随人事沧桑感,一树婆娑旧日槐。

除夕

雨雪霏霏岁暮时,自怜双鬓已成丝。惯尝世味如鸡肋,未尽名心说豹皮。恩怨苦争徒齿冷,离情蕴结费神思。庭梅不管人间事,又放垂垂白玉枝。

喜晤云亭二弟又言别 录一

南北东西慨久违,雁行何忍再分飞。此心愿托清溪水,一路潺湲送汝归。

题晓妆图

静对菱花若有思,梳云掠月意迟迟。自怜绝代好颜色,懒把眉痕画入时。

落花

萎紫蔫红倚夕阳,纵然憔悴尚留香。天生丽质宜珍惜,莫漫随风乱出墙。

俞因

字季则,慈溪人。岁贡俞斯瑗女,拔贡训导冯开室。著有《妇学斋诗词》。

冯贞胥述略:先母生九岁而孤,邻有沈氏媪守节卅年,知书识字,老矣,母师事之,母于先大母俞太孺人为侄,及来归,事之弥谨,疾则侍奉左右,衣不解带者余半载。

太孺人病革，遍属家人而不及母，曰："汝贤，无所用吾属。"既遭丧，吾父终岁客授，外内凌杂，悉倚母以办。复于其暇授贞胥读，兼教女弟子十余人，以所入佐日用，如是数年，而母之心力瘁矣。母笃嗜吟咏。贞胥既生，家政繁，无复曩昔意兴。旋患腹疾，年四十一卒。

送外子君木读书甬江

妾不寄当归，君须求远志。无以儿女情，而短英雄气。天池九万里，奋翼终自致。高堂有晨昏，是妾分内事。凯风吹棘心，但期母心慰。别泪纵如珠，不忍滴君袂。

病中读先君遗诗凄然有作

倚床检残帙，深哀忽来触。先人有手泽，宛宛照心目。回环三复之，涕泪纷相续。孤女昔九岁，阿父弃之促。一诀十四年，思之增惨酷。可怜琳琅海，所存只片玉。余芬虽未沫，隐痛在心曲。掩卷不复诵，凄风吹零烛。

寄钱灵华蕊音

秋风飒然至，落叶满前檐。沉沉下帘箔，寂寂掩镜奁。昔与君欢聚，谭谐无猜嫌。滴露共试笔，对花同画缣。今与君离别，愁病空沉淹。玉轸谁为和，金针还倒拈。相隔日以久，相思日以添。碧云渺天际，独立起遐瞻。

中秋赋呈君木

寂寂中秋夜，明明乍霁天。星河澹将隐，人月喜双圆。无语自清绝，微吟转惘然。五云有楼阁，今夕是何年。

秋夜怀君木杭州

残叶下高树，疏星横断河。思深翻梦少，夜永况愁多。

王慕兰 俞因

鼎冷飘余篆，帘低动细波。西泠风露冷，衣袂近如何。

暮游北湖

细风吹透薄罗裳，青草湖堤一道长。远树云昏归鸟乱，遥峰日落暮烟苍。背山楼阁孤钟出，隔水帘栊一笛凉。去去不知天欲暝，深林新月露微黄。

秋日病起

微风吹雨湿苍苔，镇日重门掩不开。十二阑干人寂寂，秋阴都上画帘来。

读陶孺人传略，伤离感旧，题四绝于后

清贫十载旧生涯，郎自牛衣妾鹿车。翠袖天寒浑不觉，自团冰雪嚼梅花。

风雨萧条满小楼，青灯血誓痛弥留。床头一掬伤心泪，上映三光下九幽。

中妇流黄夙擅名，寒闺灯火忆平生。谁知一日三秋感，进作千龄万代情。孺人居慈溪时，与予甚相得，自癸巳出松江后，一别忽七年矣。

人间题咏遍钗裙，蝼蚁黄泉百不闻。唱罢东南飞孔雀，潇潇暮雨洒秋坟。

王安安

慈溪人。诸生王光钟女，举人定祥女弟，监生洪日灌室。

秋夜

人愁秋夜长，我爱秋凉至。虫声满四壁，不解悲秋意。

睡起有怀大姊

寻芳行到小池东，池上薇花映水红。只为所思人不见，朦胧犹在画阑中。

暮春

去去春光似掷梭，花开花谢可如何。年年依样胡卢过，蚕事才完又插禾。

周宝钗

象山人。诸生柯凤锵室。著有《金闺诗草》。

梅花

水边篱落自清幽，依约香魂月影浮。雪里乍醒高士梦，几分春色到枝头。

周琳

字菊仙，江西丰城人。浙江提标参将周友胜女，鄞县监生柳憩南室。著有《醉墨轩诗稿》。

江五民序诗稿略：菊仙喜作诗，其家法得之乃父玉泉先生，间就质于余。灵心妙腕，萧洒出尘，而感时赋物，耿耿不忘，独于忠孝之义三致意焉。殆其性情之正而隐，有合于风人之遗意乎。

咏桃花

小院东风着意加，夭桃点缀任横斜。前尘空忆元都观，余恨常留崔护家。润浥香腮含宿雨，晴添红晕醉流霞。相看莫漫嫌粗俗，占尽春光是此花。

丁未秋九于归

临别匆匆泪欲挥,秋风桐叶赋于归。此身却恨非男子,寸草有心空自违。

闻鸠

薄雾和烟趁晓笼,水村山郭霭蒙蒙。春光又被啼鸠误,唤起霏微雨洒空。

月湖十洲和宋人韵 录二

分得瀛洲绿满围,花间柳畔自依依。寸心愿恋春晖住,莫任春来春自归。芳草洲

谁棹轻船傍小洲,露寒风冷正中秋。月湖胜景知多少,都被空明一镜收。月岛

《四明清诗略》续稿卷八终

四明清诗略姓氏韵编

鄞　董沛　孟如辑

东

童枢［慈溪卷七］童美成［鄞卷八］童弈桂［鄞卷十二］童载赓［鄞卷十三］童槐［鄞卷十八］童津［慈溪卷二十］童继善［慈溪卷二十］童华［鄞卷廿五］童开［鄞卷廿七］童谦孟［慈溪卷廿八］童师曾［慈溪卷廿八］童振德［慈溪卷廿九］童章［鄞续卷二］童揆尊［鄞续卷三］童德厚［鄞续卷三］童祥熊［鄞续卷四］童逊组［慈溪续卷五］童重佑［鄞续卷六］童士奇［鄞续卷六］

戎上德［鄞卷一］戎骏声［鄞卷一］戎澄［鄞卷五］戎文蔚［鄞卷十七］戎金铭［慈溪卷廿九］

冯恺琦［慈溪卷首上］冯恺宪［慈溪卷一］冯逊庸［慈溪卷四］冯方平［慈溪卷六］冯元长［慈溪卷六］冯训方［慈溪卷七］冯鸿模［慈溪卷八］冯鹏飞［慈溪卷九］冯金澎［慈溪卷十一］冯丹香［慈溪卷十二］冯彦珽［慈溪卷十二］冯绍枢［慈溪卷十三］冯全修［慈溪卷十五］冯炳［慈溪卷十五］冯钊［慈溪卷十五］冯光域［慈溪卷十六］冯应翱［慈溪卷十六］冯璟［慈溪卷十七］冯鉴［慈溪卷十七］冯增［慈溪卷十七］冯元鬻［慈溪卷二十］冯日彩［慈溪卷十二］冯云濠［慈溪卷廿二］冯镕［慈溪卷廿二］冯贞祜［慈溪卷廿四］冯鸣珂［慈溪卷廿四］冯本怀［慈溪卷廿五］冯茂椿［慈溪卷廿五］冯鼎勋［慈溪卷廿五］冯贞禄［慈溪卷廿五］冯本修［慈溪卷廿五］冯汝霆［慈溪卷廿六］冯全均［慈溪卷廿六］

周琳 东

冯可镛［慈溪卷廿七］冯子昌［慈溪卷廿九］冯厚墉［慈溪续卷三］冯一梅［慈溪续卷四］冯保清［慈溪续卷四］冯鸿薰［慈溪续卷五］冯哲仁［鄞续卷六］

洪昆［镇海卷首上］洪图光［鄞卷一］洪丙炎［镇海卷十七］洪起焘［鄞卷廿二］洪璇枢［鄞卷廿二］洪观［慈溪卷十五］洪庆瑞［慈溪卷廿七］洪星楂［慈溪卷廿七］洪炳灿［鄞卷廿九］洪家滋［鄞卷三十］洪元志［闺媛卷卅一］洪晖堂［闺媛卷卅一］洪应祥［鄞续卷三］洪维修［慈溪续卷四］洪维岳［慈溪续卷四］洪维熊［慈溪续卷四］洪家汭［鄞续卷六］

翁星六［慈溪卷十八］翁瑞［慈溪卷二十］翁利南［慈溪卷廿二］

冬

宗谊［鄞卷首上］

钟俊［鄞卷一］钟世俊［鄞卷廿一］钟勋［定海卷廿五］钟祥熙［镇海续卷四］钟观诰［镇海续卷六］

江

江振霆［奉化卷六］江光被［奉化卷七］江宏声［奉化卷十四］江之济［奉化卷廿二］江镜清［鄞卷廿六］江学海［鄞卷廿七］江仁葆［镇海卷十八］江回澜［奉化卷廿八］江庆源［奉化卷三十］江仁徵［鄞续卷四］

支

施兆麟［鄞卷一］施兆凤［鄞卷五］施国鉴［鄞卷五］施锃［鄞卷五］施沧涛［鄞卷九］施淞涛［鄞卷九］施江涛［鄞卷九］施抟九［鄞卷十六］施育芹［鄞卷十八］施育凤［鄞卷十八］施

英蕖［鄞卷廿一］施英楷［鄞卷廿四］施念祖［鄞续卷三］时与兰［慈溪卷廿四］

鱼

舒其宏［奉化卷首上］舒化邦［奉化卷一］舒其南［奉化卷五］舒其丰［奉化卷五］舒顺方［奉化卷六］舒文西［奉化卷六］舒再芬［鄞卷七］舒宏就［奉化卷十三］舒亨熙［奉化卷廿二］舒高荣［慈溪续卷五］舒畅［奉化续卷六］

余派［鄞卷首下］余潘［鄞卷三］余绍昌［鄞卷五］余江［慈溪卷十三］余檀［慈溪卷十四］余一清［鄞卷十八］余希祖［慈溪卷二十］余璿［慈溪卷二十］余士熊［慈溪卷廿四］余琴［慈溪卷廿四］余道［慈溪卷廿五］余云贞［闺媛卷卅一］

徐凤垣［鄞卷首上］徐明节［鄞卷首下］徐上扶［鄞卷一］徐嗣英［慈溪卷一］徐懋昭［鄞卷三］徐勋［鄞卷三］徐孟志［鄞卷四］徐志泰［鄞卷五］徐杲［鄞卷六］徐梁［鄞卷六］徐文驹［鄞卷七］徐东［鄞卷七］徐本礼［鄞卷十一］徐望［鄞卷十三］徐兆昇［鄞卷十四］徐一鲸［鄞卷十五］徐汝标［鄞卷十五］徐兆昺［鄞卷十六］徐畹［鄞卷十六］徐渊［慈溪卷十七］徐受荃［鄞卷十八］徐有庚［鄞卷十八］徐锦魁［鄞卷十八］徐江［慈溪卷十八］徐锡垚［鄞卷二十］徐为煦［鄞卷二十］徐汉章［鄞卷二十］徐汝谐［鄞卷廿二］徐炯［鄞卷廿二］徐琮［鄞卷廿四］徐瑀［鄞卷廿四］徐时楷［鄞卷廿四］徐仁恩［鄞卷廿四］徐元第［鄞卷廿五］徐镇［鄞卷廿五］徐钫［鄞卷廿五］徐时栋［鄞卷廿六］徐时樑［鄞卷廿六］徐兆蓉［鄞卷廿六］徐建奎［慈溪卷廿六］徐梦飞［鄞卷廿七］徐棠［慈溪卷廿七］徐时榕［鄞卷廿九］徐甲荣［鄞卷三十］徐嵩高［慈溪补遗］徐亨［奉化续卷二］徐士琛［鄞续卷四］徐隆寿［鄞续卷四］徐稷臣［慈溪续卷四］徐翰鸿［定海续卷四］徐鸿安［鄞续卷五］徐祖望［镇海续卷六］

於尹诰［镇海续卷七］

虞

虞世恺［鄞卷一］虞二球［镇海卷一］虞汝辉［镇海卷十三］虞祥霞［镇海卷十六］虞廷宣［慈溪卷十八］虞廷寀［慈溪卷二十］虞振璜［慈溪卷廿五］虞棠［慈溪卷廿五］虞光鉴［鄞卷廿五］虞瑞龙［镇海卷十六］虞峻［象山卷廿七］虞丙鉴［镇海卷廿八］虞鋆［镇海卷廿八］虞氏［闺媛卷卅一］虞景璜［镇海续卷四］虞清华［镇海续卷四］虞煊［慈溪续卷五］

朱釪［鄞卷首上］朱金诰［鄞卷首下］朱献臣［鄞卷首下］朱洞［鄞卷三］朱韶懋［镇海卷七］朱钢［鄞卷十五］朱文炯［慈溪卷十五］朱沧鼇［镇海卷十六］朱钧［鄞卷廿二］朱大勋［奉化卷廿二］朱懋治［定海卷廿六］朱文杏［鄞卷廿六］朱际清［鄞卷廿六］朱立济［鄞卷廿八］朱立淇［鄞卷廿八］朱炳蕃［鄞续卷四］朱瑞清［鄞续卷四］朱协范［鄞续卷五］朱增春［鄞续卷六］

胡亦堂［慈溪卷一］胡文学［鄞卷一］胡耀庚［鄞卷四］胡德迈［鄞卷五］胡铭峰［鄞卷七］胡奇佐［鄞卷七］胡廷凤［鄞卷七］胡儋［镇海卷八］胡维焕［镇海卷八］胡维炳［镇海卷八］胡昌旸［镇海卷九］胡桂林［镇海卷十一］胡昌昺［镇海卷十三］胡于鋐［镇海卷十四］胡于锭［镇海卷十五］胡沅［镇海卷十八］胡澧［镇海卷十八］胡瀚［镇海卷十八］胡植［鄞卷十八］胡浞［镇海卷二十］胡鉴［鄞卷二十］胡钧［镇海卷二十］胡兴［慈溪卷二十］胡溁［镇海卷廿一］胡澍［镇海卷廿一］胡滨［镇海卷廿一］胡学龙［慈溪卷十二］胡棐［镇海卷廿四］胡涵［慈溪卷廿四］胡有槎［镇海卷廿四］胡江［慈溪卷廿五］胡迈［镇海卷廿五］胡斌［镇海卷廿五］胡孝棠［镇海卷廿六］胡枚［镇海卷廿六］胡椝［镇海卷廿七］胡宋衡［镇海卷廿七］胡有隅［镇海卷廿七］胡启槐［镇海卷廿八］胡梁［镇海卷廿八］胡楒［镇海卷廿八］胡体坤［慈溪卷廿九］胡祖芳［定海卷廿九］胡念衮［镇海卷廿九］胡显文［鄞卷三十］胡氏［闺媛卷卅一］胡琅［慈溪补遗］胡启煮［慈溪续卷四］

胡昌年［镇海续卷四］胡宋骏［镇海续卷四］胡善曾［慈溪续卷四］胡飞鹏［鄞续卷四］胡龙寿［镇海续卷四］胡以铭［定海续卷五］胡振涛［镇海续卷六］胡同钧［镇海续卷六］胡振濂［镇海续卷六］胡宋谱［镇海续卷七］

屠孝胤［鄞卷首下］屠孝穆［鄞卷首下］屠孝程［鄞卷首下］屠粹忠［鄞卷一］屠孝义［鄞卷五］屠孝斌［鄞卷五］屠简行［鄞卷七］屠敏行［鄞卷七］屠庶［鄞卷七］屠可堂［鄞卷九］屠之蕴［鄞卷十一］屠可播［鄞卷十二］屠可寀［鄞卷十二］屠继岐［鄞卷十四］屠鋐［鄞卷十四］屠继序［鄞卷十四］屠懿行［鄞卷十六］屠可标［鄞卷廿一］屠宗裹［鄞卷廿二］屠继善［鄞卷廿四］屠衡［鄞卷廿六］屠继美［鄞续卷二］屠正规［鄞续卷二］屠仿规［鄞续卷三］

吴岳生［鄞卷首上］吴一鹏［象山卷首下］吴宗美［鄞卷六］吴鹏翮［象山卷十一］吴成宣［象山卷十一］吴元锦［象山卷十一］吴明诗［鄞卷十五］吴存伦［鄞卷十六］吴桢［象山卷十七］吴尚知［奉化卷二十］吴循模［鄞卷二十］吴硎［鄞卷二十］吴觐光［象山卷廿一］吴翰［镇海卷廿五］吴善述［镇海卷廿六］吴有容［镇海卷廿六］吴浚理［鄞卷廿六］吴炽昌［奉化卷廿九］吴兆樑［奉化卷廿九］吴皥如［象山卷三十］吴文江［奉化续卷六］

卢宜［鄞卷三］卢坚［定海卷七］卢镐［鄞卷十一］卢翰［鄞卷十一］卢瀚［鄞卷十二］卢址［鄞卷十四］卢沣［鄞卷十四］卢云灿［鄞卷十五］卢登焯［鄞卷二十］卢孝则［鄞卷廿一］卢以环［鄞卷廿一］卢登荣［鄞卷廿一］卢以炳［鄞卷廿二］卢以瑾［鄞卷廿四］卢杰［鄞卷廿五］卢派［镇海卷廿五］卢椿［鄞卷廿五］卢云飞［鄞卷廿五］卢掌纶［鄞卷廿六］卢以瑛［鄞卷廿七］卢友燡［鄞卷廿八］卢友炬［鄞卷廿九］卢友焜［鄞续卷三］卢翔凤［鄞续卷六］卢思赞［鄞续卷六］

苏丙森［镇海续卷四］苏兆霖［镇海续卷五］苏秉彝［慈溪

虞

续卷六］苏象贤［鄞续卷七］乌光谦［镇海卷六］乌光益［镇海卷七］乌王路［慈溪卷八］乌世耀［鄞卷十八］俞衷一［鄞卷首上］俞廷瑞［奉化卷一］俞有胜［奉化卷一］俞化霑［奉化卷三］俞虬［鄞卷八］俞经［鄞卷九］俞珩［鄞卷十四］俞庚［鄞卷十五］俞挺芝［慈溪卷十六］俞宗翰［奉化卷十七］俞德纲［鄞卷二十］俞德顺［鄞卷二十］俞檀［鄞卷廿一］俞锡祒［慈溪卷廿二］俞继选［鄞卷廿四］俞庸礼［慈溪卷廿五］俞纮［鄞卷廿六］俞彰信［慈溪卷廿七］俞斯瑢［慈溪续卷二］俞镛［定海续卷二］俞斯琮［慈溪续卷四］俞思芳［定海续卷五］俞因［闺媛续卷八］

齐

倪彪［象山卷五］倪益［鄞卷六］倪嘉平［象山卷九］倪沛潮［镇海卷十二］倪桂馨［象山卷十三］倪象占［象山卷十四］倪维升［象山卷十六］倪辅清［象山补遗］

佳

柴梦楫［慈溪卷三］柴梓庭［鄞卷七］柴希成［鄞卷廿四］柴正衡［镇海续卷六］

灰

梅调鼎［慈溪续卷四］梅鼎和［镇海续卷五］梅鼎恩［镇海续卷六］

真

陈昌统［镇海卷首上］陈献球［鄞卷首上］陈弻肩［鄞卷首上］陈凤图［鄞卷首上］陈衷赤［镇海卷首下］陈明瑛［象山卷

一］陈策［象山卷一］陈治官［鄞卷一］陈鸿绩［鄞卷一］陈久登［鄞卷一］陈峡［鄞卷一］陈景泮［镇海卷一］陈自舜［鄞卷一］陈所知［象山卷三］陈锡煆［鄞卷四］陈贞［鄞卷四］陈翰邦［鄞卷四］陈学礼［镇海卷四］陈梦莲［镇海卷四］陈紫芝［鄞卷五］陈赤衷［鄞卷五］陈谐［鄞卷五］陈汝咸［鄞卷五］陈衷愿［象山卷六］陈吴岳［慈溪卷六］陈本衷［鄞卷六］陈诺［鄞卷七］陈纶［鄞卷七］陈昌泗［鄞卷七］陈士良［鄞卷七］陈象曦［慈溪卷八］陈汝登［鄞卷八］陈觉［慈溪卷八］陈撰［鄞卷八］陈其璜［象山卷九］陈美训［鄞卷九］陈锡卣［镇海卷九］陈锡蕃［镇海卷十一］陈元松［镇海卷十一］陈良佐［镇海卷十一］陈鹤山［奉化卷十二］陈同文［慈溪卷十二］陈元杏［镇海卷十三］陈元林［镇海卷十三］陈元棣［镇海卷十三］陈鸿俦［鄞卷十四］陈鸿渐［鄞卷十四］陈元械［镇海卷十四］陈元枚［镇海卷十四］陈琦［鄞卷十四］陈庆槐［定海卷十五］陈之纲［鄞卷十五］陈绍周［定海卷十五］陈鸿轩［鄞卷十六］陈曙［慈溪卷十六］陈濂［慈溪卷十六］陈熙台［镇海卷十七］陈蕙［镇海卷十七］陈广霞［镇海卷十七］陈瑢［鄞卷十八］陈修淦［镇海卷十八］陈一章［慈溪卷十八］陈铭海［鄞卷十八］陈沧龙［镇海卷十八］陈景沛［镇海卷十八］陈梦兰［鄞卷十八］陈澜［慈溪卷十八］陈仪［鄞卷十九］陈景范［镇海卷二十］陈儒让［鄞卷二十］陈诗香［鄞卷二十］陈诗裔［鄞卷二十］陈祖确［鄞卷二十］陈谦［慈溪卷二十］陈福熙［定海卷廿一］陈乔［镇海卷廿一］陈炳［定海卷廿一］陈权［鄞卷廿一］陈英［鄞卷廿一］陈奎［鄞卷廿二］陈沅［鄞卷廿二］陈劢［鄞卷廿四］陈楘［鄞卷廿四］陈懋梓［镇海卷廿四］陈懋含［镇海卷廿四］陈定诰［镇海卷廿五］陈景崧［鄞卷廿五］陈桐年［镇海卷廿五］陈若楠［慈溪卷廿五］陈保定［镇海卷廿五］陈政钥［镇海卷廿六］陈承祖［慈溪卷廿六］陈继祖［慈溪卷廿六］陈开震［镇海卷廿六］陈子章［定海卷廿七］陈愈涌［鄞卷廿七］陈国琛［镇海卷廿七］陈绚［定海卷廿八］陈懋量［镇海

卷廿八］陈文桢［鄞卷廿八］陈清寿［鄞卷廿八］陈愈晙［鄞卷廿八］陈愈镐［鄞卷廿八］陈秉元［象山卷廿八］陈政钟［鄞卷廿九］陈继聪［镇海卷廿九］陈继撰［镇海卷廿九］陈康祺［鄞卷廿九］陈清瑞［鄞卷廿九］陈聿昌［镇海卷廿九］陈汝谐［象山卷廿九］陈致新［象山卷廿九］陈维垣［象山卷廿九］陈兆鎏［鄞卷三十］陈得先［象山卷三十］陈蕙芳［闺媛卷卅一］陈德［闺媛卷卅一］陈儒棻［鄞续卷二］陈之翰［象山续卷二］陈达熊［鄞续卷二］陈允升［鄞续卷二］陈昌垂［象山续卷二］陈烈镛［鄞续卷三］陈德坊［鄞续卷三］陈纶［鄞续卷三］陈熙绩［鄞续卷四］陈邦瑞［慈溪续卷四］陈受颐［鄞续卷四］陈章［镇海续卷四］陈家玕［鄞续卷四］陈修椿［镇海续卷四］陈仁荫［慈溪续卷四］陈康瑞［慈溪续卷五］陈宜坊［鄞续卷五］陈衍［鄞续卷五］陈育姜［奉化续卷五］陈圣培［鄞续卷六］陈康繡［鄞续卷六］陈仲祐［鄞续卷六］陈得善［象山续卷六］陈以康［鄞续卷六］陈寿鼎［鄞续卷六］陈锡哉［镇海续卷六］陈濂［鄞续卷七］陈廷扬［鄞续卷七］

秦大育［慈溪卷八］秦焕［慈溪卷十三］秦锡礼［鄞卷十五］秦炜［慈溪卷十六］秦镜［鄞卷十七］秦黄开［慈溪卷十八］秦士豪［慈溪卷十八］秦章［慈溪卷二十］秦曙［慈溪卷二十］秦淦［慈溪卷廿二］秦丰岐［慈溪卷廿五］秦氏［闺媛卷卅一］秦僎［慈溪补遗］

文

闻性善［鄞卷首下］闻性道［鄞卷首下］闻胤崧［鄞卷首下］忻天锡［鄞卷一］忻思荣［鄞卷六］忻思忠［鄞卷六］忻思敏［鄞卷七］忻孝则［鄞卷八］忻思行［鄞卷九］忻缮［鄞卷十二］忻绅［鄞卷十二］忻孝本［鄞卷十三］忻孝扬［鄞卷十三］忻琳［鄞卷十五］忻棣［鄞卷十八］忻鉴［鄞卷二十］忻文郁［鄞

卷二十〕忻恕〔鄞卷廿一〕忻梦贤〔鄞卷廿二〕忻灏〔鄞卷廿二〕忻自机〔鄞卷廿四〕忻自超〔鄞卷廿五〕忻涵清〔鄞卷廿六〕忻锡龄〔鄞卷廿七〕忻肇寅〔鄞卷廿七〕忻起林〔鄞卷廿八〕忻宇春〔鄞卷廿八〕忻祖彝〔鄞续卷四〕忻继述〔鄞续卷六〕

殷权〔鄞卷十四〕

元

樊跻澄〔象山续卷二〕

孙文祖〔奉化卷三〕孙士价〔奉化卷五〕孙埏〔奉化卷九〕孙焕〔镇海卷十一〕孙升〔鄞卷十二〕孙蔚〔鄞卷十四〕孙金砺〔慈溪卷十四〕孙孝渊〔奉化卷十六〕孙事伦〔奉化卷十七〕孙事立〔奉化卷十七〕孙翰〔慈溪卷十八〕孙家谷〔鄞卷廿一〕孙尔昌〔奉化卷廿一〕孙继承〔定海卷廿二〕孙潜〔慈溪卷廿四〕孙景烈〔鄞卷廿五〕孙忠济〔奉化卷廿五〕孙学駉〔鄞卷廿六〕孙鸣珂〔奉化卷廿七〕孙康友〔慈溪卷廿九〕孙培〔奉化卷廿九〕孙忠第〔奉化续卷二〕孙贻谋〔定海续卷四〕孙玉瑞〔定海续卷四〕孙镠〔奉化续卷六〕

袁茂穜〔鄞卷一〕袁时中〔鄞卷三〕袁钫〔慈溪卷五〕袁德峻〔鄞卷七〕袁澄〔象山卷八〕袁德达〔鄞卷九〕袁玉麒〔慈溪卷十三〕袁钧〔鄞卷十六〕袁大猷〔慈溪卷十六〕袁奎〔慈溪卷十七〕袁炳勋〔慈溪卷十八〕袁启鹏〔慈溪卷十八〕袁澍〔鄞卷廿一〕袁世恒〔鄞卷廿六〕袁行泰〔定海卷廿七〕袁眉寿〔鄞卷廿七〕袁堃〔慈溪卷廿七〕袁谟〔镇海卷廿九〕袁信芳〔鄞卷三十〕袁杰〔鄞续卷三〕袁士杰〔鄞续卷三〕袁之京〔定海续卷三〕袁训〔镇海续卷四〕袁诰〔镇海续卷四〕袁尧年〔鄞续卷五〕袁本乔〔鄞续卷六〕

寒

韩昆［鄞卷十四］韩世隆［慈溪卷十四］韩廷羕［定海卷二十］韩廷锡［定海卷二十］韩协用［慈溪卷廿一］韩之虎［定海续卷四］韩景祺［慈溪续卷六］

潘瀛彦［象山卷五］潘健山［象山卷十三］潘晋三［象山卷十八］潘丹墀［象山卷廿二］潘丹一［象山卷廿四］潘成勋［鄞卷廿七］潘在梁［象山续卷六］

删

颜栖筠［慈溪卷首上］颜迈［慈溪卷一］颜驲午［定海续卷三］

先

边植［慈溪卷廿二］

钱光绣［鄞卷首上］钱昭绣［鄞卷首上］钱豹［鄞卷首上］钱肃临［鄞卷首下］钱肃采［鄞卷首下］钱捷［象山卷一］钱肃凯［鄞卷一］钱若虚［鄞卷一］钱廉［鄞卷一］钱美恭［鄞卷三］钱鲁恭［鄞卷四］钱渭恭［鄞卷五］钱铭恭［鄞卷六］钱玄则［慈溪卷七］钱志朗［象山卷八］钱鸿基［象山卷八］钱浚恭［鄞卷八］钱中盛［鄞卷八］钱际盛［鄞卷八］钱德盛［鄞卷八］钱秉钺［慈溪卷九］钱鸿图［象山卷九］钱鸿祺［象山卷九］钱亦嘉［象山卷九］钱嗣容［象山卷十四］钱沃臣［象山卷十六］钱启吁［定海卷十八］钱元吉［定海卷廿一］钱学焕［定海卷廿六］钱滨［慈溪卷廿六］钱汝梅［鄞卷廿七］钱承炤［鄞卷廿七］钱廷纶［慈溪卷廿八］钱澍孙［慈溪卷十九］钱凤翰［鄞卷三十］钱世榜［鄞卷三十］钱云绣［闺媛卷卅一］钱大姑［闺媛卷卅一］钱润猷［定海续卷二］钱燮清［鄞续卷五］

全吾骐［鄞卷首下］全大镛［鄞卷首下］全美楠［鄞卷首下］全祖望［鄞卷十］

萧

萧光第［鄞卷十七］萧湘［奉化续卷四］

姚朝翔［慈溪卷十八］姚占三［鄞卷十八］姚燮［镇海卷廿三］姚碧琴［闺媛卷卅一］姚景皋［镇海续卷四］姚景夔［镇海续卷四］姚丙荣［慈溪续卷五］

肴

包燮［鄞卷首下］包九围［定海卷六］包之麟［鄞卷八］包旭章［鄞卷九］包祖贤［鄞卷十二］包嘉谷［鄞卷十二］包闻诗［鄞卷廿一］包履吉［鄞续卷四］包用康［鄞续卷四］包科骏［鄞续卷五］

豪

曹伟时［定海卷十四］曹伟皆［定海卷十七］曹剑云［慈溪卷二十］曹暾［鄞卷廿二］曹素［镇海卷廿八］曹昌燮［镇海卷三十］曹名树［镇海续卷三］

高斗权［鄞卷首上］高斗魁［鄞卷首上］高斗开［鄞卷首下］高斗阶［鄞卷一］高宇厚［鄞卷一］高宇启［鄞卷一］高弈宣［鄞卷一］高氏［闺媛卷卅一］

毛雷龙［鄞卷首上］毛彰［鄞卷三］毛觐文［鄞卷三］毛彬［鄞卷四］毛来宾［鄞卷四］毛彤［鄞卷六］毛德琦［鄞卷七］毛润［奉化卷九］毛阶六［奉化卷九］毛升［鄞卷十一］毛式金［奉化卷十三］毛镗［奉化卷十四］毛振雍［奉化卷十六］毛玉佩［奉化卷廿二］毛森［鄞卷廿五］毛谅［鄞卷廿五］毛琅［鄞卷廿九］

寒 删 先 萧 肴 豪

2221

毛彦［鄞续卷二］毛廷珍［鄞续卷三］毛廷振［鄞续卷五］毛宗藩［鄞续卷六］

歌

罗岩［鄞卷九］罗有道［慈溪卷十八］柯之任［鄞卷五］柯振岳［慈溪卷二十］柯凤锵［象山续卷六］

何海士［镇海卷三］何委［定海卷十四］何乔［鄞卷十七］何美浚［鄞卷十八］何岱［鄞卷十八］何洽［鄞卷廿六］何琳［鄞卷廿七］何松［慈溪续卷三］何源［象山续卷］何其枚［慈溪续卷七］

麻

沙鸣吉［定海卷十七］沙孝贲［鄞续卷三］沙孝能［鄞续卷六］佘勉翰［象山卷廿五］佘梅［鄞卷廿五］佘燮宜［象山卷廿九］

阳

杨秉纮［鄞卷首下］杨式传［鄞卷一］杨体元［鄞卷四］杨绍光［鄞卷七］杨鼎元［鄞卷七］杨沃洲［镇海卷九］杨源［镇海卷九］杨人枢［镇海卷十六］杨绍修［鄞卷十六］杨思绳［定海卷十七］杨际和［定海卷十七］杨学泗［鄞卷十八］杨九畹［慈溪卷二十］杨兆熊［慈溪卷二十］杨守正［慈溪卷廿一］杨镇［奉化卷廿四］杨春如［慈溪卷廿四］杨庆槐［慈溪卷廿五］杨春晖［慈溪卷廿六］杨元鼎［慈溪卷廿六］杨际春［慈溪卷廿七］杨咏春［慈溪卷廿八］杨鸿元［镇海卷三十］杨泰亨［慈溪续卷二］杨为焕［鄞续卷二］杨子和［定海续卷二］杨家駼［慈溪续卷三］杨家骥［慈溪续卷五］杨曦光［慈溪续卷五］杨益生［奉化续卷六］

章朝铨［鄞卷三］章朝钰［鄞卷四］章洪［慈溪卷二十］章鋆［鄞卷廿七］章本澄［鄞续卷六］

张鸣喈［镇海卷首上］张寅［鄞卷首上］张嘉昺［鄞卷首上］张定阳［鄞卷首上］张鸿道［慈溪卷首下］张士甄［鄞卷一］张瑶芝［鄞卷一］张翼［鄞卷一］张莺［鄞卷一］张光彪［镇海卷一］张尚绅［鄞卷一］张士培［鄞卷三］张士埙［鄞卷三］张汝翼［鄞卷三］张英［鄞卷四］张圣选［镇海卷四］张钦选［镇海卷四］张拙［鄞卷四］张鸿儒［鄞卷四］张维藩［镇海卷五］张起宗［鄞卷五］张兆林［鄞卷五］张廷机［鄞卷六］张九林［鄞卷六］张孝元［鄞卷六］张九英［鄞卷六］张锡璜［鄞卷七］张锡璁［鄞卷七］张锡琨［鄞卷七］张学濂［镇海卷七］张学伊［镇海卷七］张学益［镇海卷七］张学贯［镇海卷七］张懋建［镇海卷八］张思齐［象山卷八］张凌霄［象山卷九］张承烈［鄞卷九］张懋锦［镇海卷九］张懋材［镇海卷九］张凌云［象山卷九］张懋迪［镇海卷十一］张懋延［镇海卷十一］张时中［象山卷十一］张铎［鄞卷十一］张志铭［镇海卷十二］张志熊［镇海卷十二］张承文［鄞卷十二］张鲲［鄞卷十三］张文照［鄞卷十四］张燮［鄞卷十四］张志莪［镇海卷十四］张校均［镇海卷十五］张烜［鄞卷十六］张本均［镇海卷十六］张用均［镇海卷十六］张锡金［鄞卷十七］张承炯［鄞卷十七］张渭［镇海卷十七］张廷辉［慈溪卷十七］张岳［慈溪卷十八］张嘉金［鄞卷二十］张广铨［鄞卷二十］张震初［鄞卷二十］张慧［鄞卷二十］张本［慈溪卷二十］张墀［慈溪卷二十］张锦旋［鄞卷廿一］张纬［鄞卷廿一］张锡祉［镇海卷廿一］张晟［鄞卷廿一］张延棻［鄞卷廿一］张芳［鄞卷廿一］张锡路［镇海卷廿二］张广埏［慈溪卷廿二］张恕［鄞卷廿二］张霖楫［鄞卷廿二］张积梓［鄞卷廿二］张瀛均［镇海卷廿二］张锡冕［镇海卷廿二］张锡钟［镇海卷廿二］张姚锡［鄞卷廿四］张锡申［镇海卷廿四］张嶙［鄞卷廿五］张善元［鄞卷廿五］张庆璜［鄞卷廿五］张祚康［鄞卷廿五］张培基［鄞卷廿五］张祖铭［慈溪卷廿六］张垲［镇海卷廿六］张鼎辅［鄞卷廿七］张庭学［鄞卷廿七］张淇［慈溪卷廿七］张霖［镇海卷廿七］

豪歌麻阳

2223

张锡庚［镇海卷廿七］张锡钜［镇海卷廿七］张翊仍［慈溪卷廿七］张锡伟［镇海卷廿七］张锡华［镇海卷廿七］张可珍［奉化卷廿七］张翊俊［慈溪卷廿八］张汝芬［镇海卷廿八］张汝荀［镇海卷廿八］张汉鹏［奉化卷廿八］张儒绩［鄞卷廿八］张大间［鄞卷廿八］张汝藻［镇海卷廿八］张汝范［镇海卷廿八］张家骥［鄞卷廿九］张寿松［奉化卷廿九］张寿荣［镇海卷廿九］张斯安［慈溪卷廿九］张锡采［镇海卷廿九］张炳璋［鄞卷三十］张鸿述［闺媛卷卅一］张全德［闺媛卷卅一］张雪岩［闺媛卷卅一］张智钊［慈溪续卷二］张瑞梁［鄞续卷二］张继照［鄞续卷二］张岱年［鄞续卷二］张世安［鄞续卷二］张瑞清［鄞续卷三］张汝槐［镇海续卷三］张儒珍［镇海续卷四］张宏训［慈溪续卷四］张鸿远［镇海续卷四］张嘉禄［鄞续卷四］张斯缙［慈溪续卷四］张斯桂［慈溪续卷四］张显昌［镇海续卷四］张雅诗［鄞续卷四］张汝莱［镇海续卷五］张寅飞［鄞续卷五］张鸿模［镇海续卷五］张美翊［鄞续卷六］张轼［鄞续卷六］张敬效［慈溪续卷六］张汝蘅［镇海续卷六］张寅辉［镇海续卷六］张世荣［鄞续卷六］张星耀［镇海续卷六］

王应圮［鄞卷首上］王又曾［镇海卷首下］王存雅［鄞卷首下］王泰徵［鄞卷一］王重时［镇海卷一］王振先［鄞卷三］王朱旦［鄞卷四］王治皞［慈溪卷四］王天才［鄞卷四］王家献［象山卷五］王之琰［鄞卷五］王爽［鄞卷五］王之坪［鄞卷五］王锡卣［镇海卷六］王象治［慈溪卷六］王之达［鄞卷七］王孙旦［鄞卷七］王尧臣［鄞卷七］王谕［镇海卷八］王元佐［象山卷八］王立鳌［鄞卷八］王炳［鄞卷八］王仁杰［慈溪卷九］王岳［慈溪卷九］王世勋［镇海卷十二］王恒［慈溪卷十二］王世仕［镇海卷十二］王世宇［镇海卷十二］王庆元［鄞卷十三］王思庭［慈溪卷十三］王乔龄［慈溪卷十三］王学霄［象山卷十四］王锷［鄞卷十四］王隽［慈溪卷十五］王畿［鄞卷十五］王劢余［镇海卷十六］王熙余［镇海卷十六］王堃［鄞卷十七］王铿［慈溪卷

十七] 王堃 [镇海卷十七] 王鉌 [鄞卷十七] 王德沛 [鄞卷十八] 王日章 [鄞卷十八] 王渭 [慈溪卷十八] 王渥 [慈溪卷十八] 王麟 [慈溪卷十八] 王元圲 [慈溪卷十八] 王序东 [定海卷十八] 王信 [慈溪卷二十] 王曰珏 [镇海卷二十] 王曰升 [镇海卷二十] 王者香 [慈溪卷二十] 王飞冈 [慈溪卷二十] 王兆雷 [慈溪卷二十] 王石渠 [慈溪卷二十] 王恭恪 [慈溪卷二十] 王莹 [鄞卷廿一] 王德洽 [鄞卷廿一] 王本梧 [鄞卷廿一] 王梁闵 [鄞卷廿一] 王贻棠 [慈溪卷廿一] 王立诚 [象山卷廿一] 王宗植 [鄞卷廿二] 王宗耀 [鄞卷廿二] 王理全 [定海卷廿二] 王方照 [鄞卷廿二] 王梓材 [鄞卷廿二] 王焘 [鄞卷廿二] 王大龄 [鄞卷廿二] 王庆年 [定海卷廿二] 王德纪 [鄞卷廿二] 王引孙 [镇海卷廿四] 王瀚 [慈溪卷廿四] 王庸曜 [慈溪卷廿四] 王约 [慈溪卷廿四] 王煦 [慈溪卷廿四] 王曰钦 [镇海卷廿五] 王启元 [鄞卷廿五] 王麟飞 [奉化卷廿五] 王传兰 [鄞卷廿五] 王谔言 [慈溪卷廿五] 王涛 [慈溪卷廿五] 王在田 [镇海卷廿五] 王锡衮 [鄞卷廿六] 王世镇 [鄞卷廿六] 王士鳌 [镇海卷廿六] 王振纲 [慈溪卷廿六] 王甸 [慈溪卷廿六] 王忠晟 [慈溪卷廿六] 王世浚 [鄞卷廿七] 王棻 [慈溪卷廿七] 王其朋 [镇海卷廿七] 王振绅 [慈溪卷廿七] 王植三 [象山卷廿八] 王赓华 [镇海卷廿八] 王孝穆 [鄞卷廿八] 王景曾 [慈溪卷廿八] 王庸敬 [慈溪卷廿八] 王莳兰 [象山卷廿八] 王荣滋 [定海卷廿八] 王于谟 [镇海卷廿八] 王思仲 [奉化卷八] 王定祥 [慈溪卷三十] 王鞾 [闰媛卷卅一] 王雅 [慈溪补遗] 王信德 [鄞续卷二] 王景星 [慈溪续卷二] 王元恒 [定海续卷二] 王贻佩 [定海续卷二] 王莳蕙 [象山续卷三] 王启渠 [鄞续卷三] 王迪中 [慈溪续卷三] 王恩智 [奉化续卷三] 王荣商 [镇海续卷四] 王治本 [慈溪续卷四] 王宪章 [象山续卷四] 王予庐 [象山续卷四] 王修植 [定海续卷五] 王予衮 [象山续卷五] 王审度 [鄞续卷五] 王祖赓 [慈溪续卷五] 王运瑞 [奉化续卷五] 王予龄 [象山续卷五] 王亨兆 [定海续卷五] 王家振 [慈溪续卷六] 王谋道 [鄞续卷六] 王世钊 [鄞续卷六]

王仁廉［慈溪续卷六］王荣第［鄞续卷六］王继曾［镇海续卷六］王慈［慈溪续卷七］王仁元［慈溪续卷七］王清源［慈溪续卷七］王筠仙［闺媛续卷八］王慕兰［闺媛续卷八］王安安［闺媛续卷八］

方抟［鄞卷一］方伊嵩［鄞卷一］方启焜［镇海卷三］方学［镇海卷七］方以觐［镇海卷廿一］方崧岳［定海卷廿五］方绍辰［镇海卷廿八］方鸥［慈溪卷十九］方崇年［镇海续卷五］方曾宸［象山续卷六］方云［闺媛续卷八］

梁埙［奉化卷首上］梁秉年［鄞续卷五］

庄敬［奉化卷廿四］庄引淦［镇海卷廿六］庄氏［闺媛卷卅一］

黄鼎镐［鄞卷首下］黄象雍［鄞卷一］黄洪辉［鄞卷一］黄之璧［鄞卷一］黄斐［鄞卷三］黄象升［鄞卷三］黄象观［鄞卷三］黄象铬［鄞卷三］黄鼎峙［鄞卷四］黄于高［鄞卷五］黄道晖［鄞卷五］黄道南［鄞卷五］黄霖［鄞卷五］黄廷铭［鄞卷六］黄之傅［鄞卷六］黄修夏［鄞卷六］黄世琬［鄞卷六］黄锳［鄞卷六］黄廷相［鄞卷七］黄道发［鄞卷七］黄松龄［鄞卷八］黄自新［鄞卷八］黄茂大［鄞卷八］黄绳先［鄞卷十一］黄绪奎［鄞卷十一］黄定文［鄞卷十三］黄定衡［鄞卷十四］黄定丰［鄞卷十五］黄定枃［鄞卷十五］黄式祐［鄞卷十六］黄式瓒［鄞卷十六］黄式谷［鄞卷十六］黄式金［鄞卷十七］黄式鳣［鄞卷十七］黄煊［鄞卷十八］黄廷诰［镇海卷十八］黄廷议［镇海卷十八］黄定齐［鄞卷十八］黄桐荪［鄞卷十九］黄乔年［镇海卷二十］黄维岳［鄞卷廿一］黄式三［定海卷廿二］黄维垣［鄞卷廿四］黄溥［镇海卷廿五］黄叔元［鄞卷廿七］黄维煊［鄞卷廿九］黄以恭［定海卷三十］黄家鼐［鄞卷三十］黄以周［定海续卷三］黄家来［鄞续卷三］黄家鼎［鄞续卷五］黄翊圣［鄞续卷六］黄次会［鄞续卷六］

郎汝望［镇海卷一］郎作霖［镇海卷七］

唐文献［奉化卷四］唐文焕［奉化卷四］唐肇初［奉化卷廿八］唐熙［奉化卷三十］唐氏［闺媛卷卅一］唐国桢［奉化续卷四］

姜宸英［慈溪卷二］姜宸萼［慈溪卷二］姜沄［象山卷六］姜炳璋［象山卷十一］姜植［象山卷十二］姜人烈［象山卷十五］姜鸿潍［象山卷廿九］

汤钺［鄞卷廿四］汤家衡［鄞卷廿四］汤家彦［鄞卷廿四］汤淮［鄞卷廿五］汤嗣衔［鄞续卷五］汤铭策［定海续卷六］汤铭篆［定海续卷六］

汪应诏［鄞卷首上］汪洋［奉化卷首下］汪涛［鄞卷四］汪国［鄞卷十三］汪祖经［奉化卷廿五］汪忠纯［鄞卷廿五］汪素［闺媛卷卅一］汪赞述［镇海续卷二］汪受礽［鄞续卷三］汪絅述［鄞续卷六］

青

丁泰清［鄞卷首上］丁六鳌［镇海卷十四］丁湜［鄞卷廿二］丁性觉［闺媛卷卅一］

蒸

凌行均［鄞卷廿八］凌昌声［鄞续卷四］

应又劭［鄞卷十八］应宗锜［鄞卷二十］应宗椒［鄞卷廿四］应宗镡［鄞卷廿五］应宗钥［鄞卷廿五］应梦仙［慈溪卷廿六］应庆龄［慈溪卷廿六］应会淦［鄞卷廿六］应陶［鄞卷廿六］应诗洽［鄞续卷二］应朝光［鄞续卷五］应启墀［慈溪续卷六］

尤

刘鸿声［奉化卷一］刘纯熙［镇海卷一］刘上庸［镇海卷五］刘天相［慈溪卷九］刘怀珵［镇海卷十一］刘怀泮［镇海卷十三］刘大铨［定海卷十八］刘运坊［定海卷二十］刘运垚［定海卷二十］刘灿［镇海卷二十］刘支周［镇海卷二十］刘梦兰［定

海卷廿一〕刘朝沅〔镇海卷廿一〕刘九诰〔奉化卷廿五〕刘芬〔镇海卷廿七〕刘大镐〔定海卷廿八〕刘凤章〔鄞卷三十〕刘氏〔闺媛卷卅一〕刘韵〔闺媛卷卅一〕刘鸥〔镇海续卷二〕刘慈孚〔镇海续卷四〕刘佐宸〔镇海续卷五〕刘同书〔慈溪续卷六〕

周容〔鄞卷首上〕周昌时〔鄞卷首上〕周西〔镇海卷首上〕周致泰〔鄞卷首下〕周志嘉〔鄞卷首下〕周志宁〔奉化卷首下〕周嗣升〔鄞卷首下〕周曾发〔慈溪卷一〕周明新〔象山卷一〕周斯盛〔鄞卷一〕周斯戴〔鄞卷一〕周志焕〔鄞卷一〕周名世〔鄞卷一〕周志械〔奉化卷一〕周在鱼〔鄞卷三〕周臣〔慈溪卷四〕周近梁〔慈溪卷五〕周章泰〔鄞卷五〕周鸿宪〔慈溪卷六〕周章庭〔慈溪卷六〕周观〔慈溪卷六〕周兆云〔鄞卷七〕周定昌〔鄞卷七〕周浚先〔鄞卷七〕周维械〔慈溪卷八〕周兆瑛〔鄞卷八〕周鼎〔鄞卷八〕周应垣〔慈溪卷九〕周位先〔鄞卷九〕周忠孚〔慈溪卷九〕周廷恩〔象山卷九〕周世文〔鄞卷十一〕周士金〔鄞卷十一〕周光裕〔鄞卷十二〕周文会〔鄞卷十三〕周世武〔鄞卷十三〕周思椿〔慈溪卷十三〕周南〔奉化卷十三〕周开〔慈溪卷十五〕周嘉棣〔定海卷十五〕周闵〔慈溪卷十五〕周良劭〔鄞卷十六〕周岐峰〔定海卷十六〕周清〔定海卷十六〕周涵〔慈溪卷十七〕周匡〔慈溪卷十八〕周宏嗣〔奉化卷二十〕周斗建〔镇海卷二十〕周其英〔鄞卷二十〕周世绪〔鄞卷廿一〕周址〔鄞卷廿二〕周步瀛〔奉化卷廿四〕周程〔鄞卷廿四〕周璿〔慈溪卷廿四〕周绍濂〔鄞卷廿五〕周镇南〔奉化卷廿五〕周绍旦〔奉化卷廿六〕周鋐〔鄞卷廿六〕周堂〔鄞卷廿六〕周郁文〔奉化卷廿六〕周杭〔定海卷廿七〕周棻〔鄞卷廿八〕周序伦〔奉化卷廿八〕周汝翊〔定海卷廿八〕周茂榕〔镇海卷三十〕周氏〔闺媛卷卅一〕周纹妹〔闺媛卷卅一〕周鲸〔象山补遗〕周召〔鄞补遗〕周锡龄〔奉化续卷三〕周振玉〔鄞续卷三〕周善良〔奉化续卷三〕周锡璜〔定海续卷五〕周启仕〔奉化续卷六〕周憩南〔奉化续卷六〕周秉乾〔鄞续卷七〕周宝钗〔闺媛续卷八〕周琳〔闺媛续卷八〕

邱承耀［鄞卷首下］邱承嗣［鄞卷首下］邱胤玉［鄞卷一］邱克承［鄞卷三］邱学劬［鄞卷十一］邱左思［鄞卷十三］邱震翰［鄞卷二十］邱大霖［鄞卷廿六］

裘琏［慈溪卷七］裘玉［慈溪卷八］裘丰苣［慈溪卷九］裘椿［慈溪卷十七］裘曰和［慈溪卷廿一］裘兆云［慈溪卷廿二］裘凤［奉化卷十五］裘溥宗［慈溪卷廿六］裘崧乔［慈溪卷廿七］裘性宗［慈溪卷廿七］裘雅恂［慈溪卷廿八］裘鹏飞［慈溪卷廿八］裘鸿勋［慈溪续卷五］裘绍良［慈溪续卷五］

仇金粟［鄞卷一］仇兆鳌［鄞卷五］仇拱［鄞卷六］仇廷模［鄞卷七］仇启昆［鄞卷十一］仇国垣［鄞卷十四］仇谦［鄞卷十四］

楼世沄［鄞卷廿七］楼振乾［奉化卷廿八］

娄景璧［镇海卷一］

邹宸笙［鄞续卷五］

欧光忠［象山卷十八］欧景岱［象山卷廿九］欧景辰［象山续卷二］欧仁衡［象山续卷五］

侵

林宏玠［鄞卷首下］林宏琦［鄞卷首下］林允文［镇海卷一］林时象［鄞卷一］林智［鄞卷一］林文懋［象山卷八］林汝琏［慈溪卷十二］林汝霖［慈溪卷十二］林纲［慈溪卷十四］林秉璐［镇海卷十六］林大谔［鄞卷十七］林希周［慈溪卷十七］林坰［鄞卷廿二］林启鸿［鄞卷廿二］林钟岳［鄞卷廿六］林兆丰［慈溪卷廿七］林玉［镇海卷十七］林润初［鄞卷廿八］林钟峤［鄞卷廿九］林嵩尧［镇海续卷三］林炳蔚［镇海续卷五］林湝安［象山续卷五］林颐山［慈溪续卷五］林景绶［鄞续卷五］

金良［鄞卷一］金组绶［鄞卷四］金涛［慈溪卷二十］金士奎［定海卷廿一］金珽藩［奉化卷廿八］金述［闰媛卷卅一］

岑龙珠［闺媛卷卅一］

任德敏［镇海卷一］任琯玉［镇海卷四］任于宗［镇海卷十四］任大蛟［慈溪卷二十］任梦丹［慈溪卷廿二］任荃［慈溪卷廿四］任遐程［定海卷廿八］任绍曾［镇海补遗］

覃

蓝运森［定海卷二十］蓝新余［定海卷廿四］蓝乔［定海卷廿七］蓝开勋［定海续卷五］

盐

严殿谔［定海卷十一］严殿霖［镇海卷十四］严恒［慈溪卷廿六］严信厚［慈溪续卷四］严廷桢［慈溪续卷六］

董

董隆吉［鄞卷首上］董剑锷［鄞卷首下］董道权［鄞卷首下］董允怿［鄞卷一］董师儒［鄞卷一］董德宸［鄞卷一］董文升［鄞卷一］董允忭［鄞卷三］董允瑫［鄞卷三］董日炌［慈溪卷三］董允珂［鄞卷三］董允璘［鄞卷三］董允璐［鄞卷三］董允雯［鄞卷四］董尔宏［慈溪卷四］董世英［鄞卷五］董文成［慈溪卷五］董允霖［鄞卷五］董元晋［鄞卷六］董孙符［鄞卷六］董胡骏［鄞卷六］董雱［鄞卷六］董元翰［慈溪卷六］董一聪［慈溪卷六］董彦琅［奉化卷六］董德愈［鄞卷七］董正国［鄞卷七］董元密［鄞卷七］董来朝［慈溪卷七］董义［鄞卷八］董弘［鄞卷八］董元宿［鄞卷八］董元聪［鄞卷八］董敏［鄞卷八］董任［鄞卷九］董秉縕［鄞卷十一］董秉纯［鄞卷十一］董秉鼎［鄞卷十一］董懋震［慈溪卷十一］董澄川［鄞卷十二］董华钧［慈溪卷十二］董朝仪［慈溪卷十三］董步瀛［慈

溪卷十三］董澄渊［鄞卷十三］董有恒［慈溪卷十四］董璘［鄞卷十五］董琅［鄞卷十五］董桂芳［慈溪卷十五］董振玉［慈溪卷十五］董大章［慈溪卷十五］董明伦［慈溪卷十六］董承濂［慈溪卷十六］董泗［慈溪卷十六］董名问［鄞卷十七］董史［鄞卷十七］董景濂［慈溪卷十七］董肇铭［慈溪卷十七］董肇登［慈溪卷十七］董肇竞［慈溪卷十七］董澜［鄞卷十八］董景沛［慈溪卷十八］董景润［慈溪卷十八］董熙［慈溪卷十八］董衡［慈溪卷十八］董荣［慈溪卷二十］董师香［鄞卷二十］董曾［慈溪卷二十］董云［慈溪卷二十］董灼［鄞卷廿一］董承宽［慈溪卷廿一］董秉忠［慈溪卷廿一］董冈［鄞卷廿一］董岵［鄞卷廿一］董岭［鄞卷廿一］董岱［鄞卷廿一］董文珪［鄞卷廿一］董鳞［慈溪卷廿四］董攽［鄞卷廿四］董城［鄞卷廿四］董绣林［慈溪卷廿四］董道渊［鄞卷廿五］董仁澄［慈溪卷廿五］董正［慈溪卷廿五］董英［慈溪卷廿六］董涛［奉化卷廿六］董庆酉［鄞卷廿八］董定邦［奉化卷廿八］董濂［鄞卷廿九］董缙恒［鄞卷廿九］董葆琛［慈溪卷廿九］董沅［鄞卷三十］董应烈［闽嫒卷卅一］董学履［鄞补遗］董沛［鄞续卷一］董乔年［慈溪续卷二］董镐［慈溪续卷二］董丕丰［镇海续卷三］董烜［慈溪续卷三］董名撰［鄞续卷四］董缙颢［鄞续卷五］董治［鄞续卷五］董渊［鄞续卷六］董缙祺［鄞续卷六］董曾祥［鄞续卷六］董锡畴［慈溪续卷六］

孔广森［象山卷廿九］

讲

项宣［镇海卷首下］项斯勤［奉化卷一］项强［奉化卷一］项垍［鄞卷六］项舜年［镇海卷二十］项兆鹏［奉化卷廿五］

纸

水宝璐［鄞卷五］水渠成［鄞续卷五］

纪历祚［鄞卷首下］纪宏纯［鄞卷七］

史大成［鄞卷一］史节文［定海卷一］史荣［鄞卷七］史节音［象山卷十二］史玉书［象山卷十三］史节粹［鄞卷十三］史在朝［鄞卷十五］史在稷［鄞卷十五］史敏行［象山卷十五］史义震［鄞卷廿一］史慕义［鄞卷廿六］史锦标［象山卷廿九］史锡祺［鄞续卷四］史悠諴［鄞续卷五］史济漶［象山续卷六］

李禾［鄞卷首上］李霂［鄞卷首上］李榷［鄞卷首上］李文纯［鄞卷首上］李邺嗣［鄞卷首中］李景濂［鄞卷首下］李凯［鄞卷首下］李范［鄞卷首下］李燧升［鄞卷一］李文缃［鄞卷一］李秀［鄞卷一］李统［鄞卷一］李绘［鄞卷一］李志岂［鄞卷一］李文伟［镇海卷三］李开［鄞卷四］李涛［鄞卷四］李谦［鄞卷五］李涵［鄞卷五］李芳［镇海卷五］李时培［镇海卷六］李士模［鄞卷六］李枚臣［奉化卷六］李暾［鄞卷六］李国孚［鄞卷七］李昌漳［鄞卷七］李昌泉［鄞卷八］李凯［鄞卷八］李自新［鄞卷九］李恭宽［鄞卷九］李裕［鄞卷九］李恭寀［鄞卷九］李世兼［鄞卷九］李世法［鄞卷九］李昌昱［鄞卷十一］李增［鄞卷十一］李显廷［定海卷十三］李承运［鄞卷十四］李承道［鄞卷十四］李承莲［鄞卷十四］李均［鄞卷十五］李坊［鄞卷十五］李忠鲤［鄞卷十六］李承烈［鄞卷十六］李光穆［奉化卷十六］李巽占［定海卷十八］李震［鄞卷十八］李德梓［镇海卷十八］李为鹏［鄞卷十八］李大封［镇海卷二十］李恭宣［鄞卷二十］李湘［鄞卷廿一］李维镛［鄞卷廿一］李作宾［鄞卷廿一］李鸣皋［奉化卷廿一］李鸣冈［奉化卷廿一］李乔［奉化卷廿一］李铎［鄞卷廿二］李恭宏［鄞卷廿二］李世沐［鄞卷廿二］李炯［鄞卷廿二］李笏［慈溪卷廿四］李恭浚［镇海卷廿四］李丙照［鄞卷廿五］李立群［鄞卷廿五］李维骆［鄞卷廿六］李厚建［鄞卷廿六］

李润德［鄞卷廿七］李世濂［鄞卷廿七］李锡庆［鄞卷廿八］李厚延［鄞卷廿九］李植纪［鄞卷三十］李美仪［闺媛卷卅一］李昌黎［鄞补遗］李圣就［鄞补遗］李黄琮［鄞补遗］李濂［镇海续卷三］李植纲［鄞续卷三］李教樊［象山续卷四］李云衔［鄞续卷四］李嘉［镇海续卷四］李肃铭［定海续卷五］李汉章［鄞续卷五］李景祥［鄞续卷六］李翊勋［鄞续卷六］李廷翰［鄞续卷六］李翼鲲［鄞续卷六］李季高［鄞续卷六］

语

吕道昌［奉化卷五］吕莺［鄞卷十八］吕鹄［鄞卷十八］吕衔［鄞卷廿一］吕光叶［定海卷十二］吕顺律［定海卷十七］吕熊飞［鄞续卷二］吕起桂［鄞续卷四］吕祥驷［鄞续卷六］

许应祯［镇海卷首下］许继康［奉化卷一］许承基［慈溪卷廿六］许式鲁［慈溪卷廿六］

麌

邬泰［奉化卷首下］邬棐［奉化卷五］邬子喆［奉化卷五］邬鋐明［奉化卷五］邬开裕［奉化卷六］邬子滉［奉化卷六］邬自强［奉化卷十二］邬霖［镇海卷十五］邬畲经［奉化卷廿二］邬杞［奉化卷十五］邬锄经［奉化卷廿六］邬孝政［奉化卷廿七］邬生孝［奉化卷廿八］邬兰翘［奉化续卷三］邬锦泉［镇海续卷三］邬孔翔［奉化续卷五］

鲁璞［鄞卷四］

武淘［定海卷十七］武书田［定海续卷三］

轸

尹廷机［慈溪卷九］尹元炜［慈溪卷十七］尹嘉年［慈溪卷

廿五］尹金荚［慈溪卷廿九］

阮

阮增荣［鄞卷十二］阮国［奉化卷十六］阮训［鄞卷廿一］阮福瀚［慈溪卷廿四］阮丙炎［慈溪续卷六］

旱

管道复［鄞卷首上］管惺［闺媛卷卅一］管年祥［鄞续卷五］

铣

单九翔［奉化卷一］

篠

赵之璧［慈溪卷一］赵嗣贤［鄞卷三］赵嗣赟［鄞卷三］赵嗣万［鄞卷三］赵存洵［鄞卷二十］赵冲九［鄞卷二十］赵芬［奉化卷廿一］赵九杠［鄞卷十一］赵胜［奉化卷廿二］赵佑宸［鄞卷廿八］赵家熏［慈溪卷廿九］赵霈涛［奉化续卷四］

巧

鲍上观［鄞卷十五］

哿

左臣黄［鄞卷三］左岘［鄞卷三］

马

马士龙［鄞卷十八］马涟［定海卷廿一］马廷槐［鄞卷廿五］马辰陔［鄞卷廿五］马嗣澄［象山卷廿六］马恩黼［鄞卷廿九］马海曙［鄞续卷三］

夏玉文［鄞卷四］夏寅［镇海卷廿一］夏锦［镇海卷廿二］夏启芬［镇海卷廿七］夏庆增［鄞续卷四］

养

蒋一桂［奉化卷一］蒋宏宪［鄞卷四］蒋拭之［鄞卷九］蒋学镜［鄞卷十一］蒋学镛［鄞卷十二］蒋学朱［奉化卷十八］蒋子礼［奉化卷廿七］蒋绍灿［奉化卷廿七］蒋德秀［奉化卷三十］蒋燿琮［鄞续卷六］蒋翼清［奉化续卷六］

有

柳梦桂［慈溪卷一］柳世纲［慈溪卷廿七］柳瀛选［慈溪卷三十］

寝

沈潜［慈溪卷首下］沈士颖［鄞卷首下］沈光瑀［鄞卷一］沈光杰［鄞卷一］沈泰漳［鄞卷一］沈光勤［鄞卷一］沈光献［鄞卷一］沈光云［鄞卷一］沈从约［镇海卷三］沈光珏［慈溪卷四］沈延嗣［鄞卷四］沈光俊［鄞卷五］沈炳［鄞卷六］沈光定［鄞卷六］沈景濂［镇海卷六］沈际飞［鄞卷六］沈梦桂［镇海卷八］沈楷［慈溪卷十二］沈琏［慈溪卷十四］沈谟［镇海卷十四］沈飑［镇海卷十五］沈道宽［鄞卷二十］沈传洙［慈溪卷二十］沈杞［慈溪卷廿五］沈炳如［象山卷十七］沈有澜［定海卷廿七］沈烺［镇

海卷廿七］沈开祥［镇海卷廿八］沈观光［象山卷廿八］沈熙廷［定海续卷四］沈思钦［慈溪续卷六］沈廉［慈溪续卷七］

范

范洪霞［鄞卷首下］范洪星［鄞卷首下］范兆芝［镇海卷首下］范奇英［鄞卷一］范光文［鄞卷一］范光遇［鄞卷一］范廷元［鄞卷一］范廷魁［鄞卷一］范廷凤［鄞卷一］范炜［鄞卷三］范正辂［鄞卷三］范溶［鄞卷三］范光曦［鄞卷四］范光阳［鄞卷五］范章鼎［定海卷六］范廷谔［鄞卷七］范梧［鄞卷七］范核［鄞卷七］范之恒［鄞卷七］范从律［鄞卷八］范廷谋［鄞卷八］范廷培［鄞卷八］范坊［鄞卷八］范从彻［鄞卷八］范永润［鄞卷九］范铎［鄞卷九］范用炳［鄞卷九］范永浤［鄞卷十一］范鈇［鄞卷十二］范永澄［鄞卷十二］范鹏［鄞卷十二］范用贤［镇海卷十三］范永禧［鄞卷十四］范永祺［鄞卷十四］范永嘉［鄞卷十四］范震莘［鄞卷十四］范鸿［鄞卷十五］范懋敏［鄞卷十五］范源澄［鄞卷十七］范震薇［鄞卷十七］范懋裕［鄞卷十七］范懋树［鄞卷十七］范显麓［鄞卷廿一］范樾［鄞卷廿二］范櫺［鄞卷廿二］范多铣［鄞卷廿四］范邦柱［鄞卷廿四］范榢［鄞卷廿四］范邦桢［鄞卷廿五］范上第［鄞卷廿五］范筬［鄞卷廿六］范邦榖［鄞卷廿八］范显藻［鄞卷廿八］范邦铨［镇海卷三十］范泗［闰媛卷卅一］范麟［鄞续卷七］

宋

宋丕基［鄞卷十五］宋绍周［鄞卷廿二］宋绍祖［奉化廿五］宋声霙［奉化卷廿六］宋国钧［奉化续卷六］

未

费培峣［鄞卷六］费金珪［鄞卷七］费士桂［慈溪卷九］费志刚［慈溪卷二十］费志云［慈溪卷廿一］费金镕［慈溪卷廿二］费江城［慈溪卷廿六］费邦翰［慈溪卷廿八］费霖［慈溪卷廿八］费氏［闺媛卷卅一］费德宗［慈溪续卷五］费紫章［定海续卷六］

魏士杰［慈溪卷八］魏基［慈溪卷九］魏鼎［慈溪卷十一］魏成宪［慈溪卷十四］魏三湘［慈溪卷十四］魏盈［慈溪卷二十］魏钟［慈溪卷廿七］魏凤林［慈溪卷廿八］魏启万［慈溪续卷四］魏锡蕃［慈溪续卷四］

遇

顾逢桂［鄞卷七］顾华白［镇海卷十一］顾枫［慈溪卷十二］顾祖训［鄞卷十四］顾镗［镇海卷十五］顾德炘［奉化卷二十］顾逸［鄞卷廿一］顾英其［奉化卷廿五］

傅攀龙［鄞卷首下］傅龙跃［奉化卷一］傅嘉让［镇海卷三］傅嘉说［镇海卷五］傅维祖［鄞卷七］傅沂如［镇海卷八］傅德荣［镇海卷九］傅元构［镇海卷十二］傅元椴［镇海卷十三］傅光炤［镇海卷十八］傅铭三［鄞卷二十］傅以钰［镇海卷廿四］傅光福［镇海卷廿七］傅岩［定海续卷四］

霁

厉志［定海卷廿三］厉得鹏［定海卷廿四］厉得鹏［定海卷廿四］厉学时［定海卷廿七］厉卞元［定海续卷二］厉姓涛［定海续卷二］厉玉夔［定海续卷六］厉支石［定海续卷六］

桂载锡［慈溪卷一］桂时飔［慈溪卷四］桂兴宗［慈溪卷四］桂一奇［慈溪卷四］桂芳［慈溪卷八］桂潾［慈溪卷九］桂湄［慈

寝赚宋未遇霁

2237

溪卷十二〕桂瀛仙〔慈溪卷十二〕桂浩然〔慈溪卷十二〕桂廷蔚〔慈溪卷十三〕桂成章〔慈溪卷十三〕桂琳〔慈溪卷二十〕

励絅〔鄞卷廿四〕励有霖〔鄞卷廿八〕励振骧〔鄞续卷四〕励志诗〔鄞续卷六〕

泰

赖鹏飞〔象山卷十三〕赖维翰〔象山续卷四〕

蔡调元〔慈溪卷十四〕蔡鸿鉴〔鄞卷廿九〕蔡和霁〔鄞卷三十〕蔡崇善〔鄞续卷四〕

艾达时〔镇海卷首上〕

队

戴浚〔奉化卷一〕戴昆樾〔奉化卷三〕戴石臣〔奉化卷三〕戴易〔鄞卷四〕戴尚芝〔鄞卷六〕戴誾〔鄞卷六〕戴义昌〔鄞卷七〕戴义昭〔鄞卷七〕戴淦〔鄞卷十二〕戴璜〔镇海卷十五〕戴鋆〔镇海卷廿六〕戴爕〔镇海卷廿八〕戴尧天〔镇海卷廿九〕戴声望〔镇海续卷二〕戴声诰〔镇海续卷二〕戴鸿庥〔镇海续卷五〕戴西庚〔镇海续卷六〕戴恒贞〔镇海续卷六〕戴恒械〔镇海续卷六〕

愿

万斯年〔鄞卷首上〕万斯选〔鄞卷首下〕万斯大〔鄞卷首下〕万斯备〔鄞卷首下〕万斯同〔鄞卷首下〕万言〔鄞卷四〕万经〔鄞卷六〕万世祺〔鄞卷六〕万承勋〔鄞卷六〕万福〔鄞卷十一〕万敷前〔鄞卷十一〕万学诗〔鄞卷十五〕万后丞〔鄞卷廿六〕万藻〔闺媛卷卅一〕

啸

邵瀚［鄞卷首上］邵似欧［镇海卷首上］邵似雍［镇海卷首上］邵仲陟［鄞卷一］邵似升［镇海卷三］邵元观［镇海卷六］邵基［鄞卷七］邵于迈［镇海卷八］邵于征［镇海卷八］邵墼［鄞卷十二］邵瑞年［镇海卷十三］邵桓［鄞卷十四］邵嗣昌［慈溪卷十八］邵树棻［镇海卷二十］邵锟［慈溪卷廿一］邵锦泉［鄞卷廿四］邵纶［慈溪卷十五］邵允昌［镇海卷廿七］邵炯德［镇海卷廿七］邵寅直［鄞卷廿八］邵洪［鄞补遗］邵卿［慈溪续卷二］

简

贺王槐［镇海卷廿一］

袆

谢泰履［镇海卷首上］谢归昌［镇海卷一］谢赓昌［镇海卷一］谢泰定［镇海卷一］谢泰交［镇海卷一］谢得昌［镇海卷三］谢为霖［鄞卷三］谢为宪［鄞卷三］谢逢［象山卷三］谢兆昌［镇海卷三］谢景昌［镇海卷三］谢为衡［鄞卷三］谢绪光［镇海卷四］谢于道［鄞卷四］谢秉昌［镇海卷四］谢允昌［镇海卷四］谢炽昌［镇海卷四］谢师昌［镇海卷五］谢绪彦［镇海卷五］谢功昌［镇海卷五］谢岐昌［镇海卷五］谢绪宏［镇海卷六］谢曾祚［镇海卷六］谢绪承［镇海卷六］谢绪敷［镇海卷六］谢绪章［镇海卷六］谢云祚［镇海卷七］谢绪恒［镇海卷七］谢鹍祚［镇海卷七］谢绪敬［镇海卷八］谢善祚［镇海卷八］谢闇祚［镇海卷九］谢友祚［镇海卷九］谢佑衷［镇海卷十一］谢瑗祚［镇海卷十二］谢书祚［镇海卷十二］谢垍祚［镇海卷十二］谢纯祚［镇海卷十二］谢含祚［镇海卷十二］谢佑琦［镇海卷十三］谢佑份［镇

海卷十四］谢佑滋［镇海卷十四］谢佑淮［镇海卷十四］谢天枢［象山卷十四］谢聘贤［镇海卷十五］谢辅丞［镇海卷十五］谢天桂［象山卷十六］谢佑廷［镇海卷十六］谢佑济［镇海卷十六］谢佑鸿［鄞卷十六］谢篪贤［镇海卷十六］谢琪贤［镇海卷十六］谢炳贤［镇海卷十七］谢升贤［镇海卷十七］谢奎贤［镇海卷十七］谢宋贤［镇海卷十七］谢浙贤［镇海卷十七］谢辅锦［镇海卷十七］谢辅诚［镇海卷十七］谢国贤［镇海卷十八］谢佑镛［镇海卷十八］谢辅绅［镇海卷二十］谢必成［象山卷二十］谢瀛贤［镇海卷廿二］谢开家［象山卷廿二］谢骥德［镇海卷廿六］谢周训［镇海卷廿六］谢辅缨［镇海卷廿七］谢辅枨［镇海卷廿八］谢辅坫［镇海卷廿八］谢铨［奉化卷廿八］谢纯熙［奉化卷廿八］谢绪芝［闺媛卷卅一］谢骏德［镇海续卷二］谢之枢［象山续卷二］谢辅濂［镇海续卷三］谢桢德［镇海续卷四］谢辅熿［镇海续卷六］谢文运［鄞续卷七］

华明慈［闺媛卷卅一］

漾

向懋英［慈溪卷四］向迋［慈溪卷四］

敬

盛沛［奉化卷二］盛超然［奉化卷十三］盛植才［慈溪卷十四］盛本［慈溪卷十四］盛炳烺［慈溪卷十五］盛植麒［慈溪卷十六］盛炳儒［慈溪卷二十］盛炳章［慈溪卷廿二］盛垜［慈溪卷廿二］盛植型［镇海卷廿八］盛在渌［慈溪续卷四］盛可均［奉化续卷五］

郑端明［镇海卷首上］郑允森［慈溪卷四］郑梁［慈溪卷五］郑渠［慈溪卷六］郑性［慈溪卷六］郑羽逵［慈溪卷七］郑景会［慈溪卷七］郑宗桓［象山卷八］郑大节［慈溪卷九］郑朝宗［镇海卷十二］郑辰［慈溪卷十三］郑竺［慈溪卷十三］郑甲［慈溪卷

十三］郑从风［慈溪卷十四］郑兆龙［镇海卷十五］郑勋［慈溪卷十六］郑筠［慈溪卷十六］郑启业［鄞卷十八］郑凌云［象山卷十八］郑湛［慈溪卷十八］郑际良［慈溪卷二下］郑熙［镇海二十］郑乔迁［慈溪卷二十］郑芬［慈溪卷廿一］郑一夔［慈溪卷廿二］郑诏［慈溪卷廿二］郑圣扬［鄞卷廿五］郑继武［慈溪卷廿五］郑纯奎［慈溪卷廿五］郑养元［慈溪卷廿六］郑元祁［慈溪卷廿六］郑传铦［镇海卷廿六］郑兆梅［鄞卷廿六］郑璐［慈溪卷廿六］郑德容［镇海卷廿七］郑望［镇海卷廿七］郑德峻［镇海卷廿八］郑敏熙［慈溪卷廿八］郑贤坊［镇海卷廿九］郑儒珍［镇海卷廿九］郑福森［慈溪卷三十］郑镜堂［定海卷三十］郑蕴贞［闺媛卷卅一］郑中节［慈溪补遗］郑权［镇海续卷二］郑传箴［镇海续卷二］郑焌照［镇海续卷二］郑崇敬［鄞续卷三］郑德璜［鄞续卷三］郑贵涵［慈溪续卷四］郑福椿［慈溪续卷五］郑佐霖［慈溪续卷五］郑光祖［慈溪续卷六］郑廷鉴［慈溪续卷六］郑鸿元［慈溪续卷六］郑廷琛［镇海续卷七］

径

邓炳［象山卷十二］邓嗣宗［象山卷十四］邓克旬［象山卷三十］

宥

缪麟［慈溪卷廿六］

屋

陆宇燡［鄞卷首上］陆观［鄞卷首上］陆介祉［鄞卷首上］陆昆［鄞卷首下］陆峻［鄞卷一］陆藩［镇海卷一］陆经正［鄞卷四］陆经略［鄞卷四］陆鎏［鄞卷五］陆鋆［鄞卷六］陆应宿

[慈溪卷七]陆海[鄞卷七]陆时茂[镇海卷十一]陆志道[镇海卷十五]陆景佑[定海卷十八]陆廷黻[鄞续卷三]陆智衍[鄞续卷五]

竺勷[奉化卷七]竺沅鉁[鄞卷十四]竺美奂[奉化卷十六]竺之侃[鄞卷十八]竺陈简[奉化卷廿一]竺我殿[奉化卷廿五]竺善兰[奉化卷廿六]竺英梅[闺媛卷卅一]竺愚[闺媛卷卅一]竺挺生[奉化续卷四]竺士彦[奉化续卷四]竺麟祥[奉化续卷六]

宓泓[慈溪卷九]宓英[慈溪卷十四]宓如椿[慈溪卷十五]宓璟[慈溪卷十八]宓丁荣[慈溪卷廿六]宓于辰[慈溪卷廿七]宓畹娘[慈溪卷廿八]

沃

沃堂[镇海卷五]沃昌淦[镇海卷十三]沃为贤[镇海卷廿七]沃昆山[镇海卷廿九]

曷

葛世扬[鄞卷六]葛绳先[鄞卷八]葛权[象山卷十四]葛宗奎[慈溪卷十八]葛朝[慈溪卷二十]葛培元[慈溪卷廿二]葛廷瑞[慈溪卷廿六]葛祥熊[慈溪续卷四]葛鸿飞[镇海续卷四]

屑

薛士珩[镇海卷首上]薛士学[镇海卷首下]薛志丙[镇海卷十三]

药

乐鸣谦[镇海卷十三]乐涵[镇海卷十七]乐氏[闺媛卷卅一]

乐人炳［镇海续卷三］

郭镰［鄞卷四］郭彦博［鄞卷六］郭景行［鄞卷九］郭乾［鄞卷十四］郭彦忠［鄞卷十五］郭炳南［定海卷廿五］郭敬业［定海卷廿六］郭传璞［鄞续卷三］郭庆恒［鄞续卷三］

莫矜［奉化卷廿七］

陌

石大成［象山卷十二］石鲸［镇海卷十三］石与杭［镇海卷廿四］石继川［镇海卷廿四］石天绯［鄞卷廿八］

白佩玉［镇海卷二十］白榆［鄞卷廿八］

叶

叶蘅［慈溪卷一］叶适［慈溪卷三］叶嵋［慈溪卷五］叶吟［慈溪卷六］叶赓唐［慈溪卷七］叶筹［慈溪卷八］叶兆翱［慈溪卷九］叶今［慈溪卷十三］叶宗舒［慈溪卷十四］叶时［慈溪卷十五］叶声闻［慈溪卷十五］叶世雄［镇海卷十六］叶燕［慈溪卷十七］叶焕［慈溪卷十七］叶灿［慈溪卷十七］叶炜［慈溪卷十七］叶欣［慈溪卷十七］叶锡凤［慈溪卷十八］叶六鳌［慈溪卷二十］叶联芬［慈溪卷廿一］叶愚［慈溪卷廿一］叶恕［慈溪卷廿一］叶元墀［慈溪卷廿二］叶元垲［慈溪卷廿二］叶元堃［慈溪卷廿二］叶金胪［慈溪卷廿二］叶元堦［慈溪卷廿三］叶基［慈溪卷廿四］叶登魁［定海卷廿五］叶炯［定海卷廿六］叶元壁［慈溪卷廿七］叶元垚［慈溪卷廿七］叶培元［定海卷廿七］叶之蕃［慈溪卷廿八］叶元坊［慈溪卷廿九］叶安庆［闺媛卷卅一］叶兰贞［闺媛卷卅一］叶庆增［慈溪续卷三］叶同春［慈溪续卷四］叶鸿基［慈溪续卷四］叶清年［慈溪续卷四］叶意深［慈溪续卷五］叶廷枚［慈溪续卷六］

屋沃曷屑药陌叶

2243

鄞董孟如忻绍如年谱合辑

鄞忻巨颂堂甫辑

谨按

公巨十七,家居修学,多读岐黄之书。是年清明,随王父礼煊公过施家桥之塘溪中学后墙弄,入后岙祭扫祖茔,见祖茔石联:何处复求龙象力;金光明照浙西东。王父言此为族伯忻江明先生所撰。其子鲁存书"忻显文先生之墓"碑,字法精妙,笔力遒劲,为之折服,此小子识公之始也。然其时心智尚处昏蒙,未能深识。忻氏自明洪武年间,胜道公肇基于陶矶之麓,夙以耕读传家,王父礼煊公所营书楼颜曰"霞映楼"者,亦沿用旧称。吾师黄山王先生永嘉以吾为读书种子,劝以三礼修身,庶几逾二十二年,其间读《全祖望集汇校集注》中有《甬上族望表》未录忻氏,或谓氏忻,契丹种。吾氏始见于《旧唐书》,《千家姓》云:天水族。《姓觿》因循。予岂敢妄议谢山之不公,亦未敢自践浅薄,然则二百余年后,陶麓忻绍如公出,道德文章堪可比肩全氏,而为古文辞精洁实过之。公于辛亥改国后退隐港陆里宅,律己甚严,荣名自鄙。杜门扫轨,不复闻户外事,馆谷自给之余,潜心搜辑乡献,论者以为功不在杲堂、谢山下。公之为文如其言:"文章者不朽之业。"如赠友人诗："生平怕作闲文字"。又其于乡里宗党，彰节旌善，犹恐不及。孝子、节妇、善人、义士，多赖公文表襮之。公之文字，庶几尽觇于此矣。公，世之憔悴卓诡士也；身遭天崩地坼之世，目睹沧海之横流；拘厄于尘纲荆榛，犹奋笔舌为诗古文辞，以摅骋其抑塞磊落之怀抱，而夷寇党人奸巧，致其声名沉埋不彰。

今辑是谱，有须说明者条陈于下：

年谱为鄞董孟如、忻绍如年谱合辑，两人皆出鄞东望族陶麓忻氏，师生兼舅甥，故称合辑。其一也。

年谱称董孟如为先生，称忻绍如为公。里中称先生为名士，公曰遗民。先生与公，研经治史，学冠四明，当路乡党，靡不推重。其二也。

年谱常例拟略，因先生与公所遗资料匮乏，辑之有年而所得甚少。乙丑芒种前三日，蒙忻礼国、林鸥惠予《正谊堂文集》。间二月，王雷出《六一山房诗集》、陈诵雎出徐时栋之《烟屿楼文集》《诗集》，弋获亦多。年谱以先生事迹为辅，公履历为主，考之行实，溯之师友交游，为之论定生平；因公所撰《鹤巢诗存》仅一卷，无编年，中有不能确核其年月者，未录入。又引述公所撰之论、解、考、辨、序、跋、赠言、寿言、缘起、传、行述、阡表、墓柱文、墓志铭、碑记、尺牍、像赞、哀辞、诗及公之同年、友朋、门生之遗文，旨在明公之生平、见地、学识、行谊、交往、性情、涵养、处事、待人、志节，以求凸显为是，而不至于枯槁，公之为文皆躬历目验而得者也。而今之乡愿则以无用之行货目之，予叹曰：呕心沥血之文岂能同于行货耶？！故将事略一一录入，可谓不厌其烦。足征吾辑引原文入谱之慎也。先生与公所撰之诗古文辞实为乡献集成，旨在旌彰乡贤。先生与公承四明学统之正脉，俱为浙东学术之中坚。高云麓太史撰《忻君绍如明府家传》有述万季野、全谢山、徐柳泉、董孟如、忻绍如皆是一体,诸君子平生致力乡献,除先生与公外,诸家皆有专谱,余特合辑之,以为一脉。其三也。

先生与赵扨叔之交甚笃,鄞地学者未见有涉猎,今刊出,其四也。

辑年谱之工,似易实难,其难在搜采资料之难期完璧。故年谱之作,大抵出自子姓或门人故旧,以其搜采易而闻见详也。今将是谱授工付梓,唯博雅君子教正为幸。

道光八年(1828)戊子　先生一岁

董沛十一月二十七日生于鄞县东乡邱隘高唐里。字孟如,又字觉轩,号韦庵、三江五湖散人。学者称觉轩先生。斋名正谊堂、晦闇斋、六一山房。出身儒学世家,生具异禀,精爽过人。

鄞县董氏,系出幽州令董宾;十四传董知日,为洛州刺史,居广平;又八传董贤,宋仁宗朝以资政殿大学士致仕,赐第西京,居洛阳;又四传董俊,由河南洛阳扈跸南渡,居于鄞,遂为鄞人。先生一支,明景泰初自郡城迁邱隘高唐,逮先生之身已十五世矣。高唐亦作高塘,其所居鄞东里名也。按:公辑《四明清诗略》俱署:鄞董沛孟如辑。唯于《四明清诗略》续稿卷一传略董沛条下作字觉轩,号孟如。鄞人。岵子。……颂堂以为不知何故?

曾祖董运逵,鄞县学生,字懋勋,号邓耘,一生敦行,构筑祠堂,造福乡梓,殚精竭虑。

王父董琅,名明伦,乾隆六十年乙卯(1795)中举,为新昌县学训导。先生中岁后撰《先训导公家传》曰:"……字纯斋,学者称岹厓先生。公少读书自以资纯,刻苦如成人,循环诵习,夜三漏乃休,业遂大进。左都御史窦光鼐三督浙学,所拔多名士,公兄弟连岁受知光鼐,手书奖谕,勉以洪王家学。乾隆乙卯乡举入京，户部侍郎蒋赐棨延为记室，遂尽交诸名辈，纵论古今，凡学术之异同、文苑之流派、兵刑财赋之经制，无不穷源讨委，卓然有见。"

父董岵，宁波府学廪生，常出家藏旧籍与子解经。

叔董庆酉（？—1858）字竹史，别字可南。善诗，有《板桥诗草》一卷，凡古今体诗一百二十四首，藏六一山房。勤搜汉唐鄞人诗。咸丰八年（1858）成《四明诗干》三卷。后先生撰《四明诗干题词》曰："族叔竹史君从先赠公读书，与余最契。成郡诸生，未强仕遽卒，生平好为诗，而不自爱惜。"

弟董濂，字仲廉，一字震轩，诸生，能诗，工骈偶文，治虞氏易，不取卦气，为乡邦儒宿所称。喜茹素，有僧性焉。与友吴德机同续李杲堂《甬上高僧诗》。同治十一年（1872）成《四明宋僧诗》一卷、《四明元僧诗》一卷。性友爱，事诸兄恭顺，光绪间以悌弟旌，著有《继耕诗抄》。又弟董洽，号豫轩，先生有子而殇，以豫轩次子运水为后，董氏弟兄，异爨同财，家庭雍穆，惜乎两代以后，高塘董氏式微。

先生自述《朱卷履历》曰：有本生祖母，乃国子监生忻德刚之次女，国子监生忻昆、忻镇之胞姐，并被例赠安人，钦旌节孝，光绪《鄞县志》中有传。"本生祖父文学公讳璘，字炳斋，号图壁，曾王父董鄾耘公之长子也。未弱冠，应郡试，太守陈石城其拔冠其曹，窦东皋视学至郡，选补诸生。次年，即以第一人食黉宫饩。"事见先生后撰《先文学公家传》。年月失考。

忻氏年二十一，归郡廪生董璘，前室侯氏遗一子三女，忻氏佐理婚嫁，克尽母道，嘉庆戊辰，璘以省试卒于途，忻氏所生三子：董岵七岁；董岭四岁；董岱生仅十月，忻氏痛哭不欲生，顾念诸子幼弱，姑犹在堂，乃勉持家政，门内整肃，无哗笑者，比诸子成立，婚娶了事，而季子岱又殁。其妻李氏，年仅二十，忻氏谓之曰：为节者，须动心忍性，置其身若已死亡，然后可以持廉耻之界，吾年二十八而守节。汝更少焉。其勉之哉。李氏性婉顺，能得姑欢心，抚兄公子濂为夫后，爱逾所生。忻氏卒年六十六，以道光十年旌。李氏以道光三十年旌。吴锺骏撰《双节传》见光绪《鄞县志》。

道光九年（1829）己丑　先生二岁

道光十年（1830）庚寅　先生三岁

道光十一年（1831）辛卯　先生四岁
先生入塾。

道光十二年（1832）壬辰　先生五岁
先生四岁能应对，就塾，有客指几上盆栽文竹，令其属对，先生应声曰："武松。"客大嗟赏曰："是何异王瓜后稷也。"或作客大嗜赏曰："是又毛西河也。他日必以文称霸江东。"

道光十三年（1833）癸巳　先生六岁

道光十四年（1834）甲午　先生七岁
先生已能诗。丙戌，先生撰《叔父廉卿先生墓表》："沛（先生）甫七岁，受业于叔父廉卿先生，性强记，读书数过，即能背诵，则出从群儿嬉里中，儿十余辈推为渠长，制纸为旗饰，胡床为舆，孰导之，孰肩之，无不唯命。窃效官府巡行巷陌，以是触叔父怒，恒受朴责，如是者三年。先公归自慈溪，始受庭训，又四年，而先公殁，沛（先生）年十三。"廉卿先生即董岯。

道光十五年（1835）乙未　先生八岁

道光十六年（1836）丙申　先生九岁
先生学古文。
甲戌，先生撰《再从嫂张孺人六十寿序》中曰："犹忆（张）孺人始归，余方九岁，从伯姊预筵宴，坠席上杯，碎之。先赠公召之出，罚跪于家，弗令起，俄而，孺人盛服谒尊长及余门，余愧无所容，亟起匿屏后，当年情状，宛然目前……"

道光十七年（1839）丁酉　先生十岁

道光十八年（1838）戊戌　先生十一岁
先生学古文，兼习骑射。未尝为经生，艺应县试，即为县令舒公厔庵所器。
丁丑，先生撰《袁苇孙五十寿序》曰：昔先赠公与吾师月楼先生称石交，一岁之中往还频数，其伯子小楼，又先赠公高弟也。仲曰苇孙。……余所知者前辈若张丈曙村、应丈楚江及吾师邱栘华先生，皆都人士之所尊礼者也。……余少孤失学，饥饫奔走……"

道光十九年（1839）己亥　先生十二岁

道光二十年（1840）庚子　先生十三岁
父董岯以病死。董岯，字绥之，学者称古山先生。
先生"能知甘苦，自奋于学。叔父（廉卿）更怜爱之，摄治家政不令预闻,恐闲其诵读也。及(先生)成诸生,开塾授徒,叔父齿渐衰,乃以薄籍授沛,距先公之卒盖十有四年矣。"见《叔父廉卿先生墓表》。

己丑,先生撰《邱翰卿六十寿序》曰:"余少受庭训,自先大夫见背,始执经于先师邱圃香先生,先生最器余及其族人筠孙,以为门下二隽。时则筠孙从弟翰卿亦偕其兄问学,年仅十二,美秀而文,与余相契爱,余少筠孙三岁,而长于翰卿二岁,……翰卿其将以余言为可下酒,固不减昔年同学歌呼饮啖之乐也。"

道光二十一年(1841)辛丑　先生十四岁

英夷犯浙,慈溪严信厚父严恒与诸乡老募勇巡海,村落宴然,参赞文蔚奖以冠带。……卒年五十九,以子信厚贵,赠荣禄大夫。事见先生中岁后撰《严赠君笠舫小传》。

缪梓摄石门令,寻任奉化令。见赵之谦《缪武烈公事状》,以下称《事状》。

道光二十二年(1842)壬寅　先生十五岁

朱立淇延修《它山志》,姚燮僦居鄞江桥村撰《四明它山图经》成。其后弋载,蒋敦复为之序,先生作跋。

道光二十三年(1843)癸卯　先生十六岁

先生应郡试。

己巳,先生撰《袁筠谷墓志铭》曰:"道光癸卯,余应郡试,望见稠人中有颀而伟者,询之则袁君筠谷也。其年君与季弟谔斋并成诸生。越六年(盛夏),谔斋举拔萃科,余偕楼稽山过其寓,始与接。……"

先生后撰有《书癸卯水灾事》曰:"癸卯之春,西北有白气夜见,长亘天。占者皆曰兵象。余曰:非也。取相生之义，是当水灾。其年仲秋月三日，天大雨，八日逾甚，沟浍皆盈，融风陡作，揭瓦破壁，射人如箭，是夕二鼓，东钱湖隄决十丈，有声如雷，金峨、玉几诸山俱以出蜃告，太白山崩，宽广可百亩，龙战于野，双目炬张，水流石罅，皆血色，狂涛喷盈，平地顿高丈余，或八九尺，余所居曰高塘，亦至三尺，登楼而望，水气逼空，山谷庐舍，若隐若现，如蜃楼海市，出没于云雾缥缈之中，浮棺蔽野而下，撞击有声，群蚁浮涧，恣食骸骨，百姓号呼，觅柩者舟楫纵横，夜则游磷扑面，闪烁如灯，遍地凄凉，但闻鬼哭……"

道光二十四年（1844）甲辰　先生十七岁

道光二十五年（1845）乙巳　先生十八岁

先生拜谒缪梓。

甲申，先生撰《缪公墓志铭》曰："昔在里门，尝以邻邑士谒（缪）公于郡邸，承望颜色，（缪）公所期许者良厚，今相去四十年……"

奉化县有征科之狱。缪梓以奉化民变连累降级，乃去官讲学（见《事状》）。先生《与崔第春同年书》时提及："……少时亲见奉化闹粮，县官自往解散，致误考期，士子哄入内廨，因而罢考……"即述此年事，越数年，而鄞乱大作，丧师喋血，祸更甚于畴昔。

道光二十六年（1846）丙午　先生十九岁

先生补博士弟子。

己丑，先生撰《陈钧堂五十寿序》。先生曰："道光丙午，余年十九，与陈驾部树珊，同受知于学使吴公，补弟子员，以是获交其兄（陈）镜三先生。先生仲子钧堂（康祺）甫七岁，岐嶷秀发、精悍之色，时见于眉宇，余耸然异之。"

先生有诗作《过芍药汜钱忠介公故第》《古意》《平陵东（有序）》。

周闲慕名访姚燮于甬上，姚氏为之题图并赠诗。

道光二十七年（1847）丁未　先生二十岁

先生补增生。

先生登天一阁。

先生师事姚燮。

先生于《两浙令长考》中述：其为编是考，以补志书记载之缺，于"道光丁未，登范氏天一阁，翻阅元明浙志四十余家，其后登卢氏抱经楼续阅国朝浙志六十余家，再读慈溪王氏书，复得五十余家，大率前后相袭，无甚异同。……"

丙子，先生撰《赠陈鱼门太守序》曰："余自弱冠，始识（陈鱼门）先生。三十年中，公私之事，交相倚重，比年修县志，过从益多。"

丙申，董缙祺《知州衔封朝议大夫江西建昌知县董府君行状》（以下称《董府君行状》）谓先生弱冠之年，"遍读家藏书，复求之同县烟屿楼徐氏、抱经楼卢氏、天一阁范氏；继之杭州借文澜阁书阅之。"

先生始侍姚燮。《正谊堂文集》卷十七《姚复庄先生墓表》："余自弱冠，始侍先生，诗法皆先生所授。"

地方鸿儒徐时栋以文章鸣东南，主一时文柄，名士率著籍门下，独与先生为忘年交，不敢以师道临之，深相推重。

辛丑，陆廷黻撰《正谊堂文集序》曰："吾友董君觉轩与余同举于乡，先后成进士，出宰江右，其政绩多有可纪。自其少时，已有志于古文之学，发先人藏书数万卷，上自六经，旁涉历代诸史，下逮百家诸子，与夫杂家小说者，流过目而成于诵，故其文繁称博引，足以达难状之情，而秩然咸中于条理。今取其集读之，知其于吾言必有合也。始余弱冠后，馆陈氏之旧雨草堂；而君馆徐氏之城西草堂。是时，余与陈氏昆季，方为科举之学，力务进取，而君与徐柳泉先生习，独好古文，岸然而负异，余尝语之曰：勤一世之力，以侥幸于后世不可知之名，君之为古文是也。夫文之传于后者，未有不传以名位而声施远焉者也，且上之所以求士，与士之所以自待者，将第为后世之名计耶！君用其言，由是稍稍为科举之文，亦遂取科第以去，以循吏称。"

先生有诗作《送友人》《陇头歌辞》《哭曹丈渔桥（墩）》《近闻》四首。

道光二十八年（1848）戊申　先生二十一岁

先生有诗作《送卢星辉（灿）之杭州四首》《鹰》《同舍弟访高尚宅故址》（先生弟董震轩濂同游有同作诗）《奉化道上》《哭袁月楼孝廉诗（世恒）》。

道光二十九年（1849）巳酉　先生二十二岁

先生撰《奉政大夫兵部职方司郎中缪君墓碣铭》。缪君讳炳泰，后改心泰，字象宾。一字霁堂。江阴人。先生曰："道光巳酉，君门人长洲李芬以画游四明，与余善，每念师恩，欲归治其墓，手君之状，属余铭之……"

先生师姚燮（四十五岁）再访大赏鉴家、画家周闲，于周氏范湖草堂始识任熊。

先生有诗作《出门》三首、《山阴道上》《西陵怀古》《钱唐江观潮行》《鄂王墓下作》《题屠甫南（宗襄）望云图》《登龙山绝顶望海》。

道光三十年（1850）庚戌　先生二十三岁

四月，先生撰《蔡君敬斋家传》。蔡君即蔡象引，字德舆。

先生曰:"君孙丕纮以家状来丐为传。"

先生有诗作《人日饮杨司马（存之）小红书屋》《送李遵陆明经（鸿）之和阗八十韵》《乌夜啼》《张忠烈公画像》《读武侯传》《送罗山人（承德）归湖州》《赋得潼关送孙思川（嵋）之秦中》。

周闲、任熊联袂来访，出示画作，奉请评鉴，叹为奇才，姚燮邀任熊来大梅山馆小住，朝夕诗画切磋，近三阅月，二人遂为至交。先生由周白山介之识赵之谦约在是年。

先生师姚燮客象山西沪，今日墙头是。民国《象山县志》卷二十六：咸丰改元，客象山王氏翠竹轩，为梓其《骈体文榷初编》行世。

咸丰元年（1851）辛亥　先生二十四岁

先生在杭州借文澜阁书读。

先生受徐时栋聘往城西草堂为校《宋元四明六志》。

先生有诗作《楼烈士（镐）歌》（有序）、《江行》《泊枫林坝》《旅夜》《送周参军(炯)》《客中闻洪舵乡明府(起焘)讣寄挽以诗》三首、《桃花渡》《登镇海城》《候涛山怀古》《东门妇》《从军乐》。

粤匪北犯，浙江停乡试。

咸丰二年（1852）壬子　先生二十五岁

先生入邑庠为诸生。喜聚书。

先生为沈尧撰《枕涛楼记》。

先生有诗作《有感》四首、《观官兵下南乡》、《三月二十六日纪事五首》、《送仲弟（濂）之慈溪觅避乱处》、《忆伯姊》、《忆季弟（洽）》、《晤吴蘅塘（德机）》、《赠翁葵园（培元）》、《口号四首呈段镜湖司马（光清）》四首、《悼殇女莲生诗》四首、《东山》。

缪梓受浙江巡抚黄宗汉之委办理海漕事。见《事状》。

先生挚友余姚周白山、会稽赵之谦入缪梓幕。此按李慈铭说。自此时始，赵之谦于戊申以缪梓为师，居缪幕数年，感武烈知，终身执弟子礼。此前，李慈铭、周白山、赵之谦均列宗稷辰门墙。宗氏为绍兴蕺山书院教席，又创四贤讲社。见《近世人物志》页七八宗稷辰条。四月，赵之谦为越中耆宿宗涤甫刻斋名"躬耻"朱文小印，边跋：涤甫夫子大人正。壬子四月，受业赵之谦记。岁末赵之谦有诗示周白山《除夕示周双庚》。《府君行略》："溧阳缪武烈公权守越，见府君文异之，谘以笺奏之事。武烈负重名，博通经术，洞明古今时事。……一时同门之士如绩溪胡丈（培系）、胡丈（澍）、溧阳王丈（晋玉）、余姚周丈（白山），暨武烈群公子，相与稽考辨难，质诸武烈，以定是非……"

咸丰三年（1853）癸丑　先生二十六岁

先生撰《甬东天后宫林氏默碑铭》碑立庆安会馆。

春夏之交，缪梓办海漕事毕，朝旨以知府留浙，署绍兴知府。（见《事状》）

夏，先生撰《启文义学记》。应友周一英之请。

九月，姚燮自郡城甘溪里移家鄞小浃江北浒，赁顾氏宅，稍事修葺，名曰"息游园"。门人甚众，先生与鄞郭传璞、郭巨余贤治、镇海卢派仍从姚燮学。

段光清历署宁波知府、宁绍台道。

先生有诗作《朱千户（骏）挽歌》、《闻警》十五首、《梁湖大水歌》、《赠王剑泉（芬）》、《同谢方斋侍御（荣埭）何蕺民户部（唯俊）饮酒题义桥驿》、《晚渡钱唐江》、《戍七里泷赠徐铁庵参戎（元镇）军营杂诗》三首、《严子陵钓台》、《送章采南殿撰（鋆）入都》二首、《夜泊铜盆浦》。

咸丰四年（1854）甲寅　先生二十七岁

二月，先生随姚燮于月湖之上与友为兰禊之会。

先生撰《观察段公光清生祠碑铭》。王煦书，翁培元篆额，陈祖茂刊。宁郡士民公立。士民皆血食祀之。

戊午，先生撰《重修宁波府城碑》中曰："宁波当辛、壬、癸、甲之岁，莠民剧盗，娄作不靖，（段光清）公皆俘而斩之。"

春，缪梓奉旨以知府留浙，补宁波知府，旋即为杭州知府。五月以策划海运事有功，奉旨以道员任用。（浙忠页四二。（见《事状》）

先生有诗作《猛虎行》、《题剑》、《慈溪金烈妇词》、《题陈骏孙（继聪）辛壬杂纪》五首、《分咏古美人得二绝句（虞姬）（张丽华）》。

先生师姚燮自城中甘溪里搬迁至鄞县五乡汇溪村。

咸丰五年（1855）乙卯　先生二十八岁

先生从知府段光清入距县城五十里之吴家山，其地林壑深峻，环而居者数百家，以岩险为家风。乾隆三十年（1765）有吴逆正祥，世习猎，偶入古洞，得剑印各一，天书二卷，天书中言符咒甚秘，以符水饮，人力顿长，兼晓技击，遂谋逆起事。巡抚熊学鹏捕得之，及吴逆临刑，一猿突至，蹲而号，执刑毕，是猿俄顷隐迹，盖起由业报，或谓吴之先尝以猎探猿穴，潜聚硝磺焚之，尽殄其种。诸乡老所谈旧事，段侯归，命先生记其事，以补旧志之阙。是谓《记吴家山遗事》。

夏，山东巡抚崇恩表奏朝廷，宁波府有巨轮宝顺护航商队过其海域，以为贼船。咸丰帝诏下浙抚诘问，将治给照者之罪，毋许欺隐。段光清召诸绅士筹所以覆旨者，先生曰："此无难也，商出己资购轮船以护商，且以护运官之所不能禁也。船造于夷，则为夷船；而售于商，即为商船。官给商船之照，例也，不计其自何来也。"段侯如先生之意奏记巡抚，巡抚何桂清遂置不问。段侯益重先生。事见戊子先生所撰《书宝顺轮船始末》。

六月，先生撰《象山中宪大夫欧君墓志铭》。

先生有诗作《湖亭纪事诗为王生作》、《咏明季》八首、《闭门》、《送燕》、《双雉篇》、《古谣辞》七首。

是年，赵之谦、周白山往西湖岳王庙凭吊忠魂。赵之谦赋《岳忠武王祠铜豆歌同双庚作》。

咸丰六年（1856）丙辰　先生二十九岁

先生假馆徐氏烟屿楼，读徐氏藏书，《两浙令长考》实始于此。先生后撰《两浙令长考序》曰："丙辰之春，假馆徐氏，徐氏多藏书，乃有《两浙令长考》之作。"

先生有诗作《襄阳曲》、《徐柳泉舍人延余校宋元四明志即事有赠兼示陈子相明府（劢）》五首（徐柳泉有和作七首）、《赠张诗农编修（庭学）》、《鹿山》、《余文敏公祠》、《短歌》、《题程郡判（景嵩）点苍积雪图》、《和友人述哀诗》四首。

公之忘年交林景绥生于鄞城紫金巷。其号朵峰，出身官宦世家。

咸丰七年（1857）丁巳　先生三十岁

先生诗《三十述怀》："读书既未遂，慷慨思挽强。从军二三载，解剑归故乡。"自咸丰元年粤匪北犯，先生于杭州、严州从军任幕僚，因不得志而归。

先生有诗作《报忠祠》、《幽怨》四首、《哭楼秋帆文学（荫乔）》四首、《感事》四首、《公无渡河》、《镇明岭》、《月湖散步》、《三十自述》二首。

咸丰八年（1858）戊午　先生三十一岁

春，段光清擢浙臬始去鄞。

先生撰《重修宁波府城碑》。

五月，史致芬揭竿起事。先生撰《叔父廉卿先生墓表》中曰："按察使段公光清帅师至郡，与叔父有旧，遣人候问，史党王文龙侦之，以为叔父应官军也执所善高承益研究其事，夹两股几断，承益坚，不承乃解。未几，官军平致芬，叔父亦获文龙，以功赏六品顶带。"

十一月九日，赵之谦致绩溪胡培系函中述及先生之师姚燮，函云："……双庚（即余姚周白山，号四雪，诗文奇诡崛特，不作一凡语。工书法，善刻石。出姚梅伯门下，而不肯附弟子籍，时人目以为狂。赵之谦执友同僚，见王韬《瀛壖杂志》），则遭乃翁大故，拮据万状。今年在镇海姚梅伯先生家教授，脩七十金，尚可过去。今遭此，则又荡然。明年又无定所。……"

先生族叔董庆酉卒。

癸未，先生作《四明诗干》题辞中曰：……是书咸丰戊午所辑，虽已采录尚未整比。君既没，诸子幼，冲书籍付债家，稿亦随去。余屡索之不应也。越二十年，债家中落，尽售其书契，家子蔡宸卿旧游君门，购得是稿稍次之为三卷，以寄江右。……

先生有诗作《东钱湖岳王祠》、《宋徽宗画马图为徐刺史（本）题》、《牛车行》、《湖上》、《孤山小青墓》、《杂诗》四首。

咸丰九年（1859）己未　先生三十二岁

先生有诗作《感作》二首、《游上虞钱氏园》、《客中怀同里故人得二十绝句》（周介园广文道遵）（俞补卿明经纮)(楼月潭太守一枝)(徐柳泉舍人时栋)(宋莲叔观察绍菜)(陈曙山中翰政锤)(王意山孝廉方照)(李笙南提举维镛)(吴铁君典簿羹尧)(陈咏桥明府劢)(万迺邻布衣后丞)(卢幼竹光禄杰)(洪筱乡孝廉璇枢)(刘甦庵参军晋祥)(胡山甫明经唯崇)(家樵孙比部学履)(周艾轩理问一英)(凌韵士农部行均)(刘艺兰文学凤章)(张履斋上舍笃庆)、《月波寺》、《登寺楼望百步尖》、《松岭》、《观音洞》、《大慈山史卫王墓》、《陶公山》、《霞屿》、《湖上晚归》。

咸丰十年（1860）庚申　先生三十三岁

二月二十七日黎明，缪梓与粤寇战，战死于清波门外。

先生随师姚燮避粤寇匪乱于象山墙头，与欧景辰、欧景岱兄弟、孔晓园、沈润山、姜麓芝、姜鸿潍、陈东桥、王莳兰、王莳蕙兄弟、倪鲁望、陈淡川、伍石坪、谢顽仙、何秋槎、吴雨岑、李仁山、沈逸仙、张韭河、姚景夔、武少湖、顾杏香、何明志、郑百堂、岑玉章、史兰甫、鲍拙斋、鲍松间、谢轶亭、马静初、邓克旬等游，倡红犀馆诗社，推姚燮为祭酒，从游者尚有五十余人，如先生、郭传璞、嘉兴沈芸阁皆一时名士，所唱和诗盈千首，蔚为盛举。

先生撰《石浦王公庙记》。先生曰："石浦旧有庙以祀公称之曰：王将军，非名也。镇海董君大川客其地，尝拜公庙而丐余为记。余按公之状作于正学公之墓铭于潜溪，而象山城内之祠则县人姜氏实记之。余更何以益哉？亦姑综其大略，以塞董君之请而已。"

先生撰《卢菽园哀辞》。

先生有诗作《哀杭州》八首、《得孙寄亭（嘉年）书郏寄》、《湖山》、《范烈妇歌》、《咏史》四首、《送人之山海关》、《钱忠介公画像歌》、《虐》二首、《病起》。

咸丰十一年（1861）辛酉　先生三十四岁

冬，先生避粤寇兵难居玉女峰下，自述："先世图籍未能携带，唯所录甬上宋元诗卷之成束，藏枕箧中，惊魂稍息，辄以静夜篝灯手抄，门外雪深数尺，十指僵冻亦不顾。"

先生留心宋元诸家遗集，先生后撰《甬上宋元诗略序》曰："余束发受书，即知留心桑梓，每遇诸家遗集行于世者，露抄雪纂，不惜余力，又广求之山经、地志、诗话、说部之类，每获一篇，登即收采，先后得诗家凡二百六十九人，始成《甬上宋元诗略》初稿。"

赵之谦为月波作《梅花图》题曰："月波仁兄索余写梅将书梅花赋其上，为模苦瓜法作此，少存铁石耳，然骇怪极矣。非姚复庄，吾谁与语，赵之谦。"又同治元年（1862）壬戌赵子谦避寇之难于闽中，劫余画梅花成扇并记曰："画梅能作大圈者，余与复庄两人而已。今复庄不知何往，而余犹弄笔蛮烟瘴雨之间，亦足慨也。"姚复庄，即姚燮，先生之师也。

先生有诗作《同徐柳泉舍人饮酒即赠一律》、《拟古縣辞》十八首、《哭张氏妹》四首、《流寇信亟郡中倾城避难述所见闻纪之以诗》三首、《命椿儿侍家慈暂避五乡碶》、《寓瓶窑屠氏庄》、《即事》五首、《冬日独坐得四言》十首、《题寓斋壁》、《山行》、《王意山孝廉见访留饮作歌》、《怀沈观察（元泰）江右》、《自题钓雪图》。

同治元年（1862）壬戌　先生三十五岁

先生后撰《费曼书六十寿言》曰："壬戌之秋，费宅遭粤寇毁，曼书就基址，葺治完整，尝得阮元隶书"半圃"二字，颜其居，日与二三故老，一觞一咏谐笑于园圃之间。"会稽孙岘卿、甬上刘艺兰、同里葛豫斋及先生皆有题咏。

先生曰："君明年六十矣。元月九日，其生辰也。哲嗣瑚卿茂才，以钱唐金君之略，来请为序。"曼书，名邦翰，慈溪费纶金子，主事庆安会馆北号公所。先生友，公执友费瑚卿父。费瑚卿即费崇高。

先生撰《重修文昌阁碑》。先生曰："辛酉之冬，吾郡遭寇难，阁几毁，明年寇平，华（炳鉴）君已前卒，卓（灏）君修之，诸好义之家，佥以资入，经营量度……"

先生撰《张氏典史君庠生君父子合葬记》。先生曰："道光甲辰四月十三日，吾友张翊灿葬其祖典史君于翔凤乡茂屿之麓，而以其考庠生君示付。越九年，其祖母朱孺人卒。又九年，其母董孺人亦卒，既奉柩合葬，既封树碣其前而属余为记……"

八月，先生撰《羊府君画像记》。署鄞民董沛记。

秋，先生撰《柄儿埋铭》。先生曰："柄儿生三日而母病两月而遭乱挟以逃，逾月始归。日者言儿当厄，不宜养于家。邻有少妇殇子而多乳，乃委之。壬戌夏，儿病，痰每嗽，面青紫，泪簌簌下，药之不愈。及秋，乱又作，尽室北迁，以儿之病也，姑置焉。闰八月三日，仲弟抵寓所，流涕言曰：儿死矣。其生才一期耳，儿眤于乳母，他人抱则啼，顾见余辄喜跃，投余怀中不肯去……"

先生撰《彭文敬公传》。即彭蕴章，字琮达。

先生有诗作《春感》六首、《哭郑弼庵舍人（圣飏）》四首、《闭门》二首、《杂拟汉人诗》十五首、《咏史》四首、《赠宋莲叔观察（时同寓江北岸李氏）》二首、《奉赠姚复庄孝廉师（燮）》二首、《出出辞》九解、《秋愁》十首、《闻官军平定齐豫喜成此诗次少陵洗兵马韵》。

同治二年（1863）癸亥　先生三十六岁

十月，先生内子秦氏以病死。丙申，董缙祺《董府君行状》曰："元配秦恭人卒于同治二年,年三十有六,继室张恭人俱无子。(先生)府君甫五十,即立季弟次子景祥为嗣……"

徐时栋之藏书处城西草堂毁于祝融。徐氏《烟屿楼文集》中有《太阳生日赋》:"维暮之春,旬有九日,董子觉轩自高唐之故里,来城西之草堂,徐子同叔止而觞之……其时与先生过从甚密,往来造次为常事。"颂堂曾闻于甬上耆老云:十一月二十九日黄昏,先生过徐氏城西荷花池宅,谒徐氏不遇,徐氏内眷正于灶间旁偏屋中点烛用餐,告徐氏往慈溪会友访书,即移请先生入客堂中坐,内眷一时忙于沏茶,聊而忘食,而偏屋无人,烛台倒,引燃他物而致大火,徐氏四万卷藏书尽在劫中。先生以为祝融之劫因他而起,遂长跪谢罪以待徐氏归,徐氏归而无责罚意,好言相慰,而后二人交弥笃,亦一时佳话。因录之。

梁任公考证,先生与徐时栋合纂同治《慈溪县志稿》中有先生所撰《费纶金传》。稿本今藏浙江图书馆。

十一月二十四日,先生子道椿遘微疾殁。二十六日葬子于东钱湖雷鼓山之麓。先生撰《椿儿埋铭》。先生曰:"吾以今年九月八日丧我妣,越五日,复丧内子,诸弟篦家政有事于外所与朝夕侍灵帏者,独吾儿耳……生而慧甚,周岁能言,四岁教之识字,日可百余。亡何而痢疾作,自六月至明年二月始愈,遂苦禀弱,目益短视,右耳常作楚,五岁入家塾,以余病辍读者半载,旋遭寇难,避瓶窑、避江北皆随余行。乱定而始返,约其就塾,阅四年耳……"

先生曰:"椿儿八岁能赋风、雷、云、日四诗。"道椿死时自言前身为华普洞侍者。洞主即先生之母邱太安人。卒时,徐时栋有五古《董觉轩沛母邱孺人挽诗三十六韵》。注曰:觉轩尝来草堂为余校《新刻宋元四明六志》。

戊辰,公撰《徐君弢士六十生日序》曰:"孟如先生事母孝，于兄弟推甘让善，抚孤姪孤甥犹子，余亲炙之，而身取法焉。"

戊辰，公撰《徐君弢士六十生日序》中私论徐时栋与董先生曰："两先生学问文章，负东南重望。顾以余窃窥其撰者：一则峭直廉悍、出入于子；一则详赡疏达、规抚于史。"

丙申，董缙祺《董府君行状》曰："（先生）府君五言古浸淫汉魏；七言古独宗少陵；晚乃参以韩苏。律诗由义山入杜，七言尤隽上，出于麟、牧斋之右，梅邨而下，不数觏也，古文以柳州为干，参以庐陵，于明取潜溪震川，于今代取湛园、望溪，晚景所造，直接龙门矣……"

先生有诗作《闲情》四首、《悲歌》、《示舍弟》、《明月篇》、《八月十六夕纪梦》。

同治三年（1864）甲子　先生三十七岁

四月二十五日，先生师姚燮卒于鄞县，年六十岁，十二月十一日，葬于镇海崇邱乡剡岙之麓。

徐时栋有诗《寄董觉轩》。

同治四年（1865）乙丑　先生三十八岁

四月，先生作《红犀馆诗序》。先生曰："象山红木犀之名，自南宋著。……咸丰庚申，欧星北司马倡诗社，以红犀名其馆，而以镇海姚复庄先生为祭酒。"又曰："同治乙丑，余客象山，主司马之弟仲真家，仲真亦社中人也。为言当日簪裾之盛，琴酒之乐，已如隔世，而姚（燮）先生归道山亦一年矣。嗟乎，岁月几何，交游非昔，古人惓惓于聚散之际者，良有以耳，始为社，议以二十四集，遭乱不终，今所编者，凡十集，为诗千有余篇，梓而传焉。"

三月，先生撰《周葵圃先生墓志铭》。按：即周丹忱，象山西周湖边村人。先生避乱地当西沪,今名曰墙头者是。《象山湖滨周氏宗谱》中作《岁贡生葵圃周先生墓志铭》,署邑进士董沛觉轩。此周东旭述。颂堂案:修谱者误先生籍贯。

约是年,应谢通声之嘱,先生撰《清芬馆赠言》。序其首。谢氏为王仲仲先生甥。清芬馆为藏书处。大抵起于王凌衢进士,递孙师竹先生,师竹子则伸仲先生,司教桐庐已归田。先生曰:"道光己酉(1849)师竹先生殁,越十六年,伸仲先生亦殁。中更寇乱,清芬馆图籍散佚殆尽。"

夏,先生撰《亡室秦安人对月图记》。先生曰:"乙丑夏,命工人重装此图,乃识数语于后。去安人之殁期有八月矣。"

夏四月,《红犀馆诗课》卷首:红犀馆诗课,同治乙丑夏四月,甬上徐时栋题。

八月,先生撰《武显将军前苏松总兵官李公神道碑铭》。李公即李鉽,字文澜,一字绮亭,鄞人。乙丑八月归葬于东吴之麓。

先生撰《中宪大夫欧君墓志铭》。欧君即欧光地,字承天,以字行,改字瑞轩。先生曰:"同治四年九月十四日改葬于西沙岭之阳,乃以翰林学士童君华(薇研)之传,属余为铭……"

冬,先生《明州系年录》七卷刊成。清同治四年(1865)刻本十集。

先生有诗作《九月十二日为亡室秦安人忌追哭以诗》八首、《自横溪至墙下潭》、《象山》、《醉鳌联句同郭恬士明经(传璞)欧仲景员外(景岱)王纫香员外(蒔兰)研农舍人(蒔蕙)昆季》、《金鱼联句同郭明经王舍人》、《归途遇雪》、《题游杭合集(道光丁酉柳泉舍人及徐远香文学元第所作)》二首。

先生得徐时栋《与董觉轩论碑志不书生年书》。

同治五年（1866）丙寅　先生三十九岁

先生撰《袁维岳哀辞》。

正月，赵之谦为先生作《岁朝清供图》。

先生纂《明州系年录》成。

公父礼约公成诸生。公后撰《先府君墓柱文》："（礼约公）少受业王实夫（信德）先生（之门）。先生笃行有道士也，事寡母极欢，家居动必以礼，喜读宋五子书，其学以诚实不欺为主。府君事之谨，所居隔一水，月日造请，契合异寻常师弟。"又曰："乡邑之士，及事王先生者，则交口称府君似先生云。"实夫先生之母王忻氏，为道光年间名孝妇，同治年间朝廷所旌表之节妇也。

先生有诗作《题万迺邻寒松斋校经图》、《秋兴》四首、《读史有感》、《寿陈渔珊司马丈（仅）八十》、《秋灯课子图为倪耐庵司马（继美）题》、《猿》、《过亡儿道椿墓》、《送叶清士广文（廉锷）归平湖》、《除夕立春枕上作》。

同治六年（1867）丁卯　先生四十岁

先生中式同治丁卯并补行甲子科举人。己巳，先生撰《陆崇阶先生六十双寿序》曰："丁卯同荐之士，浙东西二百余人，以具庆著齿录者三十余人，吾鄞陆君廷黻其一也。"

先生撰《丙丁乡试同年录》并序，序曰："同治甲子，省垣克复，次年始补辛酉壬戌两科而以丁卯一科兼补甲子。……维时流氛尚炽，回捻交兴，诸省计偕间亦停阻。"

先生撰《陈氏祠衬祀六画像赞》。应门下士陈永绅之请。

徐时栋《烟屿楼诗集》卷九有《答觉轩》七首。诗有序："咸丰初岁，余刻《宋元四明六志》既成，聘觉轩为余校字，时有赠篇末之答和，旋遭兵燹，遂失来章。今觉轩远寄旧诗，索余新作，感良友之雅意，锡比百朋，叹桑梓之遗文，功亏一篑，自悔濡滞，缕缕言之。"

先生有诗作《寒食游玉女峰用曝书亭集社日登黑窑厂联句韵同刘文学（凤章）》、《和陈舻仙明经丈（福熙）八十自寿诗》二首、《独立》、《江上闻笛（董濂震轩有和作）》、《题友人感旧图》八首、《题徐舍人烟屿楼诗集》、《湖上漫题》、《自君之出矣》、《鄞山桥》、《由东吴过白云山至育王岭》三首、《四十自述》二首。

同治七年（1868）戊辰　先生四十一岁

鄞县开局修志，志局设于校士馆，戴枚修，延县人张恕、陈劢、徐时栋主其事。

九月，志局移至徐氏水北阁中。先生参与编纂，涉题全祖望辑《鄞张忠烈公年谱》时，尝据以校正。此会稽赵之谦纂同名年谱时所述。

先生撰《景贤堂记》。

先生撰《赠朝议大夫吴君墓铭》。

春，先生入都（北京）。于京邸识浙中陶子缜、孙岘卿。先生后撰《陶子缜渫庐诗集序》，中有涉镇海陈骏孙，以为吾党之能诗者。

丙申，董缙祺《董府君行状》曰："（先生）待朋友能仗义，前在京邸，归屠熊占孝廉之榇，赎忠节之后之陷为优伶者……"

壬辰，先生撰《余君春源家传》曰："余以戊辰入都，始识（余）君于盛吏部座上，时犹未订交也。丙子余出礼闱，君访余，且招饮并约及门卢宝辉、陈琴圃两孝廉，同登天桥酒楼，畅叙生平，倾吐肝膈，至夜分乃散，自是始订车笠之好，明年，余奉檄出都，将有江右之行，（余）君一饯于旗亭，再饯于陈刑部寓舍，惓惓离别，时露颜色……壬辰八月，灿以事略乞为家传……"余春源，名鸿潮，镇海人。

十一月，先生撰《赠征仕郎董府君墓碣铭》："同治七年十一月二十九日，余族兄淞葬其先赠公于鄞东乡盛弓漕之原，而穴其右以为生圹，属余铭之，以表诸碣……"

是年，赵之谦客京师，三月，三应礼部试不第。

先生有诗作《出门》六首、《沪上杂诗》十二首、《轮船中作》五首、《自大沽口至紫竹林》、《天津》四首、《别刘光禄（炳文）》、《平野苍茫极天无际遥望烟树丛中村舍隐隐如在湖曲作二绝句》、《通州道中纪事》、《晓发张家湾》、《途中即事成五十六言》、《梦得首二句足成之》、《都门杂感》四首、《孤儿行为陶生作》、《天宁寺》、《四月四日同郡公宴集者百五十人诗以纪盛》、《长安酒楼题壁》、《闻同年柴季眉明经（佐廷）讣寄挽以诗》二首、《云郎曲》、《赠同年陈清甫舍人（清瑞）》、《陶然亭用查他山韵》、《录别》二首、《通州》、《津门写忆即寄同年许竹篔庶常（景澄）沈芸阁明府（镕经）锺笆声（慈生）许培之（庆恩）两孝廉》四首、《屠蓉仙孝廉（熊占）殁于京邸余以其丧归道中作诗哭之》四首、《望海寺》、《出大沽口》、《泊烟台》、《田横岙》、《晚次黄浦港》、《沪上送黄宾旸判官（文炅）》、《陈钧堂比部（康祺）招同赵觐伯户部（家薰）钱西簃员外（澍孙）章薆卿舍人（鏊）冯莲君（如潮）俞筱云（斯珊）两孝廉刘艺兰（凤章）张溪蘅（景仲）两文学登海曙楼饮酒作歌》、《即事寄许竹篔常朝中》二首、《陈母盛太淑人执绋词》五首、《病中杂忆》八首。

同治八年（1869）己巳　先生四十二岁

六月，先生撰《胡山甫招辞》。

先生撰《赠同年孙岘卿序》："余以丁卯举省试，同荐之士二百七十人，闳雅淹贯，有声于吴越间者指不胜屈，而会稽孙君岘卿,其一也。岘卿于余初不相识,戊辰春,客都下,吾两人旅居密迩,一再访之,乃得观其诗若文焉,余由是器岘卿,岘卿亦乐就余。……余膺郡县之聘,与修《鄞县志》,而岘卿亦家居不得意,明年己巳,东游四明,余招之共事,高楼对榻,往往纵论经史,杂举古事以相诘难,岘卿性伉爽,时亦弹余之所失,什九中之。余益器岘卿,岘卿亦益乐就余。于是岘卿年三十矣,将以八月归,而属一言为赠……"岘卿者,孙德祖也。

先生撰《陆崇阶先生六十双寿序》。

先生撰《袁筠谷墓志铭》。先生曰:"(袁焘季弟)谔斋以所撰行略属余志墓,乃叙而铭之……"即袁焘,字允博。

九月,先生撰《赠文林郎国子监生袁君墓碣记》。袁君即袁经。字纬地。先生自称小门人。

九月,先生作五古一首为陈康祺业师子相劢明府题《四余读书图手卷》,行书。陈劢自题。同题尚有徐时栋、陈康祺、孙德祖、陈继聪,又有受业张家骧、袁杰续题,再有甲申闰四月张寿镛题。见庚寅西泠印社秋拍图录第1934号《漓江送别图》、《四余读书图合卷》。

先生撰《重建蔦薥庙记》。是庙祀宋将娄安世。娄公以智勇为将,见《三茅志》。是年,祠下郑文诗等廓而新之,先生宗人继泰来请记。

先生撰《请旌表先孝子公事状》。

丙戌,先生撰《季父慰堂先生墓表》曰:"同治己巳,沛(先生)葬先公于界牌桥,以神道尚右次,其左为叔父墓,又次为季父墓,皆东向,光绪乙酉归自西江,明年立碣表之。"

四月初六,公之嫡母史太恭人卒。年三十有一。公之兄钦典出史太恭人。公后撰《先母陈太恭人行述》曰:"母姓陈氏,外王父太学生讳某公第四女,年二十三归我先考赠公，前妣史恭人生兄钦典七岁矣。……母之来归也。事大母（林太宜人）二十年，无日不敬戒，无纤芥不当意。……"

先生有诗作《四明山心汉隶歌》、《杂感》四首、《题陈子相明府四余读书图》、《喜晤王纫艻员外》、《徐舍人水北阁题壁》（会稽孙德祖岘卿、同县袁杰谔斋有和作各一）、《送王研农舍人归象山兼示欧仲真员外》、《哭李洁甫孝廉（厚延）》二首、《放歌行》七首、《送人之扬州》、《闻陶生将归杭州即事成歌寄程容伯少卿楼次园侍御（震）都中》、《恭纪宋儒袁正献公从祀文庙诗》、《与舍弟泛舟东钱湖》九首。

同治九年（1870）庚午　先生四十三岁

正月，先生撰《皇清赠奉直大夫王君墓表》，署儒林郎六品顶戴候选知县同县董沛谨表。王君讳保述字季南。文见《珠树堂〈横溪王氏宗谱〉卷首墓表》。

先生撰《王氏指挥君奉政君父子合葬记》。王正森来请记。

先生撰《郑氏思本堂义庄记》。先生曰："同治庚午，君既殁，诸子圣锷等介弼庵先生之子世洽来请记……"

先生撰《应氏宗谱序》。先生曰："同治庚午，其族人属余成之，余为之发凡起例。"又曰："草创甫脱稿，余将北行，应氏急于刊印，未及取清本一覆视，固不敢谓无谬也。"

九月，先生撰《江苏大河卫千总戴君墓碣记》。

先生有诗作《鄞志局偶作示同事诸子》三首、《本事诗为友人作》六首、《赠张老》二首、《挽张小峰都转（鼎辅)》二首、《夜发鄞江》、《余姚县》、《自陟亹至驿亭坝》、《越中怀古》、《渡钱江》、《吴江晚眺》、《示家菁沚广文（坊)》、《南屏张忠烈公墓》、《读史感作》二首、《雪夜与姬人饮酒》

同治十年（1871）辛未　先生四十四岁

二月，先生撰《重建育婴堂记》。张瑞廷书。碑立市传染病院，今存天一阁东园。

先生有诗作《贺徐柳泉舍人生子即效其体》、《江干别舍弟》、《南槎山》、《黑水洋歌》、《北槎山》、《之罘岛》、《庙峁》、《三岔河》、《杨村》、《河西务》、《抵寓斋作》二首、《三月三日登观象台》二首、《二忠祠》、《燕台杂兴》四首、《观剧行》、《龙树寺》、《燕部杂诗》八首、《和陈骏孙孝廉京邸杂感原韵》四首（孝廉为镇海陈继聪）、《同人饮江亭饯别》、《潞河》、《归途杂咏》三首、《到家》、《企喻歌》三首、《哭家菁沚广文》四首、《寄孙岘卿同年汝州》。

同治十一年（1872）壬申　先生四十五岁　公一岁

先生寓居卢氏抱经楼观，所藏地方志"几六百种"，以备鄞县纂修县志。

二月，董濂为先生作《六一山房诗集序》，款署作："同治十一年二月朔同产弟濂谨序。"

六月，先生撰《国子监陈君墓碣记》。陈君即陈清源。字圣瑞。学者称旭峰先生。

八月，先生撰《陈清甫舍人诔》。

壬午，先生撰《甬东正气集跋》曰："同治壬申，命写官重录清本，越十年刻之汝东，附识数语于后……"

九月三日，公生于鄞县东乡陶矶之麓，讳江明，字祖年，也作祖研，一字穀堂，号兆曙，又号绍如，晚号鹤巢，学者称鹤巢先生。母陈太恭人年二十六生公时，梦大江中奇光眩目，因名焉。祖成国公，讳常春。国学生貤赠文林郎晋赠奉政大夫，卒于清同治元年壬戌（1862）闰八月二十三日，享年五十二岁，妣林孺人，晋赠宜人，卒于清光绪十六年庚寅。父谱讳礼约，讳继善，号简斋，又号薛园，府学禀生，敕赠文林郎，诰赠奉政大夫。同知衔安徽即用知县。卒于清光绪十四年（1888）戊子六月十七日，享年五十二岁，元配史太恭人，生子钦典六年后，卒于清同治（1869）己巳四月初六日，享年三十一岁。继配陈太恭人卒于民国十年辛酉（1921）六月四日，享年七十五岁。公出陈太恭人。谱称元彭公。唯公之朱卷履历《钦命四书义题》自写作光绪元年生，必出有因，辑者不敢妄测。近代文献多种记公之生卒皆误。

颂堂案：窃疑公之生年有出入，则为旧科举官年例行减少之通弊。《司马朗传》：伯达志不减年以求成，则汉魏间已叙及之；《洪迈容斋四笔》：宋时有真年官年之说，至形于制书，及知此风，由来远矣。独寇莱公不肯减年应举。王渔洋《池北偶谈》卷二：三十年来，士大夫履历，例减年岁，甚或减至十余年，即同人宴会，亦无以真年告人者，可谓薄俗。清人章实斋生年即易庚申为戊午是又一例也。

附列：一九〇四年殿试履历，公述："始祖讳安庆，籍福建南安县，宋滁州刺史，迁定海，祖讳都，字宏勋，元进士除右纳言尚书左丞，退老居金塘。迁鄞一世祖考讳颙，字公信，号继陶，迁陶公山，妣氏陈、妣氏包。二世祖考讳尹海，字灵山，妣氏王。三世祖考讳子京，字常大……谱名元彭，字祖年，一字彀堂，号兆曙，又号绍如，行二，光绪元年九月三日生，浙江宁波府鄞县学咨部优行廪膳生，民籍，肆业崇实，课成学堂，著有《绍如文存》未定卷。高叔祖德基、德和、德人、德进，从曾叔祖自开、自封、自乾、自隆、自通……"履历中又载："徐颂阁太夫子印郙，朝考阅卷大臣。陈瑶圃夫子印邦瑞，覆试朝考阅卷大臣。"又载：庚子辛丑恩正并科本省乡试中式第五十四名，会试中式第一百八十二名，殿试三甲，朝考入选，钦点即用知县指分安徽，又族繁不及备载，世居鄞东陶公山，现居港陆。"公于《先文学府君家传》："府君……性峻洁，不喜华腴，待人忠实无他肠。乡里后进来学者，善诱之。不帅教，督过之，辞色不少假。尝曰'忝为人师，拥皋比岁食馆谷，而因循以误人子弟，人虽不我责，何以对吾心也。'以故出其门者，率能敦行力学，有声于时。"又于《张藜斋先生家传》中曰："冠缨庄陈氏，余所自出，张氏又陈之外家也。余少时见外祖母、母舅，今皆即世，独妗尚存，即先生姊也。"

庚辰，张寿镛《鹤巢诗文存序》中记曰："自号鹤巢子，其有取于丁海巢与否？余不得知。顾鹤，阳鸟也，而游于阴，行必依洲渚止不集林木，又何巢之有？其所谓巢，诗巢耶？抑文巢耶？今鹤去矣，而诗与文固犹在也，则谓之有巢也亦宜。且其居官也，相随者琴鹤耳，遁而山林则清远闲放。鹤巢之名，固绍如当之无愧色，独恨飞鸣而过我者，不见其处而羽衣蹁跹，仅于文字中遇之，为可叹耳。"

十一月，赵之谦抵达江西南昌，投谒江西巡抚刘坤一，即被委分办省志局差，修《江西通志》。

先生有诗作《偶作》三首、《甬东怀古》六首、《蓝义山将军画像歌》、《寓卢氏抱经楼观藏书》二首、《雨夜》、《仲弟自八月卧病至十一月十六日竟逝痛念畴昔拉杂成篇焚之椟前以代哀诔》十二首、《除夕》三首。

先生所撰《钱忠节公祠堂记》、《石池庙附祀夏公记》、《栎木庙记》约作于是年前后。

同治十二年（1873）癸酉　先生四十六岁　公二岁

五月，先生撰《梅墟庙仙隐二字跋》。

先生撰《岱山庙记》曰："同治癸酉，祠下（瞻埼）周冕、周桂森等偕里人重拓之，殿庑门垣崇闳，逾旧数月落成，胥谒余为记……"

先生撰《岱山庙陈稜记》，碑立石家园。里人祀隋右御卫将军陈稜，明初自岱山分祀，故称岱山庙。

十一月，大嵩蒋淮、周冕请先生撰（大嵩）《恒德堂记》，先生又撰《球山义学记》约在是年。

先生撰《封奉政大夫谢先生墓表》。谢先生即谢辅衮，字补山。先生曰："于是（谢骏德）自缙云归葬（补山）先生于东管乡宋家桥之右而乞余表之……"

甲戌，先生撰《陈子相先生七十寿序》曰："（子相）先生精小学，《凡将》《苍颉》之篇研究最审，读经有心得，不规规于先儒成说，乡邦掌故尤所谙练，徐舍人柳泉校宋元志，（陈）先生与之往复，签札高寸许，近纂邑乘，总其大纲，分曹授诸子，搜采群籍至千百种，四明文献于斯征焉。"

徐时栋病，主纂《鄞县志》未竟，十一月八日，临殁执先生手，郑重相委，言志事嘱先生"终其事"，先生接任主修之职，先生书出，"咸称殚洽"。其时，先生为《鄞县志》撰有《楼镐传》、《卢杰传》《董氏二节妇传》《郭节妇传》《沈氏贞节合传》。

先生有诗作《寄陈钧堂比部（康祺）都中》、《赠朱雨生太学（霖）》二首、《题卢孺人秋灯课诗图》、《鲁宫词》十首、《五异人诗》、《晚步》、《送门人陈琴圃孝廉（修诚）之上海》、《民谣》三首、《青山寺》。

同治十三年（1874）甲戌　先生四十七岁　公三岁

一月，先生撰《陈子相先生七十寿序》。子相与先生为忘年交，比以修鄞志之役，朝夕过从。是年子相门下（诸君）来请序。先生曰："余获侍（陈）先生二十余年矣。"

先生撰《王烈妇诔》。先生曰："同治甲戌，继香以计偕赴京，过余邸，请为诔，迁延未及作。余归，继香来鄞省其父，请不已，乃为之辞。"

先生撰《再从嫂张孺人六十寿序》。

先生撰《它山淘沙田碑》。

先生撰《重修贺成庙记》。

先生游沪渎。

九月，甬上墨海楼主人蔡鸿鉴出资为先生始刻《六一山房诗集》十卷，牌记署"二百八十峰草堂蔡记刊"，是谓墨海楼刻本。

夏，志局又移至月湖边。

《鄞县志》成，计七十五卷。

赵之谦在南昌所定《江西通志》体例等经获准后，依例重新修纂。赵为编辑总司，其后同志者：先生、程秉铦、王松溪、张鸣珂等。其中致先生函中颇多涉及编通志事宜者，录出二条如下："大作已否定稿，大约共多少字，缘弟须排衔名，借以申缩故也。拙作昨已送出矣。朱氏文似众知其非善，八咏公大有微词也。""南康仙释内有应编入之性音一人，江西人不知，兹将府志及雍正上谕两本送人，请酌之，似宜补载，唯注书名稍难耳。"云云。光绪《江西通志》卷首'职名'栏列入编辑赵之谦一人，协辑程秉铦、王麟书、董沛三人。

先生有诗作《北征篇》、《万柳堂旧址》、《春暮旅感》二首、《九莲菩萨画像》、《黑窑厂》、《同曹比部（昌燮）游法源寺》（镇海曹珊泉有和作）、《袁襄愍墓》二首、《席上口占》二首、《渡海》、《沪上怀古》、《陈忠愍祠》、《移鄞志局寓月湖》、《送家樵孙兄（学履）守庆远》、《平政祠》四首、《闻台湾警》二首、《陈鱼门太守（政钥）招观杂伎各系以诗》六首、《题蔡季白郎中（鸿鉴）湖舫鼓曲图》三首、《施均父孝廉（补华）从军河陇追赠以诗》二首、《七招诗》七首、《江北书感》五首、《食虎肉》、《校徐柳泉舍人烟屿楼集》二首。

先生《重修费大将军庙记》约撰于是年前后。

光绪元年（1875）乙亥　先生四十八岁 公四岁

二月，先生撰（杖锡山）《善教堂义塾记》。

三月，先生撰《城东王氏祠堂记》。

三月，先生奉陈树珊遗命先期乞表墓撰《五品衔会稽训导陈君墓表》。姜山陈君，即陈树珊，名政钟，字毓臣。先生曰："道光丙午，学使吴公按部宁波，所取多才隽。时则陈君树珊、黄君畅园、凌君子廉为职志，余亦系名其末。三君皆善余而陈君尤契。余以事入郡，恒主之三十年来人事多故，子廉成进士，最先卒。畅园司教景宁，不数月卒于任。唯陈君辞会稽之职，养疴里中，犹得以旬月过从，握手道故旧，不幸遭子侄之痛，缠绵困顿而亦卒矣。"

八月，先生撰《张君耐庵家传》。张君，谱名传孝，名黻堂，字可治，别号耐菴，鄞之城西槎湖张氏后。

先生解官归里后，撰《赠奉直大夫中书科中书童君墓碣铭》曰："光绪乙亥，余与童君笠村相晤于陈氏张镫置酒，座客六、七人，刺取经传僻字以为谐乐，余于是知君，越三年，君殁，余赴江右不克临吊，比归，君诸子卜日将葬，以表墓之文为请，……余解官归里，里中诸朋好大半零落，旧游如君虽不常晤，时复追悼于君之葬也，安忍无铭，……"童君即童师曾，字瞻箓，笠村，其自署也。

先生撰《内阁中书舍人徐先生墓表》。先生曰："之明年，隆寿以四月朔日葬先生于县西南王杜岙，陈征士劢为之志。又明年，乃请表墓。呜呼，三十年来，先生之益我多矣。余幸得稍知古今而不以荒陋自画者，先生力也。先生临殁，犹呜咽执余手，郑重以遗文相属，今而后四明之学统，其谁继之耶？"

先生撰（光绪乙亥）《堇东忻氏支谱序》，又称《忻氏亦政堂支谱序》。总纂谷坪公与先生。先生之祖母为德刚公之女，依辈分先生与礼字同辈。谷坪公即辛未谱总纂，忻壹之祖父。忻壹即忻汰僧。

先生撰《重修文昌阁记》。孙晋祜书。碑立南门文昌阁。

乙酉，先生撰《卢六桥先生墓志铭》。先生曰："光绪丁丑，余成进士，将服官江西。六桥先生已病痹，犹为文以赠行，大略谓乡前辈黄公绳先，乾隆丁丑进士也，作宰西江称循吏第一，欲余踵其武无忝前哲。余拜而受之，阅二十日，先生卒。此序遂为绝笔。"

癸酉，公撰《先府君墓柱文》："吾母陈太恭人泣语诸子曰：'……吾家故贫也，汝父资馆谷以养，室庐庳隘，置生徒外舍，一椽之庇，吾与吾姑共之。姑所居室，裁容膝，晨夕省视，意蹙然不安。而其时群从有不慊吾家者，相侵益甚。乃奉母他徙，岁入仅给，养不能丰，而意有余也。……'"《先母陈太恭人行述》曰："故居在湖上，室湫隘，外宅二楹，赠公馆生徒。太母所居小楼，容一榻一几，赠公与母常蹙然不安。而其时房从有不足吾家者日寻衅，母曲意譬解，卒徙居以安大母，其人寻悔，终亦礼遇之，大母志也。赠公颀身玉立，性方严，以诸生为邑大师，远近来学者，宿舍常满，母具食饮必周备。家无仆婢……大母病风痹三年，转侧需人，母事之笃谨，日抚摩抑搔，食则手进之，涕唾手承之，夜分必起扶掖更衣，虽严寒不稽时刻，闻微呻则起益频数，大母意安之。凡饮食卧起必母乃适，虽姑姊妹在旁，不假手也。既成丧，母睡中犹时时作惊起状，终丧有戚容。"

是年夏六月，先生友葛祥熊开雕徐氏《烟屿楼文集》四十卷，世称葛氏松竹居本。

先生有诗作《人日泛舟》、《金峨山馆雅集分得父字》、

《蔡季白郎中为余刻诗集赋此志谢》、《宿许家屿》、《纪陶公山王氏妇》、《钱湖晓发》、《贺陈希彦（熙绩）领解》、《短歌》四首、《鄞志成诸友将归怅然有作》、《寓章耆巷示袁谔斋明经（杰）》、《演番部合乐辞》三十六首。

光绪二年（1876）丙子　先生四十九岁 公五岁

先生在北京出礼闱，余春源来访。与卢宝辉、陈琴圃同登天桥酒楼畅饮。

先生撰《吴氏家谱序》曰："光绪乙亥，吴甥能缃续修其家谱，而来言曰……明年谱成，乃述斯语，以列之简首。"

先生撰（和义门）《施氏家谱序》。先生曰："光绪丙子乃议修谱……数月书成，吾友似庭孝廉实来请序……"

先生撰《赠陈鱼门太守序》曰："今将北行，留一言以为临别之赠。"

先生撰《青雷钱氏宗谱序》曰："光绪初元，钱之宗人复议修谱，籍香君之子棠实主其事，而吾门人凤翰襄之，凤翰亦籍香君之子，而启阳君之嗣子也。是能承二父之志，参证史书以明世统……期年告成，棠以其书来请裁定，并乞弁言……"

八月，先生撰《同知衔国子监典籍周君诔》。先生曰："为七月既望，观余新制曲，击节叹赏。乌乎，岂谓才隔三旬，而君之讣遽至邪？君名际廷，字霁亭，鄞人也。"

施念祖来请先生撰《景宁教谕施先生墓表》。施先生，即施英楷，字式之，号莲伯，晚号蓍林。先生曰："余年十四，始谒先生，获与念祖交，两世通门，尝以赋家言相质正而先生亟赏之。"

先生有诗作《将入都门留别陈鱼门太守》二首、《上海县》、《紫竹林》、《潞河舟中》、《旅夜》、《贺张霁亭（沄卿）

擢京尹》二首、《赠樊云门同年（增祥）》、《春暮南归留别同寓诸子》、《黎明大雾暂驻渔山洋亭午始入浃口》二首、《招洪子清仪部（应祥）校鄞志》、《书鄞志后》、《何春墅贰尹（瑛）招诸伶同饮月湖舟中》、《歌扇词》四首、《观秋社》、《哭洪筱乡孝廉（璇枢）五十韵》、《送同年陶子缜庶常（方绮）还会稽》。

光绪三年（1877）丁丑　先生五十岁 公六岁
先生在北京。

四月，先生中丁丑科三甲五十三名进士，先生同年丁丑科一甲三名：王仁堪、余联沅、余庚飏。王同、刘人熙、余联源、杨调元、杨晨、陈璧、林廷箫、治麟、柳文洙、胡薇元、晏安澜、继昌、蒋式芬、谢章铤、熊起磻、盛昱、樊增祥、潘文熊、潘宝璜、戴兆春皆有声于时。

先生撰《袁苇孙五十寿序》。

壬辰，先生撰《余君春源家传》中曰："……丙子余出礼闱……明年，余奉檄出都，将有江右之行，（余）君一饯于旗亭，再饯于陈刑部寓舍，惓惓离别……"

先生立季弟次子景祥为嗣。

是年赵之谦客南昌。十二月二十六日，《江西通志》一百八十五卷成稿，历时五年。

八月，故友徐时栋甥慈溪葛祥熊豫斋作《烟屿楼文集序》。

九月，陈劢再序，是为一序，陈氏自称世愚弟。

公妹适李氏者生，同出陈太恭人。

是年《鄞县志》刻本出，计七十五卷。

先生有诗作《火轮车》、《送张鲁生副使（斯桂）之日本》、《登第日口号》二首、《恭赴》、《羊辛楣同年（复礼）招同张公束明府（鸣珂）陶子缜编修王同伯比部（同）杨雪渔（文莹）樊云门两庶常同饮天桥酒楼即席成歌》、《净业湖》、《南归留别》二首、《到家》、《天童寺》、《瞻崎岭》、《大嵩所》二首、《自犊山至邹溪》二首、《管江吊三烈士》、《沪城书事》四首、《夜抵镇江》、《赠马渔珊太守（海曙）》、《金山寺》、《焦山石佛诗》、《京口杂诗》四首、《题蔡季白郎中西湖载酒图》、《五十自述》十二首。

光绪四年（1878）戊寅　先生五十一岁　公七岁

先生以知县分发江西，抵省后，会稽赵之谦荐先生于抚军刘坤一充《江西通志》协修官，一年蒇事。

公于《四明清诗略》续稿卷一董沛条中曰："通籍后服官江右，充《江西通志》详定官，历权剧邑，所至修举废坠，甄陶士类，表章前哲，有古循吏风。"

七月，先生撰《送江抚刘公归养序》曰："光绪四年七月辛亥，江西巡抚庐江刘公（坤一），以太夫人年高，疏请归养，管内士大夫相与言曰：……开藩江右不四五年，持节抚我民，国家之所以遇公者厚矣。"刘坤一称江西通志馆中三人：先生、赵之谦、张鸣珂为江西"三贤会"。

先生撰《赵夫人墓志铭》。先生曰："余至江西，之明年始交（朱）宗潘，遣其嗣君焯成受业于门，以是稔朱氏家世且知母夫人之贤，不可以无铭也。……"

十月，先生撰《光禄寺署正卢先生墓表》。卢杰字卓人。先生曰："王君腾轩校学案，刻于冯氏，张君石舟核《水经》，刻于杨氏，皆（卢）先生所出之稿也。（卢）先生以世家旧学，为当道所推重。"又曰："殁后两月，友焜等扶柩葬焉。贻书江右，属余表墓。念自髫龄，始识先生，谆谆以学行相勖。前岁春，奉檄违故乡，不及半年而先生逝世，老成凋丧，乡国之忧也。岂徒为知己感耶？！"

先生应蒋清标之子福建知府蒋凤藻之请，为其父撰《旌孝蒋君传》，光绪六年，常熟杨沂孙篆额。赵之谦楷书。

约是年，先生撰《候选员外郎赠通议大夫王君墓碑记》。王君即秀水王清瑞。先生曰："通议王君之殁也。殷侍郎兆镛已志其墓。越数年，嗣子祖斌需次江西，具书币以隧道之石，重请为铭……"

甬上墨海楼主人蔡鸿鉴为先生刻《明州系年录》七卷。时蔡鸿鉴二十五岁，并为先生作序。

公父礼约食黉宫饩，累试布政司卒不遇。举家由东钱湖陶公山迁居港陆。时陈太恭人三十二岁。

二月，吴德机序先生弟震轩《四明宋僧诗》《四明元僧诗》曰：……其兄觉轩先生素不喜禅，君严惮之，未敢告也。壬申秋，君卧疾于家……不三月而君归道山矣。……今觉轩先生成进士，行赴西江尚不知介弟之书存留余手，余冉冉老矣，恐成帙无期致负亡友之托，爰述缘起序而归诸先生，先生其以此二首先付手民亦足慰介弟纂录之意……

赵之谦初客南昌，夏权鄱阳。

先生有诗作《出门》三首、《晚次桃花渡》、《郁家湾》、《栎树坝》、《柯亭》、《萧山道中》、《过义桥小憩韩家店题壁》二首、《泊节溪》、《七里泷》三首、《兰溪县》、《衢州》二首、《自常山至玉山》二首、《河口》、《贵溪县》、《瑞洪镇守风》、《谒张睢阳庙》、《康郎山怀古》、《滕王阁》、《王文成祠》、《曾文正祠》、《送赵㧑叔司马（之谦）摄鄱阳》二首、《南昌怀古》四首、《徐烈妇词》、《调某郡判》、《张公束明府以春柳诗属和原用渔洋秋柳韵依答之》四首、《简公束》（嘉兴张鸣珂有和作）、《预修江西志即事有作》二首、《东湖晚眺》、《雨夜泊南浦和王松溪明府》（钱塘王麟书有原作）、《黄南樵广文（元坤）招同人饮百花洲》、《题黄南樵柳溪梦隐图》、《移寓桃花巷》二首、《赠程蒲孙（秉钰）》、《姚简叔浔阳送客图为李艺垣太守（维翰）题》、《过李秀峰广文（乘时）寓园》四首、《岁除日作》三首。

光绪五年（1879）己卯　先生五十二岁 公八岁

先生充己卯科江西乡试同考官，奉旨军机处记名候升，钦加知州衔。

先生于是年分校乡闱，得士十二人，为同考十六房之冠。时会稽赵之谦已于同治十一年壬申，以国史馆誊录议叙知县分发江西，客南昌，投谒江西巡抚刘坤一，委分辨省志局，与先生来赣前后相差六年。

《鄞县通志》称"先生居官以四语自守：'御下贵严，治狱贵审，催科不求胜于前人，人事上不苟同于流俗。'故四宰剧邑颇著治绩，有仁贤之称。居官整修学校，以留心文献、表彰前哲为己任，获'勤敏精能，尽心民事'之评价。"先生自记云："读书作吏，志在爱民，为民诉冤，抑为民陈痛苦，而两遭谴责，拜赐多矣。荣辱在天，誉毁在人，褫之黜之。亦无所惧。余岂以五斗米动其心哉。"

癸未，先生撰《奉直大夫邓君墓表》。曰："光绪己卯，江西举乡试，余以县令充分校，得五经文一卷，绝异之，以呈典试汪洗马鸣銮、吴编修树梅，皆叹赏不置，及题榜则新淦邓福初宿学有名者也。"

先生撰《送刘文桮观察移皖中序》。曰："光绪巳卯，复改皖中，其言曰……"

先生撰《徐校宋元四明志序》。邑人曰隆寿者去函索序。案曰：徐隆寿，徐时栋之子。为刻是志，先生在乡里时与徐时栋商榷有年。故曰："今服官江右，闻是书将以传布，引领东望，实获我心。"

先生撰《提督湖北学政光禄寺卿赠侍郎世袭骑都尉谥文介冯公神道碑铭》。冯公即冯培元。先生曰："公子学澧需次豫章，乃属其友董沛为神道之铭……"又曰："沛少爱公书，临摹不释。及官江右，与学澧订昆季交，始知公本末。"

五月，先生撰《贺云甫先生七十寿序》曰："祝黎单阏之岁五月二十五日，大司空蒲圻贺公年七十，哲嗣观察公，方自赣郡移守豫章，覃敷惠政，为百城守长之率，于是属吏董沛等再拜……"

约是年，先生撰《怀岘山房记》。先生曰："（泾县朱哲臣）观察叙佐骧功，铨发江苏，辞檄不赴，余与其族弟伸林有同谱之谊，次子焯成又从余游，寓山房者屡焉。故乐俞其请而记之壁云。"

先生于任上重视农事，留心水利，并亲督之"芒履徒步，枕草宿堂，取村民粗粝沃汤食之。""遇河决口，就率夫役修治，油衣草履，植立风雨中，不少息。"

是年冬，赵之谦权鄱阳毕。

先生有诗作《元日》三首、《二日大雪同张公束冯恩江（永年）两明府饮李秀峰广文寓园》、《题李秀峰匡庐读书图》、《人日以乡味佐饮》、《春感》八首、《送桢姪东归》、《题郑伯庸司马（由熙）重到金陵图》、《再题莲漪填词图》、《过城南邓氏园》、《清泰寺双松歌》、《赠李芊仙刺史（士棻）》二首、《唐贞女诗》、《题寓斋壁》、《罗两峯潇湘画卷为王鹤樵观察（嵩龄）题》、《宁府杂诗》二十四首、《八月六日入省闱作》、《九日同林粲英刺史（嵩尧）话旧》、《十三夜月》、《十六夜月》、《魁鸡行》、《闱中即事》四首、《晦夕卧病》、《赠朱槐卿司马（升吉）》、《填榜日作》、《送王松溪刺史摄庐陵》、《贺定夫同年（靖南）转骧北行至茌平暴卒哀之以诗得二十四韵》、《闺词》、《送王少岩观察（延长）摄守南安》。

光绪六年（1880）庚辰　先生五十三岁 公九岁

春，会稽赵之谦投入志局工作。先生、张公束与他居处相去不远。往来最为密切，所遗尺牍多印有双钩"大唐永隆造象记"及小字"光绪庚辰听邠馆制"，可资断为光绪六年，他们酒食相呼，需家什、衣物皆可借用，生病时，之谦又赠以秘方或特效之药，考校《江西通志》以外书籍，与先生也互通有无，籍短笺尺牍相互切磋，曰："《湖州府志·金石略》，今早费大力寻出（分作三处收之，故遍觅不得也），所欲考者，在第五卷（已折角），大约仍是错也。然略翻阅，必有可益尊著，请悉心阅之。此上觉轩仁兄。弟赵之谦顿首。"除志局实务，切磋彼此箸述，代找掌故史料外，赵之谦常诉病痛与心中苦闷："觉轩仁兄先生左右：顷奉示及《余生录》写本，感甚，感甚！弟自前月头风大作，两耳烂而后聋，服药数十剂，头风止，而耳烂如故，聋则少差矣……"（赵㧑叔手札册上页二零号）先生学养深厚，赵之谦尤为服膺，赵之谦与礼严尺牍中述："觉老天下无敌，仆则舟中皆敌，不敢不慎也……"按：赵之谦尺牍中凡称觉翁、觉公大师、觉轩仁兄、董大老爷者，皆指先生。

约是年赵之谦撰《张忠烈公年谱并序》，癸未收入《仰视千七百二十九鹤斋丛书》第四集。序中曰："董君孟如修鄞志时，尝据以校正，之谦乞孟如假写以归。今反覆读之，有大疑焉。"可见先生与之谦两家考据之学精绝。

九月，先生摄清江（在江右任上），以修葺整治学校为事，尤留心文献"首视学官，次视监狱，颓坏者必葺之。以次视道路，以次视杠梁，靡不平治。皆出廉俸以为之倡。"断案时亲写判词，邑人争相传抄。

冬，先生摄清江，甫下车，修城葺学宫，修中洲隄、黉梁隄，皆捐俸为倡，而丰城河隄，关系三县已废五十年，亦同时修复，岁增谷六十万石，其功尤钜，县有樟树镇，分设厘卡，以丁夫讹索，几酿巨案，上游惑于局员之诉，逮治士民，先生独谓不可，至以去就争之，乃得解旋。见丙申，受业、从侄董缙祺撰《董府君行状》）。

先生直言有声，上言灾情，大吏以为过实，为民请命，几蹈不测。

先生撰《奉抚部李公书》。先生曰："下吏沛顿首，奉书抚部李公阁下，沛以菲材，屡承宠眷，客秋奉板，权摄清江……"列十二条述樟树镇案之起因、经过及解旋之法，又曰："沛初任清江，所知仅此樟树一局，而害己至此，本水窐也。而收及陆地，本商税也，而收及车佣，收之不已，至于殴人，殴之不已，至于倒縳。"又曰："唯是在省四载，深荷明公逾格之知，实非寻常所可及。名虽台属，谊则师生……"

四月，先生为赵之谦作《赵孝子诗》。之谦致先生函："蒙赐撰先七世祖孝子诗，求书一纸颁下，以便寄族中长老编入题咏，容再口谢。敬承起居，之谦顿首。"据《赵之谦年谱》记：赵之谦五十二岁。客南昌。其叔祖彦晖公重刊《赵孝子思亲录》。之谦为征诗文。得董沛作《赵孝子长诗》，别署二金蝶堂，即本于此。之谦于国初时，芒履寻亲，阅七年，经行省十，终获骸骨，开锄启墓之时，墓中忽飞出二金蝶，翩翩然绕坟一周，然后投入其怀中，先生以金蝶投怀之异及赵宗遭乱丧家室縢一身险以出恶作此长诗。之谦欣喜，故名其室为"二金蝶堂"，并镌印一。复镌"金蝶投怀"印以记之。

五月，之谦复为《勇庐闲诘》撰识。云："初撰是书，分四类，为原始、正名、释器、缀辞。后遍求近人书鲜及此者，闲得之，皆里语耳。遂中止。生平论著，无可示人，大率因此。吾友董觉轩悯其无成，屡劝写定。检点旧囊，此颇完具。遂付手民，惜季闻（祁之嵘）已归道山，不及见矣。光绪六年五月，扢叔识。"

六月。先生为赵之谦《勇庐闲诘》撰后序，曰："会稽赵扢叔作《勇庐闲诘》，以志鼻烟。叙释淹雅，若诂经、若拟子，非寻常谱录家言矣。余雅不嗜此，不识其品顾。颇忆乾嘉以来诸老佚事，用缀卷末，以补此书阙。……"程秉铦撰序一则。

先生撰《江西贡院新石池铭》。先生曰："越明年，（长洲）彭公擢抚湖北，行有日矣。乃命下吏董沛纪其事于石……"

先生撰《留余书塾记》。

扢叔权奉新前，与先生尺牍颇多，内容多官场杂事，治眼病或与先生切磋《两浙令长考》。其中有一札内容涉赵子谦赠先生印泥之事，录于下："印泥装好奉去，时时挑拨，亦可经久，否则，一年后坚如豆腐干，便无用矣。憨寮上。"笺则有"岁次庚辰"铭笺、"庚辰铭笺"、"嘉定庚辰"铭笺。诸样。

先生撰《与崔第春同年书》。先生曰："四月十六日，樟镇闹事之始也，其自十八日以前，请出示耳，请签役耳，未尝请弹压也。十九日，县试首场，虽请往而不能往矣。二十一日经古专场，虽欲往而不得往矣，其可去者，唯二十日，然介于两考之中，能决去乎，即去矣，能必以一日之力抚定乎，清江首场，仅五百十三人，经古专场亦四百七十人仆稍负文誉，士子颇乐于就试必不能舍之而去也。少时亲见奉化闹粮，县官自往解散致误考期……"云云。

四月赵之谦客南昌，撰《仰视千七百二十九鹤斋丛书序》。

二月，赵之谦为先生书跋臧镛堂《韩诗遗说》：觉轩叚余藏本钞之，复属校一过，因取马氏竹吾所辑本覆审，有可采者，附书于眉。……庚辰二月，扢叔。此书为董氏六一山房钞本，后归朱氏别宥斋中，今藏天一阁博物馆。

公之弟庭镛生,字麓三。亦出陈太恭人。麓三先生,谱名元玆公,均房,讳庭镛,国学生盐运司经历衔,生于清光绪六年(1880)庚辰,卒于一九五四年乙未,享年七十六岁。

先生有诗作《汪柳门学使(鸣銮)招同李芋仙刺史张公柬明府奉陪贺云甫尚书(寿慈)宴署斋》(学使出尚书门下)二首、《越日贺尚书招集南昌郡斋》(公子良桢时守郡)二首、《柳门同年奉讳东归唁送江舟凄焉赋别》、《题汤贞愍(贻汾)画像》、《送彭芍亭先生(祖贤)擢抚湖北》四首、《读左氏传》、《次和郑伯庸司马赠作(歙县郑由熙伯庸有原作)》、《旅感》四首(李士棻芋仙有和作)、《将进酒》、《赠韩生》、《病中寄家书》二首、《杂言示张公柬》六首、《得沈芸阁太守姑孰书却寄》二首、《赵孝子诗(八解)》、《蔡剑白郎中殁于沪上别墅寄挽以诗》二首、《续言再示公柬》六首、《李芋仙刺史将作远游赋此赠别》、《许周生驾部(宗彦)玉印诗为其哲孙季仁太守(善长)作》、《奉怀季仁太守信州》三首、《纪梦》、《行清江事自奉檄至视篆作》五首、《清江杂诗》四首、《湘军过县将东戍吾郡送之以诗》二首、《杨忠节公祠》、《樟树镇》、《长山道中口号》(山在县东乡)、《喜雪》、《谒洪文卿学使(钧)舟中》、《阅中洲安丰堤》。

光绪七年(1881)辛巳　先生五十四岁　公十岁

先生服官临江府清江县知县,为表兄邱九峰书寿屏十二,以纯金粉书于红绒纸上,颜楷字极具醇韵。邱九峰为温州宁波商会会长。一生仁义行善。其前辈族人邱学敏,字至山,一字东河。号鋑香,乾隆二十一年举于乡。乾隆六十年补江西临江府知府。逾年,乞休归里,数月卒。邱氏有古墨三百余笏,可称赏鉴家。

先生撰《甬上宋元诗略跋》。先生曰:"岁在壬戌,编

《甬上宋元诗略》,藏之笈笥。阅二十年,庚辰摄清江,始付削氏。……光绪七年六月,刊竣自跋于县署之清碧庐。"

春,先生撰《重建安丰陡中闸碑》。与临江训导叶魁元友善。有事必相商。先生曰:"余莅任数月,命监生杨悌书等修下雒桥陡……命监生曾从善等修周山庙陡……绅士曾世臣、杨振声等迁建黉梁陡……预于事者:提举衔候选训导陈鸿渐、候选府经历陈世镛、候选训导陈锡麟、廪生陈汝翼、附学生胡世桢皆清江人。例得附书。"

缙祺《董府君行状》曰:"始去清江时,绅民会者二百二十人诣当道乞留不能得,乃盛设祖帐,大书'民不能忘'四字,勒石樟镇……"

先生撰有《临江知府邱公传》,年月失考。

先生撰《清江县署亲民堂记书后》。

先生复汇川讲堂。先生撰《汇川讲堂记》。

先生撰《临江营新署碑》。先生曰:"总兵衔摄临江营都司黄敬孚洎所部军士谓沛于是役,实有劳,宜记其事,再辞不获乃述本末而文诸碑。"

先生撰《富寿堂记》。先生曰:"光绪庚辰,余奉板行清江事,周览衙署,规制宏敞而自堂徂室,无一榜额,盖兵燹以来,诸事草创,视此为不急之务,相安于简陋……明年,庶政稍就绪,乃考志乘。颜其堂曰:亲民。仍明之旧而以富寿名后堂,且为之记。"

先生撰《辛巳常雩祭服议》。

六月,《江西通志》刊成,光绪六年六月开雕,历一年始成。协修一栏作"董沛知州衔前署江西清江县知县即用知县。"赵之谦与先生常相切磋,有大宗尺牍往来,两人均患目疾,此疾为平日着意著述所得,爬罗剔抉所致。

七月,先生得赵之谦赴奉新任来函三通,将赴任,行前致先生函云:"新太守昏昏然木鸡耳,与弟巳未同年也。"

伊亦不来拜，我等亦不理，妙极。……公束之祸，乃因平反一妒奸诬窃案而起。……《令长考》再补数人，仍与弟补者不雷同，序文八月准寄。此时已收拾书箱矣。倚装匆匆……廿四日。"又致董觉公函云："觉公坐下，自前月末仍前例，令眷口登舟赴奉新，已后至。天热水浅，舟不得行，由四十里外肩舆入城……"又致觉轩函云："来此日对案牍，不曾开书箱，兼以终日忿恨，然有一好事，遇事不操切……"之谦致觉轩函云："《两浙令长考》中又校出一事，想写样时弄错，似宜设法挖正……"先生另撰《两浙令长考序》："天假岁月，续有见闻，庶几增多，裨我乡国，故祕之箧衍历二十余年……"

中秋节后三日，之谦与先生函中述及心绪恶劣极，终日忿恨"《令长考序》已属稿，今日检不出，稍迟再寄稿本送上。内中讖出数条，请斟酌。"云："《令长考序》，粗稿未改，共补十人，却与来书无一复者，可喜也。"又"学使楥帖已涂成，请转呈……觉轩仁兄先生，弟之谦顿首。"又"来稿不甚可用，应改处已另纸开具，请饬令……觉翁尊兄先生大人，葆初仁兄乞为致候，弟之谦顿首，三十日。"又"赐序谢谢。内人名鄙意尚须删数处，以省人议论……觉轩仁兄有道，弟之谦顿首。"又"生缄口江城旧事，一本送去……复请觉轩仁兄阁下，弟之谦顿首。"又"周晓峰处尚无账房……觉翁仁兄侍右，执叔缄。"之类，皆光绪四年以来往来尺牍。

至此，先生在江西所交往者有赵之谦、周星誉、谭献、程秉钊、施补华、周星诒、傅以礼、钱保塘、王麟书诸君。以上足见之谦长于考据，此期与先生尺牍颇多，互切经史方志以求正。云情海谊，一时佳话。

十月，先生撰《孙恭人墓志铭》。

十月，先生撰《左侯相七十寿序》。左侯相即左宗棠。

先生曰："公明年届七十,江南北僚吏以今岁十月揽揆之辰预为公称庆,嘱沛拟寿宴之文……"

十一月,先生撰《运同衔贵州龙泉知县彭君墓表》曰:"余摄任清江,将值交替,绅士安余之拙也,陈牒乞留,列名二百二十六人,户部关君耀南、运同彭君秉铎实为之首,二君与余皆无雅故,而彭君冒盛暑躬赴省垣,遍谒当道,遂以是婴疾,抵家数旬,卒至不起。"颂堂案:彭秉铎,字群昭,又字建候,江西清江县人。

十二月,之谦为先生著述《两浙令长考》作序,曰:"……孟如与余同官江西,又同辑《江西通志》。余方病旧志疏漏,职官且未有表,讹夺过甚,尽改为之。孟如因言曩有是作,可补两浙地志之阙。余戏语孟如:子书出又当为子补之。今读其书,网罗放矢至周且审,谢不敏矣。聊举八人以践前诺,知孟如不余责也。……异日读孟如书,或有能指数得失,匡斯未逮者,非唯孟如至愿,尤余所乐闻也。……孟如浙人,记者浙事,必泥古自紊,其例不可也……"

《甬上宋元诗略》刊成。

正月,赵之谦客南昌。将友人董孟如抄本《余生录》一卷,张茂滋撰整理并为《余生录》撰跋,云:"余幼时读双韭先生文,始知张茂滋有《余生录》,未得见也。董子孟如为余言,是编尚存《弛书》,其友写副见畀,亟为刻之。孟如又言《续耆旧集》录其文与是本小异。……"《余生录》流传甚少,赵氏将其列入《仰视千七百二十九鹤斋丛书》第三集,以期传世。

先生有诗作《元旦恭诣》二首、《迎春遇雨》、《临江守鄂卓君(海需)挽诗》二首、《仲春寒甚雷雹霰雪交作》、《郊行》五首、《东林寺相传严分宜读书处》、《雨中自黎墟至湛溪》二首、《晚霁》、《题丁素秋女士(梧)藕榭繙经图》、《寓黎氏祠旬日诸生以文字质正野老有馈食者喜酬二绝句》二首、《吴平墟》、《束装回署途中大风雨暂憩田家》、《宿善福庵》、《南皋》二首、《阅社仓》、《县斋述感》四首、《民谣》九首、《送崔第春司马（国榜）》二首、《署中悬五匾各系以诗（亲民堂、富寿堂、思补轩、清碧庐、小芙蓉屋）》五首（跋云：施愚山官湖西道，以署中有木芙蓉，遂颜其屋。庚辰秋杪，余莅吴平，愚山旧题同在兹郡，书以榜之。）《复汇川讲堂祀前临江守李公（昌昱）礼成赋示诸生二十韵》、《邻民献嘉禾喜作》二首、《解清江移寓南城漫题斋壁》十六首、《同张小坡明府（金寿）登大观楼（小坡方卸新喻事）》、《闻抚部李捷峰先生（文敏）疏请述职优诏不允赋呈二长句》二首、《江行》、《将赴会垣暂次樟树镇》二首、《寓北湖》、《题许子笠太守（承家）天际归舟图》二首。

光绪八年（1882）壬午　先生五十五岁　公十一岁

先生摄东乡。先生撰《汝东判词题词》，年月失考，中曰："摄邑东乡，毫无善状，唯词讼较多，手自裁判，不敢不尽心也。门人江孝廉履斋、李文学畅亭，随侍幕中，录之成帙……山县僻陋，衙署未建、城廓未修、仓禀未充、沟渠未浚，公私困乏，蒿目束手而无可如何，此区区者补弊救偏，稍免旷日之诮，于吏治奚益邪？"成书约在是年。

先生撰《乌鲁木齐都统铿僧额巴图鲁世袭二等轻车都尉赠太子太保萨尔图果敏公行状》。即英翰。先生曰："江西巡抚李公文敏，公门下士也。属沛状其事，乃即当时奏报，条系年月，参以诸家纪载，及故吏之所传述者，为文一通上之史馆，以备采择……"

先生撰《甬东正气集跋》，并刊成。

董缙祺《董府君行状》曰："旋摄东乡，兴举废坠，略如治清江时，又饩高才生于书院，一月六课，亲为批判，士皆蒸蒸向学，时李公文敏，方抚江西，疏请以府君补建昌，旨未下，即摄县事，未几遂真除……"

先生建帅文毅祠，修陆文达墓。

先生撰《帅文毅公祠堂碑铭》。

六月，先生撰《重修东乡县学记》。

夏，先生友陈銮光来请撰《四品顶戴华阳知县陈君墓表》："光绪戊寅，余始至江右，东湖陈生銮光介吾友沈太守镕经之书修谒门下，北面称弟子。……于是銮光具事略乞为埏道之文，谊不得辞。"陈君即陈枝莲，字汝金，一字芗墀。

《吴平赘言》八卷刊成。

二月廿二赵之谦致伯循函中涉及先生云："……觉轩已得东乡餐英，补吉水皆佳。王麟书松溪坐拟二方，尚不愿归，意在补缺……"如此云云。

四月廿八，先生得赵之谦函云："大幅书成四纸，由王镕呈上，前约画一幅则此时未能。天雨潮湿，兼寓中无一间大屋可以摊纸于地者故也……谣传西北复见慧星阔而短，弟高卧不之窥也……"二人论学重天象类如是。

九月初八日，得赵之谦函，中有云："久不奉书，甚念，甚念。《吴平赘言》较《岐岭赠言集》高过多多矣，何不赐我读之。……（张）公束已归去，不候藩坐批示……"是年，赵之谦卸奉新任回南昌。

公于庚戌作《黄泥岙阡表》中述："光绪八年，先大夫葬祖考两世于湖上黄泥岙之麓，其时距曾王父之殁盖五十有四矣。公王父，讳成国，字常春，以字行，赠奉政大夫。公曾王父讳自上，字凌霄。少孤。不竟于学，服贾养母，公高王母，曹太孺人，苦节高年，曾王父事之甚孝。"

是年，赵之谦权奉新，与张公束鸣珂同事江西县令，为其作楷书五言联："出宰山水县，读书松桂林。"冬，离奉新回南昌。

先生作《万柳隄唱和诗题词》。先生曰："……余已量移东乡，不复预隄务，广文邮此诗，乞为之序……因名此堤曰：万柳堤。而题此集曰：万柳隄倡和诗……"壬午五月隄成。

先生作《与萧孝廉书》。先生曰："唯卿同年足下：前作《汇川讲堂记》以陋略议《临江地志》，盖为府志言也。《清江县志》，斐然可观……"

先生有诗作《纪行》四首、《谢埠》、《次抚州》、《莅东乡》、《答黎小韩司马赠作》（顺德黎原超小韩）、《喜舍弟自家乡至》四首、《大富冈》、《雄岚峰》、《万石塘度岭作》、《修陆文达公墓》、《闻丰城沙河隄告成赋诗志慰》、《同舍弟夜话》二首、《邻县大水境内有秋村民献新稻感作》、《送舍弟东归》、《九日同僚友登会龙冈（梃儿随行。同僚万载彭近光、平江余家斌、钱唐周学鹏、德化李畅亭）》、《名宦祠谒周梅崖先生》、《五十已过二剑南诗也戏仿其体即次原韵》三首、《县试日示士子》、《偶成》二首、《送抚部李公还乡》三首、《别故乡五年戚友凋丧岁除感旧谏之以诗（张恕、卢杰、陈政钥、王大森、孙学履、桑典庆、陈继聪、张翊灿、刘芬、吴德机、陈钦、周晋麒、汪受礽、章鏊、秦澧、董缙恒）》十六首。

光绪九年（1883）癸未　先生五十六岁　公十二岁

先生权建昌。一月后以耳疾辞职调养。

先生撰《晦闇斋笔语题词》。年月失考，中曰："建昌，古海昏也。海之义曰晦，昏之义曰闇，古人殆有取尔，光绪癸未，承乏斯邑，水则沌沌然，旱则虫虫然，民则营营然，官则汶汶然，晦，象也，闇，象也，坐卧之室，颜曰：晦闇斋。不及期年，引疾去矣。手录公牍，编为六卷……"成书约在是年。

丙申,董缙祺《董府君行状》曰:"今之建昌,号为难治,礼教不行,而民俗颓坏,其所由来,岂一朝一夕之故哉。""复李文定祠,使西江人士,知所兴起,遇士甚优,暇即诣书院,讲明礼教,劝诫谆切,承办院试,添镫牌篷厂,列长木为坐具,躬立阶上,督率之,自始至终,士无一哗者,每听讼,虚衷研问,律之所穷,征于经史,手自裁判,不假幕牍,邑人争传钞之,悯念囚系,修监狱及候审公所,务令高爽。冬给棉衣,夏给巾扇,岁时给节物,恩意周挚,有感而泣者。建昌山城,旧有虎患,府君(先生)至,虎皆绝迹,比回省,虎复食人,谈者比之宋叔庠。"

董缙祺《董府君行状》曰:"建昌号难治,重以水旱之困,民益罢敝,府君至则祈求晴雨,芒履徒步,枕草宿堂皇,取村民粗粝沃汤食之,报灾牒上,大吏以为过实,手禀数千言,仍上原牍,为民请命,几蹈不测,逾月以耳疾乞假。明年,将遂告归,抚军潘公及学政陈公,力挽之假满,调上饶,潘公保请逾格升用,奉旨交军机处存记。县中承大水之后,道路崩塌,莅事期月,所修治者,亡虑百余里,巡历乡村,延访利弊,而兴革之,民以大欢,乙酉六月,复以疾乞休,新任江抚德公允之,遂解绶归。……"

公于《四明清诗略》续稿卷一董沛条曰:"补建昌,值水旱之灾,为民请命,不惮忤上官之意,抚军潘公特嘉之其荐疏有云:勤敏精能,尽心民事,历任各县判决如流,兴复水利,隄工士民爱戴纪实也。"

先生撰《李文定公祠堂记》。

先生撰《奉边方伯书》。

四月,赵之谦客南昌,为先生临魏书郑僖伯《白驹谷题字》巨幅,五年前之旧债作:此白驹谷,中岳先生荥阳郑道昭游槃之山谷也。款题云:"觉轩仁兄有道以旧纸索书大幅约五年矣。光绪癸未四月宿雨乍晴率涂应之。赵之谦。"印证四月廿八日致先生尺牍，赵之谦共为先生作大幅法书四件，郑道昭书，仅为其一。先生更要赵氏作大画一幅，赵之谦婉谢："前约画一幅，则此时未能；天雨潮湿，兼斋中无一间大屋可以摊纸于地者故也。……"（《赵㧑叔手札》册下页十八）。赵之谦另有尺牍一通，与先生切磋《会稽续志·职官记》，称觉翁仁兄先生。《正谊堂文集》卷五有先生《与赵㧑叔论臧辑韩诗遗说书》，闻赵氏刻是书，与赵㧑叔相互切磋，订正亦多。自记曰："后㧑叔刻臧书《东山诗》一条改正其注《沔水诗》一条，补列卷数苤苢、南山、四牡诸条并于序中详之，故今刻本大段不谬。"赵之谦晚年为先生作书画甚多。

八月，先生撰《重修建昌县学记》。先生曰："光绪九年秋八月，江西提学使者陈公宝琛檄所部郡县参考典礼，从事学宫，以副朝廷隆道，尊师之意，其言曰……"

先生撰《奉直大夫邓君墓表》。先生曰："越癸未，福初成进士，观政农部甫假归而其父奉直君（邓培甫，字植芬，一字香岩）遽殁，福初具行略，衰经踵门请为表墓之文，谊不可辞。"

十一月，先生作《四明诗干》题辞曰：族叔竹史君（董庆酉）从先赠公读书，与余最契。成郡诸生，未强仕遽卒。生平好为诗而不自爱惜，遗集一卷藏余家，仅百余篇……光绪九年冬十一月同学侄沛识于建昌县署晦闇斋。

十二月既望，阳湖洪熙为先生作《六一山房诗集·续集序》。

仲冬前后，赵之谦致先生尺牍："希冀冬至前到公馆，此着败，全局俱败；目前一身兼七八役，苦不堪言。……"。"画幅决不赖，明年送上归装何如？……"（《赵㧑叔手札》册下页十三）。可见先生明年辞官归隐之意已决。

先生有诗作《别东乡》五首、《闻建昌摄篆之信买舟赴会垣途中有作》二首、《樵舍王阳明破宸濠处》、《昌邑汛守风》、《吴城镇》、《莅建昌》、《博阳山》、《栗里怀陶靖节》、《小憩瞻云寺》、《南康府》、《归途口占》、《晦闇斋褉咏》二十五首、《偶作》二首、《登高邱而望远海》、《得陈和笙明经（烈镛）书却寄》二首、《寄汪柳门学使山左》二首、《纪梦》、《引疾得请感成三绝句》三首。

光绪十年（1884）甲申　先生五十七岁　公十三岁

先生耳疾假满调权上饶。六月，因忤逆上司，复回南昌养疴。

先生撰《甬东天后宫碑铭》。署曰："光绪十年，岁在甲申王正月吉旦。赐同进士出身知州衔江西建昌县知县鄞董沛撰文。赐进士出身二品顶戴江苏补用道前翰林院庶吉士仁和杨鸿元书丹。赐同进士出身直隶宣化府知府前翰林院检讨镇海郑贤坊篆额。赐进士出身同知衔浙江鄞县知县泰州朱庆镛检校上石。"

春，得赵之谦函，云："弟春来无一日闲，内子病势日危，论脉象当在夏至，诊病形则朝不保暮，现已刻刻担心……"云云，二人为学问融通类如是。田赋、冬漕及各类税捐之征，实是维护地方政府之财源，也是地方官吏薪俸所出，赵之谦致先生函："初议引疾，学公所为，既而算之，一走则亏短出；尚不止一千五百也，姑隐忍待之。过夏季，学台考本府回任，尚须短一千六七百金，全仗冬漕填空子，无所沾润。运气不佳，何说之词。……"（《赵㧑叔手札》册下页十七）。三月十七，赵之谦箧室陈氏卒于南城县署山，终年三十岁。赵之谦至南城后也无时不病。

先生撰《重建瑞昌县署碑》。

先生撰《按察使衔署两浙盐运使分巡金衢严道赠太常寺卿世袭骑都尉谥武烈缪公墓志铭》。缪公即缪梓，字南卿。

先生撰《沙溪放生河碑》。先生曰："绅士李君树藩、吴君世勋等议设放生河禁民渔钓，余方摄上饶，遂允其请……李君复请记……"云云。

先生题识《六一山房续集诗目》。曰："右诗百七十三首，编成十卷，自壬申至癸未十二年中所作也。前五卷刻于己卯，后五卷刻于甲申，是为《六一山房续集》。校字之役陈文学銮光任之，文学，东湖人，游吾门七年矣。鄞董沛孟如甫识。"

七月己卯朔，先生撰《祷雨文》。

七月七日，先生撰《祷普济龙神文》。

七月十六日，先生撰《祷城隍神文》。

八月，先生撰《姚复庄先生墓表》。先生曰："余自弱冠，始侍先生，诗法皆先生所授，今老矣。集已梓行于师门，颇为转手，而渊源所自，不可忘也。"又署曰："光绪十年八月门人鄞董沛表。"

十月初一日，先生老友赵之谦因累年劳顿，顽疾益重，哮喘病作，卒于江西南城官舍，官场昏庸势利，赵之谦一生欲于循吏传中留一席地终成泡影，世事多不尽人意类如是，而偏偏于书画篆刻之小道留其大名，身后萧条，几无积蓄，遗柩归浙江，先生与江西故旧醵资，于杭郡丁家山营墓。既葬之谦，越二年，其子能寿奉遗状三千言，乞程秉铦撰文表君墓。赵氏平生好友如胡澍、魏锡曾、沈树镛、江湜早赵氏卒，周星誉与赵氏同年卒。谭献、施补华、周星诒、傅以礼、钱保塘及先生尚在世。颂堂案：㧑叔诸友中定有友于先生者。

十一月，先生撰《两浙候补盐大使毛君墓碣铭》。毛君即沪上毛祥麟，字瑞文，一字对山。博物通医，工诗，善绘事。先生另撰《毛对山医话序》。年月较墓碣铭为早，先生曰：之光绪四年，需次江西，与其长壻李君同修省志，始知君亦寓南昌，顾以年老多病，闭门谢客，终未能一望颜色以慰数年思慕之意，殊自怅悒，君论医与余颇合，余于医话序中亦略及之，尝愿以他日东归，谒君黄浦，一证所学之异同，而君已归道山，息壤之言，徒成虚约矣。

十二月，先生撰《布政司经历衔赠中议大夫羊君墓表》。先生曰："余与海宁羊敦叔，同举丁卯省试，戊辰春，相见于京师，联昆季交，过从甚洽，至今十七年矣。"甲申，敦叔客南昌，以所撰羊君事略，属先生表墓，谊不可辞也。羊君，即羊成熙。字朝衡。羊敦叔本生父。

光绪十一年（1885）乙酉　先生五十八岁　公十四岁

先生权上饶。

四月，先生撰《沈文肃祠祔祀林夫人记》。先生曰："时光绪十年也，行省部檄颁下郡县沛适莅上饶，乃与邦之诸君子，议于文肃原祠，辟前室专祀沈公，改后室并祀林夫人，以合祔食之礼，众皆诺。沛捐俸为倡，邻邑诸令长，各以赀入，费钱三十余万，明年四月工竣，卜日选牲，奉安栗主如典例……"云云。

八月，先生撰《重建龙津桥记》。先生曰："光绪十年夏，上饶大水，南境尤甚，冲坏隄路，不可胜利，高洲距县九十里，有桥曰：龙津。……明年二月，余以事至高洲，目睹行旅病涉之状，为之心恻，爰召工师，重议兴建，会学使案临供亿劳敝余，复以旧疾乞休事将中辍，既而思之……越七旬工竣，陈君来谒曰：愿有记。余视篆上饶不及期月，然巡历四乡，辙迹殆遍县之境溪河萦阻流湍而暴桥梁之利与隄路相等非徒便邑民也。东之灵溪桥可以达两浙，南之龙津桥可以达八闽，往来行人，日益多矣。摄任之初，从灵溪人之请创建浮梁，今归期已届，籍陈君（锡畴）之力复成斯桥，差以尽己溺之心而稍解平日旷官之诮，余之幸亦地方之幸也。陈君，山阴人……"

六月，先生以耳疾乞归。新任江抚德公允之，遂解绶归。将归里，令家人于邱隘辟园地筑屋三楹，颜其居曰：六一山房。先生以六一名山房，实因先生一生心仪欧阳兖公道德文章，至老不懈之故。先生遂于十月二日由信郡启行，二十四日旋里。违故乡八载，戚族朋友团聚，笑语可知已。既至家，聚书五万卷，终日坐卧其中，锐意著述，藏书印有朱文方印"六一山房藏书"。朱文方印"鄞六一山房董氏藏书"各一。宁绍台道薛福成辟廨西（在旧道署西侧云石山房旧址，庭园荒芜，政务稍暇，观察即着手修治。）为后乐园（是为课士之所，内设揽秀堂藏书楼供士子研读。）创设崇实书院。

先生与蛟川陈继聪订交。（继聪，字骏孙，号退安居士，室名海巢、达蓬山馆。）

丙申，董缙祺撰《董府君行状》："观察吴公聘主崇实书院，太守胡公、钱公先后聘主辨志书院，课史学，悉心甄别，所识拔皆一时名宿……"

先生撰《殉难江西候补府经历赠銮仪卫经历世袭云骑尉汤君墓碣铭》。君讳道增，字淦亭，江南荆溪县人。先生曰："光绪甲申，余养疴豫章，汤经历嘉麟叩门请见，以其先君死事之状，丐为墓铭，逡巡二年未及作，洎自上饶，返故乡，始克为之。"

先生撰《台湾镇左营游击金君墓碑记》。金君即金相。金氏后人介袁笠渔来求铭。

辛丑，陆廷黻撰《正谊堂文集序》曰："独念交君（先生）前后垂四十年，踪迹所合于两草堂（陈氏之旧雨草堂、徐氏之城西草堂）为多，逮余自陇中旋役，而君亦归自江右，时徐先生与陈氏昆仲皆已前卒，独余与君（先生），犹得于晨星寥落之余，幅巾杖履，时相过从，而君意气犹昔，靳靳于文字之间，不改初度，自君之殁，而余以孤轮只翼、益漠然而无所向。"

二月，吴引孙以二品顶戴官衔继薛福成任道台，驻节宁波府。历时十载由李辅耀接替。

观察吴引孙再聘先生主讲崇实书院，接替刘凤章为山长，此后太守胡公、钱公先后聘先生主讲辨志书院。崇实书院故址在廿四间即今之念书巷，辨志书院故址在今月湖竹洲之第二中学。

先生撰《卢六桥先生墓志铭》。卢六桥者，卢椿也。字大春，一字怀六，六桥其别号也。先生曰："又十年乙酉，诸子以十二月九日葬先生于宝幢庙后山之阳，实来请志，何忍不铭。"

公于是年治毕十一经。公，端谨之士，好古力学，讲明雅训兼治诗、古文辞。

光绪十二年（1886）丙戌　先生五十九岁 公十五岁

三月，先生为费瑚卿茂才撰《半匦图跋》。曰："仪征相国（阮元）书'半匦'二字，以赠盛藕塘司马，隶法绝工。后为费君曼书所得，遂颜其书室，吴小松为之图，曼书自记之，丙戌三月，哲嗣瑚卿茂才，出以相示，属题数语。"

先生撰《内阁中书舍人吴君墓碣铭》："同里朋好中以孤儿事母若陈征君劢、乌明经世耀、刘孝廉凤章，咸有挚行，而莫著于吴君经湘……光绪乙酉十一月十六日葬县西乡杨家水坂之原，明年，始来乞铭……"

先生撰《费曼书六十寿序》约在是年。先生以己阅历之苦，慨费君之逸。曰："念自束发授书，逐逐于名场者，几四十载，阅历之苦，殆不胜言。通籍以后，奉朝旨，出宰江右，簿书鞅掌，忘餐废寝，其劳悴抑尤甚焉。今虽解组归田，而买山无资，依然故我。不得已就当事之檄，襄理海运，口讲指画，往来于衙市中，亦未尝有一日暇也。名缰利锁，此生不能脱然，以吾之劳，视君之逸，其相去何如邪？……"

九月，先生撰《董恭人墓志铭》。曰："陈君树珊之殁，余为表其墓，越十三年，其恭人亦卒。哲嗣衍等复以志幽之文请，乃叙而铭之……"

十月，先生撰《先府君董岵墓表》。卢友炬书。《正谊堂文集》作《先府君墓表》。

十月，先生撰《叔父廉卿先生墓表》。

十月，先生撰《董慰堂先生岱墓表》。卢友炬书，碑立界牌桥。《正谊堂文集》作季父《慰堂先生墓表》。

公补县学优行廪生。公幼读经史儒先书，得父礼约亲授，一生服膺儒学，以为儒家当靡行不备而恨自道德、学问判若两途，于是有儒而不忠节孝义者。以为有真性情，然后有真学问。文章不根于性情，性情不衷于伦理，本实先拨，而侈谈学问以为标榜之具，皆欺世盗名者也。故公少年时，即知为学以诚实不欺为主，读圣贤书，当身体力行之。公后撰《先文学府君家传》曰："府君为文，深湛好思，导脉经史，发为中声，每一艺出，侪辈罕过之者。喜读儒先书，手一编，丹黄靡勌。课儿曹，岁旦一二日即教之读，所习诸经，剖晰义理，往复再四，务使明晓而后已。居家整肃，华言风语不自其口出，人皆敬畏之，而亦无不乐近之者。"

张寿镛《诔辞》："（公）自为诸生，文名籍甚。"

光绪十三年（1887）丁亥　先生六十岁　公十六岁

四月，先生撰《奉政大夫费君墓碣记》。即费纶锲，字烈钧，一字桐君。先生曰："余与君弟仲伦交几二十年，虽未尝识君而习闻其行谊綦备，丁亥四月，鸿来谒寓庐，再拜以墓文请，遂不辞而记之。时距君之殁且十年，距君弟之殁亦三年矣。"

先生撰《赠朝议大夫陈君墓表》。陈君名祖赞，字郧泉。其子陈烈镛明经偕诸昆季具行略来请先生表。明经季子陈愈溁，先生之婿也。丙申，董缙祺《董府君行状》：女二，长适同县监生陈愈溁，次适同县禀生忻江明（公）。

先生撰《三品衔江苏补用知府陈公墓碑铭》。陈公即陈鱼门。讳政钥，一字仰楼，鄞人。因其发明麻将牌这等秽物游戏，民间以鱼门为"屙大爷"，与费纶铦友善。

己丑，先生撰《陈钧堂五十寿言序》曰："余自解官，虽无力买山，而洒扫家弄有终焉之志……前年余六十，慈溪葛中翰寿之曰：'先生，硕学也，虽曾捧檄一出而不数载，遽赋遂初，然则先生非仕履中人，而仍学中人也。四明文献今亦少衰，主斯文斗杓，领袖我乡国后进，微先生其谁与归……'"

七月，先生撰《朝议大夫直隶宣化府知府郑公行状》。即镇海郑贤坊。

十二月，先生撰《钱君籍香墓碣记》。曰："光绪丁丑，余（先生）既表钱君启阳之墓。越三年己卯，其兄藉香君始克葬于前墓之东。哲嗣棠贻书江右，请记其碣，逡巡未及作也，已归田，重申前请，乃叙而复之。"

先生撰《资政大夫前云南布政使萧公神道碑铭》。即萧浚兰。字仪卿，号芗泉。先生曰："孤子彝游于吾门，复以埏道之文为请……"又曰："光绪乙亥七月十四日葬公……又十二年始为之碑，余需次江西，公已前卒……"

先生撰《赠奉直大夫中书科中书童君墓碣铭》。即童师曾。

薛福成撰并书《后乐园记》。

"时无锡薛叔耘（福成）观察浙东，（以政务余闲登天一阁，所见宗源翰曾延慈溪何松、武进杨振藩所编书目稿本草创，遂）延（归安钱学嘉）、先生、（鄞张美翊）编《天一阁见存书目》成六卷，碎珠残璧，朗若列眉。"此见于黄家鼎《天一阁藏书颠末考》中所述，称先生为董明府。家鼎父即黄子穆太常，先生之执友也。先生曾应黄家鼎之请为撰《怡善堂遗稿序》。中有评太常之学，兼涉洋务之弊曰：呜呼！当世竞言洋务，率空谈无实际，太常之文皆躬历目验而得者也，使其尚存，必有裨于强事。先生又于《鄞县志》中作其传，定海黄以周、鄞陆廷黻均撰《有黄太常墓文》。

公于所撰《夏伯瑾太史七十生日赠言》曰："始外舅董孟如师，主讲崇实书院，以经史淬厉后进。维时，高材生若邹鹿苹、水恺彦、陈慷夫、陆蓝卿、陈和琛及君，皆师所奇赏者，月课校所献艺，裒然举首率此五六人。余与董君纪常隶名较晚。纪常师之再从子，治诗、古文有家法，余与相师友。自后每试榜发，两人者突出，与此五六人颉颃，或骧首驾其上，则大骇以为师私也。及观其艺则又群相推服，君由是知余。"云云。

光绪二十年（1894）甲午刻本《浙东课士录》卷首有薛叔耘观察题辞："余备兵浙东，适有法警，筹画战守，日不暇给。及款议成，公事稍暇，及于署西隙地辟为一园，杂莳花木，略建亭台，颜之曰后乐。集高材生，月课其中。比岁余，复于园南创立书院，礼请山长，以督教之事甫就，而余有楚南之行……光绪丁亥十二月，布政司衔分巡宁绍台兵备道新授湖南按察使无锡薛福成题。"

光绪十四年（1888）戊子　先生六十一岁　公十七岁

先生从侄缙祺《董府君行状》中述及六一山房藏书中有谢山先生所治之书以《七校水经注》最为精到，先生家藏是编，复以殷氏、张氏残抄本校之，薛叔耘观察全氏《七校水经注序》：" 戊子，余以董君（即先生）之本，命书院高材生合赵、戴二本重加校订，而仍请董君总核之，数月毕功，付诸削氏……爰叙刻书之大旨弁于简端。其板庋崇实书院，俾公同好焉。"高材生当中有公之名号。《鄞县通志》载：族子缙祺，字纪常，诸生，学多贯通，所为诗古文有义法，著《玉杯吟室诗集》四卷，《繁露堂文集》十卷。

先生撰《钱忠节公肃乐祠堂记》，孙觐宸书，吴锡祚篆额，碑在潜龙钱氏宅，今址江东百丈东路小学。

先生撰《书宝顺轮船始末》，碑立庆安会馆。

八月，先生撰《中宪大夫道衔候选员外郎蔡君墓志铭》。即甬上墨海楼主人蔡鸿鉴。先生曰："光绪戊寅，余赴官江西与蔡君季白执手于上海，时则周君复庵将之澎湖，蒋君子相将度陇右，相与置酒高会，订十稔之期重集黄浦，谈笑出门，欣然无离别色。明年君为余刻《明州系年录》以所作序寄余审定复申旧约。又明年而君之讣至矣。戊子八月，孤子和霁葬君于林夹岙之麓，来乞志幽，乃流涕而铭之……"

十月，先生撰《封奉直大夫中书科中书张君墓碣铭》。张君即张锡伟，字岁昭，一字梅仙。

六月十七日，公父忻礼约继善卒，年五十有二。葬于东钱湖侧象坎之百步尖下，今曰万金公墓。公所撰《先府君墓柱文》曰："自府君殁后，十数年中，诸子或儒或贾，循循轨辙，幸免于戾。及不肖（公）作宰皖中，（陈）太恭人因事勖勉，务以经术为治，毋渝先人诚敬之行，以此得不获罪于上下。旋遭国变，弃职杜门，既丧长兄，又失我恃，不肖（公）以忿尤丛集之身，尚复偷生视息，门庭依旧，子姓日增，非吾府君盛德之留贻，曷以有此？"

公于后作《先文学府君家传》云："江明不幸生十七岁而孤，过庭之训，闻者亦仅俟儿时所记一二不敢忘。府君尝曰：凡人立身必观之于其本，亲者其本也。九宗三党，由近而远，苟吾力所能为，赒之保之，不可存利已心，拔本塞源而能有济者，吾未之闻也。"又曰："择交处世，须立定脚根，不为利胁，不为物诱。"又曰："读书当以静养为第一工夫。斗室萧然，如质明神，如临师保。释氏所谓明心，老氏所谓心如槁木，语虽不经，若以虚空之念从实地推行，其为学亦庶几近矣。且学，犹殖也，厚其培而去其害，时至则熟焉，剽窃以为工，涉猎以为能，虽有弋获，譬之雨集沟浍，有立涸焉耳。"又曰："富贵利达，伐性之斧，余每见豪家子弟，呼卢喝雉，朋饮酒，操俗音律，冶荡终其身，吾甚恶之，吾愿吾子孙世世能读书足矣。此皆不肖习闻之，久而思之，又久而身历之，乃益叹府君识之卓，品之粹，励学之严，斯乃其心得之言也。"颂堂案：公受父教诲类如是。

公之老友费瑚卿以诸生援例官训导试署淳安，以忧未之任。

光绪十五年（1889）己丑　先生六十二岁　公十八岁

浙江学政潘衍桐续辑《四明輶轩录》。四明一郡，以先生主选政。公与费瑚卿得与检校之役。

先生撰《邱翰卿六十寿序》。先生撰《陈钧堂五十寿序》。

先生撰《赠朝议大夫钱君墓碑铭》。先生曰："光绪己丑年家子郑子澧手其外舅钱君行略来言曰……"

先生撰《镇海叶氏祠堂记》。先生曰："（叶）成忠旧与余交，是具事略，来请为记……"

先生撰《工部营缮司主事谢先生墓碣铭》。先生曰："余交（镇海谢凯宾）先生逾二十年，而过从恒少，壬戌寇警，同寓江北岸，朝夕聚首，不三月而别，戊辰计偕复与先生重见京邸，及归而讣至，为泫然者久之。"

崇实书院刻本《天一阁见存书目》四卷,首末二卷,共四册出。史称"薛目"。

光绪十六年(1890)庚寅　先生六十三岁 公十九岁

先生撰《葛节母徐孺人传》。先生曰:"祥熊成光绪十六年进士,述其母言行,为《节慈妇范》一卷行于世。"徐孺人为中书徐时栋妹,年二十归慈溪诸生葛蕃为继妻。子葛祥熊即徐时栋外甥。

浙江学政潘公衍桐续辑《两浙輶轩录》宁波一郡属先生主政,先生竭一载之力,采嘉道后郡人诗八百余家,是为《四明清诗略》之雏形。

公于《四明清诗略》续稿卷一董沛条曰:"旋引疾归里,当道延主辨志崇实两书院讲求实学士论翕然宗之,尤留意乡先辈著作,全谢山先生《七校水经注》原本,为有力者窃据乃搜求底稿,校勘付梓。督学潘公续辑《两浙輶轩录》,宁波一郡属府君主政,因有《四明诗略》之辑。"

"庚寅,景祥入鄞县学,是岁,侧室田氏生子道楷,府君年六十三矣。"见《董府君行状》。

公请从先生游,先生爱其才,欲以女妻之。后公撰《四明清诗略缘起》曰:"江明方弱冠,从先生游。文字之役,盖身亲之。""公为文,一字之下,必斟酌移晷始定,故所成就精洁,少可议者。……甬之治古文辞者,推江明第一云。"语见《鄞县通志》。

五月初五日,公之王母林太宜人卒。见先母陈太恭人行述:"……四十四大母林太宜人卒……"

公于甲子撰《溪上费瑚卿广文七十赠序》中记曰:"于是吾老友费君瑚卿广文,年七十矣,始余塈于董氏,孟如先生亲授之学。先生应甬上运商之聘,主海运事,寓庆安会馆,会馆者,运商期会征发所在也。君先人与诸共事,实手创之。君读书其中，掌公财出入之册，暇辄就先生问业。余假馆旁舍，因得与君相见。时余未弱冠，君才逾三十，意气之盛，可知也。会先生校刊《全氏七校水经注》，逾年，潘学使续辑《两浙輶轩录》，四明一郡，以先生主选政君与余并得与检校之役，昕夕聚首，纵论古今，时或围棋、醵饮以为乐，若不知人生有所谓忧患之境与并聚散之感者。"

潘衍桐，清同治七年（1868）二甲五十三名进士，南海人，原名汝桐，字奉庭，号峄琴，官至侍讲学士，光绪年间，督浙江学政，以振兴文教之务，有《朱子论语集注训诂考》《两浙輶轩录》《集雅斋诗话》。

光绪十七年（1891）辛卯　先生六十四岁　公二十岁

三月，先生撰《镇海谢氏家谱序》。先生曰："镇海谢逷声广文，续修其家谱告成。辛卯三月，自金华假归，乞序于余。"

先生撰《陈君云屏家传》。先生曰："光绪乙酉正月十有九日卒，年七十有四……卒之七年，其族方修谱，以行述来请为传，余与君雅故，乃撮其大者书之……"陈云屏，名观，字允平，一作云屏，鄞人。

八月，先生以事赴杭州，拜祭张忠烈公于祠堂，诸君请先生为记，先生诺之。公随侍先生，公有五绝《过南屏张忠烈公墓》一首。

先生撰《葛豫斋五十寿序》。先生曰："吾友葛君豫斋（祥熊）今年届五十，十月十六日，其生辰也。……介吾同年陈明经蓉舟先期乞言，为侑觞之具，余适遘肝疾，医者戒毋用心，弗敢诺。明经曰：葛君雅重子文，微子言固无当其意者，敦促再四，疾少闲倚床握笔，从而为之辞，距悬弧之期，仅三日矣……"又曰："……前岁六十，（葛祥熊）

君为文寿余，以鲁灵光相譬，欲余主持坛坫，承四明学统，余老矣，贫病交侵，学殖荒落，不敢任斯文之重……"

先生评象山陈汉章《书全谢山〈分修通鉴诸子考〉后》：足为谢山诤友。

公自此后十年侘傺不遇，以馆谷自给，然声名藉甚。乡里盛赞公课学生，谓秀才教秀才者是也。"设馆授徒，来学者众，中有已举秀才者，乡里喜称此秀才教秀才也。"此秀才指镇海胡锡安。胡氏生于光绪十一年乙酉，后负笈扶桑，回国后经邦济国。是年公娶董氏，为元配，即谱载董恭人。蕉生，其名也。为同治丁卯并补行甲子举人、光绪丁丑科进士，江西建昌、清江、东乡、上饶县知县，临江府尹，己卯科江西乡试同考官钦加知州衔诰授奉直大夫貤封朝议大夫董沛之次女，生于清光绪二年（1876）丙子九月十一日，卒于民国三十年（1941）辛巳十一月二十六日，享年六十六岁。

光绪十八年（1892）壬辰 先生六十五岁 公二十一岁

三月二十二日《申报》载：宁郡院取生经古案：浙江学宪陈大宗师考取宁郡阖属生经古案录后：正取经解二名，慈：冯毓莘；定：王亨彦；备取三名，镇：郑丙翰、张子飞、张宏桷；正取古学三名，鄞：陈毓镐；慈：董承祖、李钟鼎，次取八名，鄞：萧章焕、陈崇宸，府学：冯炳然；鄞：李国磐；奉：江起鹏；府学：陆琎、谢觐虢；鄞：陈家锟，慈：董承祖；备取九名：忻江明、王齐曾；府学：黄次会；慈：钱经藩；府学：倪志鸿；鄞：吴宣煊；府学：袁昌年、谢之麟；鄞：董道延；算学正取一名，镇：刘应冈；备取一名，鄞：徐昌燕。

四月，先生撰《杭州张忠烈公祠堂碑铭》。

六月，先生撰《黄氏一家稿序》："俊生世讲以凤山令奉讳家居，慨然念先世遗篇缺于收拾，将愈久愈不可问，乃出旧藏，访宗老、搜书肆丛残之本……比名曰：《黄氏一家稿》，壬辰六月，手其全书，谒余为序。"

八月，先生撰《余君春源家传》。

光绪十九年（1893）癸巳 先生六十六岁 公二十二岁

光绪二十年（1894）甲午 先生六十七岁 公二十三岁

先生为陆廷黻夫妇撰《陆渔笙六十双寿序》曰："今岁甲午，（陆）编修与其配陈宜人并届六十，诸朋好以屏障之文相率来请，忆在己巳，先得崇阶年丈洎伯母张太夫人亦际双寿，不腆之文，敬以侑酒，今相去二十五年，而编修伉俪，复遇斯盛，余安可辞也。"

先生为费瑚卿撰《颜鲁公书东方朔像赞跋》。先生曰："曼书嗣君瑚卿广文与余同寓甬东，屡请题数语。甲午六月，触热书之。"

先生撰《重修天童寺藏经阁碑铭》，蛟川陈修榆书，碑在天童寺藏经阁。

先生晚年以吸食鼻烟提神度日。

光绪二十一年（1895）乙未 先生六十八岁 公二十四岁

二月二十三日，先生因疾卒，公于《四明清诗略》续稿卷一述先生行略："身后家无余资，故旧门下多醵金相恤，其清操可知矣。"据民国《鄞县通志》载："墓在县东鄞山桥，碑记《江西广昌县知县董沛墓》，清存。高振霄题碑阴文。嗣子运、水茂才早卒，少子亦楣亦殇，无人能读父书。"

先生，同、光间名士也，著作等身，有：《明州系年录》七卷、《两浙令长考》三卷、《丙丁乡试同年录》三卷、《汝东判语》六卷、《吴平赘言》八卷、《南屏赘言》八卷、《晦闇斋笔语》六卷（此四种现藏于苏州大学图书馆）、《甬上宋元诗略》十六卷未刻、《竹书纪年拾遗》六卷未刻、《韩诗笺》六卷未刻、《周官职方解》十二卷未刻、《唐书方镇表考证》二十卷未刻、《晋书略》未刻、《鄞县金石志》二卷（见台湾石刻史料新编第三辑）、《西江靖寇录》六卷未刻、《甬上明诗略》十六卷未刻、《甬上诗话》十六卷、《董氏家传》四卷未刻、《今平準书》未刻、《今礼书》未刻、《今献遗闻》未刻，主修光绪《鄞县志》七十五卷，主修慈溪志五十六卷，协修《江西通志》一百八十五卷，作《六一山房诗集》十卷、《续集》十卷、《正谊堂文集》二十四卷、《外集》十卷、《甬上清诗略》三十五卷（稿本现藏天一阁）。校刊三种：《红犀馆诗课》十卷、《舟山倡和诗》一卷、》海山分韵诗》一卷。公曰：其余诂经、榷史、纪事之书多手稿，未整比，大半散佚，可惜也。

又曰：先生，至性人也。事母邱，婉愉色养，殁后遇忌日，辄悲涕不胜；处兄弟推甘让善，友爱甚挚；抚从子不异所生；尤爱士奖借后进，如恐不及。江明谬蒙知爱，自为馆甥，亲授经史及古文法。江明稍有知识，皆先生教也。先生文以柳州为干，参以《庐陵集》凡二十四卷，身后江明与门下诸君校刊之，当时以筹措刻资未能尽汰应酬之作，至其精诣处，实足与湛园、望溪抗行。诗则根柢三唐，浸淫汉魏，感时咏史诸作尤为隽上，盖先生渊源家学，泛览四部，六一山房藏书五万卷，寝馈其中。于史学为专长，故发为文章，详赡疏达，宏深博雅，卓然足以成家，而为吏极廉，归自江右，所余宦橐悉置圭田。身后家无余资，嗣子运水、茂才蚤卒，少子亦楣亦殇，无人能读父书。江明饥饫奔走，未暇理董遗书，手稿散失殆尽。录先生诗不能无西州之痛云。

案：先生力学敦行，恪守四明学统之成法，成就博大，著述亦富，唯稍嫌庞杂，终逊气质，成于精博，终亦败于精博，读其著作便有此感。

参读陆廷黻《镇亭山房诗集》卷十四《感事集》有陆氏示作《乙未四月望日感事示崇实书院及门诸子》，又有《答及门忻祖砚茂才江明次韵见赠二十五叠前韵》："衣履翩翩惨绿年，读书胸有智珠圆，笺诗古注桃虫释，照字明膏桂蠹煎，朋馆合移青玉案，塝乡空望白云天，（谓妇翁董觉轩明府）终当直上蓬莱顶，簪笔雍容侍集贤。"

瞿铁庵《养和庵随笔》中有《射鹰楼》《董沛燕京诗》二条皆引先生诗。铁庵为清季军机大臣瞿鸿禨子。

光绪二十二年（1896）丙申　公二十五岁

三月二十九日《申报》载《宁郡试事续述》：考试选拔场内府学廪生毛宗藩鄞县学廪生忻江明，增生周振翰，附生陈仲佑；慈溪学贡生李钟鼎、董承祖；定海学廪生王亨彦，六艺各尽所长，均堪甄录，因限于定额，致慨遗珠。惟愿该生等精益加精，砥砺躬修，讲求时务，通经研理，勉为有体有用之学，藏器待时，不患不脱颖而出，本部院实有厚望焉，特示。　附录鄞县新生案：金琅、李藩、李士英、袁覃、童诗谐、张寿镐、林植三、郭敦堉、吴寅炜、章大澍、郭澄、凌燮旸、江义修、张寿镛、陈冕瑞、吴祥麟、陈瑞芳、石兰、谢定、范洪、稼康、周以卤、陈隆年、卢振铎、秦伟椒、张传心、杨梦雀、吕敦吉、陈宗舜、徐文邦、林寿萱、沙镜清、陈恩钦、周宗镐、王燡、施祖洛，拨入府学冯志程、周运谦、詹守纶、凌震南、王谋道、许从清、陆延康、王登云、王以钱、徐隆耘、周锡候、梁颂衢、忻震森、沈文彬……

公撰《族曾祖母王太孺人传》。王太孺人为忻仰峰（恕）之媳，忻唯南之妻，因浚湖有声名之忻锦崖祖母。

光绪二十三年（1897）丁酉　公二十六岁

六月，宁波知府程云俶，合郡人红顶商人严信厚、汤远鉴、陈汉章等筹建中西格致学堂于湖西崇教寺（今址偃学街小学），响应者尚有张美翊、盛炳炜、包履吉、袁尧年。是为甬上设新学堂之始。

光绪二十四年（1898）戊戌　公二十七岁

所筹校舍初具规模，正式开学，定名"储才学堂"以"革新图强、储备人才"办学宗旨。聘慈溪儒人杨敏曾为监堂。课程设经学、史学、文学、算学、舆地、译学等，学员规修五年。

公之忘年交林景绶，字志飚，号朵峰，中戊戌夏同龢榜进士二甲第一百单一名，以知县分发福建，历署宁洋、寿宁，以发展教育、兴办学堂、培养人才为己任，敬守清明，谨慎事务为宗旨。史称陈朵峰太守官于闽之泉漳，官福建寿宁知县时以教养为务，清谨有守，工书，著有《礼本堂文集》二十卷、《礼本堂诗集》十二卷。陈训正《鄞县通志》有传。殁于民国。公后撰诗《挽林朵峰太守》七律二首。是年同中进士尚有鄞人傅邦翰。

光绪二十五年（1899）己亥　公二十八岁

光绪二十六年（1900）庚子　公二十九岁

农历九月廿八，公独子忻焘生，谱名贤焘，字鲁存，晚号笠渔，斋名臞梅庐、思补轩。鲁存舞象之年，就读沪江大学，并受古文诗词于林杏苏、李九香先生，承业高云麓太史之门。弱冠才噪乡里。辍学从商后，不废诗书，醉心六艺，诗书金石，无一不精，文擅骈俪，书精北魏，旁及星相六壬，丝竹八音，弈棋射覆，博学兼能。棋王谢侠逊作《象棋谱大全》，以鲁存为象棋第六十三师师长。

事亲至孝，双亲见背后犹出告返面，肃拜遗容。鲁存课子严，待人厚，重诚信，乐行善。壬戌周退密作《四明今墨咏》共二十八首，退密称鲁存先生为"笠渔乡老"，作七绝一首："昔年甬上数词宗，骈散一门矗两峰。记得六朝风气里，苕华丽密尽雍容。"时岁又作《笠渔先生自制假山盆景赋诗纪事》，和者十数辈，成《斑山韵唱和集》一卷，承出示命题勉和一律："玲珑岩壑绿苔斑，灵境蓬壶水一湾，只许仙翁居此地，来从市隐得常闲，无钱那作归田计，垂老宁删把卷顽，前辈风流频指说，假山真趣似家山。"案：鲁存之学谨严且醇，恐吾鄞数百年来无此一等玩家。

庚子八月中旬，夷寇陷京，西太后偕光绪帝仓皇出逃，而京城惨遭夷寇掠杀，时称世界万园之园的圆明园及用于会试之北京贡院遭夷寇焚毁，辛丑岁（1901）会试遂停考，直至光绪二十九年癸卯（1903）方补行会试，而后之甲辰科与上期会试相隔仅一年，此科原应为正科，而后为西太后七十寿辰，改正科为恩科，故称之为光绪三十年甲辰恩科。

公之老友费瑚卿任桐乡教谕，次年兼理训导。公甲子撰《溪上费瑚卿广文七十寿序》中记曰："旋摄桐乡教谕以去，曩时读书之处无复有过从之雅……"

丙戌，鲁存撰《镇海胡锡安茂才六十生日赠序》：昔先府君（公）之未释褐也，尝设帐授徒，执经问业者，先后数十人。余方孩提，罔有知识，及府君宦皖，挈眷同行。未十年，遭辛亥之变，解职返家，杜门谢客。余则出就外傅。同门诸君，无一相稔，即姓氏亦不能详也。

光绪二十七年（1901）辛丑　公三十岁

公校刊先生《正谊堂文集》二十四卷毕。陆廷黻作序曰："今距君殁已七年矣。他所撰集多已刊行，唯古文二十四卷藏于家。未付剞氏。今年春。其门下士（公）等将校刊之。问序于余。且属删定。余唯君之文。皆其晚年所手订。而余尝参酌其间。无庸更易。丁敬礼有言：他日谁相知，定吾文者。念此益不敢以意为去取矣。……今检君遗集。泚笔而为之序。盖不知涕泗之何从矣。时在光绪辛丑岁六月上澣年愚弟陆廷黻序。"

八月，吏部尚书、管学大臣张百熙罢停时文与帖经，以经义、时务策取士。九月，帝下诏令各省、府、州、县设立学堂。

光绪二十八年（1902）壬寅　公三十一岁

公在省府杭州。

公以县学优行廪膳生中式壬寅补行庚子、辛丑恩正并科浙江乡试第五十四名举人。同年有张传保、李九香、范贤方、刘骧逵、高振霄、王惜庵、夏祥甫。祥甫者，名启瑞。夏启瑜弟也。

时诸同年有鹿鸣宴，公有《赠王惜庵同年》七律中曰："昔年同赋鹿鸣诗，宦学分驰又一时。十载津门劳梦想，半江淞水证心期。"王禹襄中举后即为官，居天津，稍晚公成进士出知安徽，改国后归隐复客沪渎教授，王君好翰墨金石隐居著书，以续王符《潜夫论》。辛亥国变后，李九香隐于医，善诗，后公有《哭李九香同年》五古一首。青田刘骧逵，初为钱唐道尹后调会稽，好读《孙子》，有《孙子浅说》一书行世，文武双全，公有诗《赠刘骧逵同年》七古一首。

公之同年，一生与公交往者有高云麓、李九香、刘骧逵、王惜庵、张申之诸子。均见于《鹤巢诗文存》。

己丑十月十四，余曾见高云麓、张让三至刘骧逵尺牍数通于镇海王雷宅。始知张、刘亦执友也。

公撰《夏伯瑾太史七十生日赠言》："逮岁壬寅，与哲弟祥甫同举于乡，君适以省觐南旋，相见极欢。甲辰，余通籍出宰皖中，闻君用荐外除，守江西吉安有声。带水之隔，无缘通问。"

公作乡试墨卷第一篇《汉宣帝信赏必罚综核名实论》，房师陆己云夫子评：不蹈空，不撦实，应有尽有，应无尽无，可称斟酌尽善，其行文尤气度从容，议论纯正，名家胎息，先正典型，自非时手所及。庄坚白夫子评：简洁明净，深得古文家法而持论之精当，命意之高超，尤征读史有识，宜其拔帜先登也。墨卷第二篇《张苍领主郡国上计论》，陆夫子云：独抒所见，自成伟论，足征读史有识，笔意亦简洁老到。墨卷第三篇《唐太宗盟突厥于便桥宋真宗盟契丹于澶州论》，陆夫子评：具上下古今之识，一纵一横，论者莫当。其转接处，如奇峰矗起，云霞万状，局陈离奇，不落平衍。墨卷第四篇《开元四年召新除县令试理人策论》，陆夫子评：濯笔冰壶，晶莹皎洁。无一点尘俗气扰其笔端。墨卷第五篇《元代分封诸王论》，陆夫子评：叙次详明，行文亦跌宕多姿，秀气成采。

浙江乡试行卷第六房中式第五十四名举人忻江明，宁波府鄞县学咨部优行廪膳生民籍同考试官记名截取同知高阅荐批：议论透辟，策义精当。大主考官翰林院编修协办院事国史馆协修功臣馆纂修大学堂副总办李取批：神味渊永，策义详核。大主考日讲起居注官翰林院侍读学士南书房行走起居注总办咸安宫总裁教习庶吉士朱中批：气息深纯，策义茂密。高即高向瀛、李即李家驹、朱即朱益藩。本房原荐批：第一场申韩刻覈转不如黄老清静。张苍非大臣之器，皆能自圆其说。亲征非冒险、弊吏在铨选、分藩宜众建，至当不磨。读书有得，笔意迥不犹人。第二场提要钩元有书有笔。第三场真实醇朴，看似平淡而精义均已透发，此方是正锋作法，视诸卷或似诘经或似著论，相去奚啻霄壤。聚奎堂原评：第一场着议不多而神味隽永，逸品也。第二场考核昭通，着议平正。第三场体要成辞似宋贤说经文字。

公于光绪壬寅补行庚子辛丑恩正并科《钦命四书诗题》。履历中述及业师、问业师、受知师、业师庭训慈训：胞兄孔昭夫子、王实甫太夫子（讳）信德（府学廪生）、姻丈陈和笙夫子（讳）烈镛（同治庚午副贡光禄寺署正）、外舅董孟如夫子（讳）沛、年伯陆己云夫子（印）廷黻（翰林院编修，前甘肃学政，月湖崇实书院掌教）。问业师：姨丈张雨岩夫子（印）昌年（同治丁卯并补甲子科举人，内阁中书）、从舅兄董纪常夫子（讳）缙祺（廪贡生）、族伯蕙舲夫子（印）景藻、族叔具美夫子（讳）鸣盛、族叔宰岳夫子（印）继述、族兄秉良夫子（印）祖彝、族兄仲安夫子（印）泽霖、受知师袁贻燕夫子（印）信芳、童莼舫夫子（印）揆尊、陈希彦夫子（印）熙绩、童玉庭夫子（印）德厚（以上四人皆前鄮山书院掌教）、张诲斋夫子（印）世训（辨志书院掌教）、朱友笙夫子（印）庆镛、徐翔墀夫子（印）振翰、杨稚虹夫子（印）文炳、毕勋阁夫子（印）诒策、徐蓉斋夫子（印）国柱、黄鞠友夫子（印）大华（以上六人均注前鄞县知县）、胡练溪夫子（印）元洁、钱甘卿夫子（印）溯时、程稻村夫子（印）云俶、庄坚白夫子（印）人宝（以上四人均注前宁波府知府）、薛叔耘夫子（印）福成、吴福茨夫子（印）引孙、王心斋夫子（印）祖光、李友梅夫子（印）黼耀、万砥柱夫子（印）福康（以上五人均注前宁绍台道）、果泉夫子（印）诚勋（前宁绍台道、现任浙江布政使）、渭东夫子（印）春顺（前宁绍台道）、树滋夫子（印）惠森（现任宁绍台道）、瞿子玖夫子（印）鸿禨、潘峄琴夫子（印）衍桐、陈六舟夫子（印）彝、徐季和夫子（印）致祥、陈桂生夫子（印）学棻、叔平夫子（印）文治、李玉坡夫子（印）荫銮（以上七人均注前浙江学政）、吴惺初夫子（印）士恺（甲午科乡试同考官）、王斗槎夫子（印）廷梁（丁酉科乡试同考官）、任筱沅夫子（印）道镕（现任浙江巡抚、本科监临）、张燮钧夫子（印）亨嘉（现任浙江学政、本科代办监临）。

陆氏又有《元旦咏雪四十二叠前韵》附和作：杨文斌四首、吴引孙二首、吴筠孙二首、朱琛四首、陈达熊二首、董缙祺二首、邹宸笙二首、公（忻江明）三首、陈康黻六首、梅振宗七首、廖寿丰二首、沈燮四首、包科骏六首、张岱年七首、黄大华二首、僧敬安十四首、姚景夔四首、黄家鼎四首、赵润二首、蔡云章四首，感诸君或与公有交往，因录出。公和诗三，见于公之《鹤巢诗存》更题作《感怀奉和镇亭师》七律录二首，即《镇亭山房诗集》所列之第二、第三首，而不见有头首。今辑佚："版图超轶汉唐年，天堑东溟作幅圆。竞道令公威党项，颇闻都尉破当煎。安边谁使无长策，补石终留有缺天。魏绛和戎殊失计，春秋责备在前贤。"其第一首也。

陆己云，名廷黻，号屿孙，又号渔笙，同治辛未进士，翰林院编修，官甘肃学政，学政，又称大宗师或学台，清廷派往各省掌管各级课考的官员，人选由翰林官或进士出身的部院官中选派，三年一任。解甲后一度为月湖、崇实书院掌教。后公撰有诗《感怀奉和镇亭师》七律二首。

七月，张百熙订《钦定学堂章程》，史称"壬寅学制"。

光绪二十九年（1903）癸卯　公三十二岁

乙亥，公撰《明经张君墓碣记》曰："方（张龢棻）君悬壶郡中，所往还皆余旧识，读余所为传记文而善之。介而相见，欢若平生，旋为余已消中之疾，因定交焉。未几，余宦皖，君移寓沪渎，踪迹稍疏。

正月十二日（2月10日），公挚友崇实书院同学夏启瑜居京华，时有出入沈曾植宅第。《沈氏门簿》有：夏老爷启瑜，寓小甜水井镇海馆。次日公之师、殿试阅卷官慈溪陈邦瑞谒见沈曾植，《沈氏门簿》有：陈大人邦瑞，寓大纱帽胡同。

夔龙有言："癸卯河南乡试，余充监临，是科撤棘后，乡举遂废。"

鄞人夏启瑞、吴鬵藻中癸卯王寿彭榜进士。

帝令张百熙合同刑部尚书荣庆、湖广总督张之洞，重订学堂章程，名为《重订学堂章程》，史称"癸卯学制"。

光绪三十年（1904）甲辰　公三十三岁

春，清廷会试，因北京贡院于庚子被毁，癸卯、甲辰两科会试，借河南闱。又因慈禧太后七旬万寿，改正科为恩科。苦煞各地举子及京城的考官，跋山涉水，一路颠沛共赴往河南闱所在地开封进行会试。会榜揭晓，公中式会试第一百八十二名贡士。同考官有编修吴颖芝、何仲秩、关伯衡、姚仲周、赵芷孙、刘幼云、王季和、李尧琴、孟玉双、龚心钊、袁珏生、户部员外郎傅梦岩、萧荣爵、检讨阎鹤泉、王畹香、工部员外郎赵仲宣、御史蔡燕孙、吏部主事刘伯良共一十八人。又匆匆赴京复试、殿试。陈夔龙《梦蕉亭杂记》曰："甲辰会试，借豫闱举行。余以豫抚派充知贡举，总裁为长白裕文恪德相国、长沙张文达百熙尚书、吴县陆文端润庠总宪、南海戴文诚鸿慈侍郎，满知贡举为长白熙阁学瑛，其余同考、监试、提调等官，均由京派来豫，赞襄其事。揭晓日，余与诸公齐集至公堂升座，拆卷填榜……"

附注：清代科举沿袭明制，分乡试、会试、殿试三种，经县试、府试、院试取得生员资格者，世称秀才，或称茂才，有此资格方可参加乡试，乡试三年一次，在省府举行，如遇国家大庆或皇帝登基、大婚之年，加考一次，称为恩科。乡试考官，正、副主考官外有同考官，为分房阅卷官，又称房官。

公应复试、殿试于北京，复试在保和殿进行，再殿试传胪，读卷大臣八人，依次为王文韶、鹿传霖、陆润庠、张英麟、葛宝华、陈璧、李殿林、绵文。公取列清光绪三十年甲辰恩科三甲第六十八名进士。同年有同县高振霄、奉化竺麐祥、宁海章梫、余姚朱元树、镇海吴晋夔。甲辰恩科一甲三名，先后为刘春霖、朱汝珍、商衍鎏。本科会元谭延闿。（另有同年沈钧儒、江亢虎、王揖唐、王季烈、叶大华、汤化龙、姚华、程宗伊、蒲殿俊、潘鸣球、颜楷、陈继舜、刘敦谨、刘锺俊、吴琨、梁禹甸、陈度等皆有声于时。）公之名籍铭刻于清光绪三十年甲辰恩科进士题名碑，碑立北京孔庙今存。又可见于《光绪三十年甲辰恩科会试同年齿录》《光绪三十年甲辰恩科进士登科录》《光绪三十年甲辰恩科会试录》《清代硃卷集成及清代进士题名录》。

会试墨卷第一场《大学之道，在明明德，在亲民，在止于至善义》，本房原荐批：理丰词简，骨秀神腴，非洗炼功深未易臻斯境界。本房加批：靠实诠发，字字如抛砖落地，理境上乘，文家胜境，足征学有根柢。第二场《周唐外重内轻，秦魏外轻内重，各有得失论》，本房原荐批：畅茂条达，识解通秀，一洗撦拾庸肤之习。本房加批：周唐初制无弊特流而渐失耳，作者探源立论，能将四代得失凿凿指出，行文亦古奥渊深，不愧读书人吐属。第三场《学堂之设，其旨有三，所以陶铸国民，造就人才，振兴实业。国民不能自立，必立学以教之，使皆有善良之德，忠爱之心，自养之技能，必需之智识，盖东西各国所同，日本则尤注重尚武之精神，此陶铸国民之教育也。讲求政治、法律、理财、外交诸专门,以备任使,此造就人才之教育也。分设农工商矿诸学,以期富国利民,此振兴实业之教育也。三者孰为最急策》,本房原荐批:清光迸露,务去陈言。本房加批:注重精神二字,相题有识,通体镕铸一气,笔意遒健。大总裁原批:首场以意行文,不为题窘,第五艺尤精采,三场思清笔隽,渣滓尽消。朱卷履历增受知师七人:高夫子(印)向瀛(庚子辛丑恩正併科乡试同考官)、朱艾卿夫子(印)益藩、李柳溪夫子(印)家驹(庚子辛丑恩正併科乡试主考官)、陈采卿夫子(印)咸庆(癸卯会试同考官)、菊彭夫子(印)熙瑛(本科会试知贡举)、陈筱石夫子(印)夔龙(本科会试知贡举)、王夔石夫子(印)文韶(殿试读卷大臣)。曾见沈钧儒会试墨卷有《裴度奏宰相宜招延四方贤才,与参谋议,请于私第见客论》篇,公之墨卷中不见是篇。传闻是篇会试墨卷及本房原荐不知何故流落甬上孙氏蜗寄庐,孙氏后人又捐赠宁波大学,今存浙东学派文化研究所库房中。

公之殿试卷中有论及教育之宗旨,甚精绝,曰:"《大学》首章,圣人明学术之大本,政治之常经,而即以定教育之宗旨。盖天下之凡为教育者,无以易此矣。教育不正,宗旨不明,于是有舍本骛末之弊,有欲速之病,有偏至之蔽。故夫立学之始不可不审也。三代之上,治与学合一。自庶民之俊秀至天子之元士,无不入学。名物、象数、少仪、内则,既肄之小学矣。逮入大学,则致意于大原大本,尽在我之性以为体,明在物之理以为用。所谓德,即天命之性、五常之德也。所谓明,即率性而行之也。格致以牖之,诚正以间之,至于身修而德明矣,而后可推之家、国、天下矣。"

公于《复云麓同年尺牍》中曰:"中年哀乐,历历写来,觉河南道上,京华邸中,桑海巨劫,苦中余生之情状,如在目前。"颂堂案：云麓即同县高振霄太史。

公以即用知县指分安徽桐城县知县，历署望江、潜山、宁国。

储才学堂改名宁波府中学堂。

光绪三十一年（1905）乙巳　公三十四岁

公服官江右。

时清廷废科举，建学堂，六一山房书散出，公无暇顾及。伏跗室主冯孟颛得先生藏书及书箱若干只，书箱为扁长方体，其色如红木，箱门上题"董氏六一山房藏书"。朱赞卿别宥斋得先生所辑手录《甬上明诗略》稿本一册，仅存明洪武至成化年间诗，朱丝阑，半页十行，行二十一字，书写工整，版心下刻"六一山房集"五字。

光绪三十二年（1906）丙午　公三十五岁

公补授桐城县知县，未之任，调署望江，复城厢社仓法。后公撰《先母陈太恭人行述》曰：丙午，江明补授桐城县知县，值母六十，假归上寿，母喜且诫之曰："若儒，缓民必安之，虑不称上官意，虽然积诚以相感，无难也"。未之任，板授望江，母至县，见水道淤浅，曰："此处农田不如吾家饶沃，水旱不时，官宜筹荒政"。其后江明在望江复城厢社仓法，在亳州治洺河，如母之教。防荒救灾、兴修水利、维护治安、施惠政。

八月十日（九月二十七日），沈曾植到安徽提学使任。驻怀宁学署，旋经上海赴日本考察学务，十二月某日回任上。

光绪三十三年（1907）丁未　公三十六岁

公署望江县，筹荒政，迎母陈太恭人由浙至皖赡养。

后公撰《先母陈太恭人行述》曰："母姓陈氏，外王父太学生讳某公第四女，年二十三归我先考赠公。"又曰："自赠公即世而吾家能有立至今，系吾母之力。五十以后，诸子各勤职业，不孝江明需次在皖，母独率子妇持门户，六十一就养望江县署。"又曰："于诸子教爱如一，庭镛少就兄读，兄督过之，母不为忤。又曰：署后有废壤，饬丁芟治为圃。吾乡务蓄菜雪里蕻，见方志，尤美菹之，盛以陶器，笮以石，可半年食。圃成，取种下之，庭有石楠圆，自洒涤以腌，督课婢媪，作息有恒。"又曰："方国难初作，母莅潜山未旬日，逾月，皖有变，江介莠民窃窃谋为乱，母诫江明毋顾家，于是徇城乡，立团练，明罚勑法，境内得无动。而时局苍黄，心私忧不测，先是兄随侍在署，母命以帑行，不得通，忽庭镛间关来省，乃奉母尽室行道，安庆逻者疑官挟赘遁，要庭镛就质某署，索行箧几遍，皆弊补衣，始废然。"

《寄禅上人集》自癸卯至丁未所作诗，八指头陀称陆渔笙太史为遗老。是年，有题作《余住天童六载将满，陆渔笙太史作诗相留，为七绝句章酬其雅意》，寄禅上人每出山必过访陆镇亭、张简硕、陈天婴、洪佛矢、冯毓辇及其族弟冯君木，过访必以诗酬答，郡中文学吕文舟（起桂）、徐酡仙（镜）、杨恩寿（灵荃）、胡鲁封（飞鹏）、俞廷熙、沈问梅、马文斋、慈溪严筱舫观察、鄞邑侯黄鞠友（俊生）皆与上人酬唱。

四月，罗振玉赴安徽视察学务，与老友沈曾植相见。

五月二十六日（7月6日），徐锡麟刺杀安徽巡抚恩铭于安庆。

光绪三十四年（1908）戊申　公三十七岁

公撰《清故州同衔国子监生张君墓碣铭》。张君，讳翰芬，慈溪支浦人，为张学元第三子。张学元以军功起家，授定海千总，擢都司。粤寇（太平军）陷浙，率兵与之浴血战于杭州街巷，负重伤回籍，旋集义勇，复慈溪有功。翰芬之兄龢棻明经与公为至交，前来请铭，乃有此铭。张君生于咸丰七年（1857），卒于光绪三十四年（1908）五月二十日，年五十二。公曰："其兄龢棻明经来请铭，余交明经最久，盖敦笃有道人也。君殁时，明经哭之丧明，以是益贤君。"

陈太恭人住汉口麓三先生处。至一九一一年。

公撰《先母陈太恭人行述》曰："明年皖有乱，挈家依庭铺，汉皋居三年，为宣统辛亥。"

正月十五日（2月16日）沈曾植补安徽提学使，署安徽布政使。八月五日（8月31日），沈曾植接巡抚篆印视事。替继昌因病出缺。九月二十四日（10月18日）沈氏交卸巡抚印与新任抚臣朱家宝。

公之老友费瑚卿署宁海训导，辞不赴。

宣统元年（1909）己酉　公三十八岁

公权亳州，为知州，治洺河，以利民田。缉捕巨憝，盗风大戢。诰授通议大夫赐进士出身花翎侍讲衔国史馆协修翰林院协修高云麓太史《忻君绍如明府家传》曰："有盗首王某，以解职都司横于里中，结合奸宄，势倾官府，莫敢谁何。君下车伊始，诇知其事，则调营兵躬督逐捕，与盗相格，矢石横飞，击碎冠顶，人皆为之危。君激厉士气，如虓而进，盗穷蹙而溃，其魁遂就逮，营救者纷沓，皆借势家为声援，君不为动，以去就争之于省，卒论如律，自是一方气詟，萑苻敛迹。"《鄞县通志》曰："又当江明知亳州时，亳多盗，历年积案未破，江明侦知都司某，实为之魁，驰白巡抚，奏褫而治之。盗风始戢，他若在望江复社仓、亳州治洺河，皆有裨荒政。"

颂堂案：今鄞港陆耆老犹能言昔年公权亳州时所侦治之"杀子虣"案。道来有声有色，广为传布。

亳州，后汉曹操故里，公权是地，若言以气感地应之说，公处世为事、作诗古文辞必得是地气之感应属无疑；又公作文宗欧阳兖公，兖公曾官亳州太守。

宣统二年（1910）庚戌　公三十九岁

署宁国县事，以治绩称最，诰封晋阶亳州知州。加授四品衔诰授朝议大夫。

公撰《黄泥岙阡表》，鄞高振霄书丹，碑立东钱湖畔黄泥岙。公曰："光绪八年，先大夫葬祖考二世于湖上黄泥岙之麓⋯启欑，棺霉败不可举，乃易棺更敛。先大夫欷然哭，急解己衣为籍，亲奉持安置，具冠服绞衾如礼。自始事至卒，敛哭失声，亲友会葬者皆泣下。⋯⋯曾孙朝议大夫四品衔安徽桐城县知县署亳州知州江明表。"

公之同年奉化竺麐祥为题公之族前辈忻仰峰先生《近水楼遗稿》《忻氏两世旌节事略》，同年刊印。《事略》刊出公撰《族曾祖母王太孺人传》《钦旌节孝祖母袁孺人五十九寿序》两篇及竺士康、高振霄、忻锦崖等先生所作之文十有一篇。

张人骏、朱家宝主安徽。七月下旬，沈曾植辞官归里。

宣统三年（1911）辛亥　公四十岁

公署潜山县。县丞叶学仁之内室周氏有唐姓丫环，内室嫉甚，常以琐事责罚，董恭人每有闻见，久而怜之，遂商之于公，并征得叶氏夫妇同意，由公纳为篚室。此公之哲孙鼎永先生述。篚室唐氏生于清光绪十四年（1888）戊子八月二十六日，卒于一九六六年丙午正月初六日。唐氏随公前命苦，出身寒微（卖身为丫环），或本无名，鼎永先生呼唐氏为婆婆，人颇勤快，善烹饪，视公子鲁存如己出，呵护甚殷。鲁存《退闲吟》中有七律《自先府君捐馆唐姨留居旧宅今老矣相见泫然》，即作者归里探唐氏。国变后，随公居鄞港陆老宅，乡邻感其身世，每泪下，传闻颇广，有好事者编作剧本，冠名"唐阿翠受难记"，演于乡里。莫非阿翠为唐氏小名耶？丁丑，鲁存撰《叶孝妇负骨归葬记》曰："安徽潜山县丞山阴叶贰尹学仁妻曰周氏，金陵人也。"忻焘曰：贰尹卒官之岁，吾父（公）方宰潜山，其家以孤子女为托。旋遭国变，吾父归。越年，潜山不靖，孝妇率眷来鄞，赁宅以居，吾两亲为之经纪。焘少时，尝侍母过从，谊如戚串，故知其事为详。未数月，武汉革命军兴，公引疾解组返鄞，杜门奉母，欲编诗见志。居祖宅东首第二间，祖宅共五间二弄，墙门一院，公为第二子，故居东首第二间。另尚存老屋三间两弄两厢房一个墙门院。公后撰《先母陈太恭人行述》曰："……江明历官亳州、宁国，至是调知潜山县，复迎养母，骤遭国变，崎岖而归，归十年，以宿疾卒于家，实辛酉六月四日也。年七十有五。……"高振霄太史撰《忻君绍如明府家传》曰："署潜山未数月，而武昌首发难，乱者藉藉谋响应，君则立团练巡行城乡，境内肃然，得以无动。已而知大局崩坏不可支，遂引疾归，不待得请，以印绶付典史，遂居乡不出。方事之殷也，外痛国事，内虑老母，在危城中则遣季弟麓三奉母出险，取道归里，知途中无恙，乃始携眷属，间行以归。于是遂得心疾，赤发于鼻，肝胃作疼，医药不去于身。"

公之老友费瑚卿于故乡费市始建藏书楼，"以地经易主，且其经营又适当鼎革之初，因名之曰小沧桑馆。"

鲁存于甲申撰《张君凤郊五十赠言》亦曰：辛亥之变，先府君归自潜山，家居谢人事。顾历宰剧邑，抚字辛劳，加以悲切禾黍，遂患肝胃之病。

夏，陈训正、范贤方等仿沪渎尚武团体，联系士绅、各界领袖成立"国民尚武会宁波分会"，10月17日于甬城北报德观召开各界会议。学政夏祥甫、鄞县教育会长张传保、和丰纱厂总经理顾元琛、宁波地方自治会长范贤方及地方绅商数十人，筹建宁波民团，推夏祥甫为团委，范贤方、赵家荪为副团委，魏炯为团长。张、范为公之同年，顾为公之挚友。

十月底，在杭革命党人积极工作，策反起义。中有一决定："政治组织由褚辅成联络（浙江省）咨议局陈时夏、沈钧儒、张传保等设计筹备"，草拟光复之通电、布告等。十一月二日，由蒋中正、张伯歧等人率敢死队百余人抵杭。四日革命党人与驻杭新军发动起义，占领抚署，擒获浙江巡抚增韫。次日，全城光复。沈、张二氏皆公之同年。

民国元年（1912）壬子　公四十一岁

公改国后弃官，矢志不涉政界，居里中，教授自给，坚辞浙江省第一届议会参议员。此公所以避国民政府招，自全其贞士逸民之德。其卓识定力，具见于斯，所当表微阐幽，以彰其志节矣。公既退隐港陆，为人撰碑志，决不署民国，书屋悬一横幅：鲜民之生，不知死之久矣。金性尧谓此语乃先生（公）有憾于国变之意。后公撰《先母陈太恭人行述》中曰：及逊位诏下，母驰书趣江明归，时不孝已引疾，以典史某摄事候代。比来家，母方整理门户，课耕自给，曰：'吾家故贫贱，吾安之素矣。'又甲子撰《溪上费瑚卿广文七十赠序》中曰："辛亥国难作，余归而杜门。而君先尝辞宁海训导不赴，及是就故居营别业，储书数万卷，颜曰：小沧桑馆。将老焉。"又于后作《虹桥别业记》中曰："余蛰居乡里者十有一年矣，此十一年中，余不知以何纪年也。"公《复云麓同年尺牍》中曰:"嗟呼!吾辈尚有生日耶?辛亥以来,叠经忧患。于天为僇民,于家为鲜民,于国为孑遗之民,尚有生日可言耶。"于《梅占春小传》中又曰:"余自遘荒后,落寞寡欢。今春宴某氏园,客有善饮者,谈明季复社故事。闻伎梅占春,工《牡丹亭》诸曲,则遣致之来,羞涩可怜,良家子也。询问家世,枨触余怀,作《梅占春小传》。"

公撰《蔡君仲衍六十寿言》,年月失考,中曰:"余弃官归,往来(徐)彀士寓所乃得蔡君者而友焉。……(范柳堂、洪复斋)两先生甚爱重蔡君,君所居竹林馆中,亦时有两先生踪迹。最后复斋卜宅与君邻,乐共晨夕。柳堂且介故人子,以医学师事君,其推挹如此。而君特不鄙余,视余如两先生,愈久而交愈笃。"颂堂案:此公哀其遭际,又与公之遭际同病相怜,故为文记之。自清逊国后公憔悴如是,老遗民之心态自宋亡直至今久存于天地之间。《先府君墓柱文》中又曰:"自府君殁后十数年,幸免于戾,旋遭国变,弃职杜门。"

鄞县文献委员会撰《忻江明先生小传》曰:"……辛亥鼎革,引疾归隐。性纯挚,事母陈以孝闻。仁恕恭俭,遇事有守。……"

张寿镛撰公之《诔辞》曰:"君卅载寒窗,壬寅、甲辰既得科第,作吏皖江,又复不久,退而集群弟子授业,清约自持,其为文也,兢兢义法。余见其为张藜斋作传,置之《方望溪集》中,几莫之辨。顾以病胃久,每作一文,夜必失眠。余虽时有所请,未敢强也。"

乙亥,公撰《明经张君墓碣记》曰:"国变后,余以忧愤故,病肝胃,益瞑就君。君款留旬月,治之百方,并用诸法散遣,以广余意,如是既久,病且闲。而君外乐易,中多菀结,(至己未)遘疾数月,竟以不起。此余所为深悲永叹者也。"

沙孟海于《冯君木冯都良父子遗事》中曰："辛亥之变，张让三先生旅外时多，慈溪陈训正、冯君木、洪允祥等在后乐园创办国学社，推陈屺怀训正为社长，执教者有镇海虞含章（辉祖）慈溪冯汲蒙（毓挚），皆一时胜流。三先生久处郡中，主持风会。日常交往名家有鄞县忻绍如（江明）、高云麓（振霄）、张原炜（于相）、童藻孙（第德）、慈溪钱太希（罕）、朱炎复（威明）及冯孟颛（贞群），文采风流辉映一时。"而独不叙杨翰芳。不知何故。《鄞县通志》曰：改国后弃官归里，教授自给，性孤介，不妄交，以是凉凉于行，终其身，索居寡欢。颂堂案：当知上述人氏皆与公相识也。高振霄太史撰《忻君绍如明府家传》曰：居恒郁郁寡欢，未几丁内艰，终丧哀慕如初丧，家本乡居，杜门却扫。间一至城市，与一二知交相往还。公撰《蔡君仲衍六十寿言》曰："桑海之际，士郁郁不得志，则相聚为谈谐纵饮以遣日。（公入城市）踪迹所至有徐弢士寓所水北阁，蔡仲衍之竹林馆，费瑚卿之小沧桑馆"。又言徐宅"维时簪裾之盛，不减徐氏（柳泉）城西草堂之旧，而醇德旧学如范先生柳堂、洪先生复斋，年辈皆长于余，皆折节与余交。"公之所交往者尚有谢景绥、董运水、包药墅、费冕卿。有五律《上巳日谢君景绥、董君运水、包君药墅踏春集兰亭字率成四律》，七绝《次韵费冕卿即席》，五律《寄怀董君运水》。颂堂案：包科骏，字药墅，光绪癸巳举人。

公撰《毓秀义塾记》。义塾为陆补庵先生所建，历经数十载，规模由小到大，造福乡里。成于是记，补庵先生子陆习义来请公记其事。后公撰《慈溪张节母杨太孺人五十寿言》曰：既而思今之世，何世也？蔑礼义而崇名法，舍廉耻而言人权，毁弃经说，破坏前制，而人纪几于灭绝。

公之同学执友费瑚卿于费市建藏书楼成，"规橅西洋，筑楼三楹为藏书之所，楼背骠骑山。……其隙地皆杂莳卉木，四周缭以重垣。"名曰"小沧桑馆"。藏书有《古今图书集成》等约数万卷，作《小沧桑馆征诗文启》。公撰五古《题小沧桑馆》以贺。

公子鲁存读书忻子湘先生家。丁亥鲁存撰《族叔子湘先生墓志》："犹忆少时，读书先生家，每侍坐，先生辄询所业，而孺人视余犹子。"

宁波府中学堂改称浙江省立第四中学。是为今之宁波中学前身。

民国二年（一九一三）癸丑　公四十二岁

一月八日，申报载省会复选揭晓:忻江明（公）、黄强、周祥麟、陶寿鸣、童养正、童能藩、张锡藩、谢迺绩、吴忠怀、骆□、俞弼。颂堂案：公未就职省议会。坚辞之。

民国三年（1914）甲寅　公四十三岁

公为小沧桑馆主费瑚卿六十寿，撰成七律四首《费瑚卿广文索诗赋此答之》，以赠费君。

八月，陶麓忻氏宗老德渠请公撰《鄞东陶公山忻氏支谱序》，亦作《二房亦政堂民国甲寅年支谱序》。公曰："甲寅秋八月，吾忻氏续修《亦政堂支谱》既竟，宗老德渠命江明序之。"公考释忻氏得氏由来甚详，并述曰："吾氏山居，风气朴僿，先代节义之遗，至今未沫。吾愿吾宗人以孝友为砥柱，以诗礼为隄防，毋轶于旧轨，毋逐于时趋，宗法虽不可复，以是为明系收族之道，其亦庶乎？"

秋，公撰《张藜斋先生家传》，张先生之姊乃公之舅母，公之母亲陈太恭人和张氏曾同住在冠缨庄。张藜斋名雅诗，字幼兰，藜斋其号也，宋"南轩先生"张栻之后（张栻为抗金名将、忠烈循王、魏国公张浚之子，南宋理学家，与朱熹、吕祖谦齐名，时称"东南三贤"）。张蘩斋生于道光三十年（1850），卒于光绪三十年（1904），享年五十五岁，一生多义举，有德于乡。世家子洪守谦书成十六屏于乙卯仲秋。余曾见红木箱面板书"世德清芬"四字，署甲子秋日，天兴堂张珍藏，箱有四个抽屉，每屉藏四轴，共计十六屏。

公撰《顾君猷嘉谱传》。顾君第三子顾瑞澐元琛为公之挚友，能承先志，勇于为义，躬膺懋赏，褒赠先人，顾氏始振。公曰："余（公）识瑞澐于洪氏（佛矢、允祥）息园，其后数数见。见其才开敏，而行谨愿，不惜自卑下以敬礼贤士大夫，其意足重也。"

甲申，忻焘撰《张君凤郊五十赠言》曰：余童年侍府君（公）谒（张龢棻）先生，（凤郊）君年二十，伏案读《灵枢》《素问》甚勤。次年，余卧病沪东校舍，君冒风雪来视，恳挚之情无异昆季。

丙戌，鲁存撰《蔡君汉章墓志铭》曰："焘之生，不及见祖姑，而（蔡汉章）君频频过吾家，与先父桐城府君（公），絮谈家常。有所疑，辄就商决，是焘于趋庭侍侧之日，所习见而习闻者也。"《忻氏和房家谱》曰公父十六世祖礼约公，有姊妹四人：长及三适徐，次适施，四适蔡。四妹适蔡者，即汉章之母。汉章，生光绪十二年丙戌，卒于民国三十四年乙酉。

甲寅公孙鼎言纂《忻氏家谱序》曰：昔日先王父（公）重修宗谱，先严（忻焘）曾工楷摘录本支沿革成册，备详。惜文革中散失。姊丈廉范兄和大姊鼎文整理康定路旧居劫后余纸，编成忻氏五世《去思集》一册。余又从故乡陶公山族人处觅得同宗别支家谱一本，虽残损，犹可辨，遂萌再续家谱之念，虽资料不全，前简后详，总胜于无，以遗后人，数典毋忘其祖。端公第十九代孙鼎言谨记。

民国四年（1915）乙卯　公四十四岁

公之长兄国学生国子监典籍衔元鑫公卒，讳钦典字孔昭。享年四十三。

公撰《夏伯瑾太史七十生日赠言》曰："其后省志开纂，（公）尝以孟如师行状属转达，一访君（夏启瑜）于沪寓。余校订诗略，完师旧业，君（夏启瑜）亦尝邮书示余，睠念朋旧。"

颂堂案：《王国维年谱长编》曰：五月，浙江省政府当局欲续修本省通志，敦请沈曾植总纂，又先后聘定朱祖谋（古微）、吴庆坻（子修）、陶葆廉（拙存）、章梫（一山）、叶尔恺（柏皋）、朱福清（湛卿）、刘承斡（翰怡）、张尔田（孟劬）等人任分纂。续志起乾隆元年迄宣统三年而至。公巨曰：公之同学夏启瑜在京出入沈曾植宅，而章一山又为公之同年，长年追随沈曾植左右，刘承斡曾将公之事略辑入嘉业堂刻《遗民录》，自然钦佩公之道德文章，昔沈曾植在皖为官当为公之上官，其间关系大抵如上述。

癸酉，公撰《久敬说赠顾君元琛七十生日》。公曰："余归自皖，获交洪君（复斋）。鞠蒙肫然，古处人也。既因洪君（复斋），复得顾君（元琛）而友之，每燕见，相对极欢。余年最少，亦最疏略。三人者性少异，而各相视莫逆。君爱重余文，属为其先德家传，得余之诺，益致敬焉。余乡居无俚，君资之入市以居，冀晨夕相见。而余疏略如故。后所居肆折阅，亟理之以告君。君不问出入，盖知余之不诬也。……比年君优游家弄，余以善病不恒造君。而余子燕，供笔札于君之所业，君则视如己子，扶掖之，使之有立，每见必讯余。盖相处二十余年。而君之缠绵周至，与其初纳交时无以异也。镇海范君柳堂，续学修行之君子也。交君数十年，君视之如昨。盖君知人明，故能以礼相终始。虽再历数十年，吾知其亦无异于今也。"柳堂，即范寿金也。

公子鲁存始识周薇泉于张龢棻寓所。乙酉,鲁存撰《周君岐隐五十赠言》曰:"薇泉者,君之字也。余年十六,识君于莘墅先生所,嗣后各就所业,不数数见。其在甬也,则相聚较久,与王玄冰、孙兆梅诸君,结社联吟,推君为职志。洎余服贾海上,又与君别。"

秋,公子鲁存入读沪江大学,校址在沪东江湾。与学友七结"嘤求社"课作。史称嘤求八友:吴调梅、徐志摩、陈仲慈、洪士豪、张舍我、穆寿桢、邵瑞瑜及鲁存。

民国五年(1916) 丙辰 公四十五岁

民国六年(1917)丁巳 公四十六岁
公子忻焘鲁存,娶慈溪巨商徐玉书先生之四小姐徐舜琴为妻,徐氏生于清光绪二十八年壬寅(1902)八月十一日,卒于中华人民共和国己巳(1989)三月初五日,享年八十有八。育九男四女,中有三男二女夭。徐玉书经营木业及海运业,与公为挚友。

徐玉书,即徐圣瑞,公之执友。公为其父徐丽泉七十九寿辰撰《国学生丽泉公八秩开一大庆之序》。开释缺。公又有诗《哭徐丽泉先生》五律二首,当为姻亲逝世之作。公曰:溪上徐君圣瑞,余姻家也。其尊甫丽泉先生年七十有九,戚友举庆恒例,制锦为寿,而以镇海王明经家藩之略,来征余文。

案曰:王家藩,字卓屏,为公所辑《四明清诗略》之主要参订者。

八月,公师陆渔笙太史集鄞僧于观音寺结诗社,释圆瑛定名木犀香社,社员尚有太虚、王吟雪等。观音寺在江东潜龙,八指头陀及圆瑛常住于此,为天童禅寺下院。

民国七年（1918）戊午　公四十七岁

公友陶麓曹兰彬经商沪上多年，嘱海上寓公郑孝胥撰写《济众亭记》在是年。以彰曹母李太夫人之善及子兰彬行善好义与民解困而捐资修济众亭，郑氏书文并茂，字里行间透出曹氏母子之殷殷亲情。乙亥，公为曹氏撰《曹君兰彬像赞》，盖曹君为修葺乡献不遗余力，仁孝事亲，施爱乡邻，德高望重，曹氏工诗善文。造福乡梓，功莫大焉。

公子鲁存肄业上海沪江大学，遂旅汉皋，辍学服贾，随叔父麓三公，任会计，结澐社。

公应里人徐炳耀之请撰《重修潒浦庙记》。

公之忘年交林景绶《礼本堂诗集》十二卷出。

民国八年（1919）己未　公四十八岁

乙亥，公撰《明经张君墓碣记》曰："忆岁己未，君（张龢棻）卧疾沪寓，余视之，谂所苦。君曰：'吾疾夥矣。吾一生潦倒，子所知也。顾自省，无大过，幸而获没，得子文以葬，死不憾。'"

丙戌，鲁存撰《镇海胡锡安茂才六十生日赠序》曰：年弱冠，始得童君藻孙、朱君儒鹏而友之，后十余年，又得胡君锡安而友之。君与童、朱两君，皆弟视余，情谊甚笃。

民国九年（1920）庚申　公四十九岁

民国十年（1921）辛酉　公五十岁

六月初四日，母陈太恭人卒，年七十有五。公子鲁存归自汉皋。

民国一十一年（1922）壬戌　公五十一岁

公撰《虹桥别业记》曰："梁君文臣，以乙卯之秋，作宅甬东彩虹桥。越年，就其北为别业。经之营之，既有成绪。壬戌冬，君归自齐，识余于费瑚卿广文所，迺属为记。盖至是余蛰居乡里者，十有一年矣。此十一年中，余不知以何纪年也，但知为某干支而已。不知今是何世也，但见憧憧扰扰，如筑室于道谋而已。"

公常适费宅，有林芝浦者，费氏介之，至性人也。貌癯而腴，眉白目光内敛，类知道者。行修于家，而信乎朋友。公先为之撰《芝轩记》，又于甲子后撰《林君芝浦七十生日赠言》。

忻焘有五律《壬戌人日渡江赴武昌》，见《珍帚集》。

民国一十二年（1923）癸亥 公五十二岁

民国一十三年（1924）甲子 公五十三岁

五月，冯君木跋《赵㧑叔手札真迹》："……光绪初年与鄞董觉轩先生同官江右，书疏往复，不日则月。先生即世，家人捡其箧衍，得大令书札盈束。二十年后，先生族人茹生翔遂以重金收之，都手书百十余通……大令又为觉翁作篆隶真草四巨幅，字大皆数寸，混芒飞动，神采照眼，弥可宝也。茹生翔遂谋并付影印。……"史称民国十三年鄞董氏珂罗版本《赵㧑叔手札真迹》。

公撰《溪上费瑚卿广文七十寿序》。费瑚卿，名崇高，瑚卿其字也，自号曲肱道人，清咸丰五年（1855）生，民国二十八年（1939）卒。序曰："今老矣，弦诗中酒，兴复不浅，尤笃念故旧，每过君，辄询访董氏邱墓及先生遗书存否，后人何似。以任达则如彼，以敦笃则如此。……"

费瑚卿七十寿，且逢甲子，广邀文士，结集名曰《小沧桑馆甲子唱和集》。

公命子鲁存代撰《清诰封太宜人竺母李太夫人八十荣

庆之序》。

公孙鼎亨、鼎亨生，旋即夭折。

民国一十四年（1925）乙丑　公五十四岁

公撰《宁波钱业会馆碑记》，钱罕书丹并篆额，李良栋镌石。公为撰此碑记，周采泉曰："公日日诵《仪礼》与《周官》，至三四月后，方行属稿。足证公之取法，无一字不有来历，故能不落八家之蹊径，戛戛独造，卓然自成一家。"

五月，沙文若为公之执友费瑚卿广文刻放翁诗：'冷官不禁看梅花'七字。

六月十一日，沙文若《僧孚日记》：……次布（童藻孙）视余忾祖年（公）先生近作《宁波钱业会馆碑记》，叙吾甬钱市情状，委曲周至，无一字涉俗，此其所以为高也。

鲁存代家君（公）撰《方勉甫先生偕淑俪郑夫人七十双寿之序》。

正月初七，公子忾焘初客海门，任海门大生纱厂秘书。结"梅溪社"。海门属扬州府，西北邻南通市，东南隔江可望崇明岛。

民国一十五年（1926）丙寅　公五十五岁

公撰《周母沈太夫人七十寿辰》五律一首："浩渺甬江水，巍峨四明峰。灵秀所钟毓，闲气为女宗。少小娴内则，美荫椿苁茏。相夫十余载，远追梁孟踪。遘变揸门户，拮据仍从容。竭诚侍病姑，久久弥靖共。义方教诸子，同父胥睦雍。三从凤无愆，七秩今己逢。回甘尝蔗境，陔兰佐清供。祝岁迎新福，春酒晋杪冬。"署曰："同县忾江明撰祝"，钤白文"忾印江明"，朱文绍如。见无锡市文物公司所藏水墨洒金十八条屏。有高振霄、章梫、李经方、沈卫、盛炳纬、周棱萱、孙宝琦、张志潜、沈宝昌、潘飞声、曹广桢、刘承幹、汪开祉、钱崇威、刘凤起等同贺鄞周汝南母沈太宜人古稀荣庆。宜人，吴兴人。

民国一十六年（1927）丁卯　公五十六岁

公撰《陈氏涵养山庄记》。陈子塤生平善举多，葺宗祠，广祭田，灾荒善后。

八月二十八日，公孙忻鼎立生，又名慰曾，字可权，号小渔，室名守经轩，后师从高廷肃式熊。妻岱山汤叔则，生于己巳四月十一日。其先岱山汤遯盦为公之挚友。公有诗《赠汤君遯盦》。汤氏纂修有《岱山志》已刊行，又辑《翁州诗征》稿本，公曾假一钞，遯盦侄汤说卿为汤叔则之父。曾见公子鲁存先生，周采泉称其为大兄亲家，盖二先生与说卿皆儿女亲家。

民国一十七年（1928）戊辰　公五十七岁

公撰《徐君弢士六十生日序》。公曰："盖余少弢士三岁，弢士侍其祖方穉齿，为日且甚浅也。"

丁丑，公撰《蔡君仲衍六十寿言》。公曰："君今六十矣，追忆前十年，值君生日宴，弢士别业朋侪之盛，今不能无聚散之感。"

编校《四明清诗略》，手自检校，昕夕不倦。公之《四明清诗略缘起》曰："先是岁庚寅，浙江学政南海潘公续辑《两浙輶轩录》，宁波一郡属先生主政。先生竭一载之力，采嘉、道后郡人诗八百余家上之。书成，所甄录者不及其半。先生以搜集之非易，文献之有存毋废也，乃追辑国初以来诸家之诗，合之所上底本，厘订增补，别为一集，未及审定而先生遂归道山。藏弆不慎，寖致散佚，同、光两朝至全遭蠹蚀。今距先生殁且三十六年，中更丧乱，此残

四明清诗略

本者仅而得存,可谓幸矣!江明每抚手泽,嘅焉兴叹,思欲校补录副,而逡巡未果。又曰:既成约,乃集郡之俊彦,谋所以校正者,佥曰:稿多散佚,宜再征求,以复旧观。复更端言曰:今清祚既讫,例当断代。先生殁后三十余年中,凡属清代之人之诗,宜续辑以成一朝之录。于是延耆宿、置写官,广征博采得稿近千家。缺佚者补之,讹脱者订正之,近三十余年中之诗别存之,方事之始,佥议用聚珍版精印。以广其传。凡阅时两载有余,糜款逾万金,而是集乃出尘箧而登签轴。江明始念不及此,其及此,宁非先哲之灵所牖启者哉?"又曰:"自逊国十九年来,人人厌薄古学,此集已若存若亡矣。"张寿镛《诔辞》曰:"……(公)又刊《四明清诗略》三十二卷,更辑《续稿》八卷,仿原编,一一缀以小传,附《姓氏韵编》一卷,俾读者论世知人。当君(公)为《续稿》时,向故家子弟多方搜索,不辞烦劳,时吾家《寸草庐赠言》方刊布,诸乡先生之作在焉,君既甄录及之,而先君子之诗亦赖以传。"高云麓太史撰《忻君绍如明府家传》曰:"编辑《四明清诗略》,以竟董孟如氏之绪,断自宣统辛亥,踵朱竹垞《明诗综》之例,成四十卷,三年蒇事,刊行于世。"周采泉作《编后拾遗》曰:"当他辑《四明清诗略》时候,编者曾追随左右,担任缮校的工作,看他废寝食,在蠹余的故纸堆里,把数百家的诗人遗稿,爬罗剔抉的,撷出其精英来,正不知要耗了几多的心力。试看他手订条例的精细和选辑的严格。"高闲云太史称他"事虽因而功实同于创",实在并不是过分的话。周湜另撰有公之《年谱辑略》:"一岁,先生生于清同治十一年壬申。"惜未见是谱。颂堂案:"采泉为公之小门生,而所学甚浅,仅为公作誊录而已,采泉有嫡兄曰周薇泉者,先学于杨翰芳,壬子、癸丑间公隐居港陆时来学古文辞,薇泉有志于岐黄之术,于丁巳(1917)遵父命就学于沪上名医张龢菜门下。张氏，公之挚友也。"

公子鲁存乙酉撰《周君岐隐五十赠言》曰：……（薇泉）既而衣食奔走，自沪而汉，又设帐定海，十余年行踪靡定。旋返甬上，悬壶问世。复执贽先君（公），出所为诗文就正，先君（公）尝曰：薇泉文，谨饬如其人，诗亦清丽可诵。又见童廉范《读诗随笔·甬籍四中医》。

公识姜炳生。炳生生于同治六年丁卯（1867），卒于民国二十一年癸酉（1932），享年六十七岁。甲戌，公撰《姜君炳生行述》曰："余识姜君炳生，始戊辰编诗之役。诗最录乡献，断自清代，正续凡四十三卷，自校订迄印行，阅时三载，费逾万金。乡人士侁成之者，姜君其一也。越明岁己巳君纂家谱成，索余叙其始末……"

公之同年张申之任宁波旅沪同乡会四科会务主任，办理普及教育、改良风俗、交换知识、讲求卫生等事务。

陈汉章《与鄞县忻祖年》："甬江判襟，裘葛再更，缅维箸祉，绥愉是颂。汉章于兔儿年冬，为南京大学函电来招，再三拒绝，后复专使敦迫上道，遂至复为冯妇，骑虎而不能遽下，甚悔此一出也。前接敝县樊、贺诸人函，谂悉吾兄领袖骚坛，主持风雅，赓前辈《甬上耆旧诗》选下征敝人诗。窃惟敝县近人诗可存者多入《两浙輶轩续录》，稽核刊示名单，惟遗漏佘勉翰、虞峻二人。前年与县人同修县志，志局多送来近人诗草，近已分还各家。恨羁旅金陵，不能代吾兄征集，曷胜歉仄。今冬为《江苏通志》编纂，又未能返舍度岁，当遍告邑人，送上诗草，供公评骘，但恐陬澨幺弦，不足大雅一笑耳。"此尺牍见陈汉章《文诗随笔稿草》。稿藏浙江图书馆乙种善本第九九册。

民国一十八年（1929）己巳　公五十八岁

姜炳生纂家谱成，请公撰《姜氏创立族谱序》。鄞县梅墟姜忠汾炳生，公之挚友。一生行善积德，曾为《四明清诗略》之编印慷慨解囊。公另撰有《姜君炳生（忠汾）行述》一卷，《〈千秋金鉴录〉书后》一篇。姜炳生以癸酉十月十六日殁于沪，春秋六十有七，配赵氏，子男三：守贤、守良、守方，守良前卒；女四，皆适名族。

鲁存代家君（公）撰《施君骏烈六十寿言》。

鄞杨霁园作示门人语以却沪上闻人刘鸿生之邀曰："山人绿云染发，清水明月为心，行入鸥群忘我，何况楚王聘金。"与康南海、郑太夷、陈散原诸遗老有文字交，康南海称霁园以杨隐君，声誉鹊起，杨霁园时在东钱湖舣斋，好交名流遗老，自名隐逸，门生如云，唯好诗艺小道，好入莺花之队，多不能以经史为根柢。

民国一十九年（1930）庚午　公五十九岁

公增补续辑《四明清诗略·续稿》刊成，公继先生遗志，越三十六年集郡之俊彦，谋复旧观，终于庚午，全书集二千一百玖拾肆家，诗玖千肆百陆拾捌首，凡肆拾叁卷，二十册，宣纸聚珍版精印。慈溪冯君木署检，参订镇海王家藩卓屏、鄞励延豫建侯，参校鄞林朝翰杏荪、鄞戴彦霁笙、慈溪杨显瑞季眉、鄞童庚钊锡山、鄞江义修觉斋、慈溪冯贞群孟颛。公曰："是役也，校印之资出自捐募。乐君俊宝、曹君显瑛左右余筹款尤力，与凡有助于是集者，援汉碑阴例，书名简端，以彰其伐。……"采访名氏：鄞周颂清品立、鄞张之铭伯岸、慈溪周毓邠苇渔、慈溪王宗耀鲁卿、奉化江五民后村、镇海吴晋夔联笙、象山樊崇煦蔚香、定海孙尔瓒厘卿。助资名氏：鄞乐俊宝振葆、鄞曹显瑛兰彬、鄞张寿镛咏霓、鄞谢天锡蘅牕、鄞陈俊伯子壎、鄞严英康懋、鄞姜忠汾炳生、鄞应能章子云、鄞项文祥颂如、鄞项世澄松茂、鄞张自辉继光、鄞蔡体鳌仁初、鄞孙鹏梅堂、鄞陈圣佐蓉馆、鄞屠锡用康侯、鄞楼舜儒恂如、鄞陈道铭松源、鄞毛节櫆志訒、慈溪费崇高瑚卿、慈溪叶秉良叔眉、慈溪张锡焕子英、慈溪张祖荫鲁盦、奉化周骏彦枕琴、奉化孙天孙鹤皋、奉化何斌绍庭、镇海方积钰式如、镇海张彝年逸云、镇海张有年水云、镇海李厚垣咏裳、镇海陈英焕葆勤、定海厉汝熊树雄。

民国《鄞县通志》称公之"功绩不在杲堂、谢山下"。浙东乡献迭经忧患，沦亡无可胜计，赖公搜辑得以流布，今犹得捧卷展诵，亦云幸矣。

高云麓太史谓公"辑《四明清诗略》踵朱竹垞《明诗综》之例，成四十卷，三年蒇事。事虽因而功实同于创……"

《四明清诗略》为董沛公之遗著，但未及完成，遽归道山。三十六年后，因藏弆不慎，寖致散佚，同、光两朝至全遭蠹蚀。江明公竟外舅甥未竟之绪，完其旧业，且续编其后的诗作，成《四明清诗略》续稿。二者均以清代为断。此公之哲孙鼎永述。

诗略中有沈太仆光文诗，公（忻江明）案：谢山先生作（沈）公传，末云"鄞人有游台者，予令访（沈）公集，竟得之以归，凡十卷，遂录入《甬上耆旧诗》"。据此则葛衣吟以下二十七首，实系访得全集后选入无疑。《续甬上耆旧诗》卷十五末，冯孟颛注谢山《鲒埼亭集》之《史雪汀墓版文》中曰："时忻绍如江明编印《四明清诗略》，而雪汀未著录，爰选录十余首，属其采入。"

十二月，张寿镛作毛象来聚奎《吞月子集序》中记曰："忻君绍如、冯君孟颛精为校勘，付梓以传，吞月子之文庶乎争光明矣。"

公声闻卓著，名满遐迩，求作寿序及点主以求显扬者，多富豪世家，虽重金厚酬，公从不轻易应诺。故不能于时苟合，生活颇为清贫。

张寿镛《鹤巢文存序》曰：余兄事绍如（公）者也，

自庚午始辑四明丛书为余草凡例,洎后有疑,辄往返商榷,茫茫坠绪得绍如(公)搜绍者亦多矣。……
忻煮仍任宁波和丰纱厂秘书。
公孙鼎言生,又名宪曾,字可坊。
秋,张寿镛得陈汉章《编辑四明丛书商榷书》。
壬午,公子鲁存献呈余书与宁波旅沪同乡会,有《上方椒伯书》曰:"朝野之风气,乡邦之文献,先民之矩矱,得斯集而梗概以存,虽诗亦史也。书既成,凡筹款校印之有劳者,咸得赠。余八十部,庋藏于家……"
公之执友高云麓太史自汉口归沪渎,仍以鬻书卖文、授课自给,定居上海福煦路四明村。苏州河畔有陈氏可炽铁行,太史课陈氏四子,至"一·二八"淞沪会战时方息。

民国二十年(1931)辛未　公六十岁

公客授海上。馆设白克路,即今之凤阳路上。张寿镛《诔辞》曰:"退而集群弟子授业,清约自持,其为文也,兢兢义法。余见其为张黎斋作传,置之方望溪集中,几莫之辨。顾以病胃久,每作一文,夜必失眠。余虽时有所请,未敢强也。"高云麓太史撰《忻君绍如明府家传》曰:"晚乃出沪客授,启迪来学,归重德性,燕居必饬,示以身教。"高云麓太史撰公之《墓柱文》曰:"归隐后出沪教授,余先期在沪为童子师,于是踪迹离而复合,朝夕过从无虚日,间数日不晤辄相思,造寓庐聚谈,岁时君必治具相邀作团会,如是者以为常。"丁丑,公撰《徐君衷白七十寿言》曰:"衷白中年丧偶,不再娶……辛未冬,同寓沪渎。壹意课其子淹贯中西之学。……余久主君家,见其男唯女俞,子妇无私蓄,事必禀命,颇有旧家规范,则大乐忘其在兵火中。"
五月癸丑,前景宁县学训导镇海金允升卒,公撰《金允升先生哀辞》。金允升,字士衍,晚号磷叟。生于咸丰二年（1852）。享年八十，先生陶淑后进，扶植名教，克尽儒官之职。辛亥后毅然守节，与遯荒枯槁者为友，以遗逸终。公曰："古今易代之际，必有士焉。违众抱独，扶植名教，其身之存殁，不徒系一方之重。而晞发白石，竟歇吟声；皁帽黎床，亦成古物，故足哀也。"

六月一日，张寿镛于沪上创"四明文献社"。集乡人、同志等十余人，集资数千元，借宁波旅沪同乡会三楼藏书室作为社址，推公为社长，公婉拒之，礼聘同乡耆宿、公之同学夏启瑜为编辑主任，与陈君汉章、冯君孟颛仿《四库全书提要》体例，编纂《四明经籍提要》。文献社宗旨：以文会友，以友辅仁，精研学术。公助张寿镛编刊《四明丛书》始于是年。后公于《赠夏伯瑾七十寿言》中述："余校订《诗略》，完师旧业，比年，饥饫出门，客授海上。"云云。张寿镛为公撰《诔辞》曰："岁在辛未，海上创"四明文献社"推君为社长，君虽再三推让，然《四明丛书》凡例之订，君为余一再斟商乃定，搜辑丛残，多所匡助，尤以《乌春草集》为最，余方刻《魏白衣诗》，君访有全谢山原校残本，因得互相勘比，且举谢山撰《万九沙神道碑》《雪窦山人集》，为人冒为其先人之作，购而正之一事告余。"

公好读元程端礼之《畏斋集》，见公撰《族兄如意老人七十晋九寿序》。曰："余曩读《畏斋集》，见所为《送冯彦思序》，知吾宗有讳都字舜俞者，师事彦思。彦思师事畏斋，并能传朱子之学，而旧谱中无足以征信者，犹曰：此迁鄞以前事耳。至如明清鼎革之际，有讳熊者，从钱忠介公起义，名在当时疏中，而吾谱不详其事迹，则夫耆年硕德之湮没于无记载者，其亦多矣。"颂堂案：此公言家乘中所疏记湮没事，乡献不录，以为憾事。

戊辰，公撰《徐君弢士六十生日序》："柳泉先生之哲孙曰弢士，徐君少时盖尝执贽于董孟如先生，比为诸生，肄业书院，月试与余同斋舍，因是以识君。余之少也，肆力于诸经。先公亲督教之，不名它师。年十八以馆甥从孟如先生游，始获泛览群籍，结纳知名士。时先生主讲院中，请业之余，闲叩及吾乡学统、先辈箸述。"

九月，公撰《董东忻氏续修支谱序》。总修忻汰僧，谱为四修《亦政堂支谱》。公述曰："谱牒之学，至今日无可言矣，数千年家族之制，礼教之遗，一旦摧毁之，唯恐其不尽。夫以古法为蠡。于今时而易一术焉，果能维系人心，使老有所终，壮有所用，幼有所长，男有分，女有归，盗窃乱贼不作，以复于大同之世，岂不甚善，然而纷纷蕃变，无物焉以为之枢，其势不能以相摄，于是愈更张愈纷乱，愈要结愈涣散，求治愈迫，去治愈远。然后知古人制治基于家族，型仁讲让，著有过，示有常，不侈言大同而宁为小康者，盖其慎也。"又曰："嗣是十数年中，学说之歧出，法令之纷更，诡异庞杂，至于不可究诘。而吾族耆老曰：吾有先训，吾奉行之，不知其他也。"又曰："属以客授，未遑从事斯谱。日来宗人书来，以谱成告，且索为序。于虖！吾宗自明清以来，节义辈出，人习诗礼，县以东，号为望族，今复何如哉？过此以往，谱学竟衰歇欤？未可知也。"颂堂案：公之学在持气正心，论宗族之维系，纲常之要，述治乱之宗旨，千古恒一，继往开来，如张子首言三不朽，吾辈当以此为绝学也。船山曾述：以追光摄影之笔，写通天尽人之怀。公可以当之无愧。船山又述：姚江之徒，断章取义。公戒之，身体力行，为四明学统之中坚，冀吾乡后学为学务取惇大笃实。

仲秋，公赠陈汉章《四明清诗略》一部。见陈汉章《姜西溟先生手书选诗类抄跋》："今岁秋仲，鄞县忻君绍如赠陈汉章以《四明诗略》三十二卷。"

民国二十一年（1932）壬申　公六十一岁

一月二十八日，日寇攻闸北，国民革命军驻沪第十五路军奋起抵抗，历时一月余，歼敌过万。后由英美列强调停，五月初签订《淞沪停战协定》。

丁丑，公撰《徐君衷白七十寿言》曰："会东邻构衅，驻沪军特起与抗。余居偪战地，一夕数惊。谋寄君庑下，君曰：'是吾所乐与数晨夕者也。'同庋榻一楼，与君抵足而寝。时鏖战未已，余善病，恒不寐，隐隐闻炮声、飞机声与君鼾睡声相续。比明，君急起，购战报读之，时而狂喜，时而蹙然以忧，如是者几匝月。"

公为张寿镛之《四明丛书》代订凡例，发凡起例，条例森然。张寿镛辑成《四明丛书》第一辑计乡贤著述二十四种一百三十六卷六十册成。明年六月出版。

公于《夏伯瑾太史七十生日赠言》中曰："比年饥馑出门，客授海上，君（夏伯瑾）知之喜动颜色，过从益频。追叙畴昔时，复作都讲口吻，而意加亲矣。君近以撰述自娱，有所作辄就余与闲云（高振霄）商榷。闲云励志抗节，寝馈书史，君佩之余尤重之。"

公为玉几诗人作《匪窟悲思记跋》曰："诗穷而后工，非诗之与穷为缘也。盖有工而不穷者矣，未有穷而不益其工者也。三百篇孤臣孽子、劳人思妇之作，感发于性情，抒写其牢愁幽怨，倾吐其磊落不平之气，其思深，其词苦，其音噍以杀。至于长言不足，累叹重唏，罕譬而喻，主文谲谏。述已往之事，宣难达之情，往往有文人学士百十言所不能尽，作诗者以一二字形容之，而情状如见，所谓工也。夫孤臣孽子、劳人思妇，皆处穷者也。或穷于心，或穷于事，或穷于固然之境与夫适然之遇，要之，皆穷也。穷则专壹刻挚，深入显出，凡汉魏、六朝以来，号为工诗者，未有不由此者也。"又述曰："余自辛亥后，匿迹销声，编诗见志，年来客授海上，以了余生，其穷则固然之境也，而性不好为诗，匪唯不工，且以善病故，思辄不属。无已则请诵《桧风》之末篇曰：匪风发兮，匪车偈兮，顾瞻周道，中心怛兮。以答玉几之意，玉几闻之，得毋曰鹤巢子才尽矣！不哀适然之遇，而悲固然之境，徒为此陈言以塞责也。"公明志类如是。

鲁存代家君撰《王君渔笙五十初度序》。儒贾王君生于光绪九年癸未九月，不惑识公，以为相见恨晚。今知天命，重阳筵来，兰桂盈庭，来请序。

励建侯有诗，题作《喜夏君同甫至，并柬忻江如、张申之、袁明山诸君》；夏同甫有诗，题作《壬申孟夏，赵文芝室由甬来沪，余与赵文撷金、袁君明山、徐君伯熊、励君建侯、忻君绍如、盛君士廉、张君咏霓、张君申之、乌君崖琴次第延饮，芝文亦自作主人经旬欢叙，乱后此乐未易得也，诗以纪之》。均见《宁波旅沪同乡会月刊》第一○三期。

公年少时已不好莺花队里文字，于诗学管见类如是。时高振霄太史常以汪士慎法写墨梅明志。公有诗集《题梅百咏集句酬高闲云同年》七律三首。公于诗中自注曰："尝以墨梅两帧见贻。"

甲申，忻焘撰《张君凤郊五十赠言》曰："府君（公）晚年客授海上，宿疾时发，（凤郊）君必趋寓所诊视，一如（张龢菜）先生之所为。而府君非君处方，亦不安也。"

公孙鼎京生，又名念曾，字可与，号在雒。

民国二十二年（1933）癸酉　公六十二岁

公撰《先府君墓柱文》，立于港陆忻简斋墓前，其子忻焘书丹。

冬，公撰《久敬说赠顾君元琛七十生日》。顾元琛即顾钊,生于同治二年。顾氏自号愚叟,撰辑《四明愚叟拾残录》四卷。

忻焘与周薇泉、宋少芬、陈器白、王莘耕、戴雪棹、王玄冰、孙翼父、周采泉、潘文木集合甬上廿条桥周寓,结盟东社,刺名韵目在东,正值元旦,因名东社,称"东社十子"。

忻焘由建筑业巨擘张继光先生举荐,入上海中国水泥公司会计部任职,直至会计部主任,后公司并入龙潭中国水泥厂,厂址处南京与镇江之间,栖霞山东。一九五四年,调任中国水泥厂南京分公司任文书科科长。一九五八年退休,回沪安度晚年,闲来甬上,与王永嘉先生有唱和,今天一阁及阿育王寺留有其之手迹,旁及象棋丝竹。甲子四月二十一日因患肺癌去世,享年八十有五,鲁存一生,浮沉坎坷,又醉心六艺,有男六女二,家口甚多。其《珍帚录》有《寿方策六年伯八十大寿》,为公之恩科同年,闽侯方兆鳌。英年奉使负笈东瀛,晚岁膺命国务院参事,寄寓金陵。其子方东为鲁存中国水泥公司同事。

张寿镛与张元济、何炳松、郑振铎等人于沪上大肆购旧椠善本,今台北"中央图书馆"所藏善本约三分之一为张氏当年觅购者。

梁秉年以病卒,公撰挽联:"十载曹司官冗谁为何逊传;一编耆旧书成应祀谢山祠。"颂公案:此公录以就正于云老同年阁下函中,吾友镇海王雷言莲湖年伯卒年当在丙寅至庚午间,究为何年尚待考证。梁秉年字廉夫号莲湖,光绪二十年进士,官法部主事,改国后隐于郡城江东米行桥畔,热心公益,晚岁筹刻谢山《续甬上耆旧诗》尤力,著有《三菁草堂诗抄》若干卷、《梁氏家乘》二册。

公执友洪允祥以病卒。洪氏早岁归自东瀛入同盟会又入南社,与陈训正、李叔同交笃,丙寅皈依谛闲老和尚,时人誉为"慈溪四才子"之一。高云麓太史《致李九香函》中曰："九香老同年阁下：日前绍如（公）与其郎来馆谈并述复老（洪佛矢）逝世消息，寿诗寄又作哀诗，令人难以为怀。绍如又言月前尊体和医家自医马快，家里出贼试问大药王于此。"

民国二十三年（1934）甲戌　公六十三岁

公撰《夏伯瑾太史七十生日赠言》。夏伯瑾即夏启瑜，与公同师董沛先生，崇实书院时同窗好友，生于同治四年（1865），光绪十八年（1892）进士，点翰林，曾为官甘肃、江西。国变后退隐。公曰："所居密迩，值暇日非君（夏启瑜）与余访闲云（高振霄），即两君者过我。岁寒相对，各具标格。余兄事君而不敢弟视闲云，盖闲云少我五岁，而文章风节则迥出余上。纵谈之顷，见君意气少衰，余尝为壮语解之：吾辈曩在讲舍获首列，携奖金归寿其亲，衣食裕如也。境遇何常！藜床吾安之，藿食吾甘之，宁有我辈穷饿者邪？君子亦固穷而已，且人生之穷达，命数之修短，友朋之离合与国家兴亡，皆有系焉。"

公撰《四明公所甬北支所碑记》，慈溪钱罕书丹，鄞赵叔孺篆额，项崇圣镌石。碑记中有郡人方积钰、陈道域、余鋆、顾钊、卓殿英、毛雍祥、张濂、俞煌、徐秀祥、费绍冠、梁秉年、董嘉、徐方来、陈俊伯、严英、袁弥通、陈圣佐、蒋能保，应十有八九与公有交往。今录出备考。

甲戌，公撰《姜君炳生行述》，高云麓撰《姜君炳生家传》。稿现藏上海图书馆。

高振霄太史《清故朝议大夫安徽桐城县知县忻君绍如墓柱文》曰："会乡里发墓事起，灾及枯骨，万众嚣然，势张甚。余方有事返里，目睹惨状，出沪首发其事，与君商略，亟谋有以止之。君泪然同任其艰，周旋数日，其事乃定，群小始敛手，以为霹雳从天而下也，殆所谓仁者之勇欤。尝厄于匪徒飞书威胁，狙伺出入，君夷然不为动。匪徒知君与余善，并以危言飞书相劫制，余愤慨，思有以刨之。君曰：'姑徐之，以待其变'。已而事果得解，是可以见君之临事方略矣。"

九月，公助辑《四明丛书》第二辑成。计乡耆宿著述二十二种，一百七十一卷六十四册。

公孙鼎永生，又名志曾，字可久，号慎修。

十月，《鄞西高桥章氏宗谱》卷三采公之《远茂章先生七十双寿》前题，辑佚七律一首，年月失考。曰："姚江东汇甬江流，中有寓公黄绮俦。近市移居工废著，灌园娱老淡营求。秋生庭桂香湑酒，晨采陔兰絜致馐，更得同心偕隐侣，刘樊福地好优游。"同题尚有夏启瑜、方若、章梫等。

民国二十四年（1935）乙亥　公六十四岁

公撰《明经张君墓碣记》，为挚友海上儒医张龢棻所作。张氏生于咸丰六年（1856），卒于民国八年（1919）己未，享年六十四。公曰："（张龢棻明经）少从何峡青、叶子川两先生遊，博涉书史，为文华实并茂。……既以善病通医学，则益专精其业。为人治病，审证察脉，推究病原，处剂立方，直中窾要，于《素问》所称五疫，辨之最晰。壬寅、丁未夏秋之交，甬沪水疫盛行，他医莫之察也。……晚而授其子凤郊，诏之曰：'医小道，人所托命。毋杂应为能，毋幸中以喜。必察于三部九候，明于阴阳表里、寒热虚实之分，随证施治。仁以为质，学识以济之，毋以其术市也。'"又曰："余（公）以贞疾坐废，不自意偷延视息。今且及君之年，得见君葬，以完诺责。唯是学不加进，才尽气灰，状君生平，戋戋不称，无以厌君之望。重理前绪，弥自愧已。"

公撰《方君式如明经七十寿言》。式如主持沪上四明公所殚心竭力，行善积德，造福乡梓。少从邑中名宿张菊舲孝廉、刘矗轩明经，治经工举业，年十六岁成诸生。己丑、癸巳两中乡试副榜，不应举而修行于家。公曰："余于国变后，以客授遯迹沪上，得一人焉，曰镇海方式如明经，隐身笃善，耄学不倦，庶几吾所谓道积于身、行高于世者欤？始余友徐殁士茂才与君善，屡致君意欲一见，而辄相左。去夏，君以事介而过余，状貌醇古，意其为有道者，心焉识之。间尝一造其寓庐，图书四壁，柴几木榻，萧然儒素，不知其席丰累世，如南阳之有樊重也。手录史、汉，日有常课，卷帙盈积，几于等身。端居一室，衣冠必整，謦笑必严，与人接恂恂似不能言，冲粹虚和，发于至诚。自处极刻苦，而勇于行善。"

公编校慈溪乌斯道《春草斋集》。张寿镛于乙亥四月作《春草斋集序》中记曰："斯书之编校则尤忻君绍如之功也。因并著焉。"

五月，公助辑《四明丛书》第三辑成，乡耆宿著述十七种一百八十卷六十四册出版。

十二月十八，公之老友夏同甫启瑜卒于贫病之中，享年七十有一，女三，次适蔡同瑞，葬鄞西马八桥。公曰："夏君伯瑾，年七十，谓余：宜有赠。君固余少时肄业同舍友也，今俱皤然老矣，恶能无辞？"又曰："然自以名都讲久，颇欲上人，又年长于余七岁，每燕见辄字余曰"少弟弟"。盖妒之而不敢易之云尔。未几，君成进士，入词林，奉朝命视学陇右，蔚然以文章华国矣。而余俾得俾失，偃蹇者且十年。"又曰："旋遭国变，弃职归田。君方奉讳家居，同处忧患，然蒿目玄黄，使我心痏，杜门事亲，罕入城市。"见公撰《夏伯瑾太史七十生日赠言》。

民国二十五年（1936）丙子　公六十五岁

公撰《说器赠张申之同年六十》曰："同年张君申之，有端木氏之达，政事言语才也。少从学于耆宿，为制艺则冠军，试策论则命中……比年旅沪，同乡聘为主办，凡兴学拯灾及有大工役，簿书期会靡弗新。"张申之即张传保。

约是年前后，张鲁庵来请撰《慈溪张节母杨太孺人五十寿言》。公曰："太孺人年五十，咀英来乞言，余谢以病，既而思今之世何世也？蔑礼法而崇名法，舍廉耻而言人权，毁弃经说，破坏前制，而人纪几于灭绝。"张鲁庵为张子云茂才之子，营药材致富，精鉴篆刻，富收藏，沪上名家赵叔孺弟子。

公撰《族兄如意老人七十晋九寿序》。公曰："一日其子贤伦谒余，言曰：'吾父今年七十有九，人子之私，冀有以悦其意。既征词林诸公之诗，海上名家之画，张陈于堂，为称觞之助。然不得吾叔（公）文，吾父终不欢，且无以诏我后也，敢固以请。'"

是年三月，张寿镛《袁正献公遗文钞序》中述及："忻君绍如辑《四明清诗略》，录襄臣诗三首。"

四月十二日，公友镇海方式如以疾卒于沪上之舍馆。公撰《方君式如明经哀辞》《故内阁中书副贡生方君墓志铭》。公曰："先是（方）君病脾泄，足微肿，余视之，起居如恒时，谓当以药瘳也。自后苦消中，益以腹痛，始居内谢客。余访之医，问之其家，病状乃有进无退，辄悉焉以忧。乌乎！孰谓其遽至于是耶？余客授沪上，晚而获交于君。君礼余意甚挚，每相过，研索经义，赏奇析疑，坐辄移晷。余亦间就君闲话，畴囊或旬月不见，闻余小极必临视。余病肝胃，得药饵辄相馈。余所居门巷，时时有车辙马迹焉。"

四月，为张寿镛助辑《四明丛书》第四集成，计乡耆宿著述三十七种二百单九卷八十册出版。

张寿镛《诔辞》曰：定海胡友云昆弟，携其祖止三先生《论语义疏集解》及《大衍集》《切音启蒙》《明堂考附射侯考》诸书来沪，（公）特介余为之刊刻。余每有所疑，辄就君商之。出一集，君必为之校雠。戊寅秋，海上有事乃止。

七月，公命子鲁存题族兄元茂君遗像，撰像赞曰："修持以徼福，施予以成名。名者实宾，福者善征。懃懃为此，以克有令子而衍及孙曾。晬然其貌，蔼然其心。嘉贻载远，永式云仍。族弟江明。"下押朱文绍如小印，忻元茂先生，如意其字也。岁岁勤礼佛，人称如意老人。大连米行忻耘青贤伦之父也。元茂先生少遭闵凶，家无余财，执一艺以自赡，拮据揩拄，艰苦备尝，凡三十年。中年后，家业渐起，乃一心为善，乡里称之。公嘉其德行，故徇其子贤伦之请，作寿序赠之。不久如意老人谢世，公复为其作像赞。有王一亭手题《如意老人赴告》纪念集一册。

公于兄弟，深情周至，是年，营生圹于东钱湖寨场岙虾公山，并营兄弟兆穴，俾三人同葬一地。其时公之兄元鑫公钦典已逝世有年，迁葬之，公有诗《偕友赴甬云麓文伯两同年有诗纪事即次其韵》（其二）："十里钱湖寿域开，我行兼为买山来。抚棺一哭远兄弟，浅土鸰原倍益哀。"以钦典原葬处简陋不称也。不久，公有诗作《以事为人篡名读云麓同年拒沪上好事者瀛洲会之招赋诗二章见志感而赋此即用其首章韵》七绝一首。

是年，金性尧从公学古文，为公誊录文字。金父在上海有织染厂。金文男编《金性尧年表》有曰："1936年—1937年（二十至二十一岁）师从忻江明进士，读《春秋左氏传》《毛诗》《尚书》等圣贤经传。在上海北京西路家中，不定时举办文学和音乐聚会。"署名文载道之《风土小记忆家桥》中曰:"似乎是民国二十六年的三月。我正在忻老师处读《毛诗》《春秋》。但一面却更爱读新文艺书和这方面的作者。这时每星期六,我家例有一次不成气候的音乐会。指示者如钢鸣,如张庚,如孙慎诸先生。"董桥《博览一夜书》中《读金性尧史评漫兴》一文提及:《饮河录》里有一篇《絮叨》谈他早年的私塾老师忻江明先生。他说,忻师是遗老,歧视革命党人,对章太炎也带轻蔑的口吻说:"何谓太炎?"但并没有禁止学生读章太炎文章。有一次,他冲口而出问老师顺治太后下嫁事,以为老师一定责怪他为什么要问这些事情,没想到老师竟回答说:"入关初期,也说不定。"他觉得老师的头脑真开通,师生之间的距离也缩短了些。研究历史的人都应该开通。"

公孙鼎高生,又名懋曾。

民国二十六年(1937)丁丑　公六十六岁

应徐步蘅之请,公撰其父《徐君衷白七十寿言》,徐氏为公之胞弟麓三先生经商汉皋时所交好友,生于同治七年(1868)。

公撰《蔡君仲衍六十寿言》:余始识蔡君,在徐君弢士所。按:蔡君行善,如遗产不分诸子而设义庄、义塾以仁三族。又如行医,医德高尚。

鲁存代家君(公)撰《吴节母李孺人六十寿序》。

公居沪上有年。耿介有声名,慎于交友,修辞立诚,不敢有作伪于天下之心也。《鄞县通志》中曰:"晚岁,旅沪之日,四方慕江明名者,多踵门求文,然非其人,虽重值不与。一时人高其行,益重其文。"周采泉于《编后拾遗》中曰:"至于先生的行谊,一般的认为他是遗老,所以道不同不相为谋,很少的和他去亲近。其实先生虽是风裁峻整,却是即之也温,修修有容,并没有丝意孤特的风味。

他没有疾言厉色的表情,也没有愤世嫉俗的议论。他也很喜欢及时行乐,有时高兴起来,却也打几圈麻雀,听几回京剧。他的和光同尘,贞不绝俗,正可在这些小节上表现出来。"

鲁存撰《叶孝妇负骨归葬记》:孝妇者,故安徽潜山县丞叶贰尹学仁妻也。孝妇氏周,金陵人氏,生于同治八年(1869)己巳,卒于民国二十年(1931)辛未,享年六十三。

丙戌,鲁存撰《镇海胡锡安茂才六十生日赠序》:始余识君,在岁丁丑。或日,侍府君(公)所,君来谒见,执礼甚恭。府君顾谓余:"是少从吾游,习制艺,童年入泮。后乃负笈扶桑,通其语言文字。精律例,擅经济才,盖好学而有成者。汝宜兄事之。"方逾期年,而府君弃养,于是吾两人者,过从甚密。

"八一三"沪战作。

寇变,上海沦陷,日酋闻公之声名,拜会公,恭请之出。公托以病,坚辞不就,遂辞馆返鄞。

抗战后,公归隐港陆里第,金性尧有信问候,公回复称:性尧贤弟询览;署则:小兄江明顿首。中涉句云:师弟通问,上写夫子大人函文,下写受业姓名,此通例也,不可不知。

《鄞县通志》曰:"倭变起,会江明病,伧然归甬上故居。"

九月,张寿镛主辑《四明丛书》第五集成,计乡耆宿著作一种,一百卷,一百册出版。

冬,张寿镛编成《约园元明刊本编年书目》。

民国二十七年(1938)戊寅　公六十七岁

公卧疾居港陆里第,病剧,其孤鲁存在沪,居康定路,家人以"病笃"二字电促鲁存归里,公改为"淹滞",精研文字，至死不懈。

张寿镛序董庆酉《四明诗干》曰：……呜呼，四明之诗至李杲堂而集其大成，全谢山继之，而先生犹子觉轩年丈更辑《甬上宋元诗略》十六卷，吾友忻绍如复有《四明清诗略》之辑，加以县各有选如《溪上诗辑》《彭姥诗搜》《剡川诗抄》《蛟川耆旧诗》及《诗系》，洋洋乎越风之亚也……

民国二十八年（1939）巳卯　公六十八岁

是年一月一日，疾作，殁于鄞县港陆里第，实戊寅十一月十一日也。殡于家园。沪上张凤郊先生闻之，叹曰："若在沪，必不致病故也"。张凤郊即海上名医慈溪张龢菜次子，世业医，于上海石路（福建路）有中医诊所，救死扶伤数十年，受惠者众。生于光绪二十一年（1895）。甲申，忻焘撰《张君凤郊五十赠言》曰："犹忆府君（公）避倭寇返甬，疾作，驰谕令商诸君，君则细揣病情，拟方以进。及府君捐馆，诸与府君交好者皆曰：'若忻君在沪，（凤郊）君或有术以起之。'"民国《鄞县通志》有言："（公居港陆，）感伤大过，遂不治，卒年六十有七。所著曰《鹤巢文存》，甬之治古文辞者，推江明第一云。""公所工文章，规抚史汉，朴茂渊雅，不落前人窠臼。"丙戌，鲁存撰《蔡君汉章墓志铭》曰：岁戊寅，府君捐馆，（蔡汉章）君痛哭失声曰："今而后吾谁与语哉！"方是时，东夷入寇，乡里骚然，至于沦陷。高云麓太史撰《忻君绍如明府家传》："而绍如至不得以政事展其所学，屏于蹄迹之外，完其孤特坚确之操。时或发挥其文字，雍容平淡，辞句间无陵竞鼓努之习，人或传而诵之珍之，以为欧阳兖公复起。而绍如退然似有所不慊于中者。平居善病，忍死待命，以至于不起。"并撰像赞，有"六十七年，岁月皭然"句。

二月，沪上人士设追悼会场并摄影。永嘉马公愚为题"忻绍如先生追悼会摄影"隶书大横幅十字。马氏亦擅骈体，与公子鲁存为吟友。

四月十日，镇海胡锡安与鄞周采泉主编《忻绍如先生追悼特刊》印行。星期一第一版，分《发刊词》《小传》（鄞县文献委员会稿）、《年谱辑略》（周湜）、《遗著》（鹤巢老人）、《像赞》（高振霄）。星期一第二版，分《诔辞并序》（张寿镛詠霓）、《挽联》《挽诗》。张寿镛在《忻绍如先生追悼特刊》上撰《诔辞并序》。爰赋七律二首以致哀："馆甥六一忆当年，正谊堂中薪火绵。博得科名仍下吏，拼将尘俗赋归田。郑门马帐停车满，岛瘦郊寒炼石坚。不但诗人留小传，死前文字尚精研。其一也。只欠三年是古稀，乡邦祭酒仰岿巍。巨编补缀乌春草，旧籍丹铅魏白衣。淞鬲无情云破碎，海巢何日鹤归来。几封遗墨今犹在，使我悽凉对夕辉。其二也。"又曰："余每有所疑，辄就君商之。出一集，君必为之校雠。戊寅秋，海上有事乃止。呜呼！孰知君暂归故里，与余分手，竟成永诀耶！君内耿介而外和蔼，与余最契，言念良朋能不欷歔？"周采泉《编后拾遗》曰："提起忻绍如先生的名号，在上海的宁属同乡里，除一部分士绅们以外，恐怕都会感到生疏，不错，这因为先生晚年没有和社会接触的缘故。其实先生虽独善其身地，没有和社会接触，却在文献上立下了一个很伟大的功绩——他所编辑的《四明清诗略》和曾助编的《四明丛书》——都是给予后进研究乡邦文献的唯一资料；只是社会往往注意新的活动，而忽略了静的努力，尤其先生所致力的是一般所认为'狭义'的文化，不能引起群众的兴趣，这也是先生被社会遗忘的一个大原因……"又曰"末了，顺可以告慰读者的一点消息，就是先生的《鹤巢文存》，张咏霓先生拟把它刻入《四明丛书》，目前已在整理中，不久当可形诸事实，这不仅是四明文献之光，在近代文学史上，也正可放一异彩哩。"高云麓太史撰《忻君绍如明府家传》曰："（公）所著有《鹤巢文存》若干卷，则其子焘所裒集者，刊入张氏四明文献丛书。"

十二月，公曾为张寿镛主辑《四明丛书》第六辑出版，计乡耆宿著作三十二种，一百三十卷，六十四册。实丁丑事也。周采泉《编后拾遗》曰："其后主编《四明丛书》，虽只一年，更得到张咏霓先生的推重，他的成绩，较之《四明清诗略》，自然是更胜一筹了。"中有公外舅董沛先生之族叔竹史董庆酉《四明诗干》三卷，董濂《四明宋僧诗》一卷，《四明元僧诗》一卷得自六一山房。董氏家族尚有董华钧《纯德汇编》七卷，董景沛《续刻》一卷，董琅《甬东正气集》四卷。

民国二十九年（1940）庚辰

九月，张寿镛刻竣《四明丛书》第七集，计乡耆宿著述二十七种一百五十卷六十四册出版。以公之《鹤巢诗文存》为收尾。张寿镛于庚辰重阳日作《四明丛书》第七集《后序》记曰："陈伯弢、忻绍如皆积年勤学，相与商榷乡书者也。今先后作古人而又没于乱世，摩挲遗籍故以殿焉。"云云。又于《编辑〈四明丛书〉记》中述："矢愿于民国初，时张丈述三犹在也，一再劝勉，实践于庚申，其始以宁波人著述要目见示者，王君书衡也，继以陈君伯弢作遴选之商榷，忻君绍如与凡例之订定，而往返讨论，书牍盈尺，则冯君孟颛助我尤多。"如是云。《四明丛书》共出八集一百七十八种，后由张子康源刊成。

公之治学气格，实亦吾乡儒先之楷模，学问淹贯古今，为学气格过乃师而极能精洁，故其所成就仅见所辑《四明清诗略续略》一卷,《鹤巢文存》四卷,《鹤巢诗存》一卷,《姜君炳生(忠汾)行述》一卷。而先生所撰《正谊堂文集》及《四明清诗略》能传世,实公之力也。

公视乡献如性命,所助辑、主编《四明丛书》,张寿镛出资组织,周遭朋旧友好及有心于乡献者强以起事,公则编辑、搜求、校雠,故曰《四明丛书》之能成,公当推首功。公之事略入南林嘉业堂主人刘承幹编辑之《遗民录》、东莞张豫泉提学之《遗民咏》。壬申,钱仲联《广清碑传录》卷十三采录《重修〈浙江通志稿〉》中忻江明传。

日寇侵华期间,其孤忻焘因公司经营不济,家口甚多,赖鬻文鬻书勉度时间至壬午母董氏弃养。

至岁乙酉秋孟,大战结束,日寇屈服,距公之殁已越七年。又三年戊子,其孤忻焘始克治丧事,卜葬于东钱湖寨场之原礼也。高振霄太史撰《清故朝议大夫安徽桐城县知县忻君绍如墓柱文》并书墓碑,用以代泷冈之表焉。墓联:"淮甸循良完此沧桑残局;彭城友爱辟彼眚令在原。"(注:庚辰二月,公墓遭群小毁,次年迫迁于象坎万金公墓。)

公所学,君子之学,其为道也,律己虽严,不无利用安身之益;涖物虽正,自有和平温厚之休。小人之倾妒,亦但求异于国事之从违,而无与于退居之诵说。盖君子以正人心、端风尚,有所必不为者。淫声冶色之必远也;苞苴贿赂之必拒也;剧饮狂歌之必绝也;诙谐调笑之必不屑也;六博投琼、流连昼夜之必不容也;缁黄游客、嬉谈面谀之必不受也。公好署桐城县知县,实平生喜桐城诸老古文辞之气清体洁,每叹不能至奇瑰之境,盖韩愈作古文辞能得扬雄、马融之长,字字造出奇崛。至欧阳尧公复变为平易,而时时间奇崛于平易之中。后儒但得平易不能奇崛,实则才气薄弱不能复振，既至一失，而公起而救之。虽然，说道论经，不易成佳文也，道贵正，而文者必以奇胜，经则义疏之流畅、训诂之繁琐、考证之精博，皆妨于文体，故每作古文辞公尤慎于此类之病。

公之声名不显，在其处世荣名自鄙，在其平日律己甚严，鼎革之际，绝意仕进，守遗民矩矱甚谨，公于学绝道晦之日，课徒著述，旋即客授海上，寇变，归里终老。公之为古文辞，起笔挟以正气，语序、声音亦好趋中和之间，是其本意，时人如高振霄太史所述："其文字雍容平淡，辞句间无陵竞鼓努之习，人或传而诵之珍之，以为欧阳兖公（修）复起，而绍如（公）退然似有所不慊于中者。"唯于说经论史，孤愤之情，有时不可遏止，语气激烈，有失平和，甚或与自己之根本思想不相契合，其之自说自扫，以致失其指归，即所谓行文微带戾气，习斋所谓有四蠹之忌，此亦国产遗老所特有之性情。故公之后嗣多有逃于艺事、学于理工者，实公平日课子孙学之太严所起。公为官作风，颇近乃师董孟如先生，而气上接宁绍台道段光清。公为官慕万奋、杨震之世家作风，如戊辰撰《徐君弢士六十生日序》："抑余曩读史，慕西汉万石君之风，而南北朝扰攘之际，弘农杨氏孝友奇节，叠书于史，几若以一家之事成为一代风俗，盖世家之可贵在彼不在此。"公慕之，实践之。逊国后为遗老，守节处世则如其所撰之晦庐跋曰："古之君子，身丁国难，抗高蹈之节，屡征不起，如晋之陶潜、宋之谢枋得，躬耕卖卜，深自讳匿，是乃所谓韬晦者也。若夫范蠡雪耻、张良击仇，其始若身戮力，隐忍受辱，而其后卒以成功，是则养晦之说，明夷之象，所谓"用晦而明"者也。斯二者，（君）（公）皆无取。要之，韬晦与养晦二义，其区别不离乎是。"类如是。《盛节妇费孺人传》年月失考，中曰："论曰：'语有之，士穷见节义'。岂不信哉！自来易代之际，不乏抗志之士，然亦有晚节委蛇，穷而丧其所守者矣。明季遗民，风义复绝，若徐俟斋（枋）、李鹿园（植）、沈耕岩（寿民）之伦，穷饿守志，至于三旬九食，藜藿不充，而义不受馈。其节行之皎然，虽殷之夷、齐，宋之二谢（谢枋得、谢皋羽），无以逾此。盖此数子者生平所学，致严于义利之辨，事变激发，守之而愈坚，固其所耳。"

公有同僚王莲友明府曾出仕淮阳,遗爱于民。公有《次韵奉和王莲友明府》七律二首。未考得此人生平。又有撰《题盛小吾先生画》，为小吾先生哲嗣盛士廉出示山水之图，遂有撰。"士廉君承家学，于医家言无所不窥。余（公）以病胃辄就治，君进以淡虑适情之说。"今录出。案：颂堂欲求《林景绥礼本堂诗集》《礼本堂文集》及王惜庵、张于相、陈屺怀、张申之、刘骧递、李九香等诸君遗集或有录公之事迹而久不得，乡献佚失，以为憾事。

公之陶麓祖宅及港陆里第各有楷书"进士"匾：一在象山张球家，庚辰张氏购自市西门旧市，尺寸长一点六八米，宽零点捌叁米，疑为初匾，未经修缮，曾传为黎元洪大总统嘉奖题匾，非是；一由公之哲孙鼎永先生暂寄五乡王氏厂房中，长约一点五米，宽约零点柒米，今悬陶麓忻氏宗祠，重新修缮，四边加宽饰以龙纹。均左刻会试大主考官四人名讳：钦命大总裁协科大学士兵部尚书裕、吏部尚书张、都察院佐都御史陆、户部右侍郎戴。是四人裕即裕德、张即张伯熙、陆即陆润庠、戴即戴鸿慈。所谓"正大光明"次序是也。公之港陆里第，城建规划中遭拆，壬辰岁迁往高桥周家浦耕泽园石刻艺术馆，甬上有识之士皆为之扼腕痛惜。

民国三十年（1941）辛巳

高云麓太史撰像对，有"绍如同年归道山已三年于兹矣，值其七十诞辰撰句识感"，署名"辛巳九秋年愚弟高振霄"。

作者简介 忻巨（1969— ）谱名贤达，字公巨，号十力、斋号颂堂，浙江鄞县人。辑鄞董孟如忻绍如年谱合辑历时十载。

点校附言

乙未暮秋，女儿袁慧告知《四明清诗略》点校稿参校完毕，已交付宁波出版社，不日即可问世。多年宏愿终于在米寿之年实现，吾心足矣。

甬上学者深受浙东学术传统影响，热衷于编纂诗传合璧体裁的作品集：诗以言志，人以文传，以风俗民情和乡土地域为纽带，彰显一方历史文化和人物，历千余年而不衰，形成耆旧诗系列。该系列以宋代王致（号鄞江，"庆历五先生"之一）《鄞江集》为滥觞，代有增益。清康熙十五年李邺嗣和胡文学的《甬上耆旧诗》问世，是乡邦耆旧诗系列的一项重大突破；此后，全祖望编撰的《续甬上耆旧诗》把乡邦耆旧诗系列推进到了一个新的高度；董沛、忻江明《四明清诗略》上接《续甬上耆旧诗》，下迄清末宣统，共收作者2194人，诗9468首，继承了《甬上耆旧诗》《续甬上耆旧诗》的风格和传统，重视史传，精选作品，知人论世与欣赏诗艺两者得兼，是甬上耆旧诗系列的殿后力作，使乡邦耆旧诗系列自先秦到辛亥革命为止告一段落，可谓集吾地方诗史之大成。

何谓"甬上"？又何谓"耆旧"？五年前本人点注《甬上耆旧诗》序言中已叙明，此处不再重复。而《四明清诗略》正、续稿涉及范围有所扩大，旁及邻近之慈溪（今宁波市江北区慈城镇）及镇海；次之又扩大至奉化、宁海、象山、舟山。董沛、忻江明翁婿将此书命名为《四明清诗略》，实已寓有此意。"四明"既为宁波别称，又是以四明山为依傍的地区通称。

数年前，笔者怀着对乡邦文献挥之不去的情结，进行《甬上耆旧诗》点校注释，正式出版后，再次承蒙鄞州区地方文献整理委员会的委托和全力支持，终于使我下决心着手《四明清诗略》正、续编点校，虽不敢懈怠，但终因耄年体衰，各种疾病有增无已，视力减退更甚，故至今日始勉力成稿。若非女儿慧、胞侄良植夜以继日协助校对，想要最后完成此书，只能自叹心有余而力不足了。

如今，此三部乡邦文献点校本均已问世或即将问世（《续耆旧诗》由方祖猷、魏得良等点校，2003年10月杭州出版社第1版），把《甬上耆旧诗》《续甬上耆旧诗》及《四明清诗略》正、续编综合起来，得甬籍和四明地区作家5270余家，古今体诗27700余首，且此三部著作前后衔接，相互呼应，使吾乡邦耆旧诗系列形成合璧，蔚成大观矣。

此书出版过程中，承蒙刘云、周慧惠、屠建达、李开升四位学者及出版社诸编辑相助纠讹正误，提出宝贵意见，在此谨表谢忱。

袁元龙
2015年10月

后记

《四明清诗略》是继李邺嗣、胡文学的《甬上耆旧诗》和全祖望《续甬上耆旧诗》后的宁波第三部地方诗歌总集。由清著名学者董沛和忻江明编纂,本书自卷首至"补遗"共三十五卷,为董沛所辑,"续稿"八卷为忻江明所辑,总名《四明清诗略》,共收诗人2194家,诗9468首。

董沛(1828—1895)字孟如,号觉轩。是继徐时栋后的甬上文坛领袖。自幼酷爱读书,7岁能诗,同治六年(1867)中浙江乡试举人,光绪三年(1877)进士,后历署江西清江、建昌、上饶等县及江苏通志馆协辑官,任上政绩斐然,尤重地方文献,光绪十一年(1885)以疾辞官归里,筑"六一山房",聚书5万卷,先后主讲崇实、辨志书院,以诗、古文著名文坛,亦精史学,著《明州系年录》,徐时栋主纂同治《鄞县志》,未竟而卒,临终执董沛手相托,董沛遂主其事,成《鄞县志》凡七十五卷,又修《慈溪县志》。其著作有《两浙令长考》《甬上宋元诗略》《南屏赘言》《甬上明诗略》《甬上诗话》《六一山房诗集》《正谊堂集》等,其最著名者为《四明清诗略》。

忻江明,字绍如,号鹤巢,鄞县陶公山人,1904年中进士,与高振霄为鄞县最后一批进士。入民国后,成为浙江省议员,曾在张寿镛主编的《四明丛书》的编纂中做出重要贡献。又编辑《四明清诗略》续稿八卷,有著作《鹤巢文存》,为民国时期宁波重要学者。

甬上学者袁元龙先生一直关注甬上诗歌文献,其点校的《甬上耆旧诗》由鄞州区地方文献整理委员会在2011年出版,其后在其女儿袁慧协助下,又点校了《四明清诗略》,在此期间,袁氏父女克服种种困难,以极大的精力完成点校工作,天一阁的袁良植先生亦为点校做了许多工作。忻巨先生一直关心乡邦文献研究,数年前已完成《董沛忻江明年谱合辑》一稿,而董忻两人既为甥舅,又是同辑《四明清诗略》的编者。为此,本书将忻巨先生的这一文稿收录其中,以为附录。宁波出版社的沈建国、钱升升、张爱妮编辑将本书作为重点项目,投入大量人力,予以精心细致编辑,使本书质量大为提高,并与先前出版的《甬上耆旧诗》形成系列。

鄞州区政协领导一直非常关心地方文献整理工作,将整理出版鄞州地方文化和文献书籍作为政协文史工作的重要内容,以为政协委员参政议政、建言献策提供历史资料和文献依据,为政协文史工作存史资政育人联谊提供交流平台和文化资库。为此,区政协陈振国主席特意撰写了本书序言,区政协鲁定国副主席统筹本书编辑出版,政协的有关同志大力协助做好相关工作,使本书得以顺利出版。

由于本书卷帙浩繁,出版时间又较仓促,书中尚有不少错讹或不足不处,尚祈广大读者指正。

编　者
2015年5月14日

图书在版编目（CIP）数据

《四明清诗略》：全3册/（清）董沛，（清）忻江明辑；袁元龙点校；袁良植，袁慧参校．—宁波：宁波出版社，2015.10
（鄞州地方文献丛书）
ISBN 978-7-5526-2295-9

Ⅰ．①四… Ⅱ．①董… ②忻… ③袁… ④袁… ⑤袁…Ⅲ．①古典诗歌—诗集—中国—清代 Ⅳ．① I222.749

中国版本图书馆CIP数据核字（2015）第256007号

本书编委会

主　编　鲁定国
副主编　蔡桂芬　孙亚飞　戴松岳（执行）
编　委　颜务林　俞珠飞

四明清诗略

[清] 董沛 忻江明 辑，袁元龙 点校，袁良植、袁慧 参校

整　　　理	宁波市鄞州区政协文史资料委员会
出版发行	宁波出版社
	（宁波市甬江大道1号宁波书城8号楼6楼 315040）
责任编辑	张爱妮　钱升升　沈建国
责任校对	尤佳敏等
责任审读	晏洋
封面设计	唐雪冬
印　　　刷	宁波森得利文教印刷有限公司
开　　　本	889毫米×1194毫米　1/32
总 印 张	75.25
总 字 数	1745千
版　　　次	2015年11月第1版
印　　　次	2015年11月第1次印刷
标准书号	ISBN 978-7-5526-2295-9
定　　　价	280.00元（上中下三册）